卡尔维诺经典

ITALO CALVINO

ITALO CALVINO(1923-1985)

I RACCONTI · ITALO CALVINO

伊塔洛·卡尔维诺

短篇小说集

上

马小漠/译

译林出版社

图书在版编目（CIP）数据

短篇小说集／（意）卡尔维诺著；马小漠译．—南京：译林出版社，2012.4（2026.1 重印）
（卡尔维诺经典）
ISBN 978-7-5447-2226-1

Ⅰ.①短…　Ⅱ.①卡…②马…　Ⅲ.①短篇小说－小说集－意大利－现代　Ⅳ.①I546.45

中国版本图书馆 CIP 数据核字（2011）第 152907 号

短篇小说集［意大利］伊塔洛·卡尔维诺／著　马小漠／译

责任编辑　冯一兵　柏丽娟
装帧设计　合和工作室
责任印制　董　虎

原文出版　Arnoldo Mondadori Editore S. p. A., Milano, Italia
出版发行　译林出版社
地　　址　南京市湖南路 1 号 A 楼
邮　　箱　yilin@yilin.com
网　　址　www.yilin.com
市场热线　025-86633278
排　　版　南京展望文化发展有限公司
印　　刷　江苏凤凰新华印务集团有限公司
开　　本　850 毫米 × 1168 毫米　1/32
印　　张　21.125
插　　页　8
版　　次　2012 年 4 月第 1 版
印　　次　2026 年 1 月第 13 次印刷
书　　号　ISBN 978-7-5447-2226-1
定　　价　98.00 元（上、下册）

目　录

序言

第一版《短篇小说集》于一九五八年十一月由都灵的埃伊纳乌迪出版社出版。通过对构成本书的这四卷“书”的整理，卡尔维诺在这里收集了前一部小说集《乌鸦最后来》(1949) 里的几乎所有的小说、《进入战争》(1954) 的三个自传性故事、马科瓦尔多的前十个故事、“艰难的爱”系列中的九次奇遇、杂志上发表过的三部短小的长篇小说以及其他直至此前还未收录成册的零散短篇小说,并把它们归入这本书的四“卷”里。

为介绍这一版的《短篇小说集》，在此再附上卡尔维诺一次讲话的文字，其中的一部分是未发表过的，这是他于一九五九年三月二十三日在佛罗伦萨的维耶瑟文化中心所做的一次讲座，该文曾被一九五九年一至四月号的《马尔西亚》杂志以“我没写过的短篇小说”的标题刊登过（除前四段外）。

我没写过的短篇小说

对于自己的作品，本是什么都无需说的。让它们自己说，就够了。把若干短篇小说凑成一本书，给它们理个顺序，再归个类，在它们的排列中找出个意义，寻出标题和一些总括性的定义，就已经是对原作品的声音（不管这声音是强是弱）外加了另一种声音，一种解释性的不同意图，就已经是对读者的自由使用了暴力，就已经是去完成那些属于评论家职业的工作，而这些工作，则已彻底地超出了作者的任务。妙的是，在大部分情况下，如果作者抢了评论家的活，如果作者想定义自己的作品，评论一点都不反对；人们本来指望着评论会赶紧提出其他的阅读指导、其他的定义、其他的作品和作品间的关系，来加以反驳，然而评论却接受了它被给予的第一个借口，仅仅满足于阐释作者的痕迹。比如：在我把我的这本书分成的所有四个部分的标题中，都用上了“艰难的”这个形容词。为什么？因为我早就听倦了人们对我以前写的那些东西说“容易”，说“愉悦”，说“愉悦的容易”，说“容易的愉悦”。于是，我就到处写下了“艰难的”这个到目前为止人们感觉与我的文章相去甚远的形容词，这种性质，这种生活的意义于我曾显得遥不可及。好吧：行了。几乎所有的评论，都不眨眼地一致主张，艰难的意义一直就是我小说主要和永恒的特点。我本该为此而高兴，但我存了个疑，如果在这些标题中，我不是用“艰难的”这个形容词，而是用了“容易的”这个形容词，是不是什么都不会改变，所有人仍会同样地完全赞同。于是，我就留在了原地；我对于世界，对于与世界关系的犹疑，如果一切都是艰难的，不管是使人强健的或是使人丧失能力的艰难，又或一切都是容易的，不管是热情的或是失望的容易，我那个犹疑都没有解决，我这种对于世间万象缘由的普遍质问，并没有得到回答。而这些，都是徒劳的，需要知道如何靠自己解决这些问题。

于是，应该是永远无需对自己的作品说些什么的，不能比它们被数出来的词多说一个词，也不能比它们必不可少的词多说一个词，这些词是一个也不能添，一个也不能减。这些东西早在隐逸派时代就已明晓于世了。蒙塔莱①的Occasioni②里的注释，你们还记得吗？从孩童时候起，每读完一首貌似十分难懂的诗，我就会跑去看书本末尾那少许几页的注释能否提供什么帮助，什么鼓励。然而没有，都是一些吝啬得叫人失望的注释，简洁，患了失语症一般，对那些我们期待的东西是什么都不说，但这正是教给了我们正确的一课，这里也是如此：你要自己去解决它，也许这是我们学会的最好一课。

现在我们属于一个不同文学的时代，现在的文学更轻率，更倾向于评论文学，谈文学，把文学当作一种话题。

可文学的话题永远只有一个：那就是有关世界现实，有关隐秘规律、图案、生命节奏的话题，一个从也没有结束过的话题，一个随着时间的推移，人们会感到有必要反复重新提起的话题，因为我们与现实产生联系的方式在不断改变。

你们将要好心地加以关注的这本小说书，只是想成为一种证据，证明在那些于一九四五年开始自己文学实验的人中，他们中的一个，从其时到如今，是如何追随那个去捕捉一种味道、一道闪光、一声吱嘎响、一种生命的调子的幻想的。那是些对于世界的伟大哲学解释并不适合的时代，同样对于伟大的小说也是不适合的；我们尝试过在好比蚂蚁一只眼睛的无数刻面中，在人们企图据以重建整座庞大恐龙骨架的化石脊柱中，去捕捉宇宙的秘密。

---

① 埃乌杰尼奥·蒙塔莱（Eugenio Montale，1896–1981），意大利二十世纪著名诗人，曾在一九七五年获得诺贝尔文学奖。作品以其隐逸风格闻名。

② Occasioni 可以翻译成“机遇”、“机会”。这是蒙塔莱的一个诗集的名称。

当我刚开始的时候，写作是容易的。在词语和东西之间，在事实的力量和风格之间，在客观世界和主观世界之间，是没有差别的。生活在用我们周边的故事迅速繁殖。我和其他人写的很多小说，都是在游击队员的露营地中，在一战后的三等车厢里的 tales of hearsay[①]，听别人讲出来的故事。那时，有种要诉说，也要选择那些诉说方式和形态的集体驱动力。当然，我再也写不出来当时是怎么样的了，不只是因为我那时还年轻，所以事情于我看来都很容易。那种允许用相当有限的方式来表现事实的张力，是一种历史的张力，是早在个人的写作艺术之前，就存在于事物和时间之中的。我很快就发现，那是一种易逝的财产，我不久就能将其掠劫一空、消耗尽的财产。那个时候，我仍能相信这种财富是与"经验"相符的：游击队时期的经历被剥削完了，我们还能用什么来滋补我们的叙述？曾经有一个学派，也就是我们后来定义为叙事学的美国学派，提出一种能肯定获得成功的方法：丰富经验，旅行，亲临正在发生动荡事件的地方，那么写作就会成为一种必然。在我开始写作的年代里，这种思维形态正值其巅峰。那么，既然战争已然结束，我们现在该做什么呢，如果我们还想写作的话？追随已经迫在眉睫的新冲突爆发，去西西里参军、和朱里阿诺的独立主义分子混在一起，或者是去巴勒斯坦跟阿拉伯人和英国人作战？可对于既不是西西里人也不是以色列人的我们，那只会是种纯粹的冒险。而在全世界乱转的毫无理由的冒险，并不是我寻找的现实。如果这我不是自己明白的，还有切萨雷·帕维泽[②]反复对我们说，只有从那些不带着文学动机而经历的东西中，才能生出诗来，只有那拥有真正根系的地方，才

① 英语：道听途说。

② 切萨雷·帕维泽（Cesare Pavese，1908–1950），与卡尔维诺同时期的作家和诗人。

能冒出树叶与果实。

另一条路是求助于现实的宝藏，这种现实是由自己的地域，由地方的、通俗的、取之不竭的场景构成的：正是在那些年里，意大利的新现实主义有回归地区唯真主义的明显倾向。但地区唯真主义并不是我寻找的现实。地方主义永远要晚于历史一拍，而我感兴趣的是那些与历史同步的东西，但同时也要从自己的根源出发，立足于一片土地，拥有一种经历。

我曾参与的政治一派，企图在文学中描写出一种人民，这种描写会把纪实性的客观与积极情绪的富足和说教的热情混淆起来。但是社会现实主义并不是我寻找的现实：在革命运动中，我对一种早已众所周知的道德的解释从来也不曾感过兴趣，也不会感兴趣，但我感兴趣的是那种历史逻辑的荒谬机制。我在政治报刊上登载的小说在慢慢地失去现实的体积，但增添了叙述的线性成分，增添了能够获得一致的对称，增添了像寓言或童话般精准的几何学，而这正好发生在——您请注意好了——其时的政治理念最能来滋养我那些小说的时候。直到如今，我仍以为，如果不是想像的，讽刺的，乌托邦的文学，就不可能是真正的革命文学，我仍以为，“现实主义”经常携带着一种不信任历史进程的因素，携带着一种对过往的偏爱，这种偏爱但愿是高贵地反动的，并且即使在保守这个词的最积极的意义上也是保守的。

所以，是那种加强小说中理性的和故意的因素，加强秩序与几何学的需要，把我推向童话的。童话和想像叙述的那条道路，并不是一条任性与简单的路途：如果太过偏向纯粹的超现实无理由，可就糟了，如果不得不遵循一种局限于体现狭义道德历史的准则，那也很糟。为了避免成为一场纸做的舞台背景，想像必须要充满了回忆、必要性，总之，充满了现实性。

现实，于是——在我的最早的那些短篇小说的时期，现实好像如此简单和直接——就越来越成为一条不可捉摸的白鲸。如果我想抓住它的骨架，则必须要感到现实在越来越稀薄，直到它变成童话或是芭蕾舞蹈，而如果我想抓住它无限庞杂的整体，则需要对准一种在空间和时间里尽可能确定的叙述，一种麇集、细致、密布的叙述，就像用极细的针脚织成的网。而这里，我不得不去面对自己过去的一切；因为刚从浸满了直接经验的亲身经历中脱离出来，这网的针脚会扩张，缺口和脱漏也会打开，而现实的意义就会缺失。我寻找的现实也不存在于自传主义和心理反省中。对于人类灵魂的自传和描述会偏向于不定形，偏向于无限的接近，偏向于每一个人类存在的内心混乱；而我却总是偏向于构建一种有意义、有矢量线条图解的故事，偏向于把现实的刀片往每次选择出来的不同方向磨尖。

当然，只有从记忆，还有从我们曾直接卷入其中的经验出发，才能获得一种对社会现实的描写，一种不冷也不假的描写。但我寻找的现实，也肯定不存在于对意大利社会描写的现象学中，也不存在于对习俗的记录和批判中。当没有别的形式来了解，来表现这些事实的秩序时，文学有这种功用是合理的；而现在，我们有相当活跃的新闻业，也有在环境和现象方面都颇具实况效果的电影艺术。文学于是就有了另一项任务：揭示历史转折点，揭示重要时刻，揭示钟表结构上将来未知的一步跳跃，而不是今天那种滴答声。

我看到，我能向你们说出的，不是我已经写出的那些小说的故事，而是我慢慢地拒绝写出的那些小说的故事。至于那些我写过的小说，它们在那里，在书中，我希望，它们的故事能由它们自己讲述出来。

第一卷　艰难的田园诗

大鱼，小鱼

泽费利诺的父亲从来不穿游泳衣。他总是穿着卷着裤脚的裤子，套着短袖衫，戴着顶白布料的帽子，从来不离开礁石群。他的爱好是帽贝，那种扁平的、贴在礁石上的软体动物，它们硬极了的介壳和石头几乎浑然一体。为了把它们拿下来，泽费利诺的父亲得使上刀，每个星期天他都用自己那戴着眼镜的目光检阅海岬上的每一块石头。他能一直这样继续下去，直到他的小筐子里装满帽贝；有几个是刚摘下就吃掉了，他吸着帽贝那湿润而发酸的贝肉，就像从调羹里吸出来一样；其他的帽贝他则放进篮子。他不时地抬起眼睛，并把这有些茫然的眼睛转向平滑的大海，喊道："泽费利诺!你在哪里？"

泽费利诺整个下午都待在水里。他们两个一起来到海岬，随后父亲就把他丢在那里，赶紧去跟在他的帽贝后面了。帽贝这么坚定固执，不可能吸引泽费利诺的注意力；首先吸引他的是螃蟹，然后是章鱼，再有就是水母，接着是各种各样的鱼。入夏以来，他这个猎打得是越来越复杂和巧妙了：现在跟他一般大、持着水下猎枪能把猎打得像他这么好的小伙子，是一个也没有。水下功夫上乘一些的要数有点矮胖的家伙，耐力好，肌肉足；泽费利诺正在往这个样子长。在地面上，他那样牵着父亲的手，看起来就是一个那种剃着光头，张大嘴巴，需要让人拍着脑袋才能往前走的小伙子，在水上，他可是比谁都要强；潜在水下还要厉害。

那一天，泽费利诺为了水下狩猎把所有器械都准备齐全了。潜水面具他是去年就有的，那是他奶奶的礼物；一个表姐妹的脚小，就把她的脚蹼借给了他；猎枪他是从舅伯家里拿来的，他拿的时候什么都没说，却跟父亲说是他们借给他的。再说他是个小心的孩子，既会耍枪，处事又周全，大家把东西借给他都很放心。

大海很美，很清澈。泽费利诺对所有的嘱咐都说："好的，爸爸，"然后就下水了。他那样顶着插上通气管的玻璃脸罩，蹬着双鱼尾一样的腿，手里还操着那既像长矛，又像步枪，也像鱼叉的工具，都不再像人类了。然而，一下海，尽管他是半埋在水中地游弋，还是很快就能认出来那是他：从他拍脚蹼的模样，从他把枪夹在腋下举向前方的方式，从他把头浮在水面向前行进的那个势头。

海底起初是沙子，然后是石头，有些石头表面给侵蚀了，光秃秃的，另一些上面则是长胡子般布满了密匝的褐色海带。在礁石的每一处褶缝里，或是翱翔在水流中那颤抖的须根之间，都有可能突然出现一条大鱼，玻璃面罩后，泽费利诺全神贯注地转动着不安的眼睛。

第一次发现海底时，会觉得它很美：不过就像其他每一件东西，最美的，还在后头，要通过一次次的划臂才能完全了解它。就好像是在喝这些水下景色：走啊走，永远也走不到头。面罩的玻璃是一只巨大的单眼，吞食着这些阴影与色彩。现在阴暗结束了，他已经远离了那片礁石的海域；在海底的沙子上，能辨认出来被海水流动勾勒出的纤细波纹。太阳的光芒一直到达这底下，摇曳着闪烁不停，成群的追饵鱼[①]也跟着闪动不止：极小的鱼群笔直地疾行着，然后突然又一齐来个直角转弯。

突然升腾起来一片沙云，那是海底的一条金鲷鱼拍了一下尾巴。它没有发现自己已经对准了那个鱼叉。泽费利诺已经在潜游了；而金鲷鱼呢，那生着条条线纹的两侧漫不经心地摆动几下后，猛的一跳就溜走直冲到水面去了。这鱼和捕鱼人一直游到了一片小海湾里，周围尽是些竖着刺海胆的礁石，那里的石头多孔，光溜溜的。"在这里它可就逃不掉了，"泽费利诺想；就在那一刻，金鲷鱼失踪了。从一些洞穴和凹槽里，冒出一串小泡，然后很快就止住了，然后在另一处又冒起泡来；海葵不停地发着光。金鲷鱼从一个穴口中探出身来，随即消失在另一口洞穴中，很快又从极远的一个孔里钻出来。它沿着一块山嘴般的礁石，朝底下游去，泽费利诺看见在海底有一处地方绿得发光。这鱼在那片光亮中迷失了方向，泽费利诺紧随它游去。

穿过一块山石脚下的低矮拱洞，在他上方又是高高的水深和天空。浅色石头的阴影包围着这片海底，落在更深处一块半浸在水里的礁石上。泽费利诺腰一挺，脚蹼一蹬，准备浮到水面上来换口气。气管露了出来，他吹出几滴钻进面罩的水珠，但这小伙子的头还埋在水里。他又找到了那条金鲷鱼；甚至：是两条!同时，他又看到一整队的金鲷鱼安详地游在他左侧，而右侧闪耀着另外一群。这个地方的鱼类富裕极了，而且几乎是片封闭的水域，不管泽费利诺望着

① 这多半是卡尔维诺自创的说法。

什么方向，总能碰到闪现的纤细鱼鳍，耀眼的鱼鳞，以至于他惊愕和狂喜得一枪都打不出去。

这时候不能急，要研究好最佳出击，同时又要注意不能把恐惧散布开来。泽费利诺的头仍是埋在水下，往最近的一处礁石边游去在水中，顺着岩壁，他看见一只白乎乎的手悬在那里。大海是静止的；在那绷紧和明净的海面上，扩散着一圈圈的同心圆，就像是一滴雨珠掉了下来。小伙子抬起头望着。一个肥胖的女人，在礁石边缘上俯着身，穿着泳衣，正在晒太阳。她在哭。眼泪一滴滴地从脸颊上滑下来，落在海里。

泽费利诺提起额头上的面具，说："对不起。"

胖女人说："看你说的，小伙子，"然后继续哭。"你尽管逮你的鱼。"

"这个地方全是鱼，"他解释道。"您看见有多少鱼吗？"

胖女人的面容宽慰了些，直勾勾望着自己前方的眼里饱含着泪水。"我还真没看见。我怎么办？我止不住总是想哭。"

泽费利诺但凡谈及大海，谈及鱼群，那是最能干的；然而，这一碰着人，就又是他那副张口结舌的模样。"我很抱歉，夫人……"于是就想回到他的金鲷鱼那里去，但是，一个哭泣的胖女人又是如此罕见的景致，搞得他不得不着迷地看她。

"我不是位夫人，小伙子，"胖女人说，她那高贵的嗓子略带些鼻音。"你该叫我小姐。德·玛吉思特里斯小姐。那你叫什么名字？"

"泽费利诺。"

"好孩子，泽费利诺。你捕鱼捕得怎么样？或者说猎鱼猎得怎么样，怎么说来着？"

"我不知道这该怎么说。我还什么都没逮着。但这里是个好地方。”

“可你拿那把猎枪时要小心。不是说跟我，你拿枪要小心，我一个可怜人又能怎么样。我是说你，你要小心别弄伤自己。”

泽费利诺跟她保证，叫她不要担心。然后也在岩石上，挨着她坐下，又看着她哭了一会。好像有那么几阵子，她稍停下来，用那个发红的鼻子抽口气，抬起头，再摇一摇。同时，在眼角和眼皮下面，好像又鼓起了一泡眼泪，然后很快就从眼睛里溢了出来。

泽费利诺不知道该想些什么。看着一个小姐哭，是件揪心的事情。但面对那样一片充盈着各种鱼类的海上围场，怎么能伤心得起来呢？心中应该是满怀着兴奋与念想才对呀。跳进那一潭绿色中，跟在鱼群后面，又怎么能靠在一个哭得全是泪的大人旁边？在同样的时刻，同样的地方，却同时存在着两种如此对立而不可协调的折磨。泽费利诺不能同时考虑这两件事情；却也不能让其中的任何一种折磨随之而去。

“小姐，”他问道。

“你说。”

“您为什么哭？”

“因为我在爱情方面非常不幸。”

“啊呀！”

“你不能明白的，你还是个孩子。”

“您想戴着面罩游一会泳吗？”

“谢谢，我很乐意。有意思吗？”

“这是世上最有意思的事情了。”

德·玛吉思特里斯小姐站起身来，扣住背上游泳衣的肩带。泽费利诺把面罩给她，很清楚地解释了该怎么戴它。她半打趣半羞赧地晃了晃脑袋，把面罩戴在了脸上，但逆着光，还是能看见她的眼睛在不住地流泪。她用不是很优雅的动作下了海，就像一只海豹，脸朝下地胡乱扑腾起来。

泽费利诺夹着猎枪，也跳进水里游了起来。

“您看见什么鱼的话，请告诉我一声。”他对德·玛吉思特里斯喊道。在水里他可是不开玩笑的；他很少会给出和他一起来逮鱼的特权。

但是那小姐抬起头来，做了个不行的手势。玻璃变朦胧了，看不清她脸上的轮廓。她把面具脱下。“我什么都看不见，”她说，“眼泪把玻璃弄模糊了。我不行。真抱歉。”然后就待在那里，哭泣着，在水里。

“真糟糕，”泽费利诺说。他连可以把玻璃擦干净的半块土豆都没有[①]，但是他用一点口水将就地打理了一下，自己又戴上面罩。“您看我是怎么做的，”他对那个胖子说。他们在那片海里一起往前游，他全仗着脚蹼，头埋在水下，她则是侧身划着，一只胳膊展开，另一只曲着，脑袋痛苦地挺着，极度伤心的模样。

德·玛吉思特里斯小姐游泳游得很糟糕，整个身子都是侧着的，每划一次臂膀，她人就笨拙地往前冲一下。她下面，成米成米的鱼群在海里奔跑着，海星和乌贼尽情地畅游，海葵大张着嘴巴。在泽费利诺眼前，迎来的就是让人眼花缭乱的景色。水很高，沙质的海底上布满了小块的礁石，礁石间是一触到海水的涌动就荡漾起来的缕缕海带。但是往那下面看，在大片质地均匀的沙子上，就好像礁石在那片长满了海带的静止水域中波动一般。

---

① 意大利人有用土豆来擦玻璃的习惯。

突然，德·玛吉思特里斯小姐看见他头朝下地消失了，只是臀部露出了片刻，然后是脚蹼，再接着是他潜在水下的淡色阴影，正徐徐地往海底降下去。当那条狼鲈发现危险时已经太晚了：被掷出的鱼叉已经斜着击中了它，鱼叉中间的那根叉子戳中了它的尾巴，从鱼的一侧穿进，又从另一侧穿了出来。这狼鲈竖起了多刺的鱼鳍，扑扇着水，猛地往外挣脱，鱼叉的其他叉子没戳着它，它冒着丢掉尾巴的危险，还指望能逃跑。但它得到的却是被鱼叉的另一根叉子刺进了鱼鳍，它完了。枪筒已经收回了线，鱼的上方是泽费利诺那满意的粉红色阴影。

刺穿狼鲈的鱼叉从水中冒了出来，接着是小伙子的胳膊，然后是戴着面罩的脑袋，还有从通气管中汩汩涌出的水泡。泽费利诺露出脸来：“看见没？这多美啊！小姐，看见没？”这是一条银色与黑色相间的粗壮狼鲈。但是那女人仍是在哭。

泽费利诺顺着一块礁石的尖角爬了上去；德·玛吉思特里斯小姐吃劲地跟着他。为了把鱼放到一处清凉的地方，小伙子选了一个积满水的小凹槽。他们蹲在旁边。泽费利诺凝视着狼鲈闪闪发光的颜色，抚摩着它的鱼鳞，想让德·玛吉思特里斯小姐也照着他的样子做。

“您看见它有多美吗？您看见它是怎么戳人的吗？”当他感到在这个胖女人的沮丧中，正有一丝对这鱼的兴趣在逐渐扩大时，便说了句：“我去看一下能不能再弄一条上来，”说罢就已经全副武装好了，跳入水中。

那女人就和鱼留在了一起。她才发现没有比这条更不幸的鱼了。她用手指抚过它环形的嘴巴，鱼鳃，还有鱼尾；这才看见，在它那银色的漂亮身段上，打开了成千上万的小孔。狼鲈身上的水蚤和微型寄生虫，已经在上面统领了很长时间，且仍在啃噬着它身上的肉为自己开路。

泽费利诺才不管这些事情，他已经又浮出了水面，鱼叉上戳着一片金色的阴影，他把它伸到德·玛吉思特里斯小姐跟前。于是两个人就这么分了工：女人把鱼从鱼叉上取下，并把它们放在背阴的凹槽里；泽费利诺再把头陷进水中，捉另一条鱼去了。但每次下水之前，他总要先看看德·玛吉思特里斯小姐是否已经止住了哭泣：如果她没有停下哭泣来看这狼鲈，这一小片影子，那还有什么东西才能够安慰得了她？

金色的条纹横穿着那小片阴影的两侧。它背上的两片鱼鳍排成了一行。在这些鱼鳍之间，小姐看见了一条既细又深的伤口，比那杆鱼叉刺出来的口子还要老旧。应该是海鸥使了好大劲在那鱼背上啄出的一道口子，叫人不明白的是，那一口怎么会没把它给弄死。谁知道那一小片阴影携着这痛楚有多长时间了。

比泽费利诺的鱼叉还要快的是一条鲷鱼，它在一群细小且行踪不定的黑棒鲈之上，正准备出击。鲷鱼及时吞进一条黑棒鲈，而鱼叉却同时戳进了它的喉咙。泽费利诺从来没这么高超地逮过鱼。

"这条鲷鱼妙极了！"他大嚷着，摘掉了面罩。"我原来是跟在黑棒鲈后面的，那鲷鱼吃了一条黑棒鲈，而我又……"他解释着当时的场面，结结巴巴地表达着兴奋之情。一条又肥又漂亮的鱼一般是很难猎着的：泽费利诺想让德·玛吉思特里斯小姐最终能参与到他的欣喜中来。而她望着那条银色的肥厚身躯，那个刚刚吞进一条青色小鱼的喉咙，这次这鱼却是被鱼叉的叉齿撕了个粉碎：这就是整个海洋的生活。

泽费利诺又捉住一条灰色的洛克鱼[1]，一条红色的洛克鱼，身上有黄色条纹的金鲷鱼，胖嘟嘟的乌颊鱼，还有一条扁平的刺鳍鱼；甚至还有一条有髭须并多刺的真豹鲂鮄。但在所有的鱼里，除了鱼叉戳出的伤口，德·玛吉思特里斯小姐还发现了水蚤在鱼身上啃出的咬痕，一种不知名寄生虫的斑迹，或是一只长久刺入喉中的鱼钩。那片被小伙子发现的海湾，那个各种鱼类约会相聚的地方，也许是一家被判了长期濒死状态罪的动物避难所，一个海洋传染病医院，一处拼死决斗的竞技场。

现在泽费利诺在礁石间忙活个不停：章鱼！他发现了藏匿在一大块岩石脚下的群落。在鱼叉上已经出现了一只肥大的紫色章鱼，从它的伤口里正渗出一种类似于被稀释了的墨汁的液体；一种奇怪的不安之感抓住了德·玛吉思特里斯小姐。为了放置章鱼，他们又远远地另找了一处凹槽，泽费利诺再也不会离开那里了，他欣赏着那渐变着的灰色和粉红色皮肤。有点晚了，小伙子身上直起鸡皮疙瘩，反正他也下海游了很长时间了。但泽费利诺还是不能确定自己是否想放弃刚发现的那一整家章鱼。

小姐正观察着章鱼，看着它滑溜溜的肉体，它生着吸盘的嘴巴，还有它那微红的、几乎呈液体状的眼睛。这就是章鱼，在被捕上来的东西中唯一一个让她觉得既没有伤痕，也没有痛苦的家伙。它的触角是人类一般的肉红色，是如此的柔软而蜿蜒，触角下全是隐蔽的腋窝，唤起了人们对健康与生命的念想，几下怠倦的抽搐使触角左转右移，触角上的吸盘也跟着微微扩张开来。德·玛吉思特里斯小姐的手悬在半空中，做着抚摸章鱼的动作，手指也模仿章鱼做出的抽动动作，并且越来越靠近它，几乎就要碰着它了。

---

① 此鱼的名称为音译。

夜幕降临了，海上起了浪。章鱼的触角在风中颤抖，就好像鞭子一般，突然使出浑身的劲，抓住了德·玛吉思特里斯小姐的胳膊。她站在一块礁石上，就好像想逃脱出自己被囚禁的胳膊一般，抛出一声类似于“章鱼!章鱼弄疼我了!”的尖叫。

泽费利诺，其时刚把一条鱿鱼逐出来，头一露出水面，就看见胖女人的胳膊上趴着那只章鱼，而且它正把自己的一条触角伸向她的喉咙，他还听见了那一串尖叫的尾音，那是一种高亢而持续的哀嚎，然而是一种——起码小伙子是这么觉得的——不再流泪的哀嚎。

一个持刀男人跑了过去，踢起了那个软体动物的眼睛：他干脆利落地砍掉了它的头部。那是泽费利诺的父亲，他装满了那一篮子帽贝后，就来礁石群上找儿子。他听见呼喊，便聚集起那戴着眼镜的目光，看见了那女人，于是揣着他用来摘帽贝的刀片跑去帮她。触角很快就软塌下去；德·玛吉思特里斯小姐晕倒了。

当她苏醒过来的时候，看见章鱼给切成了好几块，泽费利诺和他的父亲把章鱼送给她去煎了吃。晚上了，泽费利诺穿上了衬衫。父亲用精确的手势向她说明如何可以做得一盘美味的章鱼。泽费利诺望着她，有那么几次，他以为她又要哭起来了；然而，她一滴眼泪都没流出来。

一个下午，亚当

新来的园丁是一个长头发的小伙子，他的头上有一个布制的小十字扣，用来卡住头发。现在他上了林荫道，拎着满满的喷水壶，同时伸出另一只胳膊以使负重平衡。他给水田芥洒水，慢慢地，就好像在倒牛奶咖啡：在土里，在小植物的底部，一摊深色积水扩大开来；当这摊水很大了且松软的时候，小伙子扶起喷水壶，换另一株植物浇。园丁应当是个好活儿，因为做所有的事都能悠着来。玛利亚-努琪亚达正从厨房的窗子里望着他。他已经是个大小伙子了，但还穿着短裤。而那头发长得就像个姑娘。玛利亚-努琪亚达停下洗碗，敲了敲玻璃窗。

"小伙子，"她说。

小伙子园丁抬起头，看见玛利亚-努琪亚达，笑了。玛利亚-努琪亚达也开始笑，既是为了回应他，也是因为她从来没见过一个小伙子头发留这么长，并且还在他头上戴那样一个十字扣。然后小伙子园丁就向她做了个"你过来"的手势，玛利亚-努琪亚达于是因为他那个打手势的滑稽样子继续笑着，然后就连她也开始做一些手势来向他解释自己还有盘子要洗。但小伙子园丁还是一只手做着“你过来”的动作，另一只手指着大丽花的花瓶。为什么他总指着大丽花的花瓶？玛利亚-努琪亚达打开一点点玻璃窗，把脑袋伸到外面。

“什么呀？”她说，然后开始笑。

“你说说：你想不想看一个漂亮的东西？”

“什么东西？”

“一个漂亮的东西。你过来看看。快点。”

“告诉我是什么东西。”

“我把它送给你。我送给你一个漂亮的东西。”

“我有盘子要洗。待会儿夫人来，就找不着我了。”

“你想要还是不想要？来，来吧。”

“你在那边等着，”玛利亚-努琪亚达说，关上窗户。

当她从便门里出来的时候，小伙子园丁还一直在那里浇水田芥。

“你好，”玛利亚-努琪亚达说。

玛利亚-努琪亚达好像要更高一点，因为她穿着有软木底的漂亮鞋子，很可惜她在干活的时候也穿着这鞋子，她喜欢这样。但是她有一张娃娃脸，黑色的鬈发中，一张脸小小的，她的腿也还很细，还没发育好，但在围裙皱泡里的身子已然丰满，就跟成人一样了。她总是在笑 对别人说的每一件事情，或是对她自己说出来的事情，都要笑。

“你好，”小伙子园丁说。他有着深棕色的皮肤，脸上，脖子上，胸前：也许是因为他一直这样，半裸着身子。

“你叫什么名字？”玛利亚-努琪亚达说。

“里贝莱索，”小伙子园丁说。

玛利亚-努琪亚达笑着反复念叨：“里贝莱索……里贝莱索……什么名字呀，里贝莱索。”

“这是一个埃斯佩朗多语[①]的名字，”他说。“在埃斯佩朗多语中是自由的意思。”

“埃斯佩朗多语，”玛利亚-努琪亚达说。“你是埃斯佩朗多人？”

“埃斯佩朗多是一种语言，”里贝莱索解释道。“我父亲说埃斯佩朗多语。”

“我是卡拉布里亚人，”玛利亚-努琪亚达说。

“你叫什么名字？”

“玛利亚-努琪亚达，”她又笑。

“为什么你总在笑？”

“那你为什么叫埃斯佩朗多呢？”

“不是埃斯佩朗多：里贝莱索。”

“为什么呢？”

“那你又为什么叫玛利亚-努琪亚达呢？”

“因为这是圣母玛利亚的名字呀。我的名字跟圣母玛利亚的名字一样，我兄弟的名字跟圣约瑟的名字一样。”

“圣朱瑟？”

玛利亚-努琪亚达爆笑起来：“圣约瑟！约瑟，不是圣朱瑟！里贝莱索！”

“我兄弟，”里贝莱索说，“叫杰尔米纳尔，我的姐妹叫奥姆尼亚。”

“那个东西，”玛利亚-努琪亚达说，“让我看看那个东西。”

---

① Esperanto，即世界语。

“过来，”里贝莱索说。他放下喷水壶，牵起她的手。

玛利亚-努琪亚达不肯走：“先告诉我是什么。”

“你会看到的，”他说，“你得答应我会好好保管这个东西。”

“你把它送给我么？”

“对，我送给你。”他把她带到靠着花园围墙的一个角落里。那里有一些大丽花，装在花瓶里，就跟他们一般高。

“在那里。”

“什么呀？”

“等一下。”

玛利亚-努琪亚达从他的肩后探着脑袋看。里贝莱索俯身挪开一个花瓶，把另一个花瓶抬到墙边，然后指了指地上。

“那里，”他说。

“什么呀？”玛利亚-努琪亚达说。她什么也没看见：就是一块阴翳中的角落，有一些潮湿的叶子和松软的土。

“看它是怎么动的，”小伙子说。于是她就看见一块树叶般的石头在动，一个湿乎乎的东西，有眼睛有脚：一只癞蛤蟆。

“我的妈呀！”玛利亚-努琪亚达穿着她那漂亮的软木底鞋子，在大丽花丛中跳着逃开了。里贝莱索蹲在癞蛤蟆旁边，笑着，深棕色的脸当中牙齿白白的。

“你害怕！是一只癞蛤蟆呀！你为什么害怕？”

“是一只癞蛤蟆！”玛利亚-努琪亚达呜咽道。

“是一只癞蛤蟆。过来，”里贝莱索说。

她用手指指着癞蛤蟆：“弄死它。”

小伙子双手摊向前，几乎是要保护它：“我不想。它很好。”

“是只好蛤蟆？”

"蛤蟆都很好。它们吃害虫。"

"噢，"玛利亚-努琪亚达说，但还是没靠近。她咬着围裙的领子，试着斜着眼睛看。

"看它多漂亮，"里贝莱索说，然后放下手。

玛利亚-努琪亚达靠过来：不再笑了，张大嘴巴地看着："不！别碰它！"

里贝莱索正在用一根手指头抚摸着癞蛤蟆那灰绿色的背，它背上长满了淌着水的疣粒。

"你疯了吗？你不知道摸它的话会烧手吗，而且你的手会肿的？"

小伙子把自己深棕色的大手给她看，他的手心覆着一层黄色的老茧。

"我没事呀，"他说。"它真漂亮。"

他拎住癞蛤蟆的后颈，就像拎一只小猫那样，然后他把癞蛤蟆放在自己的手心上。玛利亚-努琪亚达咬着围裙上的围脖靠过来，挨着他蹲下。

"我的妈呀，这是什么感觉呀，"她说。

他们两个人都蹲在大丽花的后面，玛利亚-努琪亚达玫瑰红色的膝盖蹭着里贝莱索那擦破了皮的深棕色双膝。里贝莱索不停地用手心和手背抚摩癞蛤蟆的后背，每当癞蛤蟆要滑下来时他还不时地接住它。

"你也摸摸它，玛利亚-努琪亚达，"他说。

小姑娘把手藏在怀里。

"不，"她说。

"怎么？"他说，"你不想要它吗？"

玛利亚-努琪亚达垂下双眼，然后看了看癞蛤蟆，旋即又垂下眼睛。

“不，”她说。

“是你的呀。我送给你的，”里贝莱索说。

玛利亚-努琪亚达两眼迷茫，现在：她很难过要拒绝一个礼物，从来没有人给她送过礼物，但她实在讨厌癞蛤蟆。

“我让你带它回家，如果你想的话。它会给你做伴的。”

“不，”她说。里贝莱索把癞蛤蟆放回地上，它立马跳开，躲在树叶里。

“再见，里贝莱索。”

“等一下。”

“我得把盘子洗完。夫人不想我到花园里来。”

“你等一下。我想送你什么东西。一个非常漂亮的东西。过来。”

她开始跟着他，在铺着鹅卵石的小道上走着。他是个奇怪的小伙子，里贝莱索，长头发，还把癞蛤蟆捧在手里。

“你多少岁，里贝莱索？”

“十五。你呢？”

“十四。”

“已经十四了还是要满十四？”

“我是圣母领报节那天过生日。”

“已经过了吗？”

“什么呀，你不知道什么时候是圣母领报节吗？”

她又开始笑了。

“不知道。”

“圣母领报节，就是有游行队伍的那天。你不去参加游行队伍吗？”

“我不去。”

“在我的家乡所有人都去，因为有很多漂亮的游行队伍。在我的家乡不像在这里。那里有大片的地，地上满是香柠檬树，除了香柠檬什么都没有。所有的工作就是从早到晚地采柠檬。我们原来有十四个兄弟姐妹，大家都要采柠檬，有五个很小就死了，我妈妈又害了破伤风，为了到卡尔梅娄舅舅那里，我们坐了一个星期的火车，在舅舅那里八个人睡在一个大车库里。说说，你为什么留那么长的头发？”

他们停在一个开满马蹄莲花的花坛前。

“因为就是这样啊。你也留着长头发呀。”

“我是个女孩。如果你留长头发就好像一个女孩。”

“我不是像女孩那样。不是根据头发才能看出来一个人是男还是女的。”

“怎么不是从头发上看出来的？”

“不是从头发上看出来的。”

“为什么不是从头发上看出来的？”

“你想不想我送你一个漂亮的东西？”

“想。”

里贝莱索开始在马蹄莲花丛中走动。花都已经开了，喇叭状的白花直冲着天。里贝莱索往每一朵马蹄莲的花朵里面看，他用两根手指头在花朵里拨弄，然后把什么东西藏进攥紧成拳头状的手里。玛利亚-努琪亚达没进花坛，她看着他，静静地笑着。他在做什么，里贝莱索？他已经把所有的马蹄莲花都查了个遍。他正在把手伸向前，一只手被包在另一只手之中。

“把手打开，”他说。玛利亚-努琪亚达虽然把手掬成了窝状，但也害怕把自己的手放在他的手下。

“你那里面是什么？”

“一个漂亮的东西。你会看见的。”

“先让我看看。”

里贝莱索稍微松开了点手，让她往里看。他装着满手的甲虫：各种颜色的甲虫。最漂亮的是那些绿色的，然后也有些暗红色的，黑色的，还有一只深蓝色的。它们有的嗡嗡作响，有的从别的甲虫壳上滑下来，黑色的脚在空中乱蹬。玛利亚-努琪亚达把手藏在围裙下。

“拿着，”里贝莱索说，“你不喜欢吗？”

“喜欢，”玛利亚-努琪亚达说，但她一直把手收在围裙下。

“把它们握在手里的时候痒痒的：你想感觉一下吗？”

玛利亚-努琪亚达把双手伸向前，战战兢兢地，里贝莱索就把那小瀑布般各色昆虫倒在了她手里。

“勇敢点。它们不咬人。”

“我的妈呀！”她还没想过它们会咬她呢。她打开手，这些被放到空中的甲虫张开了翅膀，那些漂亮的颜色消失了，只剩下一群黑色的鞘翅，飞舞和停泊在马蹄莲中。

“真可惜；我想送你一个礼物，你却不想要。”

“我要去洗盘子了。如果夫人找不着我，要叫的。”

“你不想要一个礼物吗？”

“你送我什么呢？”

“过来。”

他牵着她的手，继续领着她在花坛间走。

“我得赶紧回厨房，里贝莱索。然后我还得给一只小母鸡拔毛。”

“呸！”

“为什么：呸？”

“我们不吃死动物的肉。”

“你们总在封斋吗？”

“什么？”

“你们吃什么？”

“很多东西，洋蓟，莴苣，番茄。我父亲不想我们吃死动物的肉。咖啡和糖也不吃。”

“用证领的糖也不吃吗？”

“这糖我们卖给黑市。”

他们来到一挂瀑布般的肉质植物前，植物上红色的花儿星罗棋布。

“好漂亮的花儿，”玛利亚-努琪亚达说，“你从来没采过花儿吗？”

“为了什么？”

“为了把花儿带给圣母玛利亚啊。花儿是用来带给圣母玛利亚的。”

“松叶菊。”

“什么？”

“这种植物在拉丁语里叫松叶菊。所有的植物都是用拉丁语来命名的。”

“弥撒也是拉丁语。”

“我不知道。”

里贝莱索正在墙上那弯弯曲曲的枝蔓间仔细地盯着什么。

"就在那里啦，"他说。

"什么？"

有一条绿蜥蜴，待在阳光下，全身绿色，绿中还有些黑色的小图案。

"我这就去逮住它。"

"不。"

但他已经向绿蜥蜴靠过去了，张着双手，小心翼翼地，然后一个猛冲：逮住了。这下他笑得可开心了，笑容是白色和深棕色的。"你看它还想逃！"从他合上的手里时而冒出迷惑的小脑袋，时而露出尾巴。连玛利亚-努琪亚达也笑了，但每次她一看见绿蜥蜴露出来，就往后跳几步，攥紧膝间的衬裙。

"总之，你就是不想要我送你任何东西吗？"里贝莱索说，有点不乐的样子，小心翼翼地把绿蜥蜴放在一小垛墙上，蜥蜴箭也似的跑了：玛利亚-努琪亚达垂着双眼。

"跟我来，"里贝莱索说，又牵起了她的手。

"我会喜欢一小管口红，喜欢在星期天的时候给嘴唇涂上口红去跳舞。然后还要有一面黑纱来裹头，之后去参加祝福式。"

"星期天的时候，"里贝莱索说，"我和我的兄弟去森林里，我们装上两袋子的松果。然后，晚上的时候，我父亲大声地读埃里塞奥·莱克鲁斯的书。我父亲的长头发披到双肩，胡子拖到胸膛。他夏天和冬天都穿短裤。而我给国际航空联合会的小展窗画图。那些戴着大礼帽的是金融家，那些戴着法国圆顶军帽的是将军，那些戴着圆帽的是神父。然后我用水彩给画上色。"

那边有只水缸，缸里浮着些睡莲的圆叶。

"嘘，"里贝莱索说。

能看见水下有只青蛙，正在往水面上游，绿色的腿一蹬一收的。它浮出水面后，就跳上一片睡莲叶子，端坐于中央。

“这里，”里贝莱索说，伸手就去捉它，但玛利亚-努琪亚达叫道：“噢！”青蛙跳进水里。但里贝莱索鼻子紧贴水面，还在找它。

“在那下面。”

他把手伸到水下，把攥成拳头的手拿出水面。

“一次两只，”他说，“你看。是两只，一只在另一只身上。”

“为什么？”玛利亚-努琪亚达说。

“公的和母的粘在一起，”里贝莱索说道，“看它们是怎么做的。”

他想把青蛙放在玛利亚-努琪亚达的手上。玛利亚-努琪亚达不知道自己害怕的是因为它们是青蛙，还是害怕的是因为它们是粘在一起的公蛙和母蛙。

“让它们自己待着去罢，”她说，“没必要碰它们呀。”

“公的和母的，”里贝莱索重复道。“然后它们产蝌蚪。”

一朵云飘过太阳。玛利亚-努琪亚达突然担心起来。

“天晚了。夫人肯定在找我。”

但她一直没有离开。他们继续在花园里转悠，太阳也没了。这回是一条蛇。它在一排竹子后，一条小蛇，一条玻璃蛇蜥。里贝莱索把蛇缠在自己的胳膊上，摸着它的小脑袋。

“我曾经驯过蛇，我有过十来条呢，还有一条长长长长的，黄色的，水蛇属的。然后它蜕了皮，逃了。你看这条，张开嘴了，你看这分叉成两半的舌头。你摸摸它，不咬人的。”

但是玛利亚-努琪亚达也怕蛇。于是他们就去了石头砌成的小水槽边。他先给她看了喷水的泉眼，打开了所有的水龙头，她很高兴。然后他给她看了一条红色的鱼。这是一条孤独的老鱼，鱼鳞已经开始泛白了。是了：玛利亚-努琪亚达喜欢红鱼。里贝莱索开始用双手在水里捞，想要抓到它，这是件麻烦事，但捉住后玛利亚-努琪亚达就可以把这鱼放在小水缸里了，还可以放在厨房里。他抓住了那条鱼，但没有把它拿出水面，是为了不使它窒息。

“把手放下来，摸摸它，”里贝莱索说，“能感到它在呼吸；它的鱼鳍就跟纸一样，鱼鳞有点扎人，但就一点点。”

但玛利亚-努琪亚达连鱼也不想摸。

在一个矮牵牛花的花坛里，有一处肥土很松软，里贝莱索用手指在土里抓来抓去，拔出来一些长长软软的蚯蚓。

玛利亚-努琪亚达小声叫着逃开了。

“把手放在这儿，”里贝莱索说，指着一棵老桃树的树干。玛利亚-努琪亚达不明所以，但还是把手放上去了：然后她惊叫起来，跑去把手浸到水盆的水里。她是从一堆蚂蚁上把手抽出来的。桃树上满是来来往往的、极小极小的阿根廷蚂蚁。

“你看，”里贝莱索说，他把一只手撑在树干上。眼看着这些蚂蚁爬上他的手，但他并不把手拿走。

“为什么？”玛利亚-努琪亚达说，“为什么你让蚂蚁爬满你的手？”

手已经黑了，蚂蚁已经上了手腕。

“挪开手，”玛利亚-努琪亚达呻吟道，“你让所有的蚂蚁都爬到你身上来了。”

蚂蚁上了他的光膀子，已经到了胳膊肘。现在整条膀子都覆盖着一层密密麻麻的、攒动着的小黑点；蚂蚁已经到了胳肢窝，但他还是没有挪开手。

“把手拿开，里贝莱索，把膀子放到水里去！”

里贝莱索笑着，有几只蚂蚁已经从他脖子上爬到脸上了。

“里贝莱索！所有那些你想要的！你送我的所有礼物我都要！”

她搂住他的脖子，开始给他驱赶蚂蚁。

这下里贝莱索才把手从树上拿下来，笑得白白地，深棕色地，满不在乎地掸了掸自己的膀子。但看得出，他还是很激动的。

“那末，我要给你一个大礼物，我决定了。一个我能给你的最大的礼物。”

“什么？”

“一头豪猪。”

“我的妈呀……夫人！夫人叫了！”

玛利亚-努琪亚达听到一块小石子砸在玻璃窗上的时候，已经洗完碗了。里贝莱索在底下，拎着个大篮子。

“玛利亚-努琪亚达，让我上来。我要给你一个惊喜。”

“你不能上来。你那里面装了什么？”

但就在这时夫人按铃了，玛利亚-努琪亚达消失了。

当她回到厨房时，里贝莱索不在了。不在里面，也不在窗户下边。玛利亚-努琪亚达走到水池前。于是看到了惊喜。

在每一个放好了要擦干的盘子上都有一只蹦蹦跳跳的蛙，一条蛇盘在平底锅里，大汤碗里则全是绿蜥蜴，潮兮兮的蜗牛在玻璃柜子上留下了道道彩虹色的痕迹。装满水的洗衣盆里游着那条红色孤独的老鱼。

玛利亚-努琪亚达退了一步，脚边却有只癞蛤蟆，一只肥蛤蟆。甚至，应该是只母的，因为它后面跟着整个一窝蛤蟆，五只小蛤蟆排成队，在黑白相间的地砖上一步一小跳地前进着。

装螃蟹的船

多罗里广场[①]的小伙子，每年都是在四月里的一个星期天第一次下海，那时的天是崭新而碧蓝的，太阳是愉悦而年轻的。他们跑着从小巷子里下来，打满补丁的线裤飘呀飘的，有些人已经趿上了木屐鞋，在石子路上噼里啪啦地走着，更多人是光着脚的，这样就可以省去之后得把袜子穿在湿脚上。他们冲向堤道，跳过铺张在地上的渔网，于是这网就从蹲伏在那里补网的渔夫那赤裸而长满老茧的脚边扬了起来。他们在一片礁石带上脱下了衣服，对海带那种腐朽的酸味，对海鸥那试图把那片过大的蓝天填满的翱翔感到无比兴奋。他们把衣服和鞋子藏在礁石的洞穴里，把年轻的螃蟹搞得东逃西窜；他们赤着脚裸着身地在礁石间跑了起来，等着有谁第一个准备好了跳下水去。

水面很平静，但不透明，那是一种浓厚的蓝色，荡漾着生冷的绿色倒影。江·马利亚，人称马利亚萨，跑上一块高大礁石的顶部，

① 多罗里广场，可能处于意大利西北部大区利古里亚的圣雷莫城。

用他那种拳击运动员般的动作，把拇指堵在鼻子下深吸了一口气。

“走啊，”他说；双手合掌伸向自己前方，头朝下地跳进水去。他从几米以外的地方吐着水泡冒出来，然后浮在水面上一动不动。

“水冷吗？”他们问他。

“热极了，”他大嚷着，却疯狂地划起胳膊来，好让自己不被冻僵。

“伙伴们!跟我一起来!”奇琴说道，一副首领的模样，尽管没人听他的话。

所有的人都跳进水去了：皮埃尔·林杰拉是翻着筋斗跳下去的，邦波洛要的是肚子拍水，接着是保乌洛，卡鲁巴，最后还有非常怕水的梅宁，他用手指捂住鼻子，脚朝下地跳了进去。

在水里皮埃尔·林杰拉是最厉害的，他害得每个人都要喝上几口水，然后所有人就商量好，一起也让皮埃尔·林杰拉喝上水。

就在那时，人称马利亚萨的江·马利亚建议道：“船!我们到那艘船上去!”

那时仍有一艘在战争期间被德国人阻拦并打沉的、靠在港口边的船只。甚至，是两艘，一艘架在另一艘之上，那艘能看见的船是倚在另一艘完全被淹没的船身之上的。

“走啊!”别人都说。

“能上去吗？”梅宁问。“那是埋了雷的。”

“胡说：什么埋了雷啊!”卡鲁巴说。“阿雷内拉[1]的那些家伙是想什么时候上去就什么时候上去，打仗的时候还上去玩过呢。”

他们于是往那船的方向游去。

---

① 应该是该城的另一个街区。

"伙伴们!跟我一起来!"想当头的奇琴说着:不过其他人都比他水性好,早把他远远地扔在了后面,除了梅宁,游的是蛙泳,永远是最后一个。

他们来到船下,那船刷着老旧焦油的褐色舷墙高耸在崭新、碧蓝的天空下,舷墙上光秃秃的,霉迹斑斑,船的上体已经彻底毁坏了。腐烂海带的须根爬上了船,铺满了龙骨以上的船体,陈旧的油漆大片大片地脱落下来:小伙子们游在这船的周围,然后留在船尾下,看着那一行全被抹掉的名字:Abukir, Egypt①。船上还斜拉着锚链,不时地跟着潮汐涌动摆动一番,在那生了锈的巨大铁环之间吱嘎作响。

"我们别上去,"邦波洛说。

"什么呀,"皮埃尔·林杰拉说,已经手脚并用地抓住了铁链。他像一只猴子似的爬了上去,其他人也跟着他。

邦波洛爬到一半的时候,滑了下来,肚子朝下地掉进海里;梅宁连上都上不去,所以得过来两个人把他拉上去。

他们在甲板上一言不发地转起来,在那艘被摧毁的船上,他们找起了舵轮,汽笛,船舱口,小艇,以及所有那些一条船上应有的东西。但这艘船荒凉得就像一只木筏子,只是被海鸥泛白的粪便覆盖着。船上有五只海鸥,栖在舷墙上;听到一帮顽童赤着脚的脚步声,它们就一只接着一只地,大幅度地扑打着翅膀飞了起来。

"哇!"保乌洛叫了一声,把一颗拾起的螺钉从后面扔向最后一只海鸥。

"伙伴们:我们去机械舱!"奇琴说。在机械舱或是货舱里玩当

---

① 英文:阿布基尔,埃及。阿布基尔是埃及地中海沿岸的一座城市。

然更有意思。

“可以下到船底下去吗？”卡鲁巴问道。如果能行，那可是妙极了：待在那底下，一切都是封闭的，四周和上方会全是大海，就像在一艘潜水艇里。

“船底下的那部分是埋了雷的!”梅宁说。

“你才是给埋了雷的呢!”他们对他说。

他们就从一段台阶上下去了。没下几级就停住了：他们的脚面上已经没过了黑色的海水，海水在那个密封的空间里拍击着。多罗里广场上的小伙子们呆呆地望着，一声不吭；在那片水体的底部，一片黑色的刺状物在不断闪烁：那是刺海胆的集群缓缓地张开了皮刺。整个周围的船壁上都镶满了帽贝，帽贝的介壳上又长满了胡子般的绿色海带，它们攀缘到船壁的铁皮上，铁皮就像被腐蚀了一般。在水的边缘处，熙熙攘攘的全是螃蟹，成千上万的螃蟹，各种形状，各种年龄的，有的用自己那蜷曲而发光的爪子打着转，有的咬着自己的螯脚，有的是探伸着那没有目光的眼睛。大海沉闷地冲洗着铁墙之内的四方体，舔舐着螃蟹们那扁平的肚子。也许整艘船的货舱里都爬满了在黑暗中摸索的螃蟹，也许有一天，这艘船会在螃蟹爪子的驱动下位移起来，还会在大海中走动。

他们又爬到甲板上去，来到船首。就在那时，他们看见了那个女孩。他们之前并没有看到她，但好像是她一直就在那里一样。这是一个六岁左右的女孩，肥胖，头发既长又拳曲。完全给晒成了古铜色，身上只穿着白短裤。搞不清楚她是从什么地方到这里来的。她甚至连看都没看他们。她的全部注意力都集中在木头地板上一只被翻过来的水母上，它触角上湿软的齿形边缘零落地散在周围。女孩正捣着一根木棍，试着把它的圆盖翻到上面来。

多罗里广场上的小伙子们停在她周围，瞠目结舌。马利亚萨首先往前走了一步。抽了一下鼻子。

“你是谁？”他说。

女孩抬起她那深色胖乎乎脸庞上的天蓝色眼睛，然后又用木棍在水母底下捣鼓起来。

“她应该是阿雷内拉那一伙的，”经验丰富的卡鲁巴说。

阿雷内拉的小伙子们会带着女孩跟他们一起游泳，一起玩球，还一起用芦竹打闹。

“你，”马利亚萨说，“你是我们的囚犯。”

“伙伴们!”奇琴说。“你们把她活拿下来!”

女孩继续摆弄着水母。

“拿起武器!”保乌洛不经意地转了一下身，突然大喊道。“阿雷内拉那伙人!”

当他们正专注于这个女孩时，成天在水中度日的阿雷内拉小伙子们已经从水下游到了船边上来，并且静悄悄地从锚链上爬上了船，又阒然无声地跨过舷墙，出现在他们面前。他们是些又矮又壮的小伙子，柔软得就跟猫一般，头发都给剃光了，皮肤黝黑。他们的裤子不是像多罗里小伙子的裤子那样又黑又长、松弛下垂，而是用白布料做的，裤子上还有一道杠。

他们打了起来；多罗里广场的小伙子，除了邦波洛是个大肚子，个个苗条精瘦，但他们在打架方面有一种狂热的愤怒，而且早在老城区窄小的小巷子里与圣西罗和小花园[1]帮派的长期混战中锤炼出来了。阿雷内拉的那伙人在刚开始的时候，因为来了个出其不

① 圣西罗和小花园应该是这个地方的另外两个街区。

意而处了上风，但很快，多罗里的小伙子们就守在了台阶上，台阶上没有任何抽身之处，他们绝不能让自己被阿雷内拉那伙人赶到舷墙附近，因为那里很容易被他们弄下水。最后，伙伴中最强悍，也是年纪最大的，只是因为留级才跟他们混在一起的皮埃尔·林杰拉，终于把阿雷内拉那伙人中的一个逼到船舷上，并把他推下了海。

于是多罗里的小伙子们就转成进攻方：阿雷内拉那群在水里才得意起来的人，很务实，脑子里没什么死要面子的概念，于是就一个接着一个地逃脱了敌人，跳进水中。

“如果你们有胆量，来水里抓我们呀，”他们叫嚷着。

“伙伴们！跟我来！”奇琴叫道，已经准备跳下去了。

“你傻呀？”马利亚萨把他拦住。“在水里面他们是想怎么赢就怎么赢。”于是就傲慢无礼地对那些逃跑者咆哮着。

阿雷内拉的那伙人从底下往上泼起了水；他们泼得很带劲，以至于船上没有任何一处是没被他们那一捧捧的水浇湿的。最后，他们泼累了，就矮着头，把胳膊蜷成弓形地离去了，不时喷着小水花地抬起头来换口气。

多罗里广场的小伙子们就成了这里的主人。他们来到船头：女孩还在那里。她终于把水母给翻过来了，现在正试着用木棍把它给举起来。

“他们留下了一个人质！”马利亚萨说。

“伙伴们！一个人质！”奇琴兴奋地说。

“懦夫！”卡鲁巴在那些逃跑者后面嚷道。“把女人留在敌人的手上！”

他们对多罗里广场感到一种非常分明的尊严感。

“你跟我们来，”马利亚萨说，正准备把一只手搁在她肩头上。

女孩做了一个他别动的手势：她就要把水母举起来了。马利亚萨蹲下来看。就在那时，女孩竖起了棍子，水母被平衡地顶在上面，她继续把棍子往上举，再往上举，然后把水母拍在了马利亚萨的脸上。

“猪!”马利亚萨唾骂道，揪着自己的脸。

女孩看着大家，笑着。然后就转过身，径直走到船首最高处，抬起胳膊，又把双手对准合拢，来了个天使式跳水[①]，头也不回地游走了。多罗里广场的小伙子们一动不动。

“喂，”马利亚萨摸着自己的脸颊问道。“水母是不是真的这么烧皮肤啊？”

“你等等不就知道了，”皮埃尔·林杰拉说。“不过最好是你马上跳到水里去。”

“走啊!”马利亚萨说着，和其他人走过去。

然后他停下来：“从现在开始，我们帮里也要有一个女人!梅宁!你让你妹妹过来!”

“我妹妹傻得很，”梅宁说。

“没关系，”马利亚萨说，“来呀，”并推搡了梅宁一下，把他扔进了海，因为反正他也不会跳水。然后大家都跳了下去。

① 即中国人说的“燕式跳水”。

被施了魔的花园

乔瓦尼诺和赛来内拉在铁路上走着。底下是鳞光闪闪的大海，海蓝色是深浅相间；上头，是条条白云隐约忽现的天空。铁轨耀眼，热得灼人。在铁路上，走着很舒服，还可以玩很多游戏：他平衡在一股轨道上，她平衡在另一股轨道上，然后两人一起手勾着手地往前走，或者是从一条枕木跳到另一条枕木上，脚不能碰到枕木间的石头。乔瓦尼诺和赛来内拉之前去捉过了螃蟹，现在决定来勘探一下一直伸向隧道里的铁路。和赛来内拉能玩很愉快，因为她跟其他女孩都不一样，别的女孩总是怕这怕那，不管什么事都要哭：当乔瓦尼诺说："我们去那里"，赛来内拉总跟着他走，从不争辩。

噔!他们惊跳起来，往上面看去。是杆顶的道岔信号盘的卡嗒一蹦。就像一只铁鹳突然合住了嘴巴。他们仰着鼻子地看了一会：真可惜没有看到那一刻!它不再会那么做了。

"火车要来了，"乔瓦尼诺说。

赛来内拉没从轨道上挪开。"从哪里？"她问。

乔瓦尼诺看看四周，一副很在行的样子。指了指那时而明晰时而模糊的隧道黑洞，那是由于从路边石头间扬起的看不见的蒸汽振颤造成的。

“从那里，”他说。就好像已经感到从隧道里传来的模糊喷气，并看到它践踏着烟雾与火苗地突然压到自己身上来，车轮在无情地吞噬着铁轨。

“我们去哪里，乔瓦尼诺？”

往海边去的路上有着大株的灰色龙舌兰，一束束的全是那叶片上难以靠近的皮刺。往山上跑着一排甘薯的篱笆，上面重压着没花的叶子。还没有听到火车来：也许火车头是熄着火、不出声地在奔驰着，然后一下子就从他们上头猛冲过去。但是乔瓦尼诺这会在篱笆间找到一处裂口。“从那边走。”

攀缘植物覆盖下的篱笆，是一面摇摇欲坠的旧金属网。它在某处从地面上，像书页一角一般地被掀了开来。乔瓦尼诺身子已经没入了一半，正在往里溜。

“你帮我一把，乔瓦尼诺！”

他们来到了花园一角，两个人都匍匐在一个花坛下面，头发上落得全是干树叶和软土。四周一切寂静无声；树叶都不会动一下的。

“我们去看看，”乔瓦尼诺说，赛来内拉说：“嗯。”

那里有棵高大古老的肉色桉树，还有砾石铺出的小路。乔瓦尼诺和赛来内拉踮着脚尖地在小路上走着，小心不使脚步下的砾石发出窸窣声。如果现在主人来了怎么办？

一切是如此的美丽：被拳曲的桉树树叶勾勒出的拱顶细窄而高耸，还有那被树叶切碎的天空；只是他们心中怀着那样的焦虑，焦虑这个不属于他们的花园，焦虑他们每时每刻都有可能被赶出这里。但是什么声音也听不到。在一个拐角处的杨梅丛间，一群麻雀扑腾起来，叽叽喳喳地叫唤了一阵。然后又回复了宁静。也许是个被抛弃的花园？

可走着走着，高大树木的阴影突然没了踪迹，他们来到一片开阔的天空下，来到一个种满被修理过的矮牵牛和旋花的花坛前，然后是林荫小道和排排栏杆，还有行行的锦熟黄杨。花园的高处，是一幢硕大的别墅，别墅装着亮闪闪的玻璃，还有黄色和橘色的窗帘。

整个房子是荒凉的。两个孩子小心翼翼地踩着砾石，走上前去：也许玻璃窗会被突然打开，苛刻极了的先生和夫人们就要出现在阳台上，肥大的狗就要被松开锁链，跑到路上来了。他们在排水沟边找到一辆独轮小推车。乔瓦尼诺抓上推车的镫形把手，把它往前推：轮子每转一周，就会吱嘎作响一下，就像是在吹口哨。赛来内拉坐在车上，他们就这样一声不吭地前进着，乔瓦尼诺推着车，她在车上，沿着花坛和人工喷泉。

"那个，"赛来内拉不时地低声说道，指着什么花。乔瓦尼诺就停好车，去把花采下来，带回来给她。她手里已经攥满一束漂亮的花了。但逃跑时要从篱笆缝里钻出去，可能得把它们都扔掉！

这样他们就来到了一处空地上，砾石路也走到了尽头，底下铺的是水泥和方砖。在这块空地的中间，劈开了一块庞大空旷的长方形：一个游泳池。他们来到游泳池边上：里面贴着蓝色的瓷砖，清澈的水体一直漫到池边。

"我们跳进去？"乔瓦尼诺问赛来内拉。如果他是询问她，而不是单说一句"下去!"，那就肯定说明是相当的危险。但水是那么澄净与碧蓝，而赛来内拉又是从不害怕的。她从推车上下来，把那一小束花搁在车上。他们已经是穿着泳衣的：这之前他们一直都在逮螃蟹。乔万尼诺跳了进去：不是从跳板上跳下去的，因为溅泼声会太响，于是他是从池边上下去的。他睁大眼睛，不断地往下游啊游，却只能看见蓝色，双手就好似玫瑰色的鱼；这跟在大海里的水下不同，那里的水中全是无形的绿黑色阴影。一片玫瑰色的阴影出现在自己上方：赛来内拉!他们手牵着手，从池子的另一头冒出来，他们有一点点的焦虑。不，实在没有任何人在看他们。这没他们想像得美妙：总是有那么一种酸楚而担心的基调，那就是，这一切都不属于他们，而他们也可能会被随时赶走。

他们从水里出来，正是在那里，游泳池的边上，他们找到了一张乒乓球桌。乔万尼诺立刻用球拍击了一下球：赛来内拉在桌子另一头身手矫捷地又把球拍回给他。乔万尼诺就这样，轻轻地回击着，以便从别墅里面听不到这边的乒乓声。突然一球高高地弹起，而乔万尼诺为了救球，把球打飞了，还飞得好远；球撞上了挂在一条藤廊支架上的一面铜锣上，铜锣就低沉而持久地颤响了起来。两个孩子赶紧蜷缩在一个毛茛花坛的后面。很快就来了两个穿着白上衣的用人，端着宽阔的托盘，并把托盘搁置在一张圆桌上，圆桌则是在一把黄色与橘色相间的太阳伞下，然后他们就走掉了。

乔瓦尼诺和赛来内拉来到圆桌旁。上面有茶、牛奶和西班牙面包①。他们只得坐下来享用起来。他们满上两杯茶，切了两块西班牙面包。但他们坐得不是很安稳，只是坐在板凳边缘那一点点的地方，不停地挪动着膝盖。他们一点都感受不到甜点、还有茶和奶的味道。那个花园里的每一件东西都是如此：美妙而难以受用，带着那种内心的不适与恐慌，这也许只是命运的什么消遣吧，而他们也很快会被叫去对自己的行为负责。

① 其实是一种蛋糕。不过意大利语这么称呼罢了。

他们悄无声息地靠近了别墅。在一扇木制对开的百叶窗叶片之间，他们看见，里面，有一间漂亮荫蔽的房间，墙上尽是采集的蝴蝶标本。在这间房里，有一个苍白的男孩。他应该就是这幢别墅和花园的主人，幸运的他。他坐在一张躺椅上，翻着一本厚厚的带插图的书。他的双手纤细白皙，睡衣的扣子一直系到脖子上，尽管那是夏天。

现在，这两个透过百叶窗叶片窥视的孩子，紧张的心跳缓缓减弱下去。事实上，那个富有的男孩好像是端坐着翻阅那些书页，然而他望着自己的周围时，却是比他们还要焦虑与局促。他起身的时候踮着脚，就好像害怕有谁，时不时地会过来赶他，就好像他感到那本书，那张躺椅，墙上那些被装上框的蝴蝶，带有人造喷泉的花园，下午茶，游泳池，林荫小道，都只是因为一个巨大的错误才被授予给他的，而他也是不能享用它们的，却只能在自己身上感受到那个错误的痛楚，就好像是他犯下的什么错误一样。

苍白的男孩在他阴翳的房间里转来转去，脚步偷偷摸摸的，他用那白皙的手指摩挲着镶有玻璃的蝴蝶标本边框，并时不时地停住听着什么。乔瓦尼诺和赛来内拉刚缓下来的心跳声又密集起来。那是一种对什么魔法的害怕，那魔法正压迫在那幢别墅，那个花园上，压迫在所有那些美丽而舒适的东西上，就好像一种古老的不公。

太阳被云朵遮住了。乔瓦尼诺和赛来内拉默不作声地离开了。他们在小道上走着，步伐敏捷，但也没有跑起来。他们匍匐着穿过了那排篱笆。在龙舌兰丛间，他们找到了通往海边的一条小路，那片海滩很短，多石，成堆的海带沿着海岸线走。于是他们发明出来一个有意思极了的游戏：用海带打仗。他们将一把把的海带摔到对方的脸上，一直摔到晚上。好在赛来内拉从来不哭。

人们中没有一个知道这事

第一缕晨曦出来时，牧羊人正在路上，看着雾气从山谷里升起，揭开了一小摊湖，还看见那头的山坡上，猎人房子的窗户仍是闩着的。似乎是每天晚上猎人都躲在里头：怕湖里的湿气，他们说，也是为了提防贼。这完全是针对牧羊人的说法，这牧羊人知道。

从猎人的房子里升起了一缕烟；首先出现在门口的是女人，她们正在把生火的木棍弄断，并早已戴上了遮挡正午太阳的大草帽。能听见狗醒了；然后就是扎乌迪先生，他手揣在口袋里，出来看天气，吐口痰，然后又回到温热中去。姑娘阿伊洛尔迪，抬起头来扇炉子时，看见那一面山坡上的牧羊人正在张望着什么，就挽起母亲的胳膊，指着他们。于是牧羊人转过身去，跟着羊走。

最后一个在门口露面的猎人是阿伊洛尔迪的弟兄，他是个医生；但他已经准备就绪了，而且很快就上了路。他做什么都是一个人，因为他是唯一一个没有女人的猎人，做什么都很快：睡觉时衣服都已经穿得差不多了，裹得严严实实的，自己准备面包和奶酪，喝过滚烫的牛奶咖啡，背上前一天晚上就擦干净和准备好的猎枪，就出门了。他没戴眼镜地环顾了一下周围，就像是在品味着空气和时辰，然后坐在一块石头上，擦着眼镜，等着其他人。屋子里面，狗在嗥叫，晃着铃铛，它们这般心神不安，是因为了解那些人为了逮羚羊做的准备工作，并且已经疑心自己会被链条拴留在家里了。

在猎人房子所处的山谷上面，在牧羊人领着绵羊群走过的高高牧场上方，有几块羚羊地，黑成一片的羚羊群要么是在山体滑落的地方成群地奔跑，要么是晒在太阳底下，能洋洋洒洒地坐上好几家，活动着骤然跳动的笔直的脑袋。那几年，山里全是羚羊；早上的时候，它们会下到牧羊人给牲畜撒盐的石头地上来，可以在这里窥伺它们。

每年的九月二十日，牧羊人都要在湖里洗绵羊，他们会来到平原上：就快到那天了，本该是没有太多时间来吵架的。前几年的九月二十日以前，打羚羊的猎人都会邀请牧羊人来打猎。今年也是；直到发生了那件事情。

然后他们之间的关系就越来越绷紧，阿伊洛尔迪姑娘在睡眠中听见绵羊群经过房子周围，她在和妈妈同睡一起的床上，蜷起身子，缩在一角。夜里要小心别把任何东西忘在外头：丢在窗台上的一块奶酪消失了；阿伊洛尔迪家兄弟中最壮的猎人对陌生的盗贼呵斥威胁，而牧羊人正赶着绵羊群回家，假装什么都不明白。然后是蓬维奇诺先生忘在外楼梯上的子弹带不见了；当时他也是大闹了一番，但当着牧羊人的面，他们却什么都没敢说。

现在，蓬维奇诺带着一个在他肚子上摇来晃去的小包，来代替子弹带，他后面的是扎乌迪先生，携着把比他还要高的猎枪，貂一般的神气。最壮的阿伊洛尔迪家兄弟走在最后，大骂着因为看到他们出发而狂吠不止的猎狗；在门口，他跟他的女人们叮嘱着饭的事宜，而她们则嘱咐他要小心流汗和风寒。猎人们在上爬的小道上隐去了，女人们则留在屋子周围，戴着大草帽，待在寒冷和半明半暗中，面对着大把的小时，已经操起了要洗的杯子。

要到达羚羊出没的地方，猎人们还有很多路得走。阿伊洛尔迪医生总是把大家都甩在后面，迈着他能一直保持住的极长步伐，默不作声地走着，非常警觉，就像一直在追踪猎物。然而蓬维奇诺先生，走着走着就走烦了，没有一刻会走在正道上，要么是在灌木丛里转悠，要么是往树上张望；大清早的，有时，为了一只槲鸫，一只松鸦，他都控制不住自己，就那么放上一枪。于是其他人就都生他的气，比如医生，在打猎方面，他是最讲究纪律的：就为一只鸟，却把空中填满了枪声，这是给整座山里的野兽都发出了警报！每当遇到小径时，蓬维奇诺便开始四处张望，手则是摸向小包，准备去找弹丸弹药筒，而他们，就会紧紧地盯住他。

打猎的计划他们总是在走路时决定下来的，为这又要吵上几架。因为阿伊洛尔迪家的壮汉总是会提出什么新路线，总想大家按照他的想法来办事，想要一些人在这边停下，另一些人去那边找，然后连他也变了主意，如果不顺的话，他就生所有人的气，因为他们不听他的话。事实是别人喜欢一种猎捕方式，他喜欢另一种。他们想悄悄来到一个猎物经常出没的好地方，然后守在那里，让羚羊们自己送来当靶子打，这样就更能打出准枪。然而说了这么多，阿伊洛尔迪总是能说服一些人到一头去吓唬羚羊，然后另一些人在另一头去堵死通道，于是，他只身一人，就终于可以显示显示自己的什么才干了，可以在那些悬崖峭壁上独自上蹿下跳，迎着别人赶跑的羚羊群冲去，把子弹打响整个山谷。

当他们还和牧羊人，或和附近村落的几队山里人一起去打猎时，阿伊洛尔迪还能通情达理，一部分是因为那些人既十分了解地形，也很有经验，一部分是因为有外人在，总能阻止他去大吵大闹。但当他和朋友们，或只是和几个护林人，或财政警察一起去打猎的话——他们都是些让人笑话的猎人，不在行的人——他们则每天早上都要大吵一番。

最心平气和的要数扎乌迪，那个做农业机器生意的买卖人，他有一张貂一般冷笑的脸。每当他看到围捕羚羊的事因为阿伊洛尔迪的争执而搞糟时，他就向后一转，去牵他的狗。然后，人和狗，孤孤单单、高高兴兴地，走开去，找野兔。那上头，有白色的野兔；那个季节，它们还是灰色的，因为只有在下雪时节它们才会变成白色。被狗追赶的白兔子会藏在洞穴里。于是扎乌迪先生就成小时地忙着把它撵出窝，回家时，已经僵掉的兔子就会给挂在装猎物的网袋里，耳朵垂着，拖在地上。

然而那天早上，却是阿伊洛尔迪家的壮汉自己走开了。他脑子里生出一个主意，就没法把它摆脱掉了：取代那种走在半山腰上、从一个山谷转到另一个山谷去打猎的法子，他想要大家一直爬上到念珠山[①]的顶峰去，然后从高处下山来，走着扇形路线地穿过那些陡峭的坡子去打猎。他的医生兄弟到目前为止还什么都没说，那是比别的路线都要高的一条小路，他兄弟突然转过身来，直挺挺地靠在一块石头上，然后，幅度很大地，把之前一直裹到鼻子上的一条围巾扔到空中。“不！不！不！”他说。“我们就走以前一直走的那条路。如果你同意，很好。如果你不同意，你就到念珠山上去，到上帝的座位前去，你愿意干什么就干什么去，够了。”

① 此山的名称是个法语词，Chapelet。

“我就去念珠山，我去射他个一堆羚羊，整个一年的猎就能漂亮地打完了!”他兄弟回答道，整张脸都红了。

“唔!”一个声音叫了起来，猎人们抬起眼睛，看见一群绵羊，就像一片云一般，在牧场的绿色上游移着，再往上去，是直挺挺和静止不动的牧羊人们，他们手撑着拐杖，帽子的阴影遮住了目光。阿伊洛尔迪家的壮汉就独自走掉了; 沉重的步伐几乎都要跑起来了，他在峭壁上的裂缝间攀爬了起来。

有关大山和羚羊的许多东西阿伊洛尔迪都是从牧羊人那里学来的。来打猎时，牧羊人带着战争时期的“M91”步枪，倒不以枪法闻名; 但是，他们很了解野兽和地形，可以说，打猎是由他们来指挥的。

那一次，也是他们把那一群六十头的羚羊一直赶到了那里，在大山的法国一侧，远远的走了一遭。他们和猎人们吵上架是有理由的，就为了阿伊洛尔迪家的壮汉对他们做过的事情。

那一次，猎人独自一人在山脊陡峭的小路上走着，心急火燎地，当一群羊拥进底下的山谷中时，远远地就能听见它们的蹄子在石头上劈裂开来的声音，他又感到热血沸腾起来。羊群突然停住，全身上下一动不动: 腿细细直直的，背部窄窄的，羊角弯成了弓形; 尽管是这样，还是会觉得，这群羊正在极快地行动，也许是因为那呼吸，也许是因为尖锐的目光。然后，当猎人们连射过以后，羚羊就往底下的湍流和森林里逃去，高高地蹦跳着，而那些中弹的就突然倒下。正是在那时，另一面山谷里又荡起了枪响的回声，一声声的，听得很是分明，已经快进森林的羚羊又被回声吓怕了，上起山来快得就像是在下山，迎着猎人跑去，猎人呢，就第二次开了枪，来了个大屠杀。

然后，那天晚上，在猎人的屋子前，大家借着火炬的光，围着那些僵硬的长腿野兽，忙前跑后，猎人们呢，就为自己，为村子里的人，为牧羊人，为允许他们出境打猎的财政警察忙吃的。扎乌迪太太和蓬维奇诺太太用那熟识血液和畜生的双手，把它们的内脏切下来给狗吃。突然，阿伊洛尔迪家的壮汉说："什么牧羊人啊。他们的那份就是这个。"他指着他们抓到的最老的一只羚羊，一具脱了毛、生了癣疮的腐烂兽尸。其他人都觉着他很不像话的，但一时间也都默不作声。阿伊洛尔迪正跪在地上，正准备切一头野兽的大腿，就在这时，那具生着癣的骨架落在他脚边，差点就能撞在他身上。骨架背部着地，好像是被拎着腿部扔出去的，显然是两个人一起干的。大家都转过身来，只见牧羊人的短斗篷，在黑暗中远去。

于是就开始了那场争吵。之后，一个星期天的晚上，当牧羊人里最年轻的一个下山来买东西时，在村子的酒馆里，应该是发生了什么严重的事情的。有那么几天晚上，阿伊洛尔迪逃开伙伴，逃开他的女人们，走完一整条路，一直走到村子里，去喝酒，去和水坝上的工人，和士兵还有他们的女人们找茬闹事。直到跟那个年轻牧羊人动上了拳头，砸上了酒瓶。

事实是，第二天，老牧羊人就看见阿伊洛尔迪的狗齐林围着马格利亚[①]附近转来转去，而他的儿子手里握着一把吃的，正咂着舌头，喊狗过来，狗就吃了起来。"你疯了吗？"他对儿子大嚷道。"他们会报复的！他们会在我们的牧场上下毒的！"他把已经开始口吐白沫的狗裹在一条毯子里，抱在胳膊里，送到猎人的家里去。并解释

---

① 马格利亚为margheria的音译。Margheria是在西阿尔卑斯山区，指示出临时牧地的一种标志，是由没掺灰泥的石块搭成的围栏围出来的一片区域，用于在露天围养牛羊。在这片区域里会有用没掺灰泥的石块和陶土建成的小屋子，屋顶通常是用板岩、树根或是土块草皮做成的。

说，这狗误食了他喂给老鼠的毒药。阿伊洛尔迪医生把狗救了回来。他兄弟则把这事当作警告。

从那以后，他们和牧羊人就连招呼也不打了，他们自己去打猎，反正地方他们已经熟了。阿伊洛尔迪家的壮汉很自信，自以为什么都懂。那天早上，他从念珠山喘着粗气下来时，透过明净的空气，往下面细看过去，在一片山谷的底部，是踌躇不决的一家十口羚羊，他并没有失掉镇静，他退到后面，决定使使听牧羊人说过许多遍的一种诀窍。他拿上一根既长又直的棍子，在上面挂上短斗篷，再在上面盖一顶帽子，并把这根棍子插在山顶石头间一处很是显眼的地方。羚羊呢，就这么一腿笔直，另一腿弯曲着地僵在那里，鼻口部扬得老高，等着山顶上面的那片影子动上一动。而阿伊洛尔迪，则已经在从山后面下到山谷底下去的小路上跑了起来。

用那种办法，他来到羚羊身后很近的地方，好把枪打准了。他用双管猎枪开了一枪，很快就打中了一只，第二只却没打中，他及时给枪上了膛，打伤了它，看见它咩咩叫唤着跌倒在地，然后在第三只羊跑出视线之前，又把这第三只羊撂倒了。

他把三头野兽铺在石头上，跑下去找援兵，对那幸运的一击已是骄傲自大起来，有一种想把这事对着整片空旷山谷大声呼喊出来的愿望。

他来到牧场上，那里有群绵羊，羊中间有个牧羊人。阿伊洛尔迪一心想装作大人物，便大声喊道："我打到了三只!三只公的，这么大，我一个人，就在黑岩石[①]前面!您让一队人过来，我们把它们抬走!"

① 这是山上的一个地点的名称。

牧羊人不知道正看着什么地方，好像是在和他的狗细声慢语地说着话。阿伊洛尔迪气喘吁吁地跑下来：“您这一天想弄到点好东西吗？来黑岩石吧，带上绳子和杆子，我们有三只羚羊要带回家去。”

“我只是一个人在这里，得看着绵羊，”牧羊人说。“您去跟别人说这事吧。”

“他们在哪里？”

“嗯，在下面那个被烧掉的小屋子里打柴。”

阿伊洛尔迪就在牧场上跑了起来，下了山去，还把羊群给吓着了。一刻钟以后，他来到被烧掉的小屋子里，那里一点生气都没有。他又回到上面去，远远地看见羊群在移动，现在是两个牧羊人了。

“嘿！”他大叫了一声。“这里一个人也没有！”

他们回答了他什么东西，他没听懂。

“我的同伴都去什么方向了？”阿伊洛尔迪大嚷道。

牧羊人做了个类似于“那边！那边！”的回答，用棍子指着什么地方。

阿伊洛尔迪转了半天。直到晚上，和他的同伴，还有一队村民，回到了他杀了三头羚羊的地方，他不得不前前后后地转上一个小时，来说服自己并没有弄错地方，来说服自己那些野兽确实是没了踪影。然后他找到了一绺毛，还有一些血迹，于是其他人也都确信他没在编故事。

在护林人的营房和在财政警察的兵营里，阿伊洛尔迪后来也和他们吵了起来，因为他想让他们立刻去马格利亚把牧羊人逮起来，还要来个人赃俱获。

“您的羊谁知道在哪里，”一个军士对他说，“在这片林子里，谁还能找得到它们？牧羊人夜间也行动的……”

“我夜间也可以行动的，”阿伊洛尔迪说罢，就走掉了。

晚上，他把装着砒霜的一只袋子塞进猎服里，把狗系在家里，出去了。夜里有月亮，他整整一夜都在牧场上转着，挥动着胳膊，就像是在播种。

第二天早上，他是第一个来到门槛前的。没下雨：成了。在马格利亚那边，还没有人影。这天的晚些时候，老牧羊人过来了。

“今天早上牧场去得很晚呀？”阿伊洛尔迪说。

老人指着山谷。“今天没去牧场，”他说，“我们在湖里洗了羊。现在就下来。”

绵羊群从小道上走来，冻得发抖，雪白无瑕，咩咩叫唤着。

一只小羚羊，也许是从黑岩石的羊中离群走散出来的，它从山谷上的岩石中探出身来，看见了湖泊、绵羊，看见猎人们那升着缕缕轻烟的屋子，看见正在晾衣服的阿伊洛尔迪家姑娘，看见门槛上她的父亲，看见经过他前面的牧羊人。它把一切都看了个清楚，就没了影子。人们中没有一个知道这事。

好游戏玩不长

乔瓦尼诺和赛来内拉在玩打仗的游戏。那里有一处干涸的溪流，岸边全是芦竹，河床上都是些灰黄的磐石。既没有敌人，也没有那种会开始然后又会结束的真正战斗，只需要踩着溪流冲到下面去，手里再握着杆芦竹，照着脑子里浮现出的战争场面做就行了。

芦竹是各种武器：可以是刺刀，乔瓦尼诺在一片流着沙的河滩上做出扑到前面去袭击敌军的动作，同时发出一种从喉部出来的声音；也可以是机关枪，他把它搁在两块礁石间的低坳处，然后把它从一头转到另一头，震得直响；还可以是旗子，旗手攀爬到一块水中小丘的顶端，把它插上去，然后手捂着胸口地倒下来。

“红十字！”他叫道。“你是红十字的！快过来！没看见我受伤了吗？”

到那时为止一直扮演敌方机关枪的赛来内拉，跑向他去，在他的额头上碾压上一张薄荷的树叶，充作膏药。

乔万尼诺猛地蹦起来，横向拿着芦竹跳开了，胳膊伸得老开。“轰炸机！轰炸机对准目标了！嗖……轰隆！”然后就把一手的白砾石撒到赛来内拉的身上来。

“你是正在行进中的敌军汽车纵队!我炸了你!”

“那我，该干什么呀？”赛来内拉问。

“你要在地上匍匐前进，还要接到炸弹。嗖……轰隆!不，现在你要撤到开阔地上去!”

赛来内拉就在芦竹间跑了起来，但乔万尼诺又大嚷着叫起她来：“狙击!你是敌方的狙击!现在你在攻击我!”

但赛来内拉不是很明白这个狙击是做什么的,于是乔万尼诺就决定由自己来扮演敌方狙击，让赛来内拉来充当那个轰炸小队。

“我是一个掉在火堆中的飞行员，你看!”乔万尼诺说。

“那我呢？我呢？”赛来内拉问。

“你嘛，你就是那个拥抱阵亡者的女人。”

“谁啊？”

“对，就是那个，格洛丽亚[①]!你不知道格洛丽亚是怎么做的?你得像天使一样地过来，然后跪在我身边。”

赛来内拉就试着当起了格洛丽亚，做得很不错。

然后，他们就像投标枪一般地掷了几根芦竹，发射了一颗V2火箭[②]。芦竹一直飞到一潭池塘里，浮在绿色的水面上，于是他们又打起了海战，被芦竹-鱼雷击中的赛来内拉-战舰，被芦竹-突击队占领的赛来内拉-港口，正面射中乔瓦尼诺-航空母舰的赛来内拉的泼水-舷炮齐射，乔万尼诺的双手-潜水艇对抗巡洋舰-芦竹，还有乔万尼诺的双手-幸存者逃到小艇-赛来内拉身上来。

---

① 此词是“荣耀”的意思。

② V2火箭是德国在二战中研制的一种中程弹道导弹，也是世界上最早投入实战使用的弹道导弹。

他们从头到脚都淋湿了，在一段沙滩上滚了一会，乔万尼诺决定当起坦克了，不行，她是坦克，他来当反坦克雷。她扮演的坦克爆炸了，还喷向空中，他们就又拿起芦竹，把它们当坐骑一般地骑在上面，又玩起了骑兵巡逻队的交锋。要来个骑兵冲锋，还得需要个喇叭，乔万尼诺于是就撕开了他芦竹上的叶鞘，攥在合拢的双手里，并把它吹得直颤，还发出一种刺耳的嘶嘶声。正是那嘶嘶声作响时，出现了三个真正的士兵。

溪流间有一片开阔处，山谷是一片倾斜成凹槽的草地，四下里散落着大丛的荆棘。两个士兵的头盔上扎着青绿的树枝，肚子抵在地上，钉着鞋钉的鞋底垂直地顶在地上，另一个战士戴着耳罩，正在捣鼓一台卡带式的收音机，收音机上面还有个环状天线。

两个孩子，大气不敢出一声地，拖着芦竹尖，靠到一名战士身边。他正躺在草地上，举着步枪，而头盔，肩包，干粮袋，行军水壶，手榴弹，防毒面具是一个压在另一个之上地堆在他身上，就像是一场由不同物件构成的雪崩，把他给埋没了，在所有这些东西上，是从一株含羞草上扯下并捆在一起的枝叶，树枝上的裂缝露出了木头的红心，还有一片片被剥掉的树皮。那个士兵，从地上把脸转向孩子，几乎都没挪动头盔，只是把头在头盔里转着，一直转到把一面脸颊贴在地上。他的眼睛是灰色的，忧郁，唇间含着一片樱桃叶。

孩子们蹲伏在他身边；芦竹被他们戳在前面，和战士的步枪平行。乔万尼诺说：“你们在打仗吗？”

士兵在地上蹭了蹭下巴，张开嘴唇，吹走了那片樱桃叶，什么也没说。他捏住乔万尼诺芦竹的顶端，一手拿过来，把它折弯，想弄断它，但这是一根新出的芦竹，它一层层嫩绿而柔韧的内里中裹的仍全是叶鞘，所以只是被折弯了，但并没有断裂开：这士兵不得不扭绞着它，并一条纤维一条纤维地把它撕断。乔万尼诺看到那架武器就这么被糟蹋掉了，很不愉快，他对它很有感情，但那个士兵做这些举动时花了那么大的劲，搞得他也不敢说什么。

“那底下，”赛来内拉说。她看见在山谷对面的坡子上，另一个士兵正在挥动一些小彩旗。

“对不起：我们能到那下头去吗？”乔万尼诺问。那个士兵应该是做了个类似于耸肩膀的动作，因为自己身上的东西都动了一下，这样一来，行军水壶就砸到了他头盔上。孩子们赶紧踮着脚尖地跑掉了。

在一段斜坡上，一棵桑树投下阴翳，桑树底下，一把折叠椅上，坐着一位将军。那是个臃肿的男人，只穿着衬衫，没罩外套，把墨镜抬到额头上，用望远镜看着什么，然后再把眼镜放下来，用手绢拭去汗水，再把也蘸上汗水的眼镜用手绢擦干净，还在膝盖上一张摊开的地形图上指指画画的，喘着粗气地跟他的参谋部长说着什么：还有一些军官坐在他脚下的草丛里，双腿曲着，手要么是搁在行军包上，要么是紧攥着望远镜的螺丝。

乔瓦尼诺和赛来内拉一动不动地待在将军背后，使芦竹直挺挺地立正着。

“啊呀……敌人的炮火，”将军说，“全部击中了我们的人……啊呀……”然后其他一些话他们就听不懂了。他长满红毛的短小手指在地图上摩挲着，就像是肥大的毛虫。“失去一些弟兄是很痛心的，但是……啊呀……位置……”

参谋部长的军官们，以那种不舒服的姿势坐在那里，把整个身子的重量撑在自己的手上，有时也撑在前臂上，艰难地抵御着想躺在草地上、睡在太阳下的诱惑，同时还在将军周围表现出很活跃的模样：在笔记本上写着什么东西，跟随着地图上的调遣，对他们中一个正在折腾测角器的人显示出很大的兴趣；他们好像在思量着每一处的环境因素，思量着那些掩护得糟糕的队伍，队伍里的士兵总是会时不时地从周围冒出来，顺从而无动于衷，就好像将军用铅笔在地图上画出来的痕迹正在把他们从地面上抹掉。

“自然，什么时候能看到葡萄园了，”将军说，“那就是我们的炮火把土地给烧焦了……就在那里，那个露天的地方……啊呀……你们看见敌军的侦察所没有？”

“这在地图上标出来了，将军先生，”一位军官热情地说，“‘农居区’……”

但将军没有看地图，而是继续指着那个土丘，乔万尼诺和赛来内拉知道，那是老头保乌洛的家，那个养蚕人的房子。

“这是第一个要轰掉的目标，”将军说。那个摆弄测角器的军官就报了一串数据。

孩子们看了一阵养蚕人的家，又看了一阵将军在地图上画上一个叉[①]的铅笔。又响起一声爆炸。乔万尼诺和赛来内拉惊跳起来，他们手中的芦竹也就跟着互撞了一下。

“这两个家伙在这里干什么？”一个声音说道，同时孩子们感到自己的领子被揪了起来。“是谁把这些孩子丢在作战区的？”

乔万尼诺和赛来内拉用猫一般的一跳，逃脱了那些手掌；他们用一种稳健的小跑从一条小径上逃开了，一声不吭，也没回头，拳头里紧紧攥着他们做着横向持枪动作的芦竹。

直到他们气喘不过来的时候，才停了下来。他们来到一个地方，

① 意大利的“画叉”，就相当于中国的“打勾”。

那里的芦竹丛围出了一种又长又密的屏障，芦竹丛间，里头鲜绿外头淡绿的叶鞘随着漾起的风窸窣作响。

“这里，”乔万尼诺说，“我们有用来做武器的了。”

但是，回到他们心中的愉悦感却被稍稍遮蔽住一些。

他们扔掉了陈旧的武器。在芦竹地里走起来。“你看我的多漂亮啊……”“但我的更高……”但好像没有一根能跟以前的比，一根和另一根都差不多，就算把它们想成长矛，想成冲锋枪，或者是飞机都不能带来任何满足感了。

芦竹地倏地到了头；过了芦竹地后，是天空和大海。岸上是陡峭的狭窄田地，那里有笔直的席子，是用来保护田地免受海水盐分侵蚀的，接着就是海边滚圆的石头，海面又一浪接一浪地升了起来，一直涌到天边。

“啊呜!……”乔万尼诺发出一声嚎叫，接着就猛扑过去，从陡坡上跑了下去。“冲啊!在敌人的炮火下……!”

“啊呜!……”赛来内拉大喊着，也跑了起来，但很快就停下来了：乔万尼诺也停下来了，一副沮丧的模样。当他叫嚷的时候，感到自己的声音就跟另一个人的声音一样。

“被烧焦的土地!”他又叫了一声。“坦克压过去吧，草就再也长不起来了!”然后他们就从一段沙坡上滚了下去，但是接着他就想了，要是因为这么傻的一个游戏把自己的骨头给弄伤了，那可真是笨蛋了。

于是他就生起她的气来：“赛来内拉!如果你不会玩，就没意思了!”

“为什么？我该怎么做？”

“机关枪!你是机关枪掩体，而我要攻占你!”

“嗒–嗒–嗒!嗒–嗒–嗒!”赛来内拉迁就地说，同时作埋伏状。

“我现在要往前走，要给你扔过去一颗手榴弹，但是我会重重地摔到地上去：你看!”

他往她身上投去一片棕榈树的叶子，然后把手捂在胸前，倒在地上。倒得是蛮好，但是连在疆场上战死都难以给他满足感……

赛来内拉又做了次把次“嗒–嗒–嗒!”，之后就明白她该变成什么别的东西了，她靠过去说道：“你看，我是格洛丽亚!拥抱阵亡战士的格洛丽亚……”她天使般地跪在他身边，但他没理会她，于是她觉得这一切都很傻。

他们坐在地上，头垂着，缓缓地扯起一簇簇的草。先前玩打仗的游戏很有意思，但现在，他们的脑袋里总想起那个唇间含着叶子的士兵那忧伤的眼神，想起了将军抹掉了葡萄园与农舍的那毛茸茸的手指。乔万尼诺尽量去想还有没有别的什么游戏，但在每一缕思绪之间，那些忧伤的眼睛和红色的手指总是不时地回到他面前。

他有了个主意。“一个新游戏!”他跳起来。那里有一堵被香忍冬爬得密不透风的墙。乔万尼诺拽着香忍冬的枝头，拉下来长长的一条，把它向后拖着，同时还注意不弄断它，不把它从墙上拔掉。“你知道这是什么吗？”

“是什么？”

“这是一根导火索，和威力无穷的三硝基甲苯炸药相接，藏在军团参谋部底下。”

“那应该怎么做？”

“你捂住耳朵。我要给导火线点火了，几秒钟以后，军团就会爆炸了。”

赛来内拉立刻塞住了耳朵，乔万尼诺做出燃上一根火柴的动作，并把火柴送到导火线旁，然后发出：嘶嘶嘶……的声音，然后用目光跟着那正在被火苗消耗掉的导火索走。“我们扑到地上去，快，赛来内拉!”他大嚷着，自己也用双手捂住了耳朵，两个人都俯下脸。

“你听见没？这轰隆声真是可怕极了!军团没了。”

赛来内拉笑了；这就已经是更好玩些的游戏了。

乔万尼诺又拉过来那攀缘植物的一根枝藤。“你知道这根导火索又是去哪里的吗？是去参谋部底下的。”

赛来内拉已经把手指塞到耳朵里了。乔万尼诺做了个点燃的动作。“你赶快扑到地上去，乔万尼诺!”她叫着，推了他一把。

参谋部也被炸掉了。

“这回是师参谋部的!”这真是个激动人心的游戏。

“现在你炸什么？”赛来内拉刚从地上爬起来就问道。

乔万尼诺不知道在师后面的是什么了。

“我觉得不剩下什么了，”他说。“所有的都被炸掉了。”

于是他们下到海滩边，去做沙堡。

去指挥部

森林是稀疏的，几乎被大火摧毁，在烧焦的树干中灰灰一片，并因松树干枯的松针而稍显发红。带武器的人和没武器的人照着“之”字形，在树林间穿梭着，往坡下走去。

“去指挥部，”带武器的人说。“我们去指挥部。顶多半小时的路。”

“然后呢？”

“然后什么？”

“我是说，如果之后他们放我走了，”没武器的人说；每个回答他都是一个音节一个音节地侧耳聆听，就像是在寻找什么不真实的迹象。

“他们当然会放您走，”带武器的人说。“我会出示营里的文件，他们会在登记簿上做记号的，然后您就可以回家了。”

没武器的人摇摇头，做出一副悲观者的模样。

“唉，事情麻烦着呢，我明白……”他说着，也许只是为了听另一个人再重复一遍：

“我跟您说吧，他们很快就会放您走的。”

“我原打算，”他补充道，“我原打算今天晚上到家的。算了吧。”

“我说您会到家的，”带武器的人说。“也就是个他们做记录的时间，然后就会放您走了。他们可得把您的名字从间谍簿上擦掉。”

“你们有间谍簿吗？”

“我们当然有。所有那些做间谍的人，我们都知道。我们会一个个地把他们抓起来的。”

“那我的名字也被标在那上边了？”

“是啊，也有您的名字。这下一定要把您的名字擦掉，否则，您还会有被抓起来的危险。”

“那么确实需要我到那里去，好跟他们解释整个事情的经过。”

“我们这不是正在去嘛。一定得要他们看一看，查一查的。”

“但是已经，”没武器的人说，“您已经知道我是你们的人了，我从没做过间谍。”

“正是如此。这我们已经知道了。您就放心吧。”

没武器的人表示同意，四周张望了一阵。他们走在大片的林中空地中，旁边尽是些枯瘦的松树和落叶松，都被大火烧死了，空地上堆满了倒伏的树干。他们走离了原来的路，接着又找着了，然后又走丢了，就好像是在稀疏的松林间这么随意地走着，穿行在森林中。没武器的人认不出来这地方，夜幕携着片片薄雾爬升起来，底下则是在幽暗中变得越来越密匝的森林。

远离了原来的小道让他不安起来；他试着——既然那个人好像是随意走的——他就试着往右边拐去，那里也许就是原来的小道：那个人也就跟着往右拐了，就好像是随意走出来的。他这么伴着那个人走，往左或是往右，难道是根据这路的舒服程度来走的吗？

他决定问一下："可这指挥部在哪里？"

"我们这就去，"带武器的人说。"您一会就能看到了。"

"可大概是在什么地方，什么区域？"

"怎么说呢？"他答道。"指挥部是不说在什么地方，在什么区域的。指挥部就在是指挥部的地方。您明白吧。"

他明白；这个没武器的家伙，是个明事之人，不过他还是问了句："可是去那里，连一条路都没有吗？"

另一个人说："一条路。您明白吧。一条路总是通往一个什么地方的。到指挥部不是从路上去的。您明白吧。"

没武器的人明白，他是个明事之人，一个精明人。

他问道："您经常去指挥部吗？"

"经常，"带武器的人说。"我经常去。"

带武器的人有一张忧伤的脸庞，没有目光。不怎么认识路：好像，不时地会迷路，但仍无关紧要一般地继续走着。

"今天这个他们派人来押送我的苦差事，为什么是由您来做？"没武器的人问道，同时仔细地观察他。

"押送您这活，就该由我做，"他答道。"我专门送人去指挥部。"

"您是传令兵吗？"

"对啊，"带武器的人说，"传令兵。"

"一个奇怪的传令兵，"没武器的人想，"他不识路。但是，"他想，"今天他不想从那些路上走，是为了叫我搞不清楚指挥部在哪里，因为他们不相信我。"他们仍旧不相信他，不是个好迹象；没武器的人固执地这么想着。但是，在这个不好的迹象里面，有一点肯定的是，他们确实正往指挥部走去，他们真的想释放了他，然而在这个不好的迹象之外，有一个还要糟糕的迹象，那就是森林变得越来越稠密了，没有什么能出得去的意思，那里面只有寂静，和那个带武器人的忧愁。

“您也陪书记去指挥部吗？磨面厂的弟兄呢？女教师呢？”他想都没想地一口气问出了这个问题，因为这是决定性的一问，将说明一切：市委书记，磨坊的那些兄弟，女教师，他们都是被带走的人，再也没回去过，大家再也不知道他们的消息了。

“书记是个法西斯分子，”带武器的人说，“磨坊的兄弟在部队里，女教师做辅助工作。”

“我这么说也就是想问问，因为他们再也没有回去过。”

“我说了，”带武器的坚持道。“他们是他们。您是您。没什么好比的。”

“当然，”另一个人说，“没什么好比的。我只是想问一下是怎么回事，就这么一问，好奇。”

没武器的人自信起来，是信心十足。他是老家最精明的人，人们很难骗得了他。其他人，书记和女教师，是再没回去：而他是会回去的。“我是伟大的 kamarad①”，他也许会跟上士这么说。“Partisan②根本不能 kaputt③我。我 kaputt 所有的 partisan 了。”也许上士还会笑起来。

但被烧焦的森林无边无垠，没武器人的思绪被陌生和阴暗围裹着，就像森林中央的开阔地。

“我不是很了解书记，也不了解其他那些人。我是个传令兵。”

“到了指挥部，他们会知道的，”没武器的人坚持说道。

---

① 德语：同志。纳粹分子互称“同志”。

② 德语：游击队员。

③ 德语：杀死。

“是啊。到了指挥部，您可以问这事。在那里他们是知道的。”

天晚了。在这荒地上走路得小心翼翼的，得注意步子落在哪里，以免在隐匿在繁茂荆棘下的石头上滑倒。他还得在那种不安最剧烈的时候，留心自己的每一缕思绪是何去何从，好叫自己不会骤然被恐慌埋没。

当然，如果他们认为他是一个间谍的话，是不会把他这么扔到森林里的，只跟那个好像都不怎么在意他的人一起；有多少次他都可以逃走啊。如果他打算逃，另一个人会怎么做？

没武器的人在林间往坡下走时，就开始跟他空出一段距离来，当他往左拐时，自己就往右拐。但是带武器的人继续走着，几乎都没注意他，他们就这么在寥落的森林里往下走着，已经隔得很远的了。有时甚至相互之间都看不到，被树干、灌木丛所掩盖，但不时地，没武器的人又看见那个人就在他上方，好像不怎么在意他的模样，但却一直隔着一段距离地跟在他后面。

“只要他们能给我片刻的自由，那就再也别想抓着我了，”到那时为止，没武器的人还是这么想的。但是现在，他突然想到：“如果我自己能想办法逃掉，那就……”他在自己的脑海中，已经看到了德国人，一队队的德国人，在卡车和装甲车里的德国人，看到别人的死亡，看见自己的稳妥，他，精明人，没有任何人能骗得了的人。

他们从林中空地和荒地中走出来，进入了幸免于火灾之害的森林，那里既密又绿：地面被松树的干枯掉的松针盖满了。带武器的人仍在后面，也许走了另一条道。没武器的人于是就，小心地，牙齿咬着舌尖地，加快了步伐，往密林的更深处挺进，甚至挤进了底下松林中的峭壁陡坡。他在逃跑：他发现了。于是他害怕起来；但是他明白，自己已经偏离得太远了，那个人肯定已经发现了自己是想逃跑，而且肯定正追着他：他只能继续跑，现在他已经试图逃跑了，再落入另一个人的射程内可就完蛋了。

突然他听见自己身后上方响起了脚步声，便转过头来：几米以外便是带武器的人，正踩着从容不迫的步伐朝这边走来，一副漠不关心的模样。他手里拿着武器。说："从这里应该有条捷径，"然后做了一个让他先行的手势。

于是一切又回到从前：一个暧昧的世界，一切都是糟的，一切也都是好的：那片不但没到头，反是愈来愈密的森林，还有那个几乎让他跑掉却什么都没说的男人。

他问："这片森林难道没有尽头吗？"

"一转过那个山头我们就到了，"那人说。"加油，今晚您就到家了。"

"这样啊，他们肯定会放我回家吗？我是说，比如，他们不会想把我留在那里当人质吗？"

"我们又不是德国人，尽干留人质的那种事。至于人质，他们最多也就会拿走您的鞋子，因为我们差不多都是赤脚的。"

于是那男人就嘟囔起来，就好像这鞋子是所有东西中他最害怕失去的物件，但心底里却喜悦开来：他命运中的各种细节，好歹总算又给了他一点安全感。

"您听我说啊，"带武器的人说，"既然您这么在乎这鞋，我们这样吧：您穿上我的鞋，一直穿到指挥部去，因为我的鞋都破了，他们不会拿去的。我穿着您的鞋，等我陪您回去后，再把这鞋还给您。"

现在就连一个孩子都会明白，这一切都是假话。带武器的人想要他的鞋子，好的，他想要什么，没武器的人都会给他的，他，是一个明事之人，很高兴自己能够轻而易举地应付过去。“我是伟大的kamarad，”他会跟上士这么说的，“我给他们鞋，他们放我走[①]。”上士说不准还会让人给他一双靴子，就像德国士兵的那种。

“那么你们什么人都没扣吗：人质？犯人？市委书记和其他人都没扣？”

“这个书记让人抓了我们三个同伴[②]，磨坊的兄弟和法西斯军队一起扫荡，女教师和第十师的那帮人上床。”

没武器的人停下来。说：“您不会是认为我也是间谍吧。您把我带到这里来不会就是为了杀掉我吧，”说罢露出一点牙齿，好像想微笑一下。

“如果我们认为您是个间谍，”带武器的人说，“我也不至于花这么大劲了。”接着就把武器的保险打开。“就是这样了。”带武器的人把武器对准他的肩，摆出要对他开枪的姿势。

“好了，”间谍想，“他不会开枪的。”

可另一个人并没放下武器，而是扣动了扳机。

“放空枪，他放的是空枪，”间谍甚至还来得及这么想。当他感到射进自己身体中的子弹就像火拳头一样，砸个不休，他居然还能想到：“他以为把我给杀了，然而我还活着。”

他倒下来，脸挨着地，他看见的最后一个东西，就是穿着自己的鞋子的一双脚，正从他身上跨过。

就这样，他的尸体留在了森林深处，嘴巴里满是松针。两个小时以后，他已经浑身是蚂蚁了。

① 这句话从主谓宾顺序上来看，并不符合意大利语语法，应该为德语语序。
② 游击队员互称compagno（同伴，伙伴）。

乌鸦最后来

这溪流是张用轻盈清澈的波纹做成的网，网中水在流。不时地，就像是银色的翅膀扑腾在水面上：那是一条鳟鱼的背脊在闪闪发光，很快又顺着“之”字形线路没入水中。

“这里全是鳟鱼，”那些人中的一个道。

“如果我们扔一颗炸弹进去，它们就都会肚皮朝上地浮出来了，”另一个人说；接着从腰带上摘下一颗炸弹并拧起了火帽。

就在那时，一直在观察他们的小伙子往前走了一步，那是一个山里的男孩，脸是苹果形的。“你给我，”说罢就从他们中的一个人手上拿过步枪。“这个家伙想干什么？”那个男人说着，想从小伙子手上夺回步枪。但小伙子把武器对准了水中，就好像在找一个目标。“你如果往水里射，除了吓走鱼，不会有别的结果，”那男人想这么说，但都没能说完。一条鳟鱼扭动着冒了出来，小伙子一枪射到它身上，就好像鱼在那里等着他一样。现在，鳟鱼是白着肚子地浮在水面上。“嘿呦，”那些人说道。

小伙子又上了子弹，举枪转了一周。空气明净而紧绷着：能看见对面岸上松树上的松针，还有溪流中流水做出的网。一片波纹冲向水面：另一条鳟鱼。他开枪了：这下死鱼浮在了水面上。男人们看了一阵鳟鱼，又看了一阵他。“这家伙枪法不错，”他们说。

小伙子又把枪口对准了空中。想来就觉得很奇怪，人们如此被空气包围着，因为几米的空气，就和其他东西隔开了。然而如果要瞄准步枪的话，空气就是一条看不见的直线，一条从枪口到东西之间绷直了的直线，这会，枪就瞄准了一只小鹰隼，它正张着好似静止的翅膀，在空中移动。扣动扳机的时候，空气仍像之前一样清澈而通透，但那上头，也就是在这条直线的另一端，小鹰隼合起了翅膀，像石头一般地落了下来。从打开的后枪膛里，泄出一种好闻的火药味。

他又让人给了他另外的弹药。在他身后一条小河的河岸上，已经有很多人在看他了。对岸树顶上的松果为什么只能看而不能碰呢？是因为在他和那些东西之间那段空荡荡的距离吗？是因为从他这里、在他眼中是一样东西的松果，却是在遥远的那边吗？但如果瞄准步枪，就会明白那空荡荡的距离只是一个骗局；他碰了下扳机，就在同时，松果掉了下来，在叶柄处断开。这是一种空间的意义，就像一种抚摸：步枪枪管里的那个空间，继续向前，穿过空气，被射击填满，一直延续到那边的松果、松鼠、白色的石头，还有罂粟花上。“这家伙一枪也没打歪，”那些人说道，没一个人敢笑。

“你跟我们来，”领头的说。“那你们把枪给我，”小伙子答道。“好啊。当然。”他就跟他们走了。

他是带着一只装满苹果和两种乳酪的干粮袋出发的。这个村子就是山谷里的一堆板岩、稻草和牛粪。离开这里挺好的，因为在每个拐弯处，都能看见一些新东西，长松果的树木，从枝头上飞开的鸟，石头上的地衣，所有的东西都在虚假的距离范围内，在子弹吞噬着其中的空气时填满的那段距离范围内。

但不能开枪，他们跟他这么说：他们过这些地方时不能出声，而弹药打仗时也用得着。可是突然，一只受脚步声惊吓的小野兔在他们的喧闹声和忙乱中穿过了小路。正当它要消失在灌木丛中时，小伙子的一发子弹把它拦了下来。“打得好，”领头的说，“但是我们到这里不是来打猎的。就算你还会看到环颈雉，再也不能开枪了。”

没过上一个小时，队伍里又听见了几声枪响。“又是那个小伙子!”领头的发了火，赶上他。他用那张苹果形的、白里透红的脸笑着。“山鹑，”他说着，还拎出来给他看看。这山鹑是从一排篱笆后面飞起来的。

“山鹑也好，蟋蟀也罢，我都跟你说了。把枪给我。你要是再让我生气，就给我回家去。”小伙子噘着嘴，有点不高兴；行进时不带武器可是没意思，但只要他还和他们在一起，就有希望重获步枪。

晚上他们睡在牧羊人的小房子里。天刚亮小伙子就醒了，而其他人还在睡着。他拿上他们最漂亮的枪，把干粮袋里装满子弹，就出去了。外面的空气腼腆而明净，是那种大清早的空气。离农舍不远处，有一棵桑树。这是松鸦到来的时候。正好有一只：他开了枪，跑去拾起它，并把它搁在干粮袋里。就在他捡松鸦的地方，他没挪位就找到了一个目标：一只睡鼠!睡鼠被枪声吓坏了，跑到一株栗树顶端，想拱进树洞。死的是一只灰尾巴的肥老鼠，他摸它的时候，它还掉了几撮毛。从栗树下面，他看见，在下面的草地上，有一只蘑菇，红色的，上面有白点，带毒。他一枪把蘑菇炸碎了，然后过去看自己是不是真的打中了。这样从一个目标过渡到另一个目标真是个有意思的游戏：也许能这样周游整个世界。他在一块石头上看见很肥的一只蜗牛，他瞄准了蜗牛外壳，到那里后却只看见粉碎的石头，还有一点彩虹色的黏液。他就这样远离了牧羊人的农舍，下到陌生的草地上去。

在打爆蜗牛的石头上，他看见一堵墙上有只蜥蜴，在那堵墙前，又看见一汪泥潭和一只青蛙，从泥潭那里又看见公路上的路标，很容易的目标。从路标那里，能看见“之”字形的道路，而那底下：那底下有些穿着制服的人，正平举着枪前进。当男孩用那个苹果形的、白里透红的脸，微笑着持枪出现时，他们哇哇大叫起来，把武器对准了他。但小伙子早就已经看中他们中一个人胸前的金色扣子了，并瞄准了这扣子，开了火。

传来了男人的尖叫，于是一阵阵的扫射或是零星的几枪呼啸着从他头顶上穿过：他早就躺在路边地上的一堆石子后面，藏在一个死角里了。他还可以走动，因为石堆很长，可以在一个始料不及的地方露出脑袋来，可以看见那些士兵的枪口在闪光，看见他们制服的灰色和光泽，还可以对准一枚军衔，一个袖章射击。然后再伏在地上，敏捷地爬到另一处开火。不一会，他听到自己身后扫射起来，可这扫射都越过了他，击中了那些士兵：是同伴们赶来用冲锋枪支援他了。“亏得这小伙子用枪声叫醒我们，”他们说。

而小伙子呢，被同伴们的枪火掩护着，瞄得更准了。突然，一颗子弹擦过他的脸颊。他转过身来：一个士兵来到了上方的路上。他跳进排水沟，躲起来，但之前已经开了火，可子弹并没有击中那个士兵，只是擦过他步枪的枪托。他听见那个士兵上不了子弹，把枪扔在了地上。于是小伙子猝然爬出来，朝那个正在逃跑的士兵射击：他把士兵的肩章打掉了。

他跟着他。士兵时而消失在树林里，时而出现在射程之内。他打焦了士兵头盔的帽顶，然后是皮带圈。这么追着他，就追到了陌生的山谷里，那里听不见激战的喧嚣。突然间，士兵的眼前就不再是树林了，而是一片林中空地，周围是生着浓密灌木的悬崖。可那小伙子就要从树林里出来了：在林中空地的中央，有一块巨大的石头；士兵刚好来得及躲在了石头后面，把脑袋蜷在了双膝间。

在那里，到目前为止他是感到安全的：他有手榴弹，那小伙子是不能靠近他的，而只能在步枪射程范围内守着他，好不让他逃掉。当然如果他早先就能跳到灌木丛中就安全了，因为可以从灌木繁密的斜坡上滑下去。但是要穿过那段光秃秃的地：那小伙子能留在那里多长时间呢？他难道永远都会瞄准武器吗？士兵准备做个尝试：他把头盔顶在刺刀尖上，然后把头盔举过了石头顶部。一声枪响，头盔滚在了地上，给钻了孔。

士兵并没有灰心；在石头周围瞄准当然很简单，但如果他快速移动的话，那就不可能逮着他了。就在这时刻，一只鸟急速穿过了天空，也许是一只戴胜。一声枪响，它掉下来了。士兵擦了把脖子上的汗。咽了口唾液。那里应该是一处鸟的过道：各种鸟儿继续飞，那小伙子继续射击，继续把鸟儿弄掉下来。士兵想到了一个主意："如果他正专注于打鸟，那就不会在意我。他一开枪我就冲过去。"但也许最好还是先做个尝试。他拾起头盔，并把它盖在刺刀顶端，时刻准备着。这次是两只鸟儿一起飞过：是扇尾沙雉。士兵对要把如此一个绝妙的机会浪费在尝试上感到惋惜不已，但也不敢贸然行动。小伙子朝一只沙雉开了一枪，于是士兵就赶紧把头盔伸了出去，他听见枪响，看见头盔蹦向空中。现在士兵感到嘴里是一口铅的味道；他才发现，枪很快又响了一声，那两只沙雉中的另一只也落了下来。

所以他不该做出任何仓促的举动：在那块石头后，握着手榴弹，他还是安全的。为什么他不试一试把手榴弹摔到小伙子那边去呢？尽管小伙子也是藏着的。他背靠着地躺下来，把胳膊伸在后头，同时还注意着不暴露出自己，攒足了劲，把手榴弹给扔了出去。扔得不错；也许可以扔得更远；但当手榴弹就要走到抛物线的一半处时，又是一枪，它在空中炸开了。士兵把脸埋在地上，以防榴弹碎片砸在自己身上。

当他再抬起头来时，乌鸦来了。他上方的天空中，一只鸟儿缓缓地盘旋着，也许是一只乌鸦。现在小伙子肯定得对它射击了。但那枪声却是迟迟没响。尽管他击中的那些鸟儿都比这只飞得高和快。最后，一声枪响：这下乌鸦该掉下来了，不，它继续缓缓地转着，无动于衷地。然而，却从最近的一棵松树上掉下一只松果。现在他打起了松果？他一枪一枪地打下了松果，松果掉在地上时会"砰"地响一声，干巴巴的。

每响一枪，士兵就看一眼乌鸦：掉下来没？没有，那黑鸟在他上方盘得越来越低。难道是那小伙子没看见这鸟吗？也许是这乌鸦就不存在，只是他的一个幻觉。也许谁要是快死了，就会看见各种鸟飞过：当看到乌鸦了，就说明到时候了。那么，就得告诉那个总是在打松果的小伙子。于是士兵就站了起来，用手指着那只黑鸟，"那里，有只乌鸦！"他用自己的语言大喊着。子弹打在他绣在制服上的那只展翅飞翔的老鹰的正中间。

那只乌鸦打着圈地徐徐降下。

在路上的害怕

九点一刻，他和月亮一起来到科拉·布拉卡，九点二十，他已经到了两棵树岔口，过半的时候，就能到山泉那里了。在十点之前能到圣法乌斯蒂诺，十点半就可以到佩拉罗，半夜十二点能到克雷伯，那么一点钟就可以到卡斯达尼亚[①]的复仇[②]那里了：以通常步伐要走上十个小时的路，对他千斤顶[③]来说，最多只要六小时就能走完，他是第一营的通讯员，全旅里最快的通讯员。

千斤顶走得很带劲，拼着命地在小道上下着山，在全是一个模样的转弯口从没出过错，他能在黑暗中认出石头、荆棘，用胸膛去[④]攀爬，而那平稳的胸膛都不会改变一下呼吸节奏的，腿部的力道就像是被活塞推出去的一样。“加油，千斤顶！”在远处的战友一看到他正往自己的营地这边攀爬过来，就这么对他喊道。他们企图

① 这个地名的意思是“栗子”，可能是一处长着栗子树的地点。
② 这个名字与下文的皮、马刀、蛇、游击战都是游击队的各个营队长官的绰号。
③ 这个通讯员的名字也是绰号。
④ 意思是“勇敢地面对”。

在他的脸上读出他带来的消息和命令是好还是坏；但是千斤顶的脸就像一只拳头一样紧闭着，是那种山里人的窄脸，多毛的嘴唇，他身材矮小，骨骼粗大，更像个小伙子，而不是男孩，一身石头般的肌肉。

他的这项工作是个艰苦而孤单的活，随时都会被叫醒，会一直被派遣到蛇，到皮那里，他得在夜晚山谷的黑暗中前行，以挂在双肩上的、轻得就如同一把木制小步枪的法国武器为伴，他得到达一个支队，然后还得重新出发至另一个支队，或带上一个答复，再次回到这里，叫醒厨师，在冰凉的军用大锅里找吃的，然后还要带着仍卡在喉咙里的一盒栗子重新启程。但这也是他天生的工作，因为他从来不会在森林里迷路，他认识所有的小路，他在孩童时总去那里赶羊、打柴、刈草，把这些路都走了个遍，从不会崴到脚，而在那些石头间上上下下地穿行，脚也不会脱皮，不像那些从城里或是海边上来的游击队员。

一截栗树的空树干，一块石头上的天蓝色地衣，堆着木柴堆的空旷地，都是迷茫而单调的舞台侧幕，生根在他最遥远的记忆里，正在渐渐激活起来：一头逃跑的羊，一只被赶出洞穴的貂，一个姑娘身上被掀起的衬裙。而在这些记忆之上，又添加了新的记忆，也就是在他的这些地方所经受战争的记忆，是他故事的延续：变成了战争的游戏，任务，打猎：在罗莱多桥上的射击味，在坡地上荆棘丛中的营救，孕育着死亡的铺满地雷的草坪。

战争在那些山谷里反复打转，就像一条想咬自己尾巴的狗；游击队员和狙击兵与特种兵肘抵着肘地挤在一起；如果一些人上到山上去，那么其他人就下到山谷里，然后一些人在山谷里，其他人就在山上，总是在山顶上兜着大圈子，为的是不落在对方的手上，不被别人的枪弹打中，不过总是会有些人死掉，在山上，或是在山谷里。千斤顶的家乡是在底下的田地里，圣法乌斯蒂诺，三拨房子，一拨这里，一拨在那头的山谷里，还有在扫荡的日子里会展着床单的莱吉娜的窗户。千斤顶的家乡是在下山和上山之间的一段短暂间歇，是小呷一口的奶水，是他母亲为他准备的一件干净毛衣；然后，为了能不看见他们突然从四面八方到来，他得赶紧逃跑，因为在圣法乌斯蒂诺死去的游击队员已经够多了。

冬季是一场相互追赶并相互躲藏的游戏；在巴亚尔多的狙击兵，在莫里尼的特种兵，在布里咖的德国人：在这些人中间的，是挤在山谷间两道拐弯处的游击队员，他们在夜间从一处转移到另一处，穿过纷争地，避免了一次次的扫荡。正是那天夜里，一支德国队伍从布里咖赶来，也许已经到卡尔莫了，士兵们已经准备好从莫里尼上山前来支援，分遣队员围在半灭的火炭边，藏在农舍的秸秆堆里睡觉；千斤顶在森林的黑暗中前行，在那个命令下，他的双腿托付着他们的希望："迅速从山谷中撤离出来，黄昏前，整支营队都要带上重武器到朝圣者山的山顶上。"

焦虑是在千斤顶肺里蝙蝠的一阵轻盈扇翅，是在没有视线的黑暗中，想用手去抓住远在两公里外的山脊，登到那上面去，然后好似草间的一阵清风，把命令给吹拂过去，并能感到它就像是穿过了鼻孔前的胡须，飘到复仇那里，飘到蛇那里，滑到游击战那里。然后他要在栗树的树叶中挖出一个洞来，并陷入其中，他和莱吉娜一起，先要拨开那些可能会戳到莱吉娜的栗子壳，但是越在树叶中沉下去，栗子壳就越多，在那里头是不可能给莱吉娜腾出地方来的，那个皮肤光滑细腻的莱吉娜。

干树叶和栗子壳在千斤顶的脚下窸窣作响，几乎是在他的脚边潺潺流过；长着发光圆眼的睡鼠，跑着回到树顶的洞中。“加油，千斤顶！”长官勇气[①]把命令交给他时这么对他说。睡意从夜晚的胸中升起，使他眼皮里生出了绒毛；千斤顶倒想走丢了去路，迷失在干树叶的海洋中，在那里游弋直至浸入其中。“加油，千斤顶！”

千斤顶现在正走在图梅纳高坡上，那里仍结着冰，一条小径被足迹印了出来，千斤顶就顺着那路走着。图梅纳是那些地区中最辽阔的一片山谷，有着迥异和极高的山坡；对面的山坡在黑暗中变得模糊，在那边行军，会迷失在荒芜的坡子上，白天的时候，在那里的荆棘丛间，会振翼飞起大群的山鹑。千斤顶感觉，在图梅纳的山脚下，看到了远远的一点光，走在他前面。那光不时地走出“之”字形，就好像在转弯，然后又消失了，再在意想不到的方向重新出现在不远的那边。在那个时候能会是谁？有时，千斤顶感觉那光非常远，就像在另一边的山坡上，有时那光又静止不动，有时还会落在他身后。有可能是，许多不同的光，在图梅纳山脚下的各条小路上行进。也许就在他的后面或是前面，而在图梅纳的山顶，那些光忽闪忽灭。德国人！

一头野兽跑在千斤顶的脚印上，被从孩童地带的深处唤醒了，追随着他，很快就赶上他了：害怕。那些光是德国人的光，他们在图梅纳山上巡逻，一支支的营队，在一丛丛的荆棘地里搜查。这是件不可能的事情：千斤顶知道，尽管他感到，如果还真相信这回事，并沉湎在那紧随他的孩童野兽幻想中倒挺愉快的。在千斤顶的喉咙里，时间敲出那吞咽下去的锣鼓声。要赶在德国人前面，把同伴们

① 这个长官的名字显然也是个绰号。

挽救出来已经迟了。千斤顶已经能看见在卡斯达尼亚的复仇农舍被烧焦了，看见同伴们鲜血直流的身体，看见用长发挂在落叶松树枝上的脑袋。“加油千斤顶!”

他对自己来到的地方感到惊异，他感到自己用了很多时间，却只穿过极短的路途：也许他不知不觉地放慢了脚步，也许他停下来了。然而，他的步伐并没有改变：他很清楚自己的步伐一直都是相同而确定的，他也没有必要去相信那头在自己夜班任务期间来探访他的野兽，那头用它看不见的、浸蘸着口水的手指弄湿了他双鬓的野兽。千斤顶，是个好小伙子，在任何事变中，都镇定而冷血；他完好地保存下来了自己所有的行动决定力，尽管如此，他还是带着那头野兽，就像一只被挂在脖子上的猴子一样。科拉·布拉卡的草地在月光中好似湿润一般。“地雷!”千斤顶想。那上头没有地雷，千斤顶知道：地雷埋在很远的地方，在切波山的另一面山坡上。但是千斤顶现在想，地雷会在地下移动，在大山里的一处和另一处之间走动，追随着他的步伐，好像巨大的地下蜘蛛。在地雷上面的土地会生出奇特的菌类，踩到上面可就糟糕了：一切都会在瞬间爆炸，但是秒变得好似世纪一般长，世界也好像中了魔一样地停滞下来。

现在，千斤顶从森林中下来。困意和黑暗给树干和荆棘遮上阴郁的面具。周围全是德国人，这是真的。当他经过月亮下的科拉·布拉卡草地时，他们准看到他了，他们正追踪着他，在山口处等他。一只猫头鹰在不远处叫着：这是德国人之间商量好的口哨，他们在他周围拢得密密匝匝，这又是一声回应那一声的口哨，他被包围了!一头野兽在一簇石南底部动了一下：也许是只兔子，也许是条狐狸，也许是一个躺在灌木丛里的德国人，正瞄准着他。每一丛荆棘里都躲着一个德国人，每一棵树的树顶上都栖息着一个德国人，和睡鼠一起。石子堆里迅速从生出头盔，树枝间升起了步枪，树木的根系处现出人类的脚。千斤顶沿着一条两边都埋伏着德国人的篱笆前进，他们正睁着似树叶一般光亮的眼睛盯着他：他越往前走，就越深入他们中间。在第三声，第四声，第六声猫头鹰的嚎叫响起时，所有的德国人就会从他周围蹦出来，举着武器，胸部斜挂着冲锋枪的子弹带。

他们中的一个，唤作龚德，在头盔下露出可怖的白色笑容，就要向他伸来巨大的双手，要抓住他。千斤顶不敢回头，因为不想看见自己背后的龚德突然高高地现出身来，并举着冲锋枪瞄准了他，双手摆放在空中。或者，也许他会从小路上迎面而来，用一根手指指着他，或者，当一颗石子滚起来时，他会感到龚德就出现在他身旁，和他一起在寂静中行走。

忽然他感到走错了路：尽管他识得这条路，这石头，树木，还有麝香。但是它们是远方另一条路上的石头，树木，和麝香，是上千不同而遥远地方的石头，树木，和麝香。在那段石头台阶后，应该是一处悬崖，而不应该是一簇荆棘；越过了那段山脊后，应该是一丛鹰爪豆，而不是一片枸骨叶冬青树；小溪应当是干涸的，而不应当有水流和青蛙。这些是另一块山谷里的青蛙，在德国人身边的青蛙，歇在道路的曲折徘徊处，是埋伏着的德国人设计出来的伎俩，这伎俩会突然把他擒在他们手中，面对着那个高大的德国人，他在我们所有人的心底里，那个唤作龚德的，他一身的头盔，子弹带，武器口对准了他，他把那双巨大的手摊开在我们所有人的头上，却从来也抓不住我们。

为了赶走龚德，需要想着莱吉娜，想着和莱吉娜一起，在雪中挖出一口凹地，但是雪既坚硬，又结上了冰，不能让莱吉娜躺在那上面，她穿着一件薄如皮肤的衬裙；也不能在松树下躺下，层层的松针没完没了，拨完松针，见到了土地，却是一个蚂蚁窝，龚德就在我们上面，把手放在了我们的头上，我们的喉咙上，我们的胸前，他还在继续往下压手：我们叫了起来。需要想着莱吉娜，这个姑娘在我们所有人心中，正是为此，我们所有人才会想在森林的深处挖一口凹地。

但是，在千斤顶和龚德间的追赶结束了：距离复仇的营地只剩下十五二十分钟的路了。千斤顶带着思绪地跑着：可他的步子仍旧落得有规律，为得是不至上气不接下气。到了同伴们那里以后，害怕就会消失，会被从记忆的深处抹去，会被认为是不可思议的。要想着去唤醒复仇和马刀，还有长官，要跟他们解释勇气的指令，然后还要再次启程去杰尔蓬特，去蛇那里。

但是，他还能到农舍吗？那农舍不会是被拴在了一根线上，当他慢慢地越来越靠近时，那线却把农舍拉得离他越来越远？他到达的时候，不会听到德国人的“奥什奥什”[①]，看见他们都围在篝火周围，吃着剩下来的栗子吧？千斤顶已经在想像，他到达农舍的时候，那里已经给烧得个半光，没有人了。他进去：空的。但是在一个角落里，高极了的，正盘腿而坐的，头盔一直顶到屋顶的，正是龚德，滚圆的眼睛闪闪发光，就像是睡鼠的眼睛，湿润的嘴唇间牙齿发出白色的微笑。龚德跟他做了个手势：“你坐下。”而千斤顶就会坐下来了。

好了，在他一百米外有一粒光 是他们!他们是谁啊？他想往回走，想逃跑，就好像所有的危险都在那底下，在卡斯达尼亚平地的

① “奥什”为意大利人学德国人说话的语音。

农舍里。但是他仍利索地走着，脸庞坚毅和紧闭得就像一只拳头。那火光时而好像是靠近得过于迅速了：那光是在迎他而来吗？时而又在远去：它在逃逸吗？但它其实是静止不动的，是营地中还未熄灭的篝火，这千斤顶知道。

“谁在那边!”他没有惊跳。“千斤顶，”他说。“哨兵。我是猫头鹰。有什么消息吗，千斤顶？”“复仇在睡觉吗？”现在他已经在农舍里了，周围都是熟睡着的同伴们的气息。同伴们，自然，还能会是其他什么人？

“德国人到了下面的布里咖，法西斯分子在上头的莫里尼。撤退。黄昏前，所有的人都要带上重武器，到朝圣者山的山顶上去。”刚刚醒来的复仇，胡乱地揉了揉眼皮。“真见鬼，”他说。然后站起来，拍了拍手：“都醒醒啊，有场仗要打。”

现在，千斤顶正咂着嘴，狼吞虎咽地吃着一盒煮栗子，不断地吐出黏糊糊的薄膜残余。人们正分着班带走军需品，还有重武器的三脚撑架。他上路了。“我去杰尔蓬特的蛇那里，”他说。“加油，千斤顶，”同伴们对他说。

雷区

“布了雷了，”老头是这么说的，边说着，还边在眼前把一只摊开的手挥来舞去，就好像想擦净一块模糊的玻璃。“都在那边，也搞不清楚究竟是在什么地方。他们来了以后，就埋上了地雷。我们当时都躲了起来。”

穿着朱阿夫兵[①]裤子的男人看了一眼山坡，又看了一眼直直地站在门口的老头。

“但是从战争结束到现在，”他说，“有的是时间扫雷。而且通道总该会有的。总有人会知道的。”

“你，老头，你就知道，”他也这么想着，因为这老头肯定是个走私贩，对边界的了解正如对自己烟锅袋的谙熟。

老头看了看男人打着补丁的朱阿夫裤子，他开了缝的软塌塌的干粮袋，还有那从头发到鞋子上结了一层皮的灰尘，证明出他用脚走了多少公里的路途。“也搞不清楚究竟是在什么地方，”他重复了

① 朱阿夫兵，法国在北非招募的轻步兵。

一遍。“在山口那里。有片雷区。”他又做了一遍那个动作，就好像在他和其余一切之间有块模糊的玻璃。

“我说，我还不至于那么不幸，会去撞上一片雷区吧？”男人问道，笑容粘住了牙齿，就好像一个生涩的柿子。

“嘿，”老头说了句。只是这样：“嘿。”于是现在男人就试图回忆出那个“嘿”的语气。因为可能是一个嘿，可别赶上了，或者是一个嘿，这可不知道，再或者是一个嘿，再没什么比这更容易的了。可那老头仅仅说了个嘿，没带上任何语气，荒芜得就像他的眼光，正如那些大山上的土地，上面的草也是既短又硬，好似人类没剃好的胡子。

山坡上的植物不会长过荆棘的高度，不时会有一株歪斜、多树胶的松树，是以一种尽可能少地制造出阴影的方式安置的。那男人现在走在上山小道的残余部分上，那些小道或被成年累月的荆棘吃掉，或只是被走私贩的脚印、被留下不多痕迹的野兽足迹践踏。

“该死的土地，”穿着朱阿夫兵裤的男人说。“我真是等不及赶到另一头的坡子上去。”幸运的是，战争前，他已经走过一次这条路，可以不要向导。他也知道，那山口在坡子上的一处大峡谷里，不可能整条路上都布了雷的。

然后，小心在哪里搁脚，这就足够了：底下埋了地雷的地方和其他所有的地方是应该很有些区别的。有些区别：移动过的土壤，故意堆放出来的石头，还有新嫩的青草。比如那里，很快就能看得出来，是不可能有雷的。不可能？那一块翘起的岩板呢？那一带草地中央的秃地呢？还有那一段倒在路上的树干？他停了下来。但是山口还很远，不可能有雷的，继续：他继续走着。

也许他会喜欢在夜间穿过雷地，在黑暗中爬行，倒不是为了躲过边界巡逻队，因为有巡逻队的地方是安全的，而是为了躲过对于地雷的害怕，这地雷就好像是些仍睡意朦胧的大型野兽，在他经过时，它们会惊醒过来。旱獭：巨大的旱獭蹲伏在底下洞穴里，其中一只会在一块石头的高处放哨，就像旱獭习惯的那样，当它们看见他时，会用咝咝声发出警报。

“当那个咝咝声响起的时候，”男人想，“雷区就会爆炸：硕大的旱獭就会朝我冲来，用啃噬把我撕烂。”

男人从未被旱獭咬过，他也不会在雷区里被炸掉。那是饥饿，让他产生了那些想法；这男人知道，他了解饥饿，了解挨饿日子里的幻觉玩笑，每一个被看到或听到的东西，都会承载出一种食物或是啃噬的含义。

不过，旱獭倒真是有的。在石子堆的高处，能听见它们的咝咝咝声：咯咿……咯咿……“我能用一块石头砸死一只旱獭就好了，”男人想，“再把它穿在一根树枝上烤上一烤。”

他想着旱獭的油腻味，却也不觉得恶心；饥饿让他对旱獭的油腻，对任何可以咀嚼的东西都生起了欲想。他在乡间农舍附近转来转去已经有一个星期了，拜访着各式各样的牧羊人，为的是能乞讨到一块黑麦面包，一杯凝乳。

“但愿我们能有这些东西。这里什么都没有，”他们说着，给他指了指光秃而昏暗的墙体，那里仅仅饰有几串大蒜。

他看到了山口，这比他以为需要的时间要早。他感到一阵惊愕的激动，很快，就几乎成了一种胆战的激动：他没有料到那里开满了杜鹃花。他指望会在自己面前看到一片光秃秃的峡谷，指望在往前迈出每一步前，都能仔细研究好每一块石头，每一丛荆棘，然而，他却身陷一片杜鹃花没过膝部的海洋，一片匀质的、不可穿透的海洋，那里只偶尔露出灰色石头的脊背。

那底下，是地雷。“搞不清楚究竟是在什么地方，”老头这么说过。“都在那边。”他还在空中挥舞了一番那双摊开的手。穿朱阿夫兵裤的男人感到看见那双手的影子落在了那大片的杜鹃花上，并在不断扩张，以至覆盖住了那整整一大片的花。

他选出了一个行进方向，即沿着与峡谷平行的路迂回走，这路不易于前行，但对想在这里布雷的人来说也不方便。越往上走，杜鹃花就越稀薄，在石头间能听见旱獭咯咿……咯咿……的叫声，一刻不休，就如晒在后颈上的太阳。

“哪里有旱獭，”他想着，便拐到那个方向上，“就说明哪里没有布雷。”

但这是一个错误的推理：地雷是反人的，一头旱獭的重量并不足以使地雷爆炸。直到那时，他才想起来地雷被称为反人地雷，这让他害怕起来。

“反人的，”他重复道，“反人的。”

陡然间，单是那个名称就让他害怕起来。当然，如果他们真在什么山口埋了雷，那真是完全难以通行了：他最好回去，跟附近的人们问问清楚，再试走另外一条路。

他转过身，准备往回走。但是，之前，他的脚步都落在了哪里？他身后的那片杜鹃花一直延伸着，就像是一片植物的海洋，难以穿透，没有任何过道的痕迹。也许他已经身处雷区了，一步走错就能叫他完蛋：还不如继续。

“该死的土地，”他想着，“该死的土地直到最后一步都不放过人。”

他要有条狗就好了，像人一般重的一条大狗，这样就好把它赶到前面去试路。他甚至咂起了舌头，就好像正在鼓动一只狗往前跑去。“我要给我自己做条狗，”他想。

也许一块石头就够了。他身边就有一块，很大，但还挪得动，正合适。他用双手把石头捧起，然后把它抛到自己前面尽可能远的坡子上。石头没落得很远，还朝他滚了回来。这样，不过是试试运气。

他已经来到了峡谷的高处，周围尽是没完没了的石头堆。旱獭的群体听到了男人，它们发出了警报。空气被它们的尖叫戳破，就如同被仙人掌的刺戳穿一般。

但是男人再也不想逮什么旱獭了。他发现这峡谷，在入口处相当的宽阔，进去以后却慢慢地窄了起来，甚至只是一条铺满石头和灌木的裂缝。于是男人明白了：雷区只可能在那里。只有在那个地方，隔着适当距离安置的地雷，才可能封锁住所有必要通道。这个发现却没有吓住他，反而给了他一种奇特的沉静。好了：他已经是身处雷区了，这是确定的。已经只能继续往山上爬，随便走，想往哪里走，就往哪里走。如果命中注定那天该死，那总归都是会死的；如果还不该死，那么他在一个地雷和另一个地雷之间走过时，是怎么都能幸免于难的。

他提出了这个有关命运的想法，自己却都不怎么很信服：他不相信命运。当然，如果他迈出了一步，那是因为他没有别的选择，是因为他的肌肉运动，他的思绪进程把他带向了那一步。可有那么一刻，他不知道该迈出哪一步，其时的思绪仍在迟疑中，而绷紧的肌肉还找不到前行的方向。他决定不再想下去，决定让自己的腿像机器人一样摆动，决定在石头上随意地迈步；但他总在疑心，是自己的意志在决定该往右还是往左拐，决定该踏在这块石头还是那块石头上。

他停下来。感到自己身上生出一种奇特的焦躁感，这种焦躁是饥饿和害怕带来的，永远得不到消解。他在口袋里找了起来：他带着一面小镜子，那是有关一个女人的记忆。也许这才是他想要的：照一下镜子。在那一小块模糊的玻璃上，出现了一只眼睛，肿胀而发红；而后是一张面颊，上面的灰尘和毛须都结成了硬皮；接着是干燥裂开的嘴唇，还有比嘴唇还红的牙龈，牙齿……但是男人还想在一面大镜子中照一照自己，看一眼自己的全身。把那小面镜子在自己脸的周围翻来覆去地摆弄着，看看一只眼睛，一只耳朵，这不能满足他。

他继续走着。“到目前为止，我还没有碰到雷区，”他想，“已经迈出了有五十，四十来步了吧。”

他每一次落脚时，感到自己身下那结实而静止的土壤，都要深吸一口气。走出一步，又一步，再一步。这块泥灰岩像是个圈套，然而却很坚固；这一丛石南什么也没藏着：这一块石头……他体重下的石头下陷了两指深。“咯咿……咯咿……”旱獭叫道。前进，另一只脚。

土地变成了太阳，空气变成了土地，旱獭的咯咿变成了雷鸣。男人感到一只铁手抓住了他的头发和脖子。不是一只手，而是一百只手，每只手都抓住他的一根头发，把他从头到脚撕得粉碎，就像在把一张纸撕做成百的小碎片。

三个人中的一个仍活着

三个人赤着身，坐在一块石头上。周围是这个村里所有的男人，那个长着胡子的高个子站在他们前面。

“……我看见山上最高的火苗了，”长胡子的老头说，“我就说了：一个村子怎么能烧出这么高的火？”

他们什么也听不懂。

“我闻到难以忍受的烟味，我就说了：我们村子的烟怎么能这么臭？”

三个光着身子人中的高个子抱住了双肩，因为起了一点风，他用胳膊肘顶了一下老人，想让他解释一下，他仍试图去明白什么，老人是他们三个中唯一一个懂点语言[1]的人。但是老人现在却怎么都不把头从双手中抬起来，只是偶尔，在他弯下的脊背上，一阵哆嗦会掠过他链条般的脊椎骨。胖子是再没什么好指望的了；让他浑身打颤的抖动使他身上女性般的脂肪都晃荡起来，眼睛就像是被雨水打出线条来的玻璃。

① 此处的语言指通用的意大利语。

“然后他们跟我说，是我们麦地里的火焰烧掉了房子，房子里头有我们被杀死的孩子，是他们被烧焦的时候散发出来的恶臭：唐沁的儿子，杰的儿子，还有税警的儿子。”

“我的弟弟巴斯蒂安！”眼睛着了魔一般的一个家伙大嚷道。那是他们中间唯一一个会不时插话的人。其他人都严肃而默不作声，双手靠在步枪上。

三个光着身子人中的高个子跟他的战友完全不是一个国籍：他来自的那个地区，一度也曾领教过什么是烧毁的村庄和被杀死的孩子。于是他很清楚人们对那些烧房子和杀孩子的人，是怀着怎样的想法的，与另两个人相比，他应该是最不抱什么希望的。然而有什么东西在阻止他屈服于现状，一种让人焦虑的不确定感。

“现在我们终于抓住了这三个人，”长着胡子的高个子说。

“只有三个，可惜啊！”着了魔的人嚷道，但其他人都沉默着。

“可能在他们中间也有不怎么坏的人，那些违心服从命令的人，也可能这三个人是那种人……”

着了魔的人朝老头睁大了眼睛。

“你解释一下啊，”三个光着身子人中的高个子对老人低声说道。可老人所有的生命力似乎都已从丘陵般的脊椎骨上跑掉了。

“但是，当涉及到被杀死的孩子和被烧毁的房子时，是不分什么坏人和不怎么坏的人的。我们能肯定把这三个人处死的合理性。”

“死，”三个光着身子人中的高个子想着，“我刚听到这个词。这是什么意思？死。”①

但老人没听他的话，胖子好像已经开始喃喃地祈祷起来了。胖

① 这个高个子听不懂意大利语，只听到村民们的话里有个morte（死）。

子突然想起来自己是个天主教徒。他是他们中间唯一的天主教徒，而他的同志也经常因此开他玩笑。“我是天主教徒……”他用自己的语言，低声重复起来。搞不清他是想祈求能留在地上继续过活呢，还是祈求能升入天堂。

“我说，在把他们弄死之前，得……”着了魔的人说道，但其他人都站了起来，没理他。

“到库尔迪斯特雷加①去，”那个长着黑胡子的人说，“这样就省得挖坑了。”

他们让那三个人站起来。胖子用手捂住生殖器。没有什么比光着身子更让他们觉得自己是被指控的了。

他们把这三个人带到了上山的岩石路上，武器顶在他们的腰上。库尔迪斯特雷加是一座垂直走向山洞的开口处，那是一口伸到大山腹地中去的洞，一直往下延伸去，都不知道会到什么地方。三个光着身子的人被领到洞口的边缘，手持武器的村民站在他们前面；于是老人就大叫起来。他叫着一些绝望的句子，也许是用他的方言，另外两个人听不明白：老人是一家之父，但也是他们中最坏的一个，他的叫嚷有让其他两个人对他恼怒起来、并能更平静地面对死亡的效果。然而那个高个子，仍有那种奇特的不安之感，就好像对任何事情都不会很肯定的样子。天主教徒把手垂下，双手合拢，搞不清是在祈祷呢，还是想挡住被害怕吓得皱起来的生殖器。

听到老人的喊叫而失去了镇静的是那些武装的村民：他们想赶紧了结这事，于是就杂乱无章地扫射起来，都没有等待下令。高个子看见天主教徒在自己身边重重地倒下，滚进了陡坡中，然后老人

① 这个地名的意思是“巫婆的屁股”。

也头朝后仰地倒了下去，消失了，顺着岩壁拖曳着他最后的嚎叫，一直落到底下去。他还在似云般的灰尘中看到一个村民对着被卡住的步枪封闭器大发雷霆，然后他也跌入黑暗之中。

他没有很快失去知觉，因为大团的疼痛向他袭来，就好像被大群的蜜蜂蜇到一般：他正在穿过一片荆棘地。然后，成吨的空间挂在肚子上，他昏过去了。

突然，他感到像是被土地狠狠地推了一把，又回到了高处：他停下来了。他碰到了什么湿湿的东西，闻到了血液的味道。他肯定是被击得粉碎，就快要死了。但他并没有感到自己昏厥过去，自己身上由于跌落带来的所有痛楚也仍旧鲜活明显。他动了动一只手，左手：有反应。然后试图去摸索起另一条手臂，他摸着了手腕，肘部：可是胳膊什么都没感觉到，就像是死去了一般，只是在被另一只手举起来的时候才动了一下。他这才发现，自己正用两只手抬起右手的手腕：这是不可能的。于是他明白过来，手里的胳膊是另一个人的；他掉在了两个被杀死的同志的尸体上。他摸了一下天主教徒的脂肪：这是一张柔软的地毯，减缓了他的掉落。正是因为这个原因，他才存活了下来。为此，因为，他现在才想起来，因为他没有被击中，而是先掉了下来；但他记不得是不是自己故意这么做的了，可这个现在已经无关紧要了。然后他就发现了自己正看着的东西：有一点光一直从山口传到那底下去，三个光着身子人中的高个子于是就能看清自己的双手，还有从他身下肉堆里冒出来的手掌。他转过身来，往高处望去：顶上，有一处开口，满是光亮：那是库尔迪斯特雷加的洞口。刚开始的时候，那种好似黄色闪光的视线弄伤了他；然后他的眼睛就适应过来，辨别出了天空的蓝色，离他远极了，比他离地表还要双倍的远。

看到天空使他失望起来：如果他能死去当然是更好。现在，他和两个被枪打死的同志留在了一口洞的洞底，永远也不可能从这里头出去了。他大叫起来。那顶上天空的一块斑点被一些脑袋削成了牙齿状。“他们中的一个还活着!”他们说道。他们扔下来一个东西。光着身子的人看着那个石头一般的东西滚落下来，撞在岩壁上，然后又听到了一声爆炸。在他身后的岩石中，有一处凹洞，光着身子的人于是就僵在那里面：洞里填满了灰尘和塌方下来的石子碎片。他把天主教徒的身体拉到自己身边来，让这身子立在凹洞前面；他也就是刚能把那尸体拼在一起，但是这是唯一一个可以用来给他做掩护的东西了。他这样做得正是时候：另一颗炸弹落下来，掉到井底，扬起一团血肉和石子。那具尸体给炸成了碎片：光着身子的人这下是既没防御也没希望了。他大叫起来。在天空的星形中，出现了高个子的白胡子。其他人都退到一边。

“嘿，”长着胡子的高个子说。

“嘿，”光着身子的男人从洞底答道。

长着胡子的高个子又重复道：“嘿。”

他们之间没什么别的好说的。

于是长着胡子的高个子转过身：“你们给他扔根绳子，”他说。

光着身子的人没弄明白。他看见人们脑袋的离去，剩下来的人在给他打手势，那是肯定的手势，叫他镇静的手势。光着身子的人从凹洞中探出脑袋，看着他们，不敢抽出全身，仍怀着那种当他还坐在石头上，他们起诉他时的不安之感。但是村民们现在不再扔炸弹了，望着那下面，向他提问，而他则是用呻吟作答。绳子不够长，村民一个个地离开了洞口。光着身子的人于是就从藏身处出来，考虑着把他和那上面分开的高度，考虑着陡峭而光秃秃的岩壁。

在那星形洞口中，出现了着了魔的人的脸。他望了一遭，微笑着。他在库尔迪斯特雷加的洞口处探出脑袋；把枪对准下面，开了火。光着身子的人听见子弹从耳边穿过：库尔迪斯特雷加是一条有些歪斜的隧道，不是很直，所以被扔下去的东西很少能到得了洞底，而子弹更是容易撞着岩石的什么拐弯处，然后就停在那里了。他又躲进了自己的藏身处，嘴唇上挂着口水，就像一条狗。好了，现在那上面所有的村民都回来了，一个人往悬崖底下抛开一条长长的绳子。光着身子的人看着绳子降了又降，他却没有动弹。

"来呀，"长着黑胡子的那个人对底下嚷道，"你拽住绳子，上来。"

但是光着身子的人还是在凹洞里静止不动。

"来啊，好样的，"他们喊道，"我们什么也不会对你做的。"

他们在他眼前晃了晃那根绳子。光着身子的人害怕起来。

"我们什么也不会对你做的。我发誓，"人们说道，试着给出最诚恳的语调。他们是诚恳的：他们想不惜一切代价拯救他上来，是为了能再次枪毙他，但在那一会，他们确实是想拯救他，而且在他们的语气中，确实是有一丝关切的、兄弟情谊般的语气。光着身子的人感到了这一切，就没什么好选择的了：他抓住了绳子。但是，在那些正把绳子往上拽的人中间，他看见了那个长着中了魔般双眼的脑袋；于是他松开绳子，藏了起来。他们又不得不重新开始劝服他，请求他；终于他决定开始往上爬了。绳子多结，很容易爬，而且还可以抓住岩石的突出部，光着身子的人徐徐地又重新出现在光线中，洞顶处的村民脑袋变得越来越亮，越来越大。那个有着中了魔的眼睛的家伙突然出现在洞口，其他人甚至来不及拦住他：他持着一把自动武器，立刻开了火。绳子在第一阵扫射后就断了，就在他双手上面的位置。男人撞着岩壁地猛跌下去，又砸到同志们的尸体残余上。那上面，在那天空的背景下，长着胡子的高个子伸了下双臂，摇了摇头。

其他人想跟他解释，用手势，用喊叫，想说这不是他们的错，说他们会惩罚那个疯子的，说现在他们会再去找根绳子让他上来的，但光着身子的人已不再抱有希望了：他再也不能回到那地上去了。那个在井底的人，他再也不能从里面出来了，他会喝着人血、吃着人肉地疯掉，却永远也不能死去。那上面，在那天空的背景下，有执着绳子的善良天使，还有手持炸弹和步枪的恶毒天使，也有一个长着白胡子的高个子老头，他展开双臂，却不能拯救他。

那些带武器的家伙，看到他不肯被他们的好言劝服，就决定用几番轮炸结果他，并扔起炸弹来。但光着身子的人又找到另一个藏身之处，一条可以安全地在里面爬行的平坦裂缝。每丢下来一颗炸弹，他就再往这条岩缝的里面去一些，直至他来到一处再也见不到任何光亮的地方，可他仍没有碰到这条缝隙的尽头。他继续用肚子顶着岩壁爬行，就像一条蛇，而他的周围，尽是黑暗，还有潮湿和滑溜溜的凝灰岩。凝灰岩的底部本来就是潮湿的，现在变得水淋淋的，接着又被水没过；光着身子的人感到一条冷冽的小溪在他的肚子下淌过。那是从库尔迪斯特雷加滴下的雨水开出来的一条地下小道：一溜长极了的，狭窄的山洞，一条狭长的地下通道。它会伸到哪里？也许会消失在大山腹地中黑漆漆的山洞里，也许那山洞会经过极细的支流，把这水注入到泉水里。于是他的尸体就会在一个地道里这样腐烂掉，会败坏水源，使整片村落的人中毒。

空气难以使人呼吸；光着身子的人感到，他正在走向自己的肺部再也支撑不下去的时刻。然而溪水突然愈加清凉起来，而且水位也越来越高，水流也越来越湍急；光着身子的人现在是整个身子都没在水中爬行，正好可以洗净泥浆的硬皮，洗净自己的或是他人的血。他不知道自己是走了不多的路，还是很多的路；彻底的黑暗和那样的移动，在他的爬行过程中，给他摘去了有关距离的概念。他筋疲力尽：他的眼睛里开始出现发着光的图案，它们有着不规则的形状。越往前行，他眼里的这个图案就越亮，而且呈现出了清晰的轮廓，尽管这轮廓仍在不停地变化形状。如果不是什么视网膜的闪光，而是一粒光，一粒真正的光，那会是山洞的尽头吗？要来肯定这个事实，只需闭一下眼睛，或是看一眼相反的方向。但谁要是盯着什么光源看，就会在眼光的根部留下耀眼的光亮，即使是合上眼皮，转动眼珠，这光亮也不会退去：于是他又分不清这外部光亮和自己眼球中的光亮了，他又疑惑起来。

他四处摸索时又发现了一个新东西：钟乳石。滑溜溜的钟乳石吊在地道的顶部，石笋从地上升出来，长在溪流边，不会被腐蚀。光着身子的人拽着他头顶上的钟乳石前行着。爬着爬着，他就发现自己先前屈着的臂膀，慢慢地，需要伸直了才能够着钟乳石，也就是说，地道在渐渐变宽敞。很快男人就能弓起背了，能匍匐前行了，光亮也不是那么不确定了，现在他能分得清自己的眼睛是睁着还是闭着的，而且已经能猜出事物的轮廓，山洞的拱顶，钟乳石的挂坠，溪流的黑色闪烁。

随后，男人就已经能用双脚行走了，走在长长的山洞里，走向光亮的开口处，水流没至他的腰部，他总得抓住钟乳石，以保持身体的直立。有一株钟乳石好像比别的都要大，当男人抓住它时，感到手里展开了一只凉飕飕软兮兮的翅膀，这翅膀还扑腾到他的脸上。

一只蝙蝠!它继续飞着，而其他矮矮地挂在头顶上的蝙蝠也给惊醒，也飞了起来，很快，整口洞里都安静地飞满了蝙蝠，男人感到自己周围它们翅膀扇出来的风，还有它们的肌肤在自己额前、在嘴巴上的轻抚。他就这么埋在一团蝙蝠的云雾中前行着，一直走到露天处。

山洞通向一条河流。光着身子的男人又来到地表，在天空之下。他得救了吗？他得小心别自欺欺人。河流很安静，里面有着白色和黑色的石头。旁边，有一片密集的森林，森林里尽是畸形的树木，在树林下方，只是长着干树枝和荆棘。男人光着身子，在这一片野生荒芜的地带里，离他最近的人类都是敌人，一看到他，就会持着长柄叉和步枪追着他。

光着身子的男人爬上一棵柳树的树冠。在一排灰色的群山下，整个山谷里全是森林和荆棘丛生的悬崖。但是山谷深处，在一处河流的隆起处，有一块板岩做成的屋顶，还有一缕升腾起来的白色轻烟。生活，光着身子的人想着，就是一座地狱，只有极少的对古老而幸福天堂的召唤。

牲口林

在扫荡的日子里，树林好似成了集市。在小路边的灌木丛和树林间，会络绎不绝地经过赶着奶牛和牛犊的人家，还有用绳子牵着山羊的老妪，也有怀中抱着鹅的小女孩。甚至还有人带着兔子一起逃难。

不管是在什么地方，栗树林越密的地方，就越会碰见大腹便便的公牛和下腹宽大的母牛，它们在那些陡峭的山坡上，都不知道该怎么动弹。山羊们则自如许多，但最得意的还属骡子，终于有那么一次，它们可以不用负重地走动了，还能边走边啃羊肠小道上的草茎树皮。猪则在拱地，口鼻部上扎得全是栗子壳；母鸡栖在树上，吓坏了松鼠；经过几个世纪的圈养而忘记挖洞做穴的兔子，只好钻进树洞里。有时还会遇到咬它们的睡鼠。

那天早上，农民朱阿·德伊·费奇正在树林一个遥远的角落里打柴。对村子里发生的事情全然不知，因为想采大清早的蘑菇，他前一天晚上就离村出发了，睡在林子里一间秋天用来风干栗子的农舍里。

于是，当他正对着一棵枯树干挥动斧子时，隐约听到林子里远远近近的满是牲口身上的铃铛声，很是惊异了一番。他停下活，听着声音由远及近。就喊了一声："噢——唔!"

朱阿·德伊·费奇是个又矮又圆的小个子，满月般的圆脸既黑又结实，毛茸茸的，透出酒红色，他头戴一顶绿色的圆锥形帽子，上面还插着根环颈雉的羽毛，身着一件有着黄色大圆点的衬衫，外面罩着件毛背心，球一般的肚子上，一条红色围巾系住了他打满蓝色补丁的裤子。

"噢——唔!"他们答他道，于是在长着绿色地衣的石头间，出现了一个长着胡子头戴草帽的农民，那是他的老乡，他正牵着一头长着白胡子的大山羊。

"你在这里干什么呀，朱阿，"老乡对他说，"德国人到村里来了，正挨个搜查牲口棚呢!"

"我的老天啊!"朱阿·德伊·费奇大声道。"他们会找到我的奶牛科齐内拉，会把它带走的!"

"你快去，也许你还来得及把它藏起来，"他的老乡向他建议道。"我们看到一队人从谷底上来，就赶紧逃掉了。不过可能他们还没到你家呢。"

朱阿扔下木柴、斧子，还有装着蘑菇的篮子，撒腿就跑。

在林子里跑着，总能遇上成排的鸭子，它们拍打着翅膀从他脚下逃开，还会遇上成群的绵羊，它们一只挨着一只地、密密匝匝地行进着，一点都不给他让路，还会遇到孩子们和老太太，他们对他喊："他们已经到了玛多内塔了!正在桥上的房子里搜查呢!我看见他们过了进村之前的拐弯口了!"朱阿·德伊·费奇用他那双短腿赶紧地跑着，下坡时就像一只球在滚，上坡时却气喘吁吁。

跑着跑着，他来到了山脊上的拐弯口，那里能看见整片村庄。那里清晨漂漾的柔和空气，环绕着模糊的群山，这其中的便是村庄，村里的房子全是用石头和岩板搭成的，座座骨胳粗大，堆叠在一起。在绷紧的气氛中，从村里传来德国人的叫嚷，还有用拳头砸门的声音。

“我的老天啊！德国人已经闯到屋里去了！”

朱阿·德伊·费奇的胳膊和腿都打起颤来：一部分是因为，由于酗酒他一直就有发抖的毛病，另一部分是因为，他现在想到了奶牛科齐内拉，他在世上的唯一财产，就要被人带走了。

朱阿·德伊·费奇静悄悄地穿过田地，以排排的葡萄架作掩护，靠近了村庄。他的房子在最后面几家，也最靠外面，那里，村庄渐渐消失在菜地里，消失在像泛滥的洪水一般的南瓜的绿色之中：德国人可能还没到那里。

朱阿从屋角边探了探头，开始往村里溜。他看见依然带有干草和马厩气味的道路已是空无一人，这些陌生的声音是从村里中心传来的：非人性的言语声，带钉子的脚步声。他的家在那里：大门仍是关着的。不管是底层牲口圈的门，还是在坏损的外部楼梯高处的房间门，都是关着的，楼梯周围的陶土锅里种着丛丛罗勒。一个声音从牲口圈里面说道：“哞……”那是奶牛科齐内拉，它识出了主人的到来。朱阿高兴得激动不已。

可就在这时，拱门下传来了轰隆隆的脚步声：朱阿赶紧躲进门洞里，使劲地把自己滚圆的肚子往回缩。那是一个农民神气的德国人，短小的制服遮不住他瘦长的手腕和脖子，他的腿也很长，还有一杆跟他一般高的破枪。他离开了同伴，是想看看能不能给自己捞点东西；也是因为村里的东西和气味让他回忆起了熟识的东西和气味。就这样，他边走边嗅着空气，东张西望，被压扁的布军帽下是一张猪一般的黄脸。在牲口圈里，科齐内拉说道：“哞……”它不明白主人为什么还没到来。德国人在他那身窄小的衣服里惊跳了一下，赶紧向牲口圈里走去；朱阿·德伊·费奇连气都喘不过来了。

他看见德国人不停地踢门：他肯定很快就能把门踢开了。于是朱阿闪开，绕到房子后面，去了干草仓，在干草堆里翻寻起来。那里藏着他一支老旧的双管猎枪和子弹带。朱阿把打豪猪用的两颗子弹推上膛，并把子弹带系在腰间，悄无声息地，端平了步枪，去牲口圈门口隐蔽了起来。

德国人已经牵着被绳索套住的科齐内拉出来了。这是一头红色的、长着黑点的漂亮奶牛，正因如此才被唤作科齐内拉[①]。这是一头年轻的奶牛，温情而固执：现在它不想被这个陌生人带走，怎么都不肯走；德国人不得不拽住它的鬐甲，推着它走。

朱阿·德伊·费奇躲在一堵墙后，开始瞄准了。现在要知道，朱阿是村里最蹩脚的猎人。他从来都瞄不准的，不用说兔子，就连一只松鼠都没打中过。当他向静止不动的鸫鸟开枪时，它们甚至都不会从树枝上飞走的。没有一个人想和他一起打猎，因为他会打中同伴的屁股。他本来就瞄不准，手又抖。现在呢，可想而知，他还这么激动。

他在瞄准，但双手抖得厉害，双管猎枪的枪口一直就在空中晃悠。他正要瞄准德国人的胸膛，可很快他准心上出现的却是奶牛的屁股。“我的老天啊!”朱阿想着，“如果我向德国人开枪，可却杀死了科齐内拉怎么是好？”于是不敢贸然开火。

---

① “科齐内拉”（coccinella）的意思是“七星瓢虫”。

德国人牵着这头奶牛吃劲地走着，奶牛感到主人就在附近，怎么也不肯被拖走。德国人突然发现他的战友们已经撤离出村庄，而且已从大路上下去了。他于是准备拉上那头倔犟的奶牛赶上他们。朱阿保持着一定距离地跟着他们，跳来跳去地，躲在篱笆和矮墙后，不时地举起破枪来瞄准。但他从也不能保持武器的静止，而德国人和奶牛互相之间又总是靠得太近，以至于他都不敢发出一枪。但也不能就这么让它被带走吧？

为了赶上越走越远的大部队，德国人抄上了林中的一条小道。现在，朱阿藏在树干间，就更容易跟着他们了。这会，也许德国人走路时会离奶牛远一些，这样就好对他开枪了。

一进入树林，科齐内拉好像就不是那么不愿意走动了，相反，因为德国人在那些小道上走，不怎么识路，是由它来领着他走，并来选择走哪条岔路的。没过一会，德国人就发现自己不在通往那条大道的近路上了，而是来到一片密林里：一句话，他和那头母牛一同迷了路。

朱阿·德伊·费奇在鹧鸪起飞的振翼中，在泥塘里青蛙的溜窜间，跟在他们后面，鼻子给荆棘划破，双脚踩入小溪。在树木间瞄准更是困难，瞄准要穿过重重障碍，而那个如此辽阔的红黑色臀部则总是在他眼下晃来晃去。

当德国人听见杨梅丛中响起一阵窸窣声，而后又钻出一头漂亮的粉红色小猪时，他早已是心惊胆战地望着这片密林了，研究着怎样才能脱身出来。在他老家，从没看过猪在树林中出没。他松开牵着奶牛的绳子，跟着猪走起来。科齐内拉一看见自己自由了，就即刻小跑着拱入密林中，它感到那里聚集着许多朋友。

对于朱阿来说，是时候该开枪了。德国人正手忙脚乱地抓那头猪，好不容易抱到它，想稳住它，但那家伙还是挣脱了。

当朱阿就要扣下扳机时，他身边出现两个小孩，一个男娃一个女娃，头戴羊毛绒球帽，足蹬长筒袜。他们大粒的泪珠就快要落下来："你可要瞄准了，朱阿，拜托了，"他们说道，"如果你打死了那猪，我们可就什么都没有了!"于是朱阿·德伊·费奇手中的那把步枪又跳起了塔兰泰拉舞：他这个人，心肠太软，太容易激动，不是为了他得杀死那个德国人，而是因为他会冒险打死那两个可怜孩子的猪。

德国人和怀中的那头猪在石头和荆棘丛中滚着，那猪一边挣扎，一边叫唤："咯咿咿……咯咿咿……咯咿咿……"突然，应着猪的叫唤，答了一声："咩……"从一口洞穴中里冒出头小羊。真是奇怪的森林，他想，灌木丛中跑着小猪，洞穴里钻着羊羔。他抓住了那只竭尽全力叫唤的羊羔的一只蹄，然后像个善良的牧羊人[①]那样，把羊扛在自己的肩上，走了。朱阿·德伊·费奇静悄悄地跟着他。"这一次他不能再逃脱了。这一次能行，"他这么说着，就已经准备射击了，这时一只手把他的枪杆托起来。那是一个留着白胡子的老牧羊人，对着他双手合十地说道："朱阿，你可别杀了我的羊羔，你把他杀掉，但别杀了我的羊羔。你瞄准了，至少也得准这么一次，你可要瞄准了!"但是朱阿早就什么都不明白了，连扳机都找不到在哪里。

德国人在树林里走着走着，总是能发现什么让人张大嘴巴的东西：栖在树上的小鸡，在空树干里探出脑袋来的印度豚鼠。整个就是条诺亚方舟。这下，在松树的树枝上，他看见停着一只开屏的火

① 即基督。

鸡。便赶紧伸出手去抓它，但是火鸡轻轻一跳，就跳到更高一层的树枝上去休息了，仍是继续开着屏。德国人于是就丢下了羊羔，爬起了那棵松树。但他每爬到一层，火鸡就跳到更上面一层，不紧不慢地，昂首挺胸，悬挂着的垂肉就如火焰般灿烂。

朱阿来到这树下，头顶着一根枝叶繁茂的树枝，另外两根扛在肩上，还有一根捆在枪杆上。但是，过来一个头戴红围巾的年轻胖姑娘。“朱阿，”她说，“你听我说，如果你杀了德国人，我就嫁给你，如果你杀了我的火鸡，我能割断你的肠子。”朱阿年纪不小了，但还是个单身汉，童子身，变得满面通红，枪杆就像烤肉用的铁叉在他跟前转了起来。

德国人还在往上爬着，来到了最细的树枝上，他脚下的一根树枝突然折断，他跌了下去。差一点就砸到朱阿·德伊·费奇身上，朱阿这次长眼睛了，赶紧逃开了。但是伪装自己用的所有树枝都留在那地上了，于是德国人就跌在了松软的树枝上，一点没伤着。

德国人跌下来后，看见小道上有只野兔。但又不是什么野兔：它有着卵形的大肚子，听到声响后，不仅不逃，反而趴在地上不动。那是一只家兔，德国人抓住它的耳朵。德国人就这么拎着兔子地走着，兔子一边尖叫，一边浑身扭动，而他为了不让它逃跑，不得不抬着胳膊跳来跳去。林子里尽是哞哞声，咩咩声，还有咯咯哒声：每走一步，就会发现新的动物：枸骨叶冬青树枝上的一只鹦鹉，在一口泉眼里嬉戏打闹的三条红鱼。

朱阿骑在一棵高高的老栎树上，盯着德国人和兔子跳出来的舞步。但是瞄准德国人有些困难，因为兔子总是在不停地变换位置，总是不知怎么的就瞄住兔子了。朱阿觉得有人在拽他的背心衣角：那是一个扎着辫子、满脸雀斑的小姑娘：“你别杀了我的兔子，朱阿，否则那就跟德国人已经把我的兔子带走一样。”

就在这时，德国人来到一处地方，那里全是被蓝色和绿色地衣侵蚀的灰石头。周围只长着很少几棵干枯的松树，而旁边就展开了一面悬崖。在松枝铺成的地毯上，一只母鸡正在上面觅食。德国人正要去追赶母鸡，兔子就乘机逃了。

那是又瘦又老又脱毛的一只母鸡，真是从没见过那样的母鸡。那是吉卢米娜的母鸡，吉卢米娜是村里最穷的老妇人。德国人很快就用双手把它抓住了。

朱阿埋伏在那些石头顶上，并用石头给自己的枪搭了一个底座。甚至，他简直是筑起了一座小碉堡，只留下一个狭窄的枪眼，用来搁放枪杆。这下，他就可以毫无顾虑地射击了，因为就算他把那只母鸡杀了，也没什么大关系。

但是就在这会，老太太吉卢米娜，裹着破破烂烂的黑围巾，赶上他，说起了这番道理：“朱阿，如果是德国人带走了这母鸡，这个我在世上唯一的东西，那已经很伤心了。但如果是你用枪把我的母鸡杀死，那我就更伤心了。”

朱阿的手于是又抖起来，比以前抖得更厉害，为了落在他身上的巨大责任。但他还是鼓足了勇气，扣动了扳机。

德国人听见枪声，看见手里的母鸡扑腾着翅膀，却没了尾巴。然后又是一枪，母鸡少了一只翅膀。这母鸡难道是中了妖术，会不时地在他手中自行爆炸，自我消耗？又是一声爆响，母鸡完全脱了毛，简直可以直接送去烤了，尽管这样，它仍在扑扇着。仍在担惊受怕的德国人捏着母鸡的脖子，离自己远远地拎着母鸡。朱阿的第四发子弹切断了正好在德国人手下方的鸡脖子，德国人手中只留下了还在动弹的鸡头。德国人把手中的东西全扔了，赶紧逃了。但他再也找不着路了。他身边展开的是那面多岩的悬崖。悬崖前的最后一株树是一棵豆角树，在豆角树的树枝上，德国人看见上面爬着一只肥猫。

现在德国人看到树林里出现的家养动物已经不再吃惊了，他伸出手来，要抚摸那猫。他拿住猫的后颈，希望听见它发出呼噜声，聊以自慰。

现在要知道，那片树林长久以来都受一只恶野猫的侵扰，它弄死林里的飞禽，有时还能一直逼到村里的鸡舍中。于是那个以为能听见呼噜声的德国人，看见那只猫科动物竖着一身乱毛，直冲着自己扑来，感到它的指甲把自己撕成碎片。在持续的混战中，男人和那头野兽双双都滚下了悬崖。

就这样，朱阿，那个蹩脚的射手，像全村最了不起的游击队员和猎人那样受到了欢迎。而可怜的吉卢米娜呢，人们用公家的钱给她买了一窝小鸡。

不可信的村庄

在睡梦中，他感到一头野兽，一种蝎子，或是螃蟹类的东西，在他腿上蜇了一口，在股骨上。他醒了。太阳很高了，汤姆的眼睛给晒得昏花：不管他的眼光放向何处，总能看见松枝把灿烂的天空切成一块一块的。然后他就认出来那个地方了，他倒在那里的时候，已是累得昏死，那时他的伤腿已经疼得难以消受，而夜又太黑，找不着同伴的去路。他迅速看了看腿：绷带已经和伤口粘成一块几乎为黑色的硬斑，周围全肿了起来。

当时好像是件无所谓的事情。打仗时，当一颗子弹在他大腿一半处擦他而过时，他几乎都没有察觉。他的错误在于，晚一些的时候，当他们退到林子里时，他总说："不，不，我走得很好，我能行的！"但是当时，他真的感觉只有一点点的跛。而当突然一阵扫射打到林子里来，游击队员们因此而走散时，汤姆才开始落后的。叫是不能叫的，于是他便这么迷路了，夜晚来临了。他一头倒在松针上，不知道睡上了多长时间。现在已经是大白天了。他有一点发烧。也不知道自己这是在哪里。

他站起来。把步枪搭在肩上，撑在一根榛树的树枝上，从前一天起，他就开始拿这树枝当拐杖使了。他不知道该往哪里走：林子让他看不清周围。山脊上有一块灰色的石头；汤姆十分费劲地爬了上去。他看见山谷在自己面前打开。在天空那口静止的钟罩下，就在正中间，是一个村庄，堆积在一座山顶上，被葡萄园包围着，葡萄园很贫瘠，在村子周围扩散下去。一条灰尘仆仆的马路拐着弯地爬上来。一切都宁静而停滞。没有一个存在之人从屋子里钻出来，地里也是一个人也没有。没有鸟飞。阳光下的道路空空荡荡，就好像是为蜥蜴做出来的路一样。没有一丝敌人的痕迹：于是也就根本不像是一场战斗的第二天。

汤姆曾经来过这个村庄。不是最近，而是几个月以前。几个月以来，游击队员中只能有很少的人在这里短住，不能长留，因为——尽管这里没有敌军的固定驻军——这村庄是与其他几条通往敌人兵力所驻扎村庄的道路相连的，那就有可能是个圈套。但是，在安稳的那几个月中，当整个地区都被控制在游击队员的手里时，他们在所有的村子里转悠，就像在自己家里一样，汤姆记得有一天他是在那个村庄里过的，记得带花来的姑娘们，记得备着盛筵的桌子上的盘盘宽面条，还有一场露天舞会，还有友善的脸庞，还有歌声。“我去那村庄好了，”汤姆跟自己说，“我肯定会找到能帮我的人，他们会帮我重新找到同伴的。”

但是同时，他脑子里又冒出曾听同伴闪电说过的一句话，他当时没重视的一句话。那天晚会中，闪电说过什么东西，是有关那个村子所有人的，说他真希望能遇到那个村子里的人，可却总也见不着……闪电，一边在他那圈黑胡子中讥笑着，一边抚摸着他的火绳枪枪托。但闪电就是那么个人，说话总是那样，于是汤姆就把那个记忆从脑中驱逐出去。他从林子里出来，下到大路上去。

太阳还是很灿烂，但不管是强度还是热度都减弱了一些。天空被片片黄云穿过。汤姆继续前行，尽量不屈着腿，这样他就不会疼了；粒粒汗水像珍珠一样缀在他的额头上；他等不及赶到头几家屋子里去，但更等不及在那一片好像是屋瓦和紧闭的窗子堆砌成的住宅区里看见什么人，或是什么生命的迹象。

在把田地围起来的一堵墙上，贴着一个布告。“通知，”这样写道，“对于任何协助俘获暴徒的人，不管暴徒是活是死，德国军事指挥部将保证……”汤姆用拐杖头把布告捣烂；但他不得不使上很大的劲，因为布告贴得很好，怎么也不肯掉。

在围墙后面，围着一圈铁丝网做成的围栏。一只母鸡在无花果树的阴影下啄着地。如果有什么母鸡的话，也一定是该有什么人的，于是汤姆在铁丝网和爬上了藤木架的南瓜叶子中看了又看，直到发现了一张呆滞而发黄的脸，就像一只南瓜，正盯着他看。那是一位裹着黑衣的老妇人。“嘿!”汤姆说，老妇人默不作声地将背转向他，走了。就连母鸡也转了个身，跟在她后面走了。“嘿!”汤姆又说了一次，想要叫住她们，但老妇人和母鸡已经消失在那个类似于鸡舍的地方，然后就听见生了锈的门闩声。

汤姆继续走着。伤腿的疼痛越来越厉害，甚至成了一种恶心。前面是一块打谷场的入口。汤姆进去了。在打谷场的中央，有一头一动不动的肥猪。一个男人缓慢地走上前来，一个老态龙钟的老头，戴着一顶遮住眼睛的帽子，披着一件小斗篷，虽然天很热。汤姆迎他而去。“对不起，今天不会是有德国人吧？”他问道。老头停下来，脸都没抬，摇了摇脑袋，就好像是自顾自地说：“……德国人？……不知道，我可……从没见过，这里，德国人……”

“怎么从没见过？”汤姆说。“昨天呢？他们没上到这个地方来，昨天？这里没打过仗？”

老头在斗篷里耸了耸肩：“我不知道，我什么都不知道……”汤姆突然不耐烦起来。伤口在牵引他；他感到肌肉都皱了起来。他又来到了外面。

道路在房子间往上爬。就这样一个人地，又几乎是丧失能力地进入村庄或许不大谨慎；但汤姆怎么说还是带着武器的，然后他又忆起遥远的那一天里他们节日般的欢迎，这证明了游击队员在那些居民间有多少朋友。

这不，在第一座房子的屋角边，闪过一个男人，一个胖家伙，红色的后颈很短。汤姆跟着他走：从外台阶上上去。

“对不起，”汤姆说，但男人没转身，汤姆就跟在他后面上去了，并赶在他关门前把他给拦下来了。

“您想干什么[①]？”胖男人说。

汤姆发现自己面对着一张摆着饭菜的桌子，桌上有热气腾腾的汤，桌边是一家人，三个胸部丰满且长有髭须的女人，还有一个精瘦的青年，嘴唇上同样长着细软的短须，每个人手里都握着调羹地坐着。

“要一盘汤，”汤姆坚定地走向前去。“我已经有四十八个小时没吃过东西了。我受伤了。”

胖女人们和年轻人的目光从汤姆的脸上转移到一家之长的脸上，他抽了下鼻子，然后答道：“这是禁止的。我们不能这么做。有布告。”

① 意大利语中“您想干什么”和“您想要什么”为同一个说法。

“布告？”汤姆说。“你们究竟有什么好怕的？村里又没驻德军！那布告，能撕掉的！”

“这是禁止的……”胖男人还是这么说道。

“现在我把枪对着他们，”汤姆想，但是他感到自己衰弱极了，必须要支在拐杖上。他很想坐下来，但房间里没有一把空椅子。

用目光扫了一圈，他看见，在一面墙上，被一份荷兰日历半遮着的是一匹马的画。那是一匹肌肉和胸部都很发达的马，在脚镫子上，是两只黑色长筒靴，长筒靴子上，是一套挺着大肚子、挂满奖章的制服，其余的部分被挡起来了。汤姆掀开日历，看见了墨索里尼的下颌和闪闪放光的头盔。“那么这个东西，在这干什么？”他问道。

“噢，这个东西啊，一张老画，我们有很长时间不整理了，”胖男人说道，并手忙脚乱起来，好像想把它藏起来一样，但同时又像是在给画掸灰，并使它完好无缺一般。

“我就不明白了，”汤姆说，几乎是自言自语的，“几个月前，你们还把我们招待得这么好，在这个村里……宽面条……舞会……花……你们不记得了吗？”

“谁知道啊……当时我们不在村里……”男人说。

“但是，那宽面条，”长胡子女人中的一个忍不住突然说道，“用的可是我们的面！三十袋……”但她很快就止住了，因为她丈夫狠狠地看了她一眼。

汤姆想起了闪电的话。“那么，”他问，“那时的那些人，我们的朋友，他们在那里……？”

“谁知道啊……”胖男人道，“我不知道……很多家庭都……搬家了，就在最近一段时间里，年轻人，您去市政府好了，您去找市长[1]，在那里他们会帮助您的……”

“去找市长？我把整弹夹的子弹都射到你们市长的胃里去!”汤姆想这么说，但他觉得浑身无力，而胖男人又正在把他往门外推，尽管几乎都没碰到他。“我需要，一个医生……我受伤了……”

“是，是，医生，”胖男人说，“您会在广场上找到他的，这个时候他总是在那里……”同时胖男人把他推到台阶上，并已经在他身后关上了门。

汤姆又回到路上。现在那里有些人，一群群地挤在一起，正在低声议论着什么，看到他经过，就都让开了，眼神闪烁。他看见一个长长的神父，瘦高个，象牙白的肤色，正在和一个个子相当矮、头发相当乱的女人说话，而他感到，他们正用手指指着他自己。

汤姆跛着脚地往前走，越走越费劲，感到自己看到的脸，总与之前他经过的那些脸相同；而那个长着象牙脸的神父是一会出现一会消失，在每群人里都要低声议上些什么。汤姆发现，那些村民对他的态度渐渐有所改变，他们用一种颇感兴趣的眼神望着他，带着某种甜蜜的笑容，直至先前那个和神父说话的极矮女人一路向他小跑过来，对他说：“可怜的小伙子，你别站着，你跟我来。”

那是一个长着貂脸的小女人；从她手中的注册簿，从好似一件被改过的制服的黑衣服那满身粉笔灰上来看，蛮可以说她是个教师。

“你是来报到的吗？真不错!”教师说道，然后，就好像是要给他减轻什么重量一般，企图把枪从他的肩上摘下。

但是汤姆紧紧用手抓住枪的背带，停下来。“什么？报到？跟

① 此处的“市长”在原文里是podestà，这是法西斯时期市政府最高领导人的称号。

谁报到？”

教师给他打开一间教室的门。那里的课桌都给堆在一个角落里，但还有挂在墙上的罗马历史场景，皇帝们凯旋仪式的图画，还有利比亚和阿比西尼亚[1]的地图。“你坐在这边，在学校里，我们马上给你端盘汤来，”教师说道，边说着就要把他关在里面。

汤姆把她推开。“一个医生，”他说。“现在我要去找一个医生。”在广场上的那群人中，有一个身着黑衣的小个子，胳膊上捆着一圈印有大号红十字的白绷带。

“您是医生，对吧？”汤姆说。“我来找您一下！”

小个子张大没牙的嘴巴，张望了一周，就好像不是很确定的样子。但他旁边的那些人纷纷推搡他，并轻声地跟他建议着什么，之后医生就走向汤姆，指了指自己胳膊上的红十字，说：“我是中立的，既不知道这一派，也不了解那一派，我只执行我的职责。”

“那当然，那当然，”汤姆说，“这跟我有什么关系？”于是就跟着他往广场上的一个房子走去了。人们隔着一段距离地跟在他们身后，直到在他们中间，一个神情既权威又紧张的家伙打开一条路出来，他穿着朱阿夫兵裤，做出一切都由他来解决的手势。

汤姆跟着医生来到一间半暗的书房里，那里散发着苯酚的臭味。肮脏的纱布、注射器、小盆子、听诊器乱七八糟地散落在周围。医生打开百叶窗，一只猫从就诊床上跳了出去。

“这里，你把腿伸在这里，”医生说，吁着酗酒人的气息。为了不叫出来，汤姆的牙齿咬紧了嘴唇，然而那个小个子，用颤抖和令人生厌的双手，给他切开腿上的伤口。“好厉害的感染，”他说，“好

① 即现在的埃塞俄比亚，在当时和利比亚都是意大利的殖民地。

厉害的感染。”汤姆觉得他永远也说不完这话。

现在他又缠起了一卷纱布，但却越缠越乱，他不是给他绑腿，而是把那纱布绕得到处都是，甚至缠到了床上，缠到了汤姆的胳膊上，直至汤姆从他手上一把夺过整卷纱布，大嚷道：“您醉了!我自己来!”四加四得八，他就非常专业也十分贴身地给自己包扎好了整条大腿。

“赶快，退烧药，”汤姆说，因为医生在那一堆乱七八糟散落在四处的药品样本中胡乱翻着，汤姆就插手过去，读着一只小药瓶上的名字，然后从里面拿出两片药，嚼了嚼，接着把小药瓶搁进口袋。

“感谢您的一切，”他说，又操起步枪，出去了。但是他头昏起来。若不是那个在那里等着他的、穿着朱阿夫兵裤子的男人搀住他，他可能都要跌在门槛上。“可你总得吃点东西，休息一下……你现在一定很虚弱……”他说。“你来，你来我家……”他指了指，一排铁栅后，是一座半别墅半佃农屋子风格的建筑。汤姆带着模糊的视线，跟着他去了。

他们刚进去，栅栏就突然关上了。尽管那是种陈旧的栅栏款式，但却带有防盗锁。就在那时，从钟楼上开始落下钟声，那是一种接连的有节拍的声响，总是相同而缓慢，就像在鸣丧，但有节奏得却像是一则电报信号。“就像是一个信号……”汤姆这么想着，注意力集中在那个声响上，好让自己不昏厥过去。“那是什么？”汤姆问那个朱阿夫兵裤的男人。“他们为什么用这种方式鸣钟？还是在这个时候？”

“没什么，没什么，”那个人答道。“是教区长。可能是要做个仪式，我想。”

他让汤姆进到一个类似于高档客厅的地方，那里有一组沙发。

在餐桌上备有一个托盘，还有酒瓶和酒杯。“尝尝这种露酒!”他说，在汤姆能抗议说自己更需要别的东西前，他就已经让汤姆吞进一杯酒了。

“现在请允许我去安排午饭，”然后就出去了。汤姆瘫在沙发里。他的脑袋跟着那钟的撞击晃着：“咚当叮!咚当当!”他感到自己掉进柔软无底的睡眠中。他盯着自己面前碗橱餐具架一层隔板上的一团黑斑看，那黑斑在扩大，渐渐失去了轮廓，汤姆为了战胜睡意，尽量把自己的目光对焦在那团黑斑上，就这样，那黑斑又重新获得了正常的形象和轮廓，那是一个又矮又圆的物件，如果他还能撑起眼皮的话，就能辨清那是个什么东西了：那是一顶帽子，圆圆黑黑的，帽子从顶头上像雨帘般撒了一圈的光亮流苏，是用丝线做成的：一顶法西斯党魁专用的土耳其风格的帽子，被保存在碗橱餐具架上的一口玻璃罩下。

现在，汤姆能从沙发上站起来了。在那一刻，空气给他带来一阵好似遥远的嗡嗡声。他侧耳倾听起来。应该是从什么地方经过了一辆卡车。一辆卡车，或者不止一辆，那隆隆声正一分一秒地靠近。汤姆使出浑身的劲来尽量战胜正在侵袭自己的麻木。发动机的隆隆声好像是在回应钟鸣的信号，已经把玻璃震得叮当作响了。而那钟鸣声，终于，静了下来。

汤姆来到窗前，掀起一面窗帘。窗子面向一个铺着卵石路的庭院，那里一个卖绳子的人正和他的徒工劳作着。汤姆看不清楚他们的脸；好像是些上了年纪的家伙，严厉的模样，长着厚厚的黑胡子。默不作声地，迅速地铺开并卷上一条用大麻纤维织成的粗壮辫状物，是要做一条绳索。

汤姆转过身，抓住门的拉手。门打开了。在过道里，他来到三扇关着的门前。其中的两扇是用钥匙锁住的，第三扇是一个矮小的出口，一段用砖头铺成的台阶通上来，黑黢黢的。汤姆下去了，来到一个宽敞空旷的马厩里。在牲口槽里，是一些老旧的干草。这周围都给用铁栅栏给圈了起来。看不见什么出路。发动机的隆隆声在逐渐变响，也许是整个一条汽车纵队，正在一团厚厚的尘云中爬坡前行，就在通向这个村庄的蜿蜒道路上。而他则中了圈套。

这时汤姆听见一个细小的声音在呼唤他："游击队员!喂，游击队员!"从一堆干草中，走出来一个编着辫子的小女孩。

她手里拿着个红苹果。"你拿着，"她说，"你咬口苹果，跟我来，"然后就向他指了指那堆干草后墙上的一个缺口。他们来到未经开垦的田地里，那里星星点点地开满了黄色的野花。他们在村庄的后方。在他们上方，升起了古老城堡坍塌的围墙。能听见那些汽车的声音，它们应该已经到了最后一个转弯口了。

"他们派我来给你指路逃跑，"小女孩说。

"谁？"汤姆咬着苹果问，但他已经能肯定，自己可以闭着眼睛地相信那个小女孩。

"所有人。我们所有人都不能被在村里看见，都藏了起来。否则他们会告我们的密。我有两个游击队员兄弟，你知道吗，"她补充道，"你认识泰山吗？你认识暴风雨吗？[①]"

"认识，"汤姆说。"每一个村庄，"他想，"就算是看起来最敌意而且最非人的村庄，也有两副脸庞；到某个程度时，你就会发现好的那副脸庞，其实它一直是存在的，只是你看不到这张好脸，或者是不会期望罢了。"

---

① 这两个名字不像真名，应该是女孩的兄弟在游击队里用的绰号。

“你看见葡萄园中的这条路了吗？你尽管从那里下去，别人看不见的。然后你从那座桥上过去，要尽可能地快，你要小心，那里是暴露的。你进林子里去。在那棵粗粗的栗树下，有一个大洞，洞里有很多吃的东西。今天夜里，会过去一个姑娘，她叫苏珊娜：她是通讯员，会把你领到同伴们那里。快去，游击队员，快去，快点！”

汤姆现在走在葡萄园里，几乎再也感觉不到腿上的伤痛了，过了小桥便铺开一片密集幽深的森林，全然一片发黑的绿色，阳光都不能穿透。村子里发动机的隆隆声越响，汤姆就感到那林子越密越暗。“如果我能把这苹果的果核丢进河里，那我就能得救了，”汤姆想。

编着辫子的小女孩，从那片未经开垦的田地上方，看见汤姆藏在桥的扶手下穿过了小桥，而后果核就掉进了湖面一般的清澈河水里，在芦竹丛间溅起片片水花。她拍了拍手，走了。

一家糕点店的盗窃案

机灵鬼来到事先商定好的地方时，其他人已经等了他一会了。另两个都到了：圣婴和乌奥拉-乌奥拉[1]。万籁俱寂，以至于能听见路边屋子里钟走的声音：今晚要行两起窃，得抓紧时间，否则会赶上天亮。

“我们走，”机灵鬼说。

“去哪里？”他们问。

机灵鬼就是那么个人，从来不解释要行什么窃。

“我们现在就去，”他答道。

机灵鬼在空旷的街道上默不作声地走着，这街道就好似枯竭的河流，月亮沿着有轨电车的电线跟着他们，机灵鬼走在最前面，黄眼睛转个不休，他的鼻孔也是翕动个不停，就好像是在嗅着什么。

圣婴，他们这样叫他，是因为他头大得就像是新生儿，身体矮胖；也许也是因为他的头发削得很短，漂亮的小脸蛋上长着乌黑的

① 这三个人的名字都是外号。

小胡子。他一身的肌肉，活动起来却柔韧得像只猫；没有一个人能像他那样攀爬高处或是蜷缩身子，每当机灵鬼带上他时，总是有什么原因的。

“机灵鬼，这次能偷到好东西吧？”圣婴问。

“如果偷的话……”机灵鬼说，一个不能说明任何问题的回答。

就在那时，在只有他识得的那些拐弯中，他让他们躲进了一个院子里。他们两个就明白了，这次要在一个商店的后间里干活，乌奥拉-乌奥拉走到了前面，因为他不想放哨。乌奥拉-乌奥拉就是个放哨的命；他的梦想就是能像别人那样，进到那些屋子里去，去翻找东西，去填满口袋，可每次总是轮到他冒着遇上巡逻队的危险，站在寒冷的大街上放哨，牙齿直打战是为了不冻在一起，还要抽着烟地装腔作势。乌奥拉-乌奥拉是个瘦高个的西西里人，生着一张黑白混血儿般忧伤的脸，手腕在袖口处很是突出。每次要行窃时，他都会穿得很雅致，也不知道为什么：帽子，领带，防水衣，如果要逃跑的话，他就会拎起防水衣的下摆，就好像要张开双翼一般。

“你去放哨，乌奥拉-乌奥拉，”机灵鬼说，翕动着鼻孔。乌奥拉-乌奥拉快快地走开了：他知道否则的话，机灵鬼还会越来越敏捷地翕动着那鼻孔，然后会突然停止翕动，并掏出手枪。

“那边，”机灵鬼对圣婴说。那里有扇离地面较高的小窗户，在破损的玻璃处，糊着一张硬纸壳。

“你爬上去，进去，给我把门打开，”他说。“注意别开灯，从外面能看见的。”

圣婴就顺着光滑的墙体，像只猴子般地爬了上去，捣破了硬纸壳，没弄出一点声音来，把头探了进去。直到这时他才闻到那味道：他吸了口气，一团那种甜点特有的香味就在鼻孔中升腾上来。他顿时体会到的不是贪婪，而是一种焦急的激动，一种遥远的温柔。

“这里头，应该有什么甜点吧，”他想。他有好多年没像应得的那样吃上一些甜点了，也许从战争前开始。他要把这里翻个遍，不找到甜点就不罢休；那简直是一定的。他在黑暗中攀缘而下；踢了一脚电话，一把扫帚戳进了他的裤筒，然后他就落在了地上。甜点的味道越来越浓重，但搞不清楚是从哪里散发出来。

“这里应该会有很多甜点吧，”圣婴想。

他伸出一只手，试图在黑暗中适应环境，摸着去给机灵鬼开门。可很快，他就厌恶地抽回手来：他面前肯定有什么野兽，一只海洋里的野兽，也许，那是软绵绵、黏糊糊的什么东西。他的手就这么顿在空中，手上变得黏黏的、湿湿的，就像生上了麻风病。他感到自己的指间长出了一个圆东西，一个赘疣，也许还是什么毒疣。他在黑暗中睁大眼睛，可什么都看不见，即使是把手放在鼻子下也什么都看不到。他看不到，可是能闻得到：于是就笑开了。他明白自己刚才是碰到了一个蛋糕，而手上呢，都是奶油，还有一只樱桃蜜饯。

他立刻就舔起手来，另一只手则继续在周围摸索着。他碰到了什么固体但是松软的东西，表面上有层颗粒状的东西；是油煎饼！他一边摸索，一边把整块油煎饼都塞进了嘴巴。然后就发出了一小声惊叹，因为他发现油煎饼里面还有果酱。那地方真是妙极了：黑暗中那手所伸之处，总能碰到什么甜点的新发现。

他忽然听到不远处有敲门声，一副不耐烦的样子：那是机灵鬼在等着他开门。圣婴就往敲门声处走去，他的双手先是撞到了奶油夹心烤蛋白，然后又是杏仁甜点。他开了门。机灵鬼的手电筒照亮了他的脸，那小胡子已被奶油染白。

“这里头全是甜点!”圣婴说，就好像另一个人对此毫无所知一般。

“这不是吃甜点的时候，”机灵鬼说，一把推开他，“没时间浪费。”他走向前去，又混入黑暗之中，举着那一束手电筒的光。光束所照之处，都能发现一排排的货架，货架上面是一列列的托盘，托盘之上，又是被摆成行的各种形状，各种颜色的糕点，还有渗出了奶油的蛋糕，那就像是从被点燃的蜡烛上流出来的蜡，也有被整成了一组组的面蛋糕①，和堆成了城堡似的果仁饼②。

那时间，一种了不得的惊愕之感攫住了圣婴：一种没有时间饱食一顿，一种在能品尝完所有种类的甜点前就得逃跑掉，一种在他手中的所有那般甜蜜在他的整个生命中只有那么几分钟时间的惊愕。越多的甜点出现，他的这种惊愕就越是强烈，被机灵鬼的手电筒照出来的小店里每一间储藏室和每一处新景致都会突然出现在他面前，好像要拦住他的去路。

他扑向货架，狼吞虎咽地吞起糕点来，每次都能吃进两三块，甚至都不品尝一下味道，就好像要跟这些甜点打仗一般，这些甜点都是可怖的敌人，奇特的怪物，把他团团包围住了，一种松脆和糖浆状的包围，在这其中，他得借助下颌骨去打开缺口。被切成一半的面蛋糕向他张开黄色多孔的嘴巴，它们都是些奇怪的圆形物，像食肉植物的花朵一般绽放着，有那么一阵，圣婴感觉是自己被甜点给吞食了。

机灵鬼拽了一下他的胳膊。

“去钱箱，”他说，“我们得拿下钱箱。”

---

① 面蛋糕是一种介于面包和蛋糕之间的糕点。
② 面蛋糕和果仁饼都是圣诞节期间典型的特色食品。

但他一边走着，一边往嘴巴里塞进一块彩色的西班牙面包[①]，然后又吞进一个蛋糕上的樱桃，再然后是一块奶油蛋糕，动作总是很迅速，尽量不影响他的工作。他关掉手电筒。

“从外面很容易发现我们。”他说。

他们来到糕点店的正厅，那里有着玻璃橱窗和大理石桌子。夜晚的街灯直照进正厅里，因为金属门帘是一格一格的，从里面能看见外面的屋子和树木，就像是阴影耍出的奇特游戏。

现在得撬开钱箱。

“你拿着这个，”机灵鬼对圣婴说，使光束朝下地把手电筒递给他，以免别人从外面看到他们。

但圣婴一手举着手电筒，另一只手却在周围忙着。就当机灵鬼正在焦躁不安地用他的铁家伙捣鼓着保险锁时，圣婴却抓到整个一块葡式干糕饼，并像嚼面包一般地咬了起来。但他很快就吃腻了，就把吃了一半的干糕扔在大理石桌子上。

“你给我从那里挪开!你看你把这里搞得像猪圈一样!”机灵鬼咬牙切齿地对他叫道，尽管机灵鬼干的是这一行，却对井井有条的工作怀有一种奇特的热爱。之后他也抵不住诱惑，嘴里嚼上了两块饼干，是那种一半是萨沃伊味道一半是巧克力味道的饼干，但手里的活却从没丢下。

可圣婴，为了能把双手都腾出来，就用一块块的果仁饼和托盘上的餐巾纸做成了一种灯罩般的东西。他看见一些蛋糕上写着“祝命名日快乐”。于是就在周围转悠着，琢磨着如何下手：他先是用手指抹上一把，然后舔一口手上的巧克力味奶油，然后他又把整张脸

① 实则为一种蛋糕，这是意大利语的叫法。

都埋进蛋糕里，从蛋糕的中心开始吃，一个蛋糕一个蛋糕地吃起来。

但他却不安起来，不知道如何才能满足自己的欲望，他找不到能享用所有糕点的办法。现在他伏在桌上，身下铺满了蛋糕：他甚至想脱光衣服，裸体躺在那些蛋糕上，并在上面滚上一滚，永不再离开。然后，那以后的五分钟，十分钟以后，一切都将结束：整个一辈子中的糕点都又会对他隔绝起来，就像他还是个孩子时，把鼻子抵在玻璃窗上那样。要是能在这里待上三四个小时……

“机灵鬼！”他说。“如果我们在这里藏到天亮，谁会看到我们？”

“你别犯傻了，”机灵鬼说，他已经把钱箱撬开了，正在翻钞票呢。“巡警到之前我们就得离开这里。”

就在这时，窗户上传来了敲击声。在半月形的窗上出现了乌奥拉-乌奥拉，他正隔着格子金属门帘敲着窗户，做着手势。店里的两个人立马跳起来，但乌奥拉-乌奥拉打了个手势，叫他们镇静下来，向圣婴做了个换他去站岗的手势，这样乌奥拉-乌奥拉就可以去那里头了。其他人却向他龇牙咧嘴了一番，还伸了伸拳头，示意叫他离开店门前，问他是不是发疯了。

这时，机灵鬼发现钱箱里只有几千里拉，于是就开始骂人，还生起圣婴的气来，说圣婴不想帮他。圣婴似乎已经失去理智了：他咬着果馅奶酪卷，一颗一颗地掰着甜葡萄，舔着糖浆，不仅自己身上一塌糊涂，还把橱窗的玻璃上搞得脏兮兮的。他发现自己已经不再想要甜点了，甚至感到恶心沿着胃壁爬升上来，但他不想让步，他还不能投降。油煎饼变成了海绵块，而煎蛋卷则成了粘蝇纸，蛋糕变成了粘鸟胶和沥青。他只能看到甜点的尸体，躺在它们白色的裹尸布上，腐烂着，或是在他胃中化作一团浑浊的糨糊。

机灵鬼对另一只钱箱的保险锁勃然大怒起来，再也顾不上甜点和饥饿了。就在那时，乌奥拉-乌奥拉从店铺的后间里进来，他用西西里方言骂骂咧咧地嚷着，没人能听得明白。

“有巡警？”另两个人问道，脸上已是苍白无色。

“换班!换班!”乌奥拉-乌奥拉用他的方言嘟囔道，他吃力地用“u”字音[1]来申明自己在寒冷中饿着肚子而他们却在吞食甜点的不公。

“你去放你的哨!你去放你的哨!”圣婴愤怒地对他大嚷道；饱食后的愤怒让他变得更是自私和恶毒。

机灵鬼明白给乌奥拉-乌奥拉换班是再正当不过的了，但也明白圣婴是不会如此轻易被人说服的，而没人放哨又是待不下去的。于是他掏出手枪，对准了乌奥拉-乌奥拉。

“赶紧回到你的位置上去，乌奥拉-乌奥拉，”他说。

乌奥拉-乌奥拉十分沮丧，想在走之前能给自己捞上点东西，于是他就用自己的大手捧了一堆带松子的杏仁饼干。

“如果他们逮到你，你手里揣着这么多甜点，笨蛋，你怎么跟他们解释，”机灵鬼仍在大骂着。“全给我放下来，滚。”

乌奥拉-乌奥拉哭了。圣婴感到恨得他不行。操上一块写有“祝生日快乐”的蛋糕，照乌奥拉-乌奥拉的脸上摔去。乌奥拉-乌奥拉本可以躲开这蛋糕的，然而他却把脸伸向前去，把蛋糕接了个准，然后就笑了，自己整张脸上，帽子上，领带上，沾的全是蛋糕，他跑掉了，用舌头舔着鼻子，一直舔到了颧骨。

机灵鬼最后终于把贵重的钱箱给撬开了，并开始往口袋里塞钞

① u字音为西西里方言的特点之一。

票，还一边咒骂着，因为他的指尖上脏兮兮的全是果酱。

“快点，圣婴，我们该走了，”他说。

可对圣婴来说，是全然不能就这样结束的：这一顿吃的绝对可以跟同伴们，跟托斯卡纳的玛丽说上好几年。托斯卡纳的玛丽是圣婴的情人：她的腿既长又光滑，生着几乎是马一般的身材和脸庞。她喜欢圣婴，因为他能像一只大猫那样蜷缩成一团，爬到她的身体上去。

乌奥拉-乌奥拉的第二次进门打断了这些思绪。机灵鬼立刻把手枪掏出来，可乌奥拉-乌奥拉说道：“巡警！”然后就跑着逃开了，手中的防水衣下摆飘来荡去。机灵鬼收好最后几张票子，两步就跳到了门口；圣婴跟在后头。

圣婴还在想着玛丽：直到那时他才想起自己本可以给她也带些糕点回去，想起自己从没给她送过什么礼物，想起她可能会对此大闹一场。他回了头，又抓上一把卡瑙里[1]，藏在衬衫底下，之后很快就想到，他拿上的都是些最脆软的糕点，于是他又找了找结实一些的糕点，揣在胸前。他突然在半月窗的玻璃上看到了警察的影子，他们正激动不已，指着路尽头的什么人；其中一个用武器对准那个方向，还开了一枪。

圣婴蹲伏在一张凳子后。他们应当没击中目标：正做着恼火的动作，还在往店里头看。不久后他就听到他们发现小门是开着的，然后就进来了。小店里一下子挤满了带枪的警察。圣婴蜷伏着，但同时发现果脯就在他胳膊能够得到的地方，为了保持冷静，他又吞起了香橼果和甜梨果脯。

① 卡瑙里为一种西西里甜点。

巡警队的那些警察确认了偷窃案和货架上偷吃的痕迹。就这样，心不在焉地，他们也把散乱的糕点残余往嘴里送起来，并十分注意地不破坏作案痕迹。几分钟以后，那些热衷于寻找罪证的警察都挤在那里狼吞虎咽地吃起来。

圣婴也在咀嚼着，但其他人比他吃得更起劲，就盖过了他的咀嚼声。他感到在皮肤和衬衫间有一种东西在浓浓地融化，恶心之感又从他的胃里爬升上来。他吃着这果脯，变得迟钝起来，以至于过了好一会才发现通向大门的路途已是畅通无阻。那些巡警后来说看见了一只花脸猴子，跳着穿过店铺，把托盘和蛋糕都打翻了。在他们从震惊中重新恢复知觉前，他踏着脚下被踩扁的蛋糕，早就已经平安脱险了。

在托斯卡纳的玛丽家里，当他解开衬衫时，他发现自己的胸前被敷上了一层奇怪的混合物。他和她，一直待到第二天早上，躺在床上，直至把最后一块碎片和奶油的最后一点残余都舔舐和吃了个干净。

像狗一样睡觉

每次他睁开双眼，都能感到从售票处大灯中发出来的所有那片刺眼黄光落在自己身上。他把眼睛收进被竖起的外套翻领中，找寻着黑暗与温暖。躺下的时候，他都没发现地上的几块石头板有多么冰冷和坚硬：现在片片的寒冷就从衣服下、从鞋子的洞里钻到他身上来，于是他体侧不多的那一点肉，被挤在骨头和石头之间，把他弄得生疼。

但这地方选得倒很是不错，在那个隐蔽在大台阶下的一隅，这位置被挡住了，也不靠着通道：果然，他在那里刚待了一会，就来了四条女人的腿，它们高高地在他头的上方说："嘿，那家伙抢了我们的位置。"

那男人听见了，但并没有醒过来：他的一边嘴角流出口水来，躺在小行李箱被磨破的硬纸板上，那是他的枕头，他的头发沿着身体的水平线条顺过去。

"好吧，"先前的那个声音说着，那是从沾满泥土的膝盖和裙子的喇叭下摆上方传来的。"请您让一让。我们好歹要铺一下床。"

这是那些脚中的一只，是女人穿着大鞋子的脚，那脚碰了碰他的体侧，就好像动物的口鼻部在嗅着什么东西。那男人撑着肘关节爬起来，在黄色的街灯下胡乱挣扎着，双眼朦胧愠怒，一点都没发现自己的头发全都竖了起来。然后他又跌了下去，就好像想用脑袋撞行李。

女人们把袋子从头上卸下来。跟在她们后面的那个男人放下卷起的被子，他们就备起了床。“嘿，”最老的那个女人对躺着的人说，“你起来一下，我们也好给你底下铺上。”可什么呀：他一直在睡觉。

“他一定是累坏了，”最年轻的女人说，那女人瘦得皮包骨，所有丰满的部分几乎就是架在那一身瘦壳上的：当她屈下身子来铺被子，并把被子固定在面粉袋下面时，乳房、臀部、在她衣服里上上下下地围着她转。

他们三个是黑市上的人，他们挂着满满的袋子，拎着空空的铁皮桶下来。这是学会了在硬地上睡觉的人们，他们在火车站里游荡，在“牲畜车厢”里跑路，但却学会了打理自己，他们带着被子跑路，被子垫在底下是为了柔软，盖在上面是为了暖和，而口袋和铁皮桶则可以用来当枕头。

最老的女人试图把被子的一角塞到睡觉人的身下去，但她得同时把他抬起来一些，因为他是一动不动。“他真是累坏了，”老女人说。“也许他是个移民。”

同时，和她们一起的那个男人，一个穿着带拉链衣服的瘦子，已经钻进了一条和另一条被子之间了，头上的帽子一直拉到眼睛上。“来啊。到这底下来：你还没准备好吗？”他对着年轻女人的屁股说，那女人仍弓着身，拾掇着用作枕头的口袋。那个年轻女人是他妻子，但比起他们的双人床，他们更熟悉候车大厅里的地板。女人也睡了进去，年轻女人和丈夫几乎是肩并肩地蹭在一起，还发出打战的声响，然而老女人却在摆弄那个可怜的睡觉人。也许那个老女人也没多老，但她好像是被生活践踏般地过活着，头上总是顶着面粉和油的负重，在那些火车里上上下下地忙活：她穿着一件口袋般的衣服，头发伸向四面八方。

睡觉男人的头从行李箱上滑了下来，行李箱太高了，他的脖子得一直歪着；她企图把他安置得好一些，而他的脑袋差点掉到地上去：于是她就把他的头架在自己肩上，男人合上嘴巴，咽了口水，在女人身上再往下面去更柔软的地方安置好了自己，又流起口水来，现在他睡在她的乳房上。

他们在那里，正准备入睡，来了三个从下意大利[①]来的家伙。他们是长着黑胡子的父亲和两个棕色皮肤的胖女儿，三个人都是小个子，带着柳条编成的篮子，在那一整片光中，给困意压得睁不开眼。似乎是女儿们想去一个地方，而父亲想去另一个地方，于是就那么吵着，互相都不看着脸，几乎不是在说话，而是咬牙切齿地用着短促的句子，还会突然地停下来或走起来。他们发现这位置已经给那四个人占据了，就越来越迷茫地待在那里，直到又来了两个捆着绑腿、斜搭着短披风的年轻人。

这两个人立刻就混入那些下意大利人中间，为的是说服他们把所有的被子铺在一起，把他们的被子和那四个躺着的人的被子整作一条。这两个小年轻是移民到法国的威尼斯人，他们让那些黑市的人站起来，重新整一下被子，好叫所有的人都能挤得进去。很容易明白，这完全是一出可以偷摸那两个瞌睡姑娘乳房和屁股的把戏，但最后大家也都妥当了下来，包括黑市里那个最老的女人，她是一

① Bassitalia，可能是对相比北方而言不富裕的意大利南方的不怎么尊重的称呼。

动没动，因为那个睡着的男人的脑袋正枕在她的胸前。两个威尼斯人自然是挤在两个姑娘中间，把那个下意大利男人丢在了一边；但是，在那些被子和短披风下捣鼓，他们的手也能摸到其他女人。

有些人已经在打呼了，但下意大利男人却怎么也睡不着，尽管那许多睡意正沉沉地压在他身上。那刺眼的黄光直追到他的眼皮底下，直追到挡住他眼睛的手下；而且扬声器那非人的叫声还在闹着：……快车……站台……出发……这声音让他感到持续的不安。然后他又感觉要小便，但他不知道该去哪里，又怕在那个火车站里走失。最后他决定叫醒一个人，然后就开始摇他：那个从一开始就睡在那里的倒楣人。

"厕所，老兄，厕所，"他边说着，边拽着那人的胳膊肘，坐在那一摊裹着被子的身体中。

那个一直在睡觉的男人最终突然坐了起来，对那张俯在自己身上的脸庞，睁大了通红又迷糊的眼睛，张大了流着树胶般液体的嘴巴，那是张猫一样的小脸，满是皱纹，长着黑色的胡子。

"厕所，老兄……"下意大利人说。

另一个却还在发呆，他担惊受怕地望着周围。结果就成了他和那个下意大利人都张大嘴巴地互相看着。那个总在睡觉的人一点都不明白是怎么回事：他发现了那个女人的脸，躺在他身下的地上，他满心恐惧地打量着她。也许他都能叫出声来。然后突然，他又把头埋入女人的胸前，沉沉地睡了过去。

下意大利人踩着两三个人的身体站了起来，于是在那个光亮而寒冷的庞大大厅里迈起了不确定的步伐。从那边的窗子里，可以看见夜晚澄净的黑暗，还有一些铁制的几何景色。他看见一个比他还矮小的棕色皮肤男人走过来，一副盛气凌人的架势，一身皱巴巴的衣服，一脸心不在焉的表情。

“厕所，老兄，”下意大利人问道，哀求般地。

“美国的，瑞士的，”另一个人答道，他没明白是怎么回事，拿出一包烟。

这是在火车站周围勉强维持生计的漂亮的小摩尔人[①]，他在这地表上是既没家也没床，时不时地乘趟火车，他那些没把握的香烟和口香糖生意使他不停地更换城市。晚上，他就和几群睡在火车站的人聚在一起，等着换车，甚至还能在一条被子下躺上几个小时，否则，如果不碰上几个性欲倒错的老头，他能一直转到早上，因为这些老头会把他带回家，让他洗澡，还给他吃的，让他和自己睡在一起。漂亮的小摩尔人也是个下意大利人，于是和长着黑胡子的小老头非常和气；他把老头子带到了厕所，等他撒完尿，再陪他回去。他还给老头子烟抽，于是他们就一起抽着烟，用含着沙一般睡意朦胧的双眼看着火车的出发，看着底下的大厅里那一堆在地上睡觉的人。

“像狗一样睡觉，”下意大利人说。“有六天六夜我没看见过一张床了。”

“一张床，”漂亮的小摩尔人说，“有时候我会梦到一张床。一张漂亮的白床，是我一个人的。”

下意大利人又回去睡觉了。他掀开被子想挤出点地方来，却看见一个威尼斯人的手插在他女儿的大腿间。他于是也把手插了进去，想把威尼斯人赶走，而他女儿的肉柔软地动弹了一下，那个威尼斯人就认为是他的朋友也想摸上一摸，于是一拳头挥过去，把下意大利人推走了。下意大利人边辱骂着他边朝他举起了拳头。其他人则是大嚷着睡不成觉了，下意大利人只好用膝盖跨过他们，回到

① 这人叫这个绰号，显然是因为他的矮小身材和棕色皮肤。

自己的位置上去，垂头丧气地钻进被子下面。他很冷，就整个缩成了一团：在他手的旁边，还能感到女儿衬裙下的热量。他突然想哭。

在那条被子中，大家都感到了一具外来的身体，混进了他们中间，好像一只狗在被子下扒着什么。几个女人大叫起来。很快大家就忙着要把被子扯开，看看到底是什么东西。在他们中间，他们发现了漂亮的小摩尔人，他已经蜷着身子地打上了呼，就好像一个胎儿一般，他没穿鞋，脑袋埋在一条衬裙下，脚却插在了另一条衬裙下。他被砸在后背上的拳头弄醒了，“抱歉啊，”他说，“我不想打扰你们的。”

但所有人都已经醒了，骂骂咧咧的，除了流口水的那第一个男人。

“这里能把骨头睡断，能让背部结冰，”他们说。“这里要把那盏灯砸掉，要把那个扬声器的电线剪断。”

“如果你们愿意，我可以教你们怎么来做床垫，”漂亮的小摩尔人说。

“床垫，”其他人重复道。“床垫。”

漂亮的小摩尔人已经整出一段被子来，并开始给被子打褶皱，就像手风琴那样，那种法子凡是在监狱里待过的人都知道。他们叫他停下来，因为这样的话被子是不够的，有些人可能会完全没被子盖。于是大家又说起来睡觉的不便，什么头下没点东西的话，根本就睡不了，还说不是所有人头下都有东西垫的，因为下意大利的篮子派不上用场。于是漂亮的小摩尔人就设计出来一种全新的办法，使每个男人都能把头枕在什么女人的屁股或大腿上；不过因为那些被子，这就成了一件十分繁琐的事情，但最后大家都妥当了，并从中又诞生出许多新的组合。可没过多久，一切又再次落空，因为他们不能保持静止不动，然后漂亮的小摩尔人就找到办法把民族牌香烟卖给所有人，于是大家都抽起烟来，说起自己有多少个夜没睡过觉了。

“我们已经转了二十天了，”威尼斯人说，“我们有三次试着穿过这条该死的边境线，他们每次都把我们给退了回来。在法国，我们看到的第一张床就是我们的，我们在上面连续睡了四十八个小时。”

“一张床，”漂亮的小摩尔人说，“要有洗净的床单，还有可以陷进去的羽毛褥垫。一张狭窄而暖和的床，上面只能睡上我一个人。”

“对总过着我们这样生活的人能说什么呢？”黑市男人说。“回到家，只能在床上过一夜，接着又要离开，在火车上过活。”

“有张干净的暖和的床，”漂亮的小摩尔人说。“光着身子，我要光着身子地钻进去。”

“我们有六夜没脱过衣服了，”下意大利的姑娘们说，“没换过内衣了。有六夜我们像狗一样睡觉了。”

“我想像贼一样潜入什么人家去，”一个威尼斯人说，“但不是为了偷什么。而是为了能钻进一张床中，在上面一直睡到早上。”

“或者直接偷一张床出来，然后把床搬到这里，睡在上面，”另一个威尼斯人说。

漂亮的小摩尔人想到一个主意。“大家等一等，”他说，然后就走开了。

他在拱廊下逛了一阵，直到遇上了疯女人玛丽亚[①]。如果疯女人玛丽亚晚上在这里搭不到一个客人，就得跳过第二天的饭，所以

① 这个女人的名字在原文里写作 Maria la Matta，“疯女人”（la Matta）已经成了她名字中一个不可分的部分。

即使很迟了她也不会放弃任何机会，仍在那些人行道边上上下下地晃荡着，直到天亮，一头红发变得枯黄而毫无光泽，小腿肚也浮肿成了长颈大肚瓶。漂亮的小摩尔人是她很好的朋友。

在火车站的扎营地里，人们还在谈着困意和床，还有他们像狗一般的睡觉，等着窗户玻璃上的黑暗渐渐淡去。没过十分钟，这个漂亮的小摩尔人又回来了，他肩上扛着一张卷起的床垫。

“来呀，”他边说着，边在地上展开床垫，“轮流睡，每隔半小时就换一次，五十里拉，一次能睡两个。来呀，每人二十五里拉又有多少钱？”

原来他从疯女人玛丽亚那里租来一个床垫，她的床上有两个床垫，现在他每半小时一租地把床垫给转租出去。于是其他期待着什么巧合的瞌睡旅客都饶有兴趣地靠过去。

“来呀，”漂亮的小摩尔人说，“由我来负责叫醒你们。我们在上面铺上一条被子，vualà[①]，没人会看得到你们，你们甚至可以在里面弄孩子。来呀。”

一个威尼斯人第一个上去试了试，和一个下意大利的姑娘。黑市上最老的那个女人预定了第二轮班，为她自己和睡在她身上的那个可怜人。漂亮的小摩尔人早就掏出一个小本子，在上面记着顺序，一副心满意足的模样。

拂晓时，他会把床垫带回给疯女人玛丽亚，他们会在床上一直蹦跳到天大亮。然后，最终，他们也会睡去。

① 是用意大利写法写的法语词 voilà（行啦）。

你这样下去就不错

黑市里的生活是劳苦的，但也是富足、自由和多样的。人们挤在卡车里，在牲口车厢里跑路，男人们和女人们一起，袭击路卡处的备用车厢，晚上是走到什么地方就在什么地方过夜，小旅店的每个房间里都能睡上五六个人，床上是能睡多少就睡多少，其他人睡在地上。扎着辫子的那个姑娘还不习惯这种方式，睡得既少也不好。这是她第一次跑路，去的时候带着油，回来的时候带着面粉。

不久后，一缕晨曦就到了玻璃窗上，揭出了那张大床的辽阔，这辽阔被一具具的凸起和一阵阵的急促呼吸穿过。科斯坦提娜在她乡下的家里，总是起得很早，此时已经不会再困了。她磕着别人的屁股和肘部，悄悄地从床上离去，在别人的鞋子中间找到了自己的鞋子，整了整自己全皱起来的红裙子，又把辫子尖给整了整，为了能不出声地离开这里，她静静地挪着脚步，却踩着了一个躺在地上的可怜人，他呻吟着翻了个身，转向另外一面。

外面有黄色的天和灰色的海，有长着须根的干枯棕榈叶，还有沉睡着的屋子的立方体。“很快就是白天了……”科斯坦提娜想。她想："很快就是白天，很快就是晚上，我做着黑市。"然后又想："很快就是晚上，很快就是白天，明天我就能回家了。"跟前，衬着天空被微微勾出轮廓的山丘，在新月的微光中，正慢慢承载起体积。那里有座桥，被轰炸炸塌了一半，桥头上坐着个小男孩，正看着她。

"嘿，姑娘！"

那是男孩阿戴尔基，他时常在受灾村落和军事营地里晃荡，他剃着光头，身材粗壮，他那小脸蛋狡猾得甚至显老，鼓鼓囊囊地穿着一件盟军的小大衣，肮脏的双腿裸露着，从大衣底下冒出来，让他呈现出一副鸽子的模样。他的背上挂着一只空空的铁皮罐、一口满满的干粮袋，还有一个里面关着一只白领翡翠鸟的笼子，那鸟一动不动，就像是用木头做的。

"你去哪里呀，姑娘？"男孩说。

"我到那附近走两步，因为我在等其他人，他们还在睡觉。"

阿戴尔基做出一个称赞式的鬼脸，说道"你这样下去就不错。"

"什么？"科斯坦提娜说。

"哎呀，我知道我在说什么，"阿戴尔基说。

"我是做黑市的，"科斯坦提娜说。

"难道我不是？"男孩说。"你看，"他说，把干粮袋拉到肚子上来，"都是美国货，都是些什么小盒子的玩意。"

科斯坦提娜就想了："这可真是，像他这么大的孩子；这么小就做起了卖小盒子的黑市生意；真不知道他父母该有多高兴。"

她又想："现在我问他一个黑市上的人都会问的问题，这样他就相信我真是做黑市的了。"

她问："你付了多少钱？"

"不付钱的，"阿戴尔基说。"呋！"

他吹了声口哨，往空中做了个“去你的”的动作[①]。于是白领翡翠鸟也吹了一声，但阿戴尔基给了笼子一拳，叫鸟别作声。

“你把所有的东西都卖掉，还是自己留着一点吃饭用？”

科斯坦提娜已经不知道黑市上的那些人还会问其他什么东西了。

“不给吃的留，吃的另算，是免费的，”他一把抓住空铁罐。“我去盟军的厨房里排队。”

“现在他该跟我解释白领翡翠鸟了，”科斯坦提娜想。于是她就这么问他了：“那白领翡翠鸟呢？”

“它叫本维努多[②]，我这样出去转时，它能派上用场，”他接着又掏出一个小盘子，并把盘子推到前面来，就像讨饭一般，把鸟笼靠在自己的肚子前转了转，同时一脸哭哭啼啼的表情。

“你一定能挣不少钱!”科斯坦提娜说。

“你看，”男孩边说，边从大衣底下刨出一个肮脏油腻的大钱包，是用松紧带收住的；他抽开松紧带，展出一包桃色棕色绿色的大票子，密密麻麻的，并数了起来。

“都是你的钱？”科斯坦提娜问道。

“是啊，”阿戴尔基说。

“多能干的孩子呀，”科斯坦提娜想，“赚了那许多钱……我要也能像他这样就好了。”

“你想我教你怎样挣钱吗？”阿戴尔基问。

“我想啊，”科斯坦提娜说。

阿戴尔基望了一眼路的尽头：有两个人正往这边走来。于是他

① 即把拇指顶在鼻尖，张开并摇动其余四指表示轻蔑。
② 意为“受欢迎的”。

就把这个想法说了出来:

“你坐在那桥头上，那边，好样的，这条腿这样放，好的就这样，别动，把胸这样转过去，看着那边。就这样别动，你这样会不错。”

科斯坦提娜一动不动，坐在桥头上，她感到清新的空气掠过自己裸露的双腿，辫子被微风推送起来，在耳朵后轻抚着，这风同时也吹动了她头顶上那株高大洋槐树的阴影。

那两个男人是弗弗和歪鼻子，他们出来跑路是忙一些不清不白的生意。他们的呼吸并不熟识拂晓的空气，而他们的目光也不了解清晨的颜色。这两个人吹着口哨地往前走着；他们是两个风度翩翩的年轻人，头戴宽边帽。弗弗是个壮实的家伙，他走路的时候，柔软地摆动着身上所有的肌肉，歪鼻子是个瘦高个，每动一下就要全身抽搐，就好像他是用一身没接好的骨头做成的，全靠皮肤连在一起。

“是说早上户外的空气有助于健康的吧，歪鼻子；没听说过吗？”弗弗说。他总在笑：因为他那张嘴的嘴角是往上翘的，也是因为他好心地以为一切都是好笑的。“哈，哈，哈!”

“啊，弗弗，田间的安宁!”歪鼻子陶醉道。他总是用假声说话，每个句子中都要哼哼唧唧地使上几个完全扭曲的调子。他十分用劲地哼唧着，所有的叫声和动作都是用来配合那节奏的，他越是如此坚持就越是感到恶心，于是为开自己的玩笑，他又加倍地使上劲，如此这般。弗弗便用自己那一时的冲动来附和他，一直笑着，坚信除了哼着那段小调外再没什么好做的了。

“啊，田间甜蜜的安宁!”歪鼻子惊叹道，伸展了一下他消瘦脸庞上紧绷着的肌肤，那脸被一只多软骨质的庞大鼻子穿过，鼻子长到一半处就朝右边歪去，一直歪到一边的颧骨上去。“啊，田间粗犷的劳作啊！真健康，弗弗，真健康！”

歪鼻子靠静脉注射并长期服用硫酰氨药片勉强过活。他的器官，或缠绕或悬垂在那一架骨头里，早就被烧坏或是腐烂掉了；而他的肺部难以习惯去碾碎商店后间里人们日夜打牌时吐出的浓烟；他的支气管早已被黏膜炎折腾成了海绵状；胃和肠子也是蛇一般黏糊糊的，被烈酒灌醉了，因为长期节食而软弱无力，而他的生殖腺则收集了广阔无垠的芽孢杆菌集群，它们给他的生殖腺铺满了霉菌。

弗弗，这些毛病倒都是没有。他身体很壮实[①]，把歪鼻子腐烂掉的芽孢杆菌却使弗弗健康而无忧。他能咽下几升的烈酒，都不会头晕一下的；只有几次他有过突然和短促的呕吐。应该说他们用这种不正经的权宜之计还能勉强过活的。总之他是没他朋友精明的，而且他也常常陷于困境之中，不过总是会不住笑地解决问题，还会用拳头把所有人打得一地。

“啊！弗弗！”

“哈！歪鼻子！哈，哈，哈！”

“啊！你真能干！能干呀，弗弗！”

“哈，哈，哈，哈！”

他们靠近时，科斯坦提娜就那么望着他们。他们真是两个风度翩翩的年轻人。谁知道现在是怎么回事。阿戴尔基下了路一会，向四周望了一遭，又回来了。

“好的，”他说，“那里有一片草坪。”

一片草坪，干什么用，一片草坪。去草坪上可以割草，又不是可以做黑市生意的。那两个人：一个长着歪鼻子，另一个倒没长。

① 意大利原文的说法是：血液很强硬。

但是他们的鼻子长得是什么样又有什么关系呢？重要的是要看看阿戴尔基是怎么做的。科斯坦提娜突然想笑，但又很好奇，还有一些不安。

那两个人从远处看见科斯坦提娜，被那棵洋槐树的阴翳遮住。是歪鼻子第一个看见她的，还把她指给朋友看。

“你看，你可是喜欢未成年姑娘的，那可是大清早的野草莓啊！”

弗弗在那里已是张大了鼻孔：“在哪里，在哪里？”

科斯坦提娜可是全明白了：阿戴尔基让她坐在那里，是为了让那两个家伙看她，还要让他们跟她犯傻，而他则会骗他们买谁知道什么东西。也许她还应该和那两个家伙开上点玩笑。“一个人忧伤，另一个却一直在笑，”她观察着，“一个人长着歪鼻子，另一个没歪。好看一些的当然是那个笑着而且没长歪鼻子的人。”

阿戴尔基扛着他的行李往前走了过去，踩着装模作样的步伐向他们迎了上去。科斯坦提娜一动未动：动了可就糟了，阿戴尔基是这么说的。

“嘿，你说，那边那个作为开胃酒怎么样，弗弗，嗯？”

“你歪鼻子，那边那个，作为开胃酒，你怎么样？”

“你是知道我都剩下什么模样了，弗弗！”

“不知道他们有什么好笑的，”科斯坦提娜想，“我害怕他们要是犯起傻来，就不听阿戴尔基的话了。”但她也忍不住笑起来。

阿戴尔基已经朝那两个人迎去了。“香烟美国香烟，”他含含糊糊地说着，望着地上。是了，他想卖的是香烟。“呸，他想卖给我们美国烟，你听见没，弗弗？”

弗弗笑了：“向我们卖美国烟，喂。”

“你卖多少钱？”

阿戴尔基说了个价，几乎是谨慎的，总是望着地面。其他人对此说了好一通，还打趣大笑。于是阿戴尔基就一下变了脸，把眼睛直盯着他们的脸，偷偷地做了个鬼脸，用大拇指指指自己的肩后，低声说了些什么。

“也许现在他在说我，我也要加入到游戏中去了，”科斯坦提娜想，她决定装出一副漠然的样子，看着另一边。其实这是个叫她喜欢的游戏。现在谁知道这个阿戴尔基在说她什么呀！

“那么，”阿戴尔基说，“你们喜欢喽，我这表姐？”

两个人交换了一下态度，很快就变得感兴趣，而且几乎是客套起来。歪鼻子是嘲讽，弗弗则是傲慢与热情同时兼备。

“说说：她多大了？说说呀。”

阿戴尔基以一副遗憾的表情回答了他们。不久前他刚跟科斯坦提娜说过：“你听着，你要一直说你是个处女。”

“我当然是处女，”科斯坦提娜回答道。谁知道他为什么要她这么说。这对她来说是没什么，但她不觉得这是一件要说出来的事情。

“哎，你这样下去就不错，”阿戴尔基用他那副不友好的表情这么说过。这开始让科斯坦提娜感到恼火。现在阿戴尔基正在把那事告诉那两人。弗弗不肯相信，因为他知道从不应该轻信他人。“可如果这是真的，想想，嘿，歪鼻子？想想！”

“为什么不是？直到某一刻，她们还都应该是的，不是吗？”比他更狡猾的歪鼻子说，奸笑着，搞不清他是说真的还是在开玩笑。

现在他们朝科斯坦提娜走去，科斯坦提娜就这么看着他们。阿戴尔基对她的角色解释得太少了。

“太贵了！啊呀太贵了！”愉快的那个人说。“不是吗，歪鼻子？”

“是贵。”

但弗弗又找到什么完全可以笑的东西：价格，年龄，合约。愉快的那个人很漂亮，他的额头上有着光亮的皮肤，脸颊结实而生动，嘴巴一周有着微笑的皱纹，鼻孔上扬，眼睛灵动。

“来啊，”弗弗说，“歪鼻子，作为开胃酒嘛，上呀，一颗小草莓，大清早的小草莓，这桩生意是你的，歪鼻子，上呀。”

科斯坦提娜并不明白这是指的什么生意：开胃酒，小草莓。瘦子把修长而瘦骨嶙峋的双手伸到前面来。

“医生禁止我做这事的，”他说，“我不能抽烟……”

“哦，”科斯坦提娜这么想，“他们还在为那些烟的事争论呀。”

歪鼻子的额头就是绕在那深陷眼眶周围的窄窄一圈骨头，眼眶深处是双通红的，被眼皮遮盖住的小眼睛。大鼻子长到一半处还是直挺挺的，然后就朝向两个方向斜去，往下和往右，这鼻子使他的声音发出一种钝钝的声响。从那总是皱着的嘴巴里，能看见歪牙和坏牙冒出来；脸颊上的酒窝里像敷了地衣般地浅浅长着一层疖子。而他那生着食道的脖子从那一圈黄围巾里伸出来，就像火鸡的脖子一般。

愉快的人笑着，总是带着点焦虑地笑着。忧伤的人抬起他那浮肿的眼皮，伤感地望着：忧伤的人有双深灰色的眼睛。

愉快的人向前走来，对科斯坦提娜说：“美人，过来，”他举起她的一只手就好像在邀请她跳舞一般，还说：“跳下来!”姑娘就从桥头上跳了下来。

“好了，”科斯坦提娜想，“那个男孩得和忧伤的人谈价钱了，愉快的人听他们谈得生厌，就要和我到处转转!”

阿戴尔基伸出一只手，说：“我们先结账。”

弗弗把手搁到钱包上。

“好了：愉快的人做完他的买卖了，所以他要走了，”科斯坦提娜补充地想着。

忧伤的人用那被歪鼻子穿过的深灰色伤感眼神望着她。忧伤的人，忧伤的人，科斯坦提娜更愿意和忧伤的人一起去走走。但愉快的人牵起了她的胳膊肘，让她消失在荆棘丛中。

路上就只留下了阿戴尔基和歪鼻子。

“你看见她是怎么看你的吗？”阿戴尔基说。“你去啊，这样就不错。”

歪鼻子抽出一根香烟，把烟折成两半，因为连续抽完一整支烟对他身体不好，他坐在桥头上，拎起了爬满垂直褶皱的裤子，露出了坏透掉的条纹袜，就那么吊在他那干瘦的胫骨上。那个自负的男孩实在是让他讨厌。“你等着看我的吧。”他想。

“她看我了，是吗？”他一副神秘而怀疑的表情，“她也知道！”

他凑到阿戴尔基的耳朵旁，对阿戴尔基吹了一口气：“……所有的女人都知道这事！”

“什么，什么？”阿戴尔基用一种商业保护的口吻问道。

“……就算她们不知道，也能猜得出来。我不知道她们是怎么明白的；反正她们就是能猜得出来……”歪鼻子说，越来越神秘了，把刚吸进去的烟又一口口地吐了出来。

男孩慌张起来：“是啊，是啊，”他说，但也在琢磨歪鼻子。

“这世上没有比我更丑的男人了，不是吗？”歪鼻子继续道。“你肯定也知道，所有的女人都会回头朝我挤眉弄眼，就好像我把这事写在了额头上一样。你觉得这有理由吗？”

“哎，怎么办呢，就这命。”那个混账阿戴尔基只是给出泛泛的回答，因为他不想使自己受到牵连，但也在竖着耳朵听这故事是怎么样的。

“她们不让我清静。她们都知道这事。这事她们是一个传一个。就好像我把这事都写在额头上一样。你知道是什么事吗？”

“嘿，嘿!”阿戴尔基说，镇定自若，却满心好奇。

歪鼻子把手送到嘴边，用低极了的声音说：

“我就好像诺亚……”

阿戴尔基说：“啊。”

歪鼻子痛苦地咀嚼着。那孩子究竟是什么货色啊？他咳嗽了一声，然后继续道：“我的身体差劲透了，还长着一副歪鼻子。我从头到脚满身的腐烂。女人还是爱我：我就好像诺亚!”

他也无所谓，那个小破孩。歪鼻子把手指头弄得吱嘎作响，望着洋槐细小树叶间的清澄天空，他猛地再次转向阿戴尔基：“你知道诺亚是怎么回事吗？”

男孩早就担心他不给自己解释这个诺亚了：这下是时候该向他坦白自己已经好奇坏了，是时候别再装傲慢了。他却说：“我？嘿!”

白领翡翠鸟沉沉地吹了一声。阿戴尔基给了笼子一拳头。

“那么，”歪鼻子说，“你都已经知道了，那我就不说了。”

阿戴尔基气得直咬舌头。

弗弗和科斯坦提娜从荆棘里拱到一片陡峭的脱毛草坪上，草坪面向铁路。战争刚刚结束，火车还没有通。再往远方去，打开了一片静脉般苍白的大海。姑娘眨巴眨巴了眼睛，感到了鞋跟下乡间的土地，忘记了生意上的金额和倒楣事：她摇着那个年轻人的胳膊往海边走去，就像一对恋人一样。

弗弗该做些什么呢？唱歌!他于是就用地痞流氓的行话唱起了一支歌：“如果你看到一个小妞非常美，就赶紧出击，把她带到船上去。”

他们坐在草上；面前是海，还有乱石间的铁轨，身后是废物、围墙、电线混作一团的景致。弗弗把帽檐下垂的宽边帽从头上摘下，把它顶在一根手指上绕着转，然后就把帽子给扔走了。他有着珍珠般光泽的白色额头，额头上是帽子压下的一圈细细红色印记。头发柔软而光亮，梳得很好，他的皮肤剃得整洁而满足，眼睛游移不定，脸上的皱纹时而放松时而绷紧，漾在他永恒的笑容和那难以理解的歌声中："伙计，伙计，马努艾拉，带上球，别带头。"

对于科斯坦提娜而言，这一天是带着愉悦的征兆开始的：这一天有草，有海，岸边有铁路，还有狡猾的孩子教她挣钱，漂亮的年轻人把她带到草坪上坐下，还给她唱歌。

突然，弗弗停下歌声，吻了她。他转过身，一手捏住她的胸，另一只手按住她的背，然后，啊呀!他的嘴唇就贴在了她的嘴唇上，就好像想咬她。但是科斯坦提娜可不依。她两手抱住他的头，一手在额头上，另一只手在下巴上，把他从自己身上挪开。

"呸!"她说。"你傻呀？"

他毫无表情地看着她，笑了，又低下脑袋，朝她探过身去。科斯坦提娜逃开了。

她在那块草地的斜坡上一跳一跳地大步跑走了，她听到自己身后弗弗重重地、一颠一颠地跟着她，笑得就好像从来没这么开心过。听听，他在一阵爆笑和另一阵爆笑之间的呼吸越来越清晰和接近了，看看，他就在她身边了，他擦到她了。科斯坦提娜跳上了铁轨，在双轨之间跑着。

"哈，哈!"另一个人喘着气说。"我们这是在干什么，坐火车？"

"不算数!"科斯坦提娜说。"如果你这样追到我的话，不算数的：你只能把脚放在枕木上，而不是在枕木和枕木中间!"

但他一步能走过两根枕木，而她只能走过一根。

“不算数!”科斯坦提娜还这么说。“得在一根铁轨上走平衡!谁要是把脚踩在石头上了，就得退回十步!”

在一根铁轨上的她，和在另一根铁轨上的他，就这么平衡地跑着，但弗弗总是最优秀的，于是他们面对面地用手耍起了击剑，同时还保持着平衡。科斯坦提娜尽量使自己不掉下去，还试图推上他一把，好让他一脚踩到石头上去。“你—碰—到—了!石—头!”弗弗总在笑，但最后还是折腾累了；就抓住她的手腕，一把拽她过来，把她抱到草丛间的一堵矮墙上，放下。

“呸!”科斯坦提娜大叫道。

歪鼻子嚼着小口的烟，哼唧着扭曲的语调。他听见了叫声，吐掉了所有的烟，打了个呵欠。

在他泛红发青的眼睛里，整个世界在晨曦的微光中揭示出变形的模样。那是些从路面上挖洞出来的柔软而满身是泥的蚯蚓，那是些白肚子给割成了一段段的死蚱蜢，那是些从丰满多肉五颜六色的花瓣边探出灰白色雌蕊的斑叶阿若母花。整个世界都是这样，在这其中，他靠着硫酰氨和静脉注射维持生命，甚至都不能坐着，因为他没多少肉，整个人都因为注射而肿着。

他把指关节弄得吱嘎作响。他浑身的骨头都吱嘎作响，这个歪鼻子，拳头里，手腕上，甚至肘关节。阿戴尔基围着他转悠，一副旅馆老板的神情，小心翼翼唯恐不周。

“傻子，”歪鼻子想，“在你这个年龄，我就会往那个家伙的眼睛里吐痰，一个像我这样的家伙，而不是给他找什么小姑娘。生意，傻小子，你去做生意吧。你什么时候把生意做好了，傻小子，你买什么，弹子球？”

"你有没有弹子球？"

他默不作声地，在那个干粮袋里翻了起来，在一堆破布、松紧带、餐具里搅来搅去，然后掏出一些红砖色、蓝色的弹子球来，其中一个是玻璃做的，中间有绿色和黄色的螺旋物。还不错，弹子球；但也许他有这些球是为了卖的。

"你会玩这球吗？"

"来啊，我们来玩盘弹子球好了。反正也不知道那两个人什么时候才会来。"

那两个人正躺在草地上，弗弗的一条胳膊环住科斯坦提娜的腰。科斯坦提娜的眼睛看着下面，望着土地，辫子越过她垂下的脸庞，突然沉重起来的胸部吐送着短促而迅速的呼吸。她从来就没有厌恶过和男孩子们打架：互相捶打着滚在草地上或是干草堆上时，血管里的血液会流淌得激烈，乳房会变得高耸和结实。但在这里，和这个总在笑的年轻人，在那些熟悉的感觉中，又混入了什么新的和可怕的东西。也许是他在拒绝，最好保持怀疑，或者是那片穿过铁轨的忧伤草地。在草丛间，有一些打碎的鸡蛋壳，污秽的纸张，有尖利边缘的罐子，还有从泥土中冒出来的被拔掉了钉子的鞋底。

同时，阿戴尔基和歪鼻子在玩弹子球。他们在桥头隐蔽处的灰土中画出一个小圈子，用手指弹球，让球在圈子里跑。

阿戴尔基侧耳倾听着。"他在笑，"他说。

"他总在笑，"歪鼻子说，香烟的烟雾穿过他青黑的眼皮，继续升腾。

"为什么？"阿戴尔基严肃地问。

"我不知道，"歪鼻子忧伤地说，"他觉得一切都很好笑。"

歪鼻子说罢，用他那瘦骨嶙峋、满是指关节的手指弹了一下球，他更拿手些，当然，可阿戴尔基没有一个手段不会使，所以也很难使阿戴尔基处于劣势。而且歪鼻子每时每刻都心不在焉的，阿戴尔基就趁机拨他的球来捣鬼。

“她在叫？” 歪鼻子说，抬起头。“刚才不是她叫的吗？”

“你玩呀，”阿戴尔基说，全神贯注地盯着那个小圈子，“轮到你了。”

歪鼻子却装起了木偶人，作双眼惊呆状，灵活的胳膊打着几何图形般的动作；“啊，小母鸽!温柔的小母鸽和贪吃的大雀鹰!”

阿戴尔基眼皮垂下地笑着，头也低着，然后像老朋友那样：“喂，价格你也知道，如果你愿意，过一会，我都跟你说了……”

歪鼻子拍了球一下，把球打跳出圈半米远。

“你变傻了吗？”阿戴尔基问。

歪鼻子来了火，也是因为他想像小伙子们那样玩弹子球：谁要是赢了，就拿走输球人的弹子球。但是阿戴尔基说那样玩的话没意思，还说要用一千里拉的票子来赌。他还抽出了那个好像小书包模样的钱包。就这样，歪鼻子开始从口袋里掏出他不多的几张一千里拉票子，而阿戴尔基则开始一张接着一张地把那些票子赢过来。歪鼻子于是等不及弗弗回来。他再也听不到弗弗笑了。

弗弗确实是停住笑了。

“你给我听话，”他重复道，唇角的皱纹抽动着，眼睛睁得老大，“你别动，别扔了，你疯了，你在干什么，要砸到头了，这石头，差一点……”

科斯坦提娜又走回铁轨中间。她向他扔了块石头，差一点就打中他了。现在她手心里又掂量着另一块石头。弗弗待在斜坡上，双臂高举，护住自己的脑袋，犹豫着是该前进还是该逃走。

“你如果再往前走一步，我就扔了……”科斯坦提娜说。

“可你疯了吗？喂，你疯了吗？我们之前不是都说好了吗？我不是什么都跟你表弟商量好了吗，喂？哎呀！”一块石头砸到了他的胳膊上，来势猛极了。那姑娘总是瞄准脑袋。弗弗俯下身，收起胳膊肘，呻吟着。

“可不是她在叫……”歪鼻子抬起头。“好像是他……”

阿戴尔基也是一惊。他恢复了镇静，掷出了他的球。“来呀，快玩，”他跟那男人说，“你领先着呢，快呀，你这样就不错。”

“啊呀!救命!”弗弗喊道，顶着一连串的乱石，是那种锋利尖头的铁路基石，直击中他的胫骨，胃部，胸膛，都是那个乡下小姑娘使出全身劲，瞄准了投出来的。一块石头擦过打中了额头。他摸了一下：在淌血。“救命啊!够了!我什么都不对你做了!你别扔了!我再也不碰你了!再也不靠近了!你让我去一下岸边，我去湿一下手绢。”

科斯坦提娜中止了发弹。走路时身体折成了两半的弗弗，怎么都不敢直起身来，紧紧盯着她，怕她再扔，他穿过了铁轨，来到离她很远的一个地方，下到海里，跪下来，把手帕浸入正在拍来的一阵浪里，蘸湿了伤口。扎着辫子的姑娘仍留在那上头，静止不动地看着他，手里总紧紧攥着块石头。

弗弗摸摸自己的骨头，捂住额头。他先前有点怕，但现在已经不怕了。他全身瘀青，但不怎么严重。可这是什么人啊，那边那个姑娘。“不过，喂，你知道你真是个厉害的家伙吗？你怎么回事，喂？好像你想把我杀掉一样!可你之前不能说吗，喂？你之前不能说吗，说你不想？哈，说真的，你真是个厉害的家伙!”他又笑了起来，缓缓地，然后越来越强烈：“哈，哈，哈!”他就这么笑着，远远地避着科斯坦提娜，待在她的射程之外，往行车道上走去。

“他又笑了，” 歪鼻子说。他们已经打完了弹子球游戏，阿戴尔基赢了。

歪鼻子朝男孩伸出摊开的手掌：“来呀：拿出来。”

男孩装傻。

“你想要什么？”

“你把那几千里拉都拿出来。我们是开玩笑的。你还以为当真啊？”

“你傻呀。玩球从来不开玩笑的。如果你愿意，我可以送你弹子球。喏。”

男孩把弹子球放在他手里：砖色的弹子球和中间有绿色与黄色螺旋物的玻璃弹子球。歪鼻子用大鼻子叹了口气，瞪大灰色的眼睛，把弹子球放进口袋，在大衣口袋的底部用手指把球旋转着玩。

弗弗又出现在路上；有点阴郁的模样。他双手插在口袋里，往前走着，帽子压得很低，一直遮住了额头。那两个人转过身来看着他：他的嘴角又往上翘了起来。一阵大笑又在他的喉咙里汩汩作响。

“怎么样？” 歪鼻子说。“进行得怎么样啊？”

“啊？这还用问？问我怎么样，歪鼻子？你以为会怎么样！全胜！进行得真是全胜呀，老头，全胜，哈，哈，哈！”

“我都跟你说了你会满意的，”阿戴尔基说，他在片刻的迟疑后，重拾起一副威信十足的神气。

科斯坦提娜也出现在路上，辫子垂着，拳头藏在背后。弗弗没看她。歪鼻子脱掉帽子，给她使了一个多结的致敬动作。姑娘好像是想停下来，结果她转了身，在路上跑了起来，就像兔子一样地跑着，很快就消失在一个拐弯处了。

“嘿!嘿!你!姑娘!”阿戴尔基喊道。“你去哪里呀，姑娘!你别跑呀!”喊罢就准备扑过去追她。

歪鼻子拦住他。“让她走吧，老大。她肯定是吓坏了。是弗弗，弗弗把她吓坏了，那个畜生，森林里的一颗小草莓，谁知道他对她做了什么。”

“小草莓，”弗弗笑道，“你知道小草莓是怎么样的吧。”

阿戴尔基想，尽管她逃掉了，钱还是留在了他手里，那也就算了吧。“Caballeros[①]，”他对那两个人说，做了个告别的姿势，“你们这样下去就不错。”

歪鼻子朝弗弗投去一个询问的眼神。然后用下巴指了指那男孩。阿戴尔基明白有什么事不对劲了，往后退了一步，但弗弗的两只大手已经把他逮住了。“救命啊!叛徒!”

他们把他口袋和干粮袋里的东西全都倒在了地上，他们找到了装着几千里拉钞票的小包，他们像分牌一样把这钱分作两沓，一人拿一半。然后把那笼子捅破，白领翡翠鸟就飞走了。阿戴尔基，屁股上被踢了一脚，飞出去有三米远。

那两个人远去了，一个人撑着他瘀青的胫骨跛脚走着，另一个因为他那些忧伤的灼痛而迈着谨慎的步伐。

“啊，弗弗!”

“哈，歪鼻子!哈，哈，哈!”

“啊，你真行，真行啊，弗弗!”

① 西班牙语：先生们。caballero 的原意为“骑士”。

美元和老妓女

晚饭以后，埃马努埃莱就对着玻璃窗耍起了灭蝇拍。他三十二岁，是个胖子。他的妻子约朗达正在换袜子，准备出去散步。

玻璃窗外是一片老自由港的受灾空地，从坡子上的房子间能看到海：海变黑了，小路间升起一阵疾风：六个来自抛锚在港口外的深安多阿①号美国驱逐舰的水手，来到“迪奥杰内的木桶”②酒吧里。

“六个美国人去了费利切那里，”埃马努埃莱说。

“是军官吗？”约朗达问。

“水手。这样更好。快点。”他拿起帽子，转着身子，怎么都找不到外衣的袖子。

约朗达已经穿完了那只吊带袜，现在正把伸到前面的胸罩肩带藏起来。

“准备好了。我们走吧。”

① 原文为Shenandoah，是北美印第安人的土著语，有多种含义，比如“星星的女儿”、“森林里的鹿”，等等。

② 迪奥杰内为古代希腊的犬儒派哲学家，拒绝一切享受，赤裸着身子，住在木桶里。

他们贩卖美元，所以想问那些水手是否能卖给他们一些。但他们却是值得尊敬的人，尽管是贩卖美元的。

在受灾空地上，被种植在那里、意在愉悦一下环境的几片棕榈树叶给风吹乱了头发，好似难以抚慰般地绝望。空地中央，满堂光亮的便是“迪奥杰内的木桶”酒馆，它是获得市政府特许，由老兵费利切建成的，尽管反对派的议员抗议说这酒馆破坏了景色。这酒馆是木桶形状的，里面有吧台和酒桌。

埃马努埃莱说：“那么，你先去，看情况，把话谈起来，问他们是否愿意换。和你更容易些，他们很快就会接受下来的。然后我就会到，就可以谈价钱了。”

在费利切那里，这六个人把吧台从一头到另一头都占满了，那些白裤子，还有那些撑在大理石台面上的胳膊，让他们看起来就好像有十二个人一般。约朗达来到底下，她看见就在那些闭合的嘴巴咀嚼着并哼唧着什么时，有十二只眼睛在自己身上转来转去。他们大多是营养不良的瘦高个，套在那些白色的巨大衬衫里，头顶上戴着那种小帽子，但她身边有个家伙，高两米，有着苹果般的脸颊，金字塔般的脖子，穿在那样的制服里，就跟裸着身一般，他有两只滚圆的眼睛，眼睛里的眼珠子上上下下地转着，从也碰不到边缘。约朗达把总是跳到外面去的一条胸罩肩带收了进去。

费利切在吧台上，戴着厨师专用的大帽子，眼里肿得全是睡意，正在全速地倒满酒杯。他用奸笑对她打了个招呼，那张修鞋匠般的脸，被剃过胡子后也总是黑着的。费利切他会说英语，于是约朗达就说：“费利切，你跟他们说说，问他们想不想换美元。”

费利切总是躲闪地奸笑着：“你跟他们说，”他说道。并让一个沥青色头发和洋葱色脸庞的小伙子把新出炉的比萨饼和炸糕送到前面去。

约朗达周围全是这些白色的瘦高个，他们正嚼着嘴巴，交换着那非人般的哼唧声，望着她。

“Please[①]……”她说，做着各种动作，“我，给你们，里拉……你们，给我，美元。”

那些人还在嚼着。那个长着公牛脖子的大个子笑了：他的牙白极了，白得都看不到间隙。

一个矮子开出路来，脸膛黑得就像是西班牙人：“我，美元，给你，”他说，也是打着各种动作，“你，上床和我。”

然后他又用英语把整句话重复了一遍，其他人都笑了好久，但总是拘谨着的，既没停下嚼嘴巴，也没停下用眼睛盯住她。

约朗达转向费利切。“费利切，”她说，“你给他解释呀。”

“Whisky and soda[②]，”费利切用奇怪的发音说道，他在大理石台面上转着杯子：如果不是他这么困，他的奸笑会是很可憎的。

于是那个巨人就说话了：他有着铁浮标一般的声音，就好像是海浪把浮标上的铁环打跳起来的那种声音。他为约朗达点了喝的东西。他从费利切手里拿过杯子，送到约朗达面前：不知道玻璃杯的细脚在他那么粗大的手指间怎么会没碎的。

约朗达不知道该怎么办了。“我里拉，你们美元……”她重复道。

但那些人早就学过意大利语了：“上床，”他们说。“上床美元……”

就在那时刻，她丈夫进来了，他看见那一圈躁动的脊背，他妻子的声音从那里面传了出来。他挤到吧台前：“嘿，费利切，跟我说说怎么回事，”他说。

---

① 英语：请。约朗达只会说这一句英语。
② 英语：威士忌加苏打水。

“我可以请你喝点什么？”费利切用他两小时前刚剃过、可现在又长出来的黑胡子间那疲惫的奸笑说道。

埃马努埃莱从沁着汗的额头上揭下帽子，一跳一跳地想看看那一堵脊背做成的墙后面究竟是怎么回事。“我的妻子，她在干什么？”

费利切爬上一个凳子，伸出下巴，跳了下来：“她还在那里头，”他说。

埃马努埃莱为了能呼吸得顺畅些，松了松领带结：“你跟他说，叫他让开，”他说。但费利切已经在忙着责骂那个洋葱色的小伙子了，因为他的托盘里没放炸糕。

“约朗达……”她丈夫喊道，试图钻进两个美国人中间；他被一只胳膊肘顶了下巴，然后又被顶了胃，之后就又在那一圈子人外面蹦蹦跳跳的了。一个有点颤抖的声音从深处回应了他：“埃马努埃莱……”

他清了清嗓子：“怎么样……”

“好像，”她的声音说道，就好像在用电话说话一样，“好像他们不想要里拉……”

他保持着镇静，敲打了一阵大理石台面。“啊不……”他说。“那你出来。”

“马上……”她说。她试图在那一排人墙中游动了一下。但有什么东西阻碍了她：她垂下目光，但见一只大手捧在她的左乳房下，一只有力而柔软的大手。生着苹果腮帮的巨人正堵在她面前，那牙齿就像眼球一样闪闪发光。

“Please……”她说，慢慢地，试图摆脱那只手，并对埃马努埃莱叫道：“我这就来。”然而仍待在那中央。“Please，”她重复道，“Please……”

费利切把一只杯子递到埃马努埃莱鼻子下面。“我能为你做什么？”他低下戴着厨师帽的头问道，十指张开地撑在吧台上。

埃马努埃莱望着空处。“有办法了。等等，”他出去了。

外面的路灯已经亮起来了。埃马努埃莱跑着穿过马路，来到拉玛尔摩拉咖啡店，眼光转了一周。只有经常打“三七”纸牌的那伙人在。“你来打一局，马努埃莱[①]!”他们说。“你脸怎么回事呀，马努埃莱!”他早已跑走了。他一口气一直跑到巴黎酒吧。在酒桌间转着，一直用拳头捶着手掌。最后只能咬起老板的耳朵来问话。那人说：“还没来。今晚。”他跑掉了。老板爆笑起来，去和出纳员解释是怎么回事。

在吉里奥酒吧里，当那个帽子一直盖到了颈项上的大胖子不知道为了什么事气喘吁吁地进来时，那个博洛尼亚女人刚在桌下把腿伸开，因为静脉曲张折磨起她来。

“你来，”他说着，牵起她的一只手，“你赶快来，很紧急的。”

“马努埃里诺[②]？你怎么啦？”博洛尼亚女人道，睁大了黑色短刘海下被皱纹挤得很粗糙的眼睛。“这么多年以后……你怎么啦，玛努埃里诺？”

但他已经拉着她的手跑起来了，她吃力地跟在他后面，在只及大腿一半的贴身衬裙里，那臃肿的双腿跌跌绊绊地走着。

在电影院前面，他碰到了疯女人玛丽亚，她正在给一个二等兵拉皮条。

“来啊。你也来。我带你去找美国人。”

疯女人玛丽亚甚至都没等他说第二遍，就轻拍了二等兵一下，

① 埃马努埃莱的昵称。
② 同为埃马努埃莱的昵称。

扔下了他，在埃马努埃莱身边跑了起来，她那麻絮般的红头发迎风飘荡着，她的双眼把黑暗从困倦中撕开。

在“迪奥杰内的木桶”酒馆里，态势并没有怎么改变。在费利切的货架上，有一些空瓶子，杜松子酒已经全给喝掉了，比萨饼也要吃完了。两个女人突然和埃马努埃莱来到那里，他推着她们的背，水手看见她们被强行投到他们中间，于是就大笑着跟她们打起了招呼。埃马努埃莱栖在一张凳子上，疲劳不堪。费利切给他倒了点烈酒。一个水手从那堆人中抽身出来，来到埃马努埃莱身边，一手拍在他的肩上。其他人也友好地望着他。费利切正和他们说着他什么。

“嗯？”埃马努埃莱问道。“你感觉这事怎么样？”

费利切带着他那个永恒的瞌睡奸笑道：“谁知道啊！至少要六个……”

情况并没有好转，确实如此。疯女人玛丽亚落到一个有着胎儿般脸蛋的瘦高个脖子上去，她在那件绿裙子里全身上下地扭曲着，活像一条就要蜕皮的蛇；博洛尼亚女人用她的乳房把那个矮小的西班牙人埋没掉，然后完全像母亲那样地哄着他。约朗达却仍没有现身，那面庞大的脊背总是在身前挡住她的视线。埃马努埃莱向那两个女人打着神经质般的手势，叫她们不要迷糊犯傻，叫她们要帮忙想想办法；但那两个女人好像早已忘记一切了。

“哎哟……”费利切说，在埃马努埃莱肩头上偷偷地探望着。

“什么？”他说，但酒店老板早已训斥起那个小伙子来了，因为他擦玻璃杯时手脚不够快。埃马努埃莱转过身来，看见又有新的水手来到酒吧里。这下大概有十五个人了。“迪奥杰内的木桶”酒馆很快就被都有些微醉的水手填满了；疯女人玛丽亚和博洛尼亚女人混在那团喧闹中间：一个女人从一个人的脖子上跳到另一个人的脖子上，在空中挥舞着猴子一般的双腿，另一个女人则是带着被口红固定住的奇怪笑容，把那些迷失的人收容在自己抱窝鸡一般的胸下。

一时间，埃马努埃莱看见约朗达在他们中间打转，然后又消失了。约朗达不时感到自己就要被她周围的那群人打翻过去，但每次她都发现那个牙齿和眼球都如此之白的巨人就在自己身边，于是每次她都感到，不知道为什么，感到非常踏实。那个男人总在她身边柔软地走动着：在他白色静止的制服里，他那巨大的身体应该是在像猫那样蠕动着的肌肉上移动着；他那徐缓抬升又降下的胸膛，就好像是盛满了大海上的非凡空气。突然，他那在浮标深处石头般的声音，用着一种不同寻常的节奏，说起了一些有着间距的话语，于是从那之中就生出一种宏大的歌声，每个人都原地转了起来，就好像有音乐一般。

就在那时，熟悉店里所有地形的疯女人玛丽亚，被一个长着小胡子的水手搂在怀里，朝着酒店后间的小门方向，正在用脚踢出一条路来。费利切刚开始的时候并不想让他们开门，但他们身后全是人流在推挤，他们于是就被溢了进去。

埃马努埃莱，躲在他凳子的顶端，用那水栖动物般的眼睛追随着这场景。“那边是怎么回事呀，费利切？那边是怎么回事啊？”但费利切也不应他，他在思考着，因为既没喝的也没吃的了。

“你到瓦尔齐利亚酒吧里去，叫他们借我们一点喝的东西，”他跟洋葱小伙子说道；“什么东西都行，哪怕是啤酒。还有面食。快跑!”

约朗达其时被挤到了小门那边。那里有个小房间，既干净也有小帘子，房间里有张小床，床上很整齐，有张天蓝色的床罩，还有个盥洗池，以及一切该有的东西。于是巨人就开始把其他人都往小房间外赶，镇静而果决地用他那双巨大的手推着别人，把约朗达拦在自己的身后。但是水手们不知道为什么，都想留在小房间里，巨人水手每把他们推出去的这一阵浪过后，同时就是他们又退回来的一阵浪，但是一阵比一阵少，因为总有什么人会倦掉，并留在外面。约朗达很高兴巨人在为她忙这个活，因为这样她就更能自在地呼吸了，还能把总是跳到外面来的胸罩肩带收进去。

埃马努埃莱那时候在观察：他看见巨人的双手把人们推到小门外去，而他妻子却失踪了，于是他肯定她是在那里头，他看见其他水手又似潮水般地阵阵陆续退回，不过每一阵都会少掉一两个人：先是十个，然后九个，再然后七个。从那时起还要多少分钟巨人就能把那门关上了？

于是埃马努埃莱就跑到了外面。他就像在参加套袋赛跑一般地穿过了广场。在停车场上有一列出租车，司机们都在打瞌睡。他从一辆跑到另一辆，叫醒了所有的司机，跟他们解释他们该怎么做，如果有什么人没搞明白，他还会大发脾气。于是出租车就一辆辆地朝着不同方向驶去了。就连埃马努埃莱也上了辆车出发了，笔直地踩在踏脚板上。

巴奇，老马车车夫，听到那阵动静，也从马车夫高高的座位上醒了过来，听说有什么路能跑后，便急忙赶了过去。像他那样一只做这行的老狼，很快就明白一切了，他又登上马车，把他的老马叫醒。当巴奇的马车正吱吱嘎嘎地离去时，广场上早已空掉和安静下来，除了在老自由港空地上从"迪奥杰内的木桶"酒馆里传来的噪声。

在"伊利斯"酒吧里，姑娘们正在跳舞：都是些未成年的少女，她们有着小花般的嘴巴，而紧身的毛衣则是托出了她们圆球一般的乳房。埃马努埃莱没时间等她跳完舞。"嘿，你！"他对一个姑娘说，她正在和一个额头被头发吃掉的徒工跳舞。"你想找什么？"那徒工对他说。其他三四个徒工都已经围在了周围：他们有着拳击运动员样的脸，那脸是被鼻子提上去的。“你赶紧走，”司机对埃马努埃莱说。“这里又要闹事。”

他们去了潘德拉的家；但她不想开门，因为她有客人。“美元，”埃马努埃莱喊道。“美元。”身穿晨衣的她打开门，就像一尊寓意雕像。他们把她从台阶上拖下来，又把她载进了出租车。然后他们又扫荡来在海边用绳子牵着狗散步的巴里拉，在旅客咖啡店里脖子上围着狐皮领子的贝尔班缤，在和平旅店里叼着象牙烟嘴的贝楚安娜。然后又和“宁芙”酒吧的老板娘找到了三个新来的，她们一直在笑，还以为是要去乡下郊游。他们把所有的姑娘都装上了。埃马努埃莱坐在前面，被所有那些给挤扁在里面的女人的嘈杂声搞得惶恐不安；而司机只是担心她们会把汽车的板簧压坏。

突然，路中央冒出一个家伙来，就像是想被汽车压过去一样。他做了个停车的手势。是那个长着洋葱脸的小伙子，他扛着一箱啤酒，还有一托盘的面食，他想搭个车。打开车门，但见一个小伙子，带着箱子和一身的东西一下子给吸了进来。汽车又开了。夜游者们在那辆像救护车般疾驰的出租车后睁大了眼睛，车里面充斥着那种链条刺耳的叫声。埃马努埃莱听到有什么东西不时发出一种长极了的吱嘎声，他就对司机说：“你看看肯定是出什么故障了，你没听见什么噪声吗？”司机摇摇头：“是那个小伙子，”他说。埃马努埃莱擦了把汗。

出租车在“木桶”酒店前停了下来，小伙子第一个跳了出去，他高举着托盘，另一只胳膊下夹着箱子。他的头发直挺挺的，长了双占了半张脸的眼睛，下车后他猴子般跳跃着跑走了，因为他身上连一颗纽扣都没有了。

“费利切！”小伙子大喊道。“都有了！我什么都没让她们拿！可你要知道她们都对我做了些什么，费利切！”

约朗达还在那个小房间里，巨人也还在玩着那个推门的游戏。现在只有一个人还在坚持想进去，他喝了个酩酊大醉，每次都被巨人的双手给弹了回来。就在那时，进来了那个新来的，费利切，为了能疲劳[①]地注视着那个场景，爬到凳子上站着，他看见那大片白色小帽子在不断打开，是为了让出一顶羽毛帽，一对裹着黑丝绸的屁股，一条猪蹄子般的肥腿，一双衬有花饰的乳房，一切就像气泡一样时而浮现时而消逝。

就在那时，传来一阵刹车声，四辆五辆六辆一整列出租车纵队一齐来到。从每辆出租车里都出来一些女人。有米莱莫塞，她梳着优雅的发型，正恢弘地走上前来，近视的眼睛转个不停；有西班牙女人卡门，全身裹着纱，脸就像骷髅头一样被挖空了，她瘦骨嶙峋的髋部像猫科动物一样扭动着；有瘸子乔瓦内萨，她正撑着把中国小伞蹒跚跛行；有长卷的黑女人，长着黑人的头发和多毛的双腿；有多波里诺，穿着件画上各种香烟牌子的衣服；有服硫酰胺的女人米莱娜，衣服上画着纸牌；有吮狗的女人，她满脸的疖子；还有致命的伊涅斯，衣服上一身的花边。

这时传来什么东西在地面上滚过的声音，那是巴奇的马车，马已是累得半死；马车停下来，那里面也跳出一个女人。她穿着宽幅的天鹅绒衬裙，裙子绣有镶边和饰带，胸脯被项链围绕着，脖子上是一条黑色细带，耳朵上吊着附有装饰物的耳环，她戴着一副携镜脚的眼镜，还有一头黄色的假发套，发套上是顶火枪手的帽子，帽子上有玫瑰，葡萄，小鸟，还有一团鸵鸟的羽毛。

在“迪奥杰内的木桶”酒馆里，又被发现到另一群水手。一个

① 此词也有“厌烦”的意思。

在拉手风琴，一个在吹萨克斯管。酒桌上是跳舞的女人。尽管已经晚了，但水手总是比女人多，而且是每个人只要伸出手去，总能碰到好似迷乱一般的一双屁股，一把奶子，一条大腿，而且也看不清这都是谁的：悬在半空中的屁股，和处在膝盖高度的奶子。毛茸茸的、如同爪子般的双手就在那群人里攀缘着，手上的指甲鲜红锋利，手指肚在微微颤抖，会偷偷伸进外套下面，解开扣子，抚摸着肌肉，在隐秘处摩挲。嘴唇近乎是在空中飞驰相遇，它们还会像蜜甜而粗糙的吸盘和舌头那般贴在耳朵下，用口水舔舐并腐蚀着皮肤，巨大的嘴唇鼓着胭脂红色的凸起，一直舔到了鼻孔。还可以感到无垠和无数的大腿在四处滑动，就像一只巨大珊瑚虫的触须，一些腿伸进另一些腿之间，在大腿和小腿的撞击中像蛇一般地游移着，然后就好像一切都化在了他们的手里，有人在手里找到一顶饰有串串葡萄的帽子，有人找到一条花边内裤，有人找到一口假牙，有人找到裹在脖子上的一条袜子，有人找到一条丝绸镶边。

约朗达只身一人和巨人水手留在了房间里。门被钥匙锁上了，她在盥洗池上的镜子前梳着头发。巨人走到窗子前，拉起了窗帘。外面能看见黑黢黢的海岸区，还有矗着一排路灯的堤道，它们在水中用倒影重复着自己。于是巨人就唱起了一支美国歌，意思是："白昼已尽，夜晚降临，天空碧蓝，钟楼起鸣。"

约朗达她也来到玻璃窗前，看着外面，他们的手在窗台上碰着了，就那样一动不动地靠在一起。铁一般声音的巨人水手唱道："上帝的子孙们，我们同唱哈利路亚。"

约朗达重复道："我们同唱哈利路亚，哈利路亚。"

此时，埃马努埃莱在水手中间苦恼地转来转去，他怎么都找不到妻子，同时挪开不时像雨珠般落在他怀中的女人变了样的身形。

突然他就来到一群司机面前，他们正在找他，要他给他们跑掉的里程付钱。埃马努埃莱眼里含满了泪；可如果他不付钱，他们就怎么都不放过他。就连老头巴奇也赶到这边来，挥舞着他巨大的赶马鞭。“如果您不付我钱，我就把她带走。”

然后就听见了口哨声，原来是警察包围住了酒馆。深安多阿号驱逐舰的巡逻队头戴盔帽手持步枪地把水手一个个地弄了出来。与此同时，意大利警车也停在店前，他们把所有的女人都抓上车带走了。

水手被排成了行，被命向港口行进。从他们前面经过满载着女人的警车，于是双方都挥舞着胳膊盛大地告起别来。站在队首的巨人高昂地唱了起来：“白昼已过，太阳下沉，我们同唱哈利路亚。”

约朗达缩在警车里的米莱莫塞和吮狗的女人之间，听见他的声音扬过，于是也唱起歌来：“白昼已逝，工作完结，哈利路亚。”

于是所有的人都唱起了那支曲子，水手和女人，他们中的一些要去上船，另一些要去警察局。

在“迪奥杰内的木桶”酒店里，老兵费利切堆起了酒桌。埃马努埃莱被抛弃在一张凳子上，下巴掉在胸前，帽子也走了形地贴在颈项上。他们正准备把他也逮走，但指挥这一次行动的美国海军军官询问了一下周围，做了一个让他留下的手势。而他，海军军官，也留了下来，于是现在，这里面就只有他们两个人了：在那张凳子上悲切万分的埃马努埃莱，还有站在他前面双臂交叉的海军军官。当他确定只剩下他一个人时，军官就摇了摇那胖子的胳膊，跟他说起话来。费利切靠过来当翻译，在他那张修鞋匠般发黑的脸庞中奸笑着。

“他说你能不能也给他找个姑娘，”他对埃马努埃莱说。

埃马努埃莱眨了眨眼睛，然后又把下巴落在胸前。

“您，给我，姑娘，”军官说；“我，给您，美元。”

“美元。”埃马努埃莱用手绢擦了擦脸颊，清爽了一下自己。他站起身。

“美元，”他重复道。“美元。”

他们一起出去了。在天空中飞过夜间的云朵。堤道顶头的灯塔继续有节制地眨着它的眼睛。空气中仍洋溢着那支歌《哈利路亚》。

“白昼已尽，天空碧蓝，哈利路亚，”胖子和军官边唱着这歌，边在小路上臂挽臂地走着，寻找一个可以整夜狂欢的地方。

一张过渡床

重要的是别被立刻逮着。吉姆贴在一扇门的门洞里，警察好像直着往前跑去了，然而他突然听见他们的脚步又跑了回来，往巷子里拐来。吉姆轻跃着，跳着逃走了。

“你停下来，否则我们就要开枪了，吉姆!”

“那又怎么样，好样的，我们开枪呀!”他一边想着，一边就已经来到了射程之外，他的脚在鹅卵石铺成的台阶边缘上用力蹬着，从老城区里歪歪斜斜的小路上跑了下去。他越过喷泉，跳过斜坡上的栏杆，然后就来到了把他脚步声放大的拱门下。

他想到的那圈人都不足取：不能去罗拉那里，不能去尼尔德那里，也不能去勒耐那里。很快那些警察就要遍布四方，到处敲门了。这是一个温柔的夜晚，小巷上高大凸出的拱门外，云朵清亮得都能搁在白天。

刚来到新城区宽阔的街道上时，马里奥·阿尔巴奈西，人称吉姆·波莱罗，刹住了一点冲劲，把落在太阳穴上的绺绺头发捋到了耳后。脚步声没有了。他果决而谨慎地穿过大街，来到阿尔曼达家的大门口，上去了。这个时候肯定不会再有什么人了，她肯定是在睡觉；吉姆用劲敲了敲门。

“谁啊？”过了一会，一个男人怒气冲冲的声音说道。“这个时候都睡觉了……”是里林。

“你就开一下，阿尔曼达，是我，我是吉姆，”他说，声音不大，却很果断。

阿尔曼达在床上转过身来：“唔，吉姆，美男子，我这就给你开门，唔，是吉姆。”床头接着一根连杆，是用来开门的，她拉了一下。

门顺从地弹了开来；吉姆往过道里走去，两手插在口袋中，来到房间里。在阿尔曼达的大床上，她在床单下高耸着的身子，就好像把床全都占满了。枕头上，黑色的短刘海下，是她没上妆的脸，就那样铺着眼袋和皱纹。再往那边去，就像是缩在床一侧的被子折痕中，躺着她的丈夫里林，就好像他想把自己那张泛蓝的小脸沉在枕头里，以便再次抓住被中断的睡眠。

里林得等最后一个顾客走掉以后，才能躺上床，以此消化掉他懒惰时日中承载起来的困意。在世上没有任何东西是里林会做和想做的；只要有烟抽，他就安心了。除了一天抽掉的几包烟，阿尔曼达不能说他花她很多钱。早上，他带着他的烟盒出门，坐在修鞋匠那里，旧货商那里，水暖工那里，一支又一支地卷着纸烟，吸着烟，坐在店铺里的那些凳子上，贼一般修长而光滑的双手搁在膝盖上，目光呆板，听着所有人的话，就跟个间谍一样，除了什么短句和料想不到的黄色畸形微笑外，他几乎从来不插嘴任何话题。晚上，当最后一间店铺也关门了，他就去“品尝”酒吧，倒空一升的酒，燃尽剩下来的烟，直到他们放下金属门帘。出了门，他妻子仍穿着紧身衣地在街上献殷勤，双脚在小鞋子里肿胀起来。里林从街角一侧冒出头，朝她细声吹了一阵口哨，对了几句暗语，是为了跟她说，已经晚了，该上床了。她呢，看也不看他一眼，站在人行道的台阶上，就像是在舞台上一样，在上了钢丝托的弹性衬衣里，是那给挤出来的乳房，老妪一般的身体套在那件小姑娘才穿的裙子里，手中的小包神经质般地抽动着，她用鞋跟在地面上画着圈，还会突然低声歌唱，回应他说不，说还有人在走动，说他先走，等她。他们之间的奉承就是这么进行的，夜夜如此。

“怎么了，吉姆？”阿尔曼达说，转动着眼睛。

而他已经在屉柜上找到了香烟，点上了。

“我需要在这里过夜，今晚。”

他已经把外套脱了下来，还褪下领带。

“好的，吉姆，你到床上来。你去沙发上，里林，快呀，里林，美男子，走开，让吉姆躺下来。”

里林待了一阵，就像石头一样，然后就挪开了，吐出一种单词发音不清的抱怨，从床上下来，抱上他的枕头，被子，床头柜上的烟草，卷烟纸，火柴，烟灰缸。“走呀，漂亮的里林，走呀。”他在那一团载重下，矮着身子驼着背地走开了，朝过道里的沙发走去。

吉姆边抽着烟边脱着衣服，把他拢得很好的裤子挂了起来，在靠近床头的一张椅子上整了整外套，把香烟，火柴，烟灰缸从屉柜上拿到床头柜上，爬进了床。阿尔曼达关掉了灯罩里的灯，叹了口气。吉姆吸着烟。里林在过道里睡着。阿尔曼达转过身。吉姆在烟灰缸里摁灭了烟。有人敲门。

吉姆一只手已经摸到外套口袋里的左轮手枪了，另一只手抓住阿尔曼达的一个胳膊肘，叫她小心些。阿尔曼达的胳膊又肥又柔软；他们就这样一动不动地待了一会。

“你问问是谁，里林，”阿尔曼达缓缓地说。

里林从过道里吐了口气。“谁呀？”他粗鲁地说。

“哎呀，阿尔曼达，是我，安杰洛。”

“哪个安杰洛？”她说。

“上士安杰洛，阿尔曼达，我经过这里，就想上来了……你能给我开一分钟的门吗？”

吉姆早已从床上出去了，做了一个别出声的手势。他打开一扇门，看了看厕所里面，搬上挂着他衣服的那把椅子，把椅子带到那边去了。

“谁也没看见过我。赶紧把他打发走，”吉姆一字一句地说，把自己关在厕所里。

“你来啊，漂亮的里林，回到床上来，快呀，里林。”阿尔曼达躺着指挥调动。

“那么，阿尔曼达，你想让我等吗，”门外的另一个人说。

里林不紧不慢地拾起被子，枕头，烟草，火柴，卷烟纸，烟灰缸，回到床上，躺在被子下，把床单一直拉到眼睛上。阿尔曼达抓住连杆，打开了门。

索杜进来了，一副老便衣警察那皱巴巴的神气，肥脸上长着灰胡子。

“你找乐找得很迟嘛，上士，”阿尔曼达说。

“哦，我也就是这么转转，”索杜说，“转着转着就想来看看你了。”

“你想干什么？”

索杜坐在床头，用手绢擦了把脸。

“没什么，也就是看看。有什么新闻？”

“什么新闻？”

“你有没有碰巧见过阿尔巴奈西？”

“吉姆？他犯了什么事？”

“没什么。朋友们……我们想问他一件事。你看见他没？”

“三天以前。”

“不。现在。”

“我已经睡了两个小时的觉了，上士。可你为什么来找我？你去找他的女人啊：罗茜，尼尔德，罗拉……”

“没用：他犯了事的话，是不会靠近她们的。”

“这里他是没来过。也许下一次吧，上士。”

“那好吧，阿尔曼达，我就想了，这么说我很高兴看看你。”

“晚安，上士。”

“晚安，唉。”

索杜转了身，但并没有走。

“我说，都早上了，我就不到处转了。我实在是没心思回到那张小床垫上睡。既然已经在这里了，甚至就想留下来了，怎么样，阿尔曼达？”

“上士，你总是这么好，但是这会儿，说实话，我已经停止接客了，这就是事实，上士，每个人都有他的时间表。”

“阿尔曼达，像我这样一个朋友。”索杜已经在脱外套了，还有衬衣。

“你是好人，上士；我们明晚见？”

索杜继续脱着衣服：“早上就快到了，你明白吧，阿尔曼达。那么，你给我腾点地方。”

“这就是说里林要去沙发上睡了；来啊，里林，快呀，漂亮的里林，走开。”

里林修长的双手在空中乱摸着，他在找桌上的烟草，哼哼唧唧地站起来，几乎眼都没睁地离开床，拿上了枕头，被子，烟纸，火柴，“走呀，漂亮的里林，”他在过道里拖着被子离开了。索杜已经在被子里翻过来又覆过去了。

那边的吉姆从小窗户的玻璃里看着天空变绿。他把香烟忘在床头柜上了，这很糟糕。现在另一个人正睡在床上，而他得在坐浴盆和那些爽身粉的盒子中间一直被关到天明，却吸不了烟。他又静悄悄地穿上衣服，对着隔板上装备的那一排香水、眼药水、梨形橡皮球、药品、杀虫剂后的盥洗池镜子很仔细地梳了头。他借着窗子里的光读了几条小标签，偷了一罐子药片，然后继续在厕所里转。没有很多可发现的东西：脸盆里的衣服，其他是展开的。他试起了坐浴盆里的水龙头；水伴着噪声喷了出来。如果索杜听见呢？让索杜和监狱见鬼去吧。吉姆腻烦了，回到盥洗池边，他给外套喷上花露水，抹上头油。当然，如果他们今天逮不着他的话，明天也是会逮住他的，但现行犯罪记录是没有的，如果一切顺利的话，他们很快就会把他放出去的。他还要在那里没有香烟地等上两小时，三小时，在那个小凳子上……谁让他这么做的呢？当然：他们很快就会放他出来的。他打开了一个柜子：柜子吱吱嘎嘎地响了一声。让柜子和其他的一切见鬼去吧。里面有阿尔曼达挂着的衣服。吉姆把他的左轮手枪放进一件皮衣的口袋。“我以后再回来拿，”他想，“反正这衣服到冬天以前她也不会穿。”他把手抽出来时，手上白花花的全是樟脑丸粉。“这样更好：就不会被虫蛀了，”他笑了笑。又去洗了手，阿尔曼达的手巾让他生厌，他于是就在柜子里的一件大衣上擦干了手。

索杜躺着，听见了那边的动静。他一手搁在阿尔曼达身上。“怎么了？”她翻到他身上来，用巨大而柔软的胳膊环住他的脑袋：“没什么……你以为是什么……”索杜并不想挣脱这胳膊，但仍能听见那边的动静，又好像要闹一般地问道：“……什么呀，嗯？……嗯，什么呀？”

吉姆打开门。“我们走，上士，别装傻了，逮我好了。”

索杜把手伸到挂着的外套里去拿左轮手枪，但并没有离开阿尔曼达。“是谁在那里？”

“吉姆·波莱罗。”

“举起手来。”

“我没带武器，上士，别装傻了。我自首。”

他站在床头，外套挂在肩上，双手高举在半空中。

“哦，吉姆，”阿尔曼达说。

“过几天我再来找你，安达[①]，”吉姆说。

索杜抱怨着爬了起来，穿上裤子。“该死的工作……你永远都太平不了……”

吉姆从床头柜上拿起了香烟，点上，把烟盒放进口袋。

“给我抽抽，吉姆，”阿尔曼达说，她抬起松软的胸部，探出身去。

吉姆把一支烟放进她嘴里，给她点上，他帮索杜穿上外套。“我们走，上士[②]。”

“这就是说也许下一次吧，阿尔曼达，”索杜说。

“再见，安杰洛，”她说。

“再见，唔，阿尔曼达，”索杜又说了一遍。

“再见吉姆。”

他们走了。过道里，里林紧紧抱住窄沙发边缘地睡着，一动也没动。

---

① 安达为阿尔曼达的昵称。
② 原文中用了南方方言。

阿尔曼达在大床上坐着吸烟；把灯罩里的灯关上，因为一道灰光已经进了房间。

“里林，”她叫道。“你过来，里林，到床上来，快呀，漂亮的里林，来呀。”

里林已经收起了枕头，烟灰缸。

猫和警察

在城里扫荡隐藏的武器已经有一段时间了。警察们会爬上警车，头上戴着会给他们一副统一而非人面貌的皮制防护帽，他们会去贫民区，响着警报器，直奔小工或工人家里，弄乱抽屉里的内衣，拆掉炉子里的管道。在那些日子里，一种折磨人的痛苦正在占据着警察巴拉维诺的心思。

巴拉维诺失业没多久，就去当了警察。于是他知道在那个貌似平静而繁忙的城市底部存在着一个秘密也就没多久：在沿着街道的水泥墙后面，在僻静的围栏中，在漆黑的地下室里，闪闪发光的可怖武器如森林般茂密地小心躺着，就像豪猪刺那样。人们谈论着矿层般的冲锋枪，地下宝库般的子弹；还有，据说，有人在被砌死门的房间里藏着一整架大炮。就像金属物质的痕迹指示着矿区的靠近，在城市的屋子里，被缝进床垫里的手枪，被钉在地板下的步枪给查了出来。警察巴拉维诺在他的人民中间感到非常地不适，他感觉，每一块下水道盖子，每一垛废物，都在看守着什么难以理解的威胁；他常想着那架被藏匿的大炮，还会把它想像在自己童年住过的一套房子的高雅客厅里，成年累月紧闭着的那样一个房间里。他在饰有花边、褪了色的天鹅绒长沙发间看见了大炮，在一张地毯上，大炮的轮胎满是泥浆，炮架直顶着吊灯；大得把整个大厅都撑满了，还把钢琴上的漆给蹭掉了。

一天晚上，警察跑到工人聚居区，包围了一整座房子。那是一幢外观腐烂的大型建筑，就好像是载着这许多拥挤的人，使这房子的楼层和墙体都走样了，甚至也把这些人化为了一摊结上硬壳和老茧的多孔老肉。

他们围着塞满垃圾桶的院子，沿着每层走廊里那生着锈的歪斜栏杆跑着；在这些栏杆上，在栏杆和栏杆之间拉成的细绳上，挂的是衣服和碎布，而走廊里的门窗[①]上，门不是用玻璃，而是用木头做的，走廊被黑色的暖气管道穿过，每层楼的走廊尽头，都是厕所的棚屋，整座房子都是这样，从外面看，一个厕所架在另一个之上，活像脱了皮的塔楼，走廊被半楼上房间的小窗户隔开，窗户里响彻了缝纫机的声音，弥漫着汤汁的雾气，那声音，那雾气一直涌到顶楼，涌到阁楼里的铁栅栏上，涌到歪斜的屋檐下，涌到像烤箱一样大开着的破旧天窗前。

破旧楼梯的迷宫从地下室一直到屋顶，穿过这个老房子的身体，就像是有着无数分支的黑色血管，楼梯上，半楼上房间的门和混杂套房的门大开着，就像是随意散落在那里的。警察们上去了，无法改变自己脚步发出来的凄凉声响，尽量去辨别门上被标出来的名字，他们排着印度队形[②]地在那些轰隆作响的走廊里转了又转，旁边尽是些探出脑袋来的孩子，还有头发散乱的女人。

巴拉维诺在他们中间，戴着难以叫他们认出的机器人头盔，那

---

① 既有门也有窗的功用。
② 即一个接着一个，鱼贯而行。

头盔在他云状的天蓝色眼睛里投下了生冷的阴影；但他仍为含糊的心烦意乱所折磨。他们被告知，他们的敌人，他们警察的敌人，也就是奉令行事人的敌人，就藏在那座房子里。警察巴拉维诺从那些半掩着的门，带着惊愕地望着房间里面：在每一座衣橱里，在任何一条门窗的边框后，都有可能藏匿着可怕的武器；为什么每一位房客，每一个女人，都带着混杂了焦虑的痛苦望着他们？如果他们中的某个人是敌人，为什么他们不可能都是敌人？在楼梯的墙后面，被扔到垂直走向管道里的垃圾扑通扑通地掉了下去；难道不可能是他们正在加紧清除的武器吗？

他们下到一个低矮的房间里，一小家人正围着铺上红格子布的餐桌吃晚饭。孩子们都在大喊大叫。只有坐在爸爸膝盖上吃饭的最小的家伙，正用黑色而充满敌意的眼睛，一声不吭地望着他们。“我们有搜查房子的命令，”队长说道，稍稍做了个立正的姿势，他胸前的彩色绶带就跟着蹦了一下。“圣母玛利亚！帮帮我们这些可怜人！帮帮我们这些一辈子老实的人！”一个上了年纪的女人说道，双手捂住心口。爸爸穿着T恤衫，他浅肤色的宽脸被难剃去的硬胡子缀得星星点点；正在给小孩一勺勺地喂食。他先是斜着看了他们一眼，可能还有点讽刺的意思；然后就耸了耸肩，继续照料着孩子。

房间里满是警察，多得都转不了身。队长下达着无意义的命令，不是在指挥，而是在添乱。巴拉维诺惊愕地望着每一件家具，每一座橱柜。那个穿T恤的男人，是了，他就是敌人：如果那以前他还不是，现在肯定已经无法挽回地变成了敌人，他看着抽屉被打翻，圣母和他们去世亲人的画给从墙上撕了个干净。如果他是他们的敌人，是了，那他的家里自是布满了埋伏：在五斗柜的每一层抽屉里，都可能规规整整地藏着给拆卸掉的冲锋枪；如果打开碗橱的小窗户，挂在里面的步枪刺刀可能会直戳进他的胸前；钩在挂衣架上的外套下面，可能就吊着金光闪闪的送弹带；每一口深平底锅和浅平底锅都孵着一个小心翼翼的手榴弹。

巴拉维诺笨手笨脚地活动着自己修长而纤细的臂膀。把一个抽屉弄得叮咚作响：匕首？不：餐具。又把一个书包摇得轰鸣不止：炸弹？书。卧室里拥挤得无法穿行：两张双人床，三张小床垫，两块草褥摊在地上。而在房间的另一头，一个小孩正坐在一张小床上，因为牙痛，啼哭了起来。警察巴拉维诺早就想在那些床中间打开一条通道来安抚他了；但如果他是在给一座伪装的军火库放哨怎么办，如果在每张床铺下都藏着一架迫击炮的炮筒？

巴拉维诺转了又转，不放过任何一处。他尝试打开一扇门：怎么都打不开。也许是大炮！他把大炮想像在孩童时住过那套房中的高雅客厅里，那里有一瓶假玫瑰，从炮口里冒了出来，在机枪护板上还有花边饰带，陶土做的小雕像被无辜地搁在高低机上。门突然打开了：那不是一个大厅，而是一个储藏间，里面有些脱了座垫的椅子，还有些箱子。都是达那炸药吗？是了！巴拉维诺在地上看到了两道轮胎的痕迹；什么用轮子走的东西，通过逼仄的过道，被拖出过房间。巴拉维诺跟着车痕走。那是一位正在尽可能快地推着轮椅走的老爷爷。那个小老头为什么要逃？也许那盖在他腿上的被子是用来藏住一把斧子的！我经过他身边时，老头就会一刀把我的头劈成两半！于是他去了卫生间。那里会有什么秘密？巴拉维诺跑到走廊里，但是那小笼子[①]的门打开了，从里面出来一个扎红蝴蝶结的小女孩，怀中抱着一只猫。

巴拉维诺觉得应该跟小孩们做朋友，问他们话。他举起一只手

① 说的是厕所。

要来抚摸猫。“漂亮的小家伙，咪咪，”他说。那猫几乎是冲着他地跳开了；那是一只灰色的瘦猫，短毛，精瘦精瘦的。它龇着牙，像狗一样地跳动着。“漂亮的小家伙，咪咪，”巴拉维诺尝试着抚摸它，就好像对他来说，所有的问题都集结在要和那只猫交上朋友。那猫却突然斜着偏离了方向，逃掉了，还不时转过身来，怀有敌意地看上几眼。

巴拉维诺在走廊里大跨步地跳开了，追着那猫。“咪咪，漂亮的小家伙，咪咪，”他说。他进到一个房间，那里两个姑娘正伏在缝纫机上干活。地上有着成堆的碎布头。“是武器？”警察巴拉维诺问道，还用脚拨开布料，却走不动路了，他的脚给缠上了玫瑰色和淡紫色的布料。姑娘们笑了。

他转过一个过道和一段楼梯；那猫有时好像是在等他，然后等他靠过去了，它又会双爪僵直地跳走。他出去来到另一条走廊上：那里堵着一辆轮子悬空的自行车；一个穿着工作服的小个子男人正把轮胎浸到一盆水里找洞。那猫已经跑到另一头去了。“借过，”警察说。“有了，”小个子男人说着，也请他来看：从水里的轮胎中，升起了上千个小泡泡。“请允许？”也许这完全是为了拦住他的去路，或是为了把他从栏杆上扔下去？

他过去了。在一个房间里，只有一张小床垫，还有一个仰卧着的小年轻，他上半身赤裸着，一头鬈发下，他正用双手抽着烟。神情可疑。“抱歉，您看见一只猫没有？”这对能在床下搜查是个很好的借口。巴拉维诺伸出一只手去摸，却被啄了一下。跳出来一只母鸡，它是不顾政府法令被藏在家里饲养的。光着上身的年轻人睫毛都没动一下：继续躺着抽烟。

警察穿过一个楼梯平台，来到一个戴眼镜的制帽人的实验室里。“搜查……命令……”巴拉维诺说，那里有一叠帽子：礼帽，草帽，大礼帽，掉下来并撒了一地。那猫从一面窗帘中跳出来，迅速地玩了一下帽子，逃开了。巴拉维诺再也不知道自己是生那只猫的气了，还是只想成为它的朋友。

在一个厨房里，有一个戴邮差帽的小老头，他的裤子是卷着的，正在洗脚。他刚看见警察，就奸笑着向他示意了一下另一个房间。巴拉维诺探了探头。“救命，”一个几乎是裸体的肥太太大叫道。一向贞洁的巴拉维诺赶紧说了句：“对不起。”邮差还在奸笑，双手撑在双膝上。巴拉维诺穿过厨房，去了阳台上。

整个阳台都被晾着的衣服挂满了，就像飘着旗子一样。警察巴拉维诺在那白色封闭的过道里，在那个床单的迷宫中走着；那猫不时擦过床单的边角，现出身来，然后又贴在另一张床单下隐去了。巴拉维诺突然害怕自己会迷路；也许他已经与外界隔离，他的战友已经撤离了这座建筑，而他则正好给那些被冒犯的人囚禁起来，被那些展开的白色衣物囚禁起来。最后，他找到了一个突破口，从一堵小墙上露出了头。底下，打开了那个院子的天井，在铁制的走廊周围，已经点起了灯火。沿着栏杆，上上下下的楼梯上，巴拉维诺不知是怀着宽慰还是带着焦虑地看见像蚂蚁一样攒动的警察，还能听到命令声，受惊的叫喊声，抗议声。

那猫就坐在他身边的小墙头上，晃着尾巴，漠然地朝下望着。但他一动，它就跳开了：一小段楼梯通往一间阁楼，那猫就在那里消失了。警察跟着它上去：他不再怕了。阁楼里几乎是空的：外面的月亮已经在黑色的房子上呈出了光泽。巴拉维诺脱下了头盔：他的脸又人性化起来，那是一个金黄头发小伙子消瘦的脸庞。

“一步也不要走了，”一个声音说，“你在我手枪的射程之内。”

在一扇大窗户前的台阶上，蹲着一个长发垂肩的姑娘，她化了妆，穿着丝袜，没有鞋子，正在夜晚前的最后几道光下，在一份完全是由插图和很少的印刷体句子做成的杂志上，用感冒的声调吃劲地读着。

“手枪？”巴拉维诺说，他抓住她的手腕，就像要把她的拳头打开。她刚动了一下胳膊，她的胸膛就像一小口港湾一样展了开来，蜷成了一个球般的猫从里面跳到空中，冲着他，警察巴拉维诺而来，龇着牙。但警察早已明白，这只是场游戏。

它逃到屋顶上，那猫，而巴拉维诺就在矮栏杆上伸出头去，注视着它自由而稳健地跑在屋瓦上。

“玛丽看见在她的床上，”那姑娘继续读道，“穿着燕尾服的男爵对准了武器。”

周围，在那些像塔楼一样高耸而孤僻的工人屋子里，亮起了光。警察巴拉维诺看着身下的巨大城市：几何形的铁建筑在工厂的围墙里矗起，一簇簇的云朵在烟囱筒上游移着，穿过天空。

“您想要我的珍珠吗，恩里科先生？”那个鼻子不通气的声音仍在固执而吃劲地念着。“不，我要你，玛丽。”

起了一阵风，巴拉维诺看见，面对着自己的，是那一大片错综复杂的水泥和钢铁；豪猪从成千上万的藏身处里竖起它的刺。他在敌人的土地上已是只身一人。

“我既有钱又有风度，住在一座豪华的房子里，我有用人也有珠宝，我对生活还能有什么要求呢？”那个姑娘继续读着，她的黑头发像雨帘一般垂落在带有插图的页面上，那上面有着蛇一般的女人，和笑容光亮的男人。

巴拉维诺听见了口哨声，还有发动机的隆隆声：警队正在离开这建筑。他真想逃在天空中的朵朵云彩下，把他的手枪埋在地上挖出来的一个大洞里。

城市里的蘑菇

从远方吹进城里来的风，给城市带来了不同寻常的礼物，只有少数一些敏感的灵魂才会发现这事，就好像对干草感冒的人，其他土地上的花粉会让他们直打喷嚏。

一天，谁知道从哪里送来一阵裹着孢子的风，吹到城里一条路边的花坛里，于是几簇蘑菇就在这里发了芽。没有人发现这事，除了小工马科瓦尔多，他每天早上正是在那里乘电车。

这个马科瓦尔多，有一双不是很适合城市生活的眼睛：标识牌，红绿灯，陈列柜，霓虹灯，宣传画，对那些好考究的人，这些东西也许还能吸引吸引注意力，但从来不能叫马科瓦尔多的目光停留过，他看这些东西就好似扫过沙漠里的沙子。然而，树枝上一片发黄的树叶，纠缠在瓦片上的一根羽毛，却从也逃不过他的眼睛：没有一只马背上的牛虻，没有一个桌上的蛀虫洞，没有一块人行道上被碾扁的无花果皮，是他不注意的，不用来作为推理的对象的，通过它们，可以发现季节的变化，理解自己灵魂中的愿望，体会对自身存在的痛苦。

于是一天早上，在等着电车把自己带到那个他做体力活的公司去时，在站牌附近，他找到了什么不同一般的东西，就在沿着林荫道的那片既不结果又生着硬皮的土地里：在某些地方，比如树桩上面，好像是隆起了一堆堆肿块，然后还一个个地迸裂开来，露出了那圆形的地下躯体。

他蹲下身来系鞋带，又仔细看了个清楚：是蘑菇，真正的蘑菇，它们正从城市的中心冒出头来！马科瓦尔多觉得，那个曾包围着他的灰色吝啬世界陡然变得慷慨起来，满是秘密的财富，除了以钟点计算的合同薪金外，除了工资补贴外，除了家庭津贴费外，还可以从生活中指望点别的什么东西了。

工作时，他比平时心不在焉：他想，就当自己在那里卸包裹和箱子时，在泥土的黑暗中，那些安静，迟缓，只有他认识的蘑菇，正在酝酿着自己多孔的果肉，正吸收着地下的汁液，撑破土块的硬皮。“只要一夜的雨水，”他自言自语道，“就已经可以收获了。”他等不及要把这个发现和妻子与孩子们一同分享。

“这就是我要跟你们说的！”在寒酸的午饭饭桌上，他这样宣布道，“一个星期内，我们就可以吃上蘑菇啦！一盘炸蘑菇！我跟你们保证！”

对还不知道蘑菇是什么东西的最年幼的孩子，他是满怀激情地解释了蘑菇众多品种的美丽，其味道的细嫩，甚至还解释应该怎样来烧蘑菇；就这样，他把妻子也拉进讨论中来，直到那时，她一直都显得颇为怀疑和漫不经心。

“那，这些蘑菇在哪里？”孩子们问道。“告诉我们它们长在哪里！”

对于那个问题，马科瓦尔多的热情一下子被一种怀疑的推理给制止住了：“如果现在我跟他们说在什么地方，他们肯定会和平常一起玩的那些小调皮一块去找蘑菇，这样，整个街区就会到处散布这消息了，而蘑菇最后就会落到别人家的长柄平底锅里了!”这样，那个曾迅速用普遍爱心来填满自己心灵的发现，现在却使他对占有蘑菇狂热起来，使他被嫉妒和怀疑的担心包得严严实实。

“蘑菇地我知道，也只有我知道，”他跟孩子们说，“如果你们漏一个词出去，你们可就倒楣了。”

第二天早上，他走近电车站时，是满心的焦虑。他蹲在花坛边，心下宽慰些许地看了会蘑菇，它们长了一点，但不是很多，几乎还完全藏在泥土地下。

他蹲的幅度很大，以至于没发现背后有人。他突然站起身，尽力摆出一幅冷漠的神情。有个清洁工，撑在自己的扫帚上，在看他。

这个在他管辖区里长着蘑菇的清洁工，是个戴眼镜的年轻人，瘦高个。他叫阿玛蒂吉，马科瓦尔多看不惯他已有一段时日了，他也不知道为什么。也许那些戴眼镜的总是让他心生厌烦，他们总是盯着沥青路，要清扫掉一切自然的痕迹。

那是个星期六；马科瓦尔多闲下大半天的时间，装出心不在焉的模样，在花坛附近转悠，远远地监视着清洁工和蘑菇，同时算计着还需要多长时间蘑菇能长好。

晚上下雨了：就像农民们在成月的干旱后，单听见几滴雨声，就能从睡梦中醒过来，会高兴得手舞足蹈，就这样，马科瓦尔多，整座城里唯一一个，倏地从床上坐了起来，呼唤着家人。“是雨，是雨，”他努力呼吸着从外头传进来的湿尘味和新鲜霉味。

拂晓时，也就是星期日，他和孩子们一起，拎着个借来的小篮子，赶紧跑到花坛边。蘑菇出来了，直直地挺在菇柄上，菇盖高耸在泥土外，还浸着雨水。“太好啦!”他们扑过去采起了蘑菇。

“爸爸!你看那边那个先生捡了多少蘑菇啊!”米凯利诺说，父亲抬起头，看见阿玛蒂吉正站在他们旁边，胳膊下也挽了个小篮子，篮子里装满了蘑菇。

“啊，您也来采蘑菇？”清洁工说。“那就说明这蘑菇没问题可以吃了？我摘了一些，但不是很有把握……路的那头，还生出来一些更大的蘑菇……好了，现在我知道可以吃了，我得去通知我的亲戚，他们还在那里讨论是该采摘呢，还是该丢掉别管……”然后就大步走开了。

马科瓦尔多一句话也说不出来：还有他没发现的更大的蘑菇，一场从没希冀过的收获，就这样在他鼻子底下给夺走了。他几乎是被忿恨，被暴怒气僵在那里，好一会不得动弹，然后——就像不时会发生的那样——那种个人激情的崩溃转变成一种慷慨的冲动：“嘿，你们大家!今天晚上你们想来一盘炸蘑菇吗？”他冲着簇拥在电车站里的人群吼道。“在这条路上长出了好些蘑菇!你们跟我来!每人都有份!”于是他就跟在阿玛蒂吉后面，而他自己已是被一大群胳膊上挂着雨伞的人尾随着，因为天气还很湿润，阴晴不定。

所有的人都找着了蘑菇，因为没有篮子，他们就把伞打开来装。有人说：“如果大家中午能一起吃个饭，该多好啊!”然而每个人都是捡了自己的蘑菇，就奔回自己家了。

但他们很快就又见面了，甚至就是当天晚上，就在医院的同一间病房里，洗了胃后，大家都被从中毒中拯救出来，不是很严重，因为每个人吃掉的蘑菇量都相当有限。

马科瓦尔多和阿玛蒂吉的病床挨得很近，他们是怒目相视。

市政府的鸽子

鸟们迁徙时遵循的路线，不管是往南还是往北，不管是秋天还是春天，都很少穿过城市。在田地划有条纹的圆丘上，沿着森林的边界，大群的鸟高高地切过天空，好似时而顺着一条河流或一道山谷沟壑的曲线，时而跟着轻风那看不见的线路。但是，每当一座城市铁链一般的屋顶刚刚挡在它们面前时，它们就会远远地离开。

但是，有一次，一队秋季丘鹬却出现在一条街道的一线天上。只有马科瓦尔多发现了它们，他走路的时候总是鼻子朝天。他那时正在一辆三轮运货车上，看着鸟们，蹬车蹬得更猛了，就好像要去追赶它们一样，他被一种自己就是猎人的幻想攫住，尽管除了士兵的枪，他还从来没有挎过别的任何枪。

这样蹬着，眼睛盯着飞翔的鸟，他来到了一个十字路口的中央，信号灯正红着，周围全是车，他差一点就要被撞到。就在一个长着绛紫色脸庞的警察在小本子上记录下他的名字和地址时，马科瓦尔多还在用目光追寻着天空中的那些翅膀，但是它们早已无踪影了。

在公司里，一张罚款单带来了尖锐的指责。

"你连红绿灯都不懂？"主任对他大吼道。"你到底在看什么，空脑袋？"

"一大群丘鹬，我在看……"他说。

"什么？"作为一个老猎人的车间主任，听了以后是两眼放光。马科瓦尔多就叙述起来了。

"星期六我要带上狗和步枪!"主任说，愉快极了，早就忘了发脾气。"在丘陵上，鸟们已经开始经过了。那肯定是一群被上面猎人吓怕的鸟，就拐到城市上方来了……"

于是那一整天，马科瓦尔多的脑子里就一直在磨着，就像一口磨一样地磨着。"如果星期六，这是有可能的，如果丘陵上满是猎人，谁知道有多少丘鹬会掉在城里；如果我足够厉害，星期天我就能吃上烤丘鹬了。"

马科瓦尔多住着的公寓里，屋顶上有个阳台，上面挂着铁丝，是用来晾衣服的。马科瓦尔多就和自己的两个孩子爬了上去，带着装着粘鸟胶的圆桶，一把刷子，还有一包玉米。当孩子们把玉米粒撒在四处时，他就把粘鸟胶涂在栏杆上，铁丝线上，烟囱顶部的边框上。他涂得太多，以至于米凯利诺，他最小的孩子，在玩耍的时候，差点把自己也粘在上面。

那天晚上马科瓦尔多梦见屋顶上布满了被粘鸟胶粘住一跳一跳的丘鹬。他更为贪吃和懒惰的妻子，梦见已经烤熟的鸭子摆在烟囱的顶部。他浪漫的女儿，梦见了可以装饰帽子的蜂鸟。米凯利诺梦见在上面找到一只鹳鸟。

第二天，每过一小时，孩子中的一个就跑到屋顶上去检查：也就是在天窗上稍稍地露出点头，因为这样一来，如果其时鸟们正好要栖落，就不会受惊了，然后孩子再回到下面去汇报消息。消息从来就没好过。直到，接近中午的时候，保利诺回来时大叫道：“有了！爸爸！你快来！”

马科瓦尔多带着一只口袋爬到上面去。被粘鸟胶粘住的是一只可怜的鸽子，一只城里那种灰色的鸽子，它们早已习惯了人群，习惯了广场上的聒噪。其他鸽子在周围飞来飞去，忧伤地注视着它，而它，正在试图把翅膀从自己轻率搁脚的那团糊状物上摆脱出来。

当马科瓦尔多一家人正在剔那只瘦弱多筋、被烤熟鸽子的骨头时，他们听见了敲门声。

那是房东家的仆人：“太太找您！请您赶紧来！”

他非常担心，因为他已经有六个月欠着房租了，害怕她要逐他们出去，马科瓦尔多去了太太的房子，是在楼里的第二第三层。他刚进大厅，就看见那里已经有一个访客了：那个绛紫色脸的警察。

“您过来，马科瓦尔多，”太太说。“有人告知我，在我们的阳台上，有人捕猎市政府的鸽子。您什么都不知道吧？”

马科瓦尔多感到自己都要冻僵了。

“太太！太太！”就在那时，一个女人的声音大叫道。

“怎么了，特莱萨？”

洗衣女工进来了。“我去阳台上晾衣服，所有的衣服都给粘在上面了。为了取下来我就拽了一下，可是给撕破了！所有的衣服都扯坏了！究竟是怎么回事呀？”

马科瓦尔多一手护住胃，就好像不能消化一般。

饭盒

那个被唤做“饭盒”的又圆又扁的容器的乐趣首先在于它是可以拧下来的。单是这个拧盖子的动作就足可以吸引嘴里的口水了，尤其是如果还不知道那里面是什么，当然，因为是他妻子每天早上给他准备的饭盒。揭开饭盒，能看见里面被捣碎的食物：小香肠煮兵豆，或者是熟鸡蛋加甜萝卜，再或者是玉米糊配鳕鱼干，一切都在那片圆周区域中被安排得很好，就好像在地图上，大陆是大陆，海洋是海洋，即使东西不多，也有丰盛厚实的效果。盖子一旦被揭开，就成了盘子，于是就有了两个容器，就可以开始分配盒里的东西了。

小工马科瓦尔多，拧开饭盒后，迅速吸了口饭香，伸手去拿他总是随身携带在口袋里被包裹起来的餐具，这是从他不回家吃饭，而是改为用饭盒吃午饭以后开始养成的习惯。用叉子捣的前几下是用来唤醒那有点僵掉的食物的，并给它一种刚刚备上桌的菜的立体感和吸引力，那里头的食物已经蜷缩成一团好几个小时了。于是他观察起来，东西不多，他就想了：“最好慢慢吃，”可那前几叉的饭却被极为迅速和贪婪地送到了嘴边。

第一种滋味，是感到冰凉进食的悲伤，但是很快就能愉悦起来，因为会重新找到熟悉的饭桌上的味道，这味道被复制到一个不寻常的布景中去。马科瓦尔多这时已经徐缓地咀嚼了起来：他坐在一条林荫道的长椅上，靠近他工作的地方；因为他家很远，中午时回家是既浪费时间，也浪费电车票上的孔，于是他就改用饭盒吃中饭，还特意买了饭盒，在露天吃饭，看着过往的行人，然后在一口喷泉里接水喝。如果是秋天，还有太阳，可以选择阳光所及之处；红色光亮的树叶从树上掉下，给他用来当餐巾纸；香肠皮扔给流浪狗吃，它们很快就跟他交上了朋友；在路上没有人经过的时候，麻雀会拾起面包屑。

他在吃饭的时候，想着："为什么我妻子做的菜我在这里会喜欢，然而在家里，伴着会从每一场谈话中蹦出来的吵架、哭泣、债务，我却无法喜欢那菜？"然后他就想了："现在我想起来了，这些是昨天晚饭的剩菜。"这就又让他不快起来，也许是因为他不得不吃冰冷的、有点腐败的剩菜，也许是因为饭盒的铝皮给食物传出一种金属的味道，但在他脑子里萦绕的想法是："看看，一想到我妻子，连远离她的中饭也能被毁掉。"

就在那会，他发现自己都快吃完了，很快他又感到，那菜里有什么非常味美和罕见的东西，于是他又满怀着热情和虔诚地，吃掉了饭盒底部的最后一点残余东西，也就是那些闻起来最有金属味的东西。然后，他注视着空旷而油污的饭盒，悲伤再一次袭他而来。

于是他把一切都裹了起来，塞进了口袋，站起来，回去劳动还早，在大衣宽敞的口袋中，餐具冲着空荡的饭盒打着鼓。马科瓦尔多去了一家酒馆，让人给他倒上一杯满到杯子边缘的酒；或者是一杯咖啡，小口小口地饮；然后他看看玻璃橱柜里的糕点，看看救生员[1]牌的甜点纸盒，劝服自己不是真的想要那些，劝服自己真的是什么都不想要，他又看了一会桌上足球赛，是为了说服自己只是在消磨时间，而不是兴趣喜好使然。他又回到路上。电车里重新挤满了人，接近回去上班的时间了；他也往回走。

马科瓦尔多的妻子，因为她自己的原因，有时候会买上大量的香肠。然后接连三天晚上，马科瓦尔多总会在晚饭中找到香肠配萝卜。现在，那香肠该是狗肉做的了；单是那味道就足以让他丢了胃口。至于萝卜，那种苍白而暧昧的蔬菜，是唯一一种马科瓦尔多从来就不能忍受的植物。

中午的时候，他又在饭盒里找到了那道冰凉而油腻的香肠配萝卜。他是那般健忘，仍旧是充满好奇和馋嘴地拧开了盖子，一点都记不得那菜他昨天晚饭时已经吃过了，于是每天都是同样的失望。第四天，他把叉子插了进去，又一次闻到那味道，他从长椅上站起来，手里举着敞开的饭盒，心不在焉地在路上走着。行人们看见这个男人一手拿着叉子，另一手举着一盒香肠地散着步，就好像是还没决定好要把这第一叉饭送进嘴里。

一个男孩从一扇窗子里说："嘿，你，男人!"

马科瓦尔多抬起了眼睛。在一幢殷实别墅的夹楼间，一个男孩的胳膊肘正撑在窗台上，窗台上搁着一盘菜。

"嘿，你，男人!你在吃什么？"

"香肠烧萝卜!"

"你真有福!"男孩说。

"唉……"马科瓦尔多含糊地说。

"你想想，我得吃炸脑子……"

---

① 原文为英语。

马科瓦尔多望着窗台上的盘子。那里有一盘炸脑子，柔软而弯曲的就像是一堆云。他的鼻孔在颤抖。

“为什么：你不喜欢吗，脑子？……”他问男孩。

“不喜欢，他们把我关在这里受罚，因为我不想吃脑子。但我还是要把这菜从窗户里扔掉。”

“那香肠你喜欢吗？……”

“哦，当然，那就像条蛇……我们家从来不吃……”

“那么你把你的盘子给我，我给你我的。”

“太好了！”男孩高兴坏了。他把自己那花饰陶制的盘子递给了男人，连带着那把饰满花纹的银叉子，而男人则把饭盒递给他，里面有把锡做的叉子。

这样，他们两人都吃了起来：男孩在窗台上，马科瓦尔多坐在对面那边的长椅上，两人都舔着嘴唇，说是从没有尝过如此美味的食物。

突然，男孩的身后出现了一位女管家，双手架在髋部。

“少主人！我的上帝！您在吃什么？”

“香肠！”男孩说。

“谁给您这香肠的？”

“那边那位先生，”他指了指马科瓦尔多，马科瓦尔多停下了对那一口脑子缓慢而勤奋的咀嚼。

“您快扔掉！我都听到了什么呀！您快扔掉！”

“但很好吃……”

“您的盘子呢？叉子呢？”

“在那位先生那里……”他又指了指马科瓦尔多，马科瓦尔多正把叉子举在空中，叉子上刺着一块被咬过的脑子。

那女人就叫了起来：“抓贼啊！抓贼啊！那餐具！”

马科瓦尔多站了起来，又看了会剩下一半的炸脑子，来到窗子旁，把盘子和叉子搁在窗台上，鄙视地盯着女管家，退出身去。他听见饭盒滚到了人行道上，男孩的哭声，窗子被不客气关上的响声。他弯下身来捡饭盒和盖子。饭盒和盖子有一点点擦伤；盖子再也拧不顺了。他把东西都塞进口袋里，去劳动了。

黄蜂疗法

冬天去了，却留下了风湿痛。正午微弱的太阳使一天喜悦起来，马科瓦尔多坐在一张长椅上，看了几个小时的树叶吐芽，等着回去工作。一个小老头来到他身边坐下，在那身缝缝补补的大衣里驼着背：他是某个里奇耶里先生，退了休，在世上是孤身一人，也是洒满阳光的长椅的常客。这个里奇耶里先生不时会抽一下身子，大叫道：“啊呀！”然后在他的大衣里驼得更厉害了。他患有风湿病，关节痛，腰痛，这是他在潮湿寒冷的冬季里落下来的病，可这病却会一年四季地伴随着他。为了安慰那老头，马科瓦尔多就给老头解释自己的，他妻子的，还有他的大女儿伊索丽娜的风湿病各个阶段的不同情况，伊索丽娜那个小可怜，成长得不是很健康。

马科瓦尔多每天把中饭裹在新闻纸里；他坐在长椅上，将报纸打开，把那份皱巴巴的报纸递给迫不及待伸手而来的里奇耶里先生，一边说：“我们来看看有什么消息，”他总是带着永远相同的兴趣来读报，即使那是两年以前的。

于是有一天，他在报纸里找到了一篇文章，介绍用蜜蜂毒汁治愈风湿的方法。

“可能是用蜂蜜，”马科瓦尔多说，他总是倾向于乐观主义。

“不，”里奇耶里说，“是用毒汁，这里说了，是用那蜇针里的毒汁，”他于是给马科瓦尔多读了几段。他们长时间地讨论了蜜蜂，讨论了它们的功效，还有采用这种治疗要花费多少钱。

自那以后，马科瓦尔多在路上走时，总是竖着耳朵听各种嗡嗡声，用目光追随着飞在他身边的各种昆虫。就这样，他观察到一只黑黄相间、长有巨大腹部的黄蜂的盘旋，还看见它挤进了一棵树的树洞，其他的黄蜂正从里面爬出来：那里喊喊喳喳的声响和黄蜂的来来往往说明树干里有一个完整的黄蜂巢。马科瓦尔多立刻开始了追捕。他随身带着一个玻璃瓶子，里面还留有两指深的果酱。他把打开的瓶子靠近树旁。很快一只黄蜂就被那甜味吸引，嗡嗡飞来，钻进去了；马科瓦尔多敏捷地用纸盖捂住了瓶子。

他一看见里奇耶里先生，就说：“快，快，我这就来给您来注射!”还给他看了看那个小瓶子，里面囚禁着那只愤怒的黄蜂。

小老头犹豫不决，但马科瓦尔多怎么都不愿推迟试验，并且坚持就在那里做这个试验，在他们常坐的长椅上：病人都不需要脱衣服。里奇耶里先生怀着恐惧与希望，撩起大衣，外套，衬衫的衣角边，在内衣有洞的地方拨开一处，露出他常腰疼的地方。马科瓦尔多把瓶口贴在那里，扯走用来做瓶盖的纸片。开始的时候，什么都没发生；黄蜂静止不动：它睡着了吗？马科瓦尔多为了叫醒它，就敲了瓶子底部一下。这一敲真是必要：昆虫直冲向前，把蜇针戳进了里奇耶里先生的腰部。老头发出一声尖叫，疼得直跳，并像走正步的士兵那样走了起来，一边揉着被叮的地方，像小麦脱粒一般吐出了一连串含糊不清的骂人话，类似于：“猪猡……猪猡……”

马科瓦尔多十分满意，那小老头从没有这么雄赳赳地挺过身子。但一个警察在那附近停了下来，目瞪口呆地看着他们；马科瓦尔多挽上里奇耶里的胳膊，吹着口哨地离去了。

他回家时瓶子里又装着另一只黄蜂。说服他妻子也给戳一下并不是件容易的事，但最后他还是说服了她。过了一会，女人只是抱怨了一下被黄蜂刺过的灼痛。

马科瓦尔多于是开始全速投身于捕捉黄蜂的活动之中。他给女儿也注射了一次，然后又给妻子来了一针，因为只有系统的疗法才能奏效。然后他决定也给自己扎上一针。大家都知道孩子们是怎么样的，他们嚷嚷着："我也要，我也要，"但马科瓦尔多更愿意让他们带上瓶子，打发他们去逮新的黄蜂，以供应每天的消费。

里奇耶里先生来家里找他；和他一起的还有一个小老头，乌尔力科骑士[1]，他拖着一条腿，想立即开始疗程。

消息传开了；马科瓦尔多现在是持续工作：他总有半打黄蜂作为备用，每一只都待在自己的玻璃瓶里，被列在搁板上。他把玻璃瓶敷在病人的背部，就好像在打针，然后抽掉纸盖，等黄蜂蜇过以后，他就以一个颇有经验的医生的手，从容地擦抹酒精棉。他家只有一个房间，那里睡着整个一家人；他们用一面临时屏风把房间分成两半，这边是候诊室，那边是诊室。马科瓦尔多的妻子把顾客领入候诊室里，并在此收取诊费。孩子们带着空瓶子，跑到有黄蜂巢的地方去，准备供给。有几次，黄蜂也叮过他们，但他们几乎都不再哭了，因为他们知道黄蜂有益于健康。

那一年风湿病就像章鱼的触角一样在人们中蔓延开来；马科瓦

① 此处的"骑士"一词是对有一定社会地位的人的尊称。

尔多的疗法远近闻名起来；一个星期六的下午，他看见自己可怜的阁楼里拥满了一小群饱受折磨的男人和女人，总是一手按着腰背或捂着胯部，有些人还是衣衫褴褛的乞丐相，其他人则是阔绰人的模样，他们都被那个新颖的疗法吸引而来。

“快，”马科瓦尔多对自己的三个儿子说，“你们拿上瓶子，给我去捉尽可能多的黄蜂回来。”孩子们就去了。

那是有太阳的一天，路上嗡嗡嚷着很多黄蜂。孩子们已经习惯在离有黄蜂巢的那棵树远一些的地方捕捉，专找独自行动的黄蜂。但那天，米凯利诺，为了尽快地逮到更多的黄蜂，就在那个黄蜂巢开口旁捉起了黄蜂。“得这样做，”他对弟兄们说着，一只黄蜂刚停落，他就把它赶到瓶子的上方，企图这样逮住它。但是那只黄蜂每次总是飞走，并在离黄蜂巢越来越近的地方歇脚。现在它就停在树干洞口的边缘了，米凯利诺正要把它从瓶口赶进瓶中时，他听到另外两只巨大的黄蜂朝他猛扑而来，就好像要蜇他的脑袋。他躲开了，但仍感到了针刺的剧痛，他痛得直叫唤，瓶子也丢掉不管了。但是，对自己所作所为的担心很快就抹去了他的疼痛：瓶子掉进黄蜂巢的洞里去了。再也听不见嗡嗡声了，再没一只黄蜂从那里头出来了；当从黄蜂巢里爆出一朵厚厚的黑云，并伴着震耳欲聋的嗡嗡声时，米凯利诺连喊的气力都没有了，他后退了一步：所有的黄蜂都被激怒了，成群地飞了出来。

弟兄们听到米凯利诺大喊了一声，还跑了起来，他这一辈子从也没这么跑过。就像是用蒸汽来跑的，因为他身后的那团黄蜂云就像是烟囱里的浓烟。

一个被追赶的孩子能往哪里逃呢？往家里逃！米凯利诺就是这样的。行人根本就来不及明白那个介于云雾和人形之间的东西究竟是什么，但见它伴着混上嗡嗡声的巨响，在街上全速飞奔。

马科瓦尔多正在对他的病人说："你们要有耐心，黄蜂马上就到，"当门打开时，那一大群黄蜂就闯进了房间里。他们甚至都没有看到把脑袋一头埋在水缸里的米凯利诺：整个房间里满是黄蜂，还有徒劳挥舞着胳膊企图赶走黄蜂的病人们，可风湿病患者的动作却是奇迹般地敏捷，他们僵硬的四肢在剧烈的动作中变得灵活自如。

消防队员来了，然后是红十字会的人。马科瓦尔多躺在他医院里的病床上，被蜇得浑身浮肿难以辨认，他的顾客在病房里其他病床上对他破口大骂，他一声都不敢回。

高速公路上的森林

寒冷在世界上的游移有着上千种的形态和上千种的方式：在海上，它就像一群马匹在奔跑，在田野上，它就似一群蝗虫猛扑而至，在城市中，它就如一叶刀片，切入街道，钻进没有暖气房间里的裂缝。那天晚上，在马科瓦尔多的家里，最后的几根干树枝也没了，于是一家人就都裹在大衣里，看着炉子里的火炭渐渐黯淡下去，看着自己每呼吸一次都要从嘴巴里升起的团团雾气。他们什么都不再说了；那团团雾气就在替他们说话：妻子把这气吐得很长很长，就像是在叹息，孩子们把这气吐得相当专注，就像是在吹肥皂泡，马科瓦尔多一惊一诧地把这气往上喘，就像是什么转瞬即逝的灵机一动。

终于，马科瓦尔多下了决心："我去弄木头；谁知道能不能找得着。"他把四五份报纸塞进外套和衬衫间，将一把长长的锯子藏在大衣里，就这样在黑夜中出了门，被家人那盈满希望的悠长目光追随着，他每走一步都会发出报纸的窸窣声，锯子也不时地从翻领中冒出来。

去城里弄木头:说得简单! 马科瓦尔多立刻朝两条路中间的一小块公共花园走去。那里一个人也没有。马科瓦尔多一株株地打量着光秃秃的植物，想着牙齿正打战、企盼着他的一家人……

小儿子米凯利诺，正在抖着牙齿地读一本童话故事书，这是他问学校图书馆借来的。书里讲的是一个伐木工人的小儿子，带着斧子出门，去森林里打柴。“这才是该去的地方，”米凯利诺说，“去森林里!那里肯定有木柴!”他生在城市，长在城市，这森林他甚至都没有远远地看到过。

说干就干，他和两个弟兄商量好了：一个操斧头，一个拿钩子，还有一个拎绳子，他们告别了妈妈，去寻找森林。

他们在灯火通明的城里走着，只能看到房子：至于森林，影子都没见着。他们碰到很少的几个行人，但都不敢问他们哪里会有森林。就这样，他们来到了不再有城里楼房的地方，那里的路也变成了高速公路。

在高速公路的两边，孩子们看见了森林：一片满是奇形怪状树木的茂密植物，遮住了他们的视野。这些树有着纤细的树干，或直挺，或歪斜；树冠扁平而宽阔，形状和颜色都是奇特得可以，一辆汽车疾驰而过，车灯把它们照得通亮。树枝是牙膏形的，人脸形的，奶酪形的，手掌形的，剃刀形的，酒瓶形的，奶牛形的，轮胎形的，被字母组成的单词叶片四处密布着。

“太好啦!”米凯里诺说，“这就是森林!”

他的弟兄着迷地望着月亮从那些奇怪阴影中冒出来：“真美呀……”

米凯利诺立刻提醒他们前来此处的目的：打柴。于是他们就砍倒了一株黄色报春花形的小树，把它劈成了几截，带回家去。

马科瓦尔多载着他孱瘦的几根湿树枝回了家，发现炉子正旺着。

“你们是从哪里弄到的？”他指着广告招牌的残余物惊叹道，由于那广告牌是用胶合木板做成的，所以很快就烧完了。

“在森林里!”孩子们叫道。

“什么森林？”

“高速公路上的那片森林。那里全是树!”

既然如此简单，而且家里又没柴火烧了，马科瓦尔多于是就效仿起孩子们来。他又带着锯子出门了，来到高速公路上。

路警阿斯多尔夫有一点近视，又是晚上，他骑着摩托车执勤，可能需要眼镜才行；但他没说这事，因为害怕有损他的事业。

那天晚上，有人告发了这样一出事，高速公路上有群小孩，把广告招牌弄倒了。路警阿斯多尔夫便出车去检查情况。

在公路的两旁，森林般奇形怪状的形象伴随着阿斯多尔夫，既像是在警告，又像是在招手示意，他便转着那双近视眼，一个个地仔细查看这些形象。是了，借着摩托的车灯，他突然发现一个小鬼头正攀在一块广告牌上。阿斯多尔夫刹住车：“嘿！你在那里干什么？赶紧从上面跳下来！”可那小鬼一动不动，还朝他吐着舌头。阿斯多尔夫靠过去，才发现那是一则奶酪广告，上面是一个舔着舌头的小胖子。“是啊，是啊，”阿斯多尔夫说，又疾驰而去。

过了一会，在一张巨型广告的阴影中，被照出一张惊慌而忧愁的脸庞。“站住！您别想溜!”可并没有人溜：那是一张痛苦的人脸，被画在一张生满鸡眼的脚中间：一则鸡眼药的广告。“哦，抱歉，”阿斯多尔夫说道，跑走了。

治偏头痛药的广告，是一个巨大的人头，他因为头痛而捂住了双眼。阿斯多尔夫经过，车灯照亮了爬在广告顶部的马科瓦尔多，他正举着锯子，想锯 下一块木板。马科瓦尔多被车灯照得睁不开眼睛，在那里一动不动，身子是越缩越小，他抓住那个大脑袋上的一只耳朵，锯子已经砍在了额头中央。

阿斯多尔夫仔细地研究了一番，说："啊，是啊：斯塔帕止痛药!这广告很有表现力！妙极了!上面那个拿着锯子的小矮子象征着偏头痛，痛得把脑袋劈成了两半！我一下就明白了！"然后又心满意足地离开了。

周围寂静而冰冷。马科瓦尔多宽慰地叹了口气，在那个并不舒适的支座上骑稳坐好，继续干起他的活来。在被月亮照明的天空中，锯子锯木头那微弱的唧唧呱呱声在四下里蔓延开来。

好空气

“这些孩子,” 职工医疗互助会的医生说, “需要呼吸一点好空气, 在一定的高度上, 还需要在草地上跑跑……”

医生正坐在半地下室里的床间, 他们一小家子人就住在这间半地下室里, 医生把听诊器按在小特莱萨的背上, 她松脆的肩胛骨就像未长羽毛的小鸟的翅膀。那里有两张床, 床上有四个孩子, 四个都病了, 在两张床的床头和床尾露出头来, 面颊发热, 两眼放光。

“广场上花坛里的草地行吗? ” 米凯利诺问。

“摩天大楼的高度行吗? ” 菲利派托问。

“空气好得可以吃吗? ” 丹尼艾莱问。

马科瓦尔多, 个高, 尖瘦, 而他妻子, 矮小, 壮实, 他们各用一只胳膊肘, 撑在一个摇摇晃晃的屉柜两侧。然后胳膊肘没动, 他们又抬起另一只胳膊, 接着再把这胳膊放下来, 同时嘟囔道: “他想让我们去哪里, 八张嘴, 满身的债, 他想我们怎么做?

“我们能把他们弄到的最好地方,” 马科瓦尔多指出, “就是街上。”

"好空气我们是会嗅到的，"妻子总结道："当我们被赶走的时候，那我们就不得不睡在满天繁星底下了。"

一个星期六的下午，孩子们病初愈，马科瓦尔多就带上他们，领他们到丘陵上去散步。他们住在城里一个离丘陵最远的区域。为了爬到山上去，他们乘电车走过很长一段路程，那电车上拥挤不堪，孩子们只能看到他们周围乘客的腿。慢慢地，电车腾空了；在终于空下来的车窗外，出现一条正在上坡的林荫道。就这样，他们到了底站，开始步行。

那是初春；一点温热的阳光就已叫枝头开满了花。孩子们到处张望着，有点不知所措。马科瓦尔多引他们上了一条台阶路，这路被绿色簇拥着往上爬。

"为什么会有上头没房子的台阶？"米凯利诺问。

"这不是一座房子的台阶：这就好像一条路。"

"一条路……那车子怎么爬楼梯呢？"

周围有些花园的护墙，护墙里面是树木。

"没有屋顶的墙……是炸弹轰掉的吗？"

"这些是护院……某一种院子……"父亲解释道。"房子在里面，在那些树后面。"

米凯利诺摇了摇头，不是很信服的样子："但院子是在房子里面的，又不是在外面的[1]。"

特莱西纳[2]问道："在这些房子里住着树吗？"

他们爬得很慢，马科瓦尔多感到自己身上那种仓库里的霉味正在褪去，在那个仓库里，他每天要搬上八小时的包裹，同样在褪去

① 意大利的院子多是由房子围成的。
② 特莱西纳是前面提到的特莱萨的昵称。

的还有他住处墙上的湿斑，还有那一小扇窗户打出的光锥中落下的金色灰尘，还有深夜中的阵阵咳嗽。他觉得孩子们现在也没以前那么面色发黄和羸弱虚脱了，几乎已经融入那光与绿色之中了。

“你们喜欢这里，对吧？”

“是的。”

“为什么？”

“因为没有警察。可以随便摘植物，扔石子。”

“那呼吸呢，你们呼吸到了吗？”

“没有。”

“这里空气很好。”

但他们却咕哝着说：“什么呀。什么都闻不到。”

他们几乎一直上到山顶。在一个转弯口，能看见那底下的整片城市，无边无垠地铺在道路织成的灰网上。孩子们在草地上滚着，就好像他们这一辈子就再没干过别的事情。袭来一阵风；已是晚上了。城里的几盏灯已经点起来了，朦胧地亮着。马科瓦尔多心下涌起一股他年轻时刚来到城里的情愫，他曾被那些道路，那些灯光吸引，就好像在期待着什么未知的东西一样。燕子们正扑向空中，俯瞰着城市。

于是，他因为还得回到那下面而伤心起来，在凝成块的风景中，他辨认出来自己街区的一片阴暗：他觉得那就像是一片铅灰色的荒原，停滞而污浊，被鳞次栉比的屋顶，被缭绕在树枝和烟囱上的缕缕烟雾覆盖着。

天凉了下来：也许该叫孩子们回去了。但是看着他们安静地坐在一株树的最低的树枝上晃荡，他便赶走了那个想法。米凯利诺来到他身旁，问：“爸爸，为什么我们不来这里住？”

“啊呀，傻孩子，这里没有房子，这里一个人都没有！”马科瓦尔多来气地说，因为他居然幻想能住到这上面来。

但米凯利诺又问了："一个人都没有？那些先生呢？你看！"

空气灰起来，从那底下的草地上来了一群人，各个年龄的，所有人都穿着一件沉重的灰衣服，系的方式就像是睡衣，每个人都戴着帽子，拄着拐杖。他们一伙伙地过来，有些人在高声讲话，有些人则在大笑，或把那些拐杖撑在草里，或是把拐杖弯曲的手柄挂在胳膊上，在地上拖着。

"他们是谁啊？他们去哪里啊？"米凯利诺问父亲，但马科瓦尔多一声不吭地望着他们。

一个人走过来；那是一个四十岁上下的壮男人。"晚上好！"他说。"那么，您给我们带来城里的什么消息？"

"晚上好，"马科瓦尔多说，"但您指的是什么消息？"

"没什么，也就是随便说说，"男人停下来道；他有张宽大的白脸，只是在腮帮的顶部，有一点点玫瑰红或是红色的闪现，就像一片影子。"对每个从城里上来的人，我总是这么说。我在这上面已经待了三个月了，您要明白。"

"那您从不下去吗？"

"谁知道啊，那要看什么时候医生愿意了！"他短促地笑了一声。"全看他们了！"他用手指拍拍自己的胸部，还是那样短促地笑着，但有些气喘："他们把我赶出来已经有两次了，说是痊愈了，但我一回到工厂，啪嚓，又病了！然后他们又把我送到这上面来了。谁知道，多愉快啊！"

"他们也是吗？……"马尔科瓦多问道，指了指其他那些已经分散开来的人，同时也四处张望着，寻找菲利派托、特莱萨和丹尼艾莱，他们不在视线范围内。

"都是来度假的朋友，"男人说，挤了下眼睛，"这是归营前的自由活动时间……我们上床很早……这能明白的，我们不能离边界太远……”

“什么边界？”

“这里仍是肺病疗养院的地盘，您不知道吗？”

马科瓦尔多赶紧牵上米凯利诺的手，米凯利诺一直在胆怯地听他们说话。夜晚已经爬到了山上；那底下的街区再也分辨不出来了，但倒不像是被这阴影吞噬掉的，而是那街区把自己的阴影扩大到四处。是时候回去了。“特莱萨!菲利派托!”马科瓦尔多喊道，找起他们来。“对不起，您知道吗，”他跟那男人说，“我看不见其他孩子了。”

那男人走到一块山岩边。“他们在那里，”他说，“在摘樱桃。”

在一个坑里，马科瓦尔多看见了一株樱桃树，那周围都是穿着灰衣服的人，他们拄着手柄弯曲的拐杖，正走近树枝，也摘起了果子。跟他们一起的是特莱萨和其他两个孩子，都很愉快的模样，摘着樱桃，并从那些男人手里把樱桃接过来，和他们一起笑得正欢。

“迟了，”马科瓦尔多说。“够冷的。我们回家吧……”

壮男人移动着拐杖头，指着那底下点上的排排灯火。

“晚上的时候，”他说，“我就这样用拐杖，在城里散步。我选上一条路，一排街灯，就这么跟着它们，就这样……我会停在玻璃窗前，会遇见人群，还会跟他们打招呼……您以后在城里走路的时候，可以偶尔这样想：我的拐杖正跟随着您……”

孩子们回来了，头上戴着树叶编成的花环，牵着病人们的手。

“这里真好啊，爸爸!”特莱萨说。“我们还会回来玩吧，是吧？”

“爸爸，”米凯利诺脱口而出，“为什么我们不也来和这些先生一起住呢？”

“太晚了!你们跟这些先生再见!你们要说：‘谢谢这些樱桃。’走啊!我们走!”

他们上了回去的路。疲惫不堪。孩子们问的问题他一个也没回答。非利派托想让他抱，丹尼艾莱坐在肩上，特莱萨拽着他的手，赖着不肯走，而米凯利诺，作为老大，一个人走着，踢着路上的石子。

毒兔子

当出院那天到来时，从一大早起床，一个人就会知道，如果他已经能下地走路了，就会在病房里转悠，为他将要来到外面而重新找回步伐，他会低声吹着口哨，祝其他病人早日恢复健康，这倒不是要叫人羡慕，而是为了乐意使用一种鼓励人的语调。他从玻璃窗里看外面的太阳，如果有雾的话，那就看外面的雾，他听见城里的声响：一切都与以前不同了，那时，每天早上都能听见那声响进来——一个不可抵达世界的光亮和声响——还会在床头和床位的栏杆间醒来。现在那外面又是他的世界了：病愈的人又把它识别出来，就好像那世界自然而寻常；突然，他又闻到了医院的味道。

一天早上，马科瓦尔多就这样嗅着周围，他大病初愈，正等着他们在他的公费医疗本上写上有关离院的东西。医生拿出纸，对他说："你等在这里，"然后就把他一个人丢在自己的实验室里。马科瓦尔多望着自己曾非常憎恶过的釉面白色家具，望着装满恶狠狠物质的试管，试图让自己为就要离开所有这一切的想法激动一下：但他却无法体会到那种他所企盼的愉悦。也许是为了要回到公司里卸箱子的念头，或者是想到在这个期间他小孩肯定会闯下来的祸，首当其冲的还是那外面的雾，这给人一种得出去来到空洞之中并在一种潮湿的乌有中融化掉的感觉。就这样，他眼睛四处转着，怀有一种得喜欢上那里面什么东西的模糊需要，但他所看到的每件东西都让他感到厌烦和不适。

就是在那时，他看见了一只笼子里的兔子。那是一只白兔子，毛既长又绒，有一个小三角形的玫瑰色鼻子，一双红眼睛满是惊愕，几乎还没长出毛来的耳朵贴在背上。不是因为它个头大，而是因为在那个窄小的笼子里，它卵形蜷缩着的身体胀在金属网里，一绺绺的毛戳到网外来，被兔子轻微的颤抖晃动着。笼子外，在桌上，有一些青草的残余，还有一根胡萝卜。马科瓦尔多就想了，它该是多么不幸啊，被关在那个狭窄的地方，看着那根胡萝卜却吃不到。他把那个笼子的小门给它打开。兔子却不出来：它在那里一动不动，只是嘴鼻部稍稍地翕动着，就好像装腔作势地在假装咀嚼着什么。马科瓦尔多拿起胡萝卜，把胡萝卜靠近它，然后再慢慢地把胡萝卜抽回来，是为了引它出来。兔子就跟着他，谨慎小心地咬住胡萝卜，并孜孜不倦地从马科瓦尔多的手上啃起胡萝卜来。这男人就抚摸着它的背部，同时也捏了捏它，看它够不够肥。他觉得毛底下的兔子有点瘦。从这点上，从它拽胡萝卜的方式上来看，可以看得出来，他们应该没给它喂饱。“如果是我养，”马科瓦尔多想，“我要把它填得满满的，直到它变成一个球。”他带着饲养人爱怜的眼光望着它，这眼神能使那种对动物的善意和对烤肉的预见在同一门心思中共同存在。这就是了，在日复一日的惨淡住院期后，就在要出院的那一刻，他发现了一个足够来盈满自己时间和思绪的友善存在。现在他得离开它，就为了回到那个多雾的城市里，一个碰不到兔子的地方。

胡萝卜就快给吃完了，马科瓦尔多把那野兽抱进了怀里，并去四处找了起来，看有没有其他东西可以给它吃。他把它的口鼻部靠在医生写字台上花盆里的一小株天竺葵前，但那动物表示出不能接受这东西。就在那时，马科瓦尔多听见医生的脚步正在进来：怎么跟他解释为什么自己把这兔子抱在怀里呢？他身上穿着工作服，收腰的那种。于是他迅速把兔子塞在衣服里面，扣上扣子，为了不让医生看见他胃部那跳动的肿胀，他就把兔子移到后面，收在背上。兔子呢，一受惊，倒老实了。马科瓦尔多拿上自己的文件，又把兔子转回胸前，因为他得转身出去。就这样，他在外套里藏着兔子地，离开了医院，去单位了。

"啊，你终于康复了？"车间主任看到他的到来，这样说道。"你生什么了：乳房？"他指着他凸出的胸部。

"我这里贴着抗痉挛的膏药，"马科瓦尔多说。

就在那会，兔子抽了一下，马科瓦尔多就像癫痫病人那样也跟着突然跳了一下。

"你怎么了？"主任说。

"没什么：打嗝，"他答道，并一手把兔子推到背后。

"你还是有点状态不佳呀，我看，"主任说。

兔子正企图从他背上往上爬，马科瓦尔多摇了摇肩膀，想把它弄掉下来。

"你在发抖。你回家再休息一天吧。明天争取能恢复好。"

马科瓦尔多拎着兔子耳朵回到了家，就像一个走运的猎人。

"爸爸！爸爸！"孩子们欢呼道，迎着他跑去。"你在哪里逮到的？你把这兔子送给我们吗？这是给我们的礼物吗？"他们想要立即抓住兔子。

“回来了？”妻子说，马科瓦尔多从她看他的那一眼就能明白，他住院的这段时日无非是给她积累了对他怨恨的新理由。“你想拿这只活畜牲怎么样？这东西会把到处搞得脏兮兮的。”

马科瓦尔多把桌子腾出来，把兔子安置在桌子中央，它紧贴着桌面就好像在尝试着要消失一般。“谁要是敢碰它可就糟了！”他说，“这是我们的兔子，直到圣诞节前，它要安心地长上肉。”

“它能站着吗？”米凯利诺说道，并试着让它用两只爪子站着。还问道：“这是只公兔子，还是母兔子？”

马科瓦尔多倒没想过它有可能是只母兔子。很快他脑中就有了一个新的计划：如果它是只母的，就得找一只公兔子，这样就可以让它生小兔子了，还需要建起一个饲养地。于是在他的想像中，屋里潮湿的墙壁已然消失，并在田间出现了一片绿色的农场。

然而，这却正好是只公的。但是那个饲养兔子的想法已经深深印入马科瓦尔多的脑子里。是只公的，然而是一只很漂亮的公兔子，可以给他找一个老婆，等小兔子生出来以后就可以分掉了。

“如果我们都没有东西吃，能给它吃什么？”他妻子尖刻地说。

“让我来解决，”马科瓦尔多说。

在公司里，他每天早上都得把领导办公室里用花盆装着的某些绿色植物搬出去浇水，再搬回原位。第二天，他从每株植物上都摘下一片叶子：在这边采些光亮宽阔的叶片，在那边弄些无光泽的叶子；然后把叶子塞进制服里。然后他对一个捧着一束鲜花进来的女职员问道：“这是您情人给您的？您不送我一支吗？”然后把那支花也插进口袋。他又对一个正在给梨削皮的小伙子道：“你把梨皮给我。”就这样，这里一片叶子，那里一卷果皮，下面一朵花瓣，他指望能给那只小动物充饥。

过了一阵，主任派人来叫他。“难道是发现植物被脱了毛？”马科瓦尔多自问道，他总是习惯性地感到内疚。

在主任那里，也有医院里的那位医生，有两个红十字会的医务人员，还有一位民警。“你听着，”那医生说，“从我的实验室里消失了一只兔子。如果你知道相关事宜，最好别耍小聪明。因为我们给兔子注射了一种可怕的疾病病菌，它可能会把疾病散播到整座城市。我不问你有没有把兔子给吃了，因为你要是吃了的话，是活不到这个时候的。”

外面等着一辆救护车；他们迅速上了车，警铃一直尖声响个不停，穿过了小巷大街，直朝马科瓦尔多家奔去：这一路过去，留下了马科瓦尔多从车窗里忧伤地扔下的一条由树叶、果皮和花朵构成的尾迹。

那天早晨，马科瓦尔多的妻子实在不知道锅里还能放什么。她望着丈夫前一天带回家的兔子，它此时正待在一个塞满碎纸片的临时笼子里。“它来得可真及时，”她自言自语道。“钱是没有；月薪已经花到了药上，而公费医疗又不补贴；店里再也不让我们赊账了。就算不是专门养兔子，也要等到圣诞节才能拿来烤!我们自己都吃了上顿没下顿的，还要把兔子养肥!”

“伊索丽娜，”她对女儿说，“你已经大了，得学学怎么烧兔子了。你先从杀兔子和给它剥皮开始，然后我再给你解释该怎么做。”伊索丽娜正在读一份报纸上的连载情感小说。“不，”她哼哼唧唧道，“你来宰它，剥它的皮，然后我再来看你是怎么烧的。”

“好孩子!”母亲说。“杀它我是不敢的。但我知道这事容易极了，只需拎住它的耳朵，然后在它的脖子上狠狠地给上一刀。至于剥皮嘛，我们之后再说。”

“你趁早别这么想，”女儿说道，鼻子都没从报纸上抬一下，“我是不会给活兔子脖子上来一刀的。至于剥皮我更是想都不想。”

三个男孩竖起耳朵听着这席话。

母亲沉思了一会，望着他们，然后说：“孩子们……”

孩子们就像是商量好了的一般，朝母亲背过身去，走出房间。

“你们等一等，孩子们！”母亲说。“我想跟你们说，你们想不想带着兔子一起出去。我们给它在脖子上系一条漂亮的带子，你们去散散步。”

孩子们停下来，互相交换了一下眼神。“去哪里散步？”米凯利诺问。

“呃，你们可以四处走走呀。然后你们去找迪奥米拉太太，把这兔子带到她那里去，然后跟她说能不能帮忙把这兔子杀了，再给它剥皮，她很能干的。”

母亲真是说到点子上了：大家知道孩子们都是怎么样的，他们只对自己喜欢的东西感兴趣，其余的东西都是懒得去想的。于是他们找到一根淡紫色的长带子，把带子拴在那只小动物的脖子上一圈，他们把这带子当做牵狗用的皮带，还把带子抢来抢去，那只不情愿走动的兔子就被拉在身后，它都快给勒得个半死。

“你们跟迪奥米拉太太说，”母亲嘱咐道，“如果她帮我们把兔子收拾好了，就可以留条大腿下来！不，最好跟她说：脑袋。反正：随她吧。”

孩子们刚出家门，马科瓦尔多的住处就被护士、医生、警察包围和侵入占领了。马科瓦尔多站在他们中间，是死相多于活气。“被从医院带走的那只兔子是在这里吗？您赶紧指给我们看它在哪里，但别碰它：它身上有一种可怕的疾病病菌!”马科瓦尔多把他们领到笼子前，可笼子是空的。“已经吃掉了？”“不，不!”“那在哪里？”“在迪奥米拉太太那里!”捕捉者们又开始了追踪。

他们在迪奥米拉太太那里敲了门。“兔子？什么兔子？你们疯了吗？”看见自己家里涌进了穿着白衬衫和制服的陌生人，还在找一只兔子，老太太几乎都要中风了。她对马科瓦尔多的兔子一无所知。

事实是，那三个孩子，想把兔子从死亡中拯救出来，就琢磨着要把它带到一个安全的地方去，想和兔子玩上一会后，就把它放走；他们没有在楼梯平台处的迪奥米拉太太家停下来，而是决定爬到阳台上去，那是在各家屋顶之上的一个阳台。跟母亲可以说牵兔子的带子断了，兔子逃跑了。但是没有一只动物好像能比那兔子更不习惯逃跑了。让兔子爬上所有那些台阶是个问题：它每上一级台阶就惊恐地缩在那里。他们最后只好把它抱在怀里，一直把它带到那上面去。

在阳台上，他们想让它跑起来：它不跑。他们试图把它放到檐口上去，想看看它能不能像猫那样地行走：但它好像眩晕。他们试图把它提在一根电视天线上，想看看它会不会保持平衡：不会，它掉下来了。小伙子们玩腻了，扯断了带子，在一个通往各家屋顶去路的地方给那野兽放了生，那里是一片倾斜而多角的海洋，然后他们就走了。

当兔子单独待着时，就活动了起来。它试了几步，看了看周围，又改了方向，转了个身，一步一小跳地，在各家屋顶上走了起来。它是一只生来受囚的野兽：对于自由的渴望并没有广阔的视野，除了能有一刻不用担惊受怕，它就不知道生命中有什么其他好东西了。

好了，这下它能动了，周围也没任何会让它害怕的东西了，也许它一辈子还没遇到过这种情况。这个地方是不寻常的，但一个东西是寻常的还是不寻常的清晰概念从也不能使它成长。自从它在内心中感到被一种模糊而神秘的不幸折磨以来，整个世界就越来越难让它感兴趣。它这样在屋顶上走着；猫们看见它一跳一跳的，搞不明白它是谁，害怕得退开了。

就在同时，从阁楼里，从玻璃天窗里，从屋顶平台上，兔子的行走路线并不是没有被注意到。有人开始在窗台上列出几盆的凉拌菜，从小帘子后窥视着它的去向，有人把梨子残核扔在屋瓦上，然后在那附近布下绳套，有人在檐口上准备了一排一直通到自家阁楼里的小萝卜块。这是跑在所有住顶楼人家里的一道暗语：“今天炖兔子”，或者“烩兔子肉丁”，或者“烤兔子”。

那野兽发现了这些诡计，发现了这些默不作声提供出来的食物。尽管它饿了，还是满腹怀疑。它知道每次人类想吸引它过去，总是会给它食物，然后就总会发生什么阴郁而痛苦的事情：要么是在肉里给扎上一针，要么被切入手术刀，要么是被强行塞进扣上扣子的外套里，要么是被脖子上的带子拖着走……这些不幸的回忆和那痛楚合为一体，它在自己身上感到了那痛楚，还能感到器官里的变化和对于死亡的预感。同时还有饥饿。但就好像是它知道，所有的这些不适，只有饥饿是可以缓和的，也就好像它承认，这些不足信的人类存在可以给它——除了残忍的痛苦——一种保护，一种亲昵，而这，它也是需要的。它决定让步，决定接受人类的游戏：它想去哪里就去哪里。于是，它跟着那一条尾迹，吃起了小萝卜块，它很明白，他们又会把它囚禁起来，虐待它，但也许是它最后一次再品尝尘世间的蔬菜美味了。就这样，它靠近了阁楼的窗户，就这样，一只手会伸出来把它抓住：然后，突然，窗户关了起来，把它关在了外面。这在它的经验来看，是件奇怪的事：一个拒绝奏效的圈套。兔子转过身，去尝试周围其他埋伏的痕迹，挑选那些埋伏中的哪些是适合它投降的。然而周围的凉拌菜叶子却给收了回去，绳套也给撤掉了，原先探头探脑的人们一下子没了踪影，他们关上了窗户和天窗，阳台上一下子荒凉起来。

原来是这样，一辆警车穿过整座城市，从一个扬声喇叭里大嚷道："注意了注意了！消失了一只长毛白兔子，它患有一种严重的传染性疾病！谁要是找到它，要知道它的肉是有毒的，就连接触也可能被传染有害病菌！谁要是看到它，就请立即通知最近的警局、医院或者消防队！"

恐惧在屋顶上蔓延开来。每个人都警惕着，人们一发现兔子在自家屋顶和邻家屋顶间轻快地跳跃着，就发出警报，所有的人就消失了，就像一大群蝗虫正在迫近。兔子犹豫不决地在屋顶线脚上走着；正当它发现自己需要接近人类的时候，那种孤独感，更让它感到可怕而无法容忍。

就在这时，会计师克劳林多，一个老猎人，已经给他的猎枪上好了打兔子用的子弹，他在一个阳台上的烟囱后埋伏了下来。当他看见雾里冒出了兔子的白影子时，就开了枪；他一想到这动物的恶行，心下就如此地激动起来，以至于成批的弹丸就像下雹般撒到了屋瓦上远离它的地方。兔子听到枪弹蹦在自己周围，感到一粒子弹穿过了自己的耳朵。它明白了：这是战争的宣言；和人类的所有关系已然断裂。它鄙视他们，鄙视这种它感到就如同某种漠然的忘恩负义的行径，它决定终止自己的生命。

一面铺着金属板的屋顶是往下倾斜的，下沿悬在空中，悬在那雾气的昏暗虚无中。兔子把四只爪子都搁在那上面，一开始的时候很小心，然后就完全听之任之了。它就这么滑着，被不幸吞噬和包围着，走向死亡。在沿边上，檐槽拦住了它一会，然后它就失去了平衡，掉了下去……

然而它却掉在了戴着手套的消防员手里，他正爬在消防梯的顶端。它那个有关动物尊严的极端举动被阻止住了，兔子被躺着放在飞速驶向医院的救护车上。车上也有马科瓦尔多，他妻子，还有他的孩子，他们将被留在医院以做观察和一系列的疫苗实验。

和奶牛们的旅行

夏夜城市的声响，从敞开的窗户中飘进因炎热而无法入睡人的房间，当发动机平庸的喧嚣在某一刻突然稀薄并匿去时，夜城市的真正声响可以听得清楚，它会从那寂静之中冒出来，谨慎，清晰，由远及近，那是夜游人的脚步声，一支夜间警卫队自行车的窸窣声，渐渐远去的喧闹声，从楼上传来的打呼声，一个病人的呻吟声，一个仍在整点报时的老钟摆。直至拂晓时，所有工人家庭的闹钟会开始上演一场交响乐，轨道上也会经过一辆电车。

这样的一天夜晚，马科瓦尔多挤在睡梦中出着大汗的妻子和四个孩子中间，闭着眼睛，听这粒细弱声响的微尘中，会有多少声音能从那人行道的路面上，穿过矮矮的窗户，渗入到底下，他这个半地下室的尽头。他听见晚到女人们欢乐而快速的鞋跟声，听见捡烟头人那破旧鞋底无规则滞留的摩擦声，听见一阵因自感孤独而吹起来的口哨声，还有朋友间的对话中那些被打断的杂乱词汇，以至于能猜得出来他们是在谈体育还是在谈姑娘。但是在那样炎热的夜晚，那些声响都会丢却任何一种突出的特点，它们被熔化掉了，就像是被填塞在小路空旷中的闷热平息了下来，可同时也像是在那一片无人居住的疆域内，想要使自己的统辖得到肯定和认可。在每一个人类形象中，马科瓦尔多都能伤心地识别出什么弟兄的模样，他们好像自己一样，就连在假期中，也会被债务，被家庭负担，被不足或缺失的工资钉在那个被烧焦而覆满灰尘的水泥炉灶上。

就好像是那个不可能的假期的想法，反倒立刻给他打开了梦想之门，他感觉自己听到在远处有牲口的颈铃声，狗吠声，还有牛哞哞叫的声音。但他的眼睛是睁着的，不是在做梦：他竖起耳朵，尝试去寻找支持那些模糊印象的一条证据，或者一条否认；而后，还真传来一阵声响，就好像是成千上万的脚步声，缓慢，零乱，低沉，正在徐徐靠近，盖去了其他声音，当然，那个生了锈的铃响声除外。

马科瓦尔多爬起来，穿上衬衫、裤子。“你去哪里？”妻子说，她睡觉时只闭着一只眼睛[①]。

“有一群牲口正从路上经过。我去看看。”

“我也去！我也去！”总是会挑时候醒来的三个孩子嚷嚷道。

那是一群像其他那些会在初夏夜间穿过城市，走向高山牧区的牲口。孩子们来到街上，眼睛仍被睡意粘在一起，看着这似河流一般灰色而有斑纹的脊背，涌入了人行道，贴着铺满广告的围墙，贴着放下的金属门帘，贴着禁止通行的广告牌，贴着加油泵擦身而过。奶牛们踯着蹄子，迈着谨慎的步伐，从台阶上下到十字路口上，它们那从不会因好奇而惊跳的嘴脸贴在它们前面的牛的腰上，随身携带着草味和田野的花香，奶味，还有颈铃那无精打采的声响，这城市好像压根就触碰不到它们，就好像它们已经进入了自己的世界，

① 意思是睡得不沉或带着警觉。

那里草地湿润，山雾弥漫，可以在激流中涉水。

然而，一些烦躁的放牛人出现在眼前，他们就像是被城市压得阴郁不堪，在那一列牲口旁小步徒劳地跑着，忙前忙后，举着棍棒，吼出一些送气且切断的音节。而熟识所有与人类相关事物的狗们，正炫耀着自己的从容，嘴鼻部直直地挺着，用力摇晃着颈铃，专注着自己的工作，但能看得出来，其实它们也是紧张而拘束的，否则它们就会随意地分心，还会嗅着街角，车灯，路上的污迹，就像城里任何一条狗的第一反应。

“爸爸，”孩子们说，“奶牛就跟电车一样吗？也会停站吗？奶牛们的终点站在哪里？”

“它们和电车没关系，”马科瓦尔多解释道。“它们去山里。”

“它们去滑雪吗？”卡尔来托问道。

“它们去牧场，去吃草。”

“它们破坏草坪不会被罚款吗？”

没问问题的米凯利诺，在他们中最大，对奶牛早已有了概念，现在只是专心去核实自己的想法，去观察那温厚的牛角，四只奶头，污秽的尾巴，隆起的背脊，还有五颜六色的颈部垂皮。于是他跟着牲口群，就像牧羊人的狗一般，跟在它们身边小跑着。

当最后一队牲口经过后，马科瓦尔多牵上孩子们的手准备回家睡觉，却找不到了米凯利诺。他下到房间里，问妻子：“米凯利诺已经回来了？”

“米凯利诺？他不是和你在一起吗？”

“如果他跟上了牲口群，谁知道能上哪里去，”他想，又赶紧跑回路上。牲口群已经穿过了广场，马科瓦尔多得在其走过的路上找他。但马科瓦尔多感觉那天夜里，有好几群牲口都在穿过城市，每一群走的路线都不一样，每一群都往自己的山谷里走。马科瓦尔多找到并追上一群队伍，然后才发现这不是刚才的牛群；他看见四条路以外垂直此路的另一条路上，另一群牲口正在齐头前行，于是他就奔向那里；在那边，放牛人告诉他，他们之前碰到另一支队伍，往相反的方向去了。于是，直到牲口颈铃的最后一阵声响隐没在拂晓的光线中时，马科瓦尔多还在徒劳地转悠。

为了给儿子走失报案，马科瓦尔多求助了警察，一个警官说："混进了一群牲口里？那肯定是去山里了，去度假了，他真有福。你会看见的，他回家的时候将又肥又黑。"

几天以后，和马科瓦尔多同公司的一个职员证实了警官的意见，他刚从假期第一阶段[①]度假归来。在山里一个山口处，他碰见了那个小伙子：小伙子和牲口群一起，请那位职员向他父亲问好，状态很不错。

马科瓦尔多在那个多尘酷热的小城里，用思绪跟着自己幸运的儿子，儿子现下肯定在一棵冷杉的阴翳下消磨时光，嘴里含着一片草叶，吹着口哨，望着底下草地上缓缓移动的奶牛，在山谷的阴影中听着溪水潺潺流动。

妈妈却等不及他回来："他会乘火车回来吗？还是公共汽车？已经一个星期了……已经一个月了……天气会不好……"她怎么都平静不下来，尽管每天餐桌上都可以少掉一套餐具，可这也难以安抚她。

"他好得很，正凉快着呢，肚子里满是黄油和奶酪，"马科瓦尔多说，每当他站在路的尽头，而那稍稍被酷热覆盖住、如浮雕般的

① 意大利暑期全国放假，分好几个阶段，轮班放假。

白灰色群山出现在他面前时，他就感到自己好像是沉入了一口井里，井口上方的光线，就让他觉得是看见了槭树和栗树枝叶间的闪烁，让他听见了野生蜜蜂的嗡嗡作响，而米凯利诺就在那上面，在牛奶、蜜汁、成排的黑莓中间，慵懒而幸福。

但他也在夜夜期盼着儿子的到来，就像儿子的母亲一样，尽管他并没有想什么火车和汽车的时刻表：夜里他聆听着路上的脚步声，就好像房间里的小窗户是海螺的开口，荡漾着回声，可以把耳朵贴在上面听取大山里的声响。

这天夜里，马科瓦尔多突然从床上坐起来，这不是幻觉，他听见路上那无法混淆的踏步声正在靠近，那种伴随着颈铃声响的分趾蹄的脚步声。

他们跑到路上，他和整个一家人。牲口群回来了，缓慢而庄重。在牲口群的中央，骑在一头牛的脊背上，双手紧握在轭上，牛每走一步他的头就跟着跳一下的正是米凯利诺，都快睡着了。

他们把他接下来，又是抱他，又是亲他。而他还在半睡半醒。

“你怎么样？漂亮吗？”

“哦……漂亮……”

“你有没有想过要回家？”

“想过……”

“山里漂亮吗？”

他站在那里，面对着他们，皱着眉头，目光硬朗。

“我就像骡子一样地工作，”他说，往前吐了一口痰。他已经是一副男人般的脸膛。“每天晚上都要把奶桶搬给挤奶人，从这头牲口走到那头，从那头牲口再走到另一头，然后要把奶倒进大桶里，动作还要快，越来越快，一直到晚上。一大早，就要把大桶滚到卡车边，他们会把这些大桶带进城的……数，总是要数：牲口，大桶，数错可就糟了……”

“可你在草地上待过吗？当牲畜去吃草的时候？……”

“根本就没时间。总有什么活要干。挤奶，备草，收粪。这都是为什么？就因为我没有劳动合同，他们付了我多少钱？真是少得可怜。但如果现在你们以为我会把钱给你们，你们就错了。行就这样，我们去睡觉，我都累死了。”

他耸了耸肩，吸了吸鼻子，进家去了。

带着干草那迷惑人而无精打采的味道，携着颈铃的声响，牲口群继续在路上远去了。

长椅

每天早上去上班时，马科瓦尔多都会经过一片绿荫之下，那是一个树木林立的广场，一块方形的公园，被夹在四条路的中央。他抬起眼睛，望着最为繁盛的七叶树枝叶，只有几道黄色的光线能射进树液的透明阴影中，他听着树枝间那看不见的、走调的麻雀的聒噪声。他觉得那就是夜莺；于是自言自语道："哦，我真想有那么一次能在鸟儿们婉转的鸣叫中，而不是在闹钟的铃声中，在最小儿子的啼哭中，在妻子的痛斥下醒来!"或是道："哦，我要是能睡在这里就好了，一个人，在这一片凉爽的绿荫间，而不是在我那个低矮潮湿的房间里；在这里，在这寂静中，而不是在整家人的鼾声和呓语中，不是在电车在路上向下跑的声音中；在这里，在这夜晚自然的黑暗中，而不是在那紧闭的百叶窗人工制造出来的黑暗中，那黑暗会被车灯的反射光打出一道道的条纹，我要是能在睁开眼睛的时候就看见树叶和天空，那该有多好啊!"马科瓦尔多每天就是带着这些心思，开始他每天八小时——还不算加班——的非资格小工的工作的。

在那个广场上的一角，在一棵七叶树的圆顶下，有一张孤僻且被半遮掩住的长椅。马科瓦尔多就把它选做自己的长椅。在夏日的那些夜晚，当马科瓦尔多在睡着五个人的房间里无法入睡时，就开始梦想那张长椅，就好像一个无家可归的人梦想着皇宫里的床一般。一天夜里，当妻子打着呼，孩子们在睡梦中乱踢着脚时，马科瓦尔多静悄悄地从床上爬起来，穿上衣服，把一件旧衬衫搓成了球状，好用来当枕头，他出了门，来到广场上。

那里清爽而宁静。他已经提前感受到和那些柔软而舒适——这个他敢肯定——并且怎么说都比他床上的那张烂床垫要好的木板接触时的乐趣了；他还会看上一分钟的星星，会在补救一天中每次冒犯的睡眠中合上眼睛。

清爽和宁静是有的，但那椅子却没闲着。那上面坐着一对恋人，两双眼睛互相望着对方。马科瓦尔多谨慎地退出了。“迟了，”他想，“他们不至于整个晚上都在外面过的！他们会停下那喁喁私语的！”

但那两个人根本就不是在喁喁私语：他们在吵架。在一对恋人间的争吵从来就说不准什么时候才能了结。

他说：“可你为什么不承认，你说那话的时候，是知道我会生气的，而不是想让我高兴的，但还装着是想让我高兴的？”

马科瓦尔多明白了这事会闹得很久。

“不，我可不承认，”她答道，马科瓦尔多就知道她会这么说。

“你为什么不承认？”

“这我永远都不会承认的。”

“哎呀，”马科瓦尔多想。他又把旧衬衫缠成球状，夹在胳肢窝下，去附近转上一转。他去看了月亮，那天是满月，在树木和屋顶之上显得硕大无比。他又回到了长椅处，远远地晃荡着，生怕打搅到他们，但其实是想烦上他们一烦，以此劝他们离开。但他们争执得太过激动，以至于都没发现他。

“那你承认了？”

“不，才不是呢，我可一点都没承认!”

“那我们假设你承认了呢？”

“就算我承认了，可我不会承认你想叫我承认的那件事!”

马科瓦尔多回去看月亮了，然后又去看了看再往那边去一些的一盏红绿灯。红绿灯显示出黄色，黄色，黄色，持续地亮起，再亮起。马科瓦尔多就比较了一下月亮和红绿灯。月亮携着它神秘的苍白，虽说也是黄色的，可底子里却是偏绿的，而且还泛着蓝，而红绿灯呢，它那点黄色，甚至就是庸俗的。那月亮，完全是沉稳的，不紧不慢地放着自己的光辉，时而被纹以细细的云彩，而月亮则庄严地任由自己被云彩越过；红绿灯却总在那里亮了又暗，暗了又亮的，急促不安，虚假地活跃着，疲劳地，被奴役着。

马科瓦尔多又回来看那姑娘承认了没有：什么呀，她还没承认，相反，不是由她来不承认了，而是由他。情势完全转变了，现在是她在跟他说：“那么，你承认不？”而他就说不。就这样，又过了半个小时。最后他承认了，或者是她，总之，马科瓦尔多看见他们站起来，手牵着手地走开了。

他赶紧跑向长椅，躺下来，可同时，就在等待的过程中，他之前企图在这里找到的那点甜蜜，现在却再没心情去体会了，就连家里的床他也不记得有这么硬。但这些都是细节问题，他要在露天下享受那天夜晚的主旨还是相当明确的：他又整理了一下脸颊下的旧衬衫，就准备入睡了，这样的睡眠，就好像他已经中止了很久对这种睡眠的习惯。

当然，他已经把自己打理得十分完美了。他无论如何都不会再移动一毫米了。只可惜，他这样待着，自己的目光并不能落在一片只有树木和天空的景致中，如果是那样的话，睡意就会在一片自然而绝对沉静的视野中让他合起眼睛，然而相继零星出现在他面前的，总是一棵树，一座纪念碑上将军那把高举着的剑，另一棵树，一面公共招贴的广告牌，第三棵树，然后，再远一点的地方，就是红绿灯那个断断续续的假月亮，仍在睁大着它的黄色，黄色，黄色。

要知道，这最近一段时间，马科瓦尔多的神经系统是如此之糟糕，以至于就算他已是累死过去了，可哪怕是一件极小的事情，只要他把什么让自己厌烦的事情放进脑袋了，他就怎么都睡不着了。现在那个亮了又灭的红绿灯很是让他讨厌。那红绿灯在那下面，远远的，就像一只眨着的黄眼睛，孤独着：这本没什么好奇怪的。可马科瓦尔多肯定是得了衰竭：他盯着那亮起和熄灭，对自己重复道："要是没有那玩意，我该睡得有多好啊！"他闭上眼睛，觉得在自己的眼皮下仍能感到那个黄色蠢东西的亮起与熄灭；他眨眨眼睛，看见了十来个红绿灯；他又睁开眼睛，还是老样子。

他站起来。他得在自己和那盏红绿灯间放上一面幕。他一直走到那个将军的纪念碑那里，望了望四周。在那座纪念碑下，有一圈花环，漂亮，厚实，但早已干枯了，花瓣也掉了一半，被小棍撑着，上面一条褪了色的宽带子上写着：第十五团执矛骑兵贺胜利周年纪念日。马科瓦尔多爬上底座，提上花环，把花环插在将军的军刀上。

两个夜间巡警其时正在穿过广场；马科瓦尔多就躲在了雕像后面。两个警察之前就已经看见那个雕塑的阴影在地上动，于是就停了下来，满腹怀疑。他们仔细查看了一下军刀上的那圈花环，明白了有什么东西不对劲，但也搞不清究竟是什么东西。他们把反射手电筒的光对准那上面，读道 第十五团执矛骑兵贺胜利周年纪念日，他们点了点头，表示可以接受，然后就走了。

马科瓦尔多回到长椅边。从远处看，花环和植物混作一片，遮住了红绿灯。他向后退着步地回到长椅前，想检查一下各个角度的视线，却没发现长椅已经给占领了；他几乎就要坐到两个壮女人的腿上。"啊！真对不起！"他边说着边跳了起来，看见眼前有两张披着短刘海的脸，涂了口红的歪嘴。"你在找我们吗，漂亮的年轻人？"那两位老丑妇中的一位对他说道。

"你别理他，那是个饿得要死的人，你没看见吗？"另一个女人说，然后她们之间就用某种嘶哑而难听的声音争论了起来，并不停地打开和关上小包，从里面掏出纸币，还有烟盒。她们是在夜间出售走私烟的商人，好像是，为一桩几包烟的生意吵起架来，她们中间的一个本应该为另一个卖烟，她们举着烟盒朝对方脸上挥来舞去，好像就要打起来了，同时还跺着那低帮小鞋里踝骨肿胀的脚。

他站在那里，看着自己的椅子。"喂，你想干什么？"两人中的一个对他说道。马科瓦尔多不想混在恶劣的人群中，更想去其他地方等着那个争端解决掉。他又在广场上转了起来。在附近的一条路上，有一队工人正在电车的轨道上修理道岔。夜里，在空无一人的街道上，那一小群一小群蜷缩在气焊闪光中的人，那响起又迅速减弱的声音，都有好像是在准备着白天的居民永远不会知道的一些事情的那种人的秘密神气。马科瓦尔多靠过来，望着火苗，望着工人的举动，他的这种关注有点窘迫，就像小伙子的那种，而他的眼睛由于困意而变得越来越小。为了能让自己保持清醒，他在口袋里找起烟来，却没有火柴。"谁能帮我点一下烟？"他问那些工人。"用这个？"那拿着氢氧焰的人说，同时举起一朵跳动的火花。

另一个工人站起来，递给他一支点燃的烟。“您也上夜班？”

“不，我做白班，”马科瓦尔多说。

“那您这个时候还醒着做什么？我们不久就要下班了。”

“你们白天能睡得着吗？”

“嗨，都已经习惯了……”

“我上床的时候，我妻子正好起床，”另一个说，“我们从来碰不着……”

“可她给你暖床呀……”一个同伴说。

这时从广场上传来一阵口角的喧嚣声，但不只是先前那些女人的声音，还有男人的声音，发动机的声音。“发生了什么事？”

“经过一辆警车；可能是搜了一下那两个刚刚经过的女人。”

“你知道人们叫那车子什么吗？Norge[①]；因为那就好像是一艘飞艇。”

“这样她们就能把我的长椅腾出来了，终于，”马科瓦尔多想，然后又出了一身冷汗，因为他想到，幸好他离开了那里：如果他留下来了，他们也会搜他的。“晚安，朋友们!”

“哎，对我们来说，应该是白天好!”

他回到长椅那里，躺下。

之前，他并没有注意到什么声音。现在，那阵嗡嗡声，就如同正在呼吸的什么阴郁气息，同时还好像一种无休止的刮擦声，也好像是什么噼噼啪啪的声音，在持续地充盈着他的耳朵。再没有什么比那焊铁的声音更摧残人了，那是一种低声的尖叫。马科瓦尔多，一动不动地，就那样蜷缩在椅子上，就算脸抵着皱成一团的枕头，

① 在挪威语、丹麦语和瑞典语中对挪威的叫法。但可能是一种著名的飞艇型号。

还是无法摆脱那折磨，噪声继续使他想起被灰色火焰点亮的场景，火焰向周围喷洒着金色的火星，蹲在地上的男人的脸前戴着被熏黑的玻璃，他们手里的焊枪被一阵迅速的震颤抖动着，装器具的小车周围是一圈阴影的晕，高处是一直顶到电线的支架。他睁开眼睛，在椅子上翻了个身，看着树枝间的星星。无动于衷的麻雀仍在那上面的树叶间睡觉。

像鸟那样地睡觉，有可以垂在头下的翅膀，一个陆地世界之上的悬着枝叶的世界，可以去感受那底下的世界，平息而遥远。只要能开始不接受自己的现状，谁知道能到达什么境界：现在，马科瓦尔多为了能睡觉，需要一种他也不是很能搞得清楚的什么东西，就连一种真正的安静也不能满足他了，一种比安静更柔软的声响背景，一阵掠过灌木深处的微风，或是在一片草地上涌出并消逝去的汩汩流水声。

他脑子里一有了主意，就站了起来。其实也不是什么主意，因为他已经被就要袭来的困意弄得很迟缓了，任何思维都不是很清晰的；但比如，他记得在那附近好像有什么东西是和水，和水的低声哀怨流动有关的。

那附近确实是有一口喷泉，是从雕塑艺术和水利观点上来看都很闻名的作品，喷泉里有仙女，半人半羊形的农牧神，河神，喷口，瀑布，塑有装饰物的喷射。只不过是，那里是干涸的：在夜晚，夏日的夜晚，因为城市导水管连最少的支配量都供应不了，他们就把这喷泉关上了。马科瓦尔多就像夜游者一般，在那周围转了一会，不是出于推理，而是出于本性地，他知道一个水槽里，是应该有个水龙头的。这就好像那些有眼力的人，尽管他是半闭着眼睛的，还是找到了水龙头。他打开水龙头：从海螺里，从胡须里，从马鼻子里升起了高高的喷水，假造的沟壑被闪烁的覆盖物掩住，所有的这摊水哗哗响着，就像在空旷的大广场上管风琴的齐鸣一般，这是所有的窸窣声和倾泻声汇集在一起能发出来的声响。一个在各家门下塞小纸条的夜警，黑着身子，骑着自行车经过，看到自己眼前的喷泉就像液体焰火一般，突然喷发了起来，差点没从鞍座上掉下来。

马科瓦尔多尝试着尽可能小地睁着眼睛，是为了不让那一丝自己感到已经抓住的睡意溜走，他赶紧跑回去，直扑向椅子。好了，现在他就好像身处一道激流的边缘，头上是森林，好了，他睡着了。

他梦见了一顿午餐，盘子是被盖住的，就好像是为了避免面条凉。他把盖子掀开，里面有只死老鼠，发着臭。他看了下妻子的盘子：另一具老鼠的尸体。在孩子们面前，是其他一些小老鼠，更小一些，但它们也是烂掉一半的。他又揭开了汤碗，看见一只猫肚子朝上地飘在上面，恶臭把他弄醒了。

不远处有辆城市清洁卡车，它在晚夜出去掀起垃圾的盖子。在车灯的半明半暗中，他认出了一蹦一跳又叽里呱啦的起重机，认出了在如山一般的垃圾堆顶部那直挺挺的人影，他们正用手引导着悬在滑车上的容器，然后把那容器翻过来，用铁锹拍了几下，同时发出阴沉而断裂的声音，就好像是起重机的阵阵牵引：“抬高……松开……滚开……”，还有了一些金属的碰撞声，好似失去光泽的铜锣，然后是缓慢重新启动发动机的声音，这声音又在前面不远处停了下来，并再次操作起来。

但是马科瓦尔多的睡眠已经处在一片各种噪声再也无法到达的区域，而那些噪声呢，尽管是如此的令人厌恶而刮人，就像是被一周柔软、缓冲的晕圈包裹住一般地传来，也许是因为货车里满箱垃圾的质地：是那恶臭使他清醒着，一种对这恶臭忍无可忍的想法更加激化了的恶臭，因此，就连那噪声，那被弱化和遥远的噪声，连带有起重机的卡车在逆光中的形象，无论是作为声响，还是作为视觉，都无法到达他的脑中，只除了那恶臭。马科瓦尔多焦躁起来，徒劳地追着那鼻前飘过对玫瑰花园花香的想像。

夜警托尔纳奎因齐在感到自己额头被汗沁湿的同时，隐约看到一个人影匍匐着在一个花坛里跑着，看见那人影发怒地扯下那些毛茛属植物，然后就消失了。但夜警想，如果这是一条狗，那是逮狗队的事，如果是一个幻觉，那是精神病医生的事，如果是一位变狼狂患者，那就不大知道应该是谁的事，但最好不是他的事，于是他就闪开了。

就在这时，马科瓦尔多回到他的床铺旁，对着鼻子压上一束乱七八糟的毛茛属植物，并企图用它们的香味来填满自己的嗅觉：但他只能从那些几乎是无味的花朵中挤出很少的一点味道来；可是露水、土壤、被捣碎的青草香味就已经成了一种香油。于是他赶走了垃圾的纠缠，睡着了。

他再次醒来时，满是阳光的天空豁然大开在他头顶上，太阳好像把树叶都擦干净了，慢慢地，他半瞎的视线中又出现了树叶。可马科瓦尔多却不能多做耽搁，因为一阵哆嗦把他吓跳起来：政府的园丁们正在用消防栓里的喷水浇灌着花坛，这喷水使他的衣服上淌满了冰冷的溪流。身边是电车，市场上的卡车、手推车、小货车的践踏声，工人们骑着机动自行车跑向工厂，商店的金属卷帘门直向上冲，各个房屋的窗户卷起了百叶窗，玻璃光芒四射。脸上被印满了条纹，嘴巴眼睛都被紧紧粘着的马科瓦尔多，脊背僵硬、一侧髋部瘀青地跑去工作了。

月亮与Gnac

夜晚持续二十秒，而后是二十秒钟的GNAC。只有二十秒钟的时间可以看见湛蓝色的天空中飘着团团黑色的云朵，看见金黄色镰刀形的新月被一轮不能平息的光晕衬托出来，然后还能看见星星，越盯着它们看，那星星点点刺人的渺小颗粒就越是浓密，直到能看见银河里密密麻麻的光带，所有的这一切都是看得匆匆忙忙，目光所滞留的每处细节都是整体中的一部分，可看到了细节，就会失去了整体，因为二十秒钟很快就会结束，GNAC又会亮起来。

GNAC是正对面屋顶广告牌SPAAK-COGNAC上的一部分，它是亮上二十秒，熄上二十秒，当它亮起的时候，其余什么东西都看不见了。月亮倏然褪了色，天空变得均匀而漆黑扁平，星星失去了光泽，沿着屋檐和脚线，公猫和母猫持续发出爱意绵绵的叫唤已经有十秒钟了，它们一个顶着另一个，软绵绵地活动着，现在，GNAC一亮，它们就浑身毛直竖地藏在瓦片间，匿在霓虹灯的磷光里。

从所住的顶楼的窗口朝外望去，马科瓦尔多一家正被各种对立的思潮所穿过。夜深了，伊索丽娜带着她的十八岁，为那澄净的月光而感到激动，而内心则饱受着折磨，以至于楼下收音机叽哩哇啦的微弱声响传到她耳中，也成了一支叮咚作响的月下情歌；GNAC又亮了起来，那台收音机好像也换了一支调子，一支爵士乐，伊索丽娜在那件紧窄的衣服里伸了伸懒腰，想着灯火辉煌的舞厅，而她这个小可怜，孤身一人地待在这顶楼上。丹尼艾莱和米凯利诺，一个八岁，一个六岁，睁大了眼睛望向夜空，他们任由自己被一种温暖而柔软的害怕攫住，害怕自己被满是匪徒的森林包围住；随后，是GNAC！他们于是伸着大拇指和食指地跳起来，互相指着："举起手来！我是Superman[①]！"多米提拉，他们的母亲，每当黑夜熄灭的时候，她就想了："现在得让这些男孩退出去，这气氛继续下去可不好。特莱西纳这个时候还把头探在外面可是不行！"可之后，一切又会重新明亮起来，带起电来，屋外屋里一般通明，于是多米提拉就突然感到自己来到了体面人家。

而费奥尔达里基，这个十五岁的早熟男孩，在每次GNAC熄灭的时候，都能看见在字母G的漩涡中，会出现一小扇微微被照亮的阁楼窗户，在那玻璃后，有一张姑娘的脸庞，那脸有着月亮的颜色，霓虹灯的颜色，夜晚自然光亮的颜色，她有着一张几乎还是小女孩的嘴巴，他刚朝她微笑一下，她就难以察觉地张开一点嘴巴，而那嘴已经好像就要展开一口笑容时，GNAC中那个无情的G就又会从黑暗中突然射出来，姑娘的脸于是就失去了轮廓，化成一片微弱而浅淡的阴影，而姑娘那孩童般的嘴巴便再也不知是否回应了他的笑容。

① 英语：超人。

在这些暴风骤雨般的激情中，马科瓦尔多却尝试着给孩子们教授一些天体方位的常识。

“那是大车星座[①]，一颗，两颗，三颗，四颗，那里是辕[②]，那是小车星座[③]，还有指示北边的北极星。”

“那么那个呢，指示什么？”

“那指示着c。但它不属于星星。它是单词COGNAC的最后一个字母。而星星是指示基本方向的。北，南，东，西。月亮现在的月峰朝西。峰面西，上弦升。峰面东，下弦落[④]。”

“爸爸，那么cognac也要落了？ c的弦峰是朝着东的！”

“这跟弦峰没关系，不管是升还是落：这是一个被Spaak公司写在那里的字母。”

“那月亮是哪个公司放上去的？”

“月亮不是什么公司放上去的。它是一颗卫星，永远都在。”

“如果它永远都在的话，为什么会改变弦峰呢？”

“月亮有四个月相。能看到的只是一个部分。”

“那个COGNAC也是只能看到一部分。”

“那是因为皮尔贝尔纳尔迪大楼的屋顶更高。”

“比月亮还高？”

就这样，每当GNAC亮起来，马科瓦尔多的行星就和地球上的商业混淆在一起，伊索丽娜把自己的叹气化成了急促的呼吸，这呼吸带着轻声吟唱的曼波节奏，而那阁楼里的姑娘则消失在那圈耀眼而冰冷的光环里，光环隐去了她对费奥尔达里基飞吻的回应，那是

① 即大熊星座。
② 即大熊星座中的勺。
③ 即小熊星座。
④ 也就是汉语中的“下弦近朔，上弦近望”。

他终于鼓足了勇气用手指尖送出去的，丹尼埃莱和米凯利诺把拳头举在脸前，充当飞机上的机关枪，“嗒－嗒－嗒－嗒……”，并对准了那二十秒钟后就会熄灭的闪亮字迹。

“嗒－嗒－嗒……你看见没有，爸爸，我只用一发扫射就把那灯打灭了？”丹尼埃莱说道，但是，没了霓虹灯，他对战争的狂热也就消失了，眼里充斥着睡意。

“要是那样就好了!”父亲失口说出，“最好能打得粉碎!我就能让你们看看狮子星座，双子星座……”

“狮子星座!”米凯利诺突然来了兴趣。“等一下!”他想到一个主意。他拿起一把弹弓，从总装在口袋里的小石子中掏出一粒，安在弹弓上，并使出全力，对准GNAC弹出一发石子“扫射”。

然后就听见一连串散乱的石子落在对面屋顶的屋瓦上，落在屋檐的金属板上，一扇被击中的窗户玻璃叮咚作响，一块石头敲打在底下的车灯槽里，咣当响了一声，街上也响起一个声音：“下石头了！嘿那上面的！混蛋！”但那闪耀的字迹恰巧就在石头射过去的时候熄灭掉了，因为它该亮的二十秒钟到头了。于是顶楼上的所有人都默默地数了起来：一，二，三，十，十一，一直到二十。他们数到了第十九秒，屏住了气，数出了第二十秒，还数了第二十一，二十二秒，因为担心自己数得太快，但是没有，什么都没有，GNAC并没有再次亮起，仍是漆黑一片，很难识得清楚，在它的支撑架上缠作一团，好似葡萄藤架上的葡萄。“哈!”所有的人都大叫道，他们头上天空的拱顶抬升起来，上面是满天的星斗。

马科瓦尔多很想给米凯利诺后脑勺一巴掌，手都抬起来了，却又停住了，他感到自己就像是被投影在了宇宙之中。现在统治着屋顶高度的黑暗就像一面幽深的屏障，把那下面的世界排除在外，在那下面的世界中，黄色，绿色，红色，那象形文字般的霓虹灯仍在旋转着，红绿灯正眨着眼睛，空荡荡的有轨电车打着灯地跑着，看不见的汽车在把车灯的光锥往前推进。从底下的这个世界中，只是升起一团弥漫的磷光，就像烟雾一样模糊不清。抬起眼睛，再也不会感到强光刺眼了，而是打开了一片空间的全景，星宿在天空的深处扩大着，星空在到处旋转，就好像一个球体，包囊了一切，却没有任何界限能包围得了它，在星空这纱帐中，只有一片稀薄之处，好似一道缺口般地朝金星打开，是为了它能独自跳到地球轮廓的上方来，带着那爆炸般的静止光束，聚集在一点之上。

新月悬在这片天空中，并没有炫耀出那抽象的半月形容貌，而是揭示出那个不透光球体的自然风貌，它给被地球遗失掉的那个太阳的光线斜照在周围，可尽管是这样，它仍保留着——就像只能在盛春的某些深夜里才能看到的那样——温暖的热度。月亮在那里被切成了暗部与明部，马科瓦尔多就看着那明暗之间似海岸一般的窄窄切线，不由得体尝到一种怀念，仿佛又到达一片海滩，那里在夜间也能奇迹般地阳光灿烂。

就这样，他们在顶楼里张望着，孩子们被自己的举动造成的不可估量后果吓坏了，伊索丽娜则好似陶醉在狂喜之中。费奥尔达里基在所有人中间，是唯一一个发现被微弱照亮的阁楼的人，他终于等到了姑娘月亮般的微笑。妈妈醒悟道："快点，快点，都夜里了，你们还探在这里干什么？你们会在这通明的月亮下生病的。"

米凯利诺把弹弓对准了高处。"我把月亮也射灭了。"说罢，他就被逮住送上了床。

于是，那天晚上的剩余时间和第二天的整个晚上，对面屋顶上的光亮字迹只写着SPAAK-CO，于是从马科瓦尔多的顶楼里，就可以看见星空了。费奥尔达里基和月光姑娘用指尖互传着飞吻，也许他们这样默不作声地说着话，都能商定好一次约会了。

但是第三天的早上，在屋顶上发光字迹的支架间，显出了穿着工作服的两个电工那纤瘦的身形，他们正在检查灯管和线路。马科瓦尔多带着一副能预见到天气的老者神情，把鼻子伸到外面，然后说："今天晚上将又是一个 GNAC 之夜。"

有人在敲顶楼的门。他们打开门。是一位戴眼镜的先生。"很抱歉，我能从你们家的窗户看看吗？谢谢了，"然后他又自我介绍起来："戈蒂弗雷多博士[①]，是照明广告公司的代理人。"

"我们完了！他们想让我们赔偿损失！"马科瓦尔多想，他瞪着孩子们，就像要把他们吃掉一样，完全忘记了自己也曾陶醉在那天空中。"现在他从窗户上看，就会明白石头只可能是从这里扔出去的。"他试图把手伸在前面："您知道，他们还是孩子，就这样随便扔出去的，打麻雀玩的，都是小石子，我也不知道是怎么回事那石子就把 Spaak 那行字给砸坏了。但我已经惩罚过他们了，呃，我可是都惩罚过他们了！您放心，这事不会再发生了。"

戈蒂弗雷多博士做出一副很认真的样子。"说实话，我是为'Cognac Tomawak'公司工作的，不是 Spaak 的。我来是为了研究一下在这边的屋顶上安置一面照明广告的可能性。但您请讲下去，您请照样对我说，我很感兴趣。"

就这样，半小时以后，马科瓦尔多和 Spaak 公司的主要竞争对手 Cognac Tomawak 公司缔结了一份合约。每当那行字又亮起来的时候，孩子们就得用弹弓把 GNAC 打掉。

---

① 意大利只要不是工科的大学毕业生，都称为博士。

“这将会是使花瓶溢出来的那一滴水[①],”戈蒂弗雷多博士说。他没错：因为巨额的广告开销，Spaak公司已经濒于倒闭的边缘，他们把自家最华丽的照明广告上接连不断的损坏看做一个不祥之兆。那行时而是COGAC，时而是CONAC，时而又是CONC的字迹，给其公司的债权人传播了一种混乱的感觉；到后来，连广告公司也拒绝修补其余的损坏了，如果Spaak公司仍不付清他们欠款的话；字迹的彻底熄灭加剧了债权人的不安心理；Spaak公司破产了。

在马科瓦尔多的天空里，满月在自己璀璨的光辉中是浑圆浑圆的。

最后一个月相中的一天，几个电工又爬上了对面的屋顶。当天晚上，比之前要高与宽上一倍的火红字体，COGNAC TOMAWAK，闪亮了起来，于是就再也没了月亮，没了星空，没了天空，没了黑夜，只有每两秒钟就亮一下或灭一下的COGNAC TOMAWAK，COGNAC TOMAWAK，COGNAC TOMAWAK。

全家人中最受打击的是费奥尔达里基；月光姑娘的阁楼在那宏大的、不可穿透的W字母后消失不见了。

---

① 这种说法类似于“压断骆驼背的那根草”。

车间里的母鸡

看守阿达尔贝尔托有一只母鸡。他是一家大工厂里内部警卫队的；这母鸡他就养在工厂里的一个小院子里；警卫队的领导给了他这个许可。他想慢慢地把这里整个变成一座鸡舍；他是从买下那只母鸡开始的，它作为一只听话多产的母鸡，作为一只安静的动物，可以向他担保，自己永远不敢用一个“咯咯大”来打扰车间里严肃的工业气氛。的确，他不能说自己有任何不满的地方：这鸡每天至少给他下一个蛋，如果不是几下低声的吱吱叫，它可以说是完全不作声的。阿达尔贝尔托获得的许可，其实，是在笼子里养鸡的许可，但由于院子里的土地——被机械文明征服还没几年——不仅富于生锈的钉子，也饱含蚯蚓，于是他就默许了母鸡在周围啄食。就这样，这鸡在车间里来来往往，谨慎而小心，在工人们中间很是出名，因为它的自由和不用担责任，为人们所嫉妒。

一天，老车工皮埃德罗发现自己的同龄人托马索，那个质检员，来到厂里时，口袋里装满了玉米。没忘记自己农民出身的质检员，很快就估量了那只飞禽的生产能力，并把这种赏识和想从所受欺压中获得点补偿的愿望联系起来，为了和看守的母鸡交朋友，为了引诱它把蛋下到他工作台边的一只废品盒里，他开始进行了一番小心的操作。

每当皮埃德罗发现朋友的这个秘密诡计时，他就很不舒服，因为他万万没有想到朋友会这么做，于是也尝试去不逊于他。自从他们快成为亲戚时起（他的儿子打定心思要娶托马索的女儿），他们就总在吵架。他于是也准备了玉米，整出一个装满铁屑的抽屉，在他所看管的机器允许自己的那点时间里，试图来吸引那母鸡。于是，赌的不只是一个蛋，还是道义上报复的这场比赛，更是在皮埃德罗和托马索之间展开了，而不是在他们两人和阿达尔贝尔托之间展开的，阿达尔贝尔托，那个检查工人进出厂的可怜人，总是翻找着别人的拎包和法兰绒布，对此却毫无所知。

皮埃德罗独自一人在一个被一小堵墙划出的车间角落里，就好像一个单独的空间，或是类似于“小厅”，那里有扇玻璃门，面朝院子。直到几年以前，这个小厅里还有两台机器和两个工人：他和另外一个。慢慢地突然有一天，另外一个因为疝气住了院，皮埃德罗临时就有两台机器要管。他学会了如何根据需要来支配自己的活动：放下一台机器的杠杆，然后去另一台机器拿下已经完成的部件。然后那个得疝气的家伙做了手术，回来了，但被分配到另一组里去了。最后皮埃德罗就留在了那里，和那两台机器一起；甚至，为了让他明白这不是一个偶然的疏略，来了一个测时员，来测量机器的工作时间，然后又给他加了第三台机器：测时员计算出，在一台机器和另一台机器的操作过程中，仍有几秒钟的空闲时间。然后，在一次计件普查中，为了补足不是很清楚究竟是多少的总数，他又不得不给弄来第四台机器。年过六十的他，还得学会在同样的工作时段中，完成四倍的工作，可由于他的工资并没有因此而改变，他的生活也就并未因此获得很大的回应，除了在他身体里那渐渐生下根来的支气管哮喘，还有自己在任何同伴中和环境中刚刚坐稳就会睡着倒下来的恶习。但他是一个健壮的老人，尤其是精神上那洋溢的活力，总是期望着自己能处在什么重大变革的前夜。

一天八个小时，皮埃德罗都要在四台机器间转，每转一圈，都要反复做上相同的动作，他已是如此地熟悉这些动作，以至于可以把这些动作中任何一处多余的冗长撇除出去，以至于能准确地把自己气喘的拍子调节到工作的节奏中去。就连他的瞳孔也能顺着一条准确的线路移动，就好像行星的轨迹，因为每台机器都需要在某个确定的时候被盯上几眼，这样就能保证它不会被卡住，计件也不至受损。

在第一个半小时的工作后，皮埃德罗就已经累了，在他鼓膜里的工厂噪声，揉成了背景统一的嗡嗡声，从这声音里，会跳出他机器的节奏。被这节奏推动的他，几乎是迟钝地走上前去，直到他能听到或是因为机器故障，或者是因为下班时间已到而放慢运转并终止下来的传送带的呻吟，这就如同幸存者看见海岸显出轮廓时那般甜蜜。

但那无穷无尽的东西是人类的自由，尽管在这样的条件下，皮埃德罗的思绪还是能在一台机器和另一台机器间编出一张网来，能像蜘蛛嘴里吐出的线一般持续地流淌出来，而在那个由脚步、动作、眼光、肢体反应组成的几何图形中，他不时能做上自己的主人，就像一个乡间的老爷爷那样安详，会在接近中午的时候出门，来到葡萄藤架下，望着太阳，用口哨唤狗过来，看护着坐在枝头上晃荡的孙子们，并日复一日地望着无花果长熟。

当然，这种思绪的自由只能通过一种特别的技术才能达到，要很长时间才能学得会：就比如，能够在手必须把零件送到车床底下的时候打断思路，并几乎是把那个思路放在槽里正在过来的下一个零件上去继续它，而且尤其要在零件前行的时段内抓紧时间，因为只有当人穿过一段很熟悉的路时，才能好好地想什么事情，即使这里只有两步路：一步-两步，可在那段路程中有多少东西可以想啊：一段幸福的老年，整个星期天在广场上听各种会议的老年，在扬声器边上竖着耳朵，为失业的儿子听工作机会，然后很快就被围在一窝打鱼的子孙间，在那夏日的夜晚中，每人都举着根钓鱼竿，坐在小河的堤坝上，还可以跟朋友托马索打自行车比赛或是政府危机的赌，但这赌重得能打消他在很长一段时间内想固执一番的愿望，同时还须用眼光追随着传送带，因为在那个地方，传送带总会从机轮上脱落下来。

"如果在五……（抬起杠杆!）……月，我的儿子要娶那个笨蛋的女儿……（现在得把零件送到车床底下!）我们就要把大房间腾出来……（然后得走掉那两步：）……这样一来他们夫妻在星期天的早上就可以一起在床上待到很晚了，他们能从窗户里看到大山……（现在要把那杠杆放到那下面去!）我和我的老太婆就在那个小房间里凑合凑合……（把那些零件放到位置上去!）……反正就算从窗户里我们只能看到煤气罐，那也无所谓，"然后从这里他又转到另一番推理上去，就好像是那个房子旁边的煤气罐形象让他回到日常的现实中去，或者也许是因为车床的一个临时障碍给他激发出一种斗争的态度："如果轧钢机车间因计件问题支持一场罢工的话我们就可以……（小心!放歪了!）……可以和他们一起……（小心!）……要……要求（不行了，小心!）我们这个专业的待遇被提到更高一个层次上……”

就这样，机器的运动制约着，可同时也推进着思维的活动。而在这样一个机械台架中，思维也慢慢适应过来，敏捷而柔软得就像文艺复兴时期一个年轻骑士苗条而肌肉发达的身子，这身子把自己适应在盔甲[①]里，并能绷紧和放松二头肌，以便能活动活动睡着的胳膊，能伸伸懒腰，能蹭蹭铁制背甲把他弄痒的肩胛骨，能缩缩屁股，能移动一下被马鞍压扁的睾丸，能把大脚趾从第二个脚趾上叉开：皮埃德罗的思绪就这样涌淌和松懈在那种神经紧张的囚禁之中，一种无意识的、疲劳的囚禁。

因为没有一座监狱是没有一线光的。于是就算是妄想利用工人最后一丁点时间的那个体系也是这样，皮埃德罗终于发现，通过一系列动作的组合，有那么一刻，几秒钟时间的惊艳假期会出现在他眼前，以至于他可以为了自己的利益前前后后地走出三步，或者挠挠肚子，或者哼上一句：“啵，啵，啵……”然后，如果车间主任不在那里烦人的话，在一个操作和另一个操作之间，还有时间跟什么同事说上两句话。

于是在那母鸡出现的时候，皮埃德罗就可以说：“唧喔……唧喔……唧喔……”并在脑子里把自己用平足和那肥胖的身子在四台机器间转上的那么一圈和母鸡的运动做了一下比较；并开始把那些玉米粒在地上丢成一条线，因为这线是一直通到装满铁屑的抽屉里的，这样一来是应该能把那飞禽引去为他下蛋的，而不是为警察阿达尔贝尔托，也不是为了朋友–对手托马索的。

可不管是皮埃德罗的还是托马索的窝都没有使母鸡产生灵感。

---

① 这里的“盔甲”和前一句中的“台架”用的是同样一个意语单词。

好像是每天拂晓时，它把自己的蛋都下在了阿达尔贝尔托的笼子里，在它开始在其他车间里转悠之前。不管是车工还是质检员，都养起了一看到它就将它捉住，并把手伸到它腰里的习惯。那母鸡呢，性情驯顺得就像只猫，就那么任人摆弄着，可肚子里总是空的。

应该说，已经有几天皮埃德罗不是一个人跟那四台机器相处了。也就是说，对机器的控制权仍是完全属于他的，然而出了一条新规定，某一部分的零件，是需要精加工的，于是一个总带着木锉的工人就时不时地来抓上一把零件，并把它们带到安置在那附近的他的工作台上去，然后呋咻呋咻，呋隆呋隆地，安安静静地，把它们刮上个十分钟。他是不会帮皮埃德罗忙的，相反，他总会挡住皮埃德罗的路，而且很显然，他还有别的职责。他这个家伙，早已闻名于工人之间，还有个绰号：臭烘烘的乔万尼诺。

他身形单薄，黑黑的，毛发多，头发卷，朝上翘的鼻子，把嘴唇也提了上去。没人知道他是给从哪里捞过来的；不过大家知道，他刚被雇用时，在工厂里轮到的第一个位置，就是维护厕所；但事实上，他得待在那里一整天，偷听人们说话，还要汇报上去。有什么东西会如此重要，以至于要在厕所里偷听，这从来也无法得知；好像是职工委员会里的两个人，或者是工会里谁知道什么鬼人，看见没有办法在其他地方聊天还能保证自己不被立刻开除，于是就在厕所的两个小隔间里互相交换着意见，却假装是因为生理需要才去那里的。不是说一座工厂里的职工厕所就是多安静的地方，那里的隔间大多没有门，或只有到腰间高度的那种门，头和上半身于是就暴露在外，为的正是没人能滞留在那里吸烟，然后还会有看守时不时地过来看看，为的是人们待在这里的时间不至于太长，也是为了看看你待在那里是大便呢，还是在休息，但是总之，与工厂里其余的部分相比，这里还算是宁静与舒适的。事实是，那两个人被指控在工作时间从事政治，就被解雇了：应该是有人告发了他们的，人们立即一致认为是臭烘烘的乔万尼诺干的，从那以后，他就被这么叫了。他把自己关在那里面，时值春季，而他整整一天就那么听着水流声，噼啪声，扑通声，哗啦声；同时梦想着自由奔放的激流，还有纯净的空气。再没人在厕所里说话了。他们把他撤了下来。一个没有手艺的人，一会被分到这个组里，一会被分到那个组里，做着泛泛而显然无用的工作，带着监视的秘密任务，被总是担惊受怕的领导们那混乱无章的害怕调遣着；无论是在什么地方，单位的同事们总是默默地朝他背过身去，并且根本就不屑于看一眼他想方设法要勉强做出的那些无用的操作。

现在他落到要跟在一个只身一人的耳聋老工人身后。他能发现什么？他是不是也像他告发掉的那些受害者一样，也来到了最后一级台阶上，然后被赶到路上[①]？臭烘烘的乔万尼诺于是就绞尽脑汁地想捕捉到一点痕迹，一处怀疑，一条线索。那是一个好时节；整座工厂都处在惊恐之中，工人们都很激动，领导阶层也是汗毛直竖。乔万尼诺琢磨自己的一个想法已经有一阵了。每天将近某个钟点时，总会有只母鸡进到车间里。车工皮埃德罗就会摸它。用两颗玉米粒把它引到自己身边，然后他会走到它旁边，把一只手伸到那鸡的身子下。这会说明什么呢？这是把什么秘密消息从一个车间传到另一个车间的方式吗？乔万尼诺对此已是坚信不移了。皮埃德罗对那母鸡做出的举动，正好像是想在那飞禽的羽毛间寻找或塞进什么东西。有一天，臭烘烘的乔万尼诺在皮埃德罗把母鸡放走之后，就跟着它

① 就是“被解雇”的意思。

去了。母鸡穿过院子，爬到一堆“工”字形的铁家伙上，乔万尼诺也平稳地跟着它爬了上去；然后它又钻进一节管道中，乔万尼诺就匍匐地跟着它钻进去；它穿过院子的另外一段，来到质检员的车间里。那里另有一个老头，好像正在等它：老头一直在车间入口处窥视着它的出现，然后他一看到它，就丢下锤子和改锥，迎它而去。这母鸡跟他也很亲密，以至于随他把自己的爪子给拎起来，好呀，这也是!这鸡也让他摸自己尾巴下的那部分。乔瓦尼诺已经确定自己找到了什么重大发现。“那消息，”他想，“每天都被皮埃德罗转达到这个人这里。明天，那鸡一从皮埃德罗那里出发，我就把它逮住，好好搜上一搜。”

第二天，在皮埃德罗没有信心地又摸了一遍那母鸡，并忧伤地把它重放回地上以后，便看见了臭烘烘的乔万尼诺，带着他的木锉立在那里，然后几乎是跑着离开了。

接到他的警报，警卫科就准备开始逮捕。正当那鸡在灰尘中啄食着布满在螺钉间的昆虫幼虫时，被他们当场捉住，并转移到监察科的领导办公室里。

阿达尔贝尔托对此仍一无所知。由于不排除这事也是被他纵容默许的，这次行动是瞒着他展开的。他被命令召去，一看见上司写字台上那母鸡被固定在两个同事的手里，他眼里差点就涌满了泪水。“它做了什么？为什么？我总是把它关在笼子里的!”他说起来，同时想到，他错在让鸡满工厂地乱跑。

可指责却更为严重，他很快就发现了。领导不断地质问他。那是一个退休的前宪兵上士，于是对警卫队里的前宪兵仍旧行使着军队等级关系权力。在审讯过程中，对自己名誉被损的担心，要远远多于对那母鸡的热爱，多于能在未来成为一个家禽饲养者的希望。

他把手伸向前方，试图为把飞禽放出去的那个举动自我辩护，但对于母鸡和工会之间关系的提问，他却不敢冒着自己将受到牵连的险，而给鸡开脱或是为其辩解。他总以一系列的“我不知道，这和我无关”来做掩护，唯独担心在这起事件中，自己的任何责任会不被排除在外。

看守的诚意被认可了；但他喉中含着眼泪，悔恨揪心地望着那只任由命运摆布的母鸡。

上士下令开始搜查。那些人中的一个避开了，说是这让他恶心，而另一个在母鸡一轮啄嘴进攻后，吮着淌血的手指，离开了。最后，不可或缺的专家们出场了，对能表现表现自己高兴不已。输卵管是一个会藏有与企业利益相背的信件或其他什么东西的世界。作为战争中各种技术的行家，上士下令在鸡翅膀下面搜寻，因为驯鸽工程兵总习惯把自己的短信藏在蜡封的特制小弹壳里。专家找了找，沾了一手的绒毛和翎毛，还把写字台上溅得到处都是泥，可什么也没找到。

尽管如此，母鸡仍被认为相当可疑，说它无辜是不足信的，于是它被判了罪。在惨淡的院子里，两个穿着黑色制服的人抓着它的爪子，第三个人则是拽它的脖子。它发出了最后一声尖叫，长久而悲痛，一声凄凉的“咯咯大”，它一直是如此谨慎，以至于从也不敢喜悦地把这叫声喊出来。阿达尔贝尔托用手捂住了脸。他那要弄一个唧唧吱吱鸡窝的温暖美梦还没诞生就已经破灭了。就是这样，压迫的机器总是和为它服务的人作对。因为收到工人委员会对解雇工人的抗议而正忧心忡忡的企业老板，从他的工作室里听到了母鸡被处死时的尖叫，突然有了一种伤心的不祥预感。

数字之夜

夜晚的黑暗钻进大街小巷，用黑色填满了树上叶片间的空隙，用火花给电车天线的轨道打上星星点点，在准时的路灯下打开一道模糊的光锥，点燃橱窗的节日，再往上去，越过屋子的正面，突显出来家庭里窗户上窗帘的谨慎。但是在一、二层楼间的夹楼和在底楼上，那没有遮掩的宽宽长方形的光亮揭开了城市里上千家公司办公室里的秘密。一天的工作到了头：在排成行的打字机卷轴上，最后几张纸也被卷出来，给皱巴巴的复写纸分开；在办公室主任的写字台上搁着一些等着签字的信件档案，打字员或在给打字机戴套子，或走向衣帽间，或是已经在签章表[①]处尾随上穿着大衣交谈的人群。一切很快就荒凉起来。窗子里现在展示出的一溜空大厅，浸没在石灰的洁白之中，那洁白从白炽灯中散发出来，反射在用令人愉快的颜色划分成几块的墙体上，反射在光亮而光秃的写字台上，反射在机械化处理机器上，这些机器停下了自己的持续费神，像马

① 一种类似于现在的考勤机的东西。

一样站着睡在那里。现在，一群中年妇女突然盈满了这种几何景致，她们裹在有着绿色与猩红色花卉图案的晨衣里，头上扎着手绢，或梳着拿破仑时代的头发式样，或披着三角薄围巾，穿着从中伸出了羊毛袜里粗腿的超短裙，脚上蹬着补丁鞋。会计工作的夜晚会产生女巫。她们握紧扫帚和大刷子，扑向那些光滑的平面，画出她们的神秘图案。

在一扇窗户的方格中，出现了一个生着雀斑的小伙子的脸，他有一头冠毛般的粗硬黑发，然后他走开了，接着又出现在下一扇窗户中，之后是下一扇，又是一扇，就好像鱼缸里的一条翻车鱼。好了，他停在一扇窗户的角落里，就在那时，百叶窗突然展了开来，而那光亮的长方形的鱼缸就消失了。一扇，两扇，三扇，四扇，在所有的窗子上，都落下了黑暗，而在每扇窗户里，最后一个能看到的东西，就是那张翻车鱼般笑脸做出的怪相。

“保利诺！你放下所有的百叶窗了吗？”

尽管早上保利诺要早起去学校，他母亲每天晚上都带着他，这样他就可以帮点忙，也可以学着干活。像软云般的睡意会在这个时候压沉他的眼皮。从已经黑掉的路上进来，这些空旷而通明的房间就好像会让你眩晕。台灯仍开着，在柔韧的长颈上垂下绿色的灯罩，弯向写字台明亮的台面。保利诺经过的时候，为了关灯并减弱那亮光，会揿下每盏灯的按钮。

“你在干什么？你觉得这是玩的时候吗？过来帮我一把！你把百叶窗都放下来了吗？”

保利诺使出一个生硬的动作，把百叶窗一下子都展了开来。那外面夜晚的黑暗就消失了，街灯的晕圈，大街上远处窗户上微弱的亮光也消失了，除了这一盒光亮外，再也没有另外一个世界。每当保利诺去把百叶窗猛拉下来时，都好像是从自己的迟钝中苏醒过来一样：但这就好像是在睡眠中梦见自己醒来，无非是进入了另一场梦境一般，一场更深的梦。

“妈妈，我可以去转一圈篓子吗？”

“当然，好孩子，拿上袋子，去吧。”

保利诺拿上袋子，为了倒废纸篓，得去办公室里走上一遭。那袋子比他人还大，保利诺把袋子拖在身后，袋子就在地板上滑着。他走得很慢，是为了尽可能拖延这一圈的时间：对保利诺来说，整个晚上，这是最美妙的时刻。在他面前会展现出一座座的大厅，那里立着成排的计算器和全都一个样的文件柜，还会出现一格格的房间，那里放着颇具权威的写字台，台上装满了电话，内部电话，还有键盘。他喜欢独自在那里转悠，直到和那些金属设备，和那些成直角的棱角合为一体，直到忘记其余的一切，尤其是耳朵里不用再有他母亲和迪尔切太太的聒噪。

迪尔切太太和保利诺的母亲之间的区别是，迪尔切太太对在“斯巴夫”公司办公室里打扫卫生这件事很投入，而他母亲却不管自己是在打扫一家公司，一间厨房，还是一个商店的后间。

迪尔切太太知道所有办公室的名称。“现在我们去会计室，潘索第太太，”她对保利诺的妈妈说。

“那是干什么用的？”潘索第太太问，她是一个又矮又胖的小女人，从老家刚来不久。

迪尔切太太则是一个又瘦又长的女人，满身的傲慢，穿着一件类似于日本和服一般的衣服。她了解公司的所有秘密，而保利诺的母亲就张着嘴听她说。“您看贝尔托棱齐博士多没条理啊，似乎是不可能的，”她说，“这么乱，我敢肯定输出很糟糕……”

保利诺的母亲抓住她的一只袖子:“但那是谁?……我们就别管了……您在碰什么呀,迪尔切太太?您难道不知道,如果桌上没弄干净,我们是不需要打扫的?只需要用鸡毛掸子这样在电话上扫一下就行了,至于去油垢嘛……”

迪尔切太太把鼻子贴到文件上,拿起一封信,放到自己鼻子下面,因为她是个近视眼,然后说:“喂,您听听,三十万美元,这边说……您知道三十万美元是多少钱吗,潘索第太太?”

在保利诺看来,这两个女人就好像是走了调的曲子一般,触犯了办公室的庄重。她们中的这一个或另一个都使他恼火:迪尔切太太是个蛮横可笑的家伙,当她要擦内线电话的键,或是抽屉的把手时,便坐在一个办公室主任的扶手椅里,在那里,移动着她的抹布时,她会拿起一副正在迅速处理什么重要手续的主任表情;然后他母亲呢,总是同样的一副乡下女人相,当她给计算器去尘时,就好像是在照管牲口圈里的牲口。

保利诺离她们越远,越深入到荒芜的办公室中,那双被睡意弄小的眼睛就越会放大那光秃而方正的视野,他喜欢把自己想像成一只蚂蚁,一个几乎看不见的存在,正在穿过一片亚麻油毡做成的土壤,贫瘠而光滑,周边是光亮的群山,山峰都给削尖了,上面是扁平白色的天空。于是他就会惊愕起来:为了重新鼓起勇气,他就去周围寻找那总是多样而不协调的人类生命痕迹。在一张桌子——那肯定是张女职员的桌子——的玻璃下有一张马龙·白兰度的照片;在一个窗台上,另一个女职员在一个小花盆里养着一些水仙花的球茎;在一个废纸篓里,有一份印有插图的报纸;在另一个篓子里,有一张活页记事簿里的纸,上面全是用铅笔画出的小人;一张女打字员的凳子上散发出紫罗兰的味道,在一盘烟灰缸里,有一些包过酒心巧克力的小酒杯形锡纸。好了，只要找到这些细节，对于那片几何图形的沙漠的惊愕就会消逝不见了，但是保利诺几乎感到自己很丢脸，就像是为了自己的胆怯，因为他想要的，和要使之成为自己一部分的，正是那个最能带来惊愕的东西。

一个大厅里面全是机器。现在是静止的，但有一次，保利诺看到过它们运作，运作时的机器附着一种持续的嗡嗡声，一些被打上孔的厚纸在里面上上下下地跳个不停，就好像鞘翅一般；一个穿着外科医生那种白大褂的男人正在操作机器，他还停了下来，和保利诺说话。“会有一天，办公室只需要这样就能运转下去，”他对保利诺说，“不需要任何人，也不需要我。”

保利诺立刻跑到迪尔切太太那边去。“您知道那些机器生产什么东西吗？”他问她道，希望能找出她什么茬来；穿着白大褂的男人就是在那时告诉他，那些机器是什么东西都不产的，但是它们指挥着公司里的所有事宜；检查账目，知道所有发生的事情，也知道将会发生什么事情。

“那边那些？”迪尔切太太说，“那边那些机器甚至都不能用来做逮老鼠的夹子，我这么跟您说吧。您想知道一件事吗？那些机器的代理权掌握在皮斯塔尼亚授勋骑士的小叔子[①]那里，因为这，他才给公司买进那些机器的。正是这样……”

保利诺耸了一下肩：又一次证明了迪尔切太太什么都不懂：她甚至都不知道那些机器既识得过去也了解将来，它们会让办公室独自运转，那时的办公室会荒芜空旷得就像夜晚的时刻。现在，保利诺把废纸袋拖在身后，尝试着想像那时会是个什么模样，尝试着让

---

① 也可能是姐夫，妹夫，大伯子，内兄，内弟，在意大利语中，这些称谓同用一个词 cognato。

自己集中于那个念想，那个离他母亲和迪尔切太太尽可能远的东西，但总有什么东西阻碍着他，就好像是一种走调的存在。那是什么？

他正准备进入一间办公室，去收篓子，忽地听见一声受惊的“噢!”，一个男职员和一个女职员，正留在那里加班，他们看见了保利诺那头硬直的长头发，就像刺猬一般，在门洞里露了出来，然后这个穿着红绿相间厚毛衣的小伙子就走上前来，身后还拖着一口巨大的袋子。保利诺痛苦地明白到，挤在那中间的一种不合时宜的存在正是他自己的出现。

这两个职员却显得与环境很协调。这两个留在那里加班的人中，女人长着红头发，戴着眼镜，男人头发上的头油是熠熠生辉。他报一些数字给她，她就把这些数字打下来。保利诺停下来，看着他们。男职员报着数的时候，感到有必要走上一走，但他在那些桌子中间的活动，就好似走在一座迷宫里，全是直角形的。然后他又回到那个小姐身边，接着又离开；那些数字就像干冰雹一般落下，打字机上的键盘是起了又落下，男职员的手神经质地抚摸着台历，装纸的篓子，椅背，而手所碰的每一件东西都是铁制的。突然，那小姐出了一个错，她停下来，在滚筒上清除起来，于是，就有那么一阵，一切都染上了一种甜蜜的气氛，几乎是亲昵的；男职员于是又缓慢地重复了一遍那个数据，一手搁在女职员的椅背上，而她则是把背弯成了弓形，直至触到了他的手，于是他们的目光，就把那种持续关注的凝视缓和下来，并在对方的目光中停留了一会。但是该删去的数字都删完了；她再次在键盘上敲打起来，他则又像机关枪般地吐出一串数据；他们分开了，一切又回到了从前。

保利诺得去拿纸篓；为了适应这情境，他就吹起了口哨。那两个人中断了手中的活，抬起了目光。保利诺指指篓子。“你忙，你尽管忙。”保利诺靠过去，嘴巴摆出吹口哨的姿势，却没吐出声来。当保利诺走向篓子时，他们不由自主地暂停下来，然而就在这停顿中，他们又靠近了，他们的手相擦而过，可他们的眼神却没有躲闪避让，而是直视对方，交织在一起。保利诺慢慢地打开袋子口，提起篓子；那年轻人和那姑娘正准备互投一笑。保利诺突然一下子，把篓子翻过来，拍了拍篓子的底部，把废纸全都弄进袋子里：男职员和小姐已经再次疯狂地工作起来了，他密密麻麻地报着数字，她则弓在打字机上，一头红发盖住了她的脸。

“保利诺！保利诺！你到楼梯上来扶我一把。”

保利诺的母亲正在三角梯上清洁玻璃。保利诺就过去帮她扶梯子。迪尔切太太正摆动着那柄大扫帚，在地上踱来踱去，对门前没有擦鞋垫这档事，又有话要说：“像这样一家公司，搁上四张擦鞋垫能花他们多少钱，这样他们就可以不用踩着沾满泥浆的鞋子进办公室了……可什么呀，反正操劳的总是我们，然后如果地上不够光亮可就倒楣了……”

“嗨，反正星期六我们就要打蜡了，迪尔切太太，您会看见的，一切都会好的……”潘索第太太说。

“噢，我又不是生乌杰罗骑士的气，您知道，潘索第太太，我是说皮斯塔尼亚授勋骑士，说实话……”

保利诺没听她说下去。他在想那里的年轻人和小姐。当他们晚饭后来加班时，在男人和女人之间，就会生出一种气氛，就好像是在共同经历着什么非同寻常的考验一般。他们工作得很猛应该说，但也放进了什么焦虑而秘密的东西。保利诺用言语说不大出来，但那是一种他在那两人眼里找到的什么东西，他想再回去看看他们。

“你给我扶好梯子，你睡着了吗？还是你想让我掉下来？”

保利诺又看起了挂在墙上的图示。上，下，上，上，再下面一点，再上去。这些都代表了什么？也许可以用口哨来读它们：一个调子上去，再上去，然后一个调子降下，然后更长的一个高调。于是他就试着用口哨吹出一张图示上的图案："啡－啡咿－啡咿……"然后是另一个图案，再来一个。吹出来的调子不怎么动听。"你在吹什么，你傻了吗？"母亲大喊着。"你想吃一记耳光吗？"

保利诺现在搬着一个垃圾桶，得去把所有的废纸倒掉。他又回到那两个人的办公室。再也听不到打字机的滴答声了。他们都走了吗？保利诺探了一下头。那小姐已经站了起来，朝那个上了头油的年轻人伸出一只握成爪子状的手，手上的指甲削得很尖，涂着指甲油；而他则伸出一只胳膊，就好像想抓住她的喉咙。保利诺吹起了口哨：他的唇间冒出那支自己不久前刚创造出来的调子。他们镇定下来。"噢，怎么总是你？"他们已经穿上了大衣，站在那里，正互相给对方看着一些纸张，那是第二天的工作。"烟灰缸!"保利诺说。但他们并没有理会他，又放下那摊纸，走掉了。在走道的尽头，他挽起她的胳膊。

保利诺对他们走掉这件事感到很是遗憾。现在真是一个人也没有了：只能听见打蜡机的嗡嗡声，还有他母亲的声音。保利诺穿过有张桃花心木桌子的董事会大厅，在那桌子上，甚至能把自己给照出来，那周围是一圈皮制的沙发。他真想做一番助跑，然后像鱼一般地猛扑向桌面，从桌子的一头滑到另一头去，也想陷在那沙发中，并在里面睡着。然而他却只能在上面抹过一根指头，只能看着上面像船尾波一般的潮湿印记，只能用毛衣的胳膊肘部位再把那指印擦干净。

会计室的大厅被分成很多盒子。从大厅的尽头传来一阵嘀嗒声。应该是还有什么人在加着班。保利诺从一个盒子转到另一个盒子里，但这就好像一座满是相同暗室的迷宫，而那嘀嗒声总好像是从什么不同地方传来的。终于，在最后一个盒子里，他发现，在一台老式加减器上，正伏着一个瘦高的会计师，一身套头衫，在他长方形秃头的一半处，戴着一顶绿色的赛璐珞鸭舌帽。为了敲键，他用拍翅飞翔鸟儿一般的动作，抬起胳膊肘：实在好像一只庞大的鸟，栖卧在那里，而他那帽舌就好似一张鸟嘴。保利诺正准备把烟灰缸倒过来，可会计师那会正在吸烟，并且就在那时，把烟搁在了烟灰缸的边缘上。

“你好，”会计师说道。

“晚上好，”保利诺说。

“这个时候你还在转什么？”会计师有张白色的长脸，皮肤干燥，就好像从没见过太阳一样。

“我倒烟灰缸。”

“小孩子晚上该睡觉。”

“我和我母亲一起。我们是打扫卫生的。我们刚刚开始。”

“你们一直待到几点？”

“十点半，十一点。有时我们早上还要加班。”

“跟我们相反，早上加班。”

“对，但一个星期只有一次或两次，要打蜡的时候。”

“而我总是在加班。永远做不完的活。”

“做什么？”

“把账算回来。”

“算不回来吗？”

“从来就没算回过。”

他一动不动，握紧了加减器的操纵杆，眼睛盯着一张窄窄的纸，那纸一直摊到地上，会计师好像在等着什么东西从卷轴里的一行数字中出来，同样出来的还有夹在双唇间的香烟上冒出来的烟，那烟直直的，飘过他的右眼前，碰着了帽子，偏离了方向，继续上升，直至遇到了电灯泡，充满了灯罩。

"现在我跟他说那事，"保利诺想。问道："不好意思，可不是有那些电子机器可以自己计算吗？"

会计师眨了眨被烟雾刺激的眼睛。"都是错的，"他说。

保利诺放下抹布和垃圾箱，靠在会计师的桌子上。"都错了，那些机器？"

戴帽子的人摇了摇头。"不，之前就错了，之前就一切都错了。"他站起来，套头衫太短了，他的衬衫就在腰带周围鼓鼓囊囊地皱了一圈。他从椅背上拿起外套，穿上。"你跟我来。"

保利诺和会计师就在盒子中间走了起来。会计师步子很长，而保利诺只得小跑着跟在后面。他们穿过整条走廊；来到走廊尽头，会计师掀起一面帘子：那里有一节盘旋式楼梯，直通到楼下。里面很黑，但会计师知道开关在哪里，他打开那底下一盏微弱的灯。现在他们就从那盘旋式的小楼梯上下去了，来到公司的地下室里。在地下室里，有一扇被插销关上的小门：会计师有钥匙，他打开门。里面应该是没有什么电器设备的，因为会计师点上了一根火柴，并准确无误地在那里找到了蜡烛，并点上蜡烛。保利诺看不大清楚，但明白这是在什么狭窄的地方，一种小储藏室里，而周围，成堆成堆地，一直积到天花板上的，尽是一些流水账本，注册簿，堆满灰尘的纸张，那发霉的味道肯定是从那里散出来的。

"这些都是公司里旧的总账，"会计师说，"在公司上百年的寿命里。”他爬上一张凳子的顶端，坐下，在一张高高的斜面桌上，打开一个又细又长的本子。“你看见没？这是阿尼巴雷·德·卡尼斯的笔记，他是公司里的第一个会计师，公司历史上最勤奋的会计师：看看他都是怎么记录的。”

保利诺扫视着那一栏栏的数字，那都是用漂亮的长方形字体写出来的，且略带花饰。

“我只给过你一人看这些东西：其他人不会懂的。可也是需要有人看的：我老了。”

“是的，会计先生，”保利诺用细细的声音说。

“从没有一个会计师像阿尼巴雷·德·卡尼斯那样，”戴绿色鸭舌帽的人说，移开了蜡烛，在一沓注册簿上方，在一把棍子都东倒西歪的老算盘旁，照亮了一张照片，照片里是一位长着小胡子和山羊胡子的先生，他身旁有只狐犬。“但是，这个永不会犯错的男人，这个天才，你看，一八八四年，十一月十六日，”他翻着一本总账里的纸页，并打开一页，这页被一根干瘪了的鹅毛标识出来，“喏，这里，有个错误，一个款项中四百一十里拉的粗劣错误。”在纸页的底部，这一款项的数字被一道粗粗的红铅笔印团团围了起来。“从来没有人发现过，只有我一个人知道，你是第一个我把这事说给听的人：你不要跟任何人说，千万不要忘了!而且，就算你跟别人说了，你是个小孩，也没人会听你的……但现在你知道，一切都错了。这么多年里，你知道那个四百一十里拉的错误变成了多少吗？几十亿的里拉！几十亿的里拉！他们用计算机器、电脑和其余的一切是运转得很好！可错误在根部，在所有它们数字的根部，然后就长啊，长啊，长啊！”他们又把小房间关起来，爬上了盘旋式楼梯，重新穿过走廊。“公司变大了，大极了，有上千家的股东，上百家的企业联合，数不尽的国外代理处，可所有人都只是在消磨错误的数据，在他们的账目中，没有一个是真实的数据。半个城市都是在这些错误上建立起来的，我说的还是半个城市：简直是半个国家!出口和进口？都是错的，整个世界都带着这个错误，在会计师阿尼巴雷·德·卡尼斯一生中犯下的唯一一个错误，那个大师，那个会计界巨人，那个天才！”

那个男人去了挂衣架那里，穿上大衣。没戴上帽子，有那么一阵，他的脸显得更加苍白和悲伤了，然后那脸就回到了帽翼下的阴影里，帽子落在了眼睛上。“你知道我想跟你说什么吗？”他俯着身说，声音很低，“我敢肯定他是故意这么做的!”

他站起来，把手放进口袋里。“我们两个从没见过面，从没认识过，”他对保利诺说，就像是从齿间吐出来的。

他转过身，往出口处走去，那步伐好像是想做出昂首挺胸的模样，结果却走歪了，他哼着小曲：“女人是易变的……”

电话铃响了。“喂!喂!”迪尔切太太的声音传过来。保利诺跑过去。

“是，是，这里是‘斯巴夫’公司。您说什么？Do Brasil[①]？喂：他们从巴西打来的。是的，可您想找什么？我不懂……您知道吗，潘索第太太？他们在说巴西语，您也想来听听吗？”

这应该是世界另一头的一个客户，在计算时区时弄错了，于是就在那个时候把电话打进来了。

保利诺的妈妈从迪尔切太太手里一把夺过听筒：“这里一个人也没有，一个人也没有，您知道吗？”她喊了起来。“您明天早上再

---

① 葡萄牙语：从巴西（打来的）。但同样的词语在意大利语里是“我给巴西”的意思。

打！这里只有我们，我们是那些打扫卫生的[①]，您知道吗？那些打扫卫生的！”

① “打扫卫生”（pulissia）一词是他妈妈装着外国人说意大利语的语音说出来的。

帕乌拉提姆太太

城里电子钟的黑色指针有六十秒是紧绷和静止的，然后，会以昆虫般的一跳，一齐冲向下一分钟。跳！滚动数字计时钟的方形眼睛突然垂下了眼皮，眼皮上写着另一个数字。跳！准时和突然得就如同一声打嗝，红绿灯的绿灯亮了，于是成打的鞋底踩下了油门。跳！刹着车的电车靠在了站台边上，电车门下的台阶用自己金属鼻子撞击的次数与乘客们的踏脚次数是一样的，那些脚步就像雨珠一般落在了台阶上。跳！跳！跳！

银行的旋转门在转动着，在那玻璃的鱼缸里，游着一群无休止旋转着的鱼，它们戴着帽子，穿着大衣；在蒸馏咖啡机冒着烟雾的鸟嘴下，正在经过一支咖啡杯的军队，并在吧台边一级级的闪亮台阶上列队经过，最后仍浸着糖粒深色残余地沉入水池中；汽车现在把自己的嘴鼻部瞄向下一盏红绿灯，再下面一盏，再再下面一盏，红绿灯一盏接着一盏地，把自己的红色切换成绿色，直到路尽头的最后一盏，可在正重新亮起的红灯还没有把沿着整个一列车队的脚踏刹车推广出去之前，没有一个人能到达那最后一盏红绿灯。太阳把街道切成一片一片的，把尘埃卷入空中。在帕乌拉提姆制药股份有限公司前，帕乌拉提姆太太从汽车里下来。

司机的鸭舌帽冒在汽车的车顶之上。“我得等在这里吗，帕乌拉提姆太太？”

“是的阿提里奥，谢谢阿提里奥。”

在入口处大门的玻璃上，对面人行道的映像倾斜开来，给报亭和加油站的映像腾出了位置。门房桌子底下原先几乎是垂直立在地上的鞋底，突然贴着地面压了下去。“白天好[①]，帕乌拉提姆太太。”

“白天好，科斯坦左。”

一个服务员赶去给她打开大厅玻璃门，“白天好，帕乌拉提姆太太，”可她，“白天好，”推开了朝向庭院的弹簧小门。弹簧就像弓箭一般地拉开，把帕乌拉提姆太太投影在一片光线和声响之中。像往常一样，她避过了等候室，大厅，毛茸茸的有着地毯的领导人办公室，那里有着暗色锃亮的桃花心木家具和花饰瓷砖，她想穿过正在运营中的工厂。

在一些略为弯曲的、穿着破旧裤子的腿的上方，一些处在半空中的箱子正在移向一辆卡车，它们以快速的小步子前进着，几乎是在跑着。卡车尾部黑黑的，人们的讲话声轰隆作响，从那里伸出一些粗壮裸露的胳膊。

“白天好，帕乌拉提姆太太。”

“白天好。”

箱子被压得几乎鞠起了躬，这鞠躬也是陷在那些并不稳健并仍在继续小跑的双腿上。

“白天……帕乌拉提姆太……”

① 意大利语中，只要是天还没黑，都用“白天好”。

“白天好。”

仓库的玻璃窗轧碎了光线，并随着锤打的聒噪声振颤着。钉子头，手指肚，还有锤子，在空中互相追赶着落在箱子的边缘上。

“嘣！嘣！嘣！白天好……嘣！拉提姆……嘣！太……嘣！”

“白天好。”

包裹飞着来到包装车间的箱子前，画出了一条条的小型抛物线，每根抛物线都结束并重起于两只手里，它们像钳子一般地抓住包裹，然后又好似弹射器一般地把包裹抛了出去。

“嚯！白天好，帕乌拉提姆太太！嚯！白天好，太太！嚯！”

“白天好，白天好。”

在打包车间的台子上，在每一张纸的中央，都长出一朵女人的手，直到这些手从厚纸板盒子里的小瓶子上挪开，并只剩下被完美地堆成了立方体的小瓶子，然后它们会迅速消失在包袱一般的女人手里，消失在印有“帕乌拉提姆药片”的工厂标志的翘起或是折起的纸壳边里。

“白天好，帕乌拉提姆太太！白天好，帕乌拉提姆太太！”

“白天好！”

白色的小帽子俯在传送带上，那里正在前行着需要包装在纸盒里的小瓶子，仍需要包装的小瓶子，需要合上盖子的小瓶子，需要塞上棉絮的小瓶子，需要填满十二片药的小瓶子，需要在上面贴上“帕乌拉提姆”标签的小瓶子：女工们直挺挺地站着，一动不动，分散在四处，除了每支队伍里的女监工，会在那周围走动，只有她一个人为所有的女工说：

“白天好，帕乌拉提姆太太。”

“白天好。”

静止的蒸汽灭菌器好似被完全来自于内部的努力所驯服的大象，机器上只有那些指针在摆动着，就好像压力器中玻璃细颈瓶里的红鱼一样。模压机在一团直到那里之前仍旧光滑和匀质的饼状物上敲击并跳跃着，饼状物便被印满小圆圈，直到机器的尽头，然后就都变成药片掉下去。然后这细微的粉尘就被机器吸走，尽管这样，总是会有一团难以呼吸的云朵散布到空气中去，而这团云也具备着那些药片的所有药性。

"啊切！啊切！白天好，太太……啊切！……帕乌拉提姆！"

"白天……嗯……"

员工电梯在上升过程中，会发现这里有着山里一般的空气。

"请坐，帕乌拉提姆太太。"

"谢谢。"

布满了数据的纸张在计算机器柔软的噼噼啪啪声中卷出来，"白天好，帕乌拉提姆太太，白天好，帕乌拉提姆太太，""白天好，"在像机关枪扫射般的打字机下，是行行麇集的黑色数字，"白天好，帕乌拉提姆太太！白天好，帕乌拉提姆太太！""白天好！"

在写有"帕乌拉提姆爵士私人专用秘书处"字样的门后面，打字机上一封没有完成就被丢在那里的书信，像一面白色的旗子一般飘扬着。

"进门前请请示"的牌子转了九十度，帕乌拉提姆太太看见了和女秘书拥抱着的丈夫。

"啊呀！猪！[1]"

"别呀！奥塔维雅！你等等！我……"

门猛的一关："进门前请请示"的牌子从钉子上掉下来。

---

① 如同汉语中的"妈的！"。

打字机和计算机器的隆隆响声仍旧继续着，就好像是任何噪声都无法穿越的密匝篱笆一般。

“白天好，帕乌拉提姆太太！”“白天好。”

电梯在自己的井里下沉着。“这就回去了，帕乌拉提姆太太？”“白天好[1]。”

不知疲倦的模压机正在捶击着药片和阵阵咳嗽声。“啊切！……白天好，帕乌拉提姆太太……啊切！……”

小瓶子正横向、纵向，横向、纵向地跑着。“白天好，帕乌拉提姆太太。”“白天好。”

包裹的纸张正扭曲着，同时伴以干瘪瘪的噼里啪啦的声响。“白天好，帕乌拉提姆太太！”“白天好。”

包裹顺着抛物线在空中飞着。“嚯！嚯！白天好，帕乌拉提姆太太！白天好。”

声声的锤击沉沉地落在钉子上。“嘣！嘣！白天好，帕乌拉提姆太太！”“白天好。”

箱子正朝卡车方向小跑着。“白天好，帕乌拉提姆太太。”“白天好。”

门房的鞋底跳起时再也找不着水平状态，突然前后颠簸起来，“白天好，帕乌拉提姆太太。”“白天好。”

汽车门已经打开了。“一切就绪，帕乌拉提姆太太。”

“赶紧回家。”

红绿灯是绿了又红，红了又绿，毫无含义的景象碎片，或静止或运动着，一切都根据每粒气愤泪珠的生出或落下失去或重新呈出形状，就这样，大街在光线和阴影的薄片中奔跑着，他们终于来到

① “白天好”也为告别用语。

写有“奥塔维雅别墅”的栅栏门前，在汽车按了第三声喇叭后，门打开了。

“白天好，帕乌拉提姆太太。”

“白天好。”

草地上，浇水泵正在喷洒青草。“白天好，帕乌拉提姆太太。”“白天好。”

在林荫小道的卵石上，耙子给车轮让出了路。“白天好，帕乌拉提姆太太。”“白天好。”

在底下阳台上的地毯上，藤拍子在飞速奔跑着。“白天好，帕乌拉提姆太太。”

“白天好。”

前厅的阴影给画上道道的条文，就好像男佣红白相间的制服。“白天好，帕乌拉提姆太太。”“白天好。”

餐桌上的杯子叮咚作响，女佣们正在摆餐桌。“白天好，帕乌拉提姆太太。”“白天好。”

在大理石的台阶上，女人的抹布正在费劲地抹开并擦净一道彩虹[①]。“白天好，帕乌拉提姆太太。”“白天好。”

房间里，被整理过的双人床，铺着缝有绗线的棉被，已经恢复了清净，就如同未经触碰过一般。

床头柜的抽屉，稍稍地被拉开一些，露出了一把小左轮手枪的象牙手柄。手枪进了小包。小包的口合不上。手枪便往抽屉里回。然后又往小包里回。然后就被关在了小包里。

从另一个房间里，传出了钢琴边的视唱练习。那是小吉昂弗朗

① 可以解释为“一道彩虹般的泡沫痕迹”。

科上音乐课的时间。钢琴边的视唱练习。

他们突然中断了上课。年轻苍白的钢琴老师倏地从凳子上站起来：“哦，白天好，帕乌拉提姆太太。”

“你好，妈妈。”

“你去花园里玩一会，吉昂弗朗科。”

“太好了。再见，老师!”

“呃，帕乌拉提姆太太……我们正在温习练习，帕乌拉提姆太太，”一片没来由的红晕把老师清癯的脸颊烧旺了，一只琴键腼腆而神经质般地敲击着，特令，特令。“呃，他有进步……您说什么？啊，太太，上帝啊，太太……为什么您……看我……我怎么能……”琴键停止了出声。“帕乌拉提姆太太!……我……我……太太!”然后一阵重压，在整组琴键上发出了卜隆-卜隆-卜隆声。“帕乌拉提姆太太！奥塔维雅！我……”

就在此时，计算机器仍在每分钟敲打出六十个数字，“白天好，帕乌拉提姆爵士，”“白天好，”三百五十包瓶子就准备打包了，“白天好，帕乌拉提姆爵士，”“白天好，”包裹就要飞到木工地上去了，“嚯！白天好，帕乌拉提姆爵士！”“白天好，”盖子就要被锤上去了，“嘣！嘣！嘣！”“白天好，”箱子就要装满卡车了，“白天好，帕乌拉提姆爵士。”

“我的车，快！”

“您吩咐去哪里，帕乌拉提姆爵士？”

“回家。”

红绿灯都是红着的，一个接着一个地变成了红色。

“奥塔维雅别墅”的栅栏门迟迟不开：“白天好，帕乌拉提姆爵士，”“白天好，”水泵里的喷水把草地的绿色都洒亮了，“白天好，帕乌拉提姆爵士,”“白天好,”藤拍子把地毯打出一团云来,“白天好,帕乌拉提姆爵士,”“白天好,”桌子都已经备好了,“白天好,帕乌拉提姆爵士,”“白天好,”台阶上锯末已经把大理石吸干了,“白天好,帕乌拉提姆爵士,”“白天好。”

太太床头柜里的抽屉是打开的。象牙柄的小左轮手枪不见了。在另一个床头柜的抽屉里,有一把粗重的毛瑟手枪。粗重的毛瑟手枪进了外套的口袋。它从外套的口袋里出来。回到了抽屉里。然后又回到口袋里。在另一个房间里,听不到钢琴的声音,尽管这是小吉昂弗朗科上课的时间。能听到一阵含糊的低语声。一阵含糊的低语声。

“啊!奥塔维雅!你!你怎么可以!”

老师从他们拥抱中陡然脱离出来的臂膀用肘部撞上了键盘。卜隆。

被猛然摔上的门带来了气流的涌动,把乐谱架上的乐谱吹得满房间都是。

外面,他们仍在用藤拍子拍着地毯,“白天好,帕乌拉提姆爵士,”“白天好,”耙子已经清除了轮胎的痕迹,“白天好,帕乌拉提姆爵士,”“白天好,”草坪上反复浇水,都快给淹掉一半了,“白天好,帕乌拉提姆爵士,”“白天好。”

在花园最偏僻的一个角落里,有一座很大的鸟舍,里面装上了空调,住满了热带鸟类。尾部闪光的蜂鸟,蓝色的环颈雉,杂色的非洲山鹑,谨慎地伸了一下脖子,从它们的迟缓中苏醒过来,它们把自己的羽毛一根根地展开,并抛起了啭鸣,颤音,和吱吱唧唧的叫声。

被藤拍子扬起的灰尘又落回到地毯上,“白天好,帕乌拉提姆太太，”“白天好，”耙子已经给关进器材间里了，“白天好，帕乌拉提姆太太，”“白天好，”水泵已经像条冬眠的蛇一般被卷起来了，“白天好，帕乌拉提姆太太，”“白天好。”在花园最偏僻的角落里，有一座鸟舍，那里收集着热带国家的各种鸟类。顶着橘黄色巨型鸟嘴的巨嘴鸟，长着摸不到的尾巴的琴鸟，它们正猛拍着翅膀，吃惊地嘶叫着：它们还从没有在那个时间段里接待过客人。

与此同时，模压机仍在分隔药片，印有“帕乌拉提姆”字样的包裹正在填满箱子，箱子正在挤满卡车。

帕乌拉提姆爵士把粗重的毛瑟手枪枪口靠近自己的太阳穴，那里被一副眼镜的塑料腿穿过。这时，天堂里的鸟们，白鹦，蝇鸟[①]，全都寂静了下来。

帕乌拉提姆太太从小包里掏出象牙柄的小左轮手枪。

“科拉多，如果你自杀，我就杀了你。”

帕乌拉提姆爵士那握紧粗重毛瑟手枪的手沿着裤缝徐徐地放了下来。

压力器的指针继续抖动着，打字机敲下“答复贵方的来信”，地毯被从阳台上收回来，包裹正飞着，“嚯！嚯！”，白色的外套被换成那件白红条子相间的衣服。

帕乌拉提姆太太把象牙柄的小左轮手枪枪口对准了自己的太阳穴，那里饰有一湖古铜色。反舌鸟[②]和戴胜都止住了叫声。

粗重的毛瑟手枪枪口在帕乌拉提姆爵士的手中举了起来。“奥塔维雅，如果你自杀，我就也杀了你。”

象牙柄的小左轮手枪沿着皮衣的下摆徐徐地放了下来。

---

① 原文中该词为合成词，从字面上看是“苍蝇鸟”，实即蜂鸟。
② 原文为英语。

小吉昂弗朗科和园丁的女儿正在玩球。那球一直滚到了鸟舍下。

“啊，你看那里，是我爸爸和妈妈!”

“他们在干什么？”

“决斗！他们在决斗！”

“现在他们要开枪吗？你说呀，现在他们要开枪吗？”

“不，他们靠得太近了……”

两只手枪落在了卵石路上。

“他们为什么拥抱了起来？为什么走了？”

“我们去拿那手枪！”

“走。”

“我们玩什么？”

“什么？”

“玩幼儿犯罪!”

“好。”

鸟们对着装有空调的鸟舍玻璃，拍打着靛蓝色和祖母绿色的翅膀，用它们张开的喉咙发出鸣响。两个孩子正在用手枪的枪口互相瞄准着对方，并用一种北美印第安人的舞蹈摇晃着枪口。

“三月四月，幼儿犯罪；五月六月，手枪握在拳头里。”

“活动靶射击！我们来射击活动靶！”

“好。”

吉昂弗朗科打开鸟舍的玻璃窗。鸟们先是静待了一会，没搞明白是怎么回事。“嗖！嗖！”一群五彩缤纷的鸟飞了出去，那里面有镀银般的环颈雉，普通秧鸡，蓝色的小鹦鹉。鸟群密密麻麻地升上天空。孩子们扣动了扳机，开枪了。鸟群在空中稍稍散开一些，但没有一只鸟掉下来，只有一些红色，绿色，或杂色的羽毛飘飘摇摇地荡下来。孩子又开枪了，把子弹都发完了，而鸟群已然远去了。

正午时的汽笛鸣响起来。从“帕乌拉提姆制药股份有限公司”的员工出口处，拥出一群自行车，轻便摩托车，低座小摩托，它们阻塞住马路，稠稠地跑动起来，宽阔而密集。正以“之”字形翱翔在空中的鸟群正好也来到了那里的上方，现在，机动自行车轮子中的钢丝和翅膀耀眼的羽毛正以相同的速度行驶着，就这样，它们一同前行：灰黑色的工人，还有他们头顶上这团色彩各异的鸟云，就好像是一首曲子的云朵，没有歌词，没有音乐，从它们嘴里吐出，一首它们不会唱的曲子。

ITALO CALVINO(1923-1985)

I RACCONTI · ITALO CALVINO

伊塔洛·卡尔维诺

短篇小说集

下

马小漠/译

译林出版社

图书在版编目（CIP）数据

短篇小说集 /（意）卡尔维诺著；马小漠译．—南京：译林出版社，2012.4（2026.1 重印）
（卡尔维诺经典）
ISBN 978-7-5447-2226-1

Ⅰ.①短… Ⅱ.①卡… ②马… Ⅲ.①短篇小说－小说集－意大利－现代 Ⅳ.①I546.45

中国版本图书馆 CIP 数据核字（2011）第 152907 号

著作权合同登记号 图字：10-2010-339 号

短篇小说集 ［意大利］伊塔洛·卡尔维诺 / 著 马小漠 / 译

责任编辑 冯一兵 柏丽娟
装帧设计 合和工作室
责任印制 董 虎

原文出版 Arnoldo Mondadori Editore S. p. A., Milano, Italia
出版发行 译林出版社
地 址 南京市湖南路 1 号 A 楼
邮 箱 yilin@yilin.com
网 址 www.yilin.com
市场热线 025-86633278
排 版 南京展望文化发展有限公司
印 刷 江苏凤凰新华印务集团有限公司
开 本 850 毫米 × 1168 毫米 1/32
印 张 21.125
插 页 8
版 次 2012 年 4 月第 1 版
印 次 2026 年 1 月第 13 次印刷
书 号 ISBN 978-7-5447-2226-1
定 价 98.00 元（上、下册）

第二卷 艰难的记忆

荒地上的男人

大清早时就能看见科西嘉了：它就像艘满载着山的轮船，悬在那头的地平线上。如果是在别的地方，是要诞生出一些传说的；在我们这里可不会：科西嘉是个穷地方，比我们这里还穷，从没有人去过，也从没有人想过要去。早上如果能看见科西嘉了，那就说明空气清澈沉静，不会下雨。

一个这样的早晨，拂晓时分，我父亲和我踩着科拉·贝拉[①]的小石子路，牵着狗，上了山。我父亲的胸前背后缠满了围巾，短斗篷，猎枪，小背心，背带，水壶，子弹袋，这一套行头中间，生出一缕白色的山羊胡子；腿上绑着一对老旧且满是抓痕的皮护腿。我穿着一件破旧紧窄的短上衣，手腕和腰部都露了出来，裤子也是破旧和紧窄的，我大步走着，就跟我父亲一样，但双手埋在口袋里，长长的脖子栖在肩上。我们每人都有把旧猎枪，猎枪做工精致，但保管不善，给锈粗了表面。狗是条猎兔犬，垂下的耳朵扫着地面，

① 不知名的地名。

股骨上的毛短而扎手，这股骨把皮都擦破了；它身后拖着条插销般的短尾，安在熊身上倒挺合适。

“你和狗留在这里，”我父亲说。“从这边分开两条道。我去另一个山口。我到了后就吹声口哨，你就松开狗。你眼睛睁好喽，这是兔子出没的时候。”

我父亲继续在石子路上走着，而我和狗就蹲在地上，狗哀叫不止，因为它想跟父亲一起去。科拉·贝拉是块高地，坡子上灰白灰白的，都是荒地，草硬得啃起来都很困难，还有古老露台倒塌下的墙垣。往下去，是云状乌黑的橄榄园，往上去是黄褐色被火灾脱了毛的森林，就像是老狗的脊背。事物在拂晓的灰色中慵懒起来，就像仍瞌睡着的眼皮又要合拢起来。海面上看不清界限，被一片薄雾一直笼罩至尽头。

突然传来我父亲的口哨声。狗挣脱了链子，蹦着“之”字形的路线，沿着石子路，用吠叫咬着空气，大步跳开。然后就安静下来，嗅起了地面，孜孜不倦地用鼻子蹭着地，跑开了，尾巴直直的，尾巴下面是块菱形的白斑，发着光一般。

我端起猎枪，对准了，撑在膝盖上，目光瞄准在小路的交叉口上，因为这是兔子会出没的时候。拂晓逐一掀出各种色彩。先是斑叶阿若母浆果的红色，是松树上层次斑斓的红色。然后是绿色，草地上，灌木丛中，森林里是成百上千种的绿色，之前还都是一种颜色：现在却是每时每刻都会生出一种新的绿色，与众不同。再然后是蓝色：那片咆哮的海洋震聋了一切，把天空弄得苍白而惊慌。被光线吸食了的科西嘉消失了，但在海与天之间的界限并不确定：于是就留下那片模糊而迷茫的区域，让人害怕看它，因为它根本就不存在。

房子，屋顶，小路，突然间都生在丘陵脚下，在海岸边。每天早上，城市就这样，生于阴影的国度，陡然之间，又因为屋瓦而呈上了黄褐色，因为玻璃而闪闪发光，因为石灰墙而显出灰泥浆的模样。每天早上的光线，把城市每一个最微小的细节都描绘了出来，讲述着它的每一条过道，列举出所有的房子。随后，光线就会爬到丘陵上来，并总能揭出新的细节：新的地带，新的房子。然后就爬到科拉·贝拉，黄黄的，干枯的，荒芜的科拉·贝拉，然后也会揭出那上面的一座房子，孤独的，在森林前最高的一座房子，正在我的猎枪能射到的地方，是有福人巴奇琴的家。

有福人巴奇琴的家，在阴翳中，就像一堆石头；房子周围是块结上了硬壳的灰色土地，就像月亮上那种，从这土地上耸起一些瘦小的植物，就好像种的是干树枝。也有一些拉直的线，像是晾衣服用的，然而却是枝蔓都已凋萎干枯的葡萄园。只有一株细长的无花果树，像是还有气力支撑住叶片，在这片地的边缘上，在叶片的重压下扭曲着。

巴奇琴出来了：他很瘦，要看清他得从侧面看，否则只能看见胡子，灰色的胡子，在空中飘荡摇曳。他头上戴着顶羊毛制的巴拉克拉帽①，身着一件灯芯绒衣服。看见我在打埋伏，就凑过来。

“兔子，兔子，”他说。

“兔子，总是兔子，”我答道。

“上星期，我射了这么大的一只兔子，就在那头。大概就是从这边到那边的距离。没打中。”

“真倒楣。”

① 套头兜帽，类似于袜子，在脸的部位有个洞，可以根据需要露出眼睛或鼻子嘴巴。

“倒楣，倒楣。兔子我是真打不来。我更喜欢在松树底下，等鸫鸟。一个早上能打五六发子弹呢。”

“这样您就有菜吃了，有福人巴奇琴。”

“是啊。但是，我所有的鸫鸟都没打中。”

“正常的。是弹药筒的问题。”

“弹药筒，弹药筒。”

“他们卖的那些，都是骗人的东西。您得自己装。”

“是啊。但，我自己来装。也许我装不好。”

“哎呀，这个得会装啊。”

“是啊，是啊。”

可他就那样，双臂交叉地栽在岔路口中央，并一直待在那里。他那样待在路中央的话，兔子永远来不了的。“现在我要叫他挪开，”我想，但没跟他这么说，还是埋伏在那里。

“不下雨啊，不下雨，”巴奇琴说。

“今天早上，您看见科西嘉没有？”

“科西嘉。都干透了。科西嘉。”

“年成不好啊，有福人巴奇琴。”

“年成不好。我种的蚕豆吧。长出来没？”

“长出来没？”

“长出来没？没有。”

“种子不好，他们卖给您的种子不好，巴奇琴。”

“种子不好，年成不好。还种了八株洋蓟。”

“哎唷。”

“您说它们能给我产多少吧。”

“您说。”

“全死了。”

“哎唷。”

科斯唐齐娜从房子里出来，她是有福人巴奇琴的女儿。可能有十六岁了，脸是橄榄形的，眼睛，嘴巴，鼻孔都是橄榄形的，小辫子挂在肩上。她的胸也应该是橄榄形的吧，完全是一种风格，全神贯注的就像座小塑像，野得就像头山羊，羊毛制袜子一直拉到膝盖。

“科斯唐齐娜，”我喊道。

“喔！”

但她没过来，她怕惊到兔子。

“狗还没叫，还没把兔子赶出窝，”有福的人说道。

我们竖起耳朵听着。

“没叫，还能待上一阵，”说罢就走开了。

科斯唐齐娜坐在我身边。有福人巴奇琴在他的荒地上踱了起来，去修葺细小的葡萄枝了；不时停下活，回来说会话。

“科拉·贝拉都发生了些什么事，唐齐娜[①]？”我问。那姑娘就勤奋地说起来：

“昨天晚上我看见那上面的小兔子在月亮底下跳。唧！唧！它们这样叫。昨天栎树后长出一只蘑菇。有毒，红色带白点的那种。我用一块石头杀了它。还有一条蛇，又大又黄，正午时从路上下来。住在那团灌木丛里。别对它砸石头，它很好。”

“你喜欢住在科拉·贝拉吗，唐齐娜？”

“晚上的时候不喜欢：四点钟会起雾，城市就没了。然后，夜里，还能听见猫头鹰叫。”

---

① 是科斯唐齐娜的昵称。

“你怕猫头鹰？”

“不怕。我怕炸弹，飞机。”

巴奇琴过来了。

“战争，战争怎么样啦？”

“幸好战争已经结束了，巴奇琴。”

“嗯。那么，还会有代替战争的什么东西的。而且，我吧，也不相信战争结束了。多少次他们都这么说了，多少次又以其他方式重新开始了。我说错了吗？”

“不，您说得对。”

“你喜欢科拉·贝拉还是城市，唐齐娜？”我问。

“城市里有射击场，”她答道，“有电车，拥挤的人群，电影院，冰淇淋，有太阳伞的海滩。”

“这个孩子吧，”巴奇琴说，“对进城不是很感兴趣，另一个孩子却很喜欢，去了就再没回来。”

“她现在在哪里？”

“谁知道啊。”

“谁知道啊。最好能下雨。”

“真的。下雨就好了。今天早上，科西嘉。我说错了？”

“您说得没错。”

远处狗突然狂吠起来。

“狗把兔子赶出窝了，”我说。

有福人止住步，双臂交叉着。

“找。好好找，”他说。“我以前有只母狗，叫奇里拉。它能跟着一只兔子跟上三天。有一次，它一直把兔子赶到森林顶头，再一直带到我猎枪底下两米远的地方。我朝兔子射了两枪。打偏了。”

“不是所有的事都顺利的。”

“不是都能的。好的，它继续追着兔子又追了两小时……”

传来两声枪响，但之后，犬吠声就越来越近。

“……两小时以后，”巴奇琴又道，“它又像之前那样把兔子给我带了回来。我还是打偏了，真糟糕[1]。”

突然，一只小兔子冒出来，冲上小道，几乎一直跑到巴奇琴的腿前，然后就转了向，躲到灌木丛里，不见了。我都没能及时瞄准。

“哎唷！”我大叫一声。

“怎么了？”有福人问道。

“没什么，”我说。

科斯唐齐娜也没看到，她之前就回家了。

“好啊，”有福人继续道，“那狗继续追着兔子，又把兔子带给我好多次，只要我不打中兔子，它就不罢休吗？这是怎样的狗啊！”

“它现在在哪里？”

“跑掉了。”

“啊呀，不是所有的事都顺利的。”

我父亲带着气喘吁吁的狗回来了。骂骂咧咧的。

“差一点。就这么点远的距离。怎样的一只畜生啊。你们看见没？”

“什么都没看见，”有福人说。

我把猎枪斜挎上，我们下山了。

---

① 原意为：这个猪世界。

巴尼亚思科兄弟

我成月成月的不在家，这一次是好几年。我偶尔回趟家，我家总在丘陵顶上，因为石灰老旧，房子微微发红，以至于在远处，透过如烟细密的橄榄园，也能隐约看得到它。那是一座古老的房子，房子上的拱顶就像是桥梁，墙上有些共济会的标志，是我的老父老母放上去，用来赶跑神父的。家里有我的兄弟，他也总是满世界乱转，但家回得比我更频繁些，我每次回家时总能碰着他。他一回家，就立刻忙活起来，不找到他的猎装，他的灯芯绒小背心，他皮裤脚的裤子就不罢休，而且也不管哪个烟斗好抽一点，就忙着抽起烟来。

“喔，”我到时他跟我说，我们可能有好几年没见面了，他没指望我会回来。“喂，”我说，这不是因为我们之间有什么仇恨，而是如果我们是在另一个城市见面的话，我们也许要庆祝一番，也许还会互相拍拍肩膀，“看看，看看！”我们也许会这么说，但因为是在家里，情况就都不同了，在家里我们总是习惯这样的。

于是我们两个人都进了屋，手插在口袋里，默不作声地，还有点窘迫，突然我兄弟说起话来，就好像我们刚刚中断过什么交谈一样。

“昨天晚上，”他说，“贾琴达的儿子想不得好死。”

“你应该给他一枪，”我说，尽管我也不知道是什么事。而且，我们也许会想问问对方，是从哪里回来的，在干什么活，是否能赚钱，有没有娶妻，生子，但以后会有时间问的，现在问的话，不是这个习惯。

“你知道，星期五晚上，是轮到我们用长井的水，”他说。

“是星期五晚上，”我确认道，其实我也记不得了，也许我从来就没知道过。

“你以为我们每个星期五晚上值班就有水吗？”他说。“如果不在那里守着，他们自己之间就转手掉了。昨天晚上我经过那里时，可能已经有十一点了，我看见有个人抱着锄头跑：水被引到贾琴达那边了。”

“你应该给他一枪！”我这么说道，已经是满腔愤怒了：我成月成月地忘记有长井水的问题，过一个星期我又要出发了，之后我又会忘了这件事，但现在，我对他们在过去几个月里偷过的，和在未来几个月会偷的水的问题，是满腔的愤怒。

同时，我在楼梯和房间里转着，我兄弟跟在我后面，抽着烟斗，楼梯和房间里挂的都是老式和新款的步枪，弹药粉壶，打猎号角，还有羚羊头骨。楼梯和房间闻起来也有封闭和虫蛀的味道，墙上挂的不是十字架，而是共济会的标志。我兄弟跟我讲了庄稼人都偷了些什么，讲了收成不大好，讲了来我们草地上吃草的别人家的山羊，讲了整个山谷里的村民都跑到我们的森林里来砍柴。我从衣橱里抽出短上衣，护腿，带有放弹药的一圈长口袋的小背心，我脱下在城里穿的皱皱的衣服，看见镜子里，自己被皮革和灯芯绒制的衣服全副武装起来。

过了一会，我们就上了崎岖的山路，带上斜挎的双管猎枪，去看看能不能飞射或静射到什么。我们还没有走上一百步，一连串小石子突然砸到我们的脖子上，劲道很猛，像是用弹弓射的。我们没立刻回头，装着什么事都没有的模样，在路上方的葡萄园护墙上走着，耳朵竖得老高。在因蘸满了硫酸盐而变成灰色的树叶间，一个小男孩露出脸来，一张红彤彤的圆脸，眼睛底下密密麻麻的全是雀斑，就像一只被蚜虫咬掉的桃子。

“见鬼，就连小孩也跟我们对着干!”我说道，骂起他来。

那孩子还在那里伸头探脑的，吐着舌头做鬼脸，逃跑了。我兄弟打开葡萄园的栅栏，踩着播种地，在排排的葡萄架间追起他来，我也跟在后面，直到我们把他堵在中间。我兄弟扯住他的头发，我拎着他的耳朵，我知道我把他弄疼了，但我还是揪着，我觉得把他弄得越疼，自己就越来气，我们大喝道:

“这是给你的，余下的是给把你派来的父亲的。”

孩子哭起来，他咬了我一根手指，跑开了；一个黝黑的女人出现在葡萄架尽头，她把孩子的脑袋藏在围裙的褶子里，舞着拳头对我们大嚷起来:

“懦夫！居然跟一个小孩动气！你们还是那么霸道。你们等着吧，会有人用你们这套做法对付你们的，你们别担心！”

但我们已经上路了，只是耸耸肩，因为跟女人是不用答话的。

我们走着走着，碰到两个人，背着好几捆柴走过来，身子被负重压成了直角。

“嘿，你们两个，”我们把他们拦下来，“这柴你们是从哪里弄到的？”

“我们觉得哪里能砍就在哪里砍了，”他们说罢，想继续行路。

“因为如果你们在我们的树林里砍柴了，我们就要让你们把柴送回去，另外，还要把你们挂到树上去。”

那两人把负荷放在一小堵墙上，从用口袋做成的、护住了他们脑袋和肩膀的兜帽底下，大汗淋漓地望着我们。

“我们不知道是不是你们的。我们不认识你们。”

确实，他们像是新来的，也许是失了业后就打起柴来。又多了一个理由让他们认识认识我们。

“我们是巴尼亚思科兄弟。没听过吗？”

“我们谁也没听过。柴我们是在政府的地上打的。”

“政府的地上是禁止打柴的。我们要叫护卫队，还要把你们关进去。”

“哼，我们当然知道你们是谁，”他们中的一个跳出来说。“你们希望人们认不出来你们，你们总是要找穷人的麻烦！但总有一天会结束的！”

我开始说：“结束什么？”然后我们决定随他们去，我们离开了，还轮流着骂骂咧咧的。

现在，我兄弟和我，当我们在其他地方时，我们会跟电车职工聊天，跟卖报人搭话，会把烟头递给管我们要烟抽的人，也会问递来烟头的人要口烟抽。在这里就不同了，这里我们一直是这样，带着双管猎枪去晃荡，到处惹是生非。

在山口处的小酒馆里，有个共产党的据点：酒馆外有块牌子，上面是些用图钉固定住的剪报消息和文章。我们经过时，看见那上面挂着一首诗，说老爷还是那些老爷，过去那些施恶逞霸的家伙，是现在正这么做的人的兄弟。“兄弟”给标了出来，因为这完全是针对我们的双关语。我们在那纸上写道:“懦夫和骗子”,然后我们签了名,“巴尼亚思科·贾科莫和巴尼亚思科·米凯莱”。

但当我们在别处时,我们会在上了蜡的冷餐桌上喝汤,那里也有其他远离家乡的人,我们也会用指甲在灰色和满是污泥的面包瓤里挖来挖去;于是,当邻桌人谈起报纸上的东西,我们也会说:“这世上还有恶霸啊!但总有一天会好起来的。”但现在,在这里,就行不通了;这里的土地不产东西,庄稼人会偷东西,雇农在地里睡大觉,每当我们经过时,人们会朝我们身后吐唾沫,因为我们不想种自己的地,而且——他们说——我们只会剥削他人。

我们来到一处会有斑尾林鸽经过的地方,找到两个位置,等起鸟来。但我们那样待着不动很快就累了,我兄弟给我指了一栋房子,那里住的是修女,并对一个修女吹了声口哨,那是他的情人。她下来了:她胸部很宽,腿上毛很多。

“喂,去看看你的姐妹阿德里娜能不能来,我兄弟米凯莱来了,”他对她说。

那姑娘回到房子里,我跟我兄弟打探情况:“漂亮吗,漂亮吗?”

我兄弟没发话:“很胖。人很随便。”

两个姑娘出来了,我的那个真是又胖又壮,对于那样的一个下午,就很不错了。刚开始时,她们还想找理由,说她们不能让人看见自己和我们在一起,因为否则的话,整个山谷里的人都会与她们为敌,但我们跟她们说别装傻了,于是把她们带到那块地上,我们先前等斑尾林鸽的地方。我兄弟甚至还能时不时地找着法子发几枪;他已经习惯了带上姑娘去打猎。

我和阿德里娜在那里没待上多久,我就感到脑袋和脖子间飞来一排小石子。我看见长雀斑的男孩跑掉了，但我不想追他，只是在他身后骂了几句。

最后，姑娘们说得去做祝福式。

“滚吧，你们可别再落到我们脚下，”我们说。

之后我兄弟跟我解释说，她们是整个山谷里最淫荡的女人，她们怕其他小伙子看到她们和我们在一起，就故意作对不再和他们一起了。我于是迎风叫道：“母牛[①]！”但心底里，我对整个山谷里只有最淫荡的两个女人才会和我们待在一起，感到不是很舒服。

在圣柯西莫和达米阿诺教堂前的空地上，所有的人都在等待祝福式。他们给我们让开了路，对我们是恶眼相看，包括神父，因为我们巴尼亚思科家族已经有三代人不去做弥撒了。

正往前走着，我们感到有什么东西掉在了身边。“那小孩！”我们大吼着，已经准备冲出去追他了。但那只是一只烂掉的枇杷，从树枝上脱落下来。我们继续走着，踢着石子。

① 意思是“荡妇”。

主人的眼睛

“主人的眼睛，”他父亲对他说，指着自己的一只眼，那是布满皱纹的眼皮间一只没有睫毛的老眼睛，圆得就像鸟眼，“主人的眼睛能养肥马匹。”

“是的，”儿子说，他坐在高大无花果树荫下粗糙的木头桌边。

“那么，”父亲说，那根手指仍举在眼睛下，“你去麦地上，他们收麦子时，你待在那里看着。”

儿子的手埋在口袋里，一丝风吹动了他的短袖衬衫的后背。

“我去了，”他说，但没动。母鸡在啄食地上被碾扁的一些无花果残余。

看到儿子那么自甘堕落地懒散下去，就像风中的芦竹，老头时不时感到愤怒：他把袋子从仓库拖到外面来，搅起肥料，把命令和咒骂撒到弯着腰的人们身上，并威胁一条被拴住的狗，那狗在一片苍蝇之云下吠叫不止。主人的儿子既没动弹，也没把手从口袋里掏出来，就那样待着，眼光缠在地上，嘴唇做出吹口哨的动作，就好像对要耗费体力十分不满。

"我去了，"儿子答道，不紧不慢地去了。

他在葡萄园的小径上走着，手仍在口袋里，鞋跟抬得不是很高。他父亲两腿叉得很开，定[①]在无花果树下，一手握成拳头，另一手包着这拳头地把手背在后面，看了他一阵；有好些次，他都想冲儿子身后喊上几句，但一直没作声，又搅起那一把把肥料。

儿子去的路上，又看见山谷里的颜色，又听见果园里的大胡蜂嗡嗡作响。他在遥远的城市里待上数月后，总会待得衰弱无力，每次回老家时，又能重新发现自己土地上的空气和那高深的寂静，就像一段被忘却的童年回忆，还有懊悔。每次他来到自己的土地上，就像是在等待一个奇迹：我会回来的，而这一次一切都会有个意义，我这山谷农场里逐渐递减下去的绿色，劳作人们那亘古不变的动作，还有每棵植物、每条枝蔓的成长；这片土地的愤怒也会攫住我，就像攫住我父亲那样，以至于我再也不能远离此地。

麦地是在一块岩石嶙峋的悬崖上，那里，在一片片荒地的边缘地带，吃劲地生长着一块黄色的长方形，还有两株黑色的柏树，一株在上，一株在下，就好像正守着这块地。麦地上有些人，还有挥舞的镰刀；黄色一点点地消失了，就像是被抹掉一般，下面于是冒出灰色。主人的儿子齿间含了一根草，走在光秃秃的悬崖上，抄着近路上去了；麦地里，人们显然早已看到他上来了，就评论起他的到来。他知道人们是怎么想他的：老头是疯子，而他儿子是傻子。

"好啊，"乌·柏对刚到的他说。

"好啊，"主人的儿子道。

"好啊，"其他人说。

---

① 该动词的本意也有"钉"的含义。

主人的儿子就答道："好啊。"

好了：他们之间所有该说的都已经说掉了。主人的儿子就坐在麦地边缘上，手仍在口袋里。

"好啊，"从上面一块地上又传来一个声音：是正在拾穗的弗朗切斯吉娜。他于是又说了一遍："好啊。"

人们在寂静中收割着。乌·柏是个老头，黄色的皮肤皱兮兮地挂在骨头上；乌·凯正值中年，多毛而敦实；纳宁是个年轻人，皮肤稍显发红，瘦高个：短袖衫汗津津地贴在身上，每抡一下镰刀，他的一段脊梁就会露出来，然后又被遮住。吉鲁米娜老太蹲在地上拾落穗，就像一只黝黑而壮实的母鸡。弗朗切斯吉娜在最高的那片地上，正唱着收音机里的一支歌。每次她一俯身，腿就露了出来，一直露到膝盖背后。

主人的儿子不好意思在那里看着他们，直挺挺地就像株柏树，无所事事地晃在那群劳动者中。"现在，"他想，"我叫他们给我一会镰刀，我也来试试。"但他也没吭声，静望着地里林立着的那些又黄又硬的、被割下的麦秸。反正，他也不会使镰刀，会丢脸的。拾穗嘛：那事他倒是做得来，女人的活。他弯下腰，捡了两根麦穗，丢进吉鲁米娜老太的黑围裙里。

"您小心别踩到我还没收过的地方，"吉鲁米娜老太说。

主人的儿子又坐到麦地边上，嚼着一段麦秸。

"今年比去年多吧？"他问。

"比去年少，"乌·凯说，"一年比一年少。"

"是因为，"乌·柏说，"二月的冰冻。您记得二月的冰冻吗？"

"记得，"主人的儿子说。但他其实不记得。

"是因为，"吉鲁米娜老太说，"三月的那场冰雹。您记得三月的冰雹吗？”

“是下过冰雹，”主人的儿子说，还是在说谎。

“要我说，”纳宁说，“是因为四月的那场旱灾。您记得那场旱灾吗？”

“整个四月都是，”主人的儿子说。他什么都不记得。

人们现在谈起了雨水冰霜和旱情：主人的儿子全不在这些话题之内，游离于农业气象事件之外。主人的眼睛。他仅是一只眼睛。但这只眼有什么用呢，只是一只眼，跟一切都毫无关联？连看都不看。当然，如果他父亲在那里的话，能用辱骂活埋这些人，会发现工作做得不好，太慢，农作物都要烂掉。他几乎感到，在那些地里，需要父亲的呵斥，就好像如果看到一个人打枪，就会感到需要鼓膜里的爆裂。他永远不会对这些人叫嚷，而他们正是因为知道这个，于是继续懒洋洋地干活。但是当然，比起他来，他们更喜欢他父亲，他父亲让他们劳累，他父亲让他们在那些悬崖上的羊肠道边种麦子和收麦子，他是他们中的一员，他父亲。他不是，他是个不相关的人，吃他们的劳动成果，知道他们鄙视他，甚至是恨他。

这会，人们又聊起一个他到之前就已经开始的话题，是关于山谷里的一个女人。

“他们是这么说的，”吉鲁米娜老太说，“和教区神父在一起。”

“对的，对的，”乌·柏说。“教区神父跟她说：‘如果你来我就给你两里拉。’”

“两里拉？”纳宁问。

“两里拉，”乌·柏说。

“那时的两里拉，”乌·凯说。

“那时的两里拉相当于现在的多少钱？”纳宁问。

“不少钱呐，”乌·凯说。

“他妈的。”纳宁说。

所有人都为那女人的故事笑得很开心；主人的儿子也笑了，但不是很明白那些故事的含义，还有那些瘦骨嶙峋、长着胡髭、穿着黑衣的女人的爱情。

弗朗切斯吉娜也会变成这样的。现在她在最高的麦地上拾落穗，唱着收音机里的歌，每次她一俯身，衬裙就被提了上去，白花花的皮肤一直露到膝盖背后。

“弗朗切斯吉娜，”纳宁对她喊，“你会为了两里拉跟神父走吗？”

弗朗切斯吉娜直挺挺地站在地里，一捆麦穗捧在胸前。

“两千里拉？”她喊道。

“他妈的，两千，她说，”纳宁犹豫地对其他人说。

“我既不跟神父，也不跟资产阶级，”弗朗切斯吉娜喊道。

“跟军人呢，就行？”乌·凯喊道。

“也不和军人一起，”她答道，又收起麦穗。

“弗朗切斯吉娜的腿很漂亮，”纳宁盯着她的腿说。

其他人也看着她的腿，都很同意。

“又漂亮又直，”他们说。主人的儿子也望过去，就好像之前没看到一样，也表示出赞同。尽管，他知道她的腿不算漂亮，硬邦邦的全是肌肉，毛还多。

“你什么时候去参军，纳宁？”吉鲁米娜说。

“他妈的，这要看体检他们让不让我过了，”纳宁说。“如果这仗还打不完，他们也会叫我去的，哪怕我胸围不够。”

“美国真的也参战了？”乌·凯问主人的儿子。

“美国，”主人的儿子说。也许现在他能说点什么了。“美国和日本，”他说，然后又沉默了。其余他还能说什么？

“谁更厉害：美国还是日本？”

“两个都很厉害，”主人的儿子说。

“英国厉害吗？”

“唔，英国也很厉害。”

“那俄国呢？”

“俄国也很厉害。”

“德国呢？”

“德国也是。”

“我们呢？”

“战争会很长，”主人的儿子说，“一场长久战。”

“上次战争时，”乌·柏说，“在森林里有个山洞，洞里躲着十个逃兵。”他往上指着，指向松林。

“如果战争再继续下去，要不了多久，”纳宁说，“我敢说我们也得落到洞里去。”

“谁知道啊，”乌·凯说，“谁知道会怎么样啊？”

“所有的战争，”乌·柏说，“都是这样结束的：有什么的人就是有什么。”

“有什么的人就是有什么。”其他人应道。

主人的儿子咬着麦秸，向上头的麦地走去，一直走到弗朗切斯吉娜那里。当她俯身拾麦穗时，他就看着她膝盖背后那白花花的皮肤。也许跟她会容易些；他已经打算追她了。

“你从来没进过城吗，弗朗切斯吉娜？”他问。这个开始攀谈的方法很蠢。

“有时我星期天下午去。如果有集市的话，大家都去集市，否则就去电影院。”

她停下活。这不是他想要的：如果他父亲看见就糟了！不看着他们工作，反倒来和地里的女人闲扯。

“你喜欢进城吗？”

“是啊，我喜欢。可晚上回到山上后，又能怎么样。星期一又要开始了，有什么的人就是有什么。”

“呃，”他咬着麦秸道。现在得让她单独待着，否则她再也不会工作了。他转了身，下去了。

下边的地里，人们几乎已经干完活了，纳宁把担子捆在窗帘布里，扛在肩上，下去了。与丘陵的胸部一样高的海面被落日染上了一层紫色。主人的儿子看着他的土地，上面全是石头和硬邦邦的庄稼茬，明白了对这片土地来说，自己永远只能绝望地是个外人。

懒汉儿子

拂晓时，我和我兄弟脸陷在枕头里，还在睡觉，就已经能听见在房间里转悠的我们父亲那带着钉子的脚步声了。我们的父亲起来时动静很大，也许是故意的，他穿着打上钉子的鞋子，企图在楼梯上上上下下地走个二十回，但没用。也许他的整个一生都是这样，浪费体力，一个非常无聊的工作，也许他这么做，就是为了抗议我们两个的，我们让他生了不少气。

我母亲不会弄得很吵，但她也很早就在那个大厨房里忙活了，捅火，用那双变得越来越黑瘦的手削着什么，擦洗玻璃和家具，搓衣服。这也是抗议我们的举动，永远默不作声地照料整座房子，把没有佣人的家勉强操持下去。

“你们把房子卖了，我们把钱吃掉就是啦，”每当他们折磨我说什么不能再这样下去了，我就耸着肩地这样说，可我母亲继续沉默寡言而含辛茹苦地劳作着，起早贪黑的，都不知道她是什么时候睡的觉，而同时，天花板上的缝隙总是越裂越长，成队的蚂蚁沿墙行进，杂草和荆棘从未开垦的花园里爬进来。也许要不了多久，我们家就会只剩下一堆覆满爬山虎的废墟了。可我母亲早上从不来叫我们起床，因为她知道反正也没用，而她那样一声不吭地承担起照料房子的活，正是她纠缠我们的方式。

然而我父亲六点时就已经打开我们的房门，穿着猎装，打着护腿，大嚷道："我要用棍子打你们了！懒汉！这个家里除了你们，所有的人都在干活！皮埃德罗，你要是不想挨我打的话，就赶紧给我起来！你把你那该吊在绞架上的[1]兄弟安德烈也弄起来！"

我们在睡眠中就已感到他的迫近，我们的脸埋在枕头里，连身都没转。如果他仍迟迟不住嘴的话，我们便偶尔咆哮几声以示抗议。但很快他就走了：他知道一切都是没用的，都是他做做样子的闹剧，一种不肯服输的仪式。

我们又在睡意中辗转起来：大部分时候，我兄弟甚至都不会醒的，反正我们都习惯了，也就不介意了。我兄弟自私而冷漠：有时很让我来气。我也照他那样做，但起码懂得不应该这么做，而且对此不满的首先就是我。反正我还是老样子，但心怀气愤。

"你这狗东西，"我跟我兄弟安德烈说，"你这狗东西，你把你父母气死了。"他没答话：他知道我是个虚伪的笨蛋[2]，也知道再没比我更游手好闲的人了。

十几二十分钟以后，我父亲又会来到门前，来自寻烦恼。这次他会使上另一种法子：几乎是含着冷淡的建议，温厚而善良：一场可怜兮兮的闹剧。他说："那么谁跟我去圣柯西莫？有葡萄枝要捆。"

圣柯西莫是我们的地。都枯掉了，既没人手，也没钱把地经营下去。

① 意为：该死的。混账。
② "笨蛋"此处也有"小丑"之意。

“有土豆要挖。你来吗，安德烈？嘿，你来吗？我跟你说呢，安德烈。豆角地里要浇水。那么，你来吗？”

安德烈把嘴巴从枕头上挪开，说了句：“不去，”又睡了。

“为什么？”我父亲还在演戏，“皮埃德罗决定了吗？你来吗，皮埃德罗？”

然后他又发了通脾气，又平静下来，说了一些要在圣柯西莫做的事情，就好像已经说定我们也来一样。这个狗东西，我这样想我的兄弟，这个狗东西，本可以起来，至少给父亲一次满意的机会吧，可怜的老人家。但在我自己身上，也没感到任何要起来的动力，我费劲地使自己重拾起已经消失的困意。

“好吧，你们快点，我等着你们，”我们的父亲说，走了，就像我们已经说好了一样。我们听他踱着步，朝底下大声叫嚷，准备着要带到上面去的肥料、硫酸盐，还有种子；每天他出门和回家时都驮着好些东西，就像头骡子。

我们以为他已经出门了，这不，他又从楼梯底下喊道：“皮埃德罗！安德烈！上帝的耶稣啊，你们还没准备好？”

这是他最后一次叫我们：然后我们就会听见他包了铁的脚步声走到房子后面，听见他猛地关上小栅栏，听见他咯着痰并哼哼唧唧地在小路上远去。

这下本可以连续不断地睡上觉了，但我却再也睡不着了，想着我父亲，想着他背上那些东西在骡道上爬，咯着痰，然后又想着他会在地里朝庄稼人发作，因为他们偷他的东西，把一切都搞糟了。他看着植物和耕地，看着到处啃噬挖刨的害虫，看着叶子的黄色和莠草的浓密，看着他一生所有的活就这么被毁掉了，就像每场雨过后都会被冲毁的隔地矮墙[1]一样，于是就诅咒起他的儿子来。

这狗东西，一想到我兄弟，我就这么说，这狗东西。我侧耳细听，从下面传来一些碗碟作响声，还有什么扫帚柄倒在地上的声音。我母亲一个人待在那个巨大的厨房里，白昼刚使窗户玻璃褪了色，她就为背身过去的人们操劳起来。我这么想着想着，就睡着了。

还不到十点，这回是我们的母亲嚷上了，她从楼梯上喊道："皮埃德罗！安德烈！已经十点了！"她的声音非常气愤，就好像是对一件闻所未闻的事情恼火至极，但其实每天早上都是如此。"好噢噢……"我们嘟囔道。我们又在床上待了半个小时，醒着，只是为了习惯起床这个概念。

然后我说起来："快点，醒一醒，安德烈，来啊，我们起来吧。来呀，安德烈，好起来了。"安德烈又咕哝一阵。

最后我们终于站起来，鼻子里出着好多气，伸着懒腰。安德烈穿着睡衣，以老头般的动作晃荡着，头发蓬乱，半瞎着眼，已经在那里舔烟纸了，然后就抽起烟来。他在窗户前抽完烟，然后才开始洗漱和刮胡子。

这时他会嘟哝起来，而且慢慢地，就从这嘟哝中生出一首歌。我兄弟有着男中音的嗓子，但跟其他人一起时，他总是最悲伤的那个，从来不唱歌。而他一个人，刮胡子或是洗澡时，就会用上低沉的声音，唱起他那些有节奏的旋律。他也不知道那都是些什么歌，却总是往歌里填一首诗，那是他孩童时学会的，卡尔杜奇[2]的一首

① 地里用于标识出不同土地所有者的矮墙。
② 焦苏埃·卡尔杜奇（1835–1907），意大利诗人，教师，一九零六年获得诺贝尔文学奖。

诗："正午的太阳砸在／维罗纳的城堡上[①]……"

我在一旁穿衣服，和声伴唱，一点也不愉快，还有种凶巴巴的感觉："绿色的阿迪杰大河／潺潺细语地流向明澈……"

我兄弟继续低声唱着，不漏掉一段诗节，从头唱到尾，一边洗着头，或是刷着脚上的鞋。"像只老乌鸦一般漆黑／双眸中含着炭……"

他越唱我越气，我怒得自己也唱起来："我的厄运啊／我碰到的恶畜生啊[②]……"

这是我们唯一会喧哗的时刻。然后整个一天我们就都悄无声息了。

我们下楼，热了牛奶，然后我们把面包泡在牛奶里，吃的时候会弄出很大声响。我母亲在我们周围转来转去，说着所有要忙的事情，谈着所有要买的东西，抱怨但不执拗。"是啊，是啊，"我们应道，立马就忘了。

早上通常我是不出门的，手插在口袋中，留在走廊里转悠，或是收拾书架。我很久不买书了：那需要很多钱，而且，我忘却了太多曾经感兴趣的东西，要是重新开始的话，我会想统统读上一遍，但这样一来，就又不情愿了。可我仍继续整理着书橱上仅有的那点书：意大利的，法国的，英国的，或是根据主题分类：历史，哲学，小说，或是所有那些装订成册的，精装版本的，还有那些破破烂烂的，被搁置在一边的。

我兄弟则去因佩利亚[③]咖啡店看别人玩台球。他不玩，因为他

① 此诗出自于卡尔杜奇的《新诗集》，题为"台奥多里科的传奇"（台奥多里科皇帝[454–526]为东罗马帝国的建立者，他通常被称为"维罗纳的统治者"，在日耳曼的传说中被称为"维罗纳的台奥多里科"）。此处引的诗句不全。
② 卡尔杜奇的原诗是："我的这头恶畜生啊／我碰到的恶马啊。"
③ 该咖啡店名称为音译，意思为"最高权威"。

不会：他连续好几个小时地看打台球的人，盯着小球打转、撞击，他抽着烟，也不热情，也不下赌注，因为他没钱。有时，他们会让他记分，但他经常分心，所以老出错。他做点小买卖，也就足够他买烟的钱；六个月前，他在水管公司申请了一个足够他维持生活的职位，但并不积极争取，反正目前他不缺吃的。

午饭时，我兄弟会晚到，我们两人一声不吭地吃饭。我们的父母总是在争论花销、收入和负债，总是在谈两个儿子都不赚钱如何才能把一大家人维持下去，我们的父亲说："你们看看你们的朋友科斯唐佐，再看看你们的朋友奥古斯都。"因为我们的朋友跟我们不一样：他们开了家公司，做伐木林的买卖，总是在外奔波，谈生意，也和我们的父亲谈，赚着成堆的钱，很快他们就会有卡车了。他们是骗子，我们父亲明白这点，但他还是喜欢把我们看成他们，而不是把我们看成我们那样："你们的朋友科斯唐佐在那笔生意中赚了不少钱，"他说。"你们看看是不是也能搞上一把？"但我们的朋友只是来找我们玩，生意的事从不跟我们提：他们知道我们游手好闲，一无是处。

下午，我兄弟又去睡觉了：真不知道他怎么能睡那么多的觉，还总能睡着。我则是去电影院，每天都去，尽管他们会重放我已经看过的影片，这样我就可以不费劲地跟着故事走了。

晚饭后，我躺在沙发上，读一些翻译过来的长篇小说，都是别人借给我的：经常是读着读着，就丢掉了头绪，我从来都解决不了这个问题。我兄弟一吃完就起身出去了：去看别人打台球。

我父母很快就去睡觉了，因为清晨他们很早就得起床。"你去你房里，这里费电，"他们上楼时跟我说。"我这就去，"我说，但待着没动。

我已上了床并又睡了一会后，大约两点钟，我兄弟回来了。他打开灯，在房里转转，抽掉最后一支烟。讲讲城里的事，给人们以宽厚的评价。那才是他真正清醒的时刻，而且很情愿说话。他打开窗子让烟味散出去，我们看着丘陵，那上面的道路通亮，天漆黑而清澄。我起来坐在床上，我们长久地聊一些无关紧要的事情，心情轻松，一直聊到睡意再次来临。

与一个牧羊人共进午餐

这是我们父亲的一个错误，是他那些惯犯错误中的一个。他让那个从小山村里来的男孩来替我们看羊。男孩到的那天，他想请那孩子和我们同桌吃饭。

我们的父亲不明白人和人之间是有差别的，不明白在一间像我们家这样的饭厅和他们那些烟熏石头房子之间的差别，我们家的饭厅里尽是雕饰家具、深色图案的地毯，还有花饰瓷砖，而他们房子的地面只是夯实的土地，烟囱帽上披着用报纸做成的满是苍蝇的花彩饰带。我们的父亲带着他那并不客套的愉悦到处走动，比如不想让别人在第二道菜时给他换盘子，每当他去打猎时，所有的人都会邀请他，晚上还会找他排解纠纷。我们做儿子的则不同。我兄弟也许因为那副沉默寡言的共犯神情，更能获得一种粗糙的信任；而我深知人和人之间的交谈会有多困难，我每时每刻都能感到，阶级间和文明间的差异，在我脚下像漩涡一样展开。

他进来了；我在读报纸。我父亲，让他大谈特谈，有什么必要？他只会越来越糊涂。然而，没有。我抬起眼睛，他在饭厅正中，手很沉，下巴抵着胸膛，但眼光固执地望着前方。是个几乎跟我一般年纪的牧羊人，头发浓密而僵硬，脸部轮廓曲成弧形：额头，眼眶，下颌骨。他穿着件大兵风格的深色衬衫，纽扣强迫般地一直扣到喉结，里面歪七扭八地穿着件破衣裳，就好像关节粗大的双手就要溢出来一般，一双硕大迟缓的鞋子，在亮堂堂的地板上蹭着。

“这是我儿子奎因托，”我父亲说，“在上高中。”我起身，试图做出一个微笑的表情，我伸出的手碰到了他的手，很快我们就松开了，互不相看。我父亲已经开始说我了，一些对谁都无关紧要的事情，还说我差多久就能结束学业，说一次我们去那个孩子老家打猎时我打死的一只睡鼠；每当我觉得他说的不对时，就耸耸肩，说：“我？才不是呢！”牧羊人一直没说话，也没动，不知道他有没有听见：他不时朝一面墙、一张帘子迅速望上一眼；就好像一头在寻找笼子里一缕光的野兽。

我父亲已经改变话题了，这会他正在房间里转悠，说着那些山谷里种植的各种蔬菜，还问了那小伙子一些问题，而小伙子下巴仍抵在胸前，嘴巴半闭着，总是继续地回答自己不知道。我躲在报纸后，等着上菜。但我父亲已经让客人坐下了，还从厨房里带来一根黄瓜，帮他在汤盘里切了起来，切得很薄，让他吃，他说，这是餐前餐。

我母亲进来了，她个子很高，穿着黑衣服，衣边上有些花边，顺滑的白发间是不动声色的分缝。“啊，这就是我们的小牧羊人，”她说。“你一路过来还好吧？”小伙子没起身，也没答话，眼光抬到我母亲身上，那眼光中含着不信任与不理解。我是全心全意地站在他一边：反对我母亲那种温情而优越的语调，她用来称他的那个主人般语气的“你”字；她本可以像我们父亲那样说方言的！但她却用着标准的意大利语，一种冷冰冰的意大利语，就像一堵大理石的墙体，横在可怜的牧羊人面前。

我想把话题从他身上转移开，以此来保护他。于是我就读了报上的一则新闻，一则只可能让我父母感兴趣的新闻，是关于在非洲某处刚发现的一片矿层，那里住着我们的一些熟人。我故意选了一条不可能与客人有丝毫关联的新闻，里面都是些他不知道的名字；这样做不是为了加重他的孤立，而是为了给他周围挖条沟，让他喘口气，好分散一会我父母对他那折磨人的注意力。也许我的举动也被他理解错了；只得到一种相反的效果。因为我父亲又重新提起他的非洲经历，用一堆混乱的地名、种族和动物的名称，把那小伙子给弄糊涂了。

正准备上汤时，我外婆坐在轮椅上出现了，她被我可怜的姐妹克里斯蒂娜推着。他们必须对着外婆耳朵里大声嚷嚷，来告诉她是怎么回事。甚至正好是由我母亲来介绍："这是乔瓦尼诺[①]，他会给我们看羊。这是我母亲，这是我女儿克里斯蒂娜。"

听到她这么叫他"乔瓦尼诺"，我都为他羞得脸红；谁知道那名字在山区闭口元音粗野的方言里读起来会是个什么样：那肯定是他第一次听见自己被这么叫唤。

我外婆用那族长式的平静点了点头："好孩子乔瓦尼诺，我们希望你别让羊逃走掉，唔！"我姐妹克里斯蒂娜，半藏在轮椅椅背后，在不多的访客中，能看出来谁是受到极度重视的，胆战心惊地探出脸来，喃喃道了一句："非常高兴认识你，"然后把手伸给年轻人，而他只是重重地擦了一下她的手。

---

① 乔瓦尼的昵称。

牧羊人坐在椅沿上，但肩膀却撑在后面[1]，双手摊在桌布上，看着我外婆，就像入了迷一般。那个僵硬在巨大轮椅中的小老太，用手含糊地在空中示意着什么，半截手套把她毫无血色的手指露了出来，那张雪崩般皱纹底下的小脸上，是一副对准了他的眼镜，正尽量在双眼传达出的一大摊模糊阴影和色彩中，辨认出一些形状，还有她那种像是在读本书似的意大利语表达方式，所有的这一切，一定使他感到很新奇，这和他遇到过的其他暮年形象大不相同。

我可怜的姐妹克里斯蒂娜，从她那方面来说，迷惑也不少，就像每次看到新面孔时，她就会走到饭厅中央，永远相扣的双手收在披肩下，披肩衬出她畸形的肩膀，清浅而惊愕的双眼望向窗户玻璃，早老的几绺灰发把头发划成一道一道的，面容被久居在家的怠倦搞得很难看，她说："海里有艘小船，我看见[2]它了。两个水手划呀，划呀。然后这船经过了一座房子的屋顶后，就再没人看到它了。"

现在我希望客人能立刻意识到我的姐妹的悲伤境况，这样就可以不用再注意这事，不用徘徊不前地做各种猜测。于是我跳起来，带着一种勉强且完全不合时宜的仇恨说道："但你怎么可能从我们的窗户前看到有人在船上呢？我们离得太远了。"

我的姐妹继续透过玻璃望着：不是在看海而是看天。"两个男人在一艘船上，划呀划呀。船上有面旗子，是三色旗[3]。"

那时我才发现，牧羊人在听我姐妹说话时，并没有表现出那种不知所措的不适，相反，似乎这才让他意识到其他人的存在。也许他终于找到属于他概念中的什么东西了，一处我们的世界和他世界

---

① 即"背挺得很直"。
② 此处女孩所用动词"看见"的过去分词属文言用法。
③ 意大利的国旗是三色的。

间的交汇点。我想起在山里的农舍间，常常会碰上一些疯子，他们能在门槛上的团团苍蝇里坐上好几个小时，说着哀怨的谵语，使乡下的夜晚忧伤起来。也许我们家的这个不幸，他能理解，是因为他老家的人对这种不幸相当熟悉，正是这不幸才使他靠近了我们，而不是我父亲的古怪友善，不是女人们母亲式的呵护姿态，也不是我的生涩孤立。

我兄弟照常来晚了，大家都已经拿起勺子了。他进来后，在我父亲给他解释事情的经过和介绍他之前，扫一眼就全明白了。“我儿子马可，学的是公证员，”而我兄弟已经坐下吃饭了，眼睛都不眨一下的，谁都不看，冷冷的眼镜黑得好像穿不透一样，那悲伤的胡子光滑而僵硬。他怎么说都该跟大家打一声招呼，并为自己的晚到道歉，也许还该跟客人微笑一下的，然而他是既没张嘴，也没皱一下无情的额头。现在我知道牧羊人身边有个极强大的同盟，这个同盟会用他石头般的缄默来保护他，会在那种不适的沉闷气氛中给他开辟一条出路，这条路只有他，马可，能创造得出来。

牧羊人吃着，身子一直佝偻到汤盘上，吃得是稀里哗啦，动静很大。在这点上，我们三个男人都站在他那边，把浮华的礼节丢给女人：我们父亲是豪爽喧闹的生性使然，我兄弟是因为蛮横地决意要这么做，我是因为粗鲁无礼。我对这个新联盟，对我们四人跟女人们的这种反抗很是满意：因为这样一来，牧羊人就不再孤单了。这下女人们当然是要跟我们作对了，她们没这么说是为了不羞辱我们双方，既不当着客人的面羞辱家里的男人，也不当着我们的面羞辱客人。但牧羊人意识到这一点了吗？当然没。

我母亲反攻了，却是温柔极了的：“你多大了呀，乔万尼诺？”

男孩子报了个数，听起来像是在大叫。然后他细声慢语地重复了一遍。“什么？”外婆说，他又重复了一遍，说错了。“不，是那个，”每个人都对着她耳朵里大喊着原先那个数。只有我兄弟，没说话。“比奎因托大一岁，”我母亲发现了这一点，当然还要再跟外婆解释。我对我和他之间的这个比较感到痛苦不堪，他得靠看着别人的羊来过活，还要忍受绵羊的臭气，劲大得能劈倒栎树，而我是在躺椅上生活，挨着收音机，读着歌剧台词的小册子，很快就要去念大学了，不想直接穿法兰绒的衣服只是因为它会把我的后背弄得很痒。不管是我要成为他还欠缺的那些东西，还是他要成为我还欠缺的那些东西，我都感到是一种不公，使我和他都成为了两种不完整的存在，躲在那一只大汤盆后，多疑而羞愧。

正是那时我们的外婆说：“跟我说说，你已经参军了吗？”这是个不合适的问题；他那一年的兵还没有征，刚刚做过第一轮体检。“教皇的士兵，”我父亲说，这是他众多不能使人发笑的幽默中的一则。“他们让我再检一次[①]，”牧羊人说。“哦，”我们的外婆说，“免服兵役？”声音中颇含反对和惋惜。就算是这样，我想，你又生他这么大气干什么？“不，是再检一次。”“什么是：再检一次？”然后又得给她解释。“教皇的士兵，哈，哈，教皇的士兵，”我的父亲是自娱自乐。“啊，我们希望你可别生什么病啊，”我们的外婆说。“就在体检那天生病，”牧羊人说，幸好我外婆没听到。

就在那时，我兄弟从盘子里抬起脑袋，透过他眼镜上的玻璃，传出一种东西，像是直接投向客人的一眼，默契的一眼，一圈胡子在他嘴唇边缘伸展开来，也许是一种微笑的示意，就像是说：“你随他们去吧，我很理解你，对于这种事情，我很精的。”马可就是靠那

① 意大利语中，“再检一次”和“暂免兵役”是一个词。

些意外的同谋信号来博得好感的：自那以后，每当牧羊人要回答什么问题时，就总会以那些“不是吗？”求助于他了。但我发现了，在我兄弟马可那种谦逊而人性的信任的根源中，有一种对获得我们父亲对他人的赞同以及我们母亲贵族的优越感的需要。我想就算自己与他结盟，牧羊人的孤独也不会少到哪去。

在这时，我觉得自己能说一些也许能让他感兴趣的东西：于是就解释说我已经申请了退伍，直到学习结束。可我又提起我们两人之间的这个差距是惊人的；即使在那些对所有人来说都是一种灾难的事情上，我们也不可能有任何共同之处，比如当兵。

我姐妹找到了一条出路：“对不起，您，是要去当骑兵吗？”倘若我外婆没接上这个话题地说：“啊呀，今天的骑兵啊……”我姐妹的问题也许不会引起注意，牧羊人低声说了一句类似这样的话：“阿尔卑斯山地狙击兵……”我和我兄弟发现，就在那时，我们母亲也加入到联盟中来，她肯定觉得那场对话的主题很愚蠢。那么，她为什么不干预一下，来换个话题呢？幸好我父亲不再重复“哈，教皇的士兵……”了，而是问在森林里会不会长蘑菇。

就这样，整个进餐过程中，我们一直都在打这场仗，我们三个小伙子对抗着一个残酷而友好的世界，三人之间却无法结盟，也互相充满了怀疑。我兄弟吃完水果后，做了一个很大的举动来表示完成进餐：他掏出一小包烟，递给客人一根。他们把烟点上，没向任何人征求许可，而这，则是那顿饭中最完满的团结时刻。我被排除在外了，因为只要我还在念高中，我父母就不准我吸烟。我兄弟已经心满意足了：他站起来，抽了两口，从高处望了望我们，就像来时一样默不作声，转了个身，又默不作声地走了。

我父亲点上烟斗，打开收音机听新闻。牧羊人盯着那个仪器，双手摊在膝盖上，眼睛睁得老大，红通通的，盈得全是泪。在那双眼睛里，一定还浮现着高地上的老家，大山里的峰回路转，还有栗树林的深处。我父亲不让人听新闻，一直在说国际联盟的坏话，我则趁机从饭厅里出来。

有关牧羊人小伙子的思绪整晚都在追随我们。我们在吊灯缓和的灯光中安静地吃着晚饭，摆脱不掉那个他现在正一个人待在我们地上农舍里的想法。他现在一定已经喝完被加过热的饭盆里的汤了，然后几乎是在黑暗中，早已躺在了麦秆上，从下面会传来山羊们挤动，碰撞，还有在齿间磨草的声音。牧羊人会出去，面海的方向有点雾气，空气潮湿着。一小股泉水在寂静之中谨慎地打着呼噜。牧羊人沿着被覆满野生常春藤的路走过去，饮着水，尽管不渴。萤火虫时隐时现，就像有厚厚实实的一大群。但他在空中挥了挥胳膊，并没碰到它们。

进入战争

一九四零年六月十日是多云的一天。那是一段人们什么心思都没有的时日。我们一大早还是去了海边，我和我一个名叫耶里·奥斯德罗的朋友。人们知道下午墨索里尼要讲话，但还不是很清楚到底会不会进入战争。在海边浴场上，几乎所有的太阳伞都合了起来；我们在岸边散着步，互相交换着推测和想法，话常常是说到一半，然后就是长长寂静的停顿。

太阳出来了一阵，我们去乘游艇，我们两个，还有一个浅黄色头发的姑娘，长脖子，她本该和奥斯德罗调调情的，但事实上她并没这么做。那姑娘有法西斯情绪，不时会用一种慵懒且稍显反感的傲慢来反驳我们的言论，就像是在反驳甚至都不值得驳斥的意见。但那天她却是不确定而无助的：那是她出发的前夜，她对此很是遗憾。她父亲是个情绪化的男人，想在战争爆发前让整个家庭远离前线，自九月起他就已经在艾米利亚大区[1]的一个村庄里租下了一栋

① 意大利北部一个大区。东临亚得里亚海。

房子。那天早上，我们在游艇里，仍说着什么如果还没有进入战争该有多好啊，这样就能安心地泡海水浴了。就连她，也歪着脖子，双手夹在膝盖间，承认道："啊呀，是啊……啊呀，是啊……该多好啊……"然后为了打发那些情绪，就说："谁知道啊，希望这次也是假警报……"

我们碰着一只在海面上漂浮的水母；奥斯德罗让小艇滑过它，是想让它浮现在姑娘脚下，好来吓吓她。操作没成功，因为姑娘没发现水母，而是说："噢？什么东西？在哪里？"奥斯德罗就让大家看了看自己是如何从容操纵水母的；他用船桨把水母挑到船上，让它肚子朝上。姑娘尖叫了一声，但也就是一小下；奥斯德罗又把这野兽扔进水里。

从浴场出来，耶里非常自豪地追上我。"我吻上她了，"他跟我说。原来是他进了她的更衣间，想索取一个告别之吻；她开始并不想，但在短暂的争执后，他终于吻到她的嘴了。"现在最重要的已经解决了，"奥斯德罗说。他们还决定在暑假期间要互相写信。我祝贺他们。奥斯德罗是个很容易愉快的人，他在我背上重重地拍了几巴掌，生疼生疼的。

当我们六点左右又见面时，我们已经进入战争了。还是阴天；海是灰色的。一队士兵正往火车站的方向走去。有人在散步道的栏杆上为他们鼓掌。没有一个士兵抬头。

我碰到耶里时，他正和他当军官的兄弟在一起，他兄弟其时正在休假，穿得很像资产阶级，高雅而清爽。他笑话命运作弄，自己偏偏在进入战争的那一天去休假。菲利贝尔托·奥斯德罗，他兄弟，人极高，单薄，身子稍稍有点往前弓，就像根竹子，金黄色的脸上有种刻薄的微笑。我们坐在铁路边的栏杆上，他谈起了我们在边界上的某些防御工事是以怎样不合理的方式构建成的，谈起了调遣炮火时的指挥错误。夜晚来临了；香烟在年轻军官的指间冒着烟，却一次也未被送到过嘴边，他细长的身形，曲得就像个括弧，衬着铁路线网和昏暗的大海，显得格外突出。不时会有一列火车载着大炮和军队调了个车，又驶向前线。菲利贝尔托不是很确定自己是否要放弃休假，并立刻回到他的部队里去——也是被好奇心驱使，因为他想验证一下自己某些战略上的恶毒预言——，还是去梅拉诺[①]看他的一个女性朋友。他和他兄弟讨论起开车要用多少小时到达梅拉诺。他有点担心战争在自己还在休假时就结束了；那会很幽默，但有损他的职业生涯。他对就要去赌场耍上一耍非常激动；并将根据运气如何来决定究竟该怎么做。他真是这么说的：根据他会赢上多少钱；事实上，他总是很幸运。他抿着嘴，带着那刻薄的微笑走掉了，他那个带着笑容的形象至今仍时常重现在我们的脑海里，他后来死于马尔马里加[②]。

第二天一大早就有了第一次空袭警报。飞过一架法国飞机，大家都鼻子朝天地看着它。晚上又有警报；一枚炸弹掉下来，在赌场附近爆炸了。赌桌周围有些骚乱，还有昏倒的女人。四下里漆黑一片，因为发电站把整座城市的电源都切断了，由于气流涌动而摇晃不止的沉重灯罩下，只有绿色赌台上的几盏内置灯还是亮的。

没有伤亡——次日得知——，除了一个住在老城区里的孩子，他在黑暗中被浇上一锅滚烫的开水，死了。但是炸弹突然唤醒并刺激了城市，就像时常会发生的那样，这种兴奋会转向一种奇妙的目标：间谍。都听人们说在警报过程中，什么窗户里的灯被看见一开

① 意大利特伦蒂诺-上阿迪杰大区博尔扎诺-博曾省的一个镇，以温泉浴场而闻名。
② 马尔马里加是利比亚和埃及交界处的一个沿海区域。

一关，间隔很有规律，或者说什么神秘人在海边燃火，再甚至说有人影在空旷的田野间挥动着一个手电筒，向星空中的飞机打信号。

我和奥斯德罗一起去看炸弹造成的损失：被轰倒的大楼的一角，一颗小炸弹，也没多大的事情。人们围了一圈，议论着：一切仍在可想像可预见的范围内；一幢被炸的房子，但还没有在战争里面，人们还不知道战争究竟是个什么东西。

我脑海中却摆脱不掉那个被滚水烧死的孩子。这是场事故，没什么特别的，孩子在黑暗中撞倒了那口锅，就在离他母亲几步远的地方。但是战争给了这场意外事故的愚蠢不可逆转性一种方向和普遍意义，只是间接地归罪于拉下了发电站电源开关的那只手，归罪于在空中嗡嗡作响但看不见的飞行员，归罪于给飞行员指出航向的的军官，归罪于决定打仗的墨索里尼……

城市不断被奔赴前线的军用汽车，被把家什系在车顶上、四处散去的民用汽车穿过。在家里，我看见父母给要迅速撤离到阿尔卑斯山区丘陵地带的命令搞得手忙脚乱。我母亲，那些日子总是拿新战争和旧战争比较，是为了表明在这次战争中，是如何地没有一点熟悉的焦虑，是如何地没有上一次战争中的感情动荡，而同样的那些词语，什么“前线”啊，“战壕”啊，听起来又是如何地难以识别与陌生，现在她忆起一七年威尼托难民的流放，忆起那时不同的气氛，而如今这种“撤离”听起来却是这么的没理由，是被一个冷冷的官方命令强加上的。

有关战争我父亲只会说些不合时宜的东西，因为，他本世纪的前四分之一一直生活在美洲，于是就成了一个对欧洲迷茫、在时代之外的人，现在，他看见就连自己从小熟识的那亘古不变的山区景色，还有老猎人的活动场所也被卷入其中。他焦急地想知道，在每个偏僻村落里自己看重的狩猎伙伴中，在向自己请教税收常识以便去上诉的穷苦耕农中，在那些他们的控诉被告终止的、能走上好几小时的路来确定一块贫瘠土地的灌溉权的吝啬起诉人中，究竟有谁被通告到撤离的命令了。现在他看到这些被抛弃的土地又荒了起来，看到没糊水泥的墙垣在坍塌，看到因炮弹轰击而饱受惊吓从森林里迁徙出的最后几家野猪，这本是他每年秋天要带上好几条狗去追寻的猎物。

对于那些撤离的居民，报纸上说，法西斯党和慈善机构已经采取了措施，在托斯卡纳[①]的什么地方安排了住处，公共交通和补给点，以保证这些居民什么都不缺。在我们城市的小学里，准备了野战医院[②]和分拣处。利托里奥意大利青年组织[③]的所有成员都被召集起来，身着制服，帮忙干活。学校里的同学大部分都已经走了，也可以假装没接到任何通知。奥斯德罗请我陪他去试一辆他父母要买的新车，因为他们家原来的车被征调到部队里去了。我对他说："那集合呢？"

"嗨，我们在放假啊；他们不至于叫我们休学。"

"但是难民呢……"

"那我们又能干什么呢？那些总是叫喊'战争，战争！'的人才应该来管这事。"

然而对我来说，"难民"这种事却施展着一种召唤，其中的缘由我还不是很能解释得清。这也许是和我父母的道德观有关，自一五年的战争以后，我母亲是那种干涉主义与和平主义共存的文明道

---

① 意大利中部一个大区，首府为佛罗伦萨。
② "野战医院"与"避难所"可同为一词。
③ 利托里奥意大利青年组织(Gioventù italiana del littorio，缩写形式为Gil）是成立于一九二七年的一个法西斯青年组织。

德观，而我父亲是那种种族的、地方的道德观，还有他对被忽视被蹂躏地区的钟爱；正如对那个被滚水烫死的孩子，在这么一大群迷乱的形象中，我现在承认，“难民”一词在我心中引出了一个真实而古老的事实，我也以某种方式被卷入其中。我的想像自然是在那里找到了更大诱惑，而不是坦克，战舰，飞机，《Signal[①]》杂志上的图解，不是战争的那另一张脸庞，不是我朋友奥斯德罗那技术性的尖刻讽刺和所有关注瞄准的那些东西。

从一辆老旧的公共汽车上，在学校的台阶上，难民们在卸东西。我穿着法西斯青年先锋队的制服来了。第一眼望去，那一堆凝成块状的人，那种衣衫褴褛的、医院里的模样，让我焦虑不安起来，就好像是到了作战最前线。然后我看见女人们，头上系着黑手帕，她们还是以前那些总被看见在摘橄榄和放羊的女人，我看见男人们，还是以往我们那些沉默寡言的庄稼汉，我觉得自己身处在一个熟悉的圈子里，但同时又被当做了外人，与他们隔开；因为他们，这群人，看到他们，我怎么说？看到他们给骡子安驮鞍，用铁锹把水引到葡萄园的垄沟里，自己却从来也不能跟他们有过任何关系，也从没有想过能帮助他们什么，这一些，对我来说就已经是一种痛苦和谴责了——这我与父亲不同。在我看来，这些人还是原来那些人，不过是更激动些罢了，他们正专注于自己忧心忡忡的疲劳，——父亲们和母亲们——专注于要把孩子们从底下送到公共汽车上去，在台阶上和老人们一起尽量使自家人紧靠在一起，与别家分开；而我能为他们做什么呢？想要帮助他们是一点用都没有。

我上了台阶，不得不走得很慢，因为在我前面的每一级台阶上，

① 英语：信号。

都撑着一位老妇人，穿着裙子，披着黑围巾，胳膊大张，干枯的双手布满了好似病树树枝上的深色虫瘿。孩子们被搂在怀里，用发黄的包裹裹着，探出像南瓜一样滚圆的脑袋。一个女人因旅行的不适，正扶住额头在呕吐；她静止不动的亲戚们围了一圈看着她。所有的这些人我都不曾爱过。

学校里的走廊变成了营地或者病房。一个个的家庭或沿墙靠着，或坐在长椅上，带着包裹和孩子，病人躺在担架上，组长数着他们的组员，但从也没数到过头。散布和迷失在这些隆隆作响走廊里的是法西斯少年先锋队队员，士兵，穿着撒哈拉驻军制服或身着便服的官员，但唯一在指挥大局的是——能看得出来——五六个红十字会的女修道院院长，全都是肌腱和神经[①]，像二等兵一样威严，调遣着踌躇不决的那一群难民、组织者和救援人员，就像在一块演习场上，执行着什么只有她们才能明白的计划。对法西斯先锋队队员的调动命令不是很奏效，好像就连那些时刻准备接受检阅的家伙都不是很听话。我看见一些军士，就那么独自站在一边，抽着烟。两个先锋队队员在互殴，差点就撞上一个女难民。没一个人有要做点什么事的样子。我转完了走廊，来到对面的一扇门前。我已经了解一切了，可以回家了。

另一头的大台阶上很空旷。只有一个大筐子，倚在墙上，在一节楼梯中部的平台上：筐子里有个老头。筐子是又大又扁，用柳条编的，上面有两只手柄，要两个人拎的那种；筐子几乎是垂直地靠在墙上；老头蹲在筐边上，筐边抵在地面上，筐子的底部就作为椅背。那是一个小老头，僵住了，瘫痪着，用一种变形的方式蜷着腿；

① 意思是全身瘦得只剩下肌腱和神经。

但使他晃动的颤抖一刻也不让他稳住，搞得筐子是对着墙体涌动不止。他没牙，张着嘴结结巴巴地说着，目光定在前方，但并不是呆滞的，相反，眼睛里充满了警惕和野生的紧张感；额头上扣着顶便帽，帽檐下是种猫头鹰般的目光。

我下起了台阶，经过他面前，穿过了他大睁着眼睛的视线范围。他的手应该是没有瘫痪的：粗大，还满是气力，紧攥着一根短小多结拐杖的握把。

我正要超过他时，他的颤抖越来越剧烈起来，结巴也越来越急促；那攥紧在握把上的双手上上下下地在地上敲击着拐杖头。我停下来。老头，疲倦地，越来越慢地拍着拐杖，只是从嘴巴里吐出一口徐缓的气。我正准备走开。他好像是被打嗝呛着一般，用拐杖敲着地面，咕咕哝哝地说起了话；他是如此激动，以至于筐子冲着墙上弹跳了起来，失去了平衡。要不是我身手敏捷地拦住筐子，他们都能从楼梯上滚下去，他和筐子。把筐子放在一个稳妥的位置并不容易，因为它那个椭圆的形状，而里面那个人又是死沉，而且还在颤抖着，他连一毫米都挪不了；我必须随时准备好用一只手扶住筐子，以防它再次滑倒。于是我也像瘫痪的老头那样僵硬起来，在那节空无一人的楼梯中央。

终于，这里的台阶上也充斥起骚动来。红十字会的两个人跑上来，大汗淋漓地对我说：“来啊，你也来，把这个也带上！拿好了吗？动起来，来啊，加油！”然后我们大家一起举起装着老头的筐子，从楼梯的斜坡上迅速把它抬下去，一直带到教学楼里，一切都是匆匆忙忙的，就好像我们已经有一个小时除了这个什么也没做了，而这就是末尾阶段了，似乎只有我一人显出了疲倦和慵懒的痕迹。

来到了拥挤的走廊里，我跟丢了他们。一个匆忙路过的分队长看到我在四处张望，就说：“啊，你，这个时候才来集合吗？你到这里来，这里需要你！”他转向一个穿着便服的先生：“是您吗，少校，您缺人吗？我这里有个人，能给您添把力。”

在或在脱下大鞋子，或在给孩子喂奶的可怜女人们所坐的两行草垫当中，有一位玫瑰色皮肤的圆胖先生，戴着单片眼镜，发缝分得很精准，黄褐色的头发就像是染过的，或者像是假发，白裤子，白色的鞋头，带着黄色小孔的鞋尖；黑色羊驼毛外套的袖子上绑着条蓝色饰带，上面写着缩略字母：UNUCI[①]。这是克利斯库奥罗少校，南方人，退休了，我们的熟人。

“我其实，”少校说，“不需要任何人。这里一切都组织得这么好。啊，是你？”他说着说着就认出我来，“妈妈怎么样？教授呢？哎呀，你待在这里，现在我们来看看。”

我待在他身边；他叼着樱桃木的烟嘴。问我想不想要根香烟；我说不。

“这边，”他耸着肩说，“没什么可做的。”

周围的难民正在把教学场所变成由贫困乡间小路构成的迷宫，他们在这里晾晒床单，用绳子把床单系起来以便换衣服，给鞋子上钉子，洗袜子并把它们展开，从包袱里掏出炸南瓜花饼和填了馅的西红柿，总是在找着，数着，搞丢着，再找着什么东西。

但这群人有独特的一点，首先进入视线的——这就像进入一个会客室里时，眼睛看见的只有最袒胸露肩贵妇人的胸和肩——虽然是断断续续的，但总在反复出现的主题是人们中间的残疾人，患有甲状腺肿的弱智，长胡子的女人，侏儒，被狼疮变了形的嘴唇和鼻

① UNUCI 是 Unione Nazionale Ufficiali in Congedo d'Italia（意大利全国退伍军官联盟）的缩写。

子，由酒精中毒引起的震颤性谵妄患者软弱无能的目光：这张山村黑黢黢的脸庞现在不得不被揭露出来并接受检阅，这个农民家庭的古老秘密，那周围的房屋就像松果鳞片一样一家挨着一家。现在他们被从黑暗中赶出来，在那座发白的官僚建筑里尝试着找寻一个藏身之处，一种平衡。

在一间教室里，老人们全都坐在长凳上；这时甚至出现了一个神父，一小群女人已经在他周围自觉地接受起教育来；他开着玩笑地鼓动她们，在她们的脸上也抽起一阵震颤的微笑，就像野兔那种。但营地里乡下神气的这种外貌越是明显，他们就越感到缺失和迷茫。

"没什么好说的，"克利斯库奥罗少校说，用双腿细长的动作来来回回地走着，并没弄皱白裤子的裤线，"组织很好。每个人都是各就各位，一切都预先安排好了，现在他们要给大家发汤喝了，非常美味的汤，我尝过，这里地方大，通风好，有很多交通方式，还会有其他交通方式的，但是当然，现在他们是要去托斯卡纳一段时间，那里住得好，吃得好，战争不会长，他们正好可以开开眼界，很漂亮的地方，托斯卡纳，然后他们就可以回家了。"

所有的营地生活现在都集中在分发汤汁这个活动上。空气中柔软地飘着蒸气，充满了勺子叮叮咣咣的声音。社团里的最高立法机构，也就是红十字会的太太们，庄严而紧张，正掌管着烟气腾腾的大铝锅。

"你可以去端几盘汤，"少校建议我，"反正也就是让人看到你在忙些什么……"

掌着汤勺的护士给我盛满了盘子。"你往右边去，看谁还没有汤，就把这汤给第一个你看见没汤的人。"

于是，我满心怀疑地，投身于送汤的活动中。我在两排人之中前行着，既得小心别把汤洒出来，也得小心别烫着自己的手指，我觉得自己端着的汤盘能带来的那一点点希望，很快就会消失在人们普遍的苦楚和对自身状态的非难中，对此我在某种程度上是要承担责任的。一点热汤的安慰是不能把他们从苦楚和非难中转移出来的，相反，只会加剧——因为这会动摇他们简单愿望的基础。

我也看见那个筐里的老头了，靠在一堵墙上，在其他行李中间，僵在他的拐杖上，猫头鹰般的瞳孔直勾勾地望着前方。我超过他，没看他，几乎是害怕又要受困于他。我没想到他能在那一堆混乱中认出我来；然而我听见了拐杖敲击地面的声音，听见他焦躁不安起来。

我没别的方式来庆祝我们的再一次相遇，就把我正送着的那盘汤给了他，尽管那是给其他人的。

正当他把手伸向调羹时，上来一群慈善机构的太太，黑色的小帽子偏向二十三分地戴在鬓发上[①]，黑色的制服带着某种愉悦地被丰满的胸部撑得紧紧的：一个戴眼镜的胖子和其他三个化了妆的瘦子。她们看到老头就说："啊，这是给小爷爷的汤！哦哟这汤真好喝呀。好喝吧，对不对，好喝的吧？"她们手里捧着一些正要去发放的童衣，还把衣服展在前面，就好像想给老头比划比划。一些女难民从她们身后探出头来，也许是老头的女儿或媳妇，不信任地观望着正在吃饭的他，观望着那些太太，还有我。

"这算是什么先锋队队员啊！你在干什么？你给他扶好盘子！"戴眼镜的太太惊呼道。"你睡着了吗？"事实是，我是有一点心不在焉。

---

① 即"向左侧偏斜"的意思。即帽子的中线不是指在半点钟上也就是脸部的正中央，而是指在二十三分也就是偏左一点的地方。

那些媳妇或是孙女中的一个，不期地帮我辩护起来：“当然不用，他自己能吃，您把盘子给他，他的手很有劲，盘子他自己能拿得住！”

那些法西斯太太感起兴趣来：“啊，盘子他自己能拿得住！啊，爷爷真了不起，他盘子拿得真稳！看看，他正拿着呢，了不起！”

要我完全放手让他自己拿盘子，我是不怎么信得过的，但他——也许是那些太太的出现，也许是那汤唤起了他对一种已失去的好处的怀念——发起火来，夺过我手里的盘子，不想我再碰它。这下我们就都站在那边，我和那些太太还有媳妇，摊着手——太太们是因为捧着她们的童衣和睡衣——拥在盘子周围，他是整个哆哆嗦嗦地端着盘子，不想让我们拿走，一边吃着，一边发出些愠怒的音节，于是就把汤泼到身上了。然后那些愚蠢的女人就说：“哦，爷爷现在来把盘子给我们，爷爷真了不起，能自己端盘子（小心！），但是现在您把盘子给我们一会，我们来帮您端。小心！洒出来了，您把盘子给我们，真倒楣呀！”

所有的这些关切只能增加老头的气愤，以至于盘子、勺子和汤，全都从手中掉下来，把身上和周围都弄脏了。然后就得把他弄干净。很多人都有事情要忙，所有人就都对我发号施令。还得把他带到厕所里。我在那里。我该逃吗？我去帮忙了。当我们又把他放回筐子里时，又有其他问题了：“可这只胳膊不动了，可这只眼睛睁不开了!他怎么了，他怎么了？要找医生……”

“医生？我去！”我说着，早已跑开了。我去找少校。他正在阳台上吸烟，看着花园里的孔雀。

“克利斯库奥罗先生，有位老人不舒服，我去找个医生。”

“行，好孩子，这样你就可以出去走走。喂，如果你想半小时后，三刻钟以后再回来，你尽管去好了，反正这边一切正常……”

我跑去找医生，让他去学校。外面是夏日的一个傍晚，太阳已经不再有力，沙滩却仍在灼人，在水里比在空气里还要热。我想着我们对战争那些事情的脱离，和奥斯德罗一起，我们把战争带到了怎样一个风格极致的状态，直到把这种脱离变成我们的第二性，一副胸甲。现在战争表现在我身上，就是要把瘫痪者带到厕所里去，这就是我被推到离战争有多远的地方，这就是在这片土地上发生的多少事情，奥斯德罗，那个不愿承认我们清静崇英情绪的家伙。我回了家，脱下制服，又穿上我的资产阶级衣服，再回到难民中间。

在那里，我很快就感到自如起来，轻松而敏捷。我是一心想做点什么，感到我真正能有用起来了，或者这至少能让我自己感到，感到和他人在一起了。不想叫自己被别人看到的想法当然还是有过，想去海滩边，光着身子躺在沙子上，想着此时世界上正在发生的所有事情，而我却在那里安稳而闲逸。就这样，我在愤世嫉俗和道德主义之间的虚假争执中消磨了点时间，就像时常发生在我身上的一样；最后我输给了道德主义，可并没放弃自己那种愤世嫉俗的态度。我只希望能碰见奥斯德罗，跟他说：“你知道吗，我去让一些瘫痪者，一些结着痂的孩子高兴高兴，你不来吗？”

我立刻去克利斯库奥罗少校那里报到。“啊，好孩子，你回来了，很快嘛！”他说。“这里没什么新鲜事。”

然而在我离开时他喊住我。“哎我说，你之前不是穿着制服的吗？”

“跟那个老人一起时，制服给汤弄脏了，我得去换……”

“啊，好孩子。”

现在我已经准备好去送盘子，送床垫，准备好陪人们去厕所了。

然而却碰见一个分队长，那个把我交给克利斯库奥罗的家伙：“嘿，你，没穿制服的，”他喊住我；幸好他已经忘记之前我是有制服的；“你从那里挪开，政党监察员要来，我们要让他看到人们井然有序。”

我挤在难民中，转来转去，不知道能把自己挪到哪里去，既害怕或是说厌恶再回到那个瘫痪者面前，也同时想到他是他们所有人中唯一一个我与之有过关系的人，尽管只是粗浅的关系，于是我的脚步还是把我带到我之前把他丢下的地方。他不在那里了。然后我就看见一圈人，在安静地往底下看。筐子现在是搁在地上了；老头不再蜷缩，而是躺着了。女人们划着十字。他死了。

很快就有要把他搞到哪里去的问题，因为监察员要来，一切都得整齐有序。一间几何学的教室给打开了，并得到了在那里安置灵堂的许可。他的亲人们抬起筐子，穿过走廊。女儿，孙女，媳妇们跟在后面，有些人在哭。最后一个人是我。

在就要进教室的那一刻，我们碰见了一群年轻的法西斯党魁。他们把戴着金鹰高帽的头伸到前面去，望向筐子里。“哦，”他们说。政党监察员来向老头的亲人们致哀。他一个个跟他们握手，摇着头，一直来到我这边。他也把手伸给我，说：“我表示哀悼，真的，我的哀悼。”

晚上我回家，感觉已经过了好几天了。只消闭上眼睛，就能看见成排的难民，他们粗糙的双手抱着汤盘。战争就带上了那样的颜色和那样的气味；那是一片我们已经深入其中的、灰色蠕动的大陆，某种荒芜的中国，像海一样无穷无尽。回家，就已经像是休假对于军人一般了，每碰到什么事，都知道是维持不了多长时间的：一种幻觉。那是一个清澈的夜晚，天空有点发红，我走了条上坡路，周围都是房子和葡萄藤架。军用车往山上、往边境上的交通壕道方向驶去。

突然涌起一阵骚动，人们在人行道上跑了起来，水果店和理发店门口的捕蝇帐缠在了一起，人们说："是啊，是啊，是他，看那边，是领袖，是领袖。"

在一辆敞篷车里的几个将军旁，身着陆军元帅制服的，是墨索里尼。他正要去检阅前线。他向四周张望着，因为人们惊愕地盯着他，他举起手，微笑着，示意人们可以为他欢呼。但汽车跑得很快；一下就消失不见了。

我也只是略微地看见了他。惊异他有多么的年轻：一个小伙子，就像一个小伙子，健康得就像一条鱼，那给剃光了的后颈，被晒成了古铜色的紧绷肌肤，目光闪闪发亮，洋溢着热切的欢乐：这是战争，由他造成的战争，而他和将军们坐在汽车里；身着一套新制服，度过了最激荡和最焦虑的日子，飞快地路过这些地方，被人们识出，在那些夏日的夜晚。就像在游戏一般，他只是在寻找他人与他的同谋，就那么一点点的东西，以至于人们几乎都愿意把这种同谋关系给予他，好不破坏掉他的节日，以至于人们都几乎要为知道自己比他成熟，为不玩这场游戏，而感到少许的悔恨。

青年先锋队员在芒通

那是四零年的九月，我快十七岁了。晚饭刚过，我就等不及出去散步了，尽管白天我几乎什么也不做。也许正是在那段日子里，我在慢慢领会到生活的乐趣，尽管自己都没有意识到，因为那时候的我，对每件新获得的事物，都笃信自己是从来就拥有的。因为战争，我的城市中断了旅游业，就好像在它那张外省模样的皮子里凝结住了；我则更感到它是熟悉的，而且是可测量的。夜很美，灯火管制就像一种令人兴奋的风尚，而战争又好似一种遥远而习惯的风俗；六月时，我们感到过战争的临近，但只是短暂和混乱的几天时间；然后战争就好像彻底结束了；再然后我们就停止了等待。我当时还很小，可以生活在征兵的通知外；我觉得自己跟那场战争一点关系都没有，不管是从我的脾性上来看，还是从我的主张上来说。但每当我要畅想畅想自己的未来，倘若不是在什么战争的场景中，我还真想不出来还能有其他什么场景：那是一场没有恐慌、没有污点的战争，不知道怎么回事，我身在其中，居然幸福地感到自由和与众不同。于是与此同时，我也认识到对于时代的悲观与颂扬，我稀里糊涂地生活着，总是出去消遣。

我来到广场上，在法西斯大楼附近，碰见一些正在找青年先锋队员[①]的老师，他们想召集一些队员，好让他们第二天一大早就能集合，并整装待发。因为有个要出行去芒通[②]的计划：一支西班牙青年长枪党军团要到芒通，而我们城市的利托里奥意大利青年组织接到了要去芒通火车站列队迎接的通知，因为几个月前，芒通变成了意大利的边境火车站。

芒通被意大利吞并了，但还是不准平民进入；这是我遇到的可以参观芒通的第一次机会。于是我就在名单上登记了自己的名字，还有我学校同学比昂柯奈的名字，并保证会通知到他。

比昂柯奈和我处得相当好，尽管我们类型迥异；哪里发生了什么新鲜事，我们就喜欢去哪里，还喜欢用批判的冷漠来评价这些事情。但比昂柯奈比我还多了一种把自己和法西斯的东西混淆起来的爱好，还有一种以漫画的模拟来效仿法西斯姿态的爱好。出于对动荡生活的热爱，一年前，他在罗马一个青年先锋队营地里待过，回来时还戴上了班长的军衔；这事我永远做不来，因为我与那种专横的作风天生不容，也因为我恨罗马城，我发过誓，永远不会踏进那里一步。

出行去芒通则大不相同，我现在很好奇：想再看看那座与我们城市毗邻而相似的小城，它成了被征服地，被蹂躏劫掠，荒芜不堪；更是因为这是我们在六月份的战争中唯一一个象征性的征服。最近我们在电影院里看到一部纪录片，展现的是我们军队在芒通大街小

① 此处是指法西斯青年先锋队。
② 法国南方城市，在法意两国交界处，历史上曾经是撒丁王国的保护国。二战期间该城被意大利占领。

巷里进行的战斗；但我们知道他们在作假，芒通并没有被任何人征服，只是法国垮台时，法国军队撤离了芒通，然后我们的军队又把它占领和抢劫一空。

对于这次活动，理想的伴侣就是比昂柯奈：一方面，他和利托里奥组织的环境有某种内在的关联——这和我有所不同；另一方面，学校生活的习惯使我们在爱好、行话术语、诽谤大事件的好奇心方面都协调得相当好，一起去时，哪怕就是最无聊的环境，也会变成一种对观察和幽默的持续操习。只有在他也去芒通的情况下，我才可能去，所以我立刻找起他来。

他不在常去的台球室；去他家要上到老城中去。在黑黢黢的拱门下，被蓝色染脏的街灯发出一种假光，这光都送不到小胡同尽头和鹅卵石铺成的斜坡边缘，但只反射在涂上白漆的地方，标出了台阶；我猜测自己经过了一些坐在门外黑暗中，或坐在门槛上，或跨在包着稻草的凳子上的人。阴影就像是由于这些表现为唧唧喳喳、骤然叫唤和放声大笑的人类存在而变得毛茸茸的，而且总带上一丝窸窣作响的亲密语调：不时还有女人白晃晃的一只胳膊，或是一件什么衣服。

我终于从一扇拱门的黑暗中钻出，来到了敞开的天空下，直到那时我才发现在一株巨大角豆树树叶间的这天空虽然没有星星，但还算清澈。那里的城市就凝成了一块一块的，并开始散落在田地中，延伸在山谷中杂乱不堪的支脉里。一片菜园的围墙外，对面山坡上别墅的白影子只能在窗框上滤出少许的几丝光。一条用金属网护着的路在半山腰下到湍流处，就在那里一个平台上搭着葡萄架的小房子里，住着比昂柯奈。在平静且芦竹沙沙作响的空气中，我走过去，往房子的方向吹了声口哨。

我们在屋外路上碰了头，比昂柯奈对我的打算有点吃惊，因为那年夏天，我们一直尽量注意避开利托里奥组织，还有它为“青年行军”招兵的急迫企图，它好像是要把那个叫嚣体制中所有尘土飞扬的骄傲自大都集中起来。然而现在警报停止了，因为“青年行军”就快结束了，正是为此，那些西班牙的青年先锋队才要到这里来，当着墨索里尼的面阅兵，是在威尼托大区[①]的一个城市。

比昂柯奈很快就被我的计划说服了，我们为明天，为我们将要去征服的命运，为战争而热血沸腾起来。关于这场战争，我们只知道触及我们辖区的那一点点东西，那段时日，这里是前线的后方区域；但这就足够给我们一种家园被敌军侵略的感觉了。六月时，我们内地收到过立即撤离的命令；在我们城市的路上，我们看见难民们拉着满载了他们不幸的小车经过：窄小的床垫，装着麸糠的袋子，一头山羊，一只母鸡。迁徙的时间不长，但也足够了，因为他们回来时就会发现自己的家乡给劫掠一空。我父亲已经开始在乡间转悠了，估算着战争带来的损失：他回家时总是又疲倦又伤心，因为他又会计量和估算出新的破坏，然而，在他心底里，在他勤俭节约的务农秉性里，这些破坏都是无法估量和毫无意义的，就像是对人身上造成的残缺。这些破坏，不仅是被连根拔起的葡萄，因为要被用来做营地的杆子，是健壮却被砍倒的橄榄树，因为要被用来当柴烧，再或是些柑橘园，那里被拴起的骡子啃着树皮，把植物杀了个干净；同时也是——这里的攻击好像是针对人类自身本性的，它不是粗鲁无知的结果，而是标志着一种潜伏痛苦的凶猛——在屋里的旺达尔式破坏[②]：在厨房里，就连最后一个茶杯也给打成了上百过千块碎

① 意大利东北方的一个大区。
② 也就是完全出于破坏欲的破坏。

片，家庭照被搞脏了，床被弄成了碎布条，或者——谁知道是什么可耻的悲伤抓住了他们——是把自己的粪便搁在盘子或是锅里。听着这些描述，我母亲说再也不认识我们民族熟悉的面孔了；除了以下这个含义，我们真不知道还能得出其他什么含义了：对于去征服领土的战士来说，每一片土地都是敌军的，包括他自己的。

有时，这种消息能把我打入孤独的愤怒中，打入纠结的焦躁中，难以发泄。为了恢复过来，我就使上年轻人倾向的多变性，求助于玩世不恭的态度：我出去，去会一些值得信赖的朋友，我冷静，明澈[①]，嘲笑地说："喂，你知道有什么最新消息吗？"那些暗地里很让我痛苦的东西，就这样变成了聊天中的玩笑话，变成了荒谬的狂妄自大，变成了那些挤着眼睛来说的话，配着短促的笑声，几乎带着一种令人愉悦的欣赏。

于是我们就在比昂柯奈家门口黑黢黢的路上不紧不慢地谈了起来，不时还压低声音，搞得我们都听不懂对方在说什么，然而总是把那些不该说的东西用很大声音说出来，我们总是这样。我不知道对比昂柯奈来说，法西斯主义是否也是一种痛苦，或者不过是一种快活的理由，可以加入到他性情中的两种天性即两种特权中去：善于和法西斯做派融为一体，同时还有一种批判的敏锐，于是这样，我们练就出了一副早熟的反抗态度。比昂柯奈比我矮，但更结实，满身肌肉，脸上的线条骄傲而顽固，特别是在颌骨、颧骨和清爽的额头上；和他这等容貌相对的，是一种苍白，这使他和这里的青年区分开来，尤其是夏天的时候。

因为夏天，比昂柯奈白天睡觉，晚上出门：他不喜欢大海，也

① 此词也有"诚恳"之意。

不喜欢户外生活；他的运动是摔跤和健身房里的操练。他的脸很沧桑，有点老相；我觉得能在这脸上读出他夜间闲逛的辛酸开始，而这正是我非常嫉妒的地方。但他这张脸，在模仿墨索里尼的表情时，有种奇怪的本事：嘟起嘴，抬起下巴，结实的脖子从笔直的颈项上仰起，并且在我们最想不到的时候，以军人姿态挺起身子板；这些突如其来的举动和简明扼要的回答，经常会把教授搞糊涂，或是帮他摆脱困境。他最惹眼的特征是梳他那头黝黑光滑头发的方式：一种奇怪的发式，像头盔，也像古罗马船只的船首，以一种精确的发缝分开：这是他创造出来的一种发型，他很是爱惜。

我们约好集合时见后就分开了。比昂柯奈去上闹钟。我去告知我的父母，叫他们喊我。“你去那里干什么？”我父亲问，他在一座荒城里看不到任何有意思的动机。

我父亲和母亲有通行证，他们每周去一次芒通：有人委托他们去照料一些种着稀有异国植物的花园，是属于敌国公民的。他们总是带一些装满病叶的小瓶子回来；而他们的检查，只能用来证明被抛弃花坛里昆虫的增长，患病花草的进展，还有干旱的挺进；那里需要园丁，劳动，花费；他们就只能救救什么珍稀标本，跟菌类植物作斗争，尽量避免一类品种的灭绝。他们仍坚持着那些同情植物的举动，在那样一个人们似草叶一般被成批杀死的年代。

早上我很早就出去了；空气是灰色的；那是因为时候还早，我想，但也是因为有云。法西斯大楼附近，还没几个先锋队员，全是一些我认识但不熟的小伙子。他们在一家刚开门的酒吧里买夹火腿肉的长条面包，他们咬住面包，在路中央互相推搡着。他们一个个陆续到来，慢腾腾地，看到还有时间，就又和朋友们走开，去买吃的和香烟了。我的朋友一个也不在那里：他们多是些在利托里奥组织军纪伪装下的小伙子，他们以一种挑衅的、海盗般的从容走动着，在那里我从来不会感到自然和自如。

集合时间已经过去一阵了；先锋队员在路上拢成一团团的，既看不见公共汽车，也看不到我们的长官，连比昂柯奈也不在。我已经习惯了朋友的迟到，他总是不可思议地能使自己的迟到和长官或是什么仪式准备工作的推延重合起来，也许是他那种自我认同为领导阶层的天然潜质使然。不过我还是担心他不来。我靠近几个算是最通情达理小心谨慎的家伙，但我知道他们也是最枯燥乏味的家伙：比如一个叫什么奥拉其的，他专修工业，正安详地向四周投去天蓝色的目光，慢条斯理地说着他做的短波收音机。奥拉其可能会是我理想的旅伴，但比昂柯奈的伴同给我留下的幽默对话，以及对于发现的爱好却是无可比及的：我已经知道，整个旅途中他只会不停地说他的那些收音机，所有能引起他关注的东西只可能是机械、弹道，以及建筑方面的好奇，对于这些东西，他还会给我做出漫长的解释。这样一来，去芒通就不再吸引我了：所以我还是有那种朋友的需要，那正是青年人的需要，也就是对“年轻人生活着并能和他人谈论这生活”给出一种意义的需要；也就是说，我那时还远离那种男性自我满足感，这种满足感是通过由融合与孤独同时构成的爱来获得的。

突然我听见比昂柯奈在我身后说话，他挤在其他人中间，开着玩笑，已经进入那天早上的玩笑风气[①]中，就好像他一直在那里一样。比昂柯奈一到，一切就有了另一种节奏：军官们拍着手地跳出来：“快点，快点，都醒醒，你们都睡着了吗？”出来一辆公共汽车，

① 原文中此词有贬义色彩。

我们排成行，再分成队。比昂柯奈是一个队的队长，很快就担起他的任务来。他从他指挥的队伍里喊了我一声，还挤了挤眼睛，他在开着玩笑，为了不知什么违规犯纪的行为，正威胁他的队伍要罚跑上不知道多少圈。军械库的窗户打开了，我们从一个瞌睡的军人手里迅速地一个个接过滑膛枪和装武器的皮带。我们上了公共汽车，就出发了。

我们在海岸上跑着，军官鼓动我们唱支歌，歌声很快就消失在路上了。天空还是灰色的，海是玻璃绿色的。在快到文迪米利亚[①]的时候，我们睁着好奇的眼睛，望着被爆炸轰得破碎的水泥房子和水槽：这是在我们生命中第一次看到这些东西。在一个隧道进口处，冒出来那列著名的武装火车，是希特勒给墨索里尼的礼物；他们把它收在那下面，以防被炸到。

我们来到了以前的国界，圣路易吉桥，我们队的队长比藏迪尼示意我们对意大利边界正在不断变更的事实表示出一点激情来。但这席话很快就狼狈告终了：因为，在那段战争时期，我们西部的边界问题正是因为最激进的法西斯党而微妙和棘手。在法国倒台时进入战争，并没有把我们带到尼斯[②]，而只是带到了那个不起眼的边境小城芒通；余下的，据说，就等着和平条约来解决了，但是，胜利而英勇地进入法国的诱惑已然消逝，就连那些最不起疑的人心中也有了这样的焦虑，令人失望的推迟别再无限拖延下去了；人们开始意识到，意大利的命运不在墨索里尼手上，而是在同盟军手上。

我们到芒通的时候正下着雨。又密又细的雨下在没有地平线的

---

① 文迪米利亚是意大利西北部大区利古里亚的一个城市。地处意大利法国交界处。
② 尼斯，法国东南部小城。

海面和闩着大门的别墅上。雨的深处是礁石之上的城市。在散步道有光泽的沥青上，跑着军用摩托。在公共汽车玻璃车窗的雨线之间，种种景象的碎片在闪烁发光，每块碎片后，都向我打开一个有待去发现的世界。在栽着树的路上，我识出了从未见过的北方多雾城市：芒通是巴黎吗？路边有块花叶饰风格的招牌，已经褪了色：法国是过去吗？除了几个躲在自己岗亭里的哨兵，和头上套着口袋的泥瓦工，一个人也看不到。只有灰色，桉树，东倒西斜的野战电话线。

我们下了车，还在下雨，似乎是我们要立即在火车站列队，然而是又上了公共汽车，去了另一个我也不知道是哪里的地方：一座被征用的别墅，然后在雨中走了一段，一直走到某座空荡荡的小别墅前，也可能是一个学校或是宪兵的兵营，我们把滑膛枪贴着墙排成行地藏在那里。

我们身上发出一种湿布的味道：我有点高兴，因为我制服上总有种悲伤的、仓库里灰尘的味道，也许这一次那味道能去掉。不知道那些西班牙人什么时候要到，也没有从法国来的火车时刻表，分队长时不时回来，大叫着："集合！带枪集合！"然后，又说："解散！"既有点像是在整个芒通城就没人听说过什么西班牙人的事，又有点像是在时刻期待着他们的到来；甚至，是"十一点十分"到，一直有个说法在不停地这样确定，十一点五分后，就没声了。

我们把所有从家里带来的东西都吃掉了，站着，在那个别墅-军营的小拱门下，看雨下在光秃秃的花园里。有些人在一场和另一场集合的间隙中找到了法子，溜出去转转，买香烟和橘子水。好像那附近有什么店是开着门的，一个做泥瓦工生意的小卖部。

中午时太阳出来了，雨停了。那里面我们是再也待不住了，大家都三三两两地出去了；于是他们就给了我们半小时的自由活动时间。我和比昂柯奈我们自己出去转，鄙视那些只会找家烟草店和台球室的太狭隘的目的，也鄙视那些想找女人的太不可能的目的。我们不紧不慢地走着，看着那些被抹去的法语字迹，少数几户返回祖国的家庭的怯懦的生命痕迹，通常是些店主，给打碎的玻璃，还有被击中的房子那好似病愈中人石膏般的外表。我们在半乡下的小街小巷里转了一遭。一个威尼托的泥瓦工跟我们说，新的国界离这里只有五分钟的距离，我们就赶紧过去了。那里有一道河谷，一面意大利国旗，然后下面是法国国旗。一个意大利战士满怀敌意地问我们要干什么；我们回答说"看看，"我们就看了看，不声不响地。那边是法国，被打败的国家，这边就是总是赢也总会赢的意大利。

我们回集合地的时候迟了，别人都已经去了，一副有好消息的样子。"他们到了，到了！""谁？西班牙人？""不，送饭的人。"似乎是来了一辆给我们所有人送饭的货车。但不知道这车在什么地方：那里既没军官也没集合。我们就继续在城里转悠。

在一个被拆毁的且满是泥土的广场，一座雕像还立在那里：身着长裙的一位夫人正弯腰迎上一个走向她的小女孩；整座雕像旁边有只鸡。这是纪念一八六零年公民投票的雕塑：小女孩象征芒通，夫人象征法国。于是我们的怀疑主义就在那些简单的对象中大获全胜，我们制服上的罗马鹰，还有那个教材读物中的装饰图案[①]；整个世界都是白痴，只有我们两人诙谐幽默。

我怎么都找不到自己孩童时在法国游览的记忆。芒通现在只给我一座悲伤而单调城市的印象。我们的队伍穿过林荫大道；人们去吃饭；传出一个说法，那些西班牙人第二天才会来，我们得在那里

① 这里可能是在讽刺那座雕像，好似一个从爱国教材上生搬硬套下来的图案。

过一夜。我觉得已经看过整个芒通了，感到蛮是失望。我对那伙人，和对把我们困在那里的那种放肆与军纪结为一体的混乱感到疲惫不堪；等不及出发。我们在灰色的大门紧闭的花叶饰风格大楼之间走过。连那些最无关紧要的细节都没有，比如在店铺周围墙上漆的颜色，或是汽车各式各样的车身，这都能给出一种与我们生活不同的意义，尽管靠得很近：活生生的法国的意义。这是一个死掉的法国，一座花叶饰风格的石棺，是一个法西斯青年先锋队员穿过这里时大吼着“赞罗马”的地方，一家旅店的穆斯林尖塔和东方圆塔顶的出现，或者是一桩别墅庞贝风格的装饰，都给这里一种死气沉沉的剧场感，好像舞台布景杂乱地堆放在一边。

将近五点时饭来了。还来了一支法西斯青年队，他们是***城的水手，一群细高个的家伙，我们看着他们就好像他们是侵略者一样。和他们一起到的是法西斯党省委书记，比藏迪尼就介绍了一下部队的情况。书记问我们伙食够不够，还通知我们晚上要在那里过一夜。我剧烈地伤感起来；在我的同志中响起一片热情的欢呼。

那是个年轻的书记，托斯卡纳人。穿着一身土黄色的华达呢制服，骑兵裤，蹬着双黄色的靴子；而这身军人模样的衣服，从剪裁、质料和随便而傲慢无礼的着装方式上来看，都是与能想像出来的军队制服最大相径庭的那种。而我，也许是因为我穿着制服的窘迫，因为我在忍受这制服，因为我已命中注定归属那些得忍受制服的人，而不归属那些把制服作为耍权威或显气派工具的人，我为这种道德感激动起来，这种道德感总带点嫉妒，是正规军反对逃兵和自以为是家伙的那种道德感。

先锋队员里和我一个地方的一些人，是小法西斯党魁或官员的儿子，都是书记的老相识，书记在跟他们开玩笑；这种热络的同谋气氛让我微感不适，我更喜欢他那种强制性的平淡语调，因为我已经习惯地接受下来了。我去圈子里找比昂柯奈，想跟他说说那些事，或者更准确地说，是想跟他一起描述或强调那些我们之后可以慢慢评论的细节。然而比昂柯奈却不在；他消失了。

我在太阳下山时又找到他了，那时我正往种着多刺矮小棕榈树的沿海路上走去。我已经很伤心了。徐缓拍打着礁石的海浪声，与乡间自然的宁静结合起来，被围进一圈空城里，而空城那不自然的寂静，时不时被孤立并荡漾着回声的喧嚣打破：一种由喇叭、歌声，还有摩托的隆隆声混在一起的视唱练习。比昂柯奈朝我走来，高兴得就好像我们有一年没见过面了，他告诉我一些之前他收集到的消息：好像是发现了什么漂亮姑娘，在一个食品杂货店里，一个在马赛集中营里待过的姑娘，现在所有的先锋队员为了看她，都跑过去付点小钱买些东西；在另一家店里，好像是找着了什么法国香烟，几乎不花什么钱；在一条小路上，有架法国大炮，被打坏了，给扔在那里。

比昂柯奈对那些没什么大不了的新闻，有一种几乎是太过外溢的欣喜；我因为他在没有我的情况下就自己出去转而无法原谅他。他继续说着，提到一些劫掠的场景，那些房子在六月时应该是目睹到那场景的，他顺带地说，当然，有些房子大门敞开，可以自由出入，能看见屋里的东西都被撬开了，地上撒得全是。但在他的言语中，也好像只是泛泛一说，偶尔会冒出几个很精准的细节。“但你进去了吗？”我问道。是，他进去了，他跟我说；他和其他几个人转的时候，他们也都进了一两家被劫掠过的屋子和旅馆。“你没在真可惜啊，”他跟我说。现在，他在我没在的时候去了那里，于我而言就好像一种不可饶恕的背叛。可是，我并没表现出受伤害的模样，而是热情地向他提议道："那我们可以一起回去嘛……"他说天已经黑了，那些地方乱七八糟的，我们一脚踏进烂泥里都不会知道。

我们都聚到集体寝室里时，他们给我们临时准备了一些铺在地上的草褥，在一个健身房里，造访那些被劫掠的屋子是最普遍的话题。每个人都在讲述他们看到的非凡东西，并提到一些好像是所有人都知道的地名，比如"布里斯托"，"绿房子"。我开始的时候感觉，这些探索发现，只是极有限一小群最敢闯的人有过的经历；然而慢慢地，我才发现，连奥拉其那种本来只是在一旁听着的家伙，也说起了自己的经历。我的失败似乎是不可救药的：我很烦躁地度过了那一天，都未触及到那座城市的秘密，而明天我们一早就要起来，去火车站列队，来几场举枪致敬，然后再上公共汽车，看着一座被劫掠的城市永远离开我的视线之外。

比昂柯奈来到我身旁，带着一叠被子，低声跟我说："贝尔格米尼、切雷迪和格拉伍科都在，他们有什么死东西[①]。"

我之前就注意到了，在那些床垫中，有个我之前没弄得很明白的花样：现在比昂柯奈提醒了我，我才想起来，不久前我看到那个贝尔格米尼手里，转着一个网球拍，我还随便自问这拍子是从哪里冒出来的。现在我是看不到拍子了，但就在那一会，在草垫上把被子塞好的时候，格拉伍科·拉斯特力发现了一副拳击手套，立马就塞到了被子底下。

比昂柯奈已经钻在被子底下了，正抽着烟，身子撑在胳膊肘上。我过去坐在他的草垫上。"我们这帮人挺有意思啊，"我跟他说。

"哈！"他说，"真是一伙土匪啊，这些狗腿子！"

① "死东西"这里应该是"战利品"的另一种说法。

“我们又不是这样，都高中五年级[①]了!”

“啊呀！时代不同啦！”比昂柯奈说。

这时，房间里响起一阵令人喘不过气来的鸣啼声“咕咕，咕咕”；切雷迪在草褥上高兴得直打滚，因为他把刚才怎么也搞不好的杜鹃鸟报时钟修好了。

“但他们怎么会让他把这个东西带回家啊？”我问比昂柯奈，“能把一个杜鹃鸟报时钟藏在制服底下吗？”

“他会扔掉的；你指望他能拿钟怎么样？他抄上它就是为了热闹热闹。”

“只要他别让这钟整晚上都响，能让我们睡好觉就行，”我说。

“嘿，小伙子们，”正在那时切雷迪说了起来，“我已经给钟上了发条；从现在开始，每隔半个小时就会响一次。”

“海里！把它扔到海里去！”四五个已经脱掉鞋子的人扑到他的草褥上，扑到他身上，扑到小钟上去。他们一直打到小钟停下来。

很快就熄灯了，喧闹也灭了下来。我总也睡不着。我们隔壁健身房里安营的是***城在接受法西斯教育的水手，我们没跟他们混起来，也许是因为他们比我们年纪大一些，也许是因为两个地方自古以来的不相容，或许更是阶层的差别，好像他们是什么码头上的无产阶级，而我们中的大多数是学生。当我们这边最活跃的人都突然从喧闹过渡到睡意中时，这些法西斯学员还在继续吵嚷着，还在走动，互开玩笑。他们有种他们的说法，可能就是当天不知道在什么场合下创造出来的，对他们来说很滑稽，对别人来说，就搞不懂是什么意思了：“哦，捏！”也就是，我想，是“哦，牛”的意思，

① 意大利高中有五年。

他们用延长那个半e半u[1]的元音的方法，发出一种像牛哞哞叫一般的声音，也许是什么牧羊人的使唤声。他们中的一个，躺着用低音发出这声音；所有其他人就笑起来。有一会，似乎是他们终于睡着了，而我还在努力收集着自己的睡意，突然又一个遥远的声音响起来："哦捏！"我们中的几个人冲他们反抗和威胁了几句，他们却又用一阵呼喊声来回应我们。我是希望我们这里能组成态度果决的一伙人，到他们房里去，跟他们动动拳头；但最好斗的几个家伙，也就是切雷迪和他的人，睡得正香，就好像一切都很宁静一样，而我们这些失眠的，人少，又都优柔寡断。比昂柯奈也是正睡着的人中间的一个。

我时而想那些掠夺者同志，时而对那片嘈杂气急败坏，在硬邦邦的军用被里继续辗转反侧着。那时，一种高贵的辛酸感印记在我很多的思绪里；高贵是我思考和反对法西斯主义事物的方式。那天晚上对我来说，法西斯，战争，我那些同志的庸俗完全是一个东西，一切都把我卷入一种相同的厌恶感之中，我感到不得不服从这一切，毫无出路。

于是，第二天早上，看到那些法西斯主义学员列队经过花园时，我还是这样忿恨地看着他们，他们个个高瘦，跟着命令的步伐软弱而冷漠，就在这时，队长比藏迪尼来到我们队伍边，检查滑膛枪。

比藏迪尼，听到我们对他们夜间行为的抗议后，还加了量：他使上了我们这些地方的地方主义敌意，也出于和首府城市利托里奥组织那些人的等级竞争关系，他说起来：

"当然，你们都看见了，他们真是好心，从***城市派来的一个

① "牛"用意大利语说是：bue。

支队都是些什么货色！那就是青春吗？都是些从没做过运动的小伙子：弯得就像被拉直过的钩子，肩膀都不一样平！”

他是夸张了，但也没说错。他们不是什么运动员的体质，但说真的，我也不是，在这点上，对于比藏迪尼的讽刺，我是和他们站在一边的。

“都是些饿死鬼，码头上的搬运工，挖土工！”比藏迪尼说道。“他们来这里，就是为了在那些没有活干的日子里赚几个小钱……”他越说，我越觉得自己刚积起的这些怨恨在褪色，越觉得我所接受到的道德教育又浮现在他们的立场上，这种道德是与鄙视穷人和劳动人民的人相对立的。

“政府为它的人民所做的一切……”比藏迪尼继续道。

“人民……”我想。“那些法西斯主义学员，他们是人民吗？人民活得是好是坏？人民，是法西斯主义者吗？意大利的人民……我呢，我又是谁？”

“……他们才不在乎呢，不在乎利托里奥组织，什么都不在乎！”

“我也是！我也是！”我跟身边的比昂柯奈耳语道。比藏迪尼说：“哦，但是书记已经发现了，他很快就注意到了：我们带过来的都是学生，都是些着装规整的小伙子，身强体壮，有教养……”

“屎，”我对比昂柯奈低声说，“屎。”

“他说他会让别人看清我们的，当着那些西班牙人的面……当着首领青年先锋队[①]的面。”

① 此处的首领一词在原文里用的是西班牙语词Caudillo，这是西班牙独裁者佛朗哥将军的专用称号，一如Duce（领袖）和Führer（元首）分别是墨索里尼和希特勒的专用称号。

法西斯主义学员的水手队伍远去了；比藏迪尼继续说着他的话，我想着我的心事：也许我们还要在芒通过上一天，我想要比昂柯奈陪我去看一看那些劫掠。“他一放我们走，”我跟他慢语道，“我们就一起去。”他，稍息着，面不改色地朝我挤了挤眼睛。

队长继续嚷着他的哲学，现在又把墨索里尼时期的教育和以往的教育做起了比较。“因为你们都是在法西斯主义风气中成长起来的，你们不知道这意味着什么！比如昨天晚上，就在这里，在芒通，如果是从前那些老教授在这里，你们都不知道那会是怎样一出悲剧：千万别啊，别让小伙子们睡在家外面，怎么办哦，没有床，责任，家庭……啊呀呀！对于法西斯主义来说，不费一点劲，四加四得八[①]地就照命令做了，罗马的教育方法，就像斯巴达时代，没有床？睡在地上，都是战士，啊呀呀！向右，向右转！”

这就是队长暴露出来的自己：我们所有人中间最幼稚的那个，和一帮等不及去劫掠一座城市的毛头小伙和恶棍无赖一起，他为了让我们离家过上一夜那了不起的经历，居然像个老奶奶一样心软起来！在咂舌声、打嗝声、放屁声中，先锋队员队伍的脚步声远去了，接着他的军令应道：“一二！一二！”

比昂柯奈知道附近有家别墅，据去过的人说还挺有意思，但比昂柯奈不是很了解情况。在别墅的花园里，一只黄雀在歌唱，一滴水掉进了水槽。一株大个的龙舌兰灰色叶片被饰以名字，村庄和军队，是用刺刀尖刻上去的。我们在似乎是关着门的别墅周围转来转去，在一条玻璃被打碎的游廊里，一扇门窗被从铰链上卸了下来。我们来到一个大厅里，里面有组给捣碎的沙发，上面像落了场雨般满是小瓦片；第一拨劫掠者在橱柜里找银器，把瓷器用具搞得乱七

① 也就是“干脆利落地，很快地”的意思。

八糟；他们把家具下的地毯给抽走了，家具翻倒在地上的情形就像是经历过一场地震。由于百叶窗是或闭或开，或者甚至是整个被拆除了，我们经过的一些房间和走廊也是时暗时明的，我们继续遇见一些物件，或是偶然地支撑在什么地方后，就那么静止不动着，或是散落在地上被人践踏：烟斗，袜子，枕头，纸牌，电线，杂志，吊灯。比昂柯奈，边走着，边指着每个东西，不漏过任何细节，总能把一个东西和另一个东西联系起来，他不时弯下腰，拣起一只碎掉的高脚酒杯的脚，一块被撕开的挂毯边缘，就好像在领我观看一座暖房里的鲜花，然后再以一个犯罪现场检查员的手，轻盈细致地把每一个东西都放回原位。

我们从一段给脚印踩脏的大理石台阶上去：楼上的房间里涌出的全是纱帐。

都是些绢纱网眼的蚊帐；以前应该是挂在每张床上的；第一批占领者把它们撕开，并扯到地上。而现在，所有那些绢纱，带着它们的帐幔与镶边，就像斗篷一般，被蒸汽鼓胀起来并扭绞着，盖上了地板、床铺和屉柜。比昂柯奈十分喜欢这一景象，在房间里走来走去，并不时用两根手指挪开纱幔。

在一间这样的卧室里，我们听到一阵忙乱：一个类似于大型野兽的什么东西，正在脚下踢着那一摊绢纱。

“谁在那里？”

“谁在那里？”

是杜奇欧，我们队的一个先锋队员，十三岁多点，又矮又胖，脸色通红。

“东西挺多啊，嘿……”他上气不接下气地说；他正在检阅一个屉柜。

他从抽屉里掏出一些东西，如果对他没用，就扔在地上，如果有用，就把它们塞进他的猎服：吊袜带，裤子，领带，刷子，毛巾，一小瓶发油。由于猎服里塞得满是衣物，他整个人几乎都拱成了球形，可仍在往毛衣里放围巾，手套，肩带。他像鸽子一样肿胀而胸部发达起来，却还没有停下来的意思。

我们不再管他了：因为传来一阵不同寻常的声音，就像是锤击，在楼上回荡着。“什么东西？”我们说。

“没什么，”杜奇欧说，“是福尔纳查。”

我们跟着声音来到上面一层，在一间应该是小餐室的房间里，先锋队员福尔纳查，一个跟杜奇欧一般个头，但又瘦又黑、一头鬈发蓬得老高的家伙，正用锤子和改锥敲击着一个老式五斗柜。

“你在干什么？”我们问道。

“这些球形捏手我用得着，”他说，还展开手给我们看。他已经拆了两个下来。

我们任同志们各忙各的，自己则继续在别墅里转。在阁楼上，我们从一个玻璃天窗里出去，来到一个屋顶小平台上。从那里可以俯瞰花园，还有周围的绿化带，还有芒通，还有橄榄树，还有尽头的大海。平台上有两块腐烂的枕头，我们把它们倚在无线电天线柱上，我们躺下，在太阳底下安静地抽起烟来。

天空澄清，道道白云飘在天线柱之上，就像是被缠起来的旗子。从底下传上来一些声音，被街道的空旷给放大了，我们就来识别那些声音：“这是在搜刮东西的切雷迪，这是在发脾气的格拉伍科。”在栏杆的小柱子间，我们看着城里的先锋队员和法西斯青年一个个的出现：一群人嚷嚷着在一个十字路口转弯；在一座房子的窗户前，谁知道怎么回事就出现了两个人，吹着口哨；在面海的两根栏杆间，我们的军官围在书记身边，一起从酒吧里出来，都很愉快的样子。海面上是太阳的反光。

“我们为什么不下海去耍耍呢。”

“走？”

“走。”

我们跑下去，往下走，去了海边。散步道下边，在一片沙滩和石堆上，一群半裸的泥瓦工在阳光下吃饭，正传着一瓶酒。

我们脱了衣，躺在海岸边。比昂柯奈皮肤雪白，全身是痣，我则是又黑又瘦。沙滩很脏，满是海带，它们裹成褐色粗硬的圆球，须根烂成了灰色。比昂柯奈一看见云朵靠近了太阳，就打消了下海的想法，但我还是冲过去跳进水里，他也不得不跟着我。太阳真的走了，在鱼一般颜色的那片海里游泳，实在有点悲伤，就像看我们头顶之上、路基旁边的礁石和安静的芒通。一个士兵来到堤道顶端，背着步枪，戴着头盔，大喊着什么。然后面对我们，叫着说：这里是禁区，我们得回到岸边去。我们往回游，擦干了身子，穿上衣服，去吃饭。

我们不想把下午浪费在遥远和偏僻的别墅里，而是想在城里的公寓楼附近转转，那里的每一层楼都会展现出一个不同的世界，每一级台阶都会揭示出一个生命的秘密。每家每户的大门都被强行打开了，为了找钱和首饰，抽屉全给打翻了，里面的东西散落在地板上；好好在那些衣服、小玩意和纸张堆里找的话，还是能找到一些有价值的东西的。我们的同志已经有系统地搜寻过每户人家了，如果还能留下什么好东西，他们都会攫取的；我们在楼梯上、走廊里，总能碰见他们，有时还会跟他们拼成一队。他们几乎从不弯腰——必须说——去翻东西，不像我们看到的杜奇欧那样；当他们找着一个有意思和惹眼的物件时，会在其他人来到之前，大吼着猛扑过去抢到它；如果这玩意携带不便，或是之后又找着什么更好的东西，可能也会把它扔掉。

“你们呢，找着什么东西啦？”他们总是问我们。我咬牙切齿地说了句：“什么都没有。”并在想炫耀我的反对意见，和为自己与众不同而难为情的孩童残余情绪间拿不定主意。然而比昂柯奈舞着胳膊解释道：“怎么样？如果你们想看的话！我们知道一个地方！你们知道拐弯处那里吗？呃，那个快给拆了一半的房子？你们从这后面出去，上台阶。那里有什么？如果你想知道，自己去好了。”他的玩笑不是经常能成功，因为他拿人开涮是出了名的；但这些玩笑总归能给他一种很能干的神气。

这种搜刮东西的狂热抓住了每一个人。我遇到奥拉其时，他整个人快乐而激动，还让我碰了碰他的口袋，我们明白这里没有人会理解我们，理解我和比昂柯奈的。但我们是两个人，我们之间互相理解，而这个事实会把我们永远地团结起来。

“摸摸，摸摸！你知道是什么吗？”奥拉其说。

“瓶子？”

“电子管！飞利浦的。用这我可以做个新收音机。”

“祝贺你啊！”

“祝你搜到好东西！”

这么从一幢房子转到另一幢房子，我们就进了老街区和贫民区。楼道里的台阶很窄，从房间里衣物的破旧程度上来看，似乎是好些年前就被蹂躏的，然后就任由海风腐蚀了。水池里的盘子还是脏的；平底锅里的油腻凝成了块，也许正是因为这个原因才免于被劫的。

我和另一群先锋队员进了一幢房子。我发现在他们之间，没有比昂柯奈。就问道："你们看见比昂柯奈了吗，他去哪里了？"

"谁知道啊，"他们说，"为什么？他又没和我们在一起。"

之前，我们和闹哄哄的一伙人混到一起，这些人不时分开，接着再和其他人合并起来；说不好是在什么时候，我走了另一条路，觉得自己是跟上了也有比昂柯奈的那伙人。"比昂柯奈！"我在楼梯里喊着。"比昂柯奈！"我在走廊里叫唤着。我觉得能听见些声音，不知道是从哪里传来的。我打开一扇门。来到一个手艺人的房间里。房间一边是张普通的木匠工作台，而房间中央的鞋匠工作台，要么是做乌木活[①]木匠的，要么是雕刻工的。地上还有刨花，木头的碎片，烟头，就好像两分钟前刚刚有人在这里做完工；而台子上，是上百件的工作用具，还有那个人做成的上百件活，散乱在那里，都被弄碎了：框架，匣子，椅背，还有不知道多少把伞柄。

傍晚来临。房间中央挂着一个灯罩，灯罩下面是个梨形的砝码，没有灯泡。仗着从小窗户里进来的落日光芒，我望向一个隔板，那上面给整出一排用木偶上半身做成的靶子，我想，可能是给什么机械木偶剧准备的，那些木头雕出的脑袋充满了率真的灵感，也不乏点到即止的漫画风格，有些脑袋已经着了色，大部分还未加过工。这些脑袋里，只有极少几个落得房间里其他那些东西的下场，从自己的脖子上滚下来；大部分的脑袋还待在那里，嘴唇弯成弓形，无表情地笑着，圆眼睛大睁着，我甚至觉得，有几个脑袋还动了动，在那木栓做成的脖子上晃来晃去，也许是被送进窗户里的空气吹动的，也许是被我突然闯入的气流带动的。

① "乌木活"在意大利语也指"精工木匠活"。

或者，也可能是之前有什么人经过那里，碰过它？我又打开一扇门。里面有张床，一个未经触碰的摇篮；一座敞开和空荡荡的衣橱。我又来到另一个房间：地上是一片信、明信片和照片的海洋。我看见一对恋人的照片：他是士兵，她是个金发姑娘。我蹲下，读起一封信来："Ma chérie[①]..."这是她的房间。房间里光线很强，我一条腿膝盖抵地，仔细辨认着那封信，在那信的第一张纸后，又找起第二张来。这时闯进一队年轻的法西斯水手，像猎狗一样，气喘吁吁的，脑袋向前够着；他们挤在我身边："什么东西，你找着什么了？""什么也没有，什么也没有，"我嘟哝道，他们手脚并用地在那摊纸里乱耙，然后又带着来时的气喘吁吁离开了。

信是读不了了，什么都看不见了。从窗户外传来大海的声音，这海就好像在房子里一样。我来到外面。天色暗了。我往集合地走去。路上有些其他同志，也在往回走，身上的制服隆得变了形，不大能藏得了的东西就被卷进一个临时做成的包裹里。"那你呢，你都拿了些什么？"他们总这样问。

集合地在一个楼阁里，那里原先是一家英国俱乐部所在地，现在就改成了法西斯大楼。在被吊灯照亮的走廊里，就好像有集市一样：每个人都在展示和炫耀自己的战利品，再也不怕什么长官了，还策划着最理想的掩藏方式，这样回意大利时就可以不用太引人注目了。贝尔格米尼让他的网球拍在肿胀的裤子里消失了，切雷迪胸前围着一些自行车内胎，外面又套上件毛衣，就好像一个大力神。在他们中间，我看见了比昂柯奈。比昂柯奈手上拿着些女人的袜子，为了展示它们，他把袜子从赛璐珞的包装袋里拿出来，并在空中把蛇一般的袜子抖开。

① 法语：亲爱的。收信人为女性。

“你有多少？”他们问他。

“六双！”

“丝的吗？”

“老天啊！”

“干得好！你给谁啊？都送人吗？”

“送人？我有一个月能免费找女人！”

这下好了：比昂柯奈也是这样。我就一个人了。

其他人则是骂骂咧咧的，说他们经过那里不知道有多少次，为什么只有比昂柯奈会找到那些袜子。

“袜子？”他说，“那么苏格兰围巾呢？樱桃木的烟斗呢？”他是个好手，这个比昂柯奈，是那种下手准的人，那种手放之处总能发现宝藏的人。

我去祝贺他，也许我是诚恳的。说到底，是我什么东西也没拿，我是个傻子；那都是些已经不属于任何人的东西了。他跟我挤了下眼睛，让我看他真正的发现，那些他当真在乎的东西，他都没让别人看：一个有达尼埃尔·达黎欧[①]肖像的挂坠，一本莱昂·布鲁姆[②]的书，然后是一个卷胡面具[③]。这就是了，做事情要有心才行，就像比昂柯奈：我从来没这个能力。书记在过目先锋队员的战利品时，也是乐在其中；一会摸摸制服，一会让人把那些最与众不同的物件抽出来。比藏迪尼跟着他，微笑着表示赞同，表示对我们感到满意。随后他就召集我们在他周围集合，不用列队，要给我们下达命令。

---

① 达尼埃尔·达黎欧（1917- ）是二十世纪著名的法国女演员及歌手。
② 莱昂·布鲁姆（1872-1950），犹太人，法国政治家和作家。法国社会党人领袖，是法国第一位社会党籍的总理。
③ 卷胡面具：一种压在鼻子和嘴巴之间的胡子上，并使其保持往上卷着姿态的小面具。

那里有种喜庆、激动的气氛，每个人身上都有那种狂欢节的神气。

“西班牙同志的到来，”队长比藏迪尼说，“预计是今晚九点半。九点缺一刻，在这里整队集合，全副武装。然后就离开，今天晚上我们就能到家了。这些东西嘛，你们会发现，我们会找到办法藏起来的，藏在公共汽车上，或是藏在自己身上，没人会说什么。书记已经跟我担保过这事了，他对你们很满意。小伙子们，我们可别忘了，这是一座被征服的城市，我们是胜利者。所有那些能找到的东西，都是我们的，没人可以跟我们说什么！现在我们还有一小时一刻钟：你们还可以再去转转，不要吵闹，不要惹事，就像你们到目前为止一直做的那样，你们想拿什么就拿什么。我跟你们说吧，”他说，提高了音量，“今天在这里，如果有什么年轻人，什么东西都不拿，那他就是个笨蛋！是的先生：笨蛋，我都耻于跟他握手！”

这最后几句话赢得稀稀拉拉的一片掌声。现在，我因为激动而不安起来：我是唯一，在所有人中间，唯一一个什么东西都没拿的人，也是唯一一个什么东西也不会拿的人，是会两手空空回家的人！不是说我没别人老练，或是没他们机灵，就像不久前我还怀疑过的那样：我的举止是一种勇敢的，几乎是英雄般的行为！现在，我颂扬起自己来，比他们自赞得还有过之而无不及。

比藏迪尼还在说话，向不耐烦的先锋队员们重复着那些无用的嘱咐。我靠近一扇门；锁眼上有把钥匙：是旅馆里的一把钥匙，钥匙上有个大大的房间号挂坠，还有“New Club”[①]的字迹。我把钥匙从锁眼上取下。好了：我可以把那把钥匙带走，留做纪念，一把法西斯的钥匙。我让钥匙滑进口袋。这大概就是我的战利品吧。

这是在芒通的最后几个小时了。我一个人，走向海边。天黑了。

① 英语：新俱乐部。

从房子里送过来同志们的叫嚷声。我伤心地想着心事。我来到一条长凳旁；看见一个穿水手制服的人坐在那里。我认出了他领子下法西斯青年队黄色和深红色相间的蝴蝶结：他是***城的法西斯学员。我坐下；他还是下巴抵在胸前地待着。

“嘿，”我说，不过还不知道要跟他说什么。“你不去吗？不去那些房子里吗？”

那个人连身都没转。“我才不管呢，”他缓缓地说。

“嘿，你什么都没拿吗？”我跟他说。

他重复了一遍：“我才不管呢。”

“那你说说，你什么都不拿是因为你找不着呢，还是因为你不想？”

“我才不管呢，”他仍是这么说着；然后站起身，在棕榈树齿状的影子中大步流星地走开了，两只胳膊甩来甩去。突然，他唱起歌来，但与其说是唱，不如说是嚎，而且是声嘶力竭地：“好好去生活吧！直到还有青春……”他醉了吗？

我坐在长凳上，从口袋里掏出钥匙，观察起它来。我可能想给它一个什么象征性的意义。“New Club”，然后是法西斯大楼，现下在我手上：这能意味着什么呢？我突然希望，这是一把重要极了的钥匙，不可或缺的，这样那边那些人找不到这钥匙的话，就会发疯，这样他们就不能把这个装有极其珍贵秘密的战利品的房间关起来了，这样就不能把这些决定了他们个人命运的文件关起来了。

我站起来，朝法西斯大楼走去。

在走廊里，把他们那些破东西打包的法西斯队员并不多。军士数着滑膛枪，部署着队伍；比昂柯奈也是，在他们中间。我经过走廊，假装厌烦不已，让手在墙上、门上游移着，还用口哨吹起了小调，这手就好似一支舞曲的步子。当我的手靠近另一把门上的钥匙时，我迅速把它从锁眼上退下，塞进猎服里。那边的走廊里满是门，几乎所有的门上都有一把钥匙挂在外面，钥匙上是金色的房间号。我的猎服就这么被钥匙填满了。再也看不到有什么钥匙了。没人发现我。我出了门。

在门口，我碰见其他回来的人。“怎么样，你带了什么东西回家？”“我？……没什么……”但他们在我的唇间读出了一丝微笑。“啊呀当然，好样的，没什么……”他们对我说。

我在花园里转悠。我可能有二十多把钥匙。它们发出一种铁家伙相撞的噪声。“现在我也有我的货了，”我想。“嘿，你，这会都带了些什么玩意？”几个经过的人对我呼喊道，“你叮叮咣咣响得就像头牛！”

我闪开了。花园里有些藤架和凉亭，上面爬满了未经修整的攀缘植物，我钻进那里头。我这才意识到自己都做了些什么。不管是什么原因，我不可理喻的行为可能很快就会被发现。如果我们的军官或是法西斯党魁有过要把什么东西关到那些半空房间里的需要？……如果同志们——现在，或再迟一些，在公共汽车里，回到意大利以后——强迫我给他们看我猎服里的东西……所有的这些钥匙，还有那些“New Club”的房间号，不可能不是从法西斯大楼里偷出来的：那是出于什么目的呢？我怎么才能解释我的行为呢？很明显，这是一个丢脸的、造反的、破坏的举动……我肩后紧逼着前“New Club”，还有它或灯火通明，或被遮蔽着并只显出一些模糊蓝色微光的窗户。我是一个在被征服地上的法西斯主义破坏者……

我跑过前去。我看见了镜子一般水面上的光亮：在一个花坛里，有个被岩石围着的水缸，水缸中央是一口没出水的喷管。我把钥匙一把把从猎服里掏出来，放到水里，是把它们慢慢浸入水中的，以至于听不到叮咚声。缸底升起一团浑浊的云状物，抹去了月亮的倒影。最后一把钥匙沉下去后，我看见水中穿过一片浅色阴影一条鱼，也许是一条红色的老鱼，过来看看究竟掉下来了什么东西。

我站起来。我是个懦夫吗？我把手放进口袋，发现那里还有一把钥匙：那是我取下的第一把钥匙，就一直留在了那里。我又感到自己身处危险之中，但很幸福。同志们正赶回去集合，我和他们一起。

我们在火车站广场上列好队伍一个小时以后，西班牙人的火车到了。比藏迪尼雷鸣一般地说道："举枪致敬！"火车站顶棚下是微弱昏暗的路灯。年轻的长枪党党员们[1]在那片光亮的区域中整队待命，我们则待在很远的地方，在下面广场的尽头。他们都是些又高又壮的家伙；脸上好像都是塌鼻子，就像那些拳击运动员的脸；红色的巴斯克帽子压在眼睛上，黑色毛衣的袖子一直翻到肘部，小背包拴在皮带上。突然扫过一阵短促的风，灯光荡漾不休，我们当着首领青年先锋队的面，举着滑膛枪。不时会传来他们的行军歌，自从他们到达以后，这歌声就没停过；类似于："开……开……开……"他们发出一些断断续续的指令，然后列成一排排，排与排之间正好是往前伸直胳膊的距离；不时能听见一阵嚷嚷声，不是很明晰的点名声："塞巴斯蒂昂……说，宾森特……"然后他们就前进起来，走到正在等他们的公共汽车前，上了车。像他们来时那样，他们又出发了：看都没看我们一眼。

---

① 即那些西班牙人。

我们出发时，大家身上绑满了包裹，活像走私贩，我们从比藏迪尼前面经过，他就一个个地观察我们，看我们是不是太显眼，并在我们叮咚作响的猎服上拍一巴掌，或是踢屁股一脚，以示告别。我也经过他面前，空荡荡的制服整洁而平滑，我抬着眼光，望向比藏迪尼，他一副严肃的模样，什么也没说，和下一个过来的人开起了玩笑。

公车又在海岸上跑了起来，我们都很累了，安安静静地待着。黑暗不时被汽车纵队的车灯切断；海边的房子黑黢黢的，大海光秃秃的，泛着银光，令人生畏。战争仍在继续，每个人都被卷入其中，我已经知道这将会决定我们的生活。至于我的生活，还不知道会怎么样。

国家防空联合会[①]的晚上

我是个迟钝的小伙子；十六岁时，像我那么大的年龄，很多事情都该懂了，而我还没有。然后，突然，在四零年的夏天，我写了一出三幕喜剧，谈了一场恋爱，学会了骑自行车。但我还没有离家过夜的经历，直到有命令下来，说是在放假期间，高中学生每周要有一个晚上，在国家防空联合会里干活。

就是说如果有空袭，要保护城里的教学楼。空袭是还没有，国家防空联合会的这个事跟其他很多事一样，也就是个形式。对我来说，这是一件新鲜而愉快的事情；那是九月，我学校的同学几乎都不在，在度假，或是在打猎，或是六月时因为战争被疏散了，就没回来；在城里只有我和比昂柯奈：我是整个白天都在溜达，腻得要死，他是——好像是——晚上去竭尽全力地享乐。国家防空联合会的这个班，值起来是一对对的；我和比昂柯奈自然就一起登了记；他会把我带到所有他知道的地方去；我们打算做一番大事。我们被

① Unione nazionale protezione antiaerea，本文中在提到此组织时都用的是缩写形式UNPA。

分配到一座小学的教学楼，是每周五晚上的班。那房间里有两块床垫和一部电话，这就是我们在学校里的警卫室了；我们的任务是要保持戒备状态，注意警报，我们也可以出去巡视，也就是说，想怎么出去溜达就怎么去溜达，但是一次一个人，因为他们会用电话检查我们。我们自然是立刻想到，只要和队长说好，我们也可以一起出去，电话就可以主要用来跟我们认识的人在大清早开玩笑。

尽管我们说过："我们会做这个，会做那个！你会看到我们玩得有多带劲！"在那个周五之前的日子里，虽然我们也尽可能地计划过和打算过，但我还是在等待，等待那个晚上，会有点其他什么东西，虽然我还表达不出来：那是一种新的发现，虽然我还不知道那会是什么，对于夜晚的发现。对比昂柯奈来说，一切却好像是愉快地稀松平常，可以预见的，我也就佯装出与他一般的姿态，但同时，对每一项普通的计划，我都能感到夜晚陌生的时光像泡沫一般溢出，在我的想像中，就好像一片难以看清的大海。

那个周五的晚饭以后，我出了门，那还是一个跟其他夜晚相仿的晚上，我带上睡衣，一个枕套——是用来装我将要睡在上面的行军床上的枕头的。我还带了本插图杂志，因为在诸多工作中，我们兴许还能抽点时间读会儿书。

学校是幢石头建成的宏大建筑，房顶上是金属板。高高地耸在路边，位置处得有点不大幸福，进去前要先踏过三级台阶。那是极权时期的机构，但是一点都感觉不到那个时代的僵硬建筑风格；散发出一种显而易见的官僚气息，那是我老家温热的法西斯主义想尽可能保留下来的东西。三角墙上的浅浮雕上，描绘的是一个法西斯少年先锋队队员和一个意大利儿童先锋队[1]队员，坐在一行字迹“公立学校”的两侧，这浅浮雕似乎是受十九世纪教育智慧的启发。

那是一个没有月亮的夜晚。教学楼却也反射出一片模糊的亮光。我和比昂柯奈约在那里见面，但他自然又是没准时到。再往上去的黑暗中，是小别墅和田地。能听见蟋蟀叫和蛙鸣。我再也找不着对那种期待的热情了，尽管它一直把我带到那里。现在，我一个人，在小学校的那些教学楼底下，在那里前前后后地踱来踱去，手里还拿着睡衣、枕套和一本插图杂志，觉得自己很不合时宜，窘迫不已。

我就在那里等着，突然间，一朵火苗蹿起来，舔舐着我的后背；我猛地一跳：夹在腋下的插图杂志被点上了火；我把它丢在地上，在受惊之前，其实就明白了，这是比昂柯奈开的一个玩笑。他藏在墙边，手里还捏着根火柴，之前他就是拿着这火柴在黑暗中偷偷靠近我的。他没笑。一直是那种正式而完美无缺的神态。说：

“抱歉，您是国家防空联合会的，是不是在附近看到了什么火灾？”

“烧你屁股的火灾！”我骂骂咧咧地说，用鞋跟踩灭了燃着的杂志。“你开的这叫哪门子玩笑！”

“这不是玩笑。是检查。国家防空联合会，我亲爱的，过着危机重重的生活，要对一切事情都有所准备。但我发现你守得还不错。好样的。再见。那我就可以忙自己的事情去了。”

我叫他少耍滑头，我们得上去看看我们的警卫室，还要把东西放下。

---

① 少年先锋队，意大利儿童先锋队，还有前一篇中的青年先锋队都是二战时期意大利“国家工事”的法西斯组织。前两个组织召集的是八到十四岁的孩子，青年先锋队召集的则是十四到十八岁的青少年。

但学校的大门是锁着的；按门铃，也只能听见一声遥远的颤音；敲门，也只是让这回声在空荡荡的走廊里轰隆隆地作响。

“一个人也没有！勤杂工在乡下！”我们背后响起一个声音，蛮警惕的样子，大约是被我们在门上敲鼓给吓住了。我们回过头，那里有一堵墙，墙头上，在菜豆枝蔓的阴影中，有一片男人的身影；他正拿着喷水壶，倒着一种让人觉得是厕所里粪便气味的液体。他是个蔬菜种植员，趁着夜里这会工夫，正在给植物施肥，这样就可以避免用臭气来打搅邻居了。

“但我们得进去！我们是国家防空联合会的！”

“谁？”

“国家防空联合会！”

在一间小屋里，一小盏灯光突然暗了下去。比昂柯奈用胳膊肘捅了我一下，对我们权威的这个测试感到非常满意。“你看这意味着什么？”他慢悠悠地说道，“我们是国家防空联合会的。”

“勤杂工在乡下，因为怕警报，”上面那个黑黢黢的浇水人说，“但并不远：如果你们从那条路上去，会看见那顶上有座平房。你们就喊：‘比津！’她会回答的。”

“谢谢。”

“没什么。唔……你们是国家防空联合会的，这个蓝光我们可以这样点着吧，或者这是禁止的？”

“行，行，”我们傲慢地回答，“有一点点亮但你们可以点上……”

比昂柯奈，慢慢地，跟我说：“那玩意太臭。我们跟他说说？”

“说什么？”

“说是禁止的。会招来敌机。”

“什么呀，走吧，”我们于是上了那条鹅卵石铺成的小路，那路爬在坡上，通往乡下。

在零乱的小屋子里，片片微弱的蓝光隐约可见，还能听见一些模糊的声音：提高的嗓音，碗碟的响声，孩子的哭声。屋外的夜是屋里夜的反面：我们是路上响起的陌生脚步，是还未入睡的人想去追寻、但已远去并消失掉的吹着小调的口哨。

勤杂工的家里有光。比昂柯奈，为了迅速建立一种权威性，大嚷道："这光!这光!"但里头的光还是亮着的。

"比津!"我们仍是大叫着，"比津!"

"是谁？"

"钥匙!我们要学校的钥匙!"

"你们是谁？"

"我们是国家防空联合会的!那光!嘿，我说那光!"

百叶窗打开了，灯光毫无遮拦地照耀在整个窗户的方格里，展现出一个厨房的彩色视界，那里的墙上挂着一些铜制品和搪瓷制品，那个勤杂工说道："你们别来烦我!"她手里操着一把刀和半个西红柿，刀上正淌着大滴的红色水珠。她猛地放下百叶窗，黑暗又回来了，我们什么都看不见了。

比津在一排矮矮的藤架下迎我们而来。那里有个芦竹做的格子网架，她把西红柿放在上面，给它们撒盐。那是个深色皮肤的小个子女人，她挽着发髻的高耸发型给她带来一种庄严的魅力。她待在那藤架底下，继续在黑暗中给西红柿撒盐，动作娴熟，就像能看见一样。

她对我们表示怀疑；或者是懒得动。"可你们真是那些国家防空联合会的？"

"当然，您看：我们都带着睡衣，"比昂柯奈说，就好像这是个完全合逻辑的回答，他还展开自己的包裹，从里面掏出一条彩色条纹裤子，并把裤子拎在自己跟前，就好像要让人看看这确实是他的尺码。

勤杂工对那个奇怪的出示证件方式好像没有表示出任何异议的意思。只是说了句："那为什么拜罗莫老师不在？"

拜罗莫是个小年轻，小学老师，正是被指派监视值班这桩事情的。

"因为有我们。是他派我们来的。"

勤杂工这才扔掉了西红柿，在围裙上擦干了手。我们跟她说不要这么麻烦，我们只要拿到钥匙就行；但是什么呀，她想来给我们介绍一切，因为我们不熟悉情况。"你们有电筒吗？"

"没有。我们在黑暗中能看得见，我们是国家防空联合会的。"

"一回事。不过我有，"她从那个巨大的围裙口袋里掏出一个小手电，白铁皮制的，她每走一步之前，那电筒里投射出的一束光，就像拐杖头一样，在她的脚尖前晃来晃去。

就这样，我们在那个下坡的石子路上走着，周围尽是菜园和葡萄园的小垛围墙，我们两个跟在那个慢条斯理的勤杂工身后。

"你之前可没跟我说过，"我对比昂柯奈说，"要带我来乡下过夜。"

比昂柯奈，什么都没说，倏地不见了。

勤杂工用电筒向四周扫了一圈。"另一个人去哪里了？"

"我怎么知道？"

突然，他从一小堵墙后跳出来，那个比昂柯奈，几乎就要跳到勤杂工身上了。他手里拎着两串葡萄。"拿着，吃吧，"他边说着边扔给我一串。

"好东西啊!"勤杂工说,"如果主人看到你们的话,能射穿你们!"

这下我们就成了偷果子的夜贼,那些我父亲总是用上了盐弹的步枪来威胁的人,那些以我遵纪守法的孩童时的想像,徒劳地想描摹出他们脸庞的人。这种夜间的放肆,就伴随着那些婴幼年月的遥远景象,又展现在我面前。

"好东西啊!"勤杂工说。

"喂!一个鸡圈!"比昂柯奈观察到,跟我说。"嘿,你觉得怎么样?"

没有月亮的空中,勉强能辨别出蝙蝠柔软的影子。在勤杂工的手电附近,飞来舞去的都是褐色的夜蛾。一只正在横穿小路的蛤蟆,停了下来,一副眼花缭乱的样子。"嘿,小心别踩扁了它!"什么呀,蛤蟆早从她脚边逃掉了。

我们来到了田地的尽头,那底下应该就是广阔的屋顶了。"现在她要骑上扫帚,飞翔在城市之上,"我这么想着。但是勤杂工已经把我们往学校的大门口带了,开了门。

她没开灯,就这么领着我们在长廊里和楼梯上走着。在手电的微弱光照下,一扇扇教室的大门,贴在墙上的教学招贴画列队般不断闪过。勤杂工四处打量着周围,一副焦虑的神情,就好像是担心要把那些她花了很大气力才打扫干净和收拾妥当的房间和物件留给我们来摆布。

她让我们爬了很多级台阶后,打开了我们的营房,然后就消失了。正当我们在占有这间房时,就听见她趿拉着鞋,还嘟嘟囔囔地,在长廊里走着,一会在这层,一会在那层。"她在干什么?都用钥匙锁起来了吗?还是她也想整夜地留下来当看守?"

突然，底楼大门的铰链嘎吱响了一声，然后门锁就弹了上去。

“她走了？”

“钥匙没留给我们？她把我们关在里面了!这个巫婆!”

我们去看了看底楼的窗户，但那些没有铁栅栏的窗户离地面很高，不只是不能跳下去，而且我们连上都上不去。

我们就打起了电话，找那个拜罗莫，他也应该有钥匙的。打到他家里，我们吵醒了他母亲，但他却不在；在别的学校里，我们本应该能找到其他和我们一样被调遣过来做看守的，但没有一个人接电话；不管是给利托里奥组织，还是给法西斯大楼打电话，都没用：我们吵醒或是打搅了半个城市的人，最后却偶然地在一家咖啡店里找着了他，因为我们正在向那里询问能不能用电话来赌桌球。

“啊，好的，我马上就来，”那个缺德鬼说。

等他的时候，我们就在学校里逛了起来，在教室里，在健身房里：但什么有点意思的东西都没找着，然后又不能开灯，因为窗户上几乎处处都没遮拦。我们又回去躺在我们的行军床上，读书，抽烟。

那本被比昂柯奈烧掉了一半的插图杂志里，满是从空中拍摄到的一些英国城市，还能看见落在城市上方的一串串炸弹。我们不知道这是想说明什么，于是就心不在焉地翻了起来。然后上面还讲述了有关罗马尼亚卡罗尔国王[①]的所有故事，因为就是在那些天，那里发生了政变，他们换了国王。文章挺有趣，尤其是对我们这种还

① 卡罗尔二世（1893-1953），于一九三零到一九四零年期间在位。一九三零年，他与罗马尼亚国内的政治家发动政变，逼迫米哈伊一世退位，自己登基，却在一九四零年又被迫让位给米哈伊一世。随后开始了流亡生活。更以花花公子而闻名于世。

不习惯在杂志上阅读宫廷里和政治上阴谋诡计的人。我高声地读给比昂柯奈听。那上面还有卢佩斯库[1]的故事，我们边读边评论，狂笑不止，兴奋地感叹着，不只是因为故事本身，还是因为那个名字：卢佩斯库，是如此娇弱的凶蛮[2]，充满了阴影。

“卢佩斯库！卢佩斯库！”我们大叫着，在床上蹦了起来。

“卢佩斯库！”我在回声连绵的走廊里叫唤着，还从窗户上探出头去，望着夜晚漆黑的斗篷，我仍无法把自己裹入其中。

比昂柯奈找到了两个防毒面具。“这就是给我们准备的！”我们立刻就试着把它们戴在头上。戴着面具呼吸很困难，面具里头有股生橡胶一般和仓库里的气味，令人生厌，但对于我们来说，也不是一种完全不同寻常的物件，因为从小，在学校里，防毒面具的实用性，还有对于偶然、甚至是可能的窒息气体攻击进行自卫的简易性，早就如同宗教物件一般，被孜孜不倦地灌输给我们。就这样，我们顶着变成了巨大蚂蚁头的脑袋，就像从显微镜下看到的那样，咆哮般口齿不清地对着话，半瞎地在学校过道里转悠。我们还找着了头盔，是老式的，一五年战争时用的那种，还有斧子，玻璃被刷成蓝色的手电筒。这下，我们作为“国家防空联合会成员”，这设备方面算是齐全了；我们全副武装，在走廊里阅兵般列队前行，还唱着进行曲：“Un-pà ！ Un-pà [3]！”但是经过防毒面具，发出来的声音就成了模糊的“哇！哇！”。

“唔－哎－唔！”比昂柯奈咆哮道，他用一种蜿蜒曲折的运动，把自己裹在一扇窗户的大帘子里。

---

① 玛格达 · 卢佩斯库，是卡罗尔二世国王的情人，后来也成了他的妻子。
② 可能是因为这名字有点像是意大利语中“狼”（lupo）一词的变种。
③ 即“国家防空联合会”的缩写。

"唔!唔!"我应他道，举起斧子，就好像这是战争中的呼嚎。

比昂柯奈做了不对的动作。"唔－哎－唔!"他又抑扬顿挫地念了一遍，还用淫荡的扭屁股动作来加以强调。

"啊!"我明白了，满腔热情。"卢佩斯库!卢佩斯库!"我们继续表现着防毒面具版本的、卡罗尔国王和他情人生活中的场景。

铃响了。是拜罗莫。我们相互都做了个别吱声的手势。我们静悄悄地下到底楼的教室里。拜罗莫仍在按铃，还敲起了门。我们先前研究过出去方法的底楼窗户，打开后就一直敞在那里了。我们在两扇不同的窗户前探出头来，戴着防毒面具、头盔、防芥子气手套，比昂柯奈手中握着把斧头，我操着一条泵管。拜罗莫是个年轻人，小个头，金色的头发，在利托里奥组织分队长的制服里尤是显得瘦削，还罩着件撒哈拉驻军的外套，蹬着双大靴子。他终于按累了，因为既看不到有活物的痕迹，也没有亮灯，就准备离开了。比昂柯奈用斧头敲了三下。拜罗莫朝那扇窗户转过身来，看见一个探出头来的轮廓。"嘿!"他说，"是你吗，比昂柯奈？"我们没吭声。他打开电筒，对准窗台。"哦!"他照出了防毒面具和斧头。"嘿，你那里怎么了？你疯了吗？"在那扇窗户里传出一阵水的倾泻声。从另一扇窗户里则是喷出了一股水流，直涌到人行道上。是我把泵管和水龙头接在了一起。

路上有行人经过，他们停下来，观望着这场忙乱。拜罗莫立刻就把他的照明灯投到我的窗户上来。他正赶上看见我戴着面具的头露出来，看见我戴着手套的手拽了泵管后就消失了。

他又把光束指向先前的窗户上，但那里也一个人都没有了；行人围到他身旁。"怎么啦？怎么啦？有毒气吗？有毒气吗？"他不想说那应该是个玩笑，觉得这样一来自己就失了威信；再说他也搞不大明白是怎么回事，他是个吹毛求疵的家伙，没有幽默感。

“那边!那上面!”一个行人说，指着三楼[1]的一扇窗户。他看见那里露出了一个戴着防毒面具的幽灵。拜罗莫尽量用他手电筒的光束去追寻这幽灵，然而它却消失得无影无踪。“嗨!这些白痴!你们给我下来!”四楼的窗户上又出现了另一个幽灵。“究竟是怎么回事？”行人问道，“学校里有毒气吗？”拜罗莫就说：“什么呀，什么都没有……”于是我们就继续地从那些窗户中露面与消失。“这是操练演习吗？”人们问道。“没什么，没什么；散开啊，散开啊，”他把他们打发走了。我们玩得差不多了，就停下来。

这个拜罗莫的权威不是很小，而是一丁点都没有。他是一个好小伙，这得承认，或者说，反正他是没有足够的记忆和充沛的感情来蓄积报复之心。“噢，你们究竟在干什么，你们真傻呀，这实在是傻子才干得出来的事情，”他用那抱怨、冗长而令人生厌的语调申斥起来，夹杂着他疲乏的辱骂，但已经让人明白，他内里的那一点点气愤，也正在迅速地瓦解开来，因为在他脑袋中，一切都是趋于简化并平缓下来的。我们对他的威信和我们的义务所做出的那场精彩嘲弄，对他来说，全是白费：他只是带着一个不会维持秩序的老师那种惯常的厌恶腔调来看待我们的。所以，他埋怨地责备了一番后，就过渡到教我们使用那些器材，这些东西我们之前都已经检查过了，并过渡到来跟我们解释我们的任务。他把我们带到顶楼，给我们指了指装沙子的箱子，沙子撒出来可以用来使小型燃烧弹失去作用。

他一副非常有把握的模样，好像又对自己的威信恢复了意识。他把钥匙交给我们，嘱咐我们，不管是什么原因，都不能使教学楼

① 也就是中国人认为的四楼。

处在无人看守的状态。

“是的先生[1]，是的先生，会处理好的……现在我们就出门去，和女人一起去，”比昂柯奈对他说，还是他那副完美无缺的神情。

拜罗莫张大了嘴，皱起了额头，耸了下肩，嘟哝着走掉了。他阴郁而不幸地回去了。

那之后不久，我们就出了门。已经过了半夜十二点。那既没星星也没风动的温热黑暗还在继续。路上几乎没有一个人经过。广场上，在隐约可见的红绿灯下，有个矮个子男人的身影，这身影上有只点燃的烟头。比昂柯奈从姿势上认出他来，他双手插在口袋里，两腿叉得老开。这是他的一个朋友，帕拉蒂阿尼，著名的夜游人。比昂柯奈吹出一支曲子的旋律，那应该对他们有什么特殊的含义；另一个人哼起了曲子接下来的部分，就好似处在一种突然爆发的愉悦之中。我们走过去。比昂柯奈想跟他讨支烟来抽，但帕拉蒂阿尼却说自己没烟了，反倒从比昂柯奈那里搞到一支烟。借着蘸蜡火柴的光，出现在我面前的是他还年轻着就已经过早衰老的苍白脸庞。

他说在等什么凯蒂，这人对比昂柯奈来说很有名，她先前去了一家别墅里的聚会，这会该回来了。“只要她别在那里逗留，”他说，突然笑起来，哼唱起一支狐步舞的小调。他还说了，先前看到一个什么劳里，和一个什么罗塞拉在一起，他是怎么跟她们说了一句暗示的话，这话我没听懂，比昂柯奈却是大加赞赏。然后他就问我们：“新黑暗恶作剧你们知道吗？”“不知道，”我们说，他就给我们解释了一番。我们对此非常感兴趣，很快就想来试试。但帕拉蒂阿尼，不知道要忙什么神秘的事情，跟我们告了别，哼着小曲远去了。

---

① 原文中此词带玩笑含义。

这个黑暗恶作剧是，比如，这个：我们两人非常匆忙地行走，手里的烟得点着；我们看见在同一边人行道上，正独自走来一人，但和我们的方向相反；于是，我们就继续肩并肩地走着，一个人用右手，另一个人用左手，分别把两支点燃的香烟举到我们头的高度；行人看见两点远离的烟头，就以为可以从中间穿过，然而却会突然发现去路给两个人拦住了，然后就会像傻瓜一样待在那里。然后还可以反过来做：我们两人隔着一段距离地并排走着，在人行道的两边，这次却是把点着的两支香烟拿得很近，持在我们两人中间；行人就以为我们走在人行道的正中央，于是就让在一旁，这样就会和我们中的一个相撞；还会结结巴巴地说："噢，对不起!"然后就迅速绕到这条人行道的另一侧，又会和第二个人来个鼻对鼻。

玩这些游戏，得找着合适的行人，我们度过了愉快的几刻钟时间。有些人，晕头转向地，直说对不起，其他人则是嘟囔着谩骂，或者还有点要吵架的意思，但我们总是迅速躲开了。我每次都很局促不安，把每个前来的行人都想像成什么神秘的夜间人物，什么操刀子的家伙，面目狰狞的醉汉。然而他们都是些职业人员，饱受失眠之苦，带着猎狗出来散散步，或者是一些乏味的赌博人，玩完了以后正往家赶，再或者是些送煤气罐的值夜班的工人。我们差点和两个不友好地盯着我们的警察开上玩笑。"周围一切秩序还好吧？"比昂柯奈厚颜无耻地对他们说，我拽了拽他的袖子。

"什么？你们想干什么？"警察说。

"我们是国家防空联合会的，在执行公务，"比昂柯奈跟他们说，"我说：一切还秩序井然吧？"

"啊？对，对，秩序井然。"他们不是很信服地告了别，走掉了。

单独走动的女人，也是我们想找的，却没有，除了一个成年妓女，玩笑都跟她开不成，因为她不仅不想避开冲突，还想挑起冲突。我们点燃一根蘸蜡火柴来看看她，然后马上就掐灭了。在简短的盘问后，我们就让她走了。

这些玩笑在从老城区下来的狭窄漆黑的阶梯小路上，比在宽阔的大路上要起来更有意思。但在那里，阴影，拱门和栏杆上的图案，陌生房子的逼仄，还有夜晚本身，都成了一种游戏，我们就停下用香烟搞鬼了。

从和帕拉蒂阿尼的对话中，我就已经明白，比昂柯奈并不是那种我指望的夜生活行家。他总是有点太着急地说：“是啊……当然……不对，就是她!”对帕拉蒂阿尼提到的每一个名字，他总担心自己会显得不了解行情；当然，大概的情况他也是知道的，但他所掌握的信息，与帕拉蒂阿尼表现出来的绝对精通比起来，肯定都是粗浅而疏漏的。甚至，我看见帕拉蒂阿尼的离去心下都有些惋惜，想道，他，也只有他，而不是比昂柯奈，才可以领我进入那个世界的核心。现在，我带着批判的目光，仔细观察比昂柯奈的每一个举动，等待能在他身上确认出那种最初的信任，或是等待彻底地失去这种信任。

当然，对我们的这次夜间散步，我体会到一种失落感。或者总之，是一种与那样的期待相反的印象。我们在一条贫困狭窄的小路上转悠，一个人也没有，房子里的灯全是灭着的，但我们感觉是在很多人中间。暗淡的围墙上铺满了杂乱无章的窗户，或是大开，或是半开，从每扇窗户里都透出一阵微弱的呼吸，有时则是阴郁的鼾声，闹钟的滴答声，水池里叮咚叮咚的滴水声。我们走在路上，这声响都是家里的声响，成百户人家合在一起的声响；甚至连那无风的空气，也拥有了这人类的睡意承载在房间里的那种沉重。

那些正睡着的局外人的出现在诚恳的魂灵中引起了一种自然的敬意，我们不情愿地对此胆怯起来；而急促呼吸那种被破坏与不规则的协调，闹钟的滴答声，这些房子的贫穷，都会让人感觉，这种休憩是暂时的，而且是劳累的；周围随处可见的战争痕迹：蓝色的灯，用棍子撑起的墙，成堆的“泥土袋”，指向避难所的箭头，甚至包括我们自己的出现，都好像是在威胁那一片疲劳人们的睡眠。就这样，我们压低了声音，不知不觉地丢弃了那种要喧闹，要违规，要对所有的人情世故去施暴的思维。现在主导我们心态的是一种共犯感，我们是在那些墙后面酣睡着的陌生人的共犯，这心态还是发现了他们一个什么秘密，并知道要去尊重这秘密的感觉。

这路在一节有铁栏杆的台阶上结束了，那下面，在一片黯淡的月光中，是个空荡荡的广场，还有堆积在一起的摆货摊用的桌板和支架。而周围，是一级级阶梯式的老房子群，那里膨胀着睡意和呼吸。

从一条下到广场上的路上，响起了脚步声和歌声：那是一阵合唱，粗俗不堪，声音是既不和谐也没热情；还有重重鞋子的踏步声。走下来一支军事队伍，都是些中年人，一个接着一个，还有其他一队人，跑着追上他们，穿着黑衬衫，像套在袋子里一样地套在灰绿色的粗糙制服里，身上的步枪和干粮袋上下直晃。他们正唱着一支通俗的老调，但带有几丝犹豫和腼腆，就像不大情愿一般，现在夜晚把他们从各种军纪下释放出来，让他们炫耀出雇佣兵的本性，他们是所有人的敌人，凌驾于法律之上。

他们在那一刻的侵袭带来一种暴力的风气；我浑身的皮肤都皱了起来，就仿佛自己突然被打入了内战，而这场战争的火苗一直就留存在灰烬之中，不时地燃起一条火舌。

“你看这帮人!”比昂柯奈说，我们歇在栏杆边，看着他们在那个空荡荡的广场上远去，步伐如同雷鸣般震耳。

“他们从哪里来，是啊，他们从哪里来？那上面怎么了？”我问道，并肯定他们是从谁知道什么妓院里出来，然而也可能是刚从山上什么无意义的警卫队值班回来，或者是从什么行军演习中回来的一支队伍。

“那上面？啊，是啊，应该是有的……”比昂柯奈说，还在暴露他有限的能耐。“可你跟我来，我知道要把你带到哪里去!”

士兵的出现破坏了支配着我们的宁静气氛：现在我们是既紧张，又兴奋，还有一种要行动起来的感觉。

我们从朝向广场的台阶上下去。

“我们去哪里？”我问。

“啊!去找卢佩斯库!”他道。

“卢佩斯库!”我大叫道，并让到一旁，因为一个佝偻的男人正在上台阶，灰色的头发几乎都剃光了，没穿外套，正用那多结的大手扶着栏杆往上爬。这男人，也不正眼看我们，继续爬着，并用浓重的男中音说：“劳动者……”

比昂柯奈已经在嘟囔着一个回答了，“这没什么好嘲笑的，我们也工作的，以我们的方式，”老头走到台阶顶上，用同样浓重，但更低沉的声调补充道：“……你们团结起来!”

我和比昂柯奈停下来。

“你听见了吗？”

“嗯……”

“会是个共产党吗？”

“‘劳动者，你们团结起来!’是个共产党，你听见了吗？”

“但不像个醉汉吗？”

“什么呀：他走路时是直着的。他就是个共产党！老城里头全是共产党！”

“我们去跟他谈谈！”

“走啊！我们去追他！”

我们转过身，跑着爬起了台阶。

“但我们跟他说什么呀？”

“首先我们要让他明白，和我们是可以谈话的……然后我们要让他跟我们解释一下那句话……”

但是那个男人不在了；那里岔出许多条小巷；我们胡乱地从一条小巷跑进另一条；他消失了；搞不清他在这么短的时间内能钻到哪里去；但反正我们是怎么都找不着他了。

我们满心的好奇与不安：不安于要撕破条条约束，要做出一些新奇和禁忌的事情。但这个不明确的愿望最容易表达出来的形式就是性，于是我们就往某个梅里-梅里家走去。

这个梅里-梅里，住在一座低矮的房子里，底楼是停马车的马厩，屋子处在麇集成堆的老城区房子和乡下菜园的交界处。石子路从一座黑黢黢的拱门里出来，经过梅里-梅里家的房子，又沿着一排金属网继续延伸，金属网外雪崩般的垃圾塌落在一座荒芜的斜坡上。

我和比昂柯奈来到那房子屋檐下、隔着厚厚的窗帘还能透出光来的一扇窗户前；比昂柯奈吹了两次口哨，然后又喊了声：“梅里-梅里！”

窗帘给拉了起来，窗户里出现了一个女人白晃晃的形象，一张好似给头发的黑色包围起来的长脸，肩膀，还有胳膊。“怎么了？你们是谁？”

“卢佩斯库!”我慢慢地跟比昂柯奈说。“喂，那个是卢佩斯库!”

比昂柯奈尽量使自己站在一盏街灯微弱的灯光下。“是我，你不认识我了？你肯定认识我的，我上星期才来过!现在我是和一个朋友来的。你让我们上来吗？”

“不，不行。”她把窗帘放了下来。

比昂柯奈又吹了声口哨，喊了一声。“梅里-梅里!噢梅里-梅里!”并使劲地捶起门来。“她必须得开门，该死!她为什么不行？”

女人又探出头来。现在她嘴里叼了根烟。“我不是一个人。你们一个小时以后再来。”我们在那里听了一阵，直到听见她房间里头确实有个男人。

我们又晃荡起来。现在走上了介于老城区和新城区之间的一条路，这里古老而逼仄的房子也给刷上一种城市特有的、具有现代感的朦朦胧胧的漆。

“这是条好路，”比昂柯奈说。迎面走来一个身影：是一个秃顶的小矮子，尽管那会不是很热，他趿着凉鞋，穿着长裤，套着背心，脖子上还扎着条深色的细围巾。

“喂，年轻人，”他低声说，大睁着被浓密的黑眉毛围住的两只圆眼，“你们想做爱吗？你们想去找皮埃利娜吗？怎么样？如果你们想的话，我给你们地址……”

“不，不，”我们说，“我们已经有个约会了。”

“皮埃利娜可美了，你们知道吗。怎么样？”小矮子往我们脸上吐着气，眼睛着了魔一般。

但我们已经看见路中间又走来另一个角色，一个跛脚的姑娘，不怎么漂亮，穿了件那种所谓“尼基”[①]的罩衫，头发削得很短。她在和我们有一定距离的地方停下。我们避让开秃顶的小矮子，走近那姑娘。她伸出一只手，手里拿着张纸条。“谁是比昂柯奈先生？”她用游丝般的声音问道。比昂柯奈接过纸条。借着街灯的光，我们读到一句话，字迹清晰，还有点学院作风：“爱的乐趣你了解吗？——维托·帕拉蒂阿尼。”

这封短信的含义和它被投递给我们的方式都很神秘，但这帕拉蒂阿尼的风格却是毫无疑问的。

“帕拉蒂阿尼在哪里？”我们问那姑娘。

她咧嘴一笑。“你们跟我来。”

她进了一扇黑洞洞的大门，我们爬上了很陡一段没有楼梯平台的狭窄楼梯。她用一种约定好的信号敲了一扇门。门开了。那个房间贴着碎花的壁纸，房间里有个化了妆的老女人，坐在一个沙发里，房间的一角还有个留声机。跛脚姑娘打开一扇门，我们又来到另一个房间，那里全是人和烟。他们围着一张打牌的桌子。没人回头看我们。这房间完全是封闭的，烟浓得几乎叫人看不见，里头热得每个人都在出汗。在那一圈站着看别人打牌的人里，也有一些女人，不漂亮也不年轻；其中一个只穿着胸衣和衬裙。跛脚姑娘同时又把我们带进一间略有点日本风格的客厅里。

“可帕拉蒂阿尼在哪里？”我们问。

“他这就来，”她说，把我们丢在那里。

当帕拉蒂阿尼抱着一叠弄皱的床单匆匆忙忙地走进来时，我们正在观察这个地方。“亲爱的，亲爱的，怎么样？”他像往常一样非

① 尼基为原文中niki的音译。niki可能来自德语nicki一词，是一种类似于T恤衫的衣服。

常愉快地说道。他没穿外套，打着色彩鲜艳的蝴蝶结领带，我敢肯定我们之前在路上碰到他时，他并没这么穿戴。

“你们看见多罗莱斯了吗？什么？你们不认识多罗莱斯？啊呀，啊呀!”他又抱着那一叠床单走了。

“他究竟是干什么活的，这个帕拉蒂阿尼？”我问比昂柯奈，“能知道吗？”

比昂柯奈耸耸肩。

进来一个女人，这家伙还挺年轻，面容憔悴，还扑了点粉。“啊，您是多罗莱斯吗？”比昂柯奈问道。

“得了吧，”那女人答道，又从另一个门里出去了。

“能怎么样呢，我们等等吧。”

过了一会，帕拉蒂阿尼回来了。他在长沙发上坐下，坐在我们中间，请我们抽烟，还用一只手拍了拍我们的膝盖。“啊呀，啊呀，亲爱的，多罗莱斯，你们会玩得开心的。”

“那要多少钱？”比昂柯奈问，并不受那种热情影响。

“谁知道啊，你们进来时给了那太太多少钱？对，在入口处……什么，没给？这里是先给太太付钱……”他耸了耸肩，伸了一下双臂，一副在说“就是这么个规矩，你们想怎么样？”的表情。

“到底多少钱？”

帕拉蒂阿尼，撇了一下嘴，说了一个数。“放在一个信封里，我建议你们，这样更高雅，对……”

“那么，”比昂柯奈说，“我们马上就去，我们马上就去付钱……”

“也不用，”帕拉蒂阿尼说，“现在没关系，你们以后再付钱……”

“嗯，最好马上就付，”比昂柯奈说罢，就已经让我穿过打牌人的房间，再穿过前厅，又推我进了楼道。

“他疯了!”我们跑下楼时他说。“离开这里，赶快!跟梅里-梅里，我们只付一半的价钱。”

在路上，我们又碰到了那个穿背心的小矮子。

“嘿，你们去找皮埃利娜了吗？”他问我们。“你们跟她说‘跪下’了吗？”

“不，我们没去那里，”我们没歇脚地回答了他。

但他往后退着地小跑起来，继续挡在我们前面，瞪着那双熠熠发光的圆眼说：“跪下!跟她要说：‘跪下!’而她呢，皮埃利娜，就会跪下了……”

我们回到梅里-梅里那边。这次，我们一叫唤，她就下来了，打开了门。这下我才看清她：她个高，人瘦，像马一样，胸部是长方形的；她看人不看脸，蓬松的一绺头发下是双半闭的眼睛，直盯着自己的前方。

“快点，让我们进去，”比昂柯奈对她说。

“不行，太晚了，现在我要睡觉了。”

“你说什么呀，我们之前就来过了，等了你整个晚上。”

“这又怎么样，这会我累了。”

“我们只待五分钟，梅里-梅里。”

“不行，你们是两个人，我不能让你们两个都上来。”

“就五分钟，两个人……”

“那么……”我说，“我等着……怎么样？我在外面等着……”

“嗯，”比昂柯奈说，“我先上来，然后他上来，行吗？”然后跟我说：“你等着，我一刻钟后下来，然后你就去。”他把她推进屋子，进去了。

我上了条往海边去的路。穿过城市。主干道上正经过一列军用卡车，就在那会停下来了。借着车灯奶状的光，能看见士兵从车上下来伸伸胳膊踢踢腿，用瞌睡的眼睛四处观望着漆黑和陌生的城市。

很快就下达了继续前进的命令。驾驶员又攀到方向盘前，其他人也爬上去，一辆辆的车子就消失在黑暗中。这一列队伍，被自己的引擎摩擦着，在由于灯光和黑暗交替出现而被遮蔽住眼睛的人前，几乎难以被看见，就这么经过和消失了，就像从来没存在过一般。

我来到港口。海上没有光亮，只有当波浪拍打在滑溜溜的堤道上，只有闻到那久远的气味时，才能感觉到大海。一阵徐缓的海浪正雕琢着礁石。狱警在监狱前踱来踱去。我坐在堤道上，一处避风的地方。我面前是一座城市和它飘渺不定的灯光。我是既瞌睡又失望。夜晚在拒绝我。而我也不再对白天有任何期待了。我该做什么呢？我渴望自己能迷失在夜晚中，渴望把自己的灵魂和肉体都献给它，献给它的黑暗，献给它的反叛，但我明白，它的迷人之处只在于那种对白昼沉默而绝望的否定。现在就连小巷里的卢佩斯库也不再吸引我了：那是个多毛瘦削的女人，她家里还发臭。我渴望从那些房子里，从那些屋顶上，从那不作声的监狱中，什么在夜间发酵的东西能够升腾起来，能够苏醒过来，开启不同的一天。“只有伟大的白昼，”我想，“才能拥有伟大的夜晚吧。”

一伙渔夫来到拴在堤道上的船边，拿着船桨和渔网。他们在那种寂静之中高声说话。拂晓时他们就得待在深海中了。他们装备了船只，出发了，消失在昏暗的水中，但仍能听见他们在大海里的声音。

在黑暗中醒过来的意义，那凄凉出发的意义，在拂晓前凛冽空气中划船的意义，都使我的眼睛加倍地沉重起来，使我越发战栗。我展开双臂，颤抖地打了个哈欠。就在那一刻，就好像是从我胸腔中发出来的一样，响起了汽笛的轰鸣声。那是警报。

我这才想起学校可是无人看管，于是就往城里跑去。那是一段我们还不知道什么是恐惧的年月；经过那些小路，已经能隐约看见一些大家全都遽然苏醒的迹象：屋子里的声音，亮起又突然熄灭的遮挡住的灯光，还有一些衣服穿到一半、拥在避难所的门槛上、望向空中的人。

我来到学校，——我有钥匙——，进去，在各个教室里兜了一圈，把所有的玻璃窗都打开，是他们教我这么做的。打开一扇窗户时，我听见一阵嗡嗡声：满载炸弹的飞机正划天而过，它是那个荒唐夜世界中的儿子与国王。我试图用目光去追随它，甚至还尽力去想像，那上面，一个男人坐在座舱里，在空中，正在辨认航向。飞机掠过；天空又萧索和安静下来。我回到我们的房间，坐在床上。翻着杂志，那些被摧毁的英国城市在我眼皮底下滑过，它们被划过的子弹点亮。我脱了衣服，躺下。汽笛仍在响着；警报已经结束了。

比昂柯奈不久后也到了。神清气爽，头发梳得很整齐，喋喋不休，就好像那时夜晚才刚刚开始。他跟我说这警报是如何在爱意最美妙时破坏了他的好事，还描绘了一番半裸着的女人逃去避难的不可能的情景。他坐在床上，我躺着，我们抽着烟，继续说了一会话。最后他也躺下了；我们互道了早上好和做好梦；已经是黎明了。

可我这会却怎么都睡不着，在床上辗转反侧。那会我父亲已经起来了，已经气喘吁吁地扣上护腿，穿上猎服，衣服里鼓鼓囊囊的全是工具。我感觉能听到他在还是沉睡着和黑漆漆的家里走动，能听到他叫醒了狗，使它的狂吠平静下来，跟它说话，并回答它。他用煤气灶热了热早饭，为狗，也为他自己；他们一起吃着饭，在寒冷的厨房里；然后他斜背上一个篮子，手里还捧着一个篮子，出门了，步子迈得很长，山羊似的白胡子裹在围巾里。在乡间的驴行小道[①]上，有狗铃铛作伴的他的沉重脚步，他持续的咳嗽和吐痰，都好像是时间的记号，沿着他这条路边上住的人，在半睡半醒中听到他走来，就明白是时候该起来了。他和第一缕阳光一起来到了自己的农场上，把农民叫醒，而在他们下地干活前，他就已经转过每一块地了，已经查过已经干完的和还要干的活，并叫嚷和咒骂起来，他的声音充斥着整个山谷。他越步入老年，他和世界的冲突就越具体在那个早起的问题上，具体在他是第一个把脚踏进整块地里的人，具体在对所有人那亘古不变的指责上：儿女，朋友，敌人，指责他们是一伙好逸恶劳的无用之人。也许他唯一幸福的时刻就是拂晓的时候，当他和他的狗走在那些熟悉的路上，当他从让他窒息了一晚的支气管黏膜炎中解脱出来，看着橄榄树枝蔓间的一排排葡萄树的颜色缓缓地从混沌不明的灰色中浮现出来，并一个个地识别出清晨小鸟的啭鸣。

就这样，我用思绪跟随着父亲走在乡间的脚步，我睡去了；而他永远不会知道，我跟他曾是如此地接近过。

① 类似于中文里的“羊肠小道”。

第三卷　艰难的爱情

一个士兵的奇遇

在车厢隔间里，挨着步兵托马格拉，过来坐下一位高个丰满的妇人。应该是什么小地方的寡妇，从衣服和面纱上可以判断出来：衣服是黑纱制的，是那种长期守寡人穿的，但附着了一些多余的装饰物和奢华品，面纱挂在一顶沉甸甸的帽子上，围着帽檐一周，雨帘般遮住了她的脸庞。车厢隔间里其他座位是空着的，步兵托马格拉注意到；他本以为这寡妇会选其他座位的；然而，她却毫不在乎与他一个士兵粗鲁亲近，偏偏过来坐在那里，当然是出于什么旅途中的方便，步兵赶紧这样想，比如空气流通的因素，或是行驶方向的原因。

那身高耸的曲线若不是被一种庄重的柔软缓和下来，单看她那结实得甚至有些方正的丰满体形，人们会认为她不过三十岁出头；但再看看她的脸，红润的面色集冰冷和放松于一身，沉重的眼皮和浓密的黑眉毛下是遥不可及的眼神，嘴唇也是严格密封住的，被匆匆涂抹上一种挑衅般的红色，这一切于是又给她平添几分上了四十岁的气色。

第一次休假回家(因为复活节)的年轻的步兵队士兵托马格拉，在座位上缩起身子，因为担心如此丰满和庞大的妇人坐不进来；很快，他就被环绕在她的香味之中，这是一种熟悉的，或者普通的香味，但由于长期使用，已经和人的自然体味融为一体。

这妇人端庄地坐在他旁边，显出比他看到她站着时感觉要少一些宏伟的尺寸。她双手交叉地护住肚子，手臃肿不堪，深色的戒指紧箍在手指上，手之下、肚子之上的是一只亮闪闪的小包，还有一件已经脱下的外套，露出了浑圆浅色的胳膊。见她这样做，托马格拉也挪了挪，就像是要留出地方来好好伸展一下胳膊，但她却几乎一动未动，只是用肩部与上半身的简洁动作松开了衣袖。

这火车座位对两个人来说还是相当舒适的，托马格拉可以感到妇人的绝对接近，也不担心自己的触碰会冒犯到她。但是，托马格拉推想了一下，她确实是位妇人，可即便如此，也没有对他，对他那身粗硬的制服，表现出什么反感，否则，她会坐到更远的地方去。于是，这样想着，他之前紧绷和被拉扁的肌肉就自如而恬静地伸展开来；更准确地说，这肌肉是在他保持不动的前提下尽量扩张到最大限度，而原先肌腱紧缩得甚至都碰不到裤管的一条腿，也宽松下来。他扯了扯腿上的布料，于是，他的布料就擦上了寡妇的黑纱，如此一来，隔着这布料和那纱，士兵的腿就贴着了她的腿，这动作温柔而短促，好似鲨鱼的相遇，他血管中涌动的波，就这样又涌向她的血管。

这怎么说都是一种极为轻微的触碰，是火车的每一次振动都可以创造出来和弄丢掉的；妇人的膝盖既强健又肥厚，而火车每每一颠，托马格拉的骨头都能想像出来，她的膝盖骨也会跟着慵懒地一跳；她丝缎一般的小腿肚子凸耸着，为了使她的小腿与自己的贴合，他得使用一种难以察觉的冲撞。这种小腿的相会很是宝贵，但造成了一个损失：事实上，他的身体重心转移了，而两半臀部的轮流支撑却不再像先前那样顺从地放松。为获得自然而称心如意的姿势，则需要在座位上稍微挪动一下，既可以借助铁轨转向，也可以借助不时得活动一下筋骨的合理需求。

那妇人仍是不动声色，在那顶庄重的帽子下，被眼皮覆盖住的是她直勾勾的眼神，她静止的双手搁在怀里的小包上：她的身子，沿着那条极长的体侧，倚在男人的体侧上：也许是她还未发现？或是准备避开？还是反抗？

托马格拉决定以某种方式，传达给她一条信息：他收紧小腿肚子上的肌肉，就像一个刚劲的四方拳头，接着，他又用自己这个拳头般的小腿肚子，冲过去敲击寡妇的小腿肚子，就好像他的小腿肚子里有只手要打开一般。当然，这个行动极快，也就是牵引一下肌腱的时间：总之，她没有往回退，至少以他能理解到的就是这样！因为很快，托马格拉就为自己那个神秘的举动找到了借口，他移了移腿，就好似想舒展一下身体。

现在又得从头开始；那个耐心而极为谨慎的接触操作失败了。托马格拉决定鼓起更大的勇气；他装出要找什么东西的样子，把手插进靠近妇人那一侧的口袋里，一副漫不经心的模样，之后就再没把手抽出来了。这个动作很快，托马格拉也不知道有没有碰到她，一个无关紧要的动作；然而，他这才明白过来这一步走得有多重要，明白自己陷入了怎样冒险的游戏中。一袭黑衣妇人的臀部正挤着他的手背；他的每根手指，每节指骨，都能感到她的重压，现在不管他的手做出什么动作，对寡妇而言都是一种骇人听闻的亲密举动。托马格拉屏住气，在口袋里把手翻过来：也就是说，把手心摊向妇人，手仍是留在口袋里。这是个不可思议的姿势，腕关节是扭着的。如此一来，再来个决定性的动作也没关系了：于是，他那只翻过来的手，又斗胆动了动手指。再不会有任何疑问了：寡妇不可能没发现他在那里捣鼓，而她却没退缩，装做无动于衷，装做不在场，这就意味着她不拒绝他的接近。不过他又想了下，她不在意自己的手这么动来动去，也可能是说明她真以为他在口袋里徒劳地寻找什么东西：一张火车票，一根火柴……这下：如果现在士兵这具有骤然远见的手指肚子，隔着这些不同质料的衣服，也能猜出内衣的边缘，甚至能猜出皮肤细密的粗糙、毛孔，还有痣，如果，我说，他的手指肚子都能到这一步，那么也许她大理石般慵懒的肉身，刚刚感到的正是这手指肚子，而不是，我们假设，而不是感到了指甲或指关节。

于是这手就偷偷摸摸地挪出了口袋，踌躇不决地定在那里，然后又匆匆打理了一番体侧的裤缝，并慢慢溜到膝盖上。更准确地说，这是打开了一道突破口：因为为了继续打理裤缝，这手还不得不钻在他和这个妇人之间，这个过程，尽管很快，却富于热望与甜蜜的激动。

得说一下，托马格拉的头是仰在座位靠背上的，所以也可以说他是在睡觉：这样一来，与其说他是在为自己找借口，不如说是给那位妇人提供一种不会使其难过的方式，如果他的坚持没有使她反感的话，她就会知道，他的这些举动都是游离于意识之外，刚刚浮出睡意的深潭的。在那个警觉的睡觉幌子下，从托马格拉搁在膝盖上的手上，移出一根手指，也就是小拇指，去四处打探。小拇指于是爬上她的膝盖，而她却默不作声，顺从容忍；托马格拉便可以在她的丝袜上完成小拇指孜孜不倦的动作了，他半眯着眼睛，隐约能看见她白皙的袜子曲成弓形。但是他发现这个游戏的风险是没有报酬的，因为这根小拇指吧，就那么一点肉，还活动得十分笨拙，只能传递出部分的感觉，根本不能用来感知那个它触碰对象的形状和原料。

于是他又把小拇指并回到手的其余部分，但不是把它收回来，而是把无名指、中指、食指全都靠到小拇指上去：这下，他的整只手都呆滞在妇人的膝盖上，而火车就这样使手用一种波浪般的轻抚摇晃着她。

直到那时，托马格拉才想到别的：如果这妇人，或因为顺从随和，或因为什么神秘的不可侵犯性，而没有回应他的放肆，但是对面还坐着些其他人，他们很可以对他的这种非士兵的行为加以指责，还可能指责那妇人不守妇道。主要是为了把那妇人从这样的怀疑中挽救出来，托马格拉抽回了手，还藏了起来，然后他又想了，这只是一个虚伪的托词：事实是，他把手那样摊在座位上，无非是打算更亲近亲近那位妇人，那位确实占了座位很大空间的妇人。

事实是，那手在周围摸索了一番，而如蝴蝶停落一般的手指，已经感到了她的存在，现在只需温柔地推挤整只手掌就行了，但寡妇面纱下的目光深不可透，胸部因为呼吸而微作起伏，什么呀!托马格拉已经抱头鼠窜似的又抽回了手。

“她没动，”他想，“也许她愿意，”但他又想了：“再迟一些可能就晚了。也许她就是码准了时候要来跟我大闹一场的。”

于是，不是为了别的，只是为了谨慎地核实一下情况，托马格拉把手掩到椅子上，手背朝下，等待火车的颠簸，不知不觉地让妇人滑到他的手指上。尽管说是等，那也不尽然：事实是，他在座位和她之间，把指尖拢成楔形地戳着，动作轻微得几乎体察不到，因为这也可能是火车疾行的效果。如果他哪一刻突然停住了，可不是因为那位妇人以某种方式表示了反对；而是因为，托马格拉想了，如果她是接受的，只要稍稍扭动一下肌肉，她是应该很容易就迎合他，压住他的，也就是说，压在那只等待的手上。为了向她表示他这种勤勉的友好意图，托马格拉，就这么等在妇人底下，手指摇尾巴似的试探着；妇人望着窗外，她那只怠惰的手漫不经心地摆弄着包上的搭扣，打开来，又关上。这些信号是为了让他明白要中止一切呢，还是给他的一种最终延期通告，是在告诫他，她的耐性再也经受不住考验了？是这个吗？托马格拉自问道，是这个吗？

他发现自己的手，就像一只小型章鱼，正扣紧她的肉。一切都已明确了：托马格拉他再也退不回去了；而她，她，她真是一个斯芬克斯。

士兵的手这会已经踩着螃蟹的斜步，爬上她的大腿；他就那样在光天化日下，在众目睽睽下做这等事？不，这不，寡妇整了整之前叠放在肚子上的外套，使其搭在一侧。这是在给他提供掩护呢，还是在封锁通道？这下好了：他的手可以自由活动，而不会被看见了，他抓住她，贴着她延绵地摸下去，就像抚过一阵微风。但寡妇的脸仍朝着那边的远方；托马格拉盯着她身上一处裸露的皮肤，是在耳朵和那一圈丰盈的发髻之间。耳朵后面，有一根血管在搏动；这就是她给他的答案，明了，折磨人，又叫人琢磨不透。突然，她转过脸来，满面自豪，可仍是大理石般的冷淡，从帽子上垂下的面纱就像窗帘一样抖动起来，沉重的眼皮下是她迷惘的目光。但那目光是越过他托马格拉而去的，也许甚至都没挨着他，就那么望着他的身后，望着什么东西，或者什么也没望，只是一缕思绪的遁词罢了，但总之是什么比他更为重要的东西。这是他后来才想到的，因为之前，一见她动弹，他就赶紧闪回身去，紧闭双眼，佯装睡觉，还得尽量克制住在自己脸上蔓延开来的红晕，于是就这样，在她第一道闪电般的目光中，他错过了可以解释自己那些疑惑的机会。

他的手，藏在那件黑外套下，几乎是跟自己分开的，僵在那里，手指朝内屈着，勾向手腕处，这不再是只真正的手，除了他骨头那树枝般的触觉，这手再也感知不到任何东西了。但是，寡妇既然已经用那四处张望的茫然一瞥，对她那岿然不动的休战迅速做出了了结，于是在他手里，又流淌起了血液与勇气。就在那时，当他和她柔软的大腿重新建立起联系时，他才发现，自己已经达到一个界限：他的手指沿着裙边游移下去，越过膝盖的惊动，就是那空处。

结束了，步兵托马格拉想，这场秘密的狂欢结束了：现在，一想起来，在他记忆中，这就好像一桩相当可悯的事情，尽管他在经历它时，是把它贪得无厌地扩大了：在丝质衣服上的不雅抚摸，一件不能以任何方式被他拒绝的事情，正因为他那身为士兵的可怜境地，使那妇人分寸得当，却也不外露地屈尊，让步于他。

但是，他正伤心地打算收回手时，那手却因为发现她把外套护在了膝盖之上，而中止了收回的动作：不再是叠放着的了（尽管他觉得之前是那么放的），而是随意地披着，这样，衣服边就一直铺到腿跟前。如此一来，这里就成了一个封闭的洞穴：也许，这是对妇人让与他信任的最后一次考验，她确信，自己和士兵间是如此的不相称，以至于他是肯定占不了便宜的。士兵费劲地回忆着在寡妇和他之间到目前为止发生的一切，回顾她的举止，他尝试着发现，有没有什么表现出超越了只是迁就他的迹象，再想想自己的举动，时而好似微不足道的轻盈，因为都是偶然的擦掠与触碰，时而又好似一种决定性的亲密，迫使他难以后退。

他的手当然是服从了这次追忆中的后一种方式，因为，在他对自己行为的无法弥补性做出深思熟虑之前，就已经克服了这个障碍。那妇人呢？在睡觉。她垂着头，头上是那顶华丽的帽子，帽子卡着墙角，双眸紧闭。托马格拉是应该尊重这个难辨真假的沉睡，并且撤退回来呢？或者这只是妇人作为共犯的伎俩？而他则是早该识别出来的，甚至必须以某种方式对此表示感激？他都走到这一步了，再容不得什么踯躅了；只能继续挺进。

步兵托马格拉的手既小又短，它的坚韧与老茧都很好地渗入在肌肉里，以至这手柔软而匀质；骨头一点都感觉不到，而手饱含甜蜜的滑动，就更显得是由神经创造出来的，而不是由指骨带来的。为了保证接触生动和兴奋的彻底性，这只小手的动作是频繁持续，无微不至。但当第一阵躁动，犹如远方洋流的涌动，穿过水下隐秘的小径，终于扫过寡妇温软的体肤时，士兵却是大惊不已，就好像他才醒悟过来，直至那时为止，寡妇当真是什么都没发现，当真是一直在睡觉，于是他就胆战心惊地把手抽了出来。

现在他的双手歇在自己的膝盖上，僵硬在座位上，她刚进来时，他就是那样坐着的：他表现得十分荒唐，这他知道。于是他蹬了蹬鞋跟，挪了挪臀部，像是又想迫不及待地建立起联系，但就连他的谨慎，也是荒唐的，就好像又想重新开始那种极为耐心的劳动，好像还不敢确信这深远的目标已然达到。但他当真达到了吗？或者一切都只是梦境一场？

一条隧道猛撞在他们身上。黑暗越来越浓，于是，托马格拉，先是羞怯地动了动手，不时还要抽回来，就像真是头一次挨近似的，好似惊异于自己的大胆一般，随后就越来越尝试着说服自己，说服自己已经和那妇人到了极度亲昵的地步，于是，他就把那只小母鸡一般哆哆嗦嗦的手，伸向了她巨大的胸部，那胸部因为自重而稍显下垂，他呼吸急促地摸索着，尽量向她解释自己的不幸，还有这难以抵御的幸福，以及他的需要，不是别的什么需要，而是她从她的矜持中解脱出来的需要。

寡妇的确回应了，但却是以一个急促的动作，掩住了自己，拒绝了他。这就足够使托马格拉回到自己的角落，掰弄起了手指。然而，可能，只是因为过道里一粒光的虚假警告，叫寡妇担心隧道会突然到头。也许：或者是他做过了头，对已经这么慷慨的她做了什么特别糟糕的事？不，他们之间，已经不会再有任何忌讳了：她的举动，相反，正是一个标志①，说明这一切都是真的，说明她接受，并参与其中。托马格拉又靠过去。当然，经过这一番斟酌，又丢却些许时间，隧道不会很长了，被骤然的光亮捉住可是太不小心，托马格拉就等起了隧道墙壁由灰转亮的第一处痕迹，这就是了：他越等，就越冒险，当然隧道是挺长，他前几次经过时，记得这隧道长得很，当然如果他早就动手的话，就会有大把的时间了，现在最好是等隧道到头，可这隧道总也到不了头，也许现下就是他最后一次机会，这下好了，阴暗稀疏开来，隧道走完了。

这是城郊线上的最后几站。火车慢慢空下来；这个隔间中的大部分乘客都已下了车，现在连最后几个也在卸行李，开始往门口走了。在隔间里，最后只剩下士兵和寡妇，靠得很近，但也没挨着，两人都是双臂交叉，哑着嘴，目光挂在空中。托马格拉仍需要想一下："现在所有的座位都空了，如果她想清静一会，如果她厌烦了我的话，就会换到其他地方的……"

① 这里的"标志"(segno)，和上一句中的"做过了头"的意大利语说法(passare il segno)，都用到了同一个词 segno。所以可能是做一语双关之用。

还是有什么东西在约束他，让他担心，也许是在过道里出现了一群抽烟人，或是因为夜晚的到来而点起的灯火。于是他想把面向过道里的窗帘拉上，就好像谁要睡觉一般：他站起身，踩着大象般的步伐，缓慢而小心翼翼地解开窗帘，再拉上，并扣了起来。当他转过身来时，却发现她已经躺下了。似乎是要睡觉：不同的是，她双眼大睁，直勾勾地望着上方，躺下时还保持着贵妇般完好无损的端庄，头倚在座位扶手上，上面仍扣着那顶华丽的帽子。

托马格拉站着，居她之上。为保护这个睡觉的幌子，他还想把车窗遮住，便朝她俯过身去，想去松开车窗上的窗帘。但只不过是他在无动于衷的寡妇上方笨拙活动的方式罢了。于是他不再折腾那个窗帘扣眼了，而且明白得做点别的事情，得让她看到自己那不能延缓的欲望，哪怕只是为了跟她解释，解释她肯定是遭遇了一场误会，就好像是在对她说：“您看，您一直都很迁就我，因为您以为，像我们这样既孤单又可怜的士兵，对爱情有着辽远的需要，可您看，我就是那么一个人，我是如何接受了您的好意，这下，我不可思议的野心都到了怎样的地步。”

因为现在显然是任何东西都不能叫寡妇吃惊了，甚至，每一件事情似乎都能被她以某种方式预见到，所以，步兵托马格拉也就只得不再让她对此存有任何疑惑了，只能让自己这种疯狂的痛苦抓住像她那样一个好似哑物的人。

当托马格拉站起来时，他底下的寡妇仍是目光明晰而严肃（她有着碧蓝色的眼睛），饰有面纱的帽子总是扣在头上，田野中，火车的尖利鸣笛无休无止，外面仍是无边无际的成排葡萄架，而整个旅途中都在不倦不懈地给玻璃窗划线的雨珠，这会又来了劲道，他心中又涌起一阵惧怕，惧怕他步兵托马格拉冒险已是太多。

一个海水浴者的奇遇

在 *** 的海滨浴场做海水浴时，伊索塔·巴尔巴里诺太太遇上了件麻烦事。她一直在深海游泳，但当感到该回去了，并转身往岸边游的时候，才发现了一件无法弥补的事情。她把游泳衣弄丢了。

她说不好这事是就在那时发生的，还是自己已经没穿衣服地游了一阵了；她先前穿的那条两件套新泳衣，只剩下胸罩了。应该是她的臀部运动时，什么纽扣松开了，而泳裤就成了一块没形的碎布，从另一条腿上滑了下去。也许还正在她身下几巴掌远的地方往下沉；她试图潜到水下找泳裤，但她的气很快就不够用了，放眼望去，只有朦胧的绿色阴影在闪烁发光。

她压住心中涨起的焦虑，尽量心平气和地理清自己的思绪。那是正午时分，海里四处是人，赛艇里，游艇里，或者是在游泳。她一个人也不认识；她是前一天到的，和丈夫一起，可是他得立即返城。现在是别无他路了，太太想着，同时对自己明了而沉稳的推理感到讶异，要在这些船中找到救生员的船，肯定是有的，或者是能找着什么信得过的人，喊他过来，或者最好是自己靠过去，然后就能求救，并一起斟酌对策了。

伊索塔太太想这些事时，几乎是蜷缩着浮在水面上的，胡乱挣扎着，不敢看周围。她只露出个头，并以难以察觉的姿势把脸贴向水面，倒不是为了摸索那个秘密，这秘密早已被她认为是神圣不可侵犯的了，而是为了做一个好像是要在床单或枕头上揉眼皮蹭鬓角的动作，以来驱逐深夜里什么遐思引来的泪。她的泪水还真在迫近，而且是直逼眼角，也许那个本能的头部动作正是为了用海水拭去这眼泪：她是如此地心烦意乱，而在她的推断与情感之间又有着怎样的差异。她不平静，所以：她是绝望的。在那片静止的海里，微微涌起的浪峰间距离很长，她也那么静止地待着，不再缓慢地划水了，而只是把手伸出水面，做出恳求的姿势，就好像她知道等待自己的，将是让人筋疲力尽的漫长时间，这个情况中最令人担忧的征兆，她也许还没意识到，那就是她会发现自己体力不支。

这身两件套的泳衣她是那天早晨才穿上的，第一次，而且在海滩上，挤在那许多陌生人间，她觉得这泳装让自己不是那么自在。然而，刚一下水，她就感到十分愉快，动作更舒展了，想游泳的愿望也更强了。这位太太喜欢长时间地泡海水浴，但她的乐趣不在于运动，因为自己有点肥，也有点懒，她更在乎的是与水的亲昵，是感到自己成为那片静谧大海中的一部分。新泳衣正是给了她那样的感觉；甚至，她游泳时想到的第一件事就是：“我感觉自己是光着身子的。”唯一的干扰就是想到那人头攒动的海滩，不是为了别的什么原因，只是因为她未来的海水浴相识可能会从那身泳装上，对她生出一种想法，而后又必然会以某种方式改变这个想法：不是对她的正经性做出什么判断，因为现在大家去海边，都已经穿成这模样了，而是认为她，比如说，认为她是运动型的，或者相当时髦，然而事实上，她当真是一个很随和的太太和家庭主妇。也许正是因为身上这种与以往不同的感觉，才会对发生的事情一无所知。这下，在海滩上的那种拘束感，海水作用在裸露皮肤上的新鲜劲，还有不得不重回到其他海水浴者周围的隐约担心，所有的一切，都被这个新出现的、更严重的惊慌给放大和吞没了。

她从没想过要看的地方就是海滩。现在她望着它。正午的钟声正在敲响，有着黑黄相间同心圆图案的太阳伞撑在沙滩上，投出黑色的阴影，阴影里的身体都藏匿了起来，成群的海水浴者不断溢进海中，岸边没有一艘游艇，一有船回去，还没触地，就又会被人跳上去，那一片蓝色浩渺的黑色边缘被绵延的白色喷吐涌动着，尤其是在绳索之后，那里蒸腾着一群叽叽喳喳的孩子，每打来一道温和的浪，就会升起一阵尖叫，尖叫的音符会被立刻吞噬掉。而远离那片沙滩的海里，她裸着身子。

看见她只有脑袋伸出水面，同时还露出点胳膊和胸部，没有人会怀疑她，她游泳时非常谨慎，身子从不露出水面。于是，她可以不用暴露很多就完成求救。为了弄清自己身上会有多少部分被外人看见，伊索塔太太不时停下来，近乎垂直地漂浮着，试图看清自己。她焦虑地看见水里的阳光在海水中闪动成明晰的光亮，看见荡漾的海带和极快的条纹鱼群，海底是呈波浪状的沙子，而这上头，是她的身子。她夹紧双腿，徒劳地旋转着身体，想让这身子避开自己的目光：在褐色的胸部和大腿间，她光洁的肚皮显得白皙而醒目，不管是波浪的流动，还是半没入水中海带的摇曳，都掩饰不住她腰部至大腿间的暗处与明处。太太又以她那种混泳姿势游起来，并尽可能地把身体压低，尽管没作停歇，她还是不时转身，用眼角余光观察自己身后：每划一次臂膀，她全身白净的广博躯体，就在日光下，把那些最隐秘、最易识别的轮廓显现出来。她忙乱地不停改变泳姿和方向，在水里翻转着，在任何光线下，从各种角度观望着自己，将身子扭作一团；可那咄咄逼人的裸体却总是紧随其后。这是她尝试对自己身体的逃避，就好像在逃避另一个人，另一个她伊索塔太太无法将之从困境中解救出来，并只能任其听天由命的人。但这条如此丰盈并难以藏匿的身子，曾如此是她的荣耀，曾是她自满的原因；只有在这么貌似合乎情理而实则矛盾冲突的一系列环境下，这身子才可能成为羞辱的理由。或者不，也许她的生活一直以来就只存在于那个穿着衣服的太太中，她每天都是这么过来的，而她的裸露，是如此地不属于她，是个不小心的自然状态，时不时地显现出来，于是就在其他人，而且首先是在她心中唤起了惊异。现在伊索塔太太想起来，她独自一人，或是和丈夫一起时，那裸露总是伴随着一种共犯的神气，一种介乎窘迫与猫之间一般的嘲讽，就好像是对于某种夫妇间狂欢的秘密，自己临时伪装出了过分欢乐的模样。过了对早几年浪漫的失望，尽管不大情愿，她已经习惯并承载起自己这么一副身子，就好像是学着如何拥有一种被众多人渴求的特性。现在，被逼在那片喧闹的海滩前，她对自己这种权利的意识，又在古老的恐惧中消失得无影无踪了。

过了午后，在散布于整片浴场中的海水浴者中，涌起一阵返还海滩的回潮；这是旅店午饭，和在更衣间前用便餐的时间，也是享受太阳直射下沙滩最炙热的时刻。船底和浮筏经过太太身边时，她便研究起船舷上男人们的脸来，有时，她甚至都快决定迎他们而去了；但是每次，他们睫毛间一次眼神的闪烁，肩膀或是手肘一次有棱有角的跳动，都会让她逃窜开来，并假模假样地做出自如划臂的姿态，这动作其实是为了掩饰那已经愈发沉重的疲劳。船上那些人，或是些热衷体育锻炼的小伙子，要么伶仃一人，要么成群结伙，或是些要求狡猾、目光固执的先生，他们见她迷失在海中，见她难受的面容掩饰不住焦急而恳求的忧虑，见那顶游泳帽给她一种孩童般微怒的神情，见她柔弱的肩膀在自己周围胡乱挣扎，他们立时就从自己专注而兴奋的涅槃中退身出来，而那些有伴的人，抬了抬下巴，使了使眼色，算是给她指了个方向，而那些单个的人，甚至会用船桨刹住船，故意调转船头，截住她的去路。回应她所需信任的，却只是高耸着恶意与暗示的层层障碍，是一片荒地，那里充满了刻薄的眼神，饱含着对敏锐发现的暧昧笑容，还有浮在水面上的船橹那质问般的骤然止动；而她只能赶紧逃逸。有几个游泳的，在水里拼了命地游，经过她时，脑袋全埋在水里，紧闭着眼睛，缩平了鼻子，换气时喷出一股股的小水柱，眼睛都不抬一下的；但太太信不过他们，还是逃开了。事实上，游泳的人在水里经过她时，会突然疲劳起来，于是就像死人一样漂在水面上，然后下意识地扑腾一下双腿，拍起一片水花，在她附近转悠，直到她不屑一顾地离开。在她周围已经绷紧了一张具有强迫暗示的网，似乎是等她通过那里，就好像每个男人，都成年累月地幻想着在一个妇人身上会发生她遇到的那种事，就好像这些男人年年都来海边度假，就是指望在那里等着这个好时刻的。没有出路了，预先安排好的男性暗示阵线伸向了所有的男人，不可能有任何突破口，而她之前一直梦想的那个救星，那个尽可能佚名的、几乎就是天使般的人，一个救生员，一个水手，她现在敢肯定是不可能存在的了。她看见一个救生员经过，他肯定是唯一一个，坐着小艇，游荡在如此平静的海面上，预防各种灾难的人，他嘴唇的肉感是如此之强，肌肉又是如此和神经融为一体，以至于她永远不会有勇气把自己交到他的手上，哪怕是——她甚至已经感到了那一刻的激动之情——让他把更衣室的门打开，或是为她撑起一把阳伞。

在她失望的想像中，那些她希冀过可以向其求救的人总是男人。她没想过妇人，尽管和妇人，一切本该更简单些；在如此严峻的境况下，在那样的焦虑中，她们中只需一个人，就能完全明白过来这事，而且肯定会激起一种女性的团结。但和她同性人沟通的机会却是那样稀少而含糊，这与跟男人们相遇的危险与容易是截然相反的，这次，是一种相互间的猜疑阻止了她。大部分的妇人，是和男人成双成对地坐在游艇上的，满脸嫉妒，难以接近，他们在找海深处，而那里只有她饱受着被动羞辱的身子，而这于她们而言，是一场挑衅且可预见的交战。有时会驶来一些船，上面挤满了叽叽喳喳又热情洋溢的小姑娘，太太想到在自己这种稍显猥亵的痛苦，与她们那种挥发性的无忧无虑之间相去的距离；想到什么时候她才能再次呼喊她们，因为第一次的呼喊她们肯定是没听到；想到她们听到这则消息时，脸上又会出现怎样的变化，她就再也不想喊她们了。后来还经过一个皮肤晒成了古铜色的金发女人，独自坐在赛艇[①]里，一身的傲慢与自私，肯定是去远一点的海域做全裸日光浴的，金发女人甚至都没想过，那裸露竟会成为一种不幸或是一种刑罚。伊索塔太太那时才发现，作为一个女人是如何的孤独，才发现在她的同类中，团结自发的善行又是如何的罕见（也许是被和男人达成的什么协议打破了），这一善行本可以免除她的呼救，并仅凭一个会意的姿势，就能在这男人难以明了的秘密不幸时刻，前去协助她的。女人永远拯救不了她：可又没有男人。她感到筋疲力尽。

一个锈色的小浮标，之前一直被一串跳水的小伙子爬上爬下

① 也可能只是一般的独木舟。

的，他们突然一窝蜂地一跳，浮标闲了下来。一只海鸥停在上面，扇抖着翅膀，又飞走了，因为太太抓住了浮标边。如果她没能及时抓住浮标的话，准能淹着。但死倒是不可能的，她也不至于落得如此既不合理也不相称的补救措施；因为，当她就要昏厥过去，而且甚至连下巴都抬不出水面时，她看见周边船上迅速站起一群男人，正准备跳下水来搭救她：他们在那里只是为了救她，为了在好奇观众的疑问和窥视中，把裸体和昏厥的她带走，而她赴死的危险只有可笑和卑微的后果，而这一直是她徒劳地企图逃避的。

从浮标上，看着游泳和划船的人似乎被渐渐吸回了岸边，她这才忆起那些回程的美妙疲劳；那些船与船之间的呼喊：“我们岸上见!”或者：“我们看谁先回去!”她于是满怀起无垠的羡慕。可只消她看见一个穿着长裤的精瘦男人孤身一人留在海上，笔直地站在一艘静止的汽船上，不知道正看着水里的什么东西，她那个回去的愿望马上就窝藏在怕被别人看见的担心中，窝藏在要把自己隐匿在浮标后的热望中了。

她已经记不清自己待在那里有多长时间了：海滩上的人已经疏散开去，岸上的小艇给列成一排，太阳伞被一把把地收拢后，又叫卸了下来，这里就成了竖着一根根被截断的杆子的墓地，海鸥翱翔在海面上，那艘静止的汽船上，瘦男人消失了，代替他的，是一个鬈发男孩惊异的脑袋，探在船舷上；太阳前经过一朵云，被轻轻扬起的一阵风推到山顶上，厚厚地聚做一堆。太太想着那时自己在岸上会是什么模样，想着礼节隆重①的午后，想着自己那以为已经规划好的命运，谦逊的名望，恭敬的愉悦，想着这突如其来的卑劣不

① 这里的“礼节隆重”是指：意大利人吃完饭后，要喝咖啡，要聊天，还要走访朋友什么的，活动满满当当的。

一致，又是如何有异于那样的命运，就好似为一桩自己未曾犯下的罪行而受到处罚一般。没有犯下的？但也许她那种尽情的沐浴，那种想独自游泳的愿望，那种两件套泳衣穿在自己身上时的欢愉，尽管那是太过冒失的选择，但这些表象，不正是早已开始的逃逸，不正是对自己倾向违命的挑战，不正是疯狂奔赴那种裸露状态的各个阶段吗？尽管现在在她看来，这裸露完全是她可怜的苍白。在这些男人中间，她还以为自己能像只硕大的蝴蝶那样，毫发不损地闪过，同时能伪装出一副孩童般共犯式的从容，现在，男人们的成帮结伙终于彰显出它根本的残酷性，还有它恶魔般的双重本质，这本质既好像是种她还没做足准备的邪恶存在，同时又像是种执行惩罚的工具。

太太用毫无血色的手指肚子捏住浮标的螺钉，因为长时间浸泡在水中，手指肚上生出了波纹状的突起，太太感到自己被放逐于整个世界之外，她不明白为什么，那个所有人都与生俱来的裸体，怎么如今就把她一个人驱逐出境了，就好像只有她是裸着身子的，就好像她是唯一能在苍天之下裸着身子的人。她抬起眼睛，看见现在的汽船上，男人和男孩两人一起站着，向她打着手势，就好像在说，她得待在那里，瞎折腾是没用的。这两个人，严肃而善解人意，和之前的任何人都不一样，他们好似对她宣布决策一般：她必须得服从，她是被挑选出来为所有人接受惩罚的；如果他们打手势时，还试着给出一种微笑，那却是没有一丝恶意的：也许是邀请她心甘情愿地接受对她的处罚。

很快那船就出发了，比她能想像出来的还要快，两人操纵着发动机，控制着航向，不再看那位正尝试跟他们微笑的太太，她那样就好像在表示，如果她只能被指责生就讨喜而惹人妒忌，如果她只须为我们人类这种不雅观的温柔体形赎罪，那她也会把所有的分量承受在自己身上，还是心满意足的。

带着神秘抖动的汽船，还有那团混杂的推理，把她置于那样一种担惊受怕的惊愕之中，以至于她很迟才发觉寒冷。甜美的脂肪允许伊索塔太太做一些长久而冰冷的海水浴，这总是让她的丈夫和其他家人，也就是那些瘦子，充满了惊奇。但她泡在水里已经太久，太阳已然黯淡，她光洁的皮肤上生出一些颗粒状的小圆点，徐缓的冰冻侵占着她的血液。在把她摇动的阵阵寒战中，伊索塔觉得自己还活着，同时面临死亡危险，自己却清白无辜。因为那个就像是陡然长在她身上的裸露，一直以来都不是被当做一个什么错误而接受下来的，而是被当做她焦虑的无辜，当做她和他人之间的秘密友爱，当做她存在于世间的肉体与根茎而接受下来的；然而他们，那些小艇上的狡猾男人，和那些太阳伞底下的无畏女人，也就是那些不愿接受她的裸露，那些暗示她这是一种罪行、一条罪状的人，只有他们才是有罪的。她不想为他们赎罪，她攥紧浮标，牙齿冻得直颤，两颊上滚的全是泪……从港湾那边，汽船正在驶回，比之前还要快，船首，男孩扬着一条绿色狭长的帆：一条衬裙！

当小船停靠在她身边时，瘦男人递出一只手，好拉她上船，另一只手捂住双眼，微笑着，太太早就不指望会有什么人来救她了，自己的思绪也已经走出很远了，以至于她一时间都不能把这其中的意义和自己的推理，和他的举动联系起来，早在明白这一切不是自己的幻想，而是当真有那艘汽船，甚至正是赶来救她的之前，她就已经把手举向男人伸过来的那个东西了。她明白过来了，突然间一切都变得完美而确定，思绪，寒冷，害怕都被忘记了。她从苍白转变得如火苗一般殷红，此时正裹着那件衣服，挺直在船上，而男人和男孩，则面朝海平线，望着海鸥。

他们启动了引擎，她坐于船首，穿着一条橘色小碎花的绿裙子，看见船舱底部潜水捕鱼时用的面具，于是明白过来，这两人之前就已经了解到她的秘密。男孩先前戴着面具持着鱼叉在水下游泳时，看见她，就告诉了那男人，然后那男人也下水看了个究竟。然后他们就跟她做了个要她等他们的手势，但她没懂，于是他们就赶紧冲回港湾，从一个渔夫妻子那里弄到一件衣服。

他们两个坐在船尾，双手搁在膝盖上，微笑着：男孩是个鬈发，八岁上下，全神贯注的，有副小马驹般茫然的微笑；男人头发粗硬而发灰，身子是红砖色的，身上的肌肉很长，微笑带点忧伤，一根灭掉的香烟贴在嘴唇上。伊索塔太太在想，这两个人看她这么穿着衣服，也许在努力回忆他们在水下看到她时的模样；但她也没觉得有什么不舒服的。说到底，如果一定得有什么人看到她裸身，她很高兴看到她的正是那两人；也很高兴他们是既好奇又乐于此事。为了抵达岸边，男人把汽船沿着堤道、港口区、海岸菜园区开了一段；如果有谁从岸上看，肯定会认为这三个是一家人，就好像每天晚上打罢鱼，坐船回来一样。码头上露出一些渔夫的灰房子，红色的鱼网拉在短小的木桩上，几个小伙子从泊在岸上的船里拎出铅色的鱼，又把这鱼递给立在一旁的姑娘们，她们手拎着四方浅底的篮子，支在臀部上，戴着玲珑金耳环的男人们席地而坐，两腿伸得老开，缝着无边无际的鱼网，岸上一些坑中窝着大木桶，里面正滚着单宁酸，是用来染鱼网的，小堵的石头墙把面海的菜园隔成好几块，菜园里的船只卧在种着芦竹的苗圃旁，女人们嘴里衔满了钉子，帮着躺在船龙骨下的丈夫修漏隙，每座粉红色的屋子上，都顶着一架棚子，覆住了裂成两半的西红柿，它们被铺在格子网架上，被撒上盐，等着腌干，在石刁柏的根处，小孩们翻寻着蚯蚓，一些老人举着小风箱，往他们的枇杷树上喷杀虫剂，黄色厚皮甜瓜[①]在遍地蔓延的叶片下成长着，年迈的女人们在平底锅里煎着鱿鱼和章鱼，或者是炸着和了面粉的南瓜花，刚被刨光的渔船船头在飘着木头香的造船地里给抬了起来，几个捻船缝的小伙子突然吵起架来，耍着蘸上黑色沥青的漆刷以示威胁，海滩就是从那里开始的，滩上有些被孩子们丢下的，用沙子堆成的小城堡和火山头。

穿着特大号绿色与橘色相间衣服的伊索塔太太，和那两人坐在汽船上，倒真希望这样的旅程还能继续下去。可汽船已经把船头对准了岸边，救生员把躺椅搬走了，男人背对着她，蹲在引擎旁：他红砖色的肩背，被脊骨上的关节[②]穿过，脊骨上面流淌着他坚韧而发咸的皮肤，如同被一声叹息涌过。

① 类似于中国的哈密瓜之类。

② 可原文中用的是“指关节”一词。

一个职员的奇遇

职员恩里科·涅伊碰上和一位美丽的女士共度一夜。一大早从她家出来时，春天清晨的空气和颜色展现在他面前，清爽新鲜，使人振奋，这让他感到自己是踩着音乐声走路的。

应该说，恩里科·涅伊得把这次艳遇[1]归功于一系列情况的幸运综合：朋友的一次聚会，那位女士特别而短暂的情绪配合——而且她还是个很自抑的女人，并不轻易随兴行事——，一场他不同寻常自在的谈话，酒精的少许助兴，不管是真的，还是装出来的——两人都喝了——，还有在他们告别时自己创造出的一点点巧合：所有的这些，而不是涅伊的个人魅力——如果他有的话，也只是那审慎和有点平庸的外表，可以把他指定为一位不是太麻烦也不是太惹眼的陪同——，所有的这些都决定了那一夜不期而遇的结果。他很有自知之明，性情朴实，于是十分珍惜这次运气。他也很清楚，这事不会有什么下文；自己也不会为此而痛苦，因为如果这关系继续下去，只会给他习惯的生活方式带来非常棘手的问题。这次艳遇的

① 意大利语，“艳遇”与“奇遇”为同一词。

完美之处就在于，它在一个晚上的时段内就发生并结束了。所以，那天早晨，恩里科·涅伊是一个得到了他在这个世界上可以渴望得到的最好东西的男人。

那位女士的家是在丘陵上。涅伊沿着一条绿色芬芳的林荫道下来。现在比他平时习惯离家去办公室的时间还要早。那位女士让他那会赶紧溜掉，这样家里的保姆就不会看见他了。没有睡觉并没有使他感到沉重，相反，这给他一种反常的清醒，一种非感官而是智力上的激动。一阵风的扬动，一声嗡鸣，一股树的气息，都让他感到自己应该以某种方式占有和享用它们；他一时间适应不了使用更为谨慎的方式去享受美好的事物。

像他那样一个有条理的男人，在别人家里起床，急急忙忙地穿上衣服，没能刮上胡子，这都给他留下一种习惯被破坏掉的印象，他想了一会，在去办公室之前，是有点想回家的，这样就可以刮刮胡子，再换一下衣服。时间是有的，但涅伊立刻驱逐掉这个想法，他更愿意说服自己时间已经很晚了，因为他害怕，家，还有日常行为的重复，会把自己正身处其中的那种非凡富足的气氛打消干净。

他决定这一天要顺着平和而慷慨的路线来过，这样就可以尽可能多地保存前天晚上遗留下来的东西。他的记忆，能分秒不漏地耐心再现出那些逝去的时光，给他开辟出无尽的乐土。如此徜徉在自己的思绪中，不紧不慢地，恩里科·涅伊朝电车底站走去。

几乎仍是空着的电车已经在等待发车了。开电车的工人在车外，吸着烟。涅伊吹着口哨上了车，外套的下摆舞动飘扬，他坐下，姿势欠佳，但很快就用回了文雅的姿态，他很高兴自己能够迅速改正错误，但也没有为在他身上自然发生的肆意态度而生气。

这个街区人不多，也不是个一大早就会热闹的地方。电车里有个中年家庭主妇，和两个在争论的工人，还有他，一个满足的男人。清早美好的人们。他们对他都很友好；他呢，恩里科·涅伊，于他们而言，是位神秘的先生，神秘而满足，在那个时间的电车上，从来就没出现过。他会是从哪里来的？他们那时也许正在如此自问。而他则不想让别人看出来：于是就看起了藤萝树。他是一个看藤萝树的男人，是作为一个会看藤萝树的男人，看着藤萝树的：他恩里科·涅伊，能认识到这一点。他是一个跟售票员付车票钱的乘客，在他和售票员间，有一种乘客和售票员之间的完美关系，没有比这再好的了。电车下着坡，向河边驶去，这是一种愉快的生活。

恩里科·涅伊在市中心下了车，来到一家咖啡店。不是他惯常去的那家。咖啡店里贴的都是马赛克。店刚开门；还没有收银员；招待员在发动咖啡机。恩里科·涅伊迈着店主般的步伐走到店中央，来到吧台，点了杯咖啡，选了橱窗里的一种饼干，嚼了起来，起先吃得很贪婪，然后就以一种因为经历了不寻常的一夜，而致使嘴巴也变质了的表情吃了起来。

在吧台上有一份摊开的报纸，涅伊翻起来。那天早上他没买报纸，尽管这永远是他一从家里出来就会做的第一件事。他有读报的习惯，而且读得很仔细；能一直读到细枝末节上，没有一张纸会放过不读；但那一天，他的目光只扫了下标题，都没怎么动脑筋。涅伊读不进去：对前一夜如波涛般汹涌的种种感觉袭他而来，这种感觉不知道是不是被食物，被热咖啡，或是被清晨空气效果的消逝唤醒的。他把眼睛闭上，扬起下巴，笑了一下。

由于他那副满意的表情正对着报纸上的一则体育新闻，招待员就问道：“啊，您这么高兴是因为这个星期天波卡达塞要复出吗？”他指着一条足球中卫队员伤愈的标题。涅伊读了读，恢复了表情，却没能像自己希望的那样惊呼道：“什么波卡达塞呀，什么波卡达塞呀，我亲爱的！”而只是说成了：“……是呀，是呀……”因为不想有关下一场比赛的对话使他洋溢的情感偏向，涅伊便转身走向收银台，那里已经坐上了一位年轻的女收银员，神情沮丧。

“那么，”涅伊亲切地说道，“我付一杯咖啡和一份饼干的钱。”收银员打了个哈欠。“一大早就困？”涅伊问道。收银员承认了，没有丝毫笑意。涅伊摆出一副同谋的表情：“啊，啊！昨晚您睡得不多，是吧？”他沉思片刻，然后，就像认定了是和一个会理解自己的人在一起，继续说道：“我还要去睡上一睡。”之后就不吭声了，神秘兮兮、小心翼翼的。他付过钱，跟所有人都打了招呼，出去了。去了理发店。

“早上好，先生，您请坐，先生，”理发师用一种专业的假声说道，这声音在恩里科·涅伊听来就像是挤了下眼睛。

“行啊，行啊！我们来刮胡子！”他带着怀疑的随和答道，在镜子里看着自己。他的脸，被系在脖子上的毛巾托着，就好似与自己无关的一个物件，而脸上些许疲惫的痕迹，并没有被他普通的举止矫正过来，反而显得尤为突出；如果不是这种悠闲而宽松的表情——涅伊满意地观察到——标识出他那种独特的疲惫，这张脸怎么说还是相当正常的，就像是拂晓时刚下火车的乘客，或是通宵打牌的玩家；那是一种有过自己经历的男人的表情，这种男人就算遇到最糟糕的事，也会像遇到最美好的事一样沉着有备。

“习惯了别人的抚摸，”当刷子用热泡沫把涅伊的双颊包住时，他的双颊就像是在说，“我们习惯了别人的抚摸，而不是你的抚摸。”

“刮吧，剃刀，”他的皮肤好似这般说道，“你刮不掉我曾感受到的东西，这我知道！”

在涅伊看来，就像是在自己和理发师之间，展开了一次饱含暗示的对话，但理发师并没作声，只是在用心地操作他的工具。他是个年轻的理发师，话不多，倒不是因为性格上有什么隐秘，而是因为想像力不够丰富；反正事实就是，他为了开始一次对话，就说了句：“今年，怎么样？天气已经很好了，不是吗？春天……”

这话到了涅伊那里，完全成了想像的对话，而“春天”一词则是被赋予更多的含义和暗指。“哈哈哈！春天……”他说，涂满肥皂的嘴上浮出一丝自知的微笑。就这样，对话衰竭了。

但是涅伊感到有说话的需要，有表达的需要，有交流的需要。而理发师却什么都不再说了。涅伊有两三次都快张开嘴巴了，而且那家伙也抬起剃刀了，但是涅伊又找不到词，剃刀就又落回他的嘴唇和下巴上。

“您说什么？”理发师说，他见涅伊的嘴唇动了半天，一声也没发出来。

而涅伊，却热忱地说道：“这个星期天，波卡达塞就要归队了！”

这句话他几乎是喊出来的；其他顾客把上了半边泡沫的脸转向他；理发师悬着剃刀地傻在那里。

“啊，您支持***队？”他问，有点怏怏不乐的样子，“您知道，我支持的是***队，”他说了本城的另一支队。

“哦，***队啊，星期天你们这场比赛蛮轻松的，很有把握的……”但是已经听不出他的热情了。

剃完胡子，他出去了。城市生动和喧嚣起来，玻璃上跑满了金色的光芒，喷泉里飞奔着水流，电车的集电杆在电缆上火花直迸。恩里科·涅伊就像走在浪尖上，狂喜与忧伤在心中交替往复着。

“你是涅伊呀！”

“你是巴尔德塔呀！”

他碰到一个中学时的老同学，这人他已有十年没见过了。他们用他们之间的习惯用语对着话，说时间过得多快，说他们都没怎么变。但事实是，巴尔德塔的头发灰了不少，他脸上狐狸般狡猾而且有点堕落的表情更加突出了。涅伊知道巴尔德塔之前是在做生意，但犯了点事，所以常年待在国外。

“你一直待在巴黎吗？”

“是在委内瑞拉。现在我又要出发了。你呢？”

“一直在这里，”他勉强挤出一个不自然的微笑，就好像是为自己没有变化的生活感到难为情，同时他也很生气，因为自己没能叫别人一眼就看出来，他此时的生存状态其实丰盈而满足得让人难以想像。

“你结婚了吗？”巴尔德塔问。

涅伊感到这是次矫正有关自己第一印象的好机会。“单身汉！”他说。“我永远单身，嘿嘿！我们要撑到底！”好了：巴尔德塔，这个没有偏见的男人，这个正准备再次出发去美洲，不能再和这个城市以及城市里的流言蜚语有什么关联的男人，正是涅伊可以与之倾吐自己幸福之情的理想人选，唯一可以与之分享自己秘密的人。他甚至可以跟巴尔德塔渲染一下，谈那天晚上的艳遇，就像谈一件自己早已习以为常的事那样。“正是这样，”他继续说道，“我们都是单身汉里的老看守，不是吗？”他想提一提那个泡芭蕾舞演员的名声，因为巴尔德塔曾有过一些跳芭蕾舞的女朋友。

他已经斟酌过要进入这个话题时可能会用到的句子了，比如：“你知道吗，就在昨晚，比如说吧……”

“我，真的，已经，”巴尔德塔说道，稍微有些腼腆地笑了下，

“你知道吗，我已经是一家之主了，都有四个孩子了……”

涅伊正为一个肆意妄为[①]和享乐至上的世界营造气氛呢，只好收起这个话题；有点摸不着方向。他盯着巴尔德塔：直至那时他才发现巴尔德塔皱皱巴巴的外貌，衣冠不整，才发现他忧心忡忡而疲惫的神情。“啊，四个孩子……”他说，语调迟钝，“恭喜啊！你在那下面[②]过得怎么样啊？”

“嗯……没什么活好干……到处都是一样……勉强餬口……维持一大家子人……”然后以一副失败者的神情张了一下双臂。

涅伊看到他本能的卑微，不免同情且后悔起来：怎么能向他那样一个生活窘迫的男人来炫耀自己的幸运呢？“哦，但这里也是一样，你要晓得，”他赶紧说，改变了语调，“大家也是在勉强维持生计，也是这样，日复一日的……”

“但是，希望总有一天能好起来……”

“希望如此了……”

他们互相祝福了一下，告了别，一个人走在这边，另一个人走在那边。很快，涅伊就感到懊悔起来：和之前他想像中的那个巴尔德塔交心的可能性，曾让涅伊感到一种巨大的宽慰，现在他永远失去了这种感觉。在他们两人之间——涅伊想道——本可以展开一种男人和男人间的对话的，善意，又不失讽刺，也不是要出什么风头，更不是吹牛，这个朋友就要出发去美洲了，还会永远留住这种不可更改的回忆；涅伊在他那个想像出来的巴尔德塔的思想里，隐约看见自己的投影，当那个巴尔德塔，在他的委瑞内拉，回忆起老欧洲时——穷归穷，但总是虔诚地热衷于美和愉悦——便会本能地想到

① “肆意妄为”此处也可被替换为“无偏见”，这两个词在意语中同为一词。

② 在意大利，谈到意大利以南的地方，会说：那下面。

他涅伊，这个久别重逢的中学同学，总是一副谨慎的模样，却对自己相当自信：一个从没离开过欧洲的男人，几乎是体现了欧洲古老的生活智慧，还有那种审慎的激情……涅伊激动起来：这本是上一夜的艳遇会留下的征兆，和会承担起的决定性意义，而不是如沙子沉入大海一般地消失在空洞而反复的日子里。

也许他还是该跟巴尔德塔说说这事的，即便巴尔德塔是个可怜人，脑子里也总惦记着其他心事，即便是以羞辱他的代价。而且谁又能保证巴尔德塔真是个失败者呢？也可能他也就是这么说说，然而还是以前那只老狐狸……“我去追他，”他想，“再聊上一聊，把这事跟他说说。”他在人行道上跑了起来，拐进广场，在拱廊底下转了个弯。巴尔德塔不见了。涅伊看了下时间；他已经迟了；便赶紧朝单位走去。为了使自己平静，他想，像个小伙子一样向别人诉说自己的事，是一件与他的性格和习惯都十分迥异的事情；于是他克制住自己。就这样，他跟自己和解了，更加自豪起来，在办公室的计时表上给小票打了印[①]。

在工作中，涅伊也怀上那温暖了所有职员的心的绵绵激情，尽管是没有言明的，他们都是刚刚明白过来，可以把怎样秘密的温柔和猛烈的狂热负载到最日常的繁缛手续中去，负载到冷漠的信件往来中去，负载到精准的行政注册簿中去。也许那天早上，他那没有意识到的愿望，正是能使爱的激情和作为职员的热情结为一体，这样两种情愫就可以互相倾注，并燃烧不熄。但是只消看上一眼他的写字台，还有写着“亟待处理”字样的绿色文件夹的惯常面貌，就足以让他感到一种尖锐反差，悬跨于自己刚从中脱离出来的、那让人眩晕的美丽和自己亘古不变的生活之间。

---

① 相当于我们现在的上班打卡。

他在写字台前转了好几圈，一刻未坐。他对那位漂亮女士生出一种突然而急促的爱恋。而且怎么都平静不下来。他来到隔壁办公室，那里会计师们正细心而不快地敲打着键盘。

他在每个人的桌前踱了起来，跟他们打招呼，紧张地快乐着，狡猾着，欣快地沉湎在回忆里，对眼下的事不抱任何希望，在会计师们中体会着一种发狂的爱情。“就像这会我在办公室里你们之间来回走动，”他想着，“我不久前还在她的被子里这样辗转反侧。”“是的先生，正是这样，马里诺蒂！”他这么说着，并把拳头捶在一个同事的文件上。

马里诺蒂抬了抬眼镜，缓缓问道：“喂，是不是他们也扣了你这个月四千多里拉的工资？”

“不，我亲爱的，从二月份就扣了，”涅伊说道，脑袋里同时浮现出那位夫人的一个姿势，那是迟些时候的一个姿势，也就是早上那会，这在他看来，就好像是个新发现，并给他开拓了有关爱情的无限未知可能，“不，他们之前就已经扣过我钱了，”他继续以一种极其温柔的声音说道，并甜蜜地在自己跟前的半空中舞动一只手，双唇同时向前够，“他们扣了我整个二月份的工资，马里诺蒂。”

为了能继续说下去，他还想加上点什么细节和解释，但再没这个能耐了。

“这是个秘密，”他决定了，回到自己的办公室，“无论什么时候，无论我做什么和说什么，这次经历的一切都要保密。”但现在啃噬他的焦灼是自此以后再也无法达到这次的境界，是难以表达出他意识到自己已经拥有的这种完满之感，连暗示一下都很难，就更别说用明确的语言叙述出来了，甚至也许想想都是不可能的。

电话响了。是主管。他询问朱赛皮埃里公司有关索赔的前科。

“您看，主管先生，”涅伊在电话中解释道，“朱赛皮埃里公司在三月六号时……”他想说：“当她悠悠地说道：您这就走了吗……？我就知道不应该松开她的手……”

“是的，经理先生，这索赔是针对已经开过票的一批货……”他本想说：“我们身后的门还没关上时，我都还是在犹豫的……”

“不，”他解释道，“索赔没有经由代理公司执行……”他是想说：“可直到那时，我才明白，她和我想像的完全不同，我以为她冷漠傲慢……”

他放下听筒。额头上沁的全是汗。现在他感到很累，困得很。他不该不先回趟家去解解乏和换换衣服的：身上的衣服也让他觉得不舒服。

他来到窗前。窗外有个很大的院子，院子被高高的墙体环绕着，墙体上布满了阳台，但让人感觉就像是在一片沙漠里。房顶之上能看到天，天不再明朗，而是泛着白，被一层模糊的什么东西渗透了，这就好像在涅伊的记忆中，一片昏暗的白色，正在清除他每一种有关感官的回忆，而太阳也被一块不分明的、静止的光斑勾勒出来，犹如一种迟钝[①]的剧痛。

① 原文中“迟钝”一词同时还有“聋的”、“隐约的”的意思。

一个近视眼的奇遇

阿米尔卡莱·卡鲁加还很年轻，也不缺钱，对物质和精神上都没有太大的野心：于是，没有什么东西可以阻止他享受生活。但他发现，这样的生活于自己而言，正在不知不觉地失去味道，而且已经有一段时日了。尽是些无聊的事：比如，看大街上的女人；曾经他习惯直接用眼睛在她们身上贪婪地扫来扫去；现在他呢，也就是本能地看看女人，但很快他就感觉，这些女人吧，就像一阵风刮过，不能给他带来任何感觉了，于是现在他只是冷漠地垂下眼睑。新城市一度叫他兴奋——因为做生意的原因，他经常旅行——，而现在他只感到厌恶，混乱，摸不着方向。以前晚上他总是习惯——他一个人过——去电影院：不管是什么节目，他都乐意看；谁要是每晚上都去电影院，就好像在看一部很长的电影，不过是分集看的：他认识所有的演员，哪怕是滑稽角色和临时演员，而每次都能把他们辨认出来，这本身就蛮好玩。可是：现在，即使是在电影院，所有这些面孔都让他感到乏味，呆板和平庸；他厌倦了。

最后他明白了。是因为他近视。眼科医生叫他配副眼镜。自那一刻起，他的生活改变了，变得比之前要丰富一百倍。

每次戴上眼镜，这本身就是一种激动。我们就拿在电车站等车来说好了，当看到周围所有的人和物都是如此的普通，平庸，并为自己这样的存在而精疲力竭时，他是感到如此的伤心，而他就在那里，在那样一个形色憔悴且软弱无力的世界里胡乱挣扎。而当他戴上眼镜，来读到站的电车是几路时，那么一切就都变了；最随随便便的什么东西，哪怕是一根电线杆，也被许多精密的细节描绘出来，轮廓都是如此的利索，而脸，每张陌生的脸庞上，都充盈着各式各样的标记，胡子茬，小疖子，还有以前都不会叫人生疑的表情上的细微差别；衣服也能看得出是什么料子做的了，能猜得出织法，能窥视得出衣角边的磨损。观看变成了一种娱乐，一出表演；不是指看这个或那个：而是指观看本身。就这样，阿米尔卡莱·卡鲁加忘了关注来的是几路车，错过了一班又一班，再或者是上错了车。他看到数量如此之多的东西，搞得就像什么都看不到了。他不得不慢慢养成习惯，从头开始学什么是无关紧要的，什么又是必须看的。

他在街上遇到的那些女人，之前都已化作感触不到的模糊阴影了，而现在，他又可以分明地看见她们的身子，在衣服里活动起来时耍上的盈亏游戏，可以评价出她们皮肤的新鲜度，估摸出那目光中包含的热度，这不再让他感觉只是在看她们了，而简直是在占有她们。但当他不戴眼镜地走路时（他也不总戴着眼镜，这样可以避免自己无谓地劳累，而只是当他要看向远处时才会戴上），在人行道上，他跟前会突然勾勒出一件色彩鲜艳的衣服。阿米尔卡莱已经是自动地，会立刻从口袋中掏出眼镜，架在鼻梁上。这种在感官上不加以区分的贪婪，经常会受到惩罚：因为很有可能会是一位老太。阿米尔卡莱·卡鲁加变得更加小心。而有时，从衣服色彩和走路姿态来看，一个迎面而来的女人会让他感觉太不起眼，平常无奇，以至于不值得考虑；他也就不戴眼镜了；而当后来他们擦身而过时，他才发现她身上有种非常吸引人的东西，谁知道那是什么东西，就那一瞬间里，他感到抓住了她好似等待的目光，这目光也许在他第一次出现时，就已经留在他身上了，而他并未察觉；但现在为时已晚，她消失在十字路口间，上了公交车，远在红绿灯的那头了，而他再也不会认出她了。就这样，通过对眼镜的需要，他在渐渐地学会生活。

但是眼镜为他打开的最新奇世界是夜世界。夜间的城市，被笼在无形的阴云和彩色的微光中，此时展现出精准的切线，突出部分，还有透视效果；光也有着精确的边缘，霓虹灯上的字之前还是浸溺在模糊不清的一圈光晕里的，现在每个字母都清晰明了。但是夜晚的美丽之处正在于，那不明确的边缘，在白天的光线下，是会被眼镜驱除干净的，然而此时这里却给保留了下来：阿米尔卡莱·卡鲁加起了戴上眼镜的愿望，随后才发现这眼镜他已经戴上了；完满感永远敌不过不满的驱动；黑暗是片无底的沃土，在这片土地上他永远不会疲于挖掘。从大街上，在那些黄窗子终于①被点缀成了四方形的房子之上，他抬眼望向星空：发现星星不再像打散的蛋一样被压扁在天幕上，而是剧烈的光束，在他周围打开了无尽的距离。

这些对于外部世界现实的关注，是和他对自身存在的关注分不开的，而这些关注还是缘于眼镜的使用。阿米尔卡莱·卡鲁加并不是很在乎自己，但就像偶尔正是会发生在那些最简单的人身上一样，他极度热爱起自己的存在方式。现在，从没眼镜的一类人过渡到有

① 用“终于”可能是因为，没戴眼镜前，“黄窗子”模模糊糊的看不清楚，呈不出“四方形”的形状。

眼镜的一类人貌似寻常无奇，实则是种巨大的跳跃。你请想一想，当一个不认识你的人试图要描绘你，他首先会说的是：“一个戴眼镜的”；于是那个异常的配件，那个十五天前跟你还完全不相干的东西，一下子就成了你的第一属性特征了，与你的自身存在同为一体。傻点来说吧，阿米尔卡莱突然成了“一个戴眼镜的”，这很有一点让他不舒服。但问题并不仅在于此：而是在于，一旦你疑惑起所有跟你有关的东西都是纯粹偶然的，可变的，那么你自己也可以完全不同，于是就什么都无所谓了，沿着这个路子想下去，你就会想，你的存在与否压根就是一回事，而从这里到绝望的境地也就不会很远了。所以当阿米尔卡莱挑选镜架时，他本能地选择了一种最细的镜架，仅仅是一副单薄的银质眼镜腿，这眼镜腿从上方支撑着裸片，而这裸片之间则是由一截小支架连接起来的，压在鼻中隔上。于是他就这样过了一段时间；然后他发现自己不是很幸福：如果他不经意在镜子里瞥见自己戴眼镜的模样，他会对自己的脸产生一种强烈的厌恶感，好像那是跟他毫不相干的一类人典型的脸。正是那副如此不起眼，轻盈，几乎是女性化的眼镜，让他比过去任何时候都更像“一个戴眼镜的”，一个一辈子除了戴着那副眼镜就没干过别的什么事的家伙，以至于人们都不会注意到他是戴眼镜的。那眼镜成为了他相貌的一部分，和他的面容搅和在一起，于是，在他先前的那张脸——尽管是普普通通的一张脸，但怎么说也是一张脸——和那个不相干的物件间，每一处的天然反差就这么减轻了，那个不相干的物件，一个工业产品。

他不喜欢这眼镜，于是眼镜不久以后就掉下来摔破了。他又买了一副。这次他的选择截然相反：挑了一副黑塑料镜架的眼镜，这镜架足有两指宽，装铰链的边框就像马眼罩一样突在颧骨上，眼镜腿重得能把耳廓压弯。这简直就是张把脸遮住一半的面具，但在那面具之下，他却能找回自己：毫无疑问，他自己是一个东西，而眼镜则是与他完全分开的另一个东西；显然，他只是很偶然地戴上了眼镜，于是显然，没戴眼镜时，他便是一个全然不同的人。他又自觉得幸福起来，这也是他的本性使然。

那段时期，由于生意上的原因，他碰巧回到V城。V城是阿米尔卡莱·卡鲁加的出生地，在那里他度过了自己整个的青年时代。但他离开自己的城市，已有十年之久，而他每每回到V城的停留，都变得越来越短暂和时有时无，而这回是已经好些年，他都没踏上过那片土地了。大家都知道，当一个人离开自己曾长久居住过的环境时会是怎么样的：隔了很长时间再回来，会感到浑身不自在，就好像那些人行道，那些朋友，那些咖啡店里的谈话，要么就是全部，要么可能什么都不是，要么也就跟着这般日复一日地过着，要么是再也无法参与其中，过了太长时间再露个面的想法又让人内疚，于是他便摒弃这样的念头了。于是渐渐地，阿米尔卡莱就不再伺机返回V城了，然后是如果有机会，他也会放过，到最后简直就成了刻意回避。但最近一段时间，在这种对出生地的消极态度中，除了这个刚定义出来的心态外，在他身上还出现那种对凡事都冷淡的感觉，而他则把这种冷淡和自己近视的进程联系起来。反正现在，眼镜又给他提供了新的精神状态，于是一有机会去V城，他就一把抓住，回去了。

V城的光景让他感觉和前几次去时完全不一样了。但倒不是因为有了什么变化：是，城市是变了很多，新建筑是无处不在，商店、咖啡店和电影院是和以往全然不同，还有那些谁认识的年轻人，而且路上的车子也比以前翻了一倍。但这一切新事物，不过是用来突出那些老东西，并使它们变得更易于识别，反正阿米尔卡莱·卡鲁加是第一次能以他还是个小伙子时的双眼，来重新看待这个城市，就好像他是一天前刚离开的这里。戴着眼镜，他看到无限微不足道的细节，比如某一扇窗户，一截栏杆，也就是说，在周围的一切中，他是有意识地看这些东西，并选择了它们，而以前他只是看到它们就完了。更别说那些脸了：一个卖报人，一个律师，一些人变老了，另一些人则还是老样子。阿米尔卡莱·卡鲁加在V城的直系亲属早就没了；玩得最好的一群朋友也有段时间下落不明了；但他认识的人还是多得无穷尽，因为在这么小的一个城市里——是指直到他还住在这里的那个时代——，也不会说这里大家互相都认识了，起码是脸熟的。现在这里——就像北方最受欢迎的几个城市中心——人口也长了好多，也有一些南方来的移民，阿米尔卡莱遇到的脸，他大都不认识：但正因为此，当他一眼就认出老居民时，心下是欢喜不已，还会想起一些过往的片段，与他们的交往，还有他们的绰号。

V城是本省[①]晚上会在主干道搞步行街习俗的城市之一，这方面还一点未变，从阿米尔卡莱的时代一直保留到如今。两条人行道，总是这样，一条道上永远涌着络绎不绝的人流，另一条道上则要少一些。在阿米尔卡莱那个时代，他和他的朋友为了某种反随波逐流的情绪，总是走那条人不怎么多的道，他们会从这条道上向那条道上的姑娘们挤眉弄眼，打招呼，开玩笑。他感到现在就跟当年一样，甚至比以往还要激动，于是他上了以前走的老路，望着来来往往的人群。有时会遇到熟人，这并没有使他不爽，反而让他觉得有趣，还赶紧跟他们打招呼。他甚至愿意停下和某些人闲扯上两句，但V城主干道边上的人行道非常窄，以至于密集的人群只能推搡着前行，

① 意大利的省，是次大区一级的行政区域。意大利的大区相当于中国的省。

加之现在车子又多了许多，所以不能像从前那样也能在马路中央走了，不能想从哪里穿马路就从哪里穿了。反正这步散得不是太快，就是太慢，没有活动的余地，阿米尔卡莱要么得跟着人流，要么得费劲地溯流而上，而当他隐约看到某张熟识的脸时，也就是刚好有时间跟那张脸示意一下，那脸就消失了，他都搞不清楚自己有没有被看到。

现在他碰到了科拉多·斯特拉查，他的同学，也是多年的台球伙伴。阿米尔卡莱跟他笑了笑，还打了个幅度很大的手势。科拉多·斯特拉查迎面而来，目光倒是落在他身上，但这目光却像是越他而过，并未多加停留，而科拉多也是继续走他的路。可能是他没认出来阿米尔卡莱？是过了很长时间，但阿米尔卡莱·卡鲁加很清楚，自己并没怎么变样；直到那时为止，他既躲过了肥胖，也躲过了秃顶，他的外貌并没有遭受很大的恶化。现在又是卡瓦那教授。阿米尔卡莱很恭敬地跟他打了个招呼，还稍稍鞠了躬。教授起初还本能地有意回应他，然后教授却停下来，张望了一周，就像在找别的什么人。这可是卡瓦那教授！他当年可是以善于记住人的相貌而闻名，因为他总能记得所有数目众多学生的脸，名和姓，甚至还有他们的季考成绩！最后是齐乔·科尔巴，足球队的教练，回应了阿米尔卡莱的招呼。但是教练很快就眨眨了眼睛，吹起了口哨，就好像发现自己错拦下一个陌生人的问候，这问候都不知道是给谁的。

阿米尔卡莱明白了，没有人会认出他来。那副眼镜使他的世界如此清晰可见，那副巨大的、有黑镜架的眼镜，却使他成了不能被看见的了。有谁会想到，待在那种面具后的，正是他阿米卡莱·卡鲁加，那个长期远离V城的阿米尔卡莱·卡鲁加，那个没有人指望会随时碰到的阿米尔卡莱·卡鲁加呢？正当他得出这些结论时，伊萨·玛丽亚·彼埃蒂出现了。她和一个朋友一起，边散步边看橱窗，阿米尔卡莱突然来到她正前方，刚想说："伊萨·玛丽亚！"但他的喉咙里却吐不出声音来，伊萨·玛丽亚·彼埃蒂用胳膊肘挡开他，对她朋友说："这可是现在人们的举止……"她继续往前走。

就连伊萨·玛丽亚都没认出他来。他突然明白过来，自己只是为了伊萨·玛丽亚·彼埃蒂才回来的，当初也只是为了伊萨·玛丽亚·彼埃蒂，自己才想离开V城，才在远方待了这许多时间的，他也明白，这一切，他生活中的一切，世界上的一切，也都只是为了伊萨·玛丽亚·彼埃蒂，而现在他终于又看到她了，他们的目光相遇了，而伊萨·玛丽亚·彼埃蒂却没认出他来。他是如此的激动，以至于都没发现她是否变了，胖了没，老了没，是否还一如既往地有魅力，更有魅力了，或是没有魅力了，他也一点都没看见那人是不是伊萨·玛丽亚·彼埃蒂，也没看见伊萨·玛丽亚·彼埃蒂有没有看见他。

他走到这条街步行路段的尽头。这里的人们，总是在冰淇淋店一角，或是在更前面一个街区的报亭那里调头，转过来又在人行道上逆着先前的方向走起来。阿米尔卡莱·卡鲁加也掉了个头。他把眼镜拿掉。现在世界又变回一团无滋无味的云雾了，他胡乱摸索着，睁大了眼睛，可还是什么都看不清。倒不是他什么人都认不出来：在光线最好的地方，他总是差一点就要识出某张脸，但总是会疑心那人并不是他以为的那个人，不过反正那人到底是或不是，他也不是很有所谓。有人示意一下，打个招呼，有可能是在跟他问好，但阿米尔卡莱不是搞得很清楚那人是谁。另外还有两人，跟他擦肩而过时，也跟他打了招呼；他正要回应，但又想不出他们是谁。还有一个人，从另一头的人行道上，向他喊了一声："你好啊，卡鲁[①]！"

① 应该为卡鲁加的昵称。

从声音上来判断，那人很可能是某个斯特尔维。阿米尔卡莱非常高兴地发现，人们还能认出他来，还能记得他。不过这只是一种相对的高兴，因为他甚至都没看到他们，或者没认出来他们，这些人在他的记忆中，互相之间都混淆起来，说到底都是些他相当无所谓的人。“晚上好啊！”当他发现一次示意、一个点头时，他偶尔会这么说。这下，那个刚刚跟他打了招呼的人，要么是贝林图西，要么是卡莱蒂，要么是斯特拉查。如果是斯特拉查，他还真愿意停下来，跟他说会话的。但他已经迅速地回应过他了，回头再想想，他们的关系仅限于此，也蛮自然的，这种例行的匆忙问候的关系。

但他那四处张望的眼睛，却是显然有目的的：追寻伊萨·玛丽亚·彼埃蒂。她穿了件红大衣，所以在远处就应该能看到的。阿米尔卡莱追随一件红大衣追了好一会，但直到他得以超过她时，才发现那不是她，而同时，另外两个红大衣正迎面而过。那一年十分流行春秋季穿的红大衣。比方说，他先前看到的那个，在烟草店工作的吉吉娜，也穿着同样的大衣。现在一个红大衣先跟他打了招呼，阿米尔卡莱冷冷地回应了她，因为肯定是那个在烟草店工作的吉吉娜。接着他又生了疑，也许不是烟草店的吉吉娜，而正是伊萨·玛丽亚·彼埃蒂！但他怎么可能把伊萨·玛丽亚·彼埃蒂认成吉吉娜呢？阿米尔卡莱转身原路返回，想去看个究竟。他遇到了吉吉娜，这一次是她，毫无疑问；可如果她现在是迎面走来，是不可能走完一大圈后，再折回到这里的；要么是她很快就调了头？他什么都搞不懂了。如果是伊萨·玛丽亚·彼埃蒂跟他打了个招呼，而他却如此冰冷地回应她，那所有的这次旅程，所有的那番等待，所有逝去的年华，就都是毫无意义的了。阿米尔卡莱在那些人行道上来回走着，一会戴上眼镜，一会又拿下来，一会跟所有的人都打招呼，一会又接受雾状而无名幽灵们的问候。

走到步行路段的另一头后，大街还在继续向前延伸，很快就出城了。那里有排树，有条沟，再往远处去是道篱笆，还有田地。想当年，晚上的时候，谁要是有女朋友，就会跟着女朋友，臂挽臂地去那里，而谁要是独身，也会去那里，为了去更加地孤单，去坐在长板凳上，或者去听蛐蛐歌唱。阿米尔卡莱·卡鲁加继续在这一边走着；现在城市扩展了一些，但也不是很多。那里仍有板凳，有沟，有蛐蛐，还跟以前一样。阿米尔卡莱·卡鲁加坐下。夜晚把所有的景色化做 大片的阴影。而那副眼镜，戴上或拿下，在那里全都一个样。阿米尔卡莱·卡鲁加明白了，对于新眼镜的激动也许就是他生命中的最后一次激动，而现在这激动已经结束了。

一个读者的奇遇

海角上有条海滨大道，铺在高耸的悬崖上；悬崖下是一片汪洋，遍目是海，一直伸向高高而模糊的海平线。阳光也遍地皆是，就好像天空和大海是两面透镜，把太阳放大了。那底下，平静的海水不起泡地拍打着海角上犬牙交错的岩石。阿梅代奥·奥利瓦扛着自行车，从一段陡峭的台阶上下来，然后锁上车，把它丢在一个阴翳的地方。他继续往下走，身旁尽是那山崩般黄色干巴巴的土地，还有悬在空中的龙舌兰，他已经用目光寻找起来，看有没有可以舒服躺下的礁石缝。他腋下夹着一条卷起的毛巾，里面裹着游泳裤和一本书。

海角很僻静：只有很少几群海水浴者，或在跳水，或在晒太阳，互相之间隐匿于这里礁石的迂回中。在两块遮住他视线的大石头间，阿梅代奥脱下衣服，套上泳裤，然后在礁石顶间跳起来。就这样，他用那双小细腿，跳过大半片礁脉，有时几乎还是从半躲在岩石间、躺在浴巾上那成双成对海水浴者的鼻子上飞跃而过。穿过一块表面多孔粗糙的沙石地，就是大片光滑的礁石，连轮廓都给磨光了；阿梅代奥脱了凉鞋，拎在手里，光脚继续跑着，自信十足，因为他有着能在岩石间看到大老远以外景致的眼力，和一双不易受伤的脚掌。他来到一处面海的礁崖；崖壁一半的地方，穿过一种形同台阶的东西。阿梅代奥在那里停下来。在一块平坦突出的礁石上，铺下自己的衣服，叠好了，把凉鞋底朝天地压在衣服上，这样风就不会把所有的东西都吹走了（海上确实送来一阵微风，然而他那样做只是因为谨慎的习惯使然）。他随身带着一个小袋子，是块橡胶枕头；他往里头吹气，直到枕头鼓起来，然后放下枕头，挨着礁石边，把毛巾展在一段缓缓倾斜的坡子上。他仰面躺在毛巾上，已经把书翻到做上标记的那一页了。就这样，他伸长身子，躺在石头上，从四面八方反射过来的阳光，砸在他干燥的皮肤上（他已经给晒黑了，黑得还不均匀，就像什么太阳晒得不得当的人，不过他倒挺耐晒的），他戴着白布料帽子的头搁在橡胶枕头上，帽子是湿的（是这样：他之前下到一块矮礁石上，把帽子浸到水里去过），一动不动地躺在那里，只有眼睛（因为戴着墨镜，所以他的眼睛是看不见的）在白纸黑字间，跟着法布里齐奥·德尔·唐戈[1]的马跑。在他下方，破开一片蓝绿色的小海湾，清澈几近见底。岸边礁石根据各异的方位，要么呈出煅烧的白色，要么是披着海带的。海湾尽头是一小片卵石沙滩。阿梅代奥不时抬起眼睛，朝周围看看，他的目光落在一只螃蟹不断闪烁的脊背，和它斜走的小跑上；然后他又专心地回到书页上，那一页中，拉斯科尔尼科夫[2]数着把他和老女人的门分开的台阶，或者是吕西安·德·鲁邦普雷[3]在把头放进绳套里前，凝视着

① 可能是司汤达作品《帕尔马修道院》中的主人公。卡尔维诺在这里把各部小说中的主人公都安置在一部他杜撰出来的小说中。

② 可能是陀思妥耶夫斯基作品《罪与罚》中的主人公。

③ 可能是巴尔扎克作品《人间喜剧》中的一个主人公。

巴黎古监狱的塔楼和屋顶。

阿梅代奥想要把他的社交活动减小到最少已经有一段时间了。不是因为他不好动，他的性格和所有品位倒全都得益于他对行动的热爱；但是，什么事都要由自己做的热望在年复一年地减弱，再减弱，以至于他自问这种热情是否真的存在过。但是对于行动的兴趣，却在阅读的愉悦中幸存下来；他的爱好总是那些对于事实的叙述，故事，还有人物事件间的情节。尤其是十九世纪的小说，但回忆录和自传也可以；慢慢的，他连侦探小说和科幻小说也读了起来，他倒不是排斥这两种小说，而是这两种小说会给他相对较少的满足感，因为它们通常都是些小部头的作品：阿梅代奥热爱大部头的巨著，他把要经受巨大疲劳的肉体愉悦放入其中。手里掂着这些密密麻麻的，敦厚的，强壮的大部头作品，带着一点焦虑情绪地去思量页码，思量那些章节的宽幅；然后进入其中：刚开始时，还会有点不大情愿的意思，不大想克服要记住那许多人名和抓住故事主线的第一个困难；随后他就把自己托付给书本，赶着行地读起来，穿过匀质纸张的格子网架，从那铅字中涌现出战火，子弹呼啸着穿过天空，落在安德烈亲王[①]脚下，之后又浮现出一个拥挤的活字印刷店，塑像店，弗雷德里克·莫罗[②]忐忑不安地走进阿尔努[③]的店[④]。在这页面之上，他进入了一个比自己生活更有活力的世界，从这里来看：就像海平面把我们和大海那片蓝绿色的世界，和一望无际的裂缝，和延绵的波浪状细沙，和那些半动物半植物的生物体分开了。

太阳晒得很烈，礁石有点灼人，阿梅代奥很快就觉得自己和礁

① 可能是托尔斯泰作品《战争与和平》中的主人公。

② 可能是福楼拜作品《情感教育》中的男主人公。

③ 可能是《情感教育》中女主人公丈夫的姓。

④ 此处也可能为“阿尔努的家”。

石粘在一起了。他读罢一章节，合上书，把小广告片当做书签夹在书里，脱下布制的帽子和眼镜，有点呆滞地站起来，大跨步地走到礁石最顶端，那里有一群小孩，整整一天都在不停地跳水和不停地爬上来。阿梅代奥笔直地站在垂直于海面的一级台阶上，台阶不是太高，离水面只有几米的高度，他用那双被照得睁不开的眼睛，凝视着下面明晃晃的透明，倏地跳进去。他的跳水动作总是一个样，鱼跃式的[①]，动作基本标准，就是有点僵硬。若不是他突然来这么一下子，从阳光充沛的空气到温暖海水的这种过渡，应该是几乎察觉不出来的。他没有很快浮上来，他喜欢潜游，下去，再下去些，几乎是肚皮贴着海底游，直到他呼吸用完为止。他很喜欢消耗体力的事情，喜欢强迫自己完成一些艰难的任务（正因如此，他才会在正午的烈日下，疯狂地踩自行车爬陡坡，把书带到海角上来读）：每次，他都争取潜游到从沙质海底某处一直露到水面上来的一块礁石岩壁边，那壁上遮满了厚厚的海草。他在岩石边浮出水面，在四周随意游起来；然后又正规地游起了自由泳[②]，只是，他花上了超过实际需要的气力；很快，他对自己嘴鼻部分一直像盲人一样埋入水中感到疲惫不堪，所以换了一种能使划臂更自由的泳姿，“海员式”[③]泳姿；如此一来，视觉感官比运动效果更给他以享受，于是不一会，他就从“海员式”改成了仰着游，划臂打水是越来越不规律，断断续续的，直至似浮尸一般漂在水面上。就这样，他翻过来又覆过去地游在那片海里，那海就如一张没有边缘的床，有时，他会选中某个小岛为目的地，有时，他会给自己规定出划臂动作的次数，不结束这个任务就不停歇；一会是慵懒地徘徊，一会又往深海处游去，

① 头朝下入水。也就是四种国际标准泳姿中除了仰泳以外的入水动作。

② 原文为英语。但“自由泳”一词用的不是 freestyle，而是 crawl。

③ 意大利对“侧泳”如此称呼。

因为他会突然有一种迫切的希望，希望周围除了天与水，什么东西都没有，一会又靠回海角附近的礁石滩，为的是不错过任何一条能通向那片小群岛的路线。但是游着游着，他就发现，自己心里那正在膨胀的好奇心，是想知道——我们承认——阿尔贝蒂娜[①]故事的结局。马塞尔[②]有没有再找到她？不管是他疯狂地游泳，还是浮在水面装死，他的心却留在了岸边的书页中。于是他迅速划臂，重回到礁石边，寻了一阵从哪里上岸，然后几乎还没怎么意识到，就已经来到那上头，用浴巾擦起了背。他又戴上布帽子，躺在太阳下，开始新的一章。

而他作为读者，书读得却不是很快，也不是多么如饥似渴。他已经到了第二第三或者第四遍的阅读能比第一遍给出更多愉悦的年龄。但他仍有很多新大陆要去发现。每年暑期出发去海边前[③]，最艰苦的准备工作就是要把那些沉沉的书塞到行李中去：凭着一时的兴起和累月城市生活的逻辑，阿梅代奥每年都要选上某些名著重读，还有一些陌生作家的作品。他就这么在礁石上读着书，时不时地在字句间驻足，举目冥思，收集一些想法。一次，他这么抬起眼睛，看见海湾尽头的石滩上，一个女人走过来并躺下身。这个女人晒得很厉害，形容瘦削，韶华已逝，也不是特别漂亮，但这裸着的身子帮了她大忙（她身着“两件套”，就这么点衣服，还在边缘处翻起了很多，是为了尽可能多地晒到太阳），而阿梅代奥的眼睛就这么被吸引过去了。他读着读着，就发现自己的目光越来越频繁地从书中游离出来，升向空中；而这个空中，则是在那个女人和他之间的空中。

---

① 可能为马赛尔·普鲁斯特《追忆似水年华》第二卷《在少女们身旁》中的主角之一。

② 马塞尔为《追忆似水年华》中的主人公。

③ 意大利人的传统习惯是，每年八月放假时去海边过。

她的脸（她躺在一面斜坡边缘处的橡胶床垫上，阿梅代奥的瞳孔每闪动一下，就会看见她不是很丰腴,但令人赏心悦目的双腿，极端光滑的腹部，少许一点的乳房也许并不那么使人生厌，但可能有点下垂，肩膀上骨感太强，脖子和胳膊上也是一样，脸被墨镜和草帽帽檐挡住了）稍显沧桑，活泼，自我意识很强，还有点讽刺。阿梅代奥给她归了类，一个独立的女人，一个人度假，比之人头攒动的地方，更喜好荒无人烟的礁脉，也喜欢把自己晒得跟炭一样黑；他估量了一下她身上懒散的性感，还有那长久以来的不满足感；顺便思忖了一番跟她会有多少立竿见影的艳遇可能，他把她对应到一次常规对话的场景中，对应到一次晚间活动的计划中，对应到有可能碰到的实际困难中，对应到即便是仓促粗浅地结识一个人而必须付出的努力中，于是，他继续读起了书，坚信那个女人一点都不能引起他的兴趣。

但是，他在那块石头上躺得太久了，或者是那些闪念留给他一丝不安，事实是，他感到浑身僵硬；给他当床铺使的毛巾下面，是凹凸不平的岩石，开始使他难受。他站起身，想另找一处可以躺下的地方。一时间，他对两个感觉上都很舒坦的地方犹豫起来：一处离海滩更远一些，那里也躺着那位晒黑的女士（更准确的说，是在一块凸出的礁石后面，礁石会挡住他的视线），另一处则更近一些。一想到要往近处去，一想到然后还可能因为某种不可预知的情形不得不与她攀谈，于是就不得不打断阅读，他就立刻倾向起更远的地方，但他思来想去，就好像是那位女士刚到，他就想逃，这可能会显得有点不大礼貌；于是他就选了较近的地方，反正阅读会完全吸引他的注意力，以至于就算看到那位女士——再说，她又不是特别漂亮——，也不会分他的心。他侧身躺着，以能避免看见她的姿势执着书，但把胳膊撑到那么高又很累，于是又放下胳膊。这会，那在字里行间流动的目光，每每转行至行首时，越过书页的侧边，都会遇见那个孤独度假者的双腿。而她，在找寻一个惬意的姿势时，也挪了位置，并正好往阿梅代奥这个方向屈起了双膝，跷起了二郎腿，这样一来，就使他更好地研究了一下她身上几处的比例，一点都不惹人厌。反正，阿梅代奥（尽管一块礁石的棱角顶疼了他的臀部）不可能再找到更好的地方了：可以从晒黑女士身上得到的愉悦——一种次要的愉悦，一种多余的愉悦，但也不是说就好随便扔掉的，而是可以毫不费力地享受它——，并不会破坏阅读的愉悦，而是参与到正常的阅读进程中，于是，现在他敢肯定能继续读下去书，而不用被吸走目光了。

一切都很宁静，只有流淌着的阅读在涌动，静止的景色给这阅读镶上了框，而那晒黑的女士则成了这景致中必要的一部分。阿梅代奥自然地依赖着自己能长时间一动不动的能力：但没意识到那女人的不安，她已经站起来了，穿过石头堆，迈向岸边。她起身——阿梅代奥立刻明白过来——，是为了就近欣赏一只肥大的水母，一帮小孩正把它往岸上拉，还用芦竹棒推它。晒黑的女士朝那只仰卧的水母体弯下腰，问着小孩们什么；她的双腿在小木屐鞋上抬上抬下，木屐鞋跟很高，不大适宜于礁石；她的身体，从后面看，就像阿梅代奥现在看到的这样，与之前给他的感觉相比，是一具更让人愉悦的更年轻女人的躯体。他想，对于一个寻觅艳遇的男人来说，她和那些捕鱼孩子之间的对话，会是一个“经典”的机会：靠过去，也评论一下那只被捕获的水母，这样就可以开始对话了。就算全世界的金子都给他，他也不会干这种事的!他自我补充道，又陷入阅读中。当然，他的这种举止习惯也阻止了他去满足一下自己有关水母的天然好奇心，那只水母，即使是从他那里看，也是非同一般大小的，颜色是奇怪地介乎粉红色与紫色之间。他这种对于海洋生物的好奇心，一点都不能叫人分心，和他对于阅读的热情是一致的；而且此时，他对正读着那一页——恰好是长篇大段的描写——的关注也渐渐松弛下来；反正，为了避免与那个度假者攀谈的危险，还得压制住本能自发而非常合理的冲动，就比如那种消遣个几分钟来就近观察一只水母的冲动，这是十分荒唐的。他用书签夹上书，站起来：他的决定再适时不过了：就在这时，那位女士离开了小孩们，正准备回到她的床垫上。阿梅代奥正往那边走，发现这个情况，感到有必要立马大声说句话。于是向孩子们喊道："小心！可能有危险！"

孩子们蹲在那野兽旁，眼睛都没抬一下：继续试着用手中的芦竹棒把它挑起并翻过来；而那女士却热烈地转过身，又回到岸边，以一种介于询问和害怕的表情问道："呃，有什么好怕的，它咬人吗？"

"如果人碰它，会被烧伤皮肤的，"他解释道，同时发现自己不是往水母的方向走，而是往那个度假者的方向走，谁知道她为什么毫无意义地战栗着用双臂护住胸，而且几乎是偷偷摸摸地，时而看看那个被翻过来的动物，时而看看阿梅代奥。他又安慰了她一阵，于是，就像先前预见的那样，他们谈起话来，但这没关系，因为阿梅代奥很快就会回到正在等待他的书边；他只要看一眼水母就行了，于是就把晒黑的女士又领回那一圈小孩中间。那女士现在是反感地看着水母，指关节顶着牙齿，有一阵他们还并肩待着，胳膊甚至靠在了一起，而且还都迟疑了一会才互相分开。阿梅代奥于是就谈起了水母：他在水母方面的直接经验并不多，但读过几本有关著名渔夫和水下探险者的书，于是——跳过较小的动物区系——紧接着就说起了著名的蝠鲼科。度假者听他说着，表现出极大的兴趣，不时还插插话，但总是不合时宜地，女人们经常这样。“您看见我胳膊上的这块红斑没？不会是水母搞出来的吧？”阿梅代奥摸了摸那部位，是胳膊肘上面一点，然后他说不是的。有点发红是因为她躺着的时候，正好撑在那个部位上。

就这样，一切都结束了。他们告了别，她回到她的地方，他回到他的地方，重新读起书来。这是一支时间长短合适的插曲，不长也不短，能成为一种融洽的人际关系（那女士人很礼貌，谨慎，温顺），正因为这关系是点到即止。现在，在书中，他又找到一种对现实更彻底更具体的赞同，在那里一切都有了一种意义，一种重要性，还有一种节奏。阿梅代奥自感处在一种完美的状态中：被书写下来的纸张给他开辟了真实的生活，深邃而富有激情，抬起眼睛，他在色彩和感官中又找到一种偶然的，但令人愉悦的接近，一个附属的、装饰性的世界，一个不可能在任何方面制约他的世界。晒黑的女士，从她的床垫上，对他微笑了一下，还打了个招呼，他也回应地微笑了一下，模糊地打了个招呼，立刻垂下目光。但那位女士却说了点什么。

“什么？”

“您读书呀，您总是读书吗？”

“唔……”

“有趣吗？”

“是的。”

“您继续好好读！”

“谢谢！”

不能再把眼睛抬起来了。至少要结束掉这一章。他一口气读完了。那女士现在嘴里含着烟，指指烟，朝他打了个手势。阿梅代奥感到，她试图引起他的注意力已经有一阵了。“什么？”

“……火柴，抱歉……”

“啊，没有，您知道，我不吸烟……”

上一章读罢，阿梅代奥赶紧读起下一章的前几行，并发现这一章是出乎意料地吸引人，但是，为了能无忧无虑地开始新的一章，得尽快解决火柴问题。“您等一下！”他站起来，在礁石间跳起来，给太阳晒得晕晕乎乎的，直到找着一小撮吸烟的人。他借了一盒“密涅尔瓦”牌火柴，跑到女士跟前，给她点上烟，又跑回去还“密涅尔瓦”火柴，他们对他说：“您拿着，您尽管拿着好了，”他又跑回那女士跟前，把“密涅尔瓦”牌火柴留给那女士，她谢了他，跟她告别前，他又愣了一小会，但很快明白过来，在那阵迟疑后，自己就得说点什么，于是道：“您不下水吗？”

“过一会，”女士说，“那您呢？”

“我已经下过了。”

“那您不再跳水了吗？”

“还要跳的，我再读上一章，然后再游一会。”

“我也是，抽完这支烟，就去跳水。”

“那么，待会见。”

“待会见。”

这种约定给阿梅代奥重新带来一种安宁，这种安宁——现在他才意识到——自从他发现了孤独度假者的出现后，就再没体会过：如今他没有要和那位女士保持任何关系的心理负担了；一切都推延到游泳那一刻了——就算没有那位女士，游泳他也总是要游的——，他便可以心无旁骛地投入到阅读的愉悦中去了。以至于他都没有发现，不知道什么时候——反正是当他还没读到本章结尾时——，度假者抽完烟，站起来，朝他走来，邀请他去游泳。他看见离书不远处的木屐鞋，还有笔直的双腿，目光跟着爬上去，随后眼睛又落回书页上——因为阳光很刺眼——，匆匆读了几行，又往上看去，但听她道："您的头还没炸吗？我可要跳水了！"待在那里也很不错，继续读着书，不时抬抬眼睛。但是，由于不能再推了，阿梅代奥做了件从未做过的事：跳过了几乎半页书，直到本章的结尾，这结尾他读得倒是很仔细，然后站起来。"我们走吧！是从顶端跳下去吗？"

说跳水说了这么长时间，女士只是十分谨慎地，从和水面齐平的一节台阶上下了水。阿梅代奥则从比平常要高一些的石头上，头朝下地跳进水去。那一会太阳斜得很慢。海是金色的。他们在那片金色中游弋，隔着一段距离：阿梅代奥时不时地沉下水，潜水划上几下，然后从女士下方经过时吓唬她一下，他这么玩得倒蛮开心。我们就说他玩得蛮开心好了：都是些小孩子耍的玩意，大家都知道，但还能做什么呢？两个人游泳比一个人游要稍稍无聊点；但总之，只有一点点的区别。在金色的反光之上，海水使它的蓝色变暗了，就好像从水底涌出来一片墨迹。这是徒劳的，没有什么东西可以和书籍中生活的滋味等同一般。阿梅代奥跳过一些半浸在水中、长着毛的礁石，领着受到惊吓的她——为了帮她爬上一座小岛，他推过她的臀部和胸部，但是他的手在水下变得几乎失去知觉，而且他也只是用白白的、皱成波纹状的手指肚碰了碰——，而他的目光却越来越频繁地转向岸边，岸边那本书的彩色封面格外显眼。再没有别的故事和其他可能的期待，比夹着书签、悬在页码间的故事和期待更揪人心了，余下的全是空荡荡的停顿。

可是回到岸边，他们互相帮着爬上去，用毛巾弄干身子，再轮流擦擦背，到最后就营造出某种亲密的气氛，于是阿梅代奥觉得，现在他一个人回去可能会不大礼貌。“呃，”他说，“我在这里读读书；这就去拿书和枕头。”读书，他注意到要这么来告诫一下，很不错。而她：“好的，您真棒，我也要抽支烟，读一会《安娜贝拉》。”她有一本女性杂志，于是双方都可以读一会自己的书了。虽然她只是说了句：“您为什么在那么硬的地方待着？您来床垫上，我给您腾出点地方来，”可那声音却犹如一滴冷水，落在他的后颈上。这个建议是周到的，在床垫上待着很舒服，阿梅代奥欣然同意了。他们躺着，他是一个方向，她是另一个方向。她不再说话，翻着那些有图案的纸张，阿梅代奥可以完全沉入阅读之中。此时的太阳是那种迟迟不肯到来的落日，热度和光芒虽然还没有减弱，但都已经柔和了些许。阿梅代奥正在读的那本小说，到了人物和环境的重大秘密正在被揭露出来的节骨眼上，他们在一个熟悉的世界里活动，而在作者和读者间，却是达到了一种平等而密切的境界，于是他们一同前行，再也不想停下来。

在橡胶床垫上，为了防止四肢麻木，还可以做一些小的活动，而他这个朝向的一条腿，和她那个朝向的一条腿，就这么拢在了一起。这并没有让他感到不快，于是他就继续那么搁着腿；她看起来也不怎么厌恶，因为她也一动没动。这种接触的甜蜜在阅读中得到了升华，但只是对阿梅代奥而言，这使阅读更加完满；然而对度假者而言，情况应该是不同的，因为她直起身，坐着说道：“但是……”

阿梅代奥不得不把头从书上抬起来。女人正看着他，她的双眼愁苦。

“有什么不对劲？”他问道。

“您一直读书都不会累吗？”女人说。“真没法说您是位能作伴的人！您不知道和女士们在一起，是要谈话的吗？”她似笑非笑地补充道，也许只想嘲讽一番，但在阿梅代奥看来，那微笑甚至是威胁性的，就好像如果他那一刻还不能从小说中脱出身来的话，就不知道会付出怎样的代价。“我都干了什么呀，怎么会待在这里！”他想着。现在已经很明白了，有那个女人在身边，他是一行也读不成了。

“得让她明白过来，她错了，”他想，“我可不是什么海滩上的齐齐斯拜奥①，而且我是那种最好不要接近的家伙。”“谈话？”他大声说。“什么样的谈话啊？”同时一只手伸向她。“对啦，如果我现在把手放到她身上，她肯定会觉得被这么个不合适的举动冒犯了，最好还能给我个巴掌，然后她就可以走掉了。”但是，也许是他天性谨慎，也许是因为一种与以往不同的更为甜蜜的愿望，一种他实际上正在追随的愿望，总之事实是，那一个抚摩，不仅不是蛮横和挑衅的，而是腼腆而伤感的，甚至几乎是恳求的：他的手指擦过她的脖子，拎起她脖子上的一挂小项链，然后又让这项链滑下去。女人的回应先是迟缓的，就像是听之任之，还略带讽刺的意味——她把下巴垂到一侧，夹住了他的手——，然后是迅速的，就像是算计好了的猛攻：在他手背上咬了一口。“啊呀！”阿梅代奥叫道。他们分开了。

“您是这么跟人谈话的吗？”女士说。

“好了，”阿梅代奥快速推理着，“我这个谈话的方式她不喜欢，

① 为cicisbeo（十八世纪时各种社交场合中贵妇人的陪伴骑士，向女士献殷勤的男子）的音译。

所以话就谈不成了，那我就读书了，”他已经投入书中新的一段。但他还在骗自己：他很明白，他们已经走得太过头了，在他和晒黑的女士之间，已经产生出一种张力，这张力再不能被中断了；他也明白，是自己首先不想中断这张力的，以至于他再也回不到阅读那唯一张力中去了，那种全神贯注而隐秘的张力。他只能尽量使这种外在张力，我们这样说，能与那种内在张力有着相平行的路线，这样就可以既不用放弃女士，也不用放弃书本了。

因为女士是背靠礁石而坐的，他便坐到她身边，并把一条胳膊环在她肩上，书搁在膝盖上。他朝她转过身去，吻她。随后两人分开，接着又亲吻起来。然后他才垂下头，读起书来。

他还想尽可能地再往下读读。他担心不能把这本小说读完：一段海滩关系的开始，可能意味着他孤独而平静时刻的结束，意味着一种完全不同的节奏，这节奏将占据他的假日；大家知道，当一个人完全融入一本书的阅读中去时，如果中途不得不打断阅读，然后过了一段时间再接下去读的话，那么读书的乐趣是会丧失大半的：这样会忘记很多细节，不可能再像先前那样沉入其中了。

太阳从前面一个海角上慢慢落下去，然后又从那个海角的前面一个海角上继续往下落着，给它们的棱角留下了颜色，逆着光的。所有的海水浴者都从海角的沟壑中离去了。现在只剩下他们了。阿梅代奥一只胳膊绕住度假者的双肩，时而读读书，时而吻吻她的脖子和耳朵——他感觉她喜欢这样——，不时地，当她转过身来时，他也吻她的嘴；然后就继续读书。也许这下他算是找到理想的平衡了：也许他能一直这样，读上个百来页。但又是她想改变这种状态。她僵硬起来，几乎是在拒绝他，说：“迟了。我们走吧。我穿衣服了。”

这个生硬的决定打开了完全不同的局面。阿梅代奥有一点摸不着方向，可也没再权衡利与弊。这书他正读到高潮，而她却说了句："我穿衣服了，" 那话刚叫他听到，就立刻在他脑中被翻译成这另一句话："当她穿衣服时，我就有时间不受干扰地再读上几页了。"

但她却道："请你帮我举一下毛巾，" 她对他说，也许是第一次用 "你" 来跟他互称，"这样就没人看到我了。" 这个预防措施是毫无意义的，因为礁脉上都已是空无一人了，但阿梅代奥心甘情愿地同意了，反正他可以坐着举毛巾，并继续读搁在膝盖上的书。

在毛巾的另一边，这女士解开了胸罩，也无所谓他能否看到她。阿梅代奥不知道，是要看着她但同时假装在读书呢，还是要读着书但同时假装在看她。他觉得两种做法都挺有意思，但要是装做看她呢，他觉得会显得太冒失，而要是装作继续读书呢，又太冷漠。这女士并没有使用海水浴者在公众场合惯用的着衣方式，也就是先把衣服穿上，再把衣服底下的泳装脱掉；她则不：这会她正裸着胸，连slip①也脱了。那时是她第一次把脸转向他：这是张忧伤的脸，嘴巴就像条愁苦的褶子，她摇着头，摇着头，注视着他。

"反正总得发生的，那就不如早点来！" 阿梅代奥这样想着，扑向前去，手中还抓着书，一只手指夹在书页中，但他在那目光中读出来的——责备，怜悯，沮丧，就好像她想对他说："你真傻，反正都得做，我们不如就做了吧，可你也跟别人一样，什么都不懂……"——，也就是那个他没有读出来的，因为在那些目光中，他不会读，但只会模糊地感觉，这些他读出或是没读出来的东西，带给他一刻对那女人的如此兴奋，以至于他拥抱住她，并与她一起倒在床垫上，接着他赶紧把头转向书，看书有没有掉到海里。

而书正好落在了床垫边上，摊开着，可是翻过了几页，而阿梅

① 英语：泳裤。

代奥，尽管仍被拥在她双臂间的激情中，居然还尽量腾出一只手来，把书签夹到正确的页码上：他想赶紧重新把书读起来，却找不到故事主线地翻着书，没有比这更烦人的了。

他们对爱意的领会堪称完美。也许本可以再持久一些；但在他们的这次相遇中，一切难道不都是闪电般的吗？

天色暗下来。礁石往小海湾中展开一道滑槽。这时她下去了，半没入水中。“你也来呀，我们再游最后一次……”阿梅代奥咬着一片嘴唇，盘算着到结尾还差多少页没看。

一个妻子的奇遇

斯特法妮娅·R 夫人这天早上六点的时候正往家赶。这是第一次。

汽车没停在大门前，而是停在大门前面一点的拐角处。是她让弗尔耐罗把她丢在那里的，因为她不想让看门人看见，丈夫出门在外，她大清早的由一个青年男子送回家。弗尔耐罗刚关了发动机，就准备搂她的肩。斯特法妮娅·R往后退了下，就好像一靠近家，情况就完全不同了。她倏地赶紧从车上逃下，朝弗尔耐罗弯腰示意，叫他发动车子离开，她则往回走，小碎步走得飞快，脸埋入衣服的翻领中。这是通奸吗？

但大门还是关着的。斯特法妮娅·R 没料到会是这样。她没带钥匙。就是因为没带钥匙，她这才在外面过夜的。所有的故事都根源于此：直到几点前，都还是有上百种办法把门打开的；或者更好地说：她之前本应该想到，自己是没带钥匙的；然而没有，就好像她是故意这么做的。下午没带钥匙她就出了门，因为以为是要回家吃晚饭的，可她那些许久不见的女性朋友，和她们的男性朋友，一大伙人就这么先把她拖去吃晚饭，再去喝酒，之后又一家家地去跳舞。夜里两点才想起自己没带钥匙，是迟了些。这都是因为她有那么一点爱上那个小伙子，弗尔耐罗。她恋爱了吗？她有那么一点点恋爱的感觉。看事情呢，要用词准确：既不多也不少。她和他过了一夜，这是真的：但那种表达方式太过分了，完全不是这种场合下用的；小伙子陪着她等大门打开。这就是全部了。六点时，她以为门已经开了，于是六点的时候就赶紧往家赶。这也是为了不让七点来家的保姆发现她前一夜是在外过的；而且这一天，她的丈夫也会回来。

现在她发现大门仍是关着的，她一个人在那里，站在空荡荡的路上，在清晨的光线下，那时的光线，比一天内任何时刻的光线都要通透，因此所有的东西都好像是穿过镜片看到的一样。她感到一种惊愕的痛苦，也渴望自己已经在床上躺了好几个小时，正陷于每天清早那沉沉的熟睡中，渴望丈夫就在自己身边，渴望他的保护。但这只有一刹那，甚至连一刹那都没有：也许她只是在等待自己能体会那种惊愕，而事实是，她并没有体会到。看门人还没把门打开，真是件麻烦事，非常的麻烦，但在那天大清早的空气中，在她彼时独自一人待在那里的这种状态中，却有某种东西在涌动，让她的血液沸腾起来，而这沸腾，并不叫人生厌。把弗尔耐罗打发走，她甚至都不觉得后悔：和他在一起，她会有点紧张；而自己待着，她感到身上有种不同的焦虑，这有点像她还是个小姑娘时的那种焦虑，但又完全是另外一种方式。

她不得不说：在外面过了一夜还真不后悔。她感到自己良心坦荡。但她这么坦荡正是因为她已经跃过了那一界限，因为她终于还是丢弃了夫妻间的责任，或者相反，她的坦荡是因为她抵制住了，因为她守住了忠贞，尽管如此，这还算是忠贞吗？斯特法妮娅这样自问着，而这种不确定性，不明白这些事情究竟是个怎么回事的这种不确定性，和早晨的清爽结合在一起，让她轻微地哆嗦起来。反正：她这究竟算不算是通奸？她前后徘徊着，手缩进长大衣的袖子里。斯特法妮娅·R结婚有几年了，从来没想过要背叛丈夫。她嫁为人妻的生活，如同一种等待，在这之中，她当然还是感到缺了点什么的。这几乎是当她还是小姑娘时那种等待的延续，就好像自己还没有完全从青春期里走出来，甚至，似乎现在正是她该从一种新的青春期中出来的时候，这是一种面对丈夫的青春期，而且正是终于能与他平起平坐，正是自己要面对世界的时候。而她曾在等待的，是通奸吗？这通奸的人，又是弗尔耐罗吗？

她看见那头有几个人，在人行道那一边，咖啡店已经把金属门帘拉开了。她需要一杯热咖啡，马上。她过去了。弗尔耐罗只是个小伙子。对他不能用其他什么更重的词了。他把她哄上他的小车，整个晚上就没下来过，他们把丘陵前前后后转了个遍，还去了河滨大道，直到看见了破晓。还有一次，他们没汽油了，不得不推着汽车走了一段路，还把睡着了的加油工喊醒。这是一个年轻人的夜晚。有那么三四次，弗尔耐罗的企图非常危险，有一次他甚至把她带到了他的公寓，并停在那儿，坚持道："你现在就不要再找借口了，跟我上来。"斯特法妮娅没上去。这样做对吗？那之后呢？现在她不愿再想这事，她过了个不眠之夜，很困。或者更好地说：她没发现自己其实已经很困了，只是因为现下的精神状态不合常规，可她一旦上了床，肯定会猛地睡去。她会在厨房的留言板上给保姆留言，让保姆不要叫醒她。更晚一些，当丈夫回来时，他也许会来叫醒她的。她还喜欢丈夫吗？当然，她是喜欢他的。然后呢？她也不再自问了。

她有一点点爱上了那个弗尔耐罗。一点点。但他们什么时候才能把那道该死的门打开？

咖啡店里，椅子还是架在桌上的，地上还有些残屑。店里只有一个招待员，在吧台前。斯特法妮娅来到前面；在那么不寻常的钟点，她在那里却丝毫没有感到任何不适。谁会知道什么呀？有可能是她那会刚起来，有可能是她要赶往火车站，或是刚到火车站。而且在那里，她不需要注意任何人。自己能这样感觉，她心下不胜欢喜。

"来一杯浓咖啡，大杯的，滚烫的。"她对招待员说。她用了一种很自信的语调，就好像和招待员这个男人早已十分熟络了，然而这里她却从没有来过。

"好的，夫人，稍等片刻，因为我们还要预热一下机器，一会就能好。"招待员说。又补充道："早上这会，我身上暖起来花的时间比给机器预热的时间要多得多。"

斯特法妮娅笑了，她缩在大衣的翻领里，发出一声："噗……"

店里还有个男人，一个客人，他站在一边，望着窗外。斯特法妮娅打战时他转过身来，也直到那时，她才发现他，就好像两个男人的出现突然使她意识到了自己，她在吧台后面的水晶玻璃制品上仔细地照起镜子来。不，看不出来她在外面转了一个晚上；她只是有点苍白。她从包里取出化妆盒，扑了点粉。

那男人来到吧台旁。他穿着件深色外套，戴着条白色的丝质围巾，外套里面是件深蓝色的衣服。"在这个时候，"他说，并没朝向任何人，"醒着的人分两种：还没有睡的，和已经醒了的。"

斯特法妮娅微微一笑，目光并没有停留在他身上。反正她已经看清楚他了：他有张既多愁善感，又略显平庸的脸，有这种脸的男人，对自己、对世界都太过宽容，还没到老就已经达到了一种介于智慧和愚蠢之间的境界。

“……就像有这么一位漂亮的女士，在向她问了‘早上好’以后……”他对斯特法妮娅欠了欠身，并把嘴里的烟拿掉。

“早上好，”斯特法妮娅说道，有点讽刺的意思，可也不算很尖酸。

“……人们会自问：她是没有睡，还是已经醒了？是已经醒了，还是没有睡？这是个谜。”

“什么？”斯特法妮娅说，一副已经懂了、但不怎么想开玩笑的神情。男人不是很得体地仔细打量她，但斯特法妮娅什么都不在乎，即使她知道自己是一个“还没有睡的”人。

“那您呢？”她有些恶意地问；其实她早看出来了，这位先生是那种喜好卖弄自己夜猫子习性的人，如果人们不即刻把他认成夜猫子，这会让他很难受的。

“我：还没睡呐！永远是还没睡的！”然后他就想了：“为什么？难道她没看出来吗？”他对她笑笑，但也只是想嘲笑一下自己。他又在那里待了一会，咽着口水，就好像他的口水很难吃。“白昼的光线在驱赶我，使我像蝙蝠一样归巢，”他漫不经心地说，就像在演戏。

“这是您的牛奶，这是夫人的蒸馏咖啡，”招待员说。

男人在杯子上面吹了吹，并慢条斯理地呷起来。“味道好吗？”斯特法妮娅问道。

“真恶心，”他说。然后又说：“据说是解毒的。但我还有什么毒好解的？如果有条毒蛇咬我，蛇立马就能死。”

“只要健康就好……”斯特法妮娅说。他开玩笑也许有点开过头了。

事实上那个男人还在说:“唯一的解毒药，我知道，如果您想我说的话……”谁知道他想达到什么目的。

“多少钱？”斯特法妮娅对招待员说。

“……我一直在寻找的那种女人……”夜猫子继续说着。

斯特法妮娅出门去看他们有没有把大门打开。她在人行道上往那边走了几步。没有，还是关着的。同时那男人也从咖啡店里出来了，一副要跟着她的样子。斯特法妮娅又踩着自己的步子折回咖啡店。那男人，没料到她会这么做，不是十分确定地待在那里，正准备也回咖啡店，突然有了作罢的想法，于是走上了自己的路，咳嗽着走了。

“您有烟吗？”斯特法妮娅问招待员。她一支烟也没了，但想一进家时就抽上一支。烟草店还是关着的。

招待员拿出一盒烟。斯特法妮娅接住烟，付了钱。

她又来到咖啡店门槛上。一只狗差点撞上她，却被一条皮带牵住了，一个猎人拉着它，他背着猎枪，子弹袋，还有装猎物的口袋。

“下来，弗里赛特，趴下！”猎人惊呼道。然后往吧台方向喊了声:“一杯咖啡！”

“真漂亮！”斯特法妮娅摸着狗说。“是赛特种猎狗吗？”

“是布列塔尼猎犬,”猎人说。“是条母狗。”他很年轻，有点生硬，但更多是因为腼腆，而不是为了别的什么原因。

“几岁了？”

“就快十个月了。下来，弗里赛特，乖。”

“那么，这些山鹑呢？”招待员问。

“哦，打山鹑是为了让狗多跑跑的……”猎人说。

“远吗？”斯特法妮娅问。

猎人说了个地名，不太远。

“开车一会就到。这样十点我就可以回来了。上班……”

“那上头很漂亮，”斯特法妮娅说。她不想结束这次谈话，即使他们也没在谈什么。

“那里有个山谷，空旷，干净，全是石南矮灌木，早上没一点雾，看得很清楚……如果狗想飞奔的话……”

“我倒是很想十点上班，这样就能一直睡到九点三刻了，”招待员说。

“呃，我也喜欢睡觉啊，”猎人说，“但是，那上头，当别人仍在睡觉时，我不知道为什么，这种感觉很吸引我，是种爱好……”

斯特法妮娅感到，在他那种自我申辩的神色后，年轻人收敛了一种尖锐的自豪，一种对那周围沉睡着城市的怨恨，一种自我感觉与众不同的固执。

“你别生气，可是对我来说，你们猎人都是疯子，”招待员说。“不是为了别的，你知道，只是为了在固定时间起床这种事。”

“而我却能理解，”斯特法妮娅说。

“但是，谁知道呢？”猎人说。“就跟别的爱好一样。”这时刻他才观察起斯特法妮娅来，在之前有关打猎的话题中，他能确定的那一点点东西，现在看来已经不管用了，而斯特法妮娅的出现又使他怀疑起来，他所有的思维方式是不是出了什么问题，也许幸福是另外一种东西，和他一直在寻找的那个东西完全不是一码事。

“真的，我能理解您，就像今天早上一样……”斯特法妮娅说。

猎人又待了一会，就像想搭腔，但又不知道该说什么好。“像这样的天气，干燥，清爽，狗能帮上大忙，”他说。他喝了咖啡，付了钱，狗拽着绳套要往外面奔，他还待在那里，犹豫着。不大自然地说：“那么，夫人，您为什么不也一起来呢？”

斯特法妮娅笑了笑。“您是说我们下次见面时一起去吗，是这样吗？”

猎人说：“呃……”他又迂回了一下，想看看是不是还能找到别的话题。然后说：“好吧，我走了。再见。”他们互相告了别，他让狗给牵了出去。

他们说话那会进来一个工人。他要了一小杯烈酒。“祝一大早就醒来的所有人身体健康，”他举杯说道，“尤其是漂亮的女士们。”这是个不年轻的男人，神色愉快。

“祝您身体健康，”斯特法妮娅礼貌地说。

“大清早的，会感觉自己是世界的主人，”工人说。

“晚上不？”斯特法妮娅问道。

“晚上太困了，”他说，“什么事都不想。如果不这样，可就糟糕了……”

“我早上就是一个接一个地想好多事，”招待员说。

“因为上班前需要好好动动筋骨。如果您像我这样，每天骑机动自行车去工厂，冰冷的空气直扑在脸上……”

“这空气就把什么念头都赶跑了，”斯特法妮娅说。

“看看，这位女士就很理解我，”工人说。“如果您理解我的话，就该和我喝一小杯烈酒。”

“不，谢谢，我不喝酒，真的。”

“大早上的就是需要那个。两杯烈酒，师傅。”

“我不喝酒，真的，您为我的健康喝吧，这会让我高兴的。”

“您从来不喝酒？”

“呃，有时候晚上喝。”

"您看见没？这就错了。"

"反正错的事多了……"

"祝您身体健康，"工人喝下一小杯酒，然后又喝了另一杯。"一加一等于二。您看，我给您解释……"

斯特法妮娅一个人，在那些男人中间，在那些各异的男人中间，和他们说着话。她很平静，也很自信，没什么困扰她的东西。这是那天早上的一个新事实。

她从咖啡店里出来，看他们有没有把大门打开。工人也出来了，骑上机动自行车，戴上手套。"您不冷吗？"斯特法妮娅问。工人捶捶胸；有种揉报纸的声音。"我有护胸。"然后用方言说："别了，夫人。"斯特法妮娅也用方言告了别，他出发了。

斯特法妮娅明白，发生了什么使她再也回不到从前的事情。她这种身处夜猫子、猎人、工人那些男人之中的新方式，让她跟以往不同了。这才是她的通奸，这种单独处在他们中间的方式，是如此的平等。她连弗里耐罗都记不得了。

大门打开了。斯特法妮娅·R迅速进了家门。看门人没看见她。

一个旅客的奇遇

费德里科·V，住在意大利北部的一个城市，爱着住在罗马的琴齐亚·U。每次他的工作一允许，他就乘火车去首都。他习惯了时间紧凑的生活方式，不管是为了工作，还是出于喜好，他总是乘夜车旅行：有趟火车，是末班，人不怎么多——节假日除外，所以费德里科可以躺着睡觉。

费德里科在自己城市里的日子过得很紧张，就像等着换火车的那几个小时，当他用这时间处理自己的什么事务时，脑袋里总有张时刻表。但终于到了晚上要出发时，所有的任务都应付完了，他就拎上旅行包，走向火车站，尽管带着不能错过火车的匆忙，还是感到内心弥漫开一种平静。就好像车站周围所有的繁忙——因为已经很迟了，车站逐渐平息下来——都进入到一种自然的运转之中，而他也是参与其中的。每件事物在那里都好似是为了顺着他的，为了给他的步伐以动力，好比火车站的橡胶地，甚至仿佛所有的障碍，比如码着分钟地等在最后一扇开放的售票窗口前买票，比如面值大的钞票换不开来，比如在报亭没有零钱买报，一切都像是为了体验能迎上去并克服掉这些困难的乐趣而存在的一般。

他倒不想让人看出这种心态：他是衣装整齐的男人，希望自己和其他到站出发的那许多旅客没什么区别，其他人都和他一样，穿着外套，拎着包，但他还是觉得自己被推到了浪尖上，因为他正在奔向琴齐亚。

他的手在外套口袋里拨弄着一枚电话筹码。第二天一早，一从罗马特尔米尼火车站下车，他就会手中握着筹码跑向最近的公共电话亭，会拨好号码，还会说："亲爱的，你知道吗，我已经到了……"他紧攥着筹码，就好像这筹码是一个极其珍贵的物件，世间唯一的存在物，是到站时会等着他的东西的唯一确凿证据。

旅行是昂贵的，而费德里科并不富有。如果能在有皮垫座位的二等车厢里找着空隔间，费德里科就乘二等车。也就是说，他总是乘二等车，但如果人太多，他也会转到一等车厢去，然后跟检票员付差价。在这个操作中，他喜欢享受省钱的乐趣（一等车厢的价钱分两次付，并同时意识到这是一种人力不可抗拒的因素，都能让他减轻不少负担），喜欢那种看到自己的经验能发挥作用的满足感，喜欢这些举动和思维中那种随意自如和游刃有余的感觉。

就像有时，人们的生活越被别人约束，在外部的世界中就越是迷茫，费德里科总是不懈地捍卫自己内心的专注状态，事实是，很少的东西就能使他满足了，宾馆里的一间房间，火车上他自己的一间隔间，整个世界就能和他的生活和谐相处了，甚至就像是专门为他准备的，而捆绑着整个半岛的铁路，也就像是专门为把他胜利带向琴齐亚而造的。那天晚上，就连二等车厢也几乎是空的。每一处迹象都是有利的。

费德里科·V选了个空隔间，不是靠着两头的出口，但也不是太在车厢正中间，他知道，一般来说，如果有谁急急忙忙地上火车，是不会选择头几间隔间的。只要要上一点点心理手段，就可以保卫躺着旅行所需的必要空间；费德里科很了解这些手段，也会把它们付之于行动。

比如，把隔间门上的小帘子拉上，这个举动也会让人觉得很过分，而他正是瞄准了这一心理效果。在半掩的帘子前，不期而至的旅客总会被一种本能的疑心困扰，会偏向找一间最好已经有了那么两三个人的隔间，但门是要开着的，如果他能找得到的话。费德里科把包、外套、报纸胡乱扔在对面座位上和自己旁边。这是另一个基本手段，一种已经用滥的行为，表面上是没什么用，其实也能管点用的。不是他想让人以为那些位子已经被占了：这种类似的诡计是和他的公民意识与诚恳个性截然相反的。他只是要营造出一种不怎么能引起人兴趣的、拥挤隔间的仓促印象，一种仓促简单的印象。

他坐下来，松了口气。他处在一个所有东西只会待在自己的位置上，并永远保持如此，而且没有任何特征，没有任何惊喜可能的环境中，他明白这种环境会给他沉静，给他对自身的意识，给他思维的自由。他的生活一直都是乱七八糟的，但现在，他在内心的冲动和事物无动于衷的中立间，却找到一种完美的平衡。

过了一小会（是指在二等车厢；如果是在一等车厢，则需要花上一分钟）一阵痛楚很快袭他而来:隔间的惨淡，处处磨损的丝绒，对空气中灰尘的顾虑，车厢里老款而不怎么结实的窗帘，这些东西都给他传达出一种悲伤，一种想到要和衣而睡的不适，而且是在一张不属于自己的床上，一张不可能跟它产生任何亲密感的床。但很快他就想起来旅行的缘由了，他感觉自己又被那种自然的节奏攫住了，那就像是海或者风的节奏，那是种节日般轻快的欣喜；他只要在自己心中寻找这种节奏或者欣喜就好，闭上眼睛，或攥紧手中的筹码，那种惨淡的印象就被打败了，只有他一个人，面对着旅行中的奇遇。

但他还是感觉缺点什么：那是什么呢？是了：他听见站台顶棚下一个男低音靠过来："枕头！"而他早已站了起来，放下玻璃窗，把握着两枚一百分硬币的手伸向前，大嚷着："这里来一个！"他的每次旅程都是从这个租枕头的男人开始的。他会在火车出发前一分钟经过火车车窗下，推着滚轴小破车，车上挂着枕头：老头是个瘦高个，白胡子，宽手掌，手指长而粗，是能叫人信任的一双手。他一袭黑衣：军帽，制服，大衣，裹紧在脖子上的围巾。这是翁贝托国王时期[①]的家伙；比如什么老上校啊，或者只是一个尽职的营地上士。再或者就是个邮差，一个老邮递员：当他那双大手，用指尖夹着薄薄的枕头，送到费德里科跟前时，就好像是在传递一封信，或是想把这信投入火车车窗里。现在，费德里科怀里的这个枕头是四方形的，扁平的，还真像一张信封，此外，这枕头还是盖上邮戳的，好似一封他每天都写给琴齐亚的信，这信也是今晚发出，这次不再是他用纸苦诉衷肠，而是他费德里科本人，走上了看不见的夜间邮路，还是通过这个寒冬老邮差的手，在深入中南地区人们的坏脾气前，这个老邮差简直成了最后一个北方那种理性而有序的化身。

然而，首先，这毕竟还是个枕头：也就是说，是个柔软的东西（即使是压扁了的，还是硬邦邦的），而且是用高压洗涤过的，洁白无瑕的（尽管枕头上盖满了邮戳）。就像一个象形符号包含着一种概念，这枕头包含着床的意味，舒适的意味，亲密的意味，而费德里

① 翁贝托国王（1844–1900，在位时间 1878–1900），即翁贝托一世，维托里奥·伊曼纽尔二世之子。

科已经提前品尝到了为自己准备的这一隅清新，在那样一个夜晚，而且周围都是让人疑心而粗硬不堪的丝绒。不止如此，那个舒适的、薄薄的长方形，预示着其他的舒适，其他的亲密，以及其他的甜蜜，正是为了享受这些，他才走上了旅途；甚至，单是踏上旅途的事实，单是租用枕头这档子事，就已经是在享用它们，是进入到琴齐亚的领域，是被环在她那柔软的双臂间。

火车满怀爱意地开动了，饱含着轻抚，在站台顶棚下的柱子间跑动起来，在铁路道岔的空地中蛇一般地游动起来，冲向黑暗之中，这样的行进，变成了一种欣喜，就如同费德里科到目前为止体会到的那种欣喜。然后，就好像是，把自己的紧张情绪化解到列车的奔驰中更叫他轻松了，伴随着那样的兴奋，他哼起一支曲子的旋律，正是那样的兴奋，让他想起了那支曲子："J'ai deux amours... Mon pays et Paris... Paris toujours...[①]"

这时进来一个先生，费德里科不出声了。"空的吗？"那先生坐下了。费德里科已经做出了迅速的算计：严格上来说，想要有次能躺着的旅行，最好是有两个人待在一个隔间里：一个躺在这边，另一个躺在那边，这样就谁都不敢打扰他们了；而如果半个隔间是空着的话，在你最不希望的时刻，上来一个六口之家，拖着小孩，直奔锡拉库萨[②]，你就不得不起身让座。费德里科清楚极了，所以，最明智的办法就是，如果上了趟人不是很多的火车，便不该在一个空隔间里就座，而是要选有了一个乘客的隔间。但他从来没这么做过：他更喜欢玩彻底孤独的牌[③]，而当不能由他选择，遇到一个旅

① 法语：我有两个爱情……我的家乡和巴黎……永远的巴黎……

② 西西里岛东南部的一个小城。比罗马还要南。

③ 意大利语中"玩牌"有"冒险"、"投机"的含义。

伴时，他总能用新情况下的有利因素安慰自己。

他现在就是这么做的。“您是要去罗马吗？”他问刚进来的人，是为了能继续说：“好的，我们现在可以把窗帘拉上，把灯关掉，这样就可以不让任何人进来了。”然而那人却说：“不是，是到热那亚。”他在热那亚下，接着费德里科又可以一个人待着，真是太好不过了，但是，对于一个只有几小时的旅程，他是不怎么会躺下的，还很可能会一直醒着，也不会让把灯关上，经过其他站时，其他人就还会进来；这么一来，本来有个伴的有利因素就都没了，费德里科于是又面临种种不利。

但他一直在想这事。他的力气一直都用在把那些会干扰自己或是对他没用的事实从自己的思维领域中驱逐出去。他把坐在对面角落里的男人抹掉，直至把他浓缩成一片阴影，一块灰色的污渍。双方手里各执一份的报纸摊在他们前方，帮助他们互不干扰。费德里科可以继续感到自己在爱意浓浓的飞行中的翱翔。“Paris toujours...”没人能想像得到，在那样一个出于需要和容忍的来往人群的惨淡景致中，他正朝着像琴齐亚·U那样一个女人的怀中飞 去。为了酝酿这种自豪感，费德里科感到需要考虑一下他的旅伴（他到目前为止，还都没正眼看过他一眼），以便——带着新贵般的冷酷——把自己的幸福境况和他人的乏味存在做个比较。

但这个陌生人，却没有任何沮丧的神情。他还是年轻人，健壮，多肉；面容满足而生动，他正在读一份体育报，身边有只包：样子嘛，也就是什么公司代理人，商检员之类的。有那么一小会，费德里科·V突然心生嫉妒，比他表情更实际更有活力的人总让他心生嫉妒；但这只是个瞬间印象，很快他就赶走了这个想法，念道：“他是一个坐铁皮车和漆车[①]旅行的人，而我……”于是又有了唱歌的

① 铁皮车和漆车曾是意大利比较低级的一种火车，类似于中国的绿皮车。

愿望，想倾吐出那无尽的愉悦与无忧无虑。“Je voyage en amour![①]”接着他在心里重填了词，节奏还是以前那个，因为他感觉这节奏和火车的驰骋还挺协调，但改了歌词，是专门为了气那个代理人而创造的，如果他能听到就好了：“Je voyage en volupté![②]”，他尽可能地夸张旋律的兴奋与奔放，“Je voyage toujours... l'hiver et l'été...[③]”就这样，他越来越激动，“l'hiver et...l'été!”，以至于在他的嘴唇上，应该是能看到一种精神上绝对舒适的微笑的。就在那时，他发现代理人正盯着他看。

他迅速恢复了脸上的表情，把注意力集中在阅读报纸上，连自己都否认了一秒钟以前他居然处在那么一种幼稚的心态下。幼稚的：这又是为什么？没什么幼稚的：这次旅行使他的精神处在一种十分愉悦的状态中，甚至可以说，是一种属于成熟男人的精神状态，一个明晓生活中的坏与好，而且现在准备好好享受一番这应得的好处的男人。他很平静地，在一种完美的平和中，翻阅着轮转凹版印刷周报，扫视着那种快节奏而有激情的生活的那些图片，试图在这种生活中找出一些还可以感动他的东西。很快他就发现，这周报一点都提不起他的兴趣，尽是些仓促的痕迹，还有浮于表面生活的东西。这种无聊甚至都不能引起他的厌烦情绪。“l'hiver et...l'été!”这会该睡觉了。

突然出现了始料未及的满足：代理人坐着睡着了，连姿势都没变，报纸摊在膝盖上。费德里科想，那些能坐着睡觉的人，有种万事于己不相干的能耐，这种能耐甚至都不能成为一种嫉妒：于他而

① 法语：我在爱中旅行！
② 法语：我在快感中旅行！
③ 法语：我总是在旅行……冬天和夏天……

言，在火车中睡觉，是要经过一套辛劳的手续，和一种缜密的仪式的，旅程那种艰难的乐趣正在于此。

第一件事是要把高级裤子换成劣质裤子，这样就可以不用皱巴巴地到站了。这道程序要在厕所里进行；但之前——为了行动方便——，最好先把鞋子换成拖鞋。费德里科从包里拿出劣质裤子和拖鞋袋，脱了鞋子，穿上拖鞋，把鞋子收在座位下，去厕所换了裤子。“Je voyage toujours!”回来后，他在网架上理好了高级裤子，好让裤子不走形。“啦－啦－啦！”他把枕头放在座位靠过道一头，因为如果门突然被打开，最好是先能用耳朵听到，而不是被突然惊醒后一睁眼就看见有个人在隔间里。“Du voyage, je sais tout![①]”在座位另一头，他垫上报纸，因为不是光脚躺着，而是穿着拖鞋。枕头上方的钩子上挂着他的外套，他把硬币袋和钞票夹放进外套的口袋，因为如果他把这些东西留在裤子口袋里，会抵到臀部。而票却是要放在皮带下的小口袋里的。“Je sais bien voyager...[②]”他脱下高级套头衫，好不弄皱它，换上一件劣质套头衫；而衬衫他则第二天才换。代理人在费德里科回隔间的时候就醒了，看他这般折腾，好像不是很明白正在发生的事情。“Jusqu'à mon amour...[③]”他褪下领带并挂起来，褪下衬衫领子上的鲸须，并把鲸须放在外套口袋里，和钱搁在一起。“... j'arrive avec le train![④]”他褪下背带（正如所有忠于非表面高雅的男士，他一直使用背带）和袜带；解开裤裆前最上面的扣子，这样就不会勒住肚子了。“啦－啦－啦！”他把家门钥匙从口袋里掏出来以后，在套头衫外没再穿上外套，而是大衣；却捏着

① 法语：有关旅行，我什么都知道！
② 法语：我很了解旅行……
③ 法语：直到我的爱……
④ 法语：……我和火车一起到达！

极其珍贵的电话筹码，体尝着折磨人的拜物主义，就像孩子那样，把自己最喜欢的玩具压在枕头下面。他把大衣纽扣全扣上了，竖起翻领；知道如何小心翼翼地睡在衣服里，还能使衣服不起皱。“Maintenant voilà![1]”在火车上睡觉，意味着醒来时头发会全都竖起来，还很可能一醒来就到站了，连头都来不及梳一下的；于是他戴上一顶巴斯克帽[2]。“Je suis prêt, alors![3]”他在隔间里晃着，由于大衣里没穿外套，这大衣挂在他身上，活像祭司服，他把门上的窗帘拉上，把窗帘上的皮制扣眼一直拉到金属扣上。他朝旅伴打了个手势，就像是问自己能否把灯关掉：代理人在睡觉。他把灯关了：在安全灯蓝色的半明半暗中，又折腾了一阵，才把车窗上的窗帘拉好，更准确地说，是把帘子半掩上，因为他总会给窗子留道缝：他喜欢早晨的房间里能有一缕阳光。还有一件事：给手表上发条。好了，可以躺下了。他轻轻一跳，横着扑向座位，侧身躺着，同时保持大衣平整，双腿朝内蜷起，双手收在口袋里，手里握着电话筹码，双脚——一直是穿着拖鞋的——搁在报纸上，鼻子埋在枕头里，巴斯克帽盖在眼睛上。现在，他所有激昂的内心活动都明智地放松下来，模糊地期待着第二天，他会这样睡着的。

检票员的生硬闯入是早在预料之中的（他突然把门打开，一只手单用一个动作就娴熟地解开了两扇窗帘，与此同时，还抬起另一只手打开灯）。但费德里科也不在乎他的到来：如果检票员在他睡着之前到，那很好；如果第一场觉已经开始了，像检票员那样一个惯常而平庸的出现，无非也就是打扰他几秒钟的时间，这就像在野

① 法语：现在好啦！

② 即贝雷帽。

③ 法语：那么，我准备好啦！

外睡觉时，听见夜鸟的啼叫会醒来，但翻了个身后就好像从没醒过一般。费德里科小口袋里的票已经准备好了，他把票伸过去，并没站起来，几乎连眼睛都没睁，手就这么摊在那里，直至再也感觉不到指尖夹着的票；随后他又把票收回口袋，要不是得做一个使之前那些保持静止不动的气力全都白费的动作，他该是会很快睡着的：这就是，他得站起来，再把窗帘扣上。这次他却一直是醒着的，检票员比平时多耗了点时间，因为还是迷迷糊糊的代理人，好一会才反应过来是怎么回事，又好一会才找到票。"他没有我的反应快，"费德里科这样想着，并趁机用他想像出来的曲子的新版本来压过他。"Je voyage l'amour...[①]"他改了词。把动词voyager[②]当及物动词用的想法给了他一种充实感和满足感，充实感是由这诗情带来的，尽管这诗情只有那么一点点，而满足感是因为他终于找到了描述自己心态的合适表达方式。"Je voyage amour! Je voyage liberté! Jour et nuit je cours... par les chemins-de-fer...[③]"

隔间又回到黑暗中。火车咀嚼着他看不见的道路。费德里科对生活还能有什么奢望呢？从这样的极乐状态到睡眠状态，也只是寸步之遥。费德里科睡着了，就像沉在一口全是羽毛的井里。不过只有五六分钟：他醒了。他很热，汗都把他湿透了。因为是深秋，车厢里已经开了暖气，但他，由于对上次旅行中饱受的寒冷记忆犹新，这次就是打算穿着大衣睡的。他起来，脱了大衣，把它像被子一样盖在身上，露出双肩和胸膛，但一直都尽量使大衣自然下垂，好避免它生出丑陋的褶皱。他翻了个身。汗液在他身上蔓延开一阵瘙痒。

① 法语：我旅行着爱……

② 法语：旅行。"旅行"一词在法语和意大利语中都是不及物动词。

③ 不正确的法语：我旅行着爱！我旅行着自由！白天和黑夜我奔跑……在铁路上……

他把衬衫解开，挠了挠胸，又搔了搔腿。现在，他身体上的约束感又在他心里唤起了对肉体上自由的思绪，对海的思绪，对赤裸的思绪，对游泳的思绪，对奔跑的思绪，这所有的一切都在琴齐亚的怀抱中达到了极致，这是所有美好存在的总和。他在那半睡半醒间，甚至都区分不出眼前的不适与渴望的幸福，他同时拥有这两种感觉，享受着这种不适，就好像这不适是一切有可能的幸福的前提，甚至把这幸福都包含在其中。他又睡着了。

过路车站的喇叭时不时地把他弄醒，这喇叭声，并不像很多人认为的那样完全令人不快。醒来并很快明白过来这是在哪一站，可以带来两种不同的满足感：如果是已经过了他以为的那个站，他会想："我睡了多长时间啊！这次旅行真是不知不觉就走过了多少路！"而如果到的是个比他认为的那站还更近的站，他会想："好吧，我还完全有时间再次入睡，并无忧无虑地继续睡去。"现在他还处在第二种情况下。代理人一直在那里，现在他也躺着睡了，还伴有轻微的呼声。费德里科还是很热。他半迷糊着爬起来，摸索着暖气调节器，他在对面墙上找到了调节器，正好在他旅伴的头上，因为他已经脱掉了一只鞋，所以他单以一脚着地来保持平衡，把手伸过去，气愤地把旋钮转到"最小"。代理人此刻应该是睁了眼睛的，也应该是看到自己脑袋上方那弯成钩形的手的：他打了个嗝，又吸了一下口水，接着再次沉入混沌中。费德里科倒在自己的床铺上，调节器传出一阵嗡嗡声，亮起一盏小红灯，就好像是在试探一番解释，一席对话。费德里科不耐烦地等着热度降下来，起身把窗子放下，留出一条小缝，然后因为列车已经开始全速行驶，他又感到有些冷，就把窗子推上，把调节器推到了"自动档"。他把脸埋在充满爱意的枕头里，又听了一会调节器的嗡嗡声，这声音就像是外太空的神秘信息。火车在大地上奔跑着，大地又被无止境的空间穿过，在全宇宙之中，他，也只有他，是那个奔赴琴齐亚 · U的男人。

下一次他醒来时，听到了普林齐比车站[①]卖咖啡人的叫喊声。代理人已经消失了。费德里科仔细堵好那壁垒般的窗帘上的漏缝，焦虑地听了一阵过道中正在靠近的每一声脚步，每一次门滑动的声音。不，谁都没进来。但在热那亚和布里尼奥勒站[②]之间，一只手打开一道缝，胡乱捣腾了一阵，试着把门上的窗帘解开，未果，于是一个人形匍匐着出现了，并用方言朝过道里大嚷着："你们来吧！这里是空的！"一阵大鞋子沉沉的踏步声回应了他，声音断断续续的，然后四个阿尔卑斯山地狙击兵进到隔间的黑暗中来，他们差一点就要坐到费德里科身上。而且他们还挨着他俯下身来，就像在俯向一种奇怪的动物："哦！这边这个是谁啊？"费德里科突然用胳膊撑起来，攻击他们道："难道就没有其他隔间是空的吗？""没有，都是满的，"他们答道，"反正我们坐在这一边，您别麻烦。"他们本该是战战兢兢说这话的，然而只是因为习惯了生硬的方式，于是也不以为奇；他们叽叽喳喳地坐下来。"你们要去很远的地方吗？"费德里科从他的枕头上问道，语气变得温和些。不，他们过几站就下车。"那您呢？您又去的是什么地方？""去罗马。""圣母玛丽亚啊！一直到罗马！"他们惊奇而同情的语调在费德里科心中转化成一种英雄般自豪的痛苦。

旅行就这么继续着。"你们能把灯关掉吗？"他们把灯关掉，看不见脸地待在黑暗中，喧闹着，拥挤着，肩挨着肩。一个人掀起车窗窗帘看着外面：夜很亮，躺着的费德里科只能看见天，不时还能

① 普林齐比站，是热那亚最主要的一个火车站站名。

② 布里尼奥勒为热那亚另一个主要的火车中转站。

看见小站台上的一行灯，这灯亮得叫人睁不开眼，把天花板扫得忽明忽暗。这些狙击兵是粗犷的乡下人，趁休假回家，一刻不停地大声讲话、斥责，除了一个在睡觉，另一个在咳嗽外，有时在黑暗中，他们还会动手动拳头。他们说着一种阴沉的方言，费德里科间或能理解那些话的意思，兵营里的问题，妓院里的纠纷。不知道为什么，他觉得自己并不怎么恨他们。现在和他们一起，几乎成为了他们中的一员，和他们融为一体，也是因为愉快地想到明天就能在琴齐亚·U身边，并感到命运骤然变更的眩晕。但这倒不是要压过他们，就像他想压过先前那个陌生人一样；现在他阴郁地站在他们一边，他和他们一起，然而他们并不知道，他们也担负起了赶赴琴齐亚的任务，所有与她最不相干的一切东西，都拥有她的价值，也就是由他来拥有她的意义。

现在费德里科一只胳膊发麻。他把胳膊抬起来，摇了摇，发麻的感觉并没消去，而是变成一种痛，这痛又变成一种缓缓的舒适感，于是他在空中扭曲地抡起了胳膊。四个狙击兵都张大了嘴巴，仔细观察他。“他怎么啦……他在做梦……他在做什么呀，喂你们说说看……”不过因为年轻什么都无所谓，他们又对唱起了小曲。费德里科正尝试重新激活一条腿的血液循环，把脚搁在地上狠狠地跺着。

在半睡半醒的喧哗间，又过了一个小时。他不觉得自己是他们的敌人了；也许他就不是任何人的敌人；也许他变成了个好人。就算当他们快到站时，出门后把门和窗帘都大敞着，他也不恨他们。他起来，再把门关上，重新品尝起孤独的愉悦，没有对任何人的怨恨。

现在他的腿很冷。于是他把裤腿塞进袜子，但还是冷。于是把大衣的下摆裹紧在腿上。现在胃和肩膀都冷起来。他又把调节器调到了几乎是“最大”档，又把大衣掖好，假装没有发现大衣上已经爬满了难看的褶皱，尽管这褶皱在身下很是明显，可现在，为了当前的舒适，他准备放弃一切，对他人的好把他推向对自己的好，在这种普遍的宽容中，也就是把他推向能找到睡眠的路子。

自那以后，醒来都是间断和机械的。检票员纯熟地拉开窗帘的闯入，和夜间上车的乘客那种疑惑的试探是大相径庭的，这些乘客在一个个合着窗帘的隔间前，是会手足无措的。同样专业，但更为生硬和阴郁的是警察的出现，警察会把灯突然打在正在睡觉的旅客脸上，还要仔细看看，然后关上灯，安静地走掉，身后留下一股监狱般的气流。

后来，从某个埋在深夜里的车站上进来一个男人，当他已经在角落里窝了一阵后，费德里科才发现他，从他身着大衣的潮湿气味中可以明白，外面正在下雨。当费德里科再次醒来时，他已经不见了，谁知道又是在什么看不见的车站下去的，在费德里科看来，他不过是一片沾着雨味的影子，和一阵沉重的呼吸。

费德里科很冷；他把调节器调到“最大”档，然后把手伸到座位下，看看温度上来没有。他什么都没感到；于是又在那下面捣鼓了一阵；好像什么都是关着的。他把大衣穿上，然后再脱掉，找出高级套头衫，把劣质套头衫脱掉，把高级的穿上，再套上劣质的，再穿上大衣，蜷缩在角落里，尝试着去再次拥有先前的那种充实感，这充实感曾带他进入睡眠，而他现在却什么都记不得了，当脑中又响起那首歌时，他已经睡着了，而那旋律就继续胜利地把他摇入睡眠中去。

早上的第一缕光线从窗帘缝中透进来，同样进来的，还有从站台上传来的“热咖啡”和“报纸”的叫卖声，这可能是托斯卡纳大区最后一站，或是拉齐奥大区的第一站[1]。没下雨，湿窗户外，天空已经在卖弄南方对秋天的漠视了。想要一点热东西的愿望，和那种一个城里人每天早晨都是从读报开始的不由自主，在费德里科身上起了反应，他觉得应该赶紧跑到窗前，买上一杯咖啡或是一份报纸，或者两样都买。但他却能如此成功地说服自己其实自己正睡着觉，并使自己相信什么都没有听见，以至于这一信念一直作用到隔间里又拥进一群人，他们是例行乘每天早班车去罗马的奇维塔韦基亚[2]人。他睡眠的最佳时段，也就是太阳刚出来那几个小时，睡眠几乎就没断过。

当他真正醒来时，从没有窗帘遮盖的玻璃窗中进来的光线照得他眼花。对面的座位上，挤满了一排人，他感觉那些人，比不可能坐上这么多的人还要多，事实是，一个胖女人的膝盖上，还有个小男孩，而且一个男人还是坐在他这边的，在他腿蜷起留出的余地上。这些人的脸各不相同，但每张脸上都有种什么政府官员的感觉，要说唯一有什么变化的，就是有个制服上配着各种饰带的空军军官；连女人们都看得出来是去找在某个政府部门工作的什么亲戚的，或者，总之这伙人都是去罗马的，为自己，或为别人处理什么手续的。他们都在观察膝盖以下高度的费德里科，有些人还是把眼睛从《时代报》上抬起来看他的，看他乱七八糟地躺在那边，裹在大衣里，没有脚，就像一只海豹，正从沾满口水的枕头上爬起来，头发纷乱不堪，头顶上扣着顶巴斯克帽，脸颊被衣服衬里的褶皱印得一道一道的，他慢慢晃起来，用不成形的动作伸着懒腰，就像海豹那样，一直忙着找回双腿的使用权，再穿上拖鞋，但却搞错了左右脚，然

① 托斯卡纳大区和拉齐奥大区接壤，拉齐奥为罗马所在大区。

② 奇维塔韦基亚为拉齐奥大区一城市。

后解开衣服扣子，在两件套头衫和给弄皱的衬衫间挠来挠去，他生了水锈般的眼睛在他们身上扫来扫去，然后笑笑。

从车窗往外望去，罗马地区的田野开阔起来，费德里科双手搁在膝盖上坐了一会，一直带着微笑，然后打手势询问了一下可不可以拿他对面人膝盖上的报纸看。他浏览了新闻标题，又像以往那样感到自己身处异乡，他庄严地望着窗外跑着的导水管的拱顶，还了报纸，起身在包里找洗漱用品[①]。

在特尔米尼火车站，第一个从车厢里跳下来的就是他，新鲜得像朵玫瑰。他手里紧攥着电话筹码。在电话亭的凹槽里，那些灰色的电话机只在等他。他塞进筹码，拨了号码，忐忑不安地听着远处的铃鸣，他刚听见琴齐亚那散发着困意和温柔的“喂……”出现在电话另一头时，就已经沉浸在紧张和作战状态中了，紧张他们即将共处的这几天，还要气喘吁吁地和时间打仗，他也明白，这一夜对他意味着什么，他跟她是说不出来的，他已经感到这夜的消逝，正如任何完美的爱之夜，都会被白昼无情地碾得粉碎。

① 原文为法语。

一对夫妻的奇遇

工人阿尔都罗·马索拉里上的是夜班，六点下班。他回家要经过漫长的一段街路，天气好时他用自行车走，雨季和冬天就用电车走。六点三刻到七点之间他会回到家，也就是说，他进家时，比起妻子艾里德闹铃响的时候，要么早一点，要么迟一点。

经常有两种噪声在艾里德的脑袋里重叠起来：闹钟的响声和他进门的脚步声，直钻进她睡眠的最深处，这时的睡眠是大清早最结实的那种，她把脸埋在枕头里，还试着挤出几秒钟再睡上一会。然后她倏地从床上跳起，摸索着把胳膊套进晨衣里，头发散乱在眼前。在厨房里，她就这样出现在他面前，阿尔都罗正把几个空盒子从他带去上班的包里掏出来：饭盒，保温瓶，他把它们放进水池。他已经点上炉子，煮上咖啡了。他见她时，艾里德总想用手顺顺头发，使劲睁大些眼睛，似乎每次都为丈夫进门时对她的这个第一印象感到有点难为情，总是这么邋邋遢遢的，脸也是一副没睡醒的模样。两人一起睡觉时，可就是另外一码事了，早晨大家都同是刚从睡梦中醒来，是平等的。

有时，还是他在闹钟响前一分钟，端着咖啡，走进房间里来叫醒她；那样的话就自然多了，从睡眠中醒来的怪相中透出一种慵懒的甜蜜，她伸着懒腰，抬起光着的胳膊，围住他的脖子。他们拥抱起来。阿尔都罗身上穿着件防雨大衣；她这么挨着他身上的衣服，就能觉察出外面是什么样的天气：下雨，起雾，还是落雪，根据衣服的湿冷程度就能判断出来。可她还是会问上一句："天气怎么样？"接着，他就以半嘲讽的语调开始了惯常的絮叨，回顾着他经历的种种不顺，还总是从最后说起的：骑车走过的路，从厂里出来时的天气，可是跟他先前进厂上班时的天气不一样，工作上的麻烦事，车间里散布的传闻，如此这般。

那时候，屋里还不怎么暖和，但艾里德还是脱了个精光，在小小的厕所里洗漱，微微打着战。他跟在后面，显得气定神闲一些，脱下衣服，也洗起来，慢慢地，他把从车间带回的灰尘和油渍都从身上洗净了。就这样，两人都挤在一个洗脸池边上，半裸着身子，冻得有点僵，在换着用肥皂和牙膏时偶尔还会碰到，他们互相倾诉着要说的事情，这是亲密的时刻，有时他们还能轮流着相互搓搓背，搓着搓着就搓成了轻抚，还拥抱起来。

但是突然，艾里德大叫："上帝啊！都已经几点了！"赶紧跑去穿吊带袜、裙子，急匆匆地，站着做这些事时，手中的梳子已是上上下下跑个不停了，她把脸凑到梳妆台的镜子前，唇间衔着夹子。阿尔都罗来到她身后，点上烟，站着看她，抽上一口，每次他好像都为站在那里却什么事都不能做而不好意思。艾里德准备好了，在走廊里穿上大衣，他们吻了一下，她刚打开门就已经能听见她在楼梯上跑下去的声音了。

只剩下阿尔都罗一个人了。他又随了一阵艾里德那下着台阶的鞋跟声，当什么都听不见了，就继续用思绪跟着她，那咯噔咯噔的小跑，快速地穿过院子，大门，人行道，直到电车站。电车的声音他却是听得很分明：吱嘎声，靠站声，每个人上车时踩在踏脚板上的声音。“好了，她乘上车了，”他想，他看见妻子抓着扶手，挤在一群男女工人之间，就在那辆天天都把她带到工厂去的十一路电车上。他熄灭烟头，关上窗子上的小隔窗，房间暗了下来，他上了床。

床还是艾里德起来时留下来的样子，但只是她那一半，而阿尔都罗的这一半，却几乎没碰过，就好像是刚给整理过一样。他躺在自己的那一半床上，老老实实地，但不一会就把一条腿伸了过去，伸到还残留着他妻子体热的那一边，然后另一条腿也伸了过去，于是渐渐地，整个人都挪到了艾里德那一边，在那仍存着她身体形状的温暖凹陷中，他把脸埋入她的枕头和她的香味中，睡着了。

当艾里德晚上回来时，阿尔都罗已经在房间里转悠了好一会了：他已经点上炉子，放上什么东西在煮了。某些家务是由他来干的，在晚饭前的那几个小时里，比如整理床铺，打扫房间，把要洗的衣物放到厕所里。不过，艾里德之后还是会发现，这些家务都做得不利落，说句老实话，他干这些活也没花什么工夫：他所做的一切，只不过是一种等待她的仪式，甚至几乎是在迎接她，尽管只是在家里的墙壁之间，而在外面已经点上了路灯，在晚间会有很多女人购物的街区，她经过一些小店，融入那不合时宜的热闹当中。

终于，他听见她踏在楼梯上的脚步声，那声音和早上的脚步声全然不同，这会的脚步很沉，因为艾里德上楼时，不仅带着一天工作的疲惫，手上还提满了东西。阿尔都罗早已迎到楼梯平台上，接过她手中的篮子，他们就这样说着话地进了门。她瘫在厨房里的椅子上，大衣都没脱，同时，他把篮里的东西拿出来。然后她道：“来，我们打起精神来。”就站起来，把大衣脱了，穿上家里的衣服。他们开始准备吃的：两个人都要吃的晚饭，他要带到厂里去的、夜里一点工休时吃的点心，她第二天要带到厂里的早饭，以及他第二天醒来时得预备好的早饭。

她是忙活一会，在藤椅子上歇一会，跟他说他都该干些什么。他那时已经休息好了，忙这忙那的，什么都想做，但总有一点心不在焉，脑袋已经想着其他事了。这种情境中，他们偶尔还会冲撞一下，说几句难听话，因为她想叫他做事时更细心些，多费点工夫，或者要他对她更亲密一些，更体贴她一些，给她更多一些安慰。但是他，在她刚回家时的刹那热情后，心思早已飞出家门了，只想着得赶紧完事，因为他又要出门了。

摆好桌子后，东西都放在手能够得到的地方，这样就不用站起来了，接下来就是让两人都很痛苦的时刻，他们只有那么一点点时间待在一起，勺子几乎都没怎么碰过嘴，因为他们只想手牵手地待上一会。

咖啡还没喝完，他就已经在自行车边，检查起车子各部件是否都正常了。他们拥抱了一下。阿尔都罗似乎直到那时才明白妻子是多么柔弱和温顺。但他还是把自行车的横梁扛上肩，小心翼翼地下了台阶。

艾里德洗完盘子，把家里丈夫做过的事情从上到下地扫视了一遭，摇了摇头。现在他飞奔在黑黢黢的街道上，穿梭于稀薄的车灯间，也许已经过了煤气站。艾里德上了床，关了灯。她躺在自己的那一半床上，为了寻找他的热度，她的一只脚移向她丈夫的地盘，但是每次她都会发现，自己睡觉的地方更暖和，这就说明阿尔都罗也是睡在那一半的，她于是感到一股巨大的温柔。

一个诗人的奇遇

这个小岛岸很高，岸上都是石头。岸上长着能活在海边的灌木，密匝而低矮。天空中飞着海鸥。这是个离海岸不远的小岛，空旷，荒芜：乘船半小时就可以转上一圈，或者橡皮艇也行，就像正在前来的那两人使的那种，男人沉稳地划着桨，女人躺着晒太阳。靠近岸时，男人竖起耳朵。“你听到什么了？”她问。

“寂静，”他说。“小岛有种能听得见的寂静。”

事实是，每种寂静都是由各种细密杂声编成的网组成的，这网裹住了寂静：小岛的寂静，从周围平静的海的寂静中隔离出来，因为小岛的寂静会被各种植物的声，被飞禽的鸣啾声，或被它们的一阵扇翅声穿过。

那些日子里，岩石下的水面没有浪，尽是一片强烈明澈的蓝色，太阳光直射到底。礁石上敞着一些小洞口，橡皮艇上这两人懒洋洋的，正是要去探索这些洞口。

这是南方的海岸，还没怎么被旅游业接触到，那两人是从外地来的海水浴者。他是某个乌斯奈里，颇有名气的一个诗人；她，黛莉亚·H，非常漂亮的女人。

黛莉亚是个南方迷，热情，甚至是狂热的，她躺在橡皮艇里，对看到的所有事物都充满了持久的激情，跟乌斯奈里或许还有点敌对情绪，因为他是第一次到那些地方，她感到他所参与的热情比他应当给出的热情要少。

“等等，”乌斯奈里说。“等等。”

“等什么？”她说。“你还指望有什么比这更美？”

他，对已属于他人的感情和词汇一向表示怀疑（出于本性，也出于所受到的文学教育），更习惯去发现那些隐蔽和伪造的美丽，而不是那些已经显著和无可争议的美丽，于是仍绷着神经。幸福于乌斯奈里而言，是一种悬着的状态，是要屏住气去体验的。自从他爱上黛莉亚之后，就发现自己和世界那种小心节俭的关系出现了危机，但他什么都不想放弃，无论是自己，还是那展现在眼前的幸福。现在他十分警惕，就好像他们周围的自然——那种对海水蓝色的滗析，海岸从绿色褪到烟灰色的渐变，鱼鳍在广袤海面最光滑处的闪跃——所达到的每一级造诣，都只是上到更高一个层次，如此这般，直到看不见边界的海平线会像牡蛎一样打开，骤然揭示出另一颗迥异的行星，或是一个新奇的词语。

他们进入一口岩洞。里面慢慢宽敞起来，几乎是面浅绿色的内湖，高高在上的是岩石的穹顶。再往那边去，岩洞便窄成一条阴暗的隧道。男人把橡皮艇划得直打转，以享受各异的光效。从外面钻进锯齿形岩缝裂口的光线，闪得人眼花缭乱，因为内外明暗对比强烈，光线的颜色也是显得格外明艳。那里的水，发散着光芒，于是，那一片片的光便弹射到高处，和从岩洞尽头延展出来的柔软阴影形成对比。倒影和反射光向岩壁和拱顶诉说着水的变化无常。

“在这里你能理解神灵，” 女人说。

“唔，” 乌斯奈里说。他有点紧张。他的思维，由于习惯了将感觉翻译成言辞，这下却是什么感觉都没有，一个词都说不出来。

他们深入进去。小艇过了一片浅滩：一块石头隆出水面；现在，小艇就浮在船桨每划一下就会时隐时现的稀薄闪光之中：其余全是浓密的阴影；桨板不时地会拍到岩壁。黛莉亚转过身去，看见那眼睛一般的天蓝色洞口，在不停地变化着轮廓。

“一只螃蟹！好大！那边！” 她大叫着站起来。

“……蟹！……边！” 回声隆隆作响。

“回声！” 她说，高兴得很，朝那些阴沉的拱顶喊起来：祈祷，诗句。

“你也来！你也喊啊！你也给我许个愿嘛！”她跟乌斯奈里说。

“喔……” 乌斯奈里道。“嘿……回声……”

小船不时碰擦着。黑暗更浓密了。

“我害怕。谁知道那里面有什么野兽啊！”

“还能过。”

乌斯奈里发现小船正驶向黑暗，就像深水鱼在躲避明亮的水域。

“我害怕，我们回去吧，” 她坚持道。

其实，恐惧的滋味于他也是陌生的。他往回划去。当他们回到洞口开阔处时，海水已经变成了钴蓝色。

“会有章鱼吗？” 黛莉亚问道。

“要有能看见的。水很清。”

“那我就游会儿泳。”

她从小船上滑下去，离开船，在那个地下湖[1]里游着，她的身

① 地下湖，又称暗湖。在天然洞穴中，具有开阔自由的水面和比较平静的地下水体。

体时而显白(就好像那光束把她身上所有的颜色都剥去了一样),时而又显出屏幕般海水的蓝色。

乌斯奈里丢下桨;他总是屏着呼吸。于他而言,爱上黛莉亚从来就是这样,就好似进入了这个岩洞中如镜面一般的水里:进入了一个难以言述的世界。另外,在他所有的诗里,他从没写过一句有关爱情的诗;一句也没有。

“你过来,”黛莉亚说。边游着,边褪去遮胸的那一小块布;她把它扔在船舷上。“等一下。”她还解开了系在腰上的另一块布,递给乌斯奈里。

现在她赤身裸体。在她胸部和臀部上本来更白一些的皮肤几乎都看不出来,因为她整个人都散发着水母般浅淡的蓝色。她侧身游着,动作慵懒,头(表情平静而几近讽刺,就似雕塑一般)是刚好浮出水面,有时露出一只肩膀的曲线,还能看到伸直了的胳膊那柔软的线条。另一只胳膊,以抚摸般的动作,挡住或露出高耸的胸部,乳峰紧绷着。她的双腿稍稍打出水面,支撑着她光滑的腹部,腹部被肚脐标明出来,犹如印在沙子上的一记浅痕,像星星,还像什么海里的生物。阳光折射到水下,擦她而过,既像是给她穿上了衣服,又像是把她脱了个干净。

然后她从游泳过渡到一种类似于舞蹈的动作;她浮在水中,朝他微笑,伸出双臂,曼妙地旋转着双肩和手腕;或是膝盖一个猛蹬,弓起的脚就露出了水面,活像一条小鱼。

乌斯奈里,在小船上,是全神贯注。他知道现在生活赋予他的这些,是一种不是所有人都能正视的东西,就好像太阳那耀眼的核心。在这个太阳的中心是宁静。这里此时的一切都难以被描绘成任何其他东西,也许都不能化为一种回忆。

这会黛莉亚正仰着游，漂浮在洞口处有太阳的地方。并稍稍划动胳膊，往洞外游去，她身下海水的颜色正渐变着层次，那蓝色越来越浅淡和明亮。

“小心，穿上衣服！外面有船过来了！”

黛莉亚之前已经上了露天下的礁石。她溜进水，伸出胳膊，乌斯奈里递给她少得可怜的那几件衣服，她边游着边系在身上，上了小船。

正过来的是渔民的船。乌斯奈里通过那群穷人中的几个家伙认出来他们，捕鱼的季节他们总是在那片海滩过的，睡觉时就躲在某些礁石背后。他朝他们划去。支桨的是个年轻人，因为牙痛阴着脸，一顶白色的水手帽遮住他眯着的眼睛，他桨划得很猛，就好像每股力气都是用来减轻牙痛的；他是五个孩子的父亲；绝望的父亲。一位老人坐在船尾；全散了边的墨西哥草帽像是给他瘦高的身子平添了一圈光环，他的圆眼大睁着，也许曾经是因为夸夸其谈的傲慢，现在却是仰仗着醉酒的借口，嘴巴咧在仍是黑色的两撇小胡子下；正用小刀清洗着鲻鱼的鱼鳞。

“鱼打得不错？”黛莉亚大声喊道。

“有是有一点，”他们回答道。“今年年成就是这样。”

黛莉亚喜欢和当地人谈话。乌斯奈里可不喜欢（“在他们面前，”他说，“我难以感到问心无愧。”他耸耸肩，一切就到此为止了）。

现在小船靠在渔船边，渔船掉了色的漆被裂缝搞得斑斑点点的，漆皮也是一片片翘了起来，被绳子拴在桨架上的桨，每在船舷那磨损不堪的木头上绕圈一周，就要吱嘎作响一下，生锈的船锚有四把钩子，被缠在细窄椅子板下的一个柳条鱼篓里，鱼篓上攀满了不知道干了多长时间的红色海带，在边缘挂着软木圆片的一堆染上丹宁酸[①]的鱼网上，喘着粗气的鱼，在扎人的鱼鳞下闪闪发光，时而呈出惨淡的灰色，时而显出耀眼的绿松石色；仍在翕动的鱼鳃下面，露出了血红色三角形。

乌斯奈里一直没吭声，但人类世界的这种焦虑跟不久前他感受到自然之美的那种焦虑是相反的：在那里他是词不达意，而这里他脑中却涌满了词汇：来描绘老渔夫那胡子没刮好的脸上每粒疣子和每根毛发的词，来描绘鲻鱼那镀了银的每片鱼鳞的词。

早已被拖上岸的另一艘船被掀了过来，扣在支架上，船下从阴影里伸出赤脚睡觉的男人的脚掌，他们是在夜里打鱼的。旁边有个女人，一身黑衣，看不清脸，正把一口锅放在用海藻点燃的火上，锅里腾起了长长的烟。那道海湾里的海岸上都是石头，灰色的；那些褪了色的印花布，是正在玩耍的孩子们的围裙，抱怨不休的小姐姐们照看着小一些的孩子，机灵的大孩子们身上只穿着短裤，那都是大人们淘汰下来的长裤改做的，在水石之间上下奔跑。再往远处去，便是一条直直的沙滩，白晃晃的，没有一个人，与旁边稀疏的芦苇荡和未经耕作的土地融为一体。一个盛装的年轻人，身着黑衣，头戴黑帽，肩上扛着根棍子，棍子上挂着个包裹，沿海走过了整片沙滩，他的鞋钉在沙地酥软的痂皮上留下了痕迹：肯定是个内地的农民或牧羊人，下到沿海地区来赶集，因为海风的舒适而来到海边找路。铁路沿着电缆，路堤，杆子，护栏，然后消失在隧道里，出了隧道后继续前行，再消失，再出来，就像间距不等的针脚。行车道边白黑相间的路柱上方，爬起了低矮的橄榄地；再往上是荒山，是牧场和灌木丛，或者只是石头。一个村庄嵌进那些高地间的罅隙中，并继续向上延伸，屋子是一个压在另一个之上，被铺以卵石的

① 即红葡萄酒的颜色。

台阶路分开，台阶路中央都有道凹槽，好让骡子积成小溪的排泄物流下山去，在所有屋子的门槛上，总会坐上一定数量的女人，上了年纪的或是正在老去的，在墙墩上，一定数量的男人坐成排，年迈的和年轻的，都穿着白衬衫，台阶路中央，孩子们坐在地上耍闹，几个稍大点的孩子则横躺在路上，脸颊贴着台阶，就这么睡着了，因为路上比屋里要凉快，也不是太臭，那里到处停落和飞舞着苍蝇之云，在每面墙和烟囱通风帽周围报纸做成的花彩饰带上，都是苍蝇无尽的排泄物缀出的斑点，乌斯奈里脑中涌进不绝的词汇，密密匝匝地互相纠缠在一起，字里行间都不留缝的，渐渐地，直到再也区分不出来彼此了，连最细微的白隙也从这团乱麻中消逝了，于是只剩下黑色，最彻底的黑色，无法渗透，如尖叫一般绝望。

第四卷　艰难的生活

阿根廷蚂蚁

我们刚来这里安家时，并不知道蚂蚁的事。我们觉着会在这里过得不错，天和绿色都很愉快，不过对于我和我妻子当时的心情来说，也许愉快得夸张了些；我们怎么能想到会有蚂蚁这种事？好好想想，奥古斯都舅舅也许跟我们提到过一次："那里，你们会看到，蚂蚁的……可不像这里，那些蚂蚁……"但只是谈其他话时顺嘴扯出来的，一件随便说说的事，也许是因为我们说话时正好看到了好多蚂蚁，我说什么来着，好多蚂蚁？其实就一只，我们可能是看到了，一只走失的蚂蚁，是我们老家那种肥肥的蚂蚁（我现在才觉得它们真肥，我老家的蚂蚁），反正奥古斯都舅舅提到的蚂蚁一点也没有改变他对这个大区的描绘，由于一些连他也解释不清的情形，这里的生活，更容易些，挣钱虽说不能保证，但起码有可能，不光是他奥古斯都舅舅这么说，还有其他很多在这里安家的人也都是这么讲的。

头一天晚上，我们就意识到为什么我们的舅舅，在这里，过得那么舒坦了，看看晚饭后空气中的微光，我们体会到了在通向田间小路上转悠的乐趣，体会到坐在桥头旁矮墙根上的惬意，就像我们眼前的那些人一样。然后当我们找到他常去的，后面有个菜园的酒店时，就更明白了，我们还找到一些像他一样又矮又老的家伙，但他们都是些自吹自擂的大嗓门，都自称是他的朋友，他们也没什么一技之长，我觉得，是一些按小时计算工钱做苦力的人，就算有人自称是个钟表匠，那也许只是出于炫耀。我们听到他们用一个绰号提到奥古斯都舅舅，是的，这个绰号被大家重复着，还被用来打趣。我们留心到一声苍白的笑，在这笑里现身出一个不再年轻的女人，有点肥胖，在吧台旁，穿着件镂空的白衬衫。我和我妻子清楚这一切对奥古斯都舅舅有多么重要，有一个绰号，在清澈的夜晚能在那桥上开开玩笑，能看见那镂空的小衬衫从厨房里出来，再走到菜园里去，第二天给那家面条厂卸上几个小时的面袋子。难怪他在我们那里时，老是念念不忘这个地方。

如果我还是无忧无虑的小年轻，或是整个家都已安顿妥当，这所有的一切我也会赏心悦目的。但以我们当时的境况，孩子的病刚好，还要寻找工作，那些对奥古斯都舅舅来说能足够让他感到自己愉快的事情，我们也是勉强能明白过来，也许明白这个行为本身就已经是种悲哀了，因为身处一个愉快的地方我们就更加地觉得自己不幸。哪怕是一些没什么大不了的事情也会让我们忧心忡忡，似乎猛然增加了我们的苦恼（我们当时还一点都不知道有蚂蚁呢），在给我们看房时，玛乌罗太太所有的叮咛更加剧了我们投身苦海的感觉。我记得有关煤气表，她罗哩罗嗦说个没完，我还记得我们是如何全神贯注听她这席话的，“是的，玛乌罗太太……我们会小心的，玛乌罗太太……我们真不希望这样，玛乌罗太太……”以至于当她（而此刻我们非常清晰地想起这件事了）的眼睛在墙上游动，就好像读到了什么东西，还用指尖划划墙面，然后甩了甩手指，就像是碰着了什么潮湿的东西，比如沙子、灰尘时，我们都没留神。她没说“蚂蚁”这个词，我们敢肯定；也许因为那里有蚂蚁也是很正常的，就好像总会有墙和房顶一样，但是我和我妻子都有了这么个感觉，她是想把这件事藏到最后一步，她的絮絮叨叨和叮咛嘱咐都无非是想着法子强调另一些事情的重要性，从而来掩盖那件事。

玛乌罗太太走后，我把床垫搬了进来，我的妻子搬不动床头柜，叫我帮忙，然后她又想立刻开始清理经济厨灶[1]，跪在地上，我说："都几点了，你还想干什么？我们明天再忙吧，现在我们随便整理一下，过了今晚再说。"孩子困得直哭，第一件事就是得给他准备好摇篮让他睡上觉。在我们那里，都是用一个长长的藤筐给孩子睡觉的，我们把筐子一直带到这里了；我们把内衣填满了的筐子腾空，找了一个好地方来放筐子，是一个托架，一个既不湿也离地面不是太高的地方，以防他掉下来。我们的儿子在那里很快就睡着了，我们两个看着房子（房间由一块隔板分成两半；四面墙和一个顶），这房子正被我们的痕迹填满。"对，对，白色，当然刷成白色，"我回答我的妻子，看着天花板，便挽起她的胳膊肘把她推了出去。她还想再去好好看看左侧小破屋里的厕所，而我倒想她在田地里散散步；因为我们的房子所建的土地上，有两块很大的花坛，或者说是一些还未经耕作的苗圃，中间是过道，过道上搭着铁架子，现在光秃秃的，也许曾经用来种过什么攀缘植物，南瓜或葡萄，早已枯掉了。玛乌罗太太有心把那片地交给我种植，我们自己也正好建一个菜园，她没外加任何租金，因为这块地已经荒废得有些年头了；不过今天她

① "经济厨灶"：一种既可以做饭，也用于取暖的厨灶，炉膛类似于壁炉。不烧煤气，烧木柴。

却没谈到这块地的事儿，我们也没顾上说，因为火上的肉太多了[1]。现在通过这第一个晚上来地里走走，我们想告诉自己先熟悉熟悉环境，也就是找找在某种意义上拥有那个地方的感觉；第一次，我们的生命处在延续之中的想法成为了可能，每天夜里都能这样漫步在那些苗圃中，我们的担忧将越来越少也终将成为可能。这些事情我当然没有跟我妻子说；可我非常急切地想知道她是不是也能体会到这些：事实上是，我察觉到短短地散了几步路，在她身上已起到了我所希望的效果；现在她细声慢语，我们臂挽着臂散步，她并没有拒绝这个本属于经济上更富裕些时的举动。

我们就这样走到田园的尽头，在篱笆那边，我们看见了莱吉那乌多先生，他正拿着个小风箱在他家房子周围忙活。我几个月前就见过莱吉那乌多先生了，当时我来找玛乌罗太太谈租房子的事。我们过去跟他打了个招呼，也是为了让他认识一下我妻子。“晚上好，莱吉那乌多先生，”我对他说，“您还记得我吗？”“啊，我当然认得，”他说。“晚上好！那么，您是我们的邻居了，是这样吧？”他是一个矮矮的、戴眼镜的先生，穿着睡衣戴着草帽。

“嗯，我们是邻居，嗯，邻居间嘛……”我的妻子开始说一些令人愉快的话，分寸得当，比如说些客套家常话什么的；我有一阵子没听她这样说话了；不是我喜欢，但比起听她的抱怨，我自然更高兴听她这样说话了。

“克劳蒂娅，”我们的邻居喊起来，“你过来，拉乌莱利的小房子住上新房客了！”我从没听过用那个名字来称呼我们的新家（这个名字，我后来才知道，一个老房东的名字），这让我觉得自己跟这里有点不相干。莱吉那乌多太太从他家房子走了出来，她是一个大

① “火上的肉太多”：意大利谚语，指事情太多，顾不过来。

块头的女人，正在围裙上擦着手；他们为人非常随和，对我们都相当热情。

“莱吉那乌多先生，您拿着小风箱忙什么？”我问他。

“呃……蚂蚁……这些蚂蚁……”他说，笑了笑，就好像没怎么在意。

“蚂蚁，是吗？”我妻子用冷淡而客气的语调重复道，那语调通常她只是对外人用的，用来假装关注他们的谈话；这个语调她从没对我使过，在我的记忆中，哪怕是我们刚刚认识时她也没有用过。

我们客气地向邻居道了别。可是如今就连这也是件我们无暇享受的事情：有邻居，还都是些和蔼可亲的人，可以这么融洽地交谈。

一到家，我们决定立刻上床。“你听见了吗？”我妻子说；她竖起了耳朵，听得见莱吉那乌多先生的小风箱扑哧扑哧的声响。我妻子到盥洗盆那里接杯水喝；“给我也带一杯，”我对她说，便脱下了衬衫；“啊！”她大叫了一声，“快来！”她看见了水龙头上的蚂蚁，还有一行蚂蚁正沿着墙往下爬。

我们打开灯，两个房间共用的一盏灯，一行密密麻麻的蚂蚁横贯墙面，是从门框里爬进来的，谁知道它们的源头在哪里。现在我们的手上爬满了蚂蚁，我们把手摊在眼前，想要看清楚，这些蚂蚁，究竟是个什么模样，同时我们还要不停地翻转手腕避免蚂蚁们再沿着胳膊往下爬[①]。这是种非常细小的、几乎感觉不到的蚂蚁，片刻不停地爬动着，就像是给我们带来的瘙痒同样也刺激着它们。直到此时，我才想起它们的名字：“阿根廷的蚂蚁”，更准确地说是“阿根廷蚂蚁”，别人是这么说的，有那么一次，我应该是听过这回事

① 他们的手是举起来的，所以自然是不叫蚂蚁在胳膊上往“下”爬到身上。

的，这是个有“阿根廷蚂蚁”的地方，直到现在我才知道什么样的感觉会跟这样的一种表述联系起来：这种令人厌恶的痒遍布身体各处，就算把手握成拳头或是两手互搓，也无法完全制止这种痒，因为总会留下几只离群的小蚂蚁，顺着胳膊或衣服跑。如果碾死它们，蚂蚁就会变成黑色的小点点，如同沙子般掉下来，而手指上则会留下蚂蚁味，酸酸的，刺鼻。

“这是阿根廷蚂蚁，你知道吗……”我跟妻子说，“是从美洲来的……”每当我想教她了解些什么东西时，就会不由自主地变调，然后很快我就会后悔，因为我知道她受不了我这个腔调，便会生硬地回应，也许她也明白，一旦我操起这种腔调，从来就不会对自己有什么自信。

然而她好像几乎都没怎么听我说话：她气急败坏地捣毁和驱赶着墙上的那行蚂蚁，用手掸了掸墙，却只是把蚂蚁引上身来，或是把蚂蚁打散到周围，于是又把手放在水龙头下，试着让水往上喷，而蚂蚁仍旧在湿地上走着，就算是把手浸泡在水里，她还是无法让自己从蚂蚁中脱身。

“这下我们家有蚂蚁了，这下好了！”她不停地重复。“以前也有的，而我们没有看到！”就好像如果之前就看到了蚂蚁的话，就能改变很多一样。

我对她说：“哎呀呀，就那么两只蚂蚁！现在我们上床，明天再想想怎么办！”我觉得很有必要补充一句：“好啦，就为了一点阿根廷蚂蚁！”因为用它们被在当地称呼的准确名称来叫它们，就可以给出一种既成事实的印象，在某种意义上是件自然而然的事情。

不过我妻子在那块田地上散步时那种心平气和的神情都消失了：她对一切又心怀疑虑，脸又像往日那样紧绷起来。第一次在新家过夜并非如我期待的那样；自我安慰不是开始一段新生活的慰藉，而是总在新的倒楣事中勉强维持下去的老茧。“全是为了两只蚂蚁，”我当时就是那么想的；也就是说我当时以为我是这么想的，但可能就算对我来说，也完全不是这么回事的。

终究是劳累胜过激动，于是很快就睡着了。半夜，孩子哭起来，我们两人，还赖在床上（总希望他能自己突然停下来，然后接着睡过去，不过这种事从来没发生过），互相问道：“他怎么啦？他怎么啦？”自从他病好后，夜里已经不哭了。

“他身上有蚂蚁！”我妻子大叫着，起来哄他。我也从床上下来，我们把筐子弄得乱七八糟，把孩子脱了个精光，得给他去掉那些蚂蚁，而我们又那样困得睁不开眼睛，为了看清楚，必须把孩子抱到电灯下看，门缝中钻进一股风，我妻子说：“现在他又要着凉了。”要在他刚刚挠红的皮肤上找蚂蚁，真是叫人心疼。原来是一行蚂蚁上了托架。我们查看了所有的小垫单，直至一只蚂蚁都找不着了，我们问道：“现在把他放到哪里睡呢？”在我们床上，我们睡得已经很挤了，他肯定会被压扁的。我仔细看了看床头柜，那里蚂蚁还没到；于是我把它从墙边移开，打开一个抽屉，把那里整治了一下，让孩子好睡下。当我们把他放进去时他已经睡着了。我们本该扑到床上去，困意很快就会冲我们席卷而来了，但我妻子却想看看储藏的食物怎么样了。

“你来这里，你来这里！上帝啊！这里全满了！全黑了！救命啊！”能怎么办呢？我扳住她的肩头说道：“你过来吧，我们明天再想办法，现在也看不清楚啊，明天我们再来解决所有问题，再去挽救每一件东西，你现在上床！”

“但食物怎么办？会坏的！”

“让食物见鬼去吧！你想怎么办，现在？明天我们一定把蚂蚁窝毁掉，你就放心吧……”

但是躺在床上我们再也平静不下来了，想想无处不在的那些野兽，在食物里，在一切东西里；也许它们现在从地板上正在沿着床头柜底座爬到了孩子身上……

公鸡鸣叫时，我们刚睡着；没过多久我们就翻来覆去，抓起痒来，因为我们总感觉床上有蚂蚁；也许它们是直接爬上床的，也许在我们动手收拾东西后就把蚂蚁带上身了，于是就连清早那几小时都没能休息好，我们早早起身，一直惦记我们要做的事情，想到必须立即着手与那些令人痛苦的，难以察觉的，已经侵占了我们家园的敌人大干一场，厌恶之情立即涌上心头。

第一件事，对我妻子来说，是去看孩子：看看那些野兽有没有咬他（幸好看起来没事），给他穿衣服，喂他吃饭，这一切的一切都要在被蚂蚁占领的家里进行。我知道，每当看见放在水池里的杯子的边缘上，孩子的围嘴上，水果上，爬满蚂蚁时，她为了不大叫出声来要花上多大的力气。但是她看见牛奶时还是叫出来了：“全黑了！”牛奶上薄薄地漂浮着一层蚂蚁，有的淹死了，有的还在游着。“都在表面上，”我说，“用小勺子就能撇干净。”但是我们总感到牛奶里留有蚂蚁的味道，我们一口也没尝。

我跟着墙上蚂蚁的行列走，想看它们到底是从哪里来的。我妻子梳头穿衣时，那怒气真不打一处来，不过她很快克制住了。“我们不把家里的蚂蚁赶尽杀绝，就不能把家具摆到位！”她说。

“别急。你会看到的，一切都能解决。我现在去莱吉那乌多先生那里，他有那种粉，我问他要点过来。我们把那粉撒在蚂蚁窝入口，我已经知道在哪里了，我们很快就可以解脱出来啦。但是，我们要等到稍晚一点时，因为现在我们去也许会打扰莱吉那乌多夫妇的。”

我妻子略略平静一些，而我却不能：我跟她说发现了蚂蚁窝入口，只是为了安慰她，反倒是我越细心观察越能发现蚂蚁们来来往往，方向各异，就像我们的家，表面上光亮、平滑得像个骰子，其实早被穿孔了，全是一道道的裂缝。

我倚着门，望着阳光下的植物，感到些许轻松，其时太阳已经照到它们上面，侵入到土地上的荆棘让我觉得看上去很愉快，因为它给了你想扑进去大干一番的愿望：好好地打扫一切，刨地，播撒种子，移苗栽培。“你过来，”我对儿子说，“你在那里会发霉的，”我把他抱在怀里，走进“花园”，我想养成这样称呼这一块土地的习惯，便对我妻子说：“我带孩子到那个花园里待一会，”随即又改口成：“到花园里。”因为我觉得这样归属感更强，而且更亲切。

孩子在阳光下很愉快，我告诉他：“这是一棵角豆树，这是一棵柿子树，”我把他举上树杈：“现在爸爸来教你爬树。”他突然大哭起来。“怎么了？你害怕？”而我却看见了蚂蚁；那株满是树胶的树全被蚂蚁覆盖住了。我立刻抱回孩子。“唔，好多小蚂蚁啊……”我哄着他说，但自己很是担心。我随着蚂蚁的队列一直寻找到树干下，发现那些静悄悄的、几乎用肉眼无法看见的蚂蚁，从树上下来后是继续在地上攒动着，并在杂草丛里，延伸到各个方向。我想，究竟怎么样才能把蚂蚁清扫出家呢？在这一小块地上——昨天我还觉得它蛮小，但现在想到蚂蚁这层关系，觉得它简直是大极了——，那些层出不穷、源源不断的蚂蚁铺满地面，肯定是从地下成千上万个蚂蚁窝里冒出来的，被黏稠而甜蜜的土地和低矮的植物滋养着；不管我往哪里看——乍一看，觉得什么都没有，倍感轻松——，尔后注目凝视，只见一只蚂蚁正慢慢靠了过来，接下来便发现它隶属一支长长的队伍，它们正在跟其他的蚁群汇合；它们时常驮着碎屑或是小渣子什么的，尽管这些东西总比它们大得多；有些地方，我想，什么植物汁、什么动物残肉凝成块的地方，总会围聚一大圈蚂蚁，它们几乎都黏成了团，就像一小块伤口上的痂。

我让孩子骑在脖子上，回到我妻子身旁，几乎是跑回来的，总感到蚂蚁要沿着我的脚面爬上来。她说："好了，你把孩子弄哭了。他怎么了？"

"没什么，没什么，"我急忙说，"他在树上看到几只蚂蚁罢了，他还有昨晚的印象，感到身上痒痒。"

"哦，真烦人啊，这里也是！"我妻子说道。她目视着墙上一团蚂蚁的蠕动，想用手指肚压在每只蚂蚁身上的方法来弄死它们。我看见成千上万的蚂蚁把我们包围在那块土地上，现在我更觉得那块土地实在是大得无边无际，烦得我对她直嚷嚷："你在干什么？你疯了吗？你这样没用的！"

她气得跳了起来："可是那个奥古斯都舅舅！奥古斯都舅舅什么都没跟我们说！我们就跟两个傻子一样！听他的话，听那个骗子的话！"然而，奥古斯都舅舅又能跟我们说什么呢？"蚂蚁"一词，当时对于我们而言，一点都表达不出来如今我们处境中的这种惊愕。就算他跟我们说过蚂蚁这回事，也许，我不排除这种可能性，他还真这么提起过一次，那我们想到的也只会是一种具体的，可以计数的，有躯体，有重量的敌人。真的，如果让我回忆一下我们老家的蚂蚁，我会把它们视为大得可观的野兽，至少是那种摸得着，抱得起的，比如猫啊，兔子啊。这里，我们面对的是如同雾或沙子一般的敌人，跟它们斗靠力气是不管用的。

我们的邻居，莱吉那乌多先生，正在厨房里用漏斗倒一种液体。我从外面喊了他一声，气喘吁吁地来到他家厨房的落地窗前。“喔，我们的邻居！”莱吉那乌多大呼道，“您请坐，先生，您请坐！请原谅我总在这里搞这些乱七八糟的液体！克劳迪娅，快给我们的邻居拿张椅子来！”

我立刻对他说：“我来，请原谅我的打扰，但是您知道，我看见您有那种粉末，我们整整一夜，都有蚂蚁……”

“哈，哈，哈！蚂蚁！”刚进房间的莱吉那乌多太太，突然爆笑起来，她丈夫，稍稍有点滞后，我感觉，却以一种更喧闹的热情，响应她道：“哈，哈，哈！他们也有蚂蚁！哈，哈，哈！”

我不情愿地在嘴角边挤出一丝谦和的微笑，做出一副这种滑稽的处境已被他们理解，但自己又无能为力的模样：正是因为这个实际情况，我才来这里向他求助的。

“您这是跟谁说呀，蚂蚁的事，亲爱的邻居！”莱吉那乌多先生抬起手，惊呼道。

“您跟谁都别说，邻居先生，您跟谁说去呀！”他妻子应和着，双手合在胸前，可总是像他丈夫一样地笑个不停。

“为什么，你们，我以为，难道就没有一种药管用？”我问道，我发抖的声音，也许会被当做是想笑，而不会被看做是压在身上的绝望。

“一种药，哈，哈，哈！”莱吉那乌多夫妇起劲地大笑起来。“我们是不是有一种药？何止呀，二十种，上百种药，我们都有！一种，哈，哈，哈，一种比一种好！”

他们把我领进另一个房间，几十个纸质和白铁皮做成的罐子，搁在家具上，罐子上贴着华丽的标签。

“您想要普罗弗斯凡吗？您想要米尔米奈克吗？或者是提奥布罗弗里特？阿尔索潘是要粉剂的，还是混合剂的？”他们递上活塞喷雾器、毛刷、小风箱，雾状的黄粉末和极细的微粒，以至于药房和农药店的气味混成一体，升腾起来，他们还在笑得东倒西歪。

“什么东西当真管用呢？”我问道。

他们停住笑。“不，没有，”他们答道。

莱吉那乌多先生用一只手拍了拍我的肩膀，他太太把百叶窗打开了，阳光射进来。然后他们又领我在他们家里四处转了转。

他那红条子睡裤紧扣在肥胖得凸起的肚子上，套着背心，草帽戴在秃头上。她穿着件掉了色的便衣，内衣的吊带时不时地露了出来；一头金发包着又红又宽的脸庞，像棉絮一般乱蓬蓬地卷着。他们喧哗而开朗；他们家每个角落都有一段故事，他们讲述给我听，争先恐后地抢断话题，打着手势，发出感叹，就好像每一段插曲都是一场闹剧。在一个地方，他们把阿尔法那克斯配成千分之二的浓度洒在那里，蚂蚁躲了两天，而第三天又回来了，他于是把这种混合液调高到千分之十的浓度，可蚂蚁只是绕道而行，改从上楣柱上走了；另一个地方，他们用克里索唐粉隔离出了一个墙角，而风总是把这粉末给吹散，如此下来每天都要用上三公斤粉末；在台阶上，他们试了试佩德罗西德，好像是立马就能药死蚂蚁，其实却只是让它们昏睡而已；在另一个角落，他们投放了一种杀蚁药，蚂蚁们照常横行竖爬，倒是第二天早晨找到一只中毒的老鼠；他又在别处放上兹莫弗斯弗，这是一种药效高、拦截性强的液体，他妻子往液体上又浇了点伊它尔马克粉，这粉却成了解毒剂，抵消了药效。

我们的邻居视屋子和花园为战场，他们的热情就是标示出蚂蚁不能逾越的界线，探寻蚂蚁行走的新路线，尝试各种新型混合剂和药粉，每一种东西都能与记忆中的某段插曲，或某种稀奇古怪的组合联系起来，因此他们只需扯出一个名字，如“阿尔赛皮特！”、“米尔克希多！”，就能爆笑起来，还互使眼色，互对暗语。似乎他们已经放弃了杀死蚂蚁的打算——假如他们曾经试过的话——，反正这些尝试都是没用的：他们只是力图封锁蚂蚁的某些通道，使它们偏离方向，吓唬吓唬它们，或让它们不能靠近：这是一个永远崭新的迷宫，他们每天准备不同材料的图案，用来标出这个迷宫，这也是一场游戏，而蚂蚁是其中不可或缺的元素。

“这群野兽没什么好搞的，没什么好搞的，”他们说道，“除非像上尉那样做……”

“呃，当然，我们花了很多钱，”他们说，“在这些杀虫剂上……上尉那种办法，可以想见，是最便宜的一种办法……”

“自然我们还不敢说已经战胜了阿根廷蚂蚁，”他们又说道，“但上尉也是，您认为他是在正路上吗？我怀疑……”

“他是谁啊，抱歉，这上尉？”我问。

“布拉乌尼上尉：您不认识他？啊，您只是昨天刚到这里的！他也是我们的邻居，在右边，那幢白色的小别墅里……他是个发明家……”他们笑起来，“他发明出一种可以灭绝阿根廷蚂蚁的办法……甚至，是很多办法。他还在不停地完善这些办法。您去找他吧。”

肥胖的、笑容诡秘的莱吉那乌多夫妇，他们那个只不过几平方米的小花园，却给线条画得一道道的，而且溅满了深色的液体，脏兮兮的，并且还沾上了发绿的粉尘，那里堆满了喷水壶、硫磺喷洒器，用来调稀靛蓝色药剂的水泥小槽，而在乱七八糟的花坛里，就连那几株稀有的玫瑰小树苗，从叶尖到根部也都被撒满了杀虫剂，夫妇二人抬起眼睛望向晴朗的天空，心满意足，乐在其中。跟他们聊了聊，不管愿不愿意，我还是感到轻松了些许：说到底，不是说蚂蚁是件他们想表现出来好笑成那样的事情，但也不是什么非常严重的事情，一件令人灰心丧气的事情。

“唉，蚂蚁！”我此刻考虑。“什么蚂蚁啊？有点蚂蚁能把我们怎么样？”

现在我当然是要去找我的妻子，还要拿她开点玩笑：“谁知道你是怎么想的，你，跟这些蚂蚁……”

我穿过自家那一小块土地回家时，脑子里准备了一番这种语调的话，胳膊里抱满了邻居给我试试的纸包和瓶子，根据我的需要，是从那些对孩子没有危害的药剂中选择出来的，因为孩子什么东西都往嘴里塞。而我一看见我妻子，抱着孩子，站在房外，目光呆滞，脸颊凹陷，就明白了她所经历的挣扎，明白了她也发现了包围着我们的难以数计的蚁群，明白了她已投了降，于是我所有打算微笑和调侃一下的愿望就全都没了。

“你终于回来了……”她对我说，那软弱无力的语调比我期待的愤怒的腔调更让我痛苦。“这里我真不知道怎么办了……如果你看见……我真的不知道了……”

“这样，我们现在来试试这个，”我跟她说，“先试这个，再试这个……”我把那些瓶子摆在房前的平台上，立即向她说明这些东西该怎么用，我解释得很快，几乎是生怕看到在她的双眼里燃起太多的期望，因为我既不想让她有什么幻想，也不想打破她的幻想。此时我脑子里又冒出另一个想法，我想立刻去找那个布拉乌尼上尉。

“你按我说的做吧；我很快就回来。”

“你又要走？去哪里？”

“去另一个邻居家。他有办法。我去看看。”

我往有金属网架的方向跑去，那网架上爬满了密集的攀缘植物，从右边把我们的土地围起来。太阳藏到云后去了，我从网架上探出头，看见一座白色的小别墅，它被小小的、整齐有致的花园簇拥着，一条铺着灰色卵石的小路缠绕着圆圆的花坛，花坛底部围着一圈漆成了绿色的铸铁，就像公共花园里那样，而每个花坛中央都栽着小小的、黑色的橘子树或柠檬树。

一切都那么宁静，阴影重重，不见动静。我正犹豫着准备离开，却看见了一个脑袋，从一排修剪得相当精致的篱笆上伸出来，脑袋上戴着顶白色布料的沙滩帽，帽子变了形，帽沿成波浪状，压得很低，一副钢框眼镜架在一个软骨组织旺盛的鼻子上，再往下，是一丝刻薄的微笑，一口假牙灿灿生辉，这假牙也是钢做的。这是个干瘦的男人，穿着套头衫，裤脚用松紧带收紧在踝骨处，就像那些骑自行车人的装束，脚上蹬着凉鞋。他走近一棵橘子树，观察着树干，悄无声息，小心翼翼，那个紧绷着的笑容始终没有消失。我从那一排攀缘植物后露出脸来说：“早上好，上尉。”那个男人突然抬起头，笑容顿失，有的只是一道冷冷的目光。

“对不起，您是布拉乌尼上尉吗？”我问他。

那人表示肯定。“我，您知道吗？是新来的邻居，租着拉乌莱利的小房子……我想打扰您一会，因为我听说了您的方法……”

上尉竖起一根手指头，做了个让我过去的手势；我，便从金属网的破口处跳到那边去。上尉继续高举着那根手指头，用另一只手指了指他原先观察的地方。我看见从树上伸出一小段铁丝，与树干垂直着。铁丝的末梢处挂着一小块——我觉得是——鱼刺，在铁丝的一半处，朝下隆出个锐角。在树干和铁丝上，来来往往的全是蚂蚁。在那个铁丝的尖角下方，吊着一个小瓶，就像那种装肉汁的小罐子。

“蚂蚁，”上尉解释起来，“被鱼腥味吸引过来，爬过那段铁丝；就像您看到的那样，它们前前后后走得很好，从不相撞。但要通过那个危险的V字形锐角处时，一只蚂蚁要过去而另一只蚂蚁要回来，它们便在那个V形顶端碰头了，只好停下，于是这个小瓶子里的煤油味就会把它们熏晕过去，它们还打算继续上路呢，却撞在一起，掉了下去，死在油里。滴，滴。”他说的这个“滴，滴”声正好伴随着两只蚂蚁掉下去。“滴滴，滴滴，滴滴，”上尉不断地重复着，仍带着他那静止钢制的笑容，每一声“滴”都伴随着一只蚂蚁应声落入那小瓶子里，而瓶子里那两指深的煤油已被一层不成形和凝成块状的昆虫尸体弄成了黑色。

“平均每分钟杀死四十只蚂蚁，”布拉乌尼上尉说道，“每小时两千四百只。自然是要保持煤油的清洁，否则死掉的蚂蚁会把油面盖住，再掉下来的蚂蚁就可以爬上去了。”

我一眨不眨地盯着那一串子单薄、稀疏，但连续不断的下滴：也有不少蚂蚁穿过那个险要处，还用牙齿拖着鱼刺的碎片回来，可时不时地总有几只蚂蚁在那个点上止步逗留，晃晃触角，然后就跌落下去。布拉乌尼上尉，用那镜片后的目光注视着，绝不错过昆虫任何细微的活动，每掉下一只蚂蚁，他就会抑制不住地战栗起来，那绷紧着的、几乎见不着嘴唇的嘴角也随之抽动。他经常控制不住自己地总要动动手，要么调整一下铁丝的角度，要么摇一摇小油瓶，清理一下瓶壁周围死去蚂蚁的凝结块，要么干脆轻轻抖抖那个装置，这样就能加快受害者的下跌。但是最后这个举动肯定让他感到几乎是一种犯规，因为他立刻缩回了手，还带着一副要为自己申辩的神情看着我。

“这是一种最完善的模型，”他说，又把我领到另一棵树前，在那棵树上也伸出一小截铁丝，在铁丝的V形顶端处，系了一根打了结的猪鬃；蚂蚁们以为能在鬃毛上自救，但是煤油的气味和支撑点的突然缺失把它们弄得头昏脑涨，以至于它们无一幸免地摔了下去。上尉给我展示了其他数量众多的陷阱，也都使上猪鬃或马鬃的计策：一段粗粗的铁丝，在某处突然接上一根细细的鬃毛，而蚂蚁们呢，对如此的变化一无所知，顿失平衡；他甚至还谋划出这么一个圈套，在接近鱼刺的地方，用中间被剪断的鬃毛做了一段假过道，这样仅凭自身的重量，蚂蚁就能把过道撑开，落进油里。在那个寂静、规整的小花园里，每一棵树，每一条管道，每一排栏杆上，全都井然有条、精细入微地安置着铁丝支架，铁丝下面挂着小油盆；几株仔细修剪的玫瑰，和一排排的攀缘植物，都只像是对一场华丽酷刑的精心伪装。

“阿格拉乌拉！”上尉来到便门前大声嚷着，对我说：“现在我让您看看最近几天的狩猎成果。”

从那扇门里出来一个干巴巴的、苍白的女人，瘦高个子，眼神惊恐而怀有敌意，头上扎着一条手帕，在额头上打了个结。“你给我们的邻居看看袋子，”布拉乌尼说，我直觉上认为她不是个用人，而是上尉的妻子，我向她点头问好，还咕哝了一句，但没有得到回应。她转身进去，出来时拖着一个很沉的袋子，胳膊上的筋都暴了出来，此刻所显出的力气远远胜于她给我第一眼的印象。在半掩着的门里，能看见他家里有满满一堆这样的袋子；那女人，总是一声不吭的，很快又消失了。

上尉打开袋口，里面像是有些肥土或化肥什么的，但是他把一只胳膊插进去，却掏出来一把像咖啡沉淀物一样的东西，并把这东西从一只手倒到另一只手上；都是死蚂蚁，像柔软的沙子，黑得发红；死蚂蚁全都结成了团，缩成一粒一粒的，再也分不出头和腿来。它们散发出那种酸酸的、刺鼻的气味。在他家里还有上百公斤这样的袋子，堆成了金字塔的形状，满满当当的。

“真可怕……”我说，“这样下去，你们一定会把它们杀绝的……”

“不，”上尉平静地说，“杀工蚁一点用也没有。到处都是蚂蚁窝，窝里有蚁后，又会生出无数只蚂蚁。”

“那怎么办呢？”

我挨着袋子蹲下来；他在台阶上比我更低的地方坐下来，为了好跟我说话，还得抬起头来；他的额头和那副圆眼镜的上半截，被白帽子走了形的帽檐遮了个严实。

“要想法子饿死蚁后。如果能把给蚁窝供食的工蚁数量减少到最小，那蚁后就无食可吃了。我跟您说吧，盛夏中的一天，我们会看到蚁后钻出蚁窝，靠自己的腿来寻找食物……那就是蚂蚁的末日了……”

他愤愤地合上袋口，站起来。我也站起来。

“但是，有人还自以为能解决什么呢，却只是让蚂蚁逃走而已，”他往莱吉那乌多的小别墅瞟了一眼，露出钢牙，讥笑了一声，“还有人想要养肥蚂蚁呢……那也是一种办法，不是吗？”

我没弄懂第二句话暗指什么。

“谁？”我问。“为什么他们想养肥蚂蚁？”

“蚂蚁人还没来找过您？”

他在说谁呀？“我不知道，”我说，“我想确实不知道……”

“他会来找您的，您放心。一般每周四他都来绕上一趟，因此，如果今天早上他没来，下午准会到的。专来给蚂蚁喂补药，哈！哈！”

为了让他高兴，我也跟着笑了笑，可是我不想再听什么新路数了。正是因为我是专程来找他的，我说：“当然，您的法子最好，不可能被别人超……您认为可以在我家也试试吗？……”

“您得跟我说，您最喜欢哪种模型，”布拉乌尼说，他又把我带回花园，给我看他那些我还不知晓的发明。一想到要完成譬如捏扁一只蚂蚁如此简单的操作，居然还要投入如此复杂的技术和坚定的信念，我就觉得受不了，不过我也明白，重要的是办法适当，还要坚持不懈，于是我就觉得很泄气，因为没有一个人可以和我们这位邻居那骇人的热情相提并论。

“也许对我们来说，最简单的模型就很好了，”我说，布拉乌尼从鼻子里呼出一口气，我不知道他是赞同呢，还是同情我不足的野心。

“我会想一想的，”他说，“我会给您画上几张草图。”

这样一来，我只得感谢他，并就此道了别。我再次跳过篱笆；甚至都没听到脚下鹅卵石发出那吱吱嘎嘎的声音，我感觉这一切都不是真的；我的家，尽管还像以前那样遭受侵扰，但我第一次感觉到，它真的是自己的家了，一个回来时我可以说一声“终于到了！”的地方。

在家里，有我吃了杀虫剂的孩子和绝望的妻子。

“你别怕，那些杀虫剂是没毒的！”我赶紧跟她说。

没毒是没毒，但也不是好到可以吃：我们的儿子疼得乱叫唤。得让他把杀虫剂吐出来；他在厨房里吐了，可我妻子刚刚清洗干净的厨房里又挤满了蚂蚁。我们把地打扫清爽，把孩子弄安静下来，放进篮子里睡觉，接着用驱虫粉隔离好篮子周围，再系上蚊帐，将篮子一周罩得严严实实，这样他就是醒了也不可能起来乱吃什么东西了。

我妻子先前买回些菜，却无法逃出蚂蚁对菜篮的包围，只好先把每样物品都冲洗一遍，包括油浸沙丁鱼、奶酪，要把粘在上面的蚂蚁一只一只地抠下来。我帮她做些杂事，劈开木头，收拾好经济厨灶，给炉膛通风，她一直在洗菜。但是没有一处可以待安稳的；每隔一分种，不是她蹦起来就是我跳起来，叫着："啊呀，它咬我了！"我们止不住地抓痒，忙着把蚂蚁从身上拿掉，或是直接把胳膊和腿伸到水龙头下冲。我们不知道可以在哪里摆放饭桌：在屋里的话，会招引更多的蚂蚁进来，在屋外的话，我们全身很快就会爬满蚂蚁。于是我们就站着吃，不停地来回移动，而所有的食物居然都能吃出蚂蚁味，这既是因为蚂蚁留在了食物里，也是因为我们的手上沾满了那种味道。

饭后我在地里走了走，抽上一支烟。从莱吉那乌多家那边传来了叮叮咣咣的餐具碰撞声：我探头看看，一把巨大的遮阳伞下，他们正围坐在桌边用餐，光亮而沉静，脖子上系着格子餐巾布，正享用着奶油布丁和浅色的葡萄酒。我祝了他们胃口好，他们则邀我过去尝尝。但我看见饭桌周围都是成包成桶的驱虫剂，每件东西上都铺着一层黄色的或是发白的粉末，还有沥青般的条纹物，那些化学材料的味道，刺鼻而来。我说我很感谢他们，但是我没胃口，这是事实。莱吉那乌多家的收音机响着，声音不大，他们用假声哼着曲子，并做出一副相互祝酒的样子。

我是站在台阶上跟他家打招呼的，同时还能瞥见布拉乌尼家花园的一角；上尉也许已经吃完饭了：他端着放了杯咖啡的小盘子，从家里出来，一边呷着，一边四处张望；当然是为了查看他所有的刑具是否都在正常运转，检查蚂蚁的垂死是否还在一如既往而有条不紊地继续。我看见两棵树间挂着一张白色吊床，凭感觉，上面应该躺着那个瘦骨嶙峋、令人生厌的阿格拉乌拉太太，可是只能见到一个手腕和另一个摇着折扇的手。一种奇形怪状的圆环装置拴着吊床的绳子，捣鼓成这模样，当然应该又是什么防御蚂蚁的工事了；或许这吊床本身就是对蚂蚁下的新圈套，而上尉的妻子放在那里就是用来做诱饵的。

我不想和莱吉那乌多家人说我去探访过布拉乌尼家，因为我已经知道他们会以一种讥讽的自负来奚落我的探访，这种讥讽的自负在我们邻居间早已习以为常了。我把目光转向玛乌罗太太的花园，她家花园比我家地势高，她那座别墅顶上，立着一个转来转去的鸡形风向标。"不知道玛乌罗太太那上面是不是也有蚂蚁啊……"我说。

看得出来，莱吉那乌多一家人进餐时散发出一种抑制住的愉悦情绪，愉悦中暗藏着狡诈、镇定，因为他们只是应答着："嘿，嘿，嘿……她也会有的……嘿，嘿，嘿……她也会有的……她当然有，有得还不错呢……"

我妻子叫我回家，因为她想把床垫铺到桌上躺下稍稍睡一会。先前我们把草褥子直接搁在地上，再把床垫压在草褥上，那是阻止不了蚂蚁爬上去的，但是把床垫放在桌子上的话，只要把四只桌脚用药粉隔离开来就好了，一时半会蚂蚁是爬不上去的。她休息起来，我出去了，想着要找找什么人，也许能跟我说说工作的事，不过实际上，我出去只是想走动走动，换换自己的脑筋。

但是一路走来，我却感到各处已与昨天大不相同了：每一座菜园，每一个家庭，我都猜得出会有成排的蚂蚁爬上了墙，覆盖住了果树，将触角伸向任何一个甜的或是油腻的东西；我警觉的眼睛很快就会发现给搬到屋外来拍打的家具，因为蚂蚁早已钻在其中，会发现一个老太太手里的驱虫小风箱，还会发现一盘盘的毒药，再削尖眼睛看，还能看见一行蚂蚁，正沉着冷静地沿着上楣柱爬行。

尽管如此，这仍是奥古斯都舅舅的理想之地：蚂蚁能对他怎么样呢，对他？他有时给这个老板卸袋子，有时给那个老板做事，在酒店长凳上吃喝，晚上他在有欢乐和手风琴的地方游荡，走到哪里就睡到哪里，只要那里凉爽和柔软就行。

我走着走着，试着把自己想像成奥古斯都舅舅，试着像他那样走路，在这样一个下午，在这样一条路上。当然，要跟奥古斯都舅舅一样，就是说首先要在生理特性上符合他：也就是要矮矮胖胖的，臂膀要有点像猴子，还得以不成比例的姿势大张着，吊在半空中，短短的腿总是因为回头贪看女人而踩错步子，说话时稍一激动，就会吊起那个尖细的嗓音，操起本地方言里的脏话，气呼呼地大骂开来，这脏话因为他口音中夹杂着另一个大区的重音，还是走了调的。在他身上，肉体和灵魂是统一的；我想通过自己躯体的重量和脑中的想法，摹仿出一些奥古斯都舅舅的举动，说一些他爱开的玩笑，从而能在自己身上看到他。但是我永远只能在精神上假装成他：我心里大声呼喊着："喂：我要去那个干草仓里睡上一觉！喂：我要去酒店里好好吃上一顿猪血肠和葡萄酒！"对猫儿们，我想像着自己假模假样地抚摩一番，然后大叫一声："啊呜！"把它们吓跑掉；然后对女仆说："嘿，嘿，您要我来帮您吗，小姐？"但是一点都不好玩。我越意识到奥古斯都舅舅对这里的一切应付得是那么自如，就越发现他是个与众不同的家伙，他永远不会去忍受我的操心事：

整顿房子，寻找工作，半病着的孩子，还有个不会笑的妻子，爬满了蚂蚁的床铺和厨房。

我来到我们去过的那家酒店里，问穿小白衬衫的女人，昨天和我谈过话的那些男人是不是还没来。那里阴凉清爽；那酒店也许不是个有蚂蚁的地方；我坐下来等那些家伙，是她建议我这么做的，我装做从容地问她："你们这里没有吧，蚂蚁？"

她用抹布擦了一下吧台："这里人来人往的，从来没人注意过这事。"

"那您一直住在这里吗？"

她耸了耸肩膀："像我这么壮实的人，还会怕什么蚂蚁？"

这种想藏住蚂蚁的神情更叫我来气，就像有了蚂蚁是什么羞耻的事一样，我追问道："这么说来，您是不下毒药的喽？"

"对付蚂蚁最好的毒药，"坐在另一张桌旁的人嚷起来，我发现，他是奥古斯都舅舅那些朋友中的一个，我昨晚还跟他聊过来着，"是这个，"他举起杯子，一口而尽。

其他那些人也来了，他们邀我一同喝酒，他们并没能给我提供什么工作信息。然后又扯到了奥古斯都舅舅，一个人问道："他在那里忙什么呀，那个老林杰拉？""林杰拉"是这里的一个词，是流浪汉和无赖的意思，这帮人都非常赞成这个称呼，还说我舅舅正因为是个"林杰拉"才这么被大伙尊重的。我对这个授予他的名声有点迷惑不解，因为我知道他骨子里是个礼貌而谦卑的人，尽管生活方式有那么一点稀里糊涂的。不过这也许只是吹牛和夸张罢了，这里的人都这样，我有一个模糊的感觉，这一切都与蚂蚁有关，他们假想身陷于一个动荡不宁、危机四伏的世界，以此来把自己从那些最细微的烦心事中隔离出来，比如说蚂蚁。对我来说，进入那种思维的难处——我回家时想着——是我的妻子，她永远与幻想为敌。我还想了，她是多么地深入了我的生活，以至于我再也不能陶醉于词藻和想像之中了，因为我的脑海中会立刻浮现出她的脸庞，她的目光，她对我来说是那么亲切，是必要的存在。

我在门外碰见了她，我妻子，一副有点惊恐的样子，说："哎我说，有个勘测员。"

酒店里那些优越感很强的吹大牛人的聒噪声，还充斥在我耳边，我几乎没怎么听明白，就说："啊，一个勘测员，现在好了，又来了一个勘测员……"

她说："家里来了个勘测员，正量着尺寸。"

我仍未弄明白，进了屋。"噢，你说什么呀？他是上尉！"

是布拉乌尼上尉，拿着黄色卷尺在丈量屋子，准备在我们家安装他的那些圈套。我把我妻子介绍给他，并感谢了他的热情关心。

"我想看看环境的可能性，"他说。"一切都要以数学式的标准来操作，"他还量了量孩子睡觉的篮子，弄醒了孩子。小家伙被他那个拉平的黄色卷尺给吓怕了，大哭起来。我妻子赶紧哄他睡觉。孩子的哭声把上尉弄得很烦躁，尽管我是尽力地分散他的注意力。幸好他妻子叫他，他走出去。阿格拉乌拉太太在篱笆上冒出头来，用她那瘦而白的胳膊向他示意，并喊道："你过来一下！对，你过来一下！有人来了！对，蚂蚁人来了！"

布拉乌尼把目光转向我，抿着嘴，会意地冲我笑了一下，为他要立刻回家而深感抱歉。"他这就要来找您了，"他说，朝那个神秘的"蚂蚁人"的方向指了指，"您会明白的……"就走了。

我不想在还没搞清楚他是谁和来干什么之前，就面对这个蚂蚁人。我朝莱吉那乌多家的小台阶走去；这时候邻居刚刚进家门；他穿着一件白衣服，戴着顶扁平的狭边草帽，拿的全是小袋子和罐子。我问他：“不好意思，我想打听一下：蚂蚁人已经来过您家了吗？”

“我不知道，”莱吉那乌多说，“我从外边刚回来，但我想他是来过了，因为我看见到处都是糖蜜[①]。克劳迪娅！”

他妻子露出脸来，说道：“是的，是的。他也会去拉乌莱利家小屋的，但您别指望会有什么用，您要知道！”

我当然没指望什么。我问：“但是，这个人，是谁派他来的？”

“谁想派他过来呀？”莱吉那乌多说。“他是那个和阿根廷蚂蚁斗争的机关的人，一个职员，来给所有人家的花园里放上糖蜜。那边那些小盘子，您看见了吗？”

他妻子说：“掺了毒的糖蜜……”她冷笑了一下，一副自己非常明白的样子。

“这糖蜜能杀死蚂蚁吗？”我的问题简直是在开一个令人头疼的玩笑；我已经知道会是怎样的了：有时好像是一切就要解决了，然后又变得复杂起来……

莱吉那乌多先生摇摇头，好似我说了一件不合时宜的事情。“当然不是啦……用的毒药是最小剂量，这个好明白……蚂蚁又馋废糖蜜。工蚁们回到蚁窝，用极小剂量的毒药来喂养蚁后，用这种方法，蚁后迟早总会中毒而亡的。”

我不想问是不是它们迟早真的能死。我明白莱吉那乌多先生告诉我这个办法时，自己是持不同意见的，但又觉得有义务要使用一种客观而恭敬的语调，来传达权威的官方意见。但他妻子，具有女人特有的急躁，敢于表达她对这个糖蜜把戏的反感，并用恶意的讥笑和挖苦的玩笑，强调着丈夫的话：这种态度让他觉得不太合适或

① 制糖企业的下脚料。

是太过轻率，因而他尽力反驳她，千方百计地削弱这种悲观主义的印象，倒也不是真的要反对她——也许因为他私下里也是这么说的，也许还要糟——，而是试着给她举出些个公道的小例子，比如：“好啦，你太夸张了，克劳迪娅……当然不是非常有效，但还是管用的嘛……而且，他们做这事都是免费的……在做出评价前，先要等上几年……”

“几年？他们放那个玩意儿都有二十年了，每年蚂蚁都在增多。”

莱吉那乌多先生不再驳斥她，而是把话题转到那个机关的其他功绩上：他给我介绍粪箱法，就是蚂蚁人把粪箱送进每家每户的花园里，蚁后便会去那里产卵，他们取回这些箱子，把它烧掉。我发现莱吉那乌多先生的腔调非常适合用来向我妻子解释这件事情，她天生多疑悲观，于是，我回到家，把邻居的话跟她重复了一遍，注意不去夸耀这个方法有多么神奇、迅速，但也避免使用克劳迪娅太太的讽刺评价。我妻子是那样一种女人，比如说坐火车吧，尽管她们认为火车时刻表、列车编组、检票员检票都毫无意义，搞得一塌糊涂，没有任何合理性可言，但也带着仇恨地、无可奈何地接受了下来；同样，虽然她认为糖蜜这个玩意儿荒唐可笑，只是把事情搞复杂了——我也不知道怎么反驳她——，但她还是准备好好接待这个蚂蚁人的来访——这个蚂蚁人，我知道了，是叫巴乌迪诺先生——，并且不用抗议或是无意义的求救来烦他。

这个人并未征得我们同意就来到了我们的土地上，就是说还在我们谈论他时，他就已经站到我们跟前了，这真叫人尴尬。他是个五十岁上下的矮个子，穿着件又破又掉色的黑色衣服，那张脸有点醉汉相，颜色仍然深的头发梳着一个孩童般的分头。他半闭着的眼睛，稍带一点虚情假意的笑容，还有那眼睛和鼻翼附近有些发红的肤色，都预示着他会有个嘶哑的声调，就像神父那种，方言很重。面部神经略为一动，就能让他嘴角和鼻角的皱纹跳个不停。

如果我用了太多的细节来描述巴乌迪诺先生，那只是为了尽量描绘出他给人们的奇怪印象；相反，一点都不奇怪：因为我们凭直觉就能猜出蚂蚁人正是他，哪怕他是置身于成千上万的人中间。他的手粗壮而多毛：一手提着类似咖啡壶一样的东西，一手托着一叠子陶瓷小盘。他告诉我们，他要放糖蜜，他的声音那样的冷漠，暴露出公职人员的好逸恶劳：同样，他说“糖蜜”这个词时的发音方式，是那般的软弱无力、拖拖沓沓，足够表明这个男人是以怎样麻木不仁的怀疑，和对我们的苦恼怎样的蔑视，来履行他的任务的。在他面前，我发现我妻子倒成了镇静的榜样，还指给他看蚂蚁流量最大的地方。实际上，看着他那么犹豫不决地忙活着，老是重复着那几个同样的动作：用咖啡壶的糖蜜灌满一个个的小盘子，再搁下，战战兢兢地生怕弄翻它们，我的耐心早已跑掉了。这样观察着他，我脑中闪出一个奇怪的印象，这个印象我第一眼见他时就有了：他就像一只蚂蚁。我说不好为什么，但他肯定是像的：也许是因为他人肤色昏暗发黑，也许是因为他那个小身段的比例，或许是他嘴角上的抽动与那些昆虫触角、小腿的持续振颤是相似的。但是蚂蚁有一个特点他可一丁点都不具备，这就是蚂蚁那种动个不停的忙乎劲儿；巴乌迪诺先生行动起来时，总是慢慢吞吞、笨手笨脚，眼下他正挥舞着蘸上了糖蜜的小刷子，愚蠢地把家里涂抹得很脏。

就在我带着不断增长的厌恶感跟随着那个人的活动时，我突然发现我妻子已不在身边；我放眼找去，看见她站在地里的一个角落上，也就是莱吉那乌多家篱笆和布拉乌尼家篱笆交会处；克劳迪娅太太和阿格拉乌拉太太在各自的篱笆上伸出脑袋来，她们在闲谈，而我的妻子，在她们中间，听着她们说话。我走近她们，因为巴乌迪诺先生正在房后的间隙处忙活，在那里他可以想怎么弄就怎么弄，不需要别人看着，我听见布拉乌尼太太在说话，边说还边打着她那有棱有角的手势：

“补药，他用来喂蚂蚁的，那个东西：简直是补药，什么毒药啊！”而莱吉那乌多太太用一种甜甜的口吻补充道：“如果哪天真没有蚂蚁了，这些机关官员都上哪里去啊？所以，您想让他们干什么呀，我的太太？”

“把它们养肥，这就是他们做的好事！”阿格拉乌拉太太愤怒地下了结语。

我的妻子——由于邻居双方的话都是冲着她说的——不吭一声地听着，而她那鼻孔大张、双唇紧锁的模样告诉我，一种被迫承受骗局的气愤和痛苦正在吞噬她。我也是，必须说，我十分切近地相信那些话并非只是女人的闲言碎语。

“那么用来产卵的小粪箱呢？”莱吉那乌多太太继续说道。“他们是要收回的，但是您以为他们真会烧掉箱子吗？才不会呢！”

有人在喊：“克劳迪娅！克劳迪娅！”她丈夫的声音，肯定是妻子放肆的言行使他不安起来。莱吉那乌多太太说声“抱歉啦”，离开了我们，话语间透射出对随波逐流的丈夫不屑一顾的意思。在对面，我感到有种嘲笑声在回荡，我看见在铺得很好的砾石小道上，布拉乌尼上尉正在调整陷阱装置的倾斜度。在他的脚下，一个刚给巴乌迪诺先生满上的陶瓷小盘子翻了个底朝天，被打得粉碎，肯定是给踢了一脚，谁知道这一脚是无心还是有意的。

我们往家走时，我没法断定妻子心里是否盘算着要对蚂蚁人发泄一通怒气；但是我可能不会做任何事情制止她，相反，时机适当的话，我还会支持她。但是我们把房子里里外外看了个遍，发现巴乌迪诺先生已经消失了；来的时候，我们就感觉听到我们家的栅栏在吱吱嘎嘎作响，还有关门声。他应该就是那时候出去的，连个招呼都不打，留下糖蜜那黏糊糊、发红的印迹，还散发出令人厌恶的、甜腻腻的味道，跟蚂蚁的味道完全不同，但是，我说不出来，这味道是如何地与那蚂蚁的味道有着某种关系。

我们的儿子睡得正熟，正是我们上玛乌罗太太家拜访一下的好机会。我们原本就得去找她，要拿什么贮藏室的钥匙，当然也是出于礼节的需要。不过促使我们尽快拜访的真正原因，是想让她听听我们的抗议，她租给我们一套被蚂蚁占领的住房，事先却没有任何警告，而且——首先是——也是有好奇心，想看看房子的女主人是如何应付那个祸害的。

玛乌罗太太的别墅有一个宽敞的大花园，坐落在山坡上，棕榈树高高地耸立着，扇形的树叶已经披黄。一道小径弯曲迂回，通向一幢被玻璃游廊和阁楼环绕的房屋，屋顶上的鸡形风向标已是锈迹斑斑，吃劲地绕轴旋转，发出刺耳的叫声，跟棕榈树的树叶比起来总要慢一拍，每一阵风起时，棕榈树叶都要响，呻吟一下。

我妻子和我就是顺着这道小径上去的，倚着栏杆往下俯瞰，能看见我们住的小房子，对我们来说它还很陌生，还有那片荆棘丛生、尚未耕种的土地，我们还看见莱吉那乌多家那个类似仓库前院的小花园，布拉乌尼家那个几乎如同墓地般规整的小花园，只有现在我们才可以忘记那些被蚂蚁黑掉的地方，只有现在我们才敢想像假如没有那些无时不刻缠身不离的烦恼，这些地方会是个什么模样，只有此时隔了这么远的距离，我们才意识到那里也可以是个天堂——

但是我们处得越高来看它们，就越为我们那底下的生活感到悲哀，就好像生活在那样一个不幸和琐碎的境况下，就只能继续与不幸和琐碎纠缠下去。

玛乌罗太太一大把年纪了，瘦瘦高高的；在一间阴暗的房子里接待了我们，她端坐在一张靠背很高的椅子上，紧挨着折叠式小桌子，桌上摆着缝纫用品和文具。除了一个白色的男士衣领，她一身黑衣服；瘦瘦的脸上淡淡地扑上一点点粉，头发梳得很严整。她立刻给了我们钥匙，这是她前一天就答应好的，可并没有问我们在那房子里过得怎么样，而这——我们感觉——表明她其实就是等着我们抱怨的。

“那下面的蚂蚁，太太……”我妻子说道，用了一种谦卑和温顺的语调，这一次我倒是不希望她用上这种语调的。尽管我妻子是个态度很强硬，还经常攻击性很强的女人，但偶尔也会腼腆起来，一旦见到她这副模样，我就有种别扭的感觉。

为了给她帮腔，我用了一种很忿恨的口气，说：“您租给我们一套房子，太太，如果我们知道有这么多蚂蚁的话，老实跟您说，”我不愿再说下去，想来这就已经足够清楚了。

太太连眼睛都没抬。“这房子很久没住人了，”她说。“有一点阿根廷蚂蚁也是可以理解的，这里到处都是……在卫生没搞好的地方。您，”她对我发话了，“一直未给答复，让我等了四个月。如果早早入住的话，现在就不会有蚂蚁了。”

我们环顾房间，由于被帷幔和半合的百叶窗遮挡，房间几乎是黑沉沉的，古老的挂毯覆盖着高墙，阴郁的木雕家具上，细颈玻璃瓶和银质茶壶闪烁出短促的光亮，我们感到那里的黑暗，那些沉重的摆设正是用来掩藏那已涌成河流的蚂蚁，它们肯定把整座房子从地基到屋顶好好地穿了个遍。

“那么您，这里，”我妻子带着一种影射的、近乎嘲讽的口气说，“没有蚂蚁？”

玛乌罗太太抿了抿嘴：“没有，”回答得很干脆。接着，就好像她发现这话显然不会被相信，就解释道：“我们这里收拾得干干净净，如同明镜一般光洁。真有什么蚂蚁从花园里爬进来，我们会发现的，会立即采取补救措施。”

“什么？”我和我妻子异口同声地立刻问道，我们现在无不充满希望和好奇。

“是这样的，”老太太耸了耸肩说道，“我们把它们撵走，用扫帚撵走的。”就在此刻，她那故作镇定的表情被一种来自肉体上的痛苦穿透，我们看见，她仍旧那样坐着，却扭了一下腰，很明显地把身体的重心从一边移开。若不是她用那么肯定的语气确认出这些话，我敢发誓一只阿根廷蚂蚁正从她的衣服下穿过，还蜇了她一口；一只或者几只，正在她身上散步，把她给弄痒了，因为尽管她吃力地控制着不在椅子上挪动，可是很显然，她再也无法像先前那样安稳端正地待着了，她全身紧绷着，一丝越来越剧烈的痛苦神情正在她的脸上荡漾开来。

“可我们屋前的那块地全都黑了，尽是蚂蚁，”我急忙说，“我们已经是尽可能地把家里清扫干净了，但是从地里总有成千上万的蚂蚁爬进来……”

“这个很好理解，”老太太说，她那单薄的手紧攥着扶手，“这个很好理解，地里没种东西，没种东西的地就会让蚂蚁成千上万地繁殖。我本打算四个月前就让您好好收拾一下那块土地的，而您让我等了又等，现在您遭殃了；还不只是对您，大家都跟着遭了殃，蚂蚁正在四处蔓延……”

“它们也蔓延到您这里来了？”我妻子几乎是笑着问道。

“这里没有！”玛乌罗太太苍白地说道，右手始终紧攥着扶手，肩膀稍稍转动了一下，并用胳膊肘蹭起了体侧。我冒出一个想法，这些阴影、装饰品、房间的宽阔、灵魂的自豪，全是那个女人对付蚂蚁的防御手段，和在蚂蚁面前她比我们更坚强的原因；但是我们目所能及的一切，包括她，端坐在那里的人，都已被比我们那里更无情的蚂蚁给侵蚀了；那似乎是一种非洲白蚁，它们毁灭每一件东西，只留下空壳，而那座房子，就只剩下掉了色的挂毯，窗帘是几乎就要碎成粉的布料，我们眼前的所有东西都处在要坍塌成碎末的边缘。

“我们正是来向您讨教的，您是否有什么建议，可以让我们从这个灾难中解脱出来……”我妻子说，她的举止重又自如起来。

“把家收拾好，把地里的活干好。没有其他法子。劳动：只有劳动，”她站起来，这个告别的举动和她本能地一跳是同时发生的，她再也不能安稳地待着了。她恢复了镇定，苍白的脸上露出一丝如释重负的神情。

我们穿过花园，走下坡去，我妻子说：“但愿他没醒。”我也惦记着孩子。还没到家，我们就听见他在哭。我们赶紧跑过去，把他抱在怀里，试着哄他安静下来，但他仍是高声大哭，声嘶力竭地叫着。一只蚂蚁爬进他耳朵里了：我们过了好一会才搞明白是怎么回事，他哭得非常绝望，整个叫我们没了辙。其实我妻子早就说了：“肯定是蚂蚁！”但我还是纳闷，为什么他一直哭个不停，在他身上既没找着蚂蚁，也没有见着什么被咬或是过敏的印痕，我们脱光他的衣服，周身上下查个仔细，可只是在篮子里找到了几只；我原来还觉得已经把篮子隔离得相当好了；但我们没注意到蚂蚁人用糖蜜刷的那几下子：在被巴乌迪诺先生刷出的那些难看的划痕中，有一道，好像是故意要把那些野兽从地板上一直勾引到孩子的小窝里。

孩子的哭声和妻子的惊叫，把附近的女人都引到家里来了：莱吉那乌多家的那位太太非常能干，相当热情；布拉乌尼家的那位太太，必须说，也是千方百计地助我们一臂之力，还来了其他从未见过的女人。女人们都忙着出主意：往他耳朵里倒温热的油，让他张开嘴，让他擤鼻子，还有其他一些法子，我也没弄清楚。她们嚷这嚷那，结果只能添乱而不是帮忙，尽管那时候倒也能起到点安慰作用；她们在孩子周围忙前忙后的，更主要的是煽起了对蚂蚁人的公愤。我妻子叫喊着控诉他，巴乌迪诺；女邻居们众口一词地说那个家伙必须为他的所作所为付出代价，要狠狠地教训他一顿，说他用尽伎俩地养好蚂蚁，就是为了不丢掉自己的工作，说他完全有能力是故意这么做的，反正大家都已知道，他始终站在蚂蚁那一边，而不是站在基督徒这一边的。夸张是夸张了一些，但还是可以理解的；在这样义愤填膺的气氛中，加上孩子都哭成那样了，我也深受感染，如果当时巴乌迪诺先生就在我手中①，我都说不好会对他怎样。

小蚂蚁随着温热的油流出来了；孩子，哭得半呆，拿起一个赛璐珞玩具，摇了摇，便吮起来，再也不理我们了。我也跟他有同样的需要：自己待一会，放松一下神经。而那些女人，对巴乌迪诺的谩骂仍在继续，她们跟我妻子说他很可能就在附近的一处围栏里，那里有他的贮藏间，我妻子说："啊，我去那里，我当然去那里，要让他罪有应得。"

她们组成了一个小队，由我妻子打头，我自然紧挨着她，但对

① 此处"在我手中"，指就在眼前。

这个举动的效果却未作任何预期；那些鼓动我妻子的女人，跟随她身后，时不时超前几步给她指路。克劳迪娅太太主动提出帮我们带孩子，跟我们在栅栏边告了别；后来我发现阿格拉乌拉太太也没和我们一起来，她一直表现得是巴乌迪诺最大的敌人之一，但是最后我们却被一小群素不相识的女人陪同着。我们走在某种混用车道上，道旁尽是些木制的小屋、鸡舍、菜园，堵的全是垃圾。一些女人说了这许多，但是到了自家后却停在门槛上了，以极大的热情给我们指出应该往哪边走，然后便进了家门，招呼在地上玩耍的脏孩子，或者是喂鸡去了。只有几个女人一直跟我们来到那个巴乌迪诺的围栏，可我妻子敲了门，门也开了以后，也就只剩下我和她两个人进去了，尽管我们可以感觉到，窗台上或鸡圈前那些女人的目光始终追随着我们，她们或者是扫着地经过那外边，好像是在继续怂恿我们，但是声音极低，而且一点都没露脸。

蚂蚁人站在他的贮藏间中央，那个贮藏间塌掉了四分之三，仅存的一面木质墙上，粘贴着一张发黄的海报，用特大号的字写着：抗阿根廷蚂蚁斗争所，周围是成摞用来放糖蜜的小盘子、小抽屉和各种罐子，整个就是一垃圾堆，垃圾堆里满是装鱼刺的纸包和其他废弃物，以至于让人立刻产生一种联想，这里就是整个地区所有蚂蚁的发源地。巴乌迪诺先生令人生厌、盘问般地面对着我们，似笑非笑，露出牙齿间的空隙。

“您！”我妻子攻击起来，犹豫片刻，又开始说，“您真应该感到羞耻！您来我家，把到处都弄得一团糟，而且还用您的糖蜜把蚂蚁引进孩子的耳朵里。”

她把手伸到他脸下，巴乌迪诺先生以野兽般的动作避让开来，脸上仍挂着那个蛀坏掉的笑容，耸耸肩膀，向周围张望一下，还使了个眼色——这只能是向我使的，因为没有其他人在他的视线范围内了，就好像在说："她真傻"，然而从他口中吐出的却只是泛泛而无力的否认，比如"不……不……什么呀"。

"那为什么大家都这么说，说您给蚂蚁下的不是毒药，而是在喂补药!"我妻子大叫着，他则顺着小门溜到路上，我妻子紧追其后，怒责他。这下巴乌迪诺先生是朝着邻近小屋里的女人们耸肩挤眼了，我感觉这伙女人像是在难以察觉地搞两面派，她们一边同意为他作证，证明我妻子完全是胡说八道，一边对我妻子投去目光，微微颔首，频频示意支持，继续鼓动她，甚至做出用扫帚挥向蚂蚁人身上的动作。我没介入，我能做什么呢？当然不能跟着破口大骂，更不能对那个正在逃跑的小矮子拳脚相加，我妻子已经那样对他大动肝火了；可我也不觉得应该劝阻她，因为我不想保护巴乌迪诺。我妻子愤怒已极，吼道："您害了我的孩子！"还上前揪住他的领子，把他摇得在衣服里乱晃。我正准备扑向前去隔开他们，但他并未碰她，而是用越来越像蚂蚁的动作转了个身，挣脱她，迈着笨拙的步子跑开几步，然后恢复镇静，走掉了，走前还对小屋那边的观众耸耸肩，喃喃道："这都是什么事啊……这是什么人啊……"还做出一种好像是说"她真傻"的手势。在我妻子冲向他的那一刻，在那群观众中，响起一阵强烈、含混不清的喊喳声，可当那男人一脱开身，她们又寂静无声了，现在她们又开始在他背后说起话来，甚至都不是什么抗议和警告的话，更多是在抱怨，而且几乎是在请求同情，就好像是一种自豪的声明，叫嚷着："蚂蚁都把我们生吞了……床上是蚂蚁，盘子里是蚂蚁，每天，每夜……我们自己已经没什么好吃的了，还要喂饱它们……"

我挽起妻子的胳膊，她还不时地回头大喊着："不会就这么结束的！我们知道是谁欺骗了我们！我们可是知道该谢谢谁呢！”还说了其他一些没有响应的威胁话，因为我们返回时，小屋的窗子和门都已紧闭，居民们和蚂蚁们又一起开始了他们不幸的生活。

于是这就成了伤心的归程，也是意料之中的。然而我尤其感到不快的是目睹了那群女人的表现。对这些四处哭诉、抱怨蚂蚁的人，我深感厌恶，我这一辈子都不会这么干的，我宁愿把自己关在一种折磨人的自傲之中，就像玛乌罗太太那种自傲，但她有钱，我们却很穷，我找不着出路，找不着继续生活在这个地方的方式；我感到，在所认识的，直到不久前我还以为他们是如此超脱的人中间，他们没有一个找到了这个方式，或者甚至都不在寻找这个方式的路上。

我们回到家门前：孩子仍在吮他的玩具，妻子坐在凳子上，我看着被蚂蚁占领的土地、篱笆，看到外面从莱吉那乌多先生家花园里升腾起来的一团驱虫粉，还有右边上尉家花园里静悄悄的阴影，那里的受害者还在继续一滴滴地掉着。这边是我的新家。我抱上孩子拉着妻子，说：“我们去转一圈，一直遛到海边去。”

天色已晚。我们经过林荫道和台阶小路。阳光打着老城的一角，老城的房子是用灰色多孔的石头建成的，窗框抹着石灰，屋顶长满绿草。城市朝内地扇形般打开，丘陵连绵，起伏不平，从一座山坡到另一座山坡之间的山谷中，充满了清新的空气，此刻给染上了古铜色。儿子惊奇地回头注视着每件事物，而我们也不得不参与到他的惊讶之中，这种方式，既可以使我们重新接近生活中间或会有的温馨，也可以让我们漠然度过每一天。

我们遇上几位年迈的女人，她们头上顶着摇摇晃晃的大篮子，篮子下压着个垫圈。她们平稳地走着，腰板笔直，眼睛下垂着；从一个修道院的花园里，跑出来一群纺织女，来到栏杆边，看见水缸里的癞蛤蟆，说道：“啊，真紧张啊！”一排栅栏后的藤萝树下，一群穿着白衣裳的小姑娘正在让一个盲人玩沙滩球；一个半裸着上身、留着胡子、一头披肩长发的小伙子，正在用顶端叉开的杆子，从一株密密麻麻长着长长的白刺的老仙人掌上接果子；一群富家孩子，神色忧伤，戴着眼镜，在窗前吹着肥皂泡；给养老院的老人们吹归营号的时候到了，他们一个跟着一个，戴着草帽，拄着拐杖走上那些台阶，每个人都自顾自地说着话；有两个电话修理工，扶梯子的人跟在线上那个逆着光的人说：“下来吧，到点了，明天我们再干完吧。”

就这样，我们来到港口，那边有海。有一排棕榈树，还有些石凳：我和妻子坐下来，孩子很安静。我妻子说：“这里没有蚂蚁了。”我说：“而且还很清爽，待着真舒服。”

海浪上上下下地拍打着堤道上的礁石，摇晃着那些被称做“高座”[①]的船，黑皮肤的男人们把红色的渔网和用于夜间捕鱼的鱼篓装在船上。水面平静，不停地变换着色彩，天蓝色，黑色，越往远去，这两种颜色变得越密集。我想着那无际的海水，想着那底下无尽的细沙，那边有被水流搁下的白色贝壳，它们被海浪冲洗得干干净净。

① “高座”为音译，是一种典型的意大利渔船。

房产投机

一

他把眼睛从书上抬起来（在火车上他总是读些什么），看到家乡的点点滴滴——墙，无花果树，戽斗水车，芦竹，礁石——，尽是些看惯了的东西，但直到那时，直到远离了这里，才能发现它们：每次回来都是这样的，奎因托又和自己的家乡，利古里亚[①]海岸，联系起来。但他这样反复远去和零星返乡都已经好些年了，还能有什么意思？这一切他都已经烂熟于心了：但是，他仍在寻找新的发现，就靠这么一转眼的工夫，一只眼留在书上，另一只眼投向窗外，不过这只成了一种对观察的验证，都还是老样子。

但每次总有什么东西会打断他这种操练的愉快，并使他重回到书中的字里行间，一种他也不是很清楚的厌恶感。是房子：所有这些立起的新建筑，六层八层的城市公寓，白花花的，厚厚实实地拦在那里，就像是为了挡住海岸上倾泻而下的山体而设置的障碍一样，

---

① 利古里亚，意大利西北方沿海大区。

尽可能地把窗子和阳台面向大海。滚烫的水泥占领着利古里亚海岸：那边你会看见已经住上人的房子，所有人家的阳台上都摆着同样的天竺葵小盒子，这边住宅区刚刚竣工，玻璃上还有被碳酸铅白画出的蛇一般的线条，正等着对海水浴狂热不已的小户家庭来居住；再往远处去是一幢裹满了脚手架的房子，那下面，是一架正旋转着的混凝土搅拌机，还有购房的中介广告。

座座小城建在坡子的阶地上，城里的新建筑一座架在另一座的肩上，其中老房子的户主在建筑加高层间伸长了脖子。在***，奎因托的这个城市一度是被桉树和木兰成荫的花园环绕着的，那里层层的篱笆之间，英国的老上校和年迈的小姐互相交换着陶赫尼茨版的书[①]和喷水壶，而现在推土机正在那里翻土，那土或因为树叶的腐烂而变得松软，或因为林荫小道上的鹅卵石而显得凸凹不平，镐头正在拆毁两层楼的小别墅，斧子把华盛顿棕榈树的扇形叶片砍得像纸一样地从天空中倾泻而下，从那片天空中将会出现有着厨房洗澡间三间套的阳光灿烂的房子。

奎因托正往他的别墅上走，这里一度俯瞰着整个新城区浩瀚的屋顶，俯瞰着低低的海岸街区以及港口，俯瞰着这附近的老城区那一堆发了霉和爬满了地衣的房子，而这一切又被一座丘陵环抱着，丘陵面西的山坡上是菜园，菜园上方是浓密的橄榄园，丘陵面东的山坡上，便是一片森林般绿色的宾馆别墅的国度，丘陵下面则是一片干枯的土地，上面是种植着康乃馨的亮闪闪的暖房，一直延伸到海角边：现在什么都没了，只能看见平行六面体和多面体的几何重

---

① 陶赫尼茨版的书，是德国陶赫尼茨书店（Tauchnitz）印的廉价本英文书籍。一七九六年陶赫尼茨家族在莱比锡开始经营印刷，一七九八年成立出版社。专营字典、圣经、希腊罗马经典书籍。

叠，只能看见这里那里房子的棱角和边框，房顶，窗户，无窗的墙，由于毗邻地役权的问题，墙上只有厕所的毛玻璃小窗，一个架在另一个之上。

他的母亲，每次他来***时，第一件事总是要让他到阳台上去，（他，由于懒惰和心不在焉并且很快就令人倒胃口的怀旧情绪，真想没上去就又出发了）；“现在我让你看看新鲜事，”她给他指了指新建筑：“那边桑皮埃里把房子加高了，那是一幢什么诺瓦拉[①]人盖的新楼，还有修女们，就连修女们，你记得原来那下面能看见有竹子的花园吗？你看看现在都挖成什么样了，谁知道他们把地基打成那样到底要建多少层楼啊！还有凡·摩恩家别墅的南洋杉，利古里亚海岸最美的植物，现在巴乌迪诺公司把整块地都买下来了，一棵本该由市政府来操心的植物，却成了用来烧东西的柴火；不过再说了，移植它也是不可能的，它的根都不知道长到哪里去了。现在你到这边来；东边这头吧，挡住我们视线的东西是没了，但你看看那个新房顶又冒出来了：现在好了，现在早晨的太阳要晚半个小时才能照到这里了。”

而奎因托只能说：“哎呀，哎呀！真糟糕呀！啊，我亲爱的母亲啊！”他只能发出一些毫无表现力的感叹和冷笑，只是说着“那么你想怎么样啊”，甚至还有点幸灾乐祸，也许是出于那种年轻人渴望混乱的剩余情绪，也许是炫耀自己懂得“对历史进程的抱怨是无用”的智慧。但是，看到一个曾是他家乡的地方，还没有被他真正地拥有过，就这么在水泥下消失了，还是有点刺痛了奎因托。但必须说，他是一个历史循环论者，拒绝伤感的情愫，还是一个游历过的男人，等等等等，反正，他什么都不在乎！这还不算什么呢，更

---

① 诺瓦拉，意大利西北部大区皮埃蒙特的一个城市。

糟糕的事情他都已经准备好对别人实施，或是由自己来承受了。在阳台上，他几乎是想要他母亲来煽动自己的矛盾心理，他侧耳倾听着她在他一次又一次探望中积攒下来的顺从怨诉，想捕捉到一种超越了为正在逝去的亲切景色而惋惜的痛苦声调。但是他母亲理性的埋怨并没有触及那种尖刻的倾向，而所有这些持久的连绵抱怨更没有使她的声调变得狂躁，只不过是在谈话的措辞中稍有提及：比如一些说法吧，每当她说起盖房子的“他们”那些人，只是泛泛地说他们合伙对我们使坏，并没有特指谁，而她每次说到，“看看他们都对我们做了什么事”，只是叫人明白了这些事是伤害了我们，但同时也伤害了其他人；不，他在他母亲沉静的忧伤中找不到任何一点可以引起吵架的机会，反倒是他在那里，急躁得直想从这种被动的状态中脱离出来，过渡到主动进攻。好了，现在，在那里，他那个家乡，在他心里已被截掉了的那个部分，又有了一个新生命，尽管是不大正常的，也是不符合审美标准的，正是为此——全因主导他的是被文学教育过的思维冲突——，但却比以往更具生命力。而他并没有参与其中；他与这地方还有联系，全仗那一缕思乡的激动，全仗一个景色不再优美的半城市化地区的贬值，他有的只是损失。在这种心态下表达出来的句子就成了：“如果所有的人都在盖房子，为什么我们不能也盖房子呢？”之前有一天，他当着母亲的面和安佩力奥谈话时，她是双手紧捂着太阳穴地惊呼道：“不要啊！我可怜的花园！”但这惊呼也只是一系列长长的讨论、策划、计算调查和谈判的种子[①]了。现在，正是这次，奎因托回到了他出生的城市，要搞上一场房产投机。

① 意思为“根源，开端”。

二

但他独自一人考虑时，就像他在火车里那样，母亲的话回到了他的记忆中，给他传递出一种易怒的不适，几乎是一种后悔。这是他母亲对自己的一种惋惜，惋惜自己的消逝，而她感到再也无法弥补了，一种老龄来袭的痛苦，人老后每当某个一般性的错误以某种方式触碰到我们时，都会成为一种有关我们一生的错误，一个不能再补偿的错误，而生命中什么美好的东西一旦离开，就好像是整个生命都跟着离开了。而正是在自己反抗的激怒方式中，奎因托承认了乐观主义者那不惜任何代价的残酷无情，承认了年轻人拒绝接受自己会在什么方面失败，他们相信生活总会补偿曾剥夺了你的东西，所以如果现在生活破坏了你地盘上一种亲切的痕迹，一种环境的颜色，一种文明但非艺术、于是也很难保护和回忆的美丽，当然随后，它会再赠予你其他的东西，给你其他的好处，给你其他的马六甲群岛或亚速尔群岛[①]，它们也是易逝但可以享受的。尽管这样，他还是感到这种年轻的无情是多么的错误，是多么的挥霍，是多么能传达出过早的衰老感，而另一方面这种无情又是多么残忍地必不可少：总之他都知道，该死的他！而且他也知道他母亲绝对有理，尽管这所有的一切她连想都没想过，她只是带着那自然的担忧，不时地通知他，邻居的楼层又加高了。

现在，奎因托，他心里的那个东西还不敢告诉母亲。现在他正特意赶往 ***。这只是他的一个想法，都还没跟安佩力奥谈过，甚至，这个意见于他也只是刚刚成形，就像一个紧急的决定，而不像

① 马六甲群岛为印度尼西亚境内众多群岛之一。亚速尔群岛是位于北大西洋中央的群岛，为葡萄牙领土。

一种假设，一种永远开放的可能性。唯一一个确定下来而且几乎已经完结的事情——这事获得了母亲不得不作出的同意——就是卖掉这一小块花园。因为他们反正已处在不得不卖的境地了。

这是个税费无情的年代。父亲去世后，两次极度苛刻的税赋几乎是脑袋接着脖子[①]地同时爆发了，这些事务以前都是父亲做的，他做事务时总是伴随着低沉的抱怨和细致过微的谨慎。一个是“额外财产税”，一种粗鲁的、由一战后政府颁布的有报仇性质的税收，对资产阶级更是严厉，被迟缓的官僚主义一直推到现在爆发，在人们最没料到的时候。另一个是有关父亲遗产继承的遗产税，一种从外表上看好像还蛮合理的赋税，可一旦这税压在自己身上了，就显示出了不可思议的美德。

奎因托对自己在这世上连用来支付那些税费的十分之一的小钱都没有的忧心，他对税收有着那种利古里亚土地主[②]式的节俭、反国家的祖传积恨，还有对只有他们那些老实人被赋税屠杀、“而那些大人物，大家晓得的，总是能逃过缴税”的必要怨恨，还有对在那一笔金额的迷宫中，总有一个可以避免的，但只是我们还不熟悉的圈套的怀疑，还有那些税务局苍白的缴费单在最贞洁的纳税人心里引起的所有这些感情上的混乱，所有的这些忧心，积恨，怨恨，怀疑和混乱，都和意识到自己不是个好房产主混淆起来，因为这样的房产主不会让自己的财产再生产，在资本调拨、军事贷款和背书转账这么一个险象环生的年代，他就这么袖手旁观地等待着自己的土地贬值。于是他承认了，在国家对一个缺少收入的家庭实施如此不成比例的恶行中，那种一向被优雅语言唤作“立法者意图”的东西

① 也就是中国成语“接踵而至”的意思。
② 其时，意大利土地主属于资产阶级。

实在是以一种高明的逻辑奏效的：打击不可生产资本，打击任何不能或是不愿使其资本再生产的人，这回他有得受了。

所以无论是问谁——问税务办公室，问银行，问公证员——，他们的回答，都是一个样：卖，“所有的人都是这么做的：为了纳税他们不得不卖掉什么，”（这里“所有的人”显然是指“所有像你们这样的人”，也就是：那些不可再生产的橄榄园土地主或是有房子冻结租金的老式家庭），奎因托立刻把精力集中在那块被称为“器皿地”的土地上。

就是这个“器皿地”曾是被耕种成菜园的小块土地，是花园最底下的一部分，那里正好有所小房子，一个旧鸡圈，后来被用来存放器皿、肥土、工具和杀虫剂。奎因托把它当做别墅的附属物，这里甚至都没有他儿时的记忆，因为对那里他所记得的一切都已经消失了：步伐懒散的母鸡，有蜗牛在生菜叶上蛀洞的苗圃，把脖子伸到了细细的芦竹之上的西红柿，蔓延到地上的叶子下像蛇一样脱了皮的西葫芦，而在中间，两株甜极了的“克劳迪娅女王”变种李子树高出菜园来，这李子树，经过了漫长的、滴着树胶的、终年被蚂蚁爬黑的衰老后，干了死了。由于家庭渐渐减少了对蔬菜的需要（儿子们在外，或为学习或为工作，老人们一个个地去世了，最后一个走的是从不知疲倦、还声如雷鸣的丈夫，这突然给了她一种家里空荡荡的感觉），于是母亲就用她的植物把菜园填成了花园，把它做成了一种分散地，一种培育的场所，并把旧鸡圈改成了器皿地。于是这块地就显示出了潮湿的天分，和正因潮湿而尤为适合种植某种珍稀植物的优势，那些植物开始只是临时被放在那里，久而久之地便在那里安了家；现在这块地就披上了一种集农业科技珍品于一身的不和谐外貌，但是比起其他任何建有花坛和铺以砾石的花园，母亲更喜欢待在那里。

“我们卖掉那块地：那是建筑用地，”奎因托说过。

他母亲跟他说：“好孩子呀，这蒲包花我往哪里去移植啊？整个花园里我什么都没有了。那些海桐花呢，已经长得这么高了？就更别说那一排琉璃茉莉了，要坏的……然后，”她停下来一会，就像被一种意料之外的担忧给击中了，“然后，土地一旦被卖出去了，他们会在这里盖房子吗？”她眼里映出水泥的灰墙，那灰墙砸进了花园的绿色之中，把花园变成了一种冷冷的庭院尽头，变成了一口没有光的井。

“他们当然要在这里盖！”奎因托火了起来。“我们就是为这才卖地的！如果不是建筑用地，谁还会买？”

但要找到一个想买地的建筑商也并不容易。企业大都在海边寻找新住宅区，那里视线开阔；而他家附近的房子已经太密集了，对于想在***城有一小套住房的比艾拉[1]人和米兰人来说，他们是绝不可能拱到那个洞穴里居住的。而且，建筑市场已经出现了饱和迹象，已经有人预测到，就在那年夏天购房需求将有所减少，两三家公司跨了比自己腿长的步子[2]去承担工程，以至于汇票的债务一直堆到眼皮底下[3]，破产了。器皿地在第一时间被敲定的价格得降下来。过了数月，又过了一年，还是没有找到买家。银行不愿再接受提前分期缴税了，并扬言有抵押房子的危险。终于，卡伊索迪出现了。

① 比艾拉在意大利西北部皮埃蒙特大区。
② 意大利谚语“跨了比自己腿长的步子”，即“承担了力不能及的事”。
③ “债务一直堆到眼皮底下”，即中文中“债台高筑”的意思。

三

卡伊索迪是和苏拜尔加中介公司的那个家伙一起来的。奎因托那时不在，安佩力奥也不在。陪他们看地的是母亲。“那是个非常粗鲁的男人，”母亲后来跟奎因托说，“他几乎连意大利语都不会说；但是中介公司那个爱讲大话的人替两个人都说了话。”当卡伊索迪操着条卷尺在土地边界上忙活时，他的袖子被玫瑰的野蔓给缠住了；母亲耐心地、一根刺一根刺地帮他拔掉。

“我可不想您说我已开始从这里拿走了不属于我的东西，”他笑着说道。

“嗯，我们会想它的，”母亲说。然后她发现这男人脸上有一点血：“哦，您被刮破了？”

卡伊索迪耸了下肩；用手指蘸了一口唾沫，抹到脸颊上，一滴滴的血就洇开了。“您上来，我给您上点酒精，”母亲说；于是她就帮他消毒，在谈到金额绝不能再下降了（“反正，这我得和我的儿子谈，我会给您一个答复的”），谈到有关高度和窗子问题不可违规时，母亲严肃的表情渐渐缓和下来，让步于卡伊索迪那种一切都靠调解、近似和拖延的策略来解决问题的软路子。

与此同时，苏拜尔加中介公司的那个家伙，一个一身白衣的大个子，托斯卡纳人，从来就没清静过：“就像我跟您说的一样，教授夫人，对我来说啊，让您和像卡伊索迪先生这样的朋友来成交一笔生意，会让我非常高兴的，您要相信，因为卡伊索迪他这个人啊，请允许我说说他，我认识他已经有很多年了，他是一个什么事都好商量的人，而和教授您，那他当然更是愿意迎合的了，您会看到的，夫人，您不会比这更满意了……”

而母亲脑子里却在想："嗯，对，最好就是别卖……但是，怎么办呢？"

这个卡伊索迪，是个乡下人，世界大战以后就做起了建筑商，总有三到四个工地同时动工：他先买一块地，把楼建到政府允许的最高高度，楼里尽可能多地建小套房，而这些小套房，由于在房子还在建时就已经被出售掉，于是就马马虎虎地收了工，然后他再拿这栋房子的收益立刻购买其他的地，再来盖新房子。奎因托很快就被母亲的一封信叫了回来，为的是成交这笔生意。安佩力奥发了份电报说他因为什么实验不能来，但提到地钱不能低于一定数额之下。卡伊索迪没再往下降；奎因托觉得他这么随和很是奇怪；后来，他跟母亲说了这事。

而她说："但是你没看见他的脸有多假吗，眼睛有多小吗？"

"假极了，"奎因托说。"这又能怎么样？他凭什么就该有张诚恳的脸啊？给我们一张诚恳的脸，难道就能让人更好地理解他？那才是，那才假呢……"他停下来，发现他对母亲这么激动就好像最重要的事情就仅仅是那张脸。

"反正我怀疑……"母亲说。

"当然，"奎因托说，摊开双手伸到前面。"我也是。他也是，他也不信任我们，你没看见不管我们说什么，他都是怎么停滞不前的，回答问题前又是怎么拖拖沓沓的吗……"这件事很让奎因托高兴，很可惜母亲没明白这一点，这种在建筑商和他们之间旋即建立起来的自发的、相互的不信任关系，是在关心自身利益的人和精通自己业务的人之间的一种真实的关系。

卡伊索迪回到别墅，来解决谈判的事，当着奎因托的面。卡伊索迪进来时皱着嘴，痛楚得就像走进教堂一样，他摘下土黄色的美式遮阳帽[1]，摘得有点迟。他是个四十五岁上下的男人，身材相当之矮，但肩膀厚实宽阔，用方言说就是那种“用小冰镐敲出来的”人，也就是那种“用斧子砍出来的”[2]人。他穿着件牛仔式的格子衬衫，肚子有点往外突。他说话很缓慢，语调带哭腔，像是一种盘问式的尖声哀诉，那是利古里亚阿尔卑斯附近的口音。

“是这样啊，就像我跟您妈妈夫人说的一样，你们让一步，我也让一步，我们就能在半路上碰着了。我的报价就是那个。”

“太低了，”奎因托说，即便他已经决定要接受这个报价了。

这个男人的脸，宽阔而多肉，就像是由一种非常不定形的材料做成的，以至于都保留不下来什么轮廓和表情，因为它们会迅速地融化掉，瓦解掉，而且几乎都不怎么是被眼角和嘴角上那相当深的皱纹给抵消掉的，而是被整张脸沙质而多孔的表面抵消掉的。他的鼻子短小，几乎是塌陷的，于是鼻孔和上嘴唇之间那个空荡荡的过多空间，就会根据他嘴的张开与闭合，让他的脸时而愚蠢时而凶狠。嘴心周围的嘴唇很高，像被围了圈灼热的晕，但嘴角上却没有一点嘴唇，于是这嘴就像道口子，一直延伸到腮帮一半的地方；他宽大的喉部上方那不怎么突出的下巴，活脱脱一副鲨鱼的模样。但最不自然且最疲劳的动作要属那眉毛了：当听到比如奎因托干巴巴地回答“太低了”时，卡伊索迪便会想把他额头中央浅淡而稀疏的眉毛聚拢起来，但他至多也只能做到把鼻梁上方的皮抬高半厘米，并使这段皮固定在一种振动的，几乎是弯成了肚脐模样的拱形皱纹里；似狗一般短促并且几乎是下垂成垂直状的眉毛，被这皱纹挑起，在

① 类似于棒球帽。

② “用斧子砍出来的人”是意大利语中描述人的形容粗糙、行为粗鲁的说法。“用冰镐敲出来的人”则是用方言表示同样的意思。

被保持住的这个绷紧动作中吃力地颤抖着，并把这颤抖带来的涟漪往眼皮上传送，而这眼皮已是挤成了一排细微振颤着的刘海一般的皱纹，几乎是想要把本就不存在的睫毛也掩藏起来。他就这么待着，眼睛半瞎似的，一副被棒打的狗的表情，抱怨道："那你们跟我说说看，我该怎么办吧：我给你们看了预算，给你们看了那个地区房间的价位，在那种地方，那么挤，又没有阳光，我什么都让你们看了，哎你们倒跟我说说看，我从中能赚多少钱吧，我是不是还得倒贴钱：现在我再按你们说的那个价来算算……"

他这个顺从的受害者角色已经使奎因托处于下风了。"但是，"奎因托以调解、求公道的语气说道，"位置是在市中心……"

"是，市中心是市中心……"卡伊索迪承认道，奎因托很高兴他们又达成了一致，企业家额头上的皱纹变平整了，眉毛便从它们不自然的位置上落了下来。但卡伊索迪继续用那种声调说道："当然，就不会再是这么漂亮的楼了，"他说，做了奎因托的母亲后来称之为"他丑陋的大笑"的那个动作，"你们要明白楼我只能建成这样，"还用那粗短的胳膊打了些手势，"当然不会再是这么漂亮的楼了，但您跟我说：在市中心，我承认您有理……"

说那楼不会怎么漂亮的那句话又让母亲不安起来。"但是我们想先看看您的方案，"她说，"现在还决定不了能不能同意这个方案。您知道，这可是一栋将一直待在我们眼皮底下的房子……"

奎因托摆出一副听天由命和傲慢自负的表情，就好像自己是那种非常清楚对那幢未来的建筑什么都可以要求，唯独就是不能要求它漂亮的人，不但不求它漂亮，还应该指望它无名而丑陋，指望它和周围最无名的楼房混淆不分，指望它能突显出来自己跟他们的别墅毫无关联。

但卡伊索迪却表示同意:“那当然,你们会看到方案的。您看,这是一栋四层楼的房子,我只能做四层是因为政府有规定,这会是一座和其他所有四层楼房完全一样的房子。但是方案,就是为了得到技术办公室的批准我也得做的呀,一旦我做好了,就带给你们看,你们就跟我说……”他顺从的语调变得让人厌恶和有威胁意味,“我给你们把所有的东西都带过来,这就意味着你们会跟我说……我还会给你们带来工程要花费掉的金额,和我从中能赚到的金额,你们这些文化人,这点上比我要懂得多……”

“这不是有没有文化的问题,卡伊索迪,”奎因托立刻反感起来,他对所有提及他知识分子身份的东西都很敏感,“您很清楚报价可以提到什么程度,就像我们知道可以把价压到什么程度……”

“如果您已经想降价了,那我们还在这里谈什么呢?”卡伊索迪说,自顾自地笑着,低了低头又摇了几下(奎因托注意到他公牛般的后颈就像是在承受着什么持久的疲劳),嘴角朝上抽搐着,他是条鲨鱼,是鲨鱼和用鼻孔喘着粗气的公牛,不知道他是在冷笑呢,还是抑制住愤怒,但同时他也是个可怜人,跟自己说着:“没用的,反正我知道这些人是想开我的玩笑,他们说的是一套,做的又是另一套,我最后还是得上当……”

奎因托感到“降价”那句话是他该说的最后一句话。“那么,我们说好了,”他说,不得已地接受了卡伊索迪惯用的套话。

但就是现在这样也不行;因为卡伊索迪,总是挂着那副受了欺负的痛苦冷笑,说:“我们会谈好的,对,这就意味着你们会跟我说我该做什么,因为老是推啊推的,如果我夏天不动工的话,还能什么时候动工?等到下起雨来了,我就没什么好做的了……”

他的脸,因为眼睛无神,像是被锁了起来,只局限在脸颊上,在大张的嘴巴中显得是那么的呆板而无表情，且毫无防备。在他左面的脸颊上，那片颗粒状胡子上缘的上方，几乎是眼睛下方，奎因托看见了他被玫瑰刮下的划痕，口子还很新鲜。这个细节，在成熟男人那张晒黑的脸上，好像暗示了一种孩童般的脆弱，同样暗示了这种脆弱的，还有他整个后颈上几乎给削光的短发，他呜咽的语调，他迷茫的看人方式；奎因托就快产生了要表现出对他好和保护他的想法，一个五岁的卡伊索迪娃娃印象把鲨鱼或是什么巨型甲壳纲的动物，比如那个正在迫近的螃蟹形象排除在外，就好比他现在，肥厚的双手摊在沙发扶手上。就这样，奎因托带着这轮流交换的不同情愫，继续谈判着。这样的事实对他来说越来越明显：那个卡伊索迪，蛮叫他喜欢。

四

“我们给那块地找到买主了。”

“总算找到了。”

卡纳尔律师曾是奎因托中学时的同学。他身材矮小，正蜷缩在写字台后大沙发上的角落里，脑袋堆在肩膀上，拉长了脸一副厌倦的样子。

“是为了一个建筑商。我来就是为了问问你知不知道他是谁，他是不是能信得过，有没有支付能力。”

有好些年了，奎因托和卡纳尔都搭不上话。少有几次他们不期而遇，都找不着什么话好说。他们的生活一个在这里，一个在那里，城市、职业、政治问题，若不是截然相反，那也是大相径庭。但现在奎因托有了个实际的话题，一种和他的具体关系。奎因托对此非常高兴。

“他叫什么名字？”

“卡伊索迪。”

“哦！”卡纳尔跳了起来，懒散的架子一下全没了，他把胳膊撑在桌上。“你可真是找到了个好人！”

这不是个有前途的开场。奎因托已经决定要为那个承包商辩护了，他临时让步于他母亲的理由：“啊呀，他是什么货色我立马就明白了，看他那张脸就知道了。但是……”

“不是那脸。是他做的每一笔生意，盖起来的每一幢楼，都成了诉讼。在好几起官司中，他已经成了我的对手。他是整个***城最大的骗子承包商。”

对奎因托来说，越听到人们说他坏，就越是喜欢他：做生意的妙处——他相信自己是第一次在渐渐发现——正在于挤进这各色人等中，正在于明知他们是骗子，还要不被他们骗，最好尽量再骗骗他们，这样跟骗子们打交道。“经济效益时刻”才是最重要的，而不是其他的。但卡纳尔的情报糟糕到要阻止谈判继续下去，这还是使他不安起来。

“我们来看看啊：”他说，“他是骗不了我们的。如果他付钱，地就是他的，如果不付，地就不是他的，这很简单。他钱款的情况怎么样？”

“到目前为止都还不错，”律师说。“他穿着打补丁的裤子从山上下到***城里来，半文盲一个，现在却到处开发工地，操纵着上百万的钱，在政府和技术办公室里是呼风唤雨……”

奎因托从卡纳尔话里的仇恨中辨认出了一种熟悉的腔调；那是当地的老牌资产阶级，保守，诚实，节约，知足，不冲动，不空想，有点吝啬，看着周遭的变化已有半个世纪了，却总也跟不上趟，看着迥异的新人层出不穷，不得不一次次地让步于自己封闭式的对抗，求助于冷漠，最终还是只能气得咬牙切齿。但不也正是同样的情绪推动着奎因托吗？只不过奎因托总是站在另一方立场上来应对的，接受所有充满冲突的新事物，所有那些制造暴力的东西，就是现在也是，在那里，积极发现战后的新阶级，发现那些粗制滥造、肆无忌惮的企业家，他感到被一种时而类似于对科学的爱好（“我们正在亲历一个重要的社会学现象，我亲爱的……”），时而类似于矛盾的美学满足感的什么东西给攫住了。水泥丑陋的蔓延中有着新时代男人卡伊索迪那张塌陷而无形的脸。

“他开的什么价？”律师问。

奎因托就讲了讲前几轮的交涉。律师站起来，从窗台上往外望着。卡纳尔律师工作室在***城的高档路段，但窗户朝内：房顶，阳台和围墙，一副上世纪海滨城市的风貌，城里空气清晰，阳光普照，清风和煦；那里面的脚手架，涂着壁画的墙体，房子院井中有电梯小屋的扁平房顶也渐渐多了起来。

“在这段时间来看，是个好价钱，”卡纳尔嘟哝道，嚼着一片嘴唇。“现金？”

“一部分。另一部分用汇票。”

“什么呀！到目前为止他们还没给他承兑过汇票呢，好像是……现在他刚盖完一幢房子，应该有现钱的……”

“那就是我想知道的。那就没问题了，是笔生意。”

“当然，如果涉及到要交给他什么工作做，涉及到要从他那里买什么，我就不建议你了……但现在的情况是，卖给他或是卖给其他人都行……只要他付现钱……要小心合同，什么限高问题啊，窗户问题啊。”

卡纳尔陪他到门口：“你是在这里待一阵子，还是又要出发？”

“谁知道啊。我想我还是要出发的。”

“工作怎么样……你的那些事？”卡纳尔尽量把问题提得含糊些，他总怕自己不了解情况，因为奎因托经常换工作，既做生意，又搞研究。

奎因托回答得还要含糊：“呃……现在我们有个新计划，和几个朋友搞的……看着办吧……”

“那政治上呢？”

这个也很难谈起来。他们政见各不相同，而且彼此都很自负，谁都不想讨论下去。但这一次奎因托还是说了句：“我有一阵没管这事了……”

“是啊，我听人说……”

奎因托打断他：“那这里呢？政治怎么样？这边政府怎么样？”

卡纳尔是社会民主党，也是市议员。“嗨，还是老样子。”

“你怎么样？你妻子呢？”

“好的，我们都很好。你呢，还是单身汉？没什么新闻？啊，啊。好吧，你和巴尔迪索奈谈过后，再跟我说说。”

五

奎因托走出来，和老朋友交谈的最后几句话把他弄得烦躁起来。他本该经过一段主干道的，但往往出于某种模糊的迟疑，他总是绕路而过。他每次回***时，总会选择在乡间或是沿海岸的路线，在那里，哪怕是一段最沉淀、最边缘或是最细微的记忆，也会被重新找到一种感觉。现在，就连那种对逝去旧世界的怀念都不能在他身上起作用了；从人行道上看到的城市永远都是一个样子，令人痛心的一个样子，而那些新鲜的东西——脸庞，青春，商店——却一点也不重要，年轻的时光让人生厌地感到是如此的接近。他是怎么了，怎么又和***粘了起来？奎因托现在只想赶紧应付完那些手续，然后出发。赶紧地，待在***让他满心厌烦。

靠路边的自行车上坐着个人，奎因托觉得认识他。又老又瘦，穿着件短袖衫，晒黑了的胳膊撑在车把手上，他是个木匠，奎因托想起来了，是位同伴，应该还是领导阶层的成员之一，那时奎因托也在。

那人正和另一个人说着话。奎因托经过时以为他也许不会认出他来的，他并没有投去目光，因为他不想显出一副不想跟他打招呼的样子。然而木匠看了看他，对另一个人说："那是安弗西呀！"并用一种久别重逢的喜悦神情跟奎因托打了个招呼。奎因托也高兴地打了个招呼以示回应，继续走他的路。但木匠却把手伸给他，说："怎么样啊，安弗西？再见到你真高兴啊！又要回到我们中来了？"

他们握了握手。老木匠那张脸对奎因托一直非常友善，有点像是猫头鹰，戴着乌龟式的眼镜①，一头白发给剃成了平头，奎因托喜欢他的声音，喜欢他总操着开口元音的口音（他应该是罗马涅大区的，或是伦巴第大区的，在这里住了好些年了），喜欢他握紧的手，有力而柔软。但奎因托此时此刻倒希望木匠别对他这么好，他这时还不怎么打算承认木匠生性友善——他能感到的只是对卡伊索迪的友善——，然后，总之，他没有停下来的意思。尤其是当这个

① 就是类似于上世纪初、中叶，中国知识分子经常戴的那种大眼镜，镜框很粗，是用玳瑁壳材料做成的。

老家伙（奎因托记不清他叫什么名字了，这一点也让他很烦躁，因为他觉得自己不能用一种叫不出来他名字的声调来回答他）开始说：“喔，我们一直都在关注你，你还别不信，我们在全国性的报刊上读到你的文章了，怎么样？是吧？”他说道，并转向另一个人，“可是在全国性的报刊上！”

“他们不知道我已经不再是……”奎因托想，耸耸肩，试图说，“但是，你们知道吗，我已经不写了，已经有一段时间……”但是木匠一点都不接受他的解释，坚持道：“哦不，不，说得倒好听啊，哎哟！”奎因托就不敢再说什么了。

“他你还记得吗？”木匠说，指着另一个男人，奎因托根本不认识他。

“啊，是啊，怎么样？”奎因托说。

“这是马尔蒂尼同伴啊，你不记得了？”木匠坚持问道，就好像奎因托已经承认了不认识他一样。“马尔蒂尼同伴是圣斯特法诺部的。”

“你上次来这里是为了参加部里的会议，为了给我们解释大赦，那还是四六年的时候！”马尔蒂尼说。

“啊，是啊！”奎因托说，他并不记得有过什么类似的会议。

“唉呀，那段日子人们充满希望，人们希望着，”马尔蒂尼说。“你还记得吗，马赛拉？”

当奎因托听到木匠叫马赛拉时一下轻松了许多，就好像在他脑海中搜寻名字的终结也代表了他糟糕意识的完结，他终于能友好地看待马赛拉了。现在他回忆起了一个刮风的晚上，他们沿着海边的一条路一起骑车，那时那条路还是坑坑洼洼的（马赛拉的自行车跟现在的一样，破破烂烂的，生着锈），去参加一个会议：那是一段美好的回忆，一段令人怀念的记忆。

“唉，那时人们还希望着，希望着……”马赛拉应声道，就好像是指望自己一副悲观主义者的模样，是为了等待一个更有资格更老练的同伴，等他说：“现在人们还在希望着，比以前更满怀希望，人们在斗争着……”然而奎因托什么都没说，所以马赛拉只好自己说下去：“但现在人们还继续希望着啊，对吧，安弗西？”

“嗨！”奎因托道，做了个展开双臂的动作[①]。

“这里很艰难啊，你知道吧！你们那里呢？这里到处都在解雇人，这些混蛋……工人同伴们都说些什么啊？”

“嗨，艰难啊，那边也艰难啊……”奎因托说。

“啊呀，到处都艰难呀！”马赛拉笑了，就好像被困难时期团结互助的精神安慰了一样。

“你跟他说说……”马尔蒂尼低声向马赛拉建议，奎因托只听到一个词，“大会”。

马赛拉笑了，会意而迟疑地点了下头，就好像他早已想到了，但也不抱什么期望，转向奎因托说：“你还是那样不愿在公众场合讲话吗？或是变成了演说家，啊？因为，既然你已经在这里了，我们刚才在说，如果哪天晚上你来部里给我们开个会……同伴们会非常高兴的，你知道吧。”

“不，你们知道的，我很快就要出发了，我必须得走，再说嘛，我也不是很擅长讲话，这个你是知道的，马赛拉……”

马赛拉笑了，拍了他一下肩膀。“你还是老样子!唔，他还是一点没变吗？”他问那个陌生的马尔蒂尼，马尔蒂尼同意了。他们是

---

① 意大利人做这个动作，表达“无可奈何”、“你在说些什么呀”、“反正就这样”等意思。

好人，是朋友，很信任人，但奎因托一点也没有想要感到自己是他们朋友的愿望，相反，真正的时代感存在于那些处处警惕的人身上，被手枪顶着过活的人，就像——正是如此——生意人之间，处处留神的房主、企业家。

他把谨慎、沉默寡言、信不过的卡伊索迪和满怀希望、开朗豪爽、时刻准备着为自己理想寻找证据的马赛拉做了个比较：显然，卡伊索迪在体验时代的现实，并以某种方式，承受这现实，接受这现实的分量，而那里的马赛拉，却在逃避这个现实，奢望保持内心的坦诚、忠贞与纯净，生活在一个完全相反的世界里。在马赛拉的简单社会责任感前，奎因托拒绝着那个正在占领他的恶意；投入到一项经济活动中，调配土地和钱财也是一种责任，也许是一种不那么宏大的责任，更为平庸，一种资产阶级的责任；而他奎因托正是个资产阶级分子，他怎么可能想到再去做其他类型的人？

现在属于他资产阶级本性的那种安全感又回来了，他对两个工人的厌恶感也减弱了，给一种表面的，而且几乎是从容的热情让了路。这倒并不是全然的不诚恳，因为眼下他正在跟他们道别，他很高兴他们对他留有美好的记忆。

六

有关卡伊索迪的消息到处都是负面的：在公证员巴尔迪索奈那里，在工程师特拉瓦利亚那里。奎因托现在感到和卡伊索迪结起盟来，就像跟一个受害者在一起一样：整个城市的人都想搞垮他，所有的正统派都联合起来对付他，而他，那个山里人泥瓦工，只能用他粗俗和闪烁其词的本性来武装自己，抵抗着。

但必须说这些负面消息也还是可以让作为房主的奎因托做出正面决定的。说到底，没有一个人完全反对他做这笔生意；而奎因托，总喜欢做一些在某种程度上与他人意见相左的事情，而另一方面，他又不大敢下受大部分人坚决反对的决心，于是，带着他所需要的那些许反对和那些许赞成，要做他想做的那件事，对他来说，倒是处在一种理想的境况之中了。

再说他也喜欢——也是因为他必须战胜那最初的厌恶感——和他老乡有一种业务上的往来。他感觉终于又能做一回他老家的老牌资产阶级了，参与到捍卫那些受到威胁者的微薄利益之中，与此同时他很明白，他每走一步，不过是有利于卡伊索迪这种人的高升，这一新出现的、模棱两可的、反美学的资产阶级，就如同那个时代真正的面孔一样反美学而没有道德。"是这样的，是这样的，"奎因托坚持这样考虑，"你们什么都不懂！"而现在他好斗的激动从***那个小小的社会中，从他母亲身上，从卡纳尔身上（也从木工马赛拉身上）转移开来了：现在他正生着北方大城市里他那些朋友的气，那些年他都是在那里度过的，这么些年都用来规划未来的社会，规划着工人和知识分子……"卡伊索迪赢了。"

他等不及地要跟那些朋友表现出自己的这种心态。他出发了。第二天就到了T城，在常去的经济饭馆里和本西和切尔维戴里一起用餐。

他们在谈论创刊一本题为《新黑格尔》的杂志。服务员正等着点菜；这已经是她第三次来了，但这三个人谈得太起劲了，没搭理她。

本西看了看菜单，读了读食谱，看来是没有一道菜能给他留下印象，因为他接着说：

“为什么不是《黑格尔式左派》？”

“那么就是《年轻马克思》，更有斗争性。”

“你们想订菜吗？”服务员坚持问道。

“要我说就是《新莱茵报》。跟那个《莱茵报》一样，是的，先生，就是那个《莱茵报》。”

“也许就可以找找*Neue Rheinische Zeitung*[①]本来的题头，也能用同样的字体……”奎因托说，他的意见总是很边缘，但是显得从容而内行。他还没有找到反对两个朋友的表达方式，尽管他正是抱着那个意图来会他们的。

“反正：题目就是《百科全书》，”本西说，改变了语调，就好像到那时为止他们都在开玩笑一般，于是奎因托的建议也似乎完全不合适了，“或者用做副标题，反正要从题头开始就要让人明白，我们的倾向是对普遍现象的解释，好让所有的意识形态都进入到单一的对话之中。”

在那个问题上，本西和切尔维戴里爆发了一场冲突，而奎因托不大清楚该站在哪一边。既然一切都要进入到单一的对话中，那这杂志应该只接纳已经被包含在那个普遍对话中的东西呢，还是也应该接纳那些还在话题之外的东西？切尔维戴里完全不在状态：“我会给政治人物的梦立一个专栏。我们请各种政治人物来讲讲他们的梦。谁要是拒绝就说明他心里有鬼。”

本西以他那神经兮兮的大笑方式笑起来，几乎都要把脸贴到桌布上去了，一手蒙住眼睛，就好像要表现出一种当他看到谈话的人迷失在一个只有他，本西，知道出口的迷宫里时的痛苦愉悦。“我们必须从意识形态过渡到梦，而不是从梦过渡到意识形态，”他就像被

① 德语：《新莱茵报》。

一阵恶意袭击了一样，又说道：“意识形态刺穿了你所有的梦，就好像被别针戳穿的蝴蝶……”

切尔维戴里惊愕地看着他：“蝴蝶？你为什么说：蝴蝶？”

本西是个哲学家，切尔维戴里是个诗人。切尔维戴里早早地灰了头发，长长的脸上戴着眼镜，在这张脸上以色列人忧伤的轮廓和佛罗伦萨人既博学又平民的特征相互抵消了，他于是就有了一副介于攻击和全神贯注之间的容貌，但底子里是没有表情的，有点像是自行车运动员，或者是个在一堆可以弄清的问题里尽量只想理清某一个问题的人。“为什么你说：蝴蝶？我昨晚做梦梦到一只蝴蝶。一只夜蝴蝶。他们给我端来一只很大的夜蝴蝶，在一只盘子里，这里，就在这家饭店里！”他做了一个好似要从盘子里拎起蝴蝶的一只翅膀的姿势。

“唔，我的妈呀！”服务员说着，她是来让客人们点水果的，逃开了。

本西充满痛苦地笑了，就像对在他掌握之中完全放下武器的对手已经感到很疲倦了。“每一个梦的符号都是一个具象化的思维过程，”他说。“这就是弗洛伊德不能知道的地方。”

奎因托既欣赏这个人，也欣赏那个人，欣赏他们永远燃烧的智慧（而他的脑子却常常跌入一种漠然的倦怠中），在他们渊博的知识和阅读前他是十分敬畏的。他决定不了在这场争论中到底应该站在哪一边，对于这争论他也只能隐约地辨认出来一些术语，他像以往一样选择了感觉跟他自己最本能的倾向相反的那个派别，也就是本西严格的哲学体系，反对切尔维戴里那种细微得难以感知的魅力。他对诗人冷笑着，却嘲讽地对本西说：“那为什么不干脆叫它《年轻的弗洛伊德》呢？”

哲学家正继续跟切尔维戴里用他先前的那个笑法大笑着，只是对奎因托做了个手势，几乎就像是赶苍蝇一样地赶走他开的玩笑。然而这玩笑话却很叫切尔维戴里喜欢，他倒是很激动地接上了茬儿："真的，真的，要我就给杂志起名叫《爱神和死神》，对啊！就是《爱神和死神》！"

本西把手合起来，攥得嘎吱直响，脸却皱在一个笑容中，渐渐红了起来，牙齿紧闭。"你以为是那些东西在左右历史吗！既没有爱神也没有死神，辩证法可不是像小鬼一样咕咕叫唤着地从那些东西中蹦出来的，"他大笑起来。

本西有一张天使般的圆脸，就像那些永远长不大的山里人；在孩童般的鬈发下面，是剧烈突出的额头，绷得像要炸开一样——而且，在这额头上时而还会出现一些小的擦伤、划痕、肿块，几乎是思维的力量在到处跳跃——，他不停地把这额头伸向前来，垂着头，就像一个石磨，不停地磨啊磨，或者像一个齿轮，正进行着复杂的齿轮运动，被一种没有疏导好并被减震了的原动力推着，溃散为成千上万的次颤动，正如他双唇间的持续抖动。在讨论中，奎因托的目光在本西和切尔维戴里的眼睛间轮流转移着。他们两人都斜着眼睛，但是哲学家是往外斜，一只眼就像是在他想法的后面飞舞着，而他的那些想法那时正从人类视野中逃脱出去，逃到一个更间接且更难以识别的景象中去；然而诗人却是往内斜着的，瞳孔靠近且不安宁，对外界的任何一点喧嚣都好像担心受怕的样子，好像是要看看那些喧嚣在他最隐秘最内里的区域中制造出来的东西。

"我们要做一个讣告集，"切尔维戴里说，"一个专栏，每一期都要做，或者专门做一期全是讣告，从头到尾，"他的手指在他手中折起来的报纸刊登讣告的斑马纹专栏上来回摩挲着。

本西耸耸肩。“我们处在把普遍的意识装进一个电子脑袋的前夜。”

切尔维戴里用一句长长的拉丁语引文回应。

“圣奥古斯丁？”

“拉坦奇奥[①]。”

奎因托心不在焉：侧耳倾听着邻桌人说话。右边坐着一家人，或者是两个不同的家庭，乡下来的，在城里碰上面。一个女人在说话，说雨水给草料地上播种带来的损害。她应该是一个土地主，一个不再年轻的女人，但还未婚；男人们应允着她的话，酒红色的脸上已经带上了饭后的困意。也许是不同地方的农民聚在一起商定一场婚事；这未婚妻呢，在他的家人面前，要让他们见识一下自己有多合格，甚至要胜过其他女人，并还要表现出自己远不止是一个简单的家庭主妇。奎因托对那张桌上那些人之间流动着的什么东西生起一种剧烈的妒意：利益的意义，对事物的感情，具体且不肤浅的热情，对一种不仅是物质上更好状态的渴望，还有一种平静的分量，还有点骨子里的沉闷。“曾有一度只有那些享受农业收入的人才能当知识分子，”奎因托想。“文化为把自己从经济基础上脱离出来可是花上了大价钱。文化以前是靠特权生活，但有坚实的根基。现在知识分子既不是资产阶级，也不是无产阶级。另外，马赛拉只会问什么开会的事情。”

在另一张桌上，一个女服务员正在跟两个开玩笑的人卖弄风骚，那两个人戴着蝴蝶结领带，手都很长。在跟她说俏皮话时，他们之间还互相开着玩笑，话里尽是些“股票指数”、“延期交割”、“意大利煤气公司”、“国家电力投资公司”之类专有名词。他们可能是

① 拉坦奇奥（约250–327年），基督教作家，教区长，著述甚多。

证券经纪人，很精明的人。换个时候奎因托可能会觉得他们冷淡而不友好，但处在他眼前的心态下，他觉得那些人也体现了他的理想状态：实用，精明，思维敏捷高效。“如果一个人不开展经济活动，就不是一个有用的人。无产阶级反正有工会斗争。而我们则把历史观念从利益关系中脱离出来，于是我们丢失了生活的所有滋味，我们自己毁了自己，我们不再意味着任何东西。”

切尔维戴里接着讲起他那个梦：“是一只夜蝴蝶，大翅膀上是灰色的图案，细细密密的，有大理石的花纹，波浪纹，就像是用黑色复制出的一幅康定斯基①的画，不对，是克利②的；我试着用叉子把这些滴着细粉的翅膀拎起来，那是一种灰色的香粉，在我的手指间碎成粉末。我正要把这翅膀的碎片送到嘴边，这碎片在唇间却变成了一种灰，这灰蔓延到所有的东西上，盖住了盘子，沉淀在酒杯里……”

“我比他们高明之处，”奎因托想，“就是我还有资产阶级的本能，这点他们在知识分子改朝换代的衰竭中渐渐丢失了。我抓住那个就能拯救自己了，而他们则会完蛋的。我必须得有经济活动，不光是要把土地卖给卡伊索迪，我也要盖房子，用卡伊索迪给我们的钱，在他房子边上再盖一幢楼……”他全神贯注地盘算着那地还能提供出的建筑可能性，想着还有什么东西可以搞搞……

切尔维戴里双手悬在空中，在桌布上方挥舞着，桌子上满是面包渣、面包瓤、烟灰和被捻在盘子里和烟灰缸里的烟蒂，被本西用指甲摁成半月形小切口的橘子皮，全被切尔维戴里手指肢解掉了的，抽成了丝状的密涅尔瓦牌的火柴，还有全被奎因托的牙齿和手折成

① 俄罗斯画家和美术理论家。

② 德国籍瑞士裔画家。

了Z字形和“回”形纹的牙签。

“我得和卡伊索迪合伙，跟他搞一场投机活动。”

七

奎因托有一个计划。他想到了“勿忘我地”，也就是紧挨着卖出土地上方花园中的一块地，这块地被这么称呼是因为地中央有一个勿忘我花的花坛。这是一段平坦的地带，面积和“器皿地”差不多：那里也很可以建上一幢三到四套公寓楼房。但是——他想起来——卡伊索迪的房子一旦盖好，“勿忘我地”就会失去建筑用地的所有价值：法律禁止一幢紧挨着另一幢地建房子。“很显然，我们卖任何一块地都在让紧邻的地皮贬值。为了不损失，没有其他任何法子：我们和卡伊索迪一起盖房子……把整个‘器皿地’和‘勿忘我地’都让给卡伊索迪，盖一栋独立的大楼……然后要求一定数量的房间由我们作房主来交换。这事要立刻和安佩力奥谈谈。”

奎因托和他的弟兄住在不同的城市。他们在***城里的母亲家里也很少见得着面。现在他们约定在那里见面商定卖土地的事。

“我有一个计划，”奎因托对他弟兄说。安佩力奥刚刚到。他从车站回家时经过鱼市，买了两百克的帽贝。在家里他匆匆忙忙地拥抱了母亲，说他买了帽贝。他有六个月没在家了，他在大学当助教，化学系，赚很少的钱，但几乎从不来看母亲，就连放假时也不来。安佩力奥一度比奎因托更黏***城；现在就不怎么能见到他了，似乎他对这里，对从前的生活，失去了所有的兴趣，要不是因为类似购买帽贝这种突然的小小表现，真还不知道他现在都喜欢些什么了，而且还不知道这表现是不是诚恳的。

奎因托跟他说起和卡伊索迪谈判的结果。安佩力奥到厨房里去了，奎因托就边说着话边跟在他后面。安佩力奥把包着帽贝的纸展开，拿了一个柠檬、一把刀，用娴熟的动作打开碗柜的门和抽屉，就像是前一天刚把这里的每一件东西摆到位一样。他切开柠檬，把柠檬汁挤在帽贝上，却没有把从鱼市带回的包裹帽贝的纸拿掉，做了个问奎因托想不想来一点的手势。奎因托赶紧避开了——他不喜欢海货——然后继续说。

安佩力奥什么都没说，也没表示出一点赞成或是反对的迹象。奎因托不时地停下来，认为安佩力奥根本没在听他说话。“然后呢？”他弟兄说，然后奎因托就跟没什么一样继续说下去，因为安佩力奥的那种行事风格总是这样的，他们还是孩子时就是这样。只是那时候奎因托对此还会来气，因为他是哥哥；以后他也就养成习惯了。安佩力奥坐在厨房上了蜡的桌子旁，外套和围巾都没脱，尽管春天已经提前到了，他还是带着围巾。他有一小圈络腮胡子，眼镜厚厚的叫人看不见眼睛，头发早早地秃了。奎因托看他用刀尖把软体动物给剔出来，另一只手把缠满了海草的贝壳送到嘴边，看帽贝那柔软的躯体消失在他镶着黑胡子的唇间，伴随着一种不知道是吸还是吹的声响；然后他把空贝壳一个个地摞成堆。

奎因托展开一张图。安佩力奥扫了一眼，嚼着。奎因托觉着弟弟那胡子毛环绕着的嘴巴就像是一个翻过来的刺海胆，在刺儿的黑色中蠕动着。他把事情已进行到哪一步了说给弟弟听：谈判结果，有关企业家的情报。然后指着图说：“现在你给我听好了：在a区上的建筑阻止了在b区上卖房子或是建房子的一切可能。所以我们，如果a区的建筑用地价值x，而把a区卖给卡伊索迪，就剥夺了b区土地的建筑用地价值y。因此，由于x的价值，实际上我们是失去了

x+y的价值。也就是说，现在我们拥有a加上b；而卖了a，我们就只能拥有b-y。”

这一套代数用语，奎因托在脑袋中已策划了好些日子，就是为了说给他弟弟听的，科学家嘛。

安佩力奥站起来，去了水池边，从水龙头上接了口水喝，漱了漱口，吐掉了，然后完全是一口气地说：“我们当然要把器皿地作为投资资金使用在勿忘我地上我们的建筑上。但是既然不允许两幢建筑建得这么近，那么就需要在器皿地和勿忘我地的两块地皮上盖出独立的一幢大楼，而卡伊索迪建这楼一半是为了他自己一半是为了我们。”

为了这个计划，简直就是在筹划一场错综复杂的阴谋，奎因托可是费了不少神，然而现在，听到这计划被安佩力奥完全是一口气地阐述出来，就好像是个自然而然的结论，他真不知道再该说什么好了。安佩力奥开始用各种运算填满图纸的空白处。不时地还问奎因托一些数据，而奎因托却永远给不出准确的答复。政府规定的限高是多少？卡伊索迪想做多少套房间？水泥多少钱？奎因托知道对于建筑预算，他弟弟和他的水平是一个层次，但安佩力奥能如此果决而不假思索地在纸上写下那些数字，还是叫奎因托嫉妒不已。

“我们就算是八套房吧，加上底层①的两个仓库……”他算起了年租金，算算要多少年资金才能还本回来……

“但马上就要付的税钱怎么办？”

“我们用要盖的房子作抵押。”

“啊哈哈！”奎因托突然疯子般地惊呼起来。然而安佩力奥从来不会惊慌失措；他没笑，他那秃额头上从来不会出现一根皱纹。

① 也就是中国所说的一楼。

对他来说，一切都是永远有可能的。

母亲过来了。“你们算完账了，孩子们？钱收得回来吗？”

“完全能，完全能。但是……但是我们照样亏。”

“啊，那个卡伊索迪，一副骗子模样……”

“他真可怜，跟这没有关系。不是他的错，而是我们总归是要亏的。”

“那不如就算了吧？当然，我们就对他说我们改主意了，暂时还不卖。至于税，我们再向银行借借……”

“不，不，妈妈，你看啊。我们刚才在谈要向卡伊索迪建议一笔更复杂的生意。”

“别呀！”

“嗯，是啊，非常复杂。接下来我们会赚很多钱的。”

奎因托俯下身，神经质而好斗地打着手势跟母亲说着，在尽量说服别人的同时也在尽量地引起争论。安佩力奥站在他身边，既高又严肃，黑胡子挺在前面，就像一位只需要宣布一个判决的大法官。

“妈妈，就是有那些勿忘我花坛的那块地……”

八

他们一起出来，奎因托和安佩力奥。匆忙地走着，讨论着，走在熟悉的道路上，他们已经很多年没这样过了，他们感觉自己一直都是留在这里的，一直都是当地的两个兄弟，总是奔波忙碌着，参与城市的经济生活，领导着一整个利益关系网，他们是非常实用的人，做事果断，直奔主题。他们在演戏，他们对此清楚得很：他们跟他们那个时刻感觉出来的那种人完全不同；在夜晚来临前，他们又会陷入一种怀疑的惯性之中，然后又会出发，一个把自己关在他的实验室里，另一个把自己关在知识分子的论战中，就好像这些是世上唯一重要的东西。尽管那一刻他们感觉如果他们就是那样也是有可能的，而且也会挺美的，他们会是紧密团结的两个兄弟，而这许多麻烦事也会容易起来，他们会做成一些大事，尽管不知道是什么大事。比如说，现在他们正去找卡伊索迪，去向他提出这个问题，去触摸触摸[①]土地，去做做调查，要问他一些现在还不知道是哪些事情的事情，反正：如果事情太繁复，也没什么好办的，现在他们要听一听卡伊索迪怎么说，然后就可以决定怎么做了。

卡伊索迪没有电话。有一间办公室，在中二楼上，“卡伊索迪·皮埃特罗建筑公司”。兄弟二人按了铃。一个姑娘开了门，这是个低矮的小房间，有台打字机，桌上是些工程计划。卡伊索迪不在；他总是在工地上跑；办公室里很难找到他。

“他什么时候回来？”“谁知道！”“我们在哪里能找到他？”“你们试试看对面的麦利纳咖啡店，但现在还早。”“我们有事要立刻跟他谈。”“谁知道。如果你们想给我留个言……”

“谁知道谁知道谁知道。谁知道小姐。”这是安佩力奥开的玩笑，奎因托对那个挖苦而亲切的语调感到惊讶，弟弟在家里可从来没有使用过这语调。他抬起眼看看这个姑娘：蛮漂亮的。

这是个十六岁上下的小姑娘，乡下人的模样，血一样红奶一样白，脸颊呈桃子一般强烈的粉红色，黑眼睛上密密的全是睫毛，两条柔软的黑辫子在凸起的胸前垂下来。“啊，你们是安弗西家的兄弟，”她说。“真狡猾啊，鬼精鬼精的，”奎因托想，“看看那个朝上翘的鼻子，一副假正经的模样……”

① 意大利“触摸”一词，此处相当于中文的“研究”。

安佩力奥，在他那个让人觉得他突然想要开始一场愉快对话而开的玩笑后，又陷入了他往常果断的语调中，就好像他已经表现得太过明显了。他问在哪些工地上他们有可能找到卡伊索迪，就告了别，他在窄窄的楼梯上转过身，下了楼，最后还冒出一丝出乎意料的轻浮，就是，他说了句：“Bai bai[①]。”

奎因托，在小楼梯里转过身，看见那姑娘还没有把门关上，用一种奇怪的笑容在那睫毛后面观望着。他感觉在那张农村人的脸庞后面，从那叫人看不见的眼睛里，企业家卡伊索迪无法描摹的目光直追着他。

走在街上，他试着和弟弟谈谈这事。“不差呀，那女孩。”

“唔，”安佩力奥吱了一声，就像在回避一个不方便的话题。

他们去了那姑娘指出的地点之一，那里正在建房子，更确切地说，是在之前就已经存在的房子之外再建个两层楼的房子，这样就填满了两幢大楼之间的空缺。

他们进去了。那里堆满了水泥，但没有一个人在工作。楼梯还没有建出来，兄弟二人就踩着歪歪斜斜的木板上去了。“嘿！没有人吗？卡伊索迪！卡伊索迪·皮埃特罗！头儿不在吗？[②]老板不在吗？”回音砸在赤裸裸的墙体之间。

第二层楼[③]上蹲着两个水泥工，正在锤凿子，一副做无用劳动的表情。兄弟二人立刻止住叫嚷，几乎同时低声地问道：“卡伊索迪难道不在吗？”水泥工说：“不在。”“是今天还没来吗？[④]”“您说什么？”（他们是卡拉布里亚人）“他今天来了没有。”“我们不知

---

① 用意大利语拼写的英语“再见”(bye-bye)。意大利人极少用英语告别。

② 原文为卡拉布里亚方言。卡拉布里亚为意大利南部一个大区。

③ 相当于中国楼房的第三层楼。

④ 原文为卡拉布里亚方言。

道。”“这里总有个工头吧？”“在上面。”奎因托和安佩力奥就上去了。

在上面，只有墙体但还没有天花板和楼板。门面向空中。一种愉悦之情抓住了兄弟二人。“哇噢！哇噢！”他们叫着，展开胳膊试着在支撑架上走步，就像走钢丝似的。

突然传来了鞋底刮擦的声音。要穿过这个房间，必须要通过一块窄窄的木板，这木板架在一道门槛和另一道门槛之间，悬在空中。而在那头，门洞后，就好像有意要把自己藏起来一样的是卡伊索迪，他正看着他们。

奎因托和安佩力奥恢复了镇静，还有一点难为情。“啊，卡伊索迪，白天好啊[1]，晚上好啊，我们正找您哪。”承包商那庞大的身形堵在门框里，从那门下伸出细细的木板。他手插在口袋里，什么动作都没有。奎因托顺着木板向前迈了几步，感到木板在他脚下陷下去，显得犹豫不决；他指望卡伊索迪能做出点表示，指望他至少把脚压在木板的那一头保持平稳，然而他什么都没说，什么也没做。奎因托就那么在空中晃着，为了找点什么话说，就道：“我给您介绍一下我的兄弟安佩力奥。”卡伊索迪从口袋里掏出一只手，伸到那顶美式帽子的帽檐边，用摊开的手掌推了下帽檐。奎因托朝弟弟转过身去，十分缓慢地，为的是不让木板摇动；他看见弟弟正以同样的姿势回应着卡伊索迪，两人都面容严肃。

“您别在那里走了，会掉下去的，”卡伊索迪慢悠悠地说，“你们到下面去，我这就来。”

他们去了麦利纳咖啡店。坐在一张人行道上的小桌子边，有些

---

① 意大利语里，天黑之前都以“白天好”互相问候，天稍微黑下来一点时则开始说“晚上好”。

嘈杂。卡伊索迪想请客。“一杯潘脱米[①]？”安佩力奥便要了杯潘脱米。胃疼的奎因托点了一杯大黄酒，尽管他确信大黄酒也对他不好。安佩力奥请卡伊索迪抽烟。奎因托不抽烟。他们很快就操起了一种十分相熟的语调，安佩力奥和卡伊索迪这两个人；奎因托有一点点嫉妒。

卡伊索迪正向安佩力奥重复着所有的他早已跟母亲和跟奎因托说过的那些东西，总是说那些：“就像我跟您妈妈夫人说的那样，就像我跟您兄弟先生说的那样”，和那些“我也不需要跟您解释这事了，工程师先生”。安佩力奥是化学博士，但也没提出任何异议。他正不动声色地听着，香烟吊在黑胡子间，厚厚的眼镜后面眼睛半闭着；不时地发个问题，但只是很随便地问问，就像大家互知根底一样，而不是像——感觉上是——奎因托表现的那样像个专家，提防着纠缠式地问。

甚至，对于奎因托的一个异议，卡伊索迪，立刻摆起了那副哀怨的模样，转向安佩力奥，几乎是去求助。“您明白您兄弟先生说的这件事情……”

“不对，不对，卡伊索迪……”奎因托为了补救马上说道。而安佩力奥只是做了一个横向掠过桌面的手势，就像是要把所有的次要争论都抹走，要把讨论带到要点上来一样。

卡伊索迪还想继续扮演受害者的角色，但是他已经不再那么自信了。还总在跟安佩力奥说：“作为兄长的您……”

“不，我是哥哥，您看，”奎因托说，有点不好意思。但卡伊索迪并没有改变他对安佩力奥更为恭敬一些的态度。

“……如果您跟我说你们需要一段间距的话，我就给留上一大

---

① 潘脱米是一种黑色苦味开胃药酒。

段间距。”

安佩力奥说：“间距可是您需要啊，可以避免底楼的潮湿。”

“是我需要，是我需要，不过您让我明白，就算不留间距，底楼我还是照样卖，不过你们如果明天，也就是说说而已啊，你们想在那附近建楼的话，这间距可是用得着。”

奎因托看了眼安佩力奥。他正缓缓地吞云吐雾。等到这团烟在空气中远去后，说了句：“……那如果我们一起盖楼呢？”

卡伊索迪的手指在那一小截烟头上轻微地点了一下，抖掉了烟灰柱，眼睛变得潮湿起来，好像在凝视远方，用来逃离一种久远的感动，但同时眼角的皱纹却剧烈地浓密起来。“我就说我们可以好好商量，大家都高兴的吧，”他说。

九

安佩力奥的意思是不要太重视有关卡伊索迪的负面情报。“你知道***这里是怎么样的。不管是说谁，人们只听那些闲言碎语。一个人在这里初来乍到，做生意，走自己的路，所有的人都会剪他身上的衣服[①]。”

卡纳尔也无意说过：“你们跟卡伊索迪合伙？你们？你们的母亲？和那个粗汉，那个骗子，没品的家伙……那个一直把那个女秘书带在身边的……”“啊，那个姑娘……我们见过她了，”奎因托说，马上就被一个简单的好奇岔开了话题：“为什么？怎么了？她像是个乡下人……”他看了看弟弟，就像是想求得肯定；安佩力奥瞄了他一眼，几乎在说：“我都跟你说了，他们是怎么……”

① 意大利语“剪他身上的衣服”，即中文“说他坏话”的意思。

“她就是，”卡纳尔说。“他把她从他老家带出来。把他的妻子和孩子丢在山上……”

“那你是说……”

“我可什么都没说啊。那是他们的事，我什么都不知道，也不想知道。只是那里的什么气氛让我觉得不大对劲，那里……”

奎因托说了他不久前体会到的那个印象：就是那个相似之处，不是生理上的，也不是外貌上的，但也正因为此而更让人觉得不安，这相似之处把那两个如此迥异的人联系起来了：编着辫子的姑娘和卡伊索迪。

“那又怎么样，你也不要老往歪路子上想嘛……”

“你说什么？……因为，你知道，想想他……和一个可能只有十六岁的姑娘，他都能做她父亲了……”

“嗨！父亲嘛他肯定是很多人的父亲了。他从老家逃出来就是因为他的私生子满山谷都是。”

“也许就是他的私生女呢，你相信吗？”奎因托说，但他感到是时候要对那种搬弄是非的好奇做出反应了，是时候要表现出，自己作为一个有生活阅历的人，是跟那些地方偏见相去甚远的：“就算是，又有什么不好的？他有个私生女，很好，他不但没有抛弃她，还给了她份工作，把她带在身边。你们有什么好给他的身上背上十字架的[①]？”

“谁知道啊，我什么都不知道。”

“然而如果不是他的女儿，而是他的情人的话，呃，那又有什么不好的？他喜欢小姑娘，小姑娘们也是你情我愿……你们还要钻牛角尖？”

---

① 意大利语“给谁的身上背十字架”，即中文的“攻击某人”的意思。

“我？我一点都不在乎……如果是他的女儿，那是他自己的事情……如果是他的情人，也是一样……如果两个都是……”

“我们可以回到合同上来了吗？”安佩力奥问道。

这天下午天气很好，有太阳和微风，让人想干番大事。兄弟二人刚离开卡伊索迪就去找律师。他们不得不等上一阵，因为卡纳尔的咨询时间表都排满了；但是等待并没有减弱兄弟二人的激动，他们坐在前厅里，继续完善着他们的计划，用的还是含糊不清断断续续的对话，好叫其他也在等候的客户弄不明白他们在说什么。从工作室里传出一阵用方言争执的叫嚷：卡纳尔曾经承接过一些乡下的客户，是些小物主，他们在遗嘱和边界这些无止境的小问题上争执不休。第一次奎因托感到不再为游离于这个祖先的世界之外而感到负疚，而是感到属于另一个世界，从这另一个世界中他可以带着优越和嘲讽地观望那个祖先的世界：这另一个世界里都是些没有成见的新人类，习惯了操纵钱财。

然而卡纳尔，刚听到这个计划，就从沙发上跳了起来。“你们真是疯了！和卡伊索迪！那个会把你们当鸫鸟烤成串[①]的人！”

奎因托笑了。“慢着，还要看看谁是鸫鸟呢……这笔生意可都是对我们有利……”

“是啊！但他同意啊！当然啦！”

奎因托总是微笑着。“他同意啊。我们已经跟他谈过这事了。”

“你们简直是疯了！和卡伊索迪合伙！你们！你们的母亲！”等等。

“你听着，”奎因托说，在向卡纳尔解释时，摆出一副几乎是宽容的耐心的表情，就像是对当我们已经成人时却还认为我们是小孩

① 意思为：会骗你们。

子的父母一样；那语调，听得出来，是用来掩盖没被人当回事的一丁点的气愤。

奎因托解释了卡伊索迪准备如何支付那两片毗邻的土地，一部分是用现钱支付（这样一来他们就可以用这笔款子付清税费了），一部分是用套房支付（这样一来他们的非生产财产就转化成一种有利可图的收入来源了，无需任何花费）。对于卡纳尔的异议，奎因托觉得越来越有趣，他甚至还尽量去挑拨他：每出现什么新问题都使这个游戏变得更繁琐和更引人入胜，考验着他们所有人的能力。奎因托在卡纳尔身上寄予了很多的尊重和信任，正因如此他才喜欢给他找来如此棘手的问题来处理，好看看他是如何应对的。对安佩力奥来说，律师的犹豫不决令他生厌，让他觉得是一副失败主义的做派，他生硬地，几乎是厌恶地谈着话，倒不是因为他有多信任卡伊索迪，也不是因为他以为他们的计划有多完善，而是律师的踌躇不决破坏了他扑到生意中惯用的那种果断，几乎是进攻式的节奏，他深信那件事吧，要么就得果决地做，就像是一天能做上十笔这样的生意，然后就不管不问的人，要么就得陷入一堆“如果啊”、“但是啊”之中，然后就变成了一件永无止境的麻烦事，于是尽管值得，这是可能的，对，但还是最好什么也别做。

他站了起来，抽着烟，现在在他那些简明的玩笑话里，他似乎变得比卡纳尔更悲观了，而且总在反驳奎因托。而奎因托，由于感到再也靠不住弟弟了，就犹豫起来：如果不利的可能性太多，也许正好趁机退出，退而求其次地只卖掉器皿地算了。

结果并非如此，卡纳尔研究着可能有利的合同条款，正津津有味地考虑着那个承包商一切有可能的违约行为，并用最复杂的条款、押金、止付支票和各种类型的担保来武装他们。他拉长扭歪着脸，眼睛溜溜地直转，挠了挠乱蓬蓬的头发，埋头在纸上写满了注意事项。“我来给你们立个合同，一个专门针对卡伊索迪的合同，一份每分每毫都不会出错的合同……一份一点心都不用操的合同……”他冷笑着，几乎是蜷在沙发里，思考着这个像豪猪一样棘手的合同。

然后，他疑心地耸了下肩说：“当然是指为那些合同需要的东西。”

十

一切活动都是从图纸，透明描画的建筑用纸，和预算开始的。现在不可或缺的人物是特拉瓦利亚工程师。

特拉瓦利亚是***城最繁忙的建筑工程师之一，他只能陪奎因托和安佩力奥匆忙不安地坐一下，在地上展开一张又一张的建筑平面图时，还总在接电话，训斥勘测员。

特拉瓦利亚工作的突发性很强，时而发号施令，时而用尺子画线，时而推翻一切，还不时抬起浅色的眼睛，微笑着，将胳膊沿着敦实的躯体垂下，突然又像被一种绝对的宁静攫住，就像眼前拥有无限闲散的时间。他那样肥肥地缩在绘图桌边高高的转椅里，面浮微笑，目光深邃。“但是安弗西兄弟你们知道吗，合同细则意味着什么？”他是一个既让人有安全感，爱嘲弄人，又有点阴险的家伙。肥胖和早秃让人感觉他相当成熟：他显然是利用了外观上的权威。安弗西兄弟都生活在远方，糟糕而勉强地维持生活，拿自己能力之外的糊涂野心打赌，对于特拉瓦利亚来说，他们代表着他根本就没想过的生活方式：艺术，科学，可能还有什么政治理想吧。他没这么想过真好！他看着安弗西兄弟，反复这么想着，他们总是停留在原地，什么主张都没有，奎因托是既什么都不会做，也不知道要做什么，安佩力奥是个直到六十岁才可能当上教授的大学实验室的小职员；反正，已经是毫无疑问的了，他们是两个失败者；看着他们，他对自己感到无与伦比的满足，并向他们炫耀自己只注重要点，注重实用的做人原则。但是他对他们给出了更多的热情：安弗西兄弟的出现总是让他来气；“但是，本质上，他们很可怜，我很喜欢他们，”他对自己说道，“本质上我是唯一理解他们的人。”

现在他们正在检查账目。工程师抬起头，注视着他们二人，然后突然用他那疲惫而安静的笑声笑了一下。“安弗西兄弟，究竟是什么人让你们忙起这事的？”

“够了，我们算是明白了，恩里科。今天你是受够了。我们明天接着来。就是说这个问题得由我们来解决了，”他们已经朝门口走去了。

“别啊！”工程师跟在他们后面跑去。“看你们说的，我怎么会让你们自己忙这事呢！那个卡伊索迪，能一口把你们吞掉，可怜的孩子们。你们待在这里，我们重新开始……”

得派个勘测员去卡伊索迪那里问一个标在图纸上的东西。卡伊索迪的办公室离工程师的工作室并不是很远。勘测员回来了，说：“卡伊索迪不在办公室里。我问了那个小姐他……”

“那个小姐……”特拉瓦利亚冷笑起来。

“那小姐说她也不知道。”

“那女孩连……都不知道……但是她在那里时我们看到图纸了！你去，回去，跟她说那图纸就在桌子上，今天早上还在的，现在也应该在。”

安佩力奥，本是安安静静坐着的，身上穿着防水外套，下巴垂着，胡子贴在胸前，站了起来，说道："我去，"开了门，走了。

特拉瓦利亚，像是为了什么不能用言语表达的东西，止住了哑哑的笑，望向空中。

奎因托没弄明白。过了一会，他说道："但为什么呀，你是说安佩力奥去那里是为了……"

"你说什么？"工程师说，心思已经转移到别处了。他们又检查起那些计算来。

过了二十分钟左右安佩力奥回来了。他直挺挺地站在那里，一动不动，什么也不说。"怎么说？"

"要去地上看看。图纸上弄错了。"

结果是三个人都过去了。器皿地和勿忘我地已经半空了；母亲已经着手让人搬那些植物了。这天天气很好，花儿和叶子在太阳下一副繁盛欢快的样子，植物如此，杂草也如此；奎因托觉得自己从来没有发现过在那几小撮土地上竟有如此浓密多样的生命在繁衍着，而如今，一想到那里的一切都要死去，还要长出用柱子和砖头搭成的脚手架，他就悲伤不已，甚至是生出一种对琉璃苣和大荨麻的爱意，几乎是一种悔恨。而其他两个人似乎只是在简单地享受着那时辰；工程师戴着顶帽子，但那里很热，他把帽子握在手里；他额头上留下了一道红色的汗淋淋的印迹；太阳就直射在他的秃脑袋上，很快他便不舒服了，就又戴上帽子，但只是轻轻地架在头顶上，而这身装扮带给他一副星期天的模样，一种狂欢的感觉。弟弟终于把他那件过季的防水外套脱了下来；外套给他叠得很规整地搭在肩头。他们边转着，边丈量边界上的一个凹处。奎因托让他们忙去了。工程师，尽管是在工作，还沉浸在那些平静的沉思默想时刻中。奎因托用两根手指夹起花草，仔细观察起它们。"这是什么植物？"他问安佩力奥。安佩力奥以一副行家的，而且几乎是愉快的神情回答了他。奎因托很惊讶，因为他从没发现他弟弟对植物留神过。

一排盆装的大丽花动了起来，是谁在那里面钻？卡伊索迪编着黑辫子的秘书姑娘。她钻了出来，带着那双全是睫毛的眼睛；穿着一套灰色布料的“正装西服”。“哦，你们也在这里？我在找卡伊索迪先生，他应该来这里的……”

“我们当然在这里，”奎因托说，“这地还是我们的，合同还没签上呢！”谁知为什么，他竟发起火来。

“我又不知道……他说要和一位先生来这里的……”她没说下去，把手中的信封捂在嘴边，做出一副难为情的模样，就好像她说多了，但在那件西服外套里，她完全是昂首挺胸的架势。

“你们倒说说看，他还没有把地买下，就已经想把还没建成的住房卖出去了……”奎因托说着，朝另两个人转过身去，一副既谴责又欣赏的样子。

特拉瓦利亚和安佩力奥好像并没有跟着这个话题走。他们正朝着那姑娘。工程师头歪在一边，眼睛半闭，嘴巴大张，仍是那样疲惫地笑着。安佩力奥一只手指插进上衣的口袋里，防水外套斜挂在一只肩膀上，眼镜厚得叫人看不见他的目光，就像一个十九世纪的人。他把手伸向那姑娘拿着的信封，说：“有邮件？”那姑娘迅速把邮件藏在背后，他们就好像在闹着玩一般。“不是给您的，是给卡伊索迪先生的。”“什么事这么急？”“谁知道啊……我怎么知道？”而工程师说：“您的老板可是照着对自己有利的方法来量这块地的，这您知道不知道？”“我不……然后是有斜坡的地方量出来的面积要小一些。”“啊，这个您知道？”那姑娘耸了耸肩。

工程师冷笑着说道：“但是卡伊索迪每天早上都要给您发出该

说些什么的指示吗，还是只给您发出不该说什么的指示？”

她眨巴眨巴眼睛，把辫子甩到身后去。“您说什么？卡伊索迪什么都不跟我说……”

“那您当的是什么秘书啊？”

谈话变得轻松起来。他们在那块地上转悠着，那个姑娘在他们中间，她扯下一片树叶抿在嘴里。安佩力奥请大家抽烟，第一个请的就是那姑娘。“谢谢！我不吸烟，”她齿间含着树叶哼哼唧唧地说。

“真是一个纯洁无瑕的姑娘啊……”工程师挑逗地说。

“这又怎么样？”她说。

上面的平台上沙沙作响，母亲从篱笆后探出脑袋来，她戴着顶大草帽和园艺手套，拿着把大剪刀，正在剪玫瑰的接穗。工程师第一个发现了她，脱下帽子跟她打招呼。

“孩子们，是你们啊，你们有什么客人啊？哦，特拉瓦利亚，我真高兴见到您！您是来研究这块地的吗？您戴上吧，戴上吧。谁知道呀，您觉得这个该死的计划怎么样？”

工程师又戴上了帽子，戴得很端正。“我们会尽量把这事做好的，夫人，您别怕……”

“这位漂亮的小姐是谁啊？等等，我认识她，”母亲说，把鼻子上的太阳镜放下来。“对啊，是丽娜小姐。”

谁知为什么，奎因托粗暴地说：“才不是呢，你不认识她……”

“对，对，”母亲坚持说道，“前几天她来取过合同草稿，是丽娜，我们企业家的小姐，应该是：是我们的合伙人……”

这姑娘，当母亲出现时往那边退后了一步，看着别处，来到篱笆前，用她那带着方言的假声打了个招呼：“对啊，太太，白天好，是我，是我丽娜，您好吗？”

兄弟二人嫌她们烦，想让她们长话短说，安佩力奥于是就对工程师说：“那斜坡呢，那斜坡，还有没有办法计算那斜坡了？”

然而特拉瓦利亚继续跟母亲寒暄着：“您在打理您的花儿吗，夫人？”

“我尽量救救那些还有救的，特拉瓦利亚……”

每个人都自顾自地忙活着，母亲在她的玫瑰后面，工程师和兄弟二人在重新丈量一个角落，而那姑娘——丽娜——在远处一旁待着。但是工程师并没一门心思地管工作上的事，他一个劲地笑着，吐了口烟，慢慢道：“不孝之子啊，安弗西兄弟啊，你们真是不孝之子啊……”

“为什么啊？”

“因为你们让她做的事啊，让你们的母亲……现在你们还让她管卡伊索迪叫合伙人……和你们母亲的合伙，真是不孝之子啊……”

“恩里科，你可真是疯了啊！我们从来没有这么喊过他合伙人，也从没让谁这么叫过！谁知道现在她是怎么一时兴起想起来说‘合伙人’这个词的。合伙人：这词还蛮好听啊！但是和她有什么关系？而且这是一笔我们两人的生意，是我们的主意，由我们两人来对付……”

“你们两个不孝之子……”

在那边，他们时而愤怒地说些挖苦话，时而丈量土地。突然传来一阵低语，他们转过头去：卡伊索迪出现在丽娜身边。他正用那山里人尖细的语调低声地跟她说着什么，满脸怒气，脸上柔软的线条紧绷着，而她，用同样的语调、同样的方式回答着他。他已经撕开了信封，似乎对那信很生气，他反复读了有两三遍，嘴巴大张着，很吃力地拼读着，然后把信连同手一起插进裤袋里，往前走了起来，也没和他们打招呼。在卡伊索迪表现出来的那种粗暴和固执之外，奎因托还觉察出那许多的不设防和软弱，那男人孤身一人，愚昧无知，成了这里的公敌。他走路时口袋里攥着拳头，脸也好像缩小了一般，眼里全是皱纹，从没见过他穿得这么邋塌，收水的上衣套在格子羊毛衬衫外，走了形的黄布料裤子，溅满灰浆泥的旧鞋子：这下他倒真像一个泥瓦工了，他只缺顶用报纸糊成的小帽子了。

姑娘丽娜和在他一起时——奎因托注意到了——没有她往常庄重的神情，而是一种几近厚颜无耻的表情，还吵着架，隔着几步远的地方紧跟着他，十分警觉的模样，但总是一副争执的架势，就好像对他有满肚子的怒气都发不出来。

但卡伊索迪，在那神经质而狂躁的几步平静下来后，转向兄弟二人，点头对他们打了个招呼，就好像是他们在路上碰见了一样。“您是来重新丈量这个凹地的吧，卡伊索迪……”奎因托说道，很快就后悔了，因为他觉得自己的声音就像是为自己在那里辩解一样，在那块还是他的地皮上；于是，为了更正那个腔调，他就变得挑衅起来：“因为您量过的这些尺寸，您知道，真是量得漂亮啊，都是错的！”

卡伊索迪走上前来，那眼睛就像在眺望地平线一样地看着奎因托；眼皮发红；眼里水汪汪的，嘴唇湿润，如同一个内心充满着巨大仇恨的人，或像一个随时可以大哭起来的孩子。“您现在发泄出来的这些算是什么东西？”显然，他正迫不及待地宣泄出自己的怒火；大叫道：“你们该干什么就干什么去，这是我的事情！”

“等等，卡伊索迪，对不起啊，”特拉瓦利亚出来调停，往前迈了一步，一副刚刚介入的模样，“您是企业家，就做企业家的事，我是工程师，就做工程师的事。对吧？那么，您听着……”然后就向他解释起来事情的缘由。卡伊索迪听他说着，但总是摇着头，看着地上，就好像是在说，对，工程师说的事情都是对的，眼下工程师可能是理解了，但不知道他们兄弟两人的脑袋里想的是什么，很明显他们是生他的气了。“不对，卡伊索迪，您听着……”工程师带着那温柔的笑容说道，微困着，一副见过许多世面的模样，知道什么时候该放手。“我该做什么，您倒是跟我说说看我该做什么……”卡伊索迪双臂摊开地说着，他的声调越来越哀怨，简直是一种延绵不绝的哀诉，搞得就连工程师嘴里的元音也拉长了，长得让人感到有一种宽容和妥协的可能，这样一来就搞得好像他们是在轮流打瞌睡。在这个软塌塌的元音游戏中，奎因托感到自己被排除在外了，甚至显然是被视成了一个无足轻重的人，还不只是他，而是整个他家，就好像作为物主和支配这笔生意的进展都无关紧要一样，尽管奎因托认定自己是这么做过了。他不知道是不是卡伊索迪和工程师用的语调更让他讨厌。好了，是安佩力奥该用那种猝不及防的方式介入一下的时候了；奎因托转向他，却没看见他。他在远处，在那块地上，那里绿色茂密，他正背对着外面，就像一片背光的影子，在他面前是丽娜，还是那副神情，正把辫子缠在一根手指上，他们说话声音很低，他不时往前进一步，她则跟着退后一步。过了一会，仍是那样背对着大家，没转身，但就好像一直都跟着他们的话题走似的，安佩力奥很有劲地说道：“那么，卡伊索迪，您想怎样就怎样吧，我们时刻准备着一切落空。合约可以取消，合同还没有签。”

“什么：一切落空？”卡伊索迪跳起来，那声音比之前更愤怒更刻薄，但跳到一半时他又改主意了，突然大笑起来。用他那种丑陋的笑来笑着：嘴巴微张，一口乱牙，搜寻着他人的目光，就像是要寻求一种确认，确认安佩力奥说了件荒唐事。“什么，落空？那么我们在这里忙什么呀？”他笑着。“我们在这里就是为了来商量的，对不对？我们在这里就是为了交朋友，像朋友一样来交往嘛。”

母亲又从篱笆上探出头来。“你们是在说要让一切落空吗，哎哟哎哟哎哟……我可怜的植物啊，移了又栽，栽了又移……”

卡伊索迪卷起了袖子，微笑着，显出一副豪爽的样子：“当然不，当然不，夫人！我们是朋友，我们像朋友一样做事！您放心，夫人，这活我们会做好的，会照您的意思协商好的……甚至，如果您想我在花园里做什么改善的话，我们正好有些泥瓦工……”

“不，不，我在花园里最不想要的就是泥瓦工。”

“那我们就不让他们进来！我们在这前面修一条过道。”

“的确如此啊，墙是朝着我们的，可以让这墙上爬一些攀缘植物……”

“什么？啊，当然，我们会弄上些漂亮植物的，您想怎么做，我就怎么做，您会发现一切都好说嘛……”

卡伊索迪手忙脚乱之中，把一株大丽花弄倒了。“他都没有说对不起，”母亲事后评论道。

十一

奇怪的是在签合同时，卡伊索迪并没有在大家先前估计的地方找麻烦，而是在其他地方，在那些不怎么重要的地方，那些很容易就能克服困难的地方。奎因托甚至有点失望。这是份很棘手的合同，卡纳尔和公证员把浑身解数都使出来了，真是灌木丛一样纠缠繁芜的合同，里头尽是些合同细则，由一系列汇票担保的现金款项付款期限，建成套房的交付期限，一切都被“所有权保留”的条款限制着，也就是说企业家如不履行合同中的任何一项内容，土地并连同这土地上面所有其时已完成的建筑都将归还给土地主。“如果他接受这条，你就是在铁桶之中了[①]，”卡纳尔之前跟奎因托说过。卡伊索迪接受了，他随他们去了，嘴都没动一下，就好像合同不过就是一种形式。他一个人来到公证员那里，没带律师，没带任何人，“是为了省钱”，他们这么说道，或者也是“因为他每请一次律师，总要以吵架告终”。公证员那里，安弗西家三口人都在，母亲和儿子们，再加上他们的律师和公证员，直到卡伊索迪走进那间工作室（仅是这环境就该给他一些畏惧之感），才环视了周围一眼，里面全是那些只认白纸黑字的文化人，那眼神就像笼子里一头被观望的野兽，步步后退，但知道那已经不管用了。奎因托，总是想用一种愉快的思维来想像他，就跟自己说道：“他就像是被扔进狮坑的但以理[②]，”但是这个把他设想为受害者的方式一点也没让他觉得好玩：他得把他看成一头狮子，难以驯服，野性十足，而他们所有人都是用但以理做成的坑，围住他，像狱吏一样正直而顽固的但以理，在用叉子一般的合同条款来戳他。

卡伊索迪在一张挨着公证员写字台的椅子上坐下，其他人在那周围或坐着或站着，他非常仔细非常专注地倾听着从公证员唇间吐出的公文朗诵。他嘴半张着，不时默默地翕动着嘴唇，跟自己重复一句什么话，奎因托自问他会不会真是一个傻子。然而他却紧张得

① “绝对安全”的意思。

② 但以理：犹太先知，被认为是《旧约·但以理书》的作者。此处典故见《但以理书》第六章：波斯王大流士朝中的高官试图陷害但以理，求王下旨在三十日内严禁人向王以外的任何神或人祷告祈求。违者必被扔在狮子坑中。但以理不理禁令，仍照常向上帝祷告祈求，遂被扔进狮子坑里。但上帝施行奇迹，派天使封住狮子的口。翌日早上，大流士王十分高兴见到但以理毫发无损。那些居心不良的人反被扔进坑内遭狮子吞食。

不想漏掉任何东西，还不时地抬起一只重重的手，“啊……高点声……”于是公证员就一个音节一个音节地重复那些话。有时好像他是怎么着都不行，并确信这完全是由他来承担损失的一个圈套，他几乎都听不下去了，好像要不了多久他就会站起来，还会说：“你们全都疯了！”还会摔门而出；然而不，他等着公证员断句换行时，还会用下巴示意一下，表示赞同。有时他也提出反对，对一些谁也想不到的细枝末节，尤其是技术上的细节，比如什么小砾石一类问题，就这个问题上居然能冒出半小时之久的争论，也是因为安佩力奥不知道为了什么原则上的问题止步不前，不顾律师跟他说算了吧。

奎因托烦了起来，反正所有的人都很仔细小心，他就索性去看窗外春日下的路，尽力去喜欢家乡，喜欢进展顺利的这笔生意，但他感到一切都已经结束了，感到这场建筑企业家的经历不过是官僚上的问题和无聊的讨论，他是既不好奇也没热情了，只希望从那以后跟在他弟弟后面就好。

事情渐渐转好，好像一切都进行得异常顺利，在这个情势下卡伊索迪成功地推迟了一张汇票的期限，甚至是三张汇票中的两张，都改成了分期付款，甚至还让减少了一笔二十万里拉的款项。

安佩力奥看看手腕上的表，合同还没有签，他却说：“我得走了，我的火车要开了。”

奎因托不知道他要出发。“怎么回事啊，还没有签哪……”他对弟弟发疯似的发起脾气来。“你为什么现在走？”

“我当然现在走。明天实验室里谁去啊？你？”安佩力奥马上用起一种傲慢无礼的腔调。

奎因托现在对要待在那里由他来操办一切厌烦至极，他已习惯会由弟弟来掌管这个问题的想法了，习惯他可以隔着一定距离地观望的想法了：他指望事情就这样发展下去了。他们于是喋喋不休地吵起架来，你一言我一语地低声吵着，就当着公证员和卡伊索迪的面。“你之前没说你要出发啊……你把我扔在这里……”“当然啦，反正最重要的部分已经做完了。委托书在妈妈那里，她来签，没问题了……”“不啊，还有好多事情呢……我们什么都还没做好呢，啊呀……”

母亲介入进来：“但如果他有实验室要忙，奎因托……”

“这里成天都得赚钱，和什么实验室混在一起啊！”奎因托本想这么说，这就像是在扮演一个不愿意送儿女去上学的老店主角色；但是他还是忍住了，说成：“还得先商量商量嘛，这样就可以一个人在这里待上一阵，然后再换另一个人待上一阵……”

“要是您也想走，不必担心，”卡伊索迪说，“您尽管出发，反正如果我还有什么话要说，就和您的母亲太太说，我们来商量……”

奎因托想起他们争执最激烈时卡纳尔说过的一句话，这话特拉瓦利亚几乎是一模一样地又重复过一遍：“我已经知道这事情会怎么结束了，现在你们搭起这个烂摊子，然后就跑掉了，不打招呼就走人：从火中取栗子的事你们就留给你们的母亲做……”

“真的，”公证员说，“你们之中的一个要能留下来，还是有一些手续要办的……”

“我可是要留下来的！我当然留下来！都已经这么够戗了！”奎因托激烈地说道，他浑身怒气，因为他是真的想留下来，但他也有过要去米兰的半点的想法：本西和切尔维戴里为起草那份杂志的大纲召开了一个会议，奎因托一方面并不想去，因为他在和他们吵架，但另一方面他也很想去那里，就好像凑巧经过那里，反正他是真生气了。

安佩力奥走了。事情结束得很快，签字，汇票，一切。奎因托和卡伊索迪从楼梯上下来时友好地讨论了开工事宜。“现在一切就等政府的批文了，”卡伊索迪说，“得把方案给技术办公室看，等开过委员会，如果一切顺利的话……”

“呃……要多长时间？”奎因托问道，警觉起来。“我以为都已经没问题了。”

卡伊索迪冷笑了一下。“我们想得倒好，我们想得倒好，跟那些人啊……最能成年累月地拖时间……如果有什么东西不行，那可是没完没了的麻烦事啦……”

“但是工程……”

“批文不下来，工程怎么可能开始进行……”

奎因托停在楼梯中央。“不对啊，卡伊索迪，您意识到没……您现在签的这份合同中可是向我们担保十二月三十一日要交付完成所有的套房啊！”

“慢着！”卡伊索迪上前一步，满脸通红，凶巴巴的，奎因托从没见过他这副模样，上一次在地里发脾气时也没这样。“慢着！合同上说的是在八个月以内交付！八个月是指方案被委员会通过以后的八个月！”

“想都别想，卡伊索迪！有日期的。您今年十二月三十一日必须要把房子交付给我们！”

不，对，八个月，十二月三十一日，协议，合同，在什么地方确实是写着八个月内交付的，而在另一个地方写的却是十二月三十一日以前。反正，律师们的意见是没什么好紧张的，因为政府的批文不会拖得太久，“然后那个卡伊索迪在政府里一定有挂钩[1]，他总

① “有关系，有靠山”的意思。

是能想干什么就干什么。”

奎因托和卡伊索迪从公证员的大门里出来后告了别，奎因托在心中已经疑惑起来是不是走错一步了。

十二

工程延期开工了。只有两人工作。他们先是挖地基。这是两个泥瓦工；一个人瘦而长，皮肤黝黑，恶狠狠的，总是穿着短裤，光着上半身，像海盗一样在头上扎着条手帕，总是什么活也不做，总在抽烟，或是跟女佣犯傻，时不时地挥动一下直直插在土里的铁锹，之前还要在手心里吐口唾沫，再吸口气；另一个人是巨人，公牛一般的胸膛，剃光了红头发的头总是低着，就像一个什么事都不想听也不想看的人，尽管他有一张漂亮而年轻的金黄色的脸，眼光彷徨而暴躁，总是拼命地凿着和铲着什么，就像一个推土机，很少应答别人的俏皮话，最多也只是阴沉地嘟囔几句，几乎都是口齿不清的。“一个很好的劳动者，”偶尔来看上一眼工程进展情况的卡伊索迪对奎因托这样说他，奎因托朝他提意见，说只有两个人工作的话要花上一年的时间，“他一个人顶三个人的工作。他能整小时地连续工作，一分钟也不间断。我的人都是他这样就好了。”

夏天的主要事情就是几个争端：和卡伊索迪的第一个争端，是卖出土地中一口黑井的挖空问题（他认为这井是属于前土地主的）；和卡伊索迪的第二个争端，是挖出成堆的泥土堵住了路；再就是工程中止了十五天的时间，因为这些工人不得不被卡伊索迪叫到他的另一个工地上，因为那边的交付期限快要到了；最后是卡伊索迪的第一张汇票没有付。

奎因托非常高兴。总是跑上跑下的：有时去律师卡纳尔那里，让他写对卡伊索迪的警告信，有时去公证员那里，因为合同注册细节从来就没能完善过，有时去工程师特拉瓦利亚那里，把他带到工地上去检查一切是不是都按照合同细节的条款进行的（但还刚进行到地基阶段），有时去卡伊索迪那里，抗议催促或是盘问。他的行家朋友总在帮他，尽管从来没怎么把他当回事过，他们饶有兴趣地看到他终于陷于实际问题之中；工程师没少嘲笑过他，公证员总是给出依从的建议，卡纳尔则坚持自己的职业苛刻。

和卡伊索迪的关系更是麻烦，更是不可捉摸，但一旦能逮住他，那就是奎因托收获他决策的最珍贵果实的时刻了。精神上的果实，当然（对于那之后才会来临的物质上的果实，总是弥漫着一种不安，那是一种冒险带来的胆战心惊，而这冒险——现在奎因托把它当做个人经历——正是自由经营的盐分[①]）：是一种言语上的交换，因为这交换之中显露出资金持有者和企业家之间的相互尊重，是会意甚至同谋的一眼，是使与话人糊涂的一刻，因为这一刻验证了他一步棋的精明。奎因托靠过去得很突兀：是陡然地扑到卡伊索迪身边，他当时正在麦利纳咖啡店里，坐在人行道上他常坐的小桌子边，一个人，就像他往常那样，端着咖啡杯或是一个空杯子，紧绷着脸（生意上的事情肯定给他平添了一道难看的皱纹）。“那么，卡伊索迪，这又是怎么一回事？”奎因托攻击道。企业家把目光朝他扭去，然后又投向远处，就好像更愿意没看见他一般。奎因托，用一种强做出来的渐增声调，申述着他的抗议。卡伊索迪还是看着前方，抿住双唇，就像在抑制一种剧烈的爆发，也像是摇摇头就能化解掉这爆发一样，摇着摇着，就摇成了一种彻底的沮丧和不信任。他的回答

① 意大利语中“盐分”就是中文中所谓的“精髓”。

总在离题，但充满了一种彻底的鄙视，常常是侮辱性的，可以中断一切讨论。两人很快就短兵相接起来：拳头捶在桌上（卡伊索迪粗短的拳头，结实得活像小足球[①]），把小碟子上的咖啡杯和玻璃杯震得叮当作响。在言语的对峙中，奎因托愉快地发现，似乎是企业家他不想提高嗓门，要把他们的口角藏到别人的耳后[②]。随后双方都平静下来，让他们产生分歧的障碍貌似已经解决了：他们谈起了将来，也谈起了双方能从工程的经营中得到的好处。现在他们像合伙人一样谈话，相互平等。马路上满是各行各业忙碌不堪的人，正从他们脚下走过。目光沿着一个欢乐而平庸的下坡花坛远去，奔向海边。

奎因托回到家里，在地基的沟壑里看见了红头发的泥瓦工，一个人（另一个在收工前就跑掉了），挖啊挖的，就像一个被打入地狱的人。

那里变了模样和色彩。更深层的泥土见了光，那是很深的褐色，散发着强烈的潮湿气味。在层层软土和积烂的土块下，表土层里植物的绿色消失在从地里翻出的堆堆新土中。在开挖出来的内壁上，露出一些死根节、蜗牛和蚯蚓。母亲，从花园里那浓密的植物间，从没有采摘下来并任其瘫软在茎秆上的花朵间，从高大的灌木丛间，从含羞草的根枝间，探出目光来，每天都窥视着他们在失去的土地上挖沟，然后又退回她的绿色中。

---

① 原文为英语。

② 即“不想让别人听到”的意思。

十三

“同时，如果您有什么人在找套房或是仓库，就可以直接把他送到我这里来，”奎因托给苏拜尔加中介公司的主管付完了生意成交的手续费后这样跟他说道。

“您说什么，博士[①]？为了什么？”那个托斯卡纳人问道。

“啊，我是说，还要几个月的时间，”奎因托明确说道。“那边要盖的楼，您知道吗？就是卡伊索迪的……十二月份就会好了。”

中介公司的那个人笑了。“哦，是啊，什么十二月份啊！”

“就是十二月份，当然是：合同里就是这么规定的！我们有‘保留所有权’！”奎因托其实已经接受了十二月份前是拿不到房子的事实，但听到这事情被如此肯定地说出来，还是由这里这个完全不相关的人说出来的，使他很气愤。“卡伊索迪必须得把房子交给我们！”

“是啊，博士，要我们说吧，房子还要一年才好，得啦。有关日期的事最好别担保。凡事一旦和卡伊索迪搭上关系……”

“您说什么？您现在才来跟我说这个？当初是谁把他卡伊索迪带给我的？是您！”

中介公司里有个女人，一个褐色皮肤的女士，瘦瘦的，皮肤晒成了古铜色。插嘴道：“房子，您刚刚是在说房子？在哪个区？几间房？”她大概三十五岁左右，米兰人，或是伦巴第大区的，太瘦了，穿着夏季紧身衣，甚至有点破破烂烂的，脸上有点沧桑，但目光里有种爆发，有种火焰。奎因托看看她的脸，胸，赤裸的胳膊，倒是有点优雅的和谐。

① 在意大利，只要不是工程专业毕业的大学毕业生都被称为博士。

“不是，太太，”托斯卡纳人说，“房子现在还没好，而且您是要买房子，而博士是想租房子，对吧？”

“对，”奎因托答道，问题就这么解决了。

“而我之前跟您说的那幢新楼，太太……”托斯卡纳人跟她说起来。

“白天好[①]，”奎因托说罢，气愤地走掉了。中介公司那个男人的行事方法很是冒犯了奎因托，因为这立刻排除了那位女士有可能对他房子的兴趣。他对不能和那位女士谈房间的数量和方位，也不能谈谈厕所和厨房，感到非常不快和愤慨……当他粗鲁地告别时，那位女士还回头看看他，一副询问的表情，而且也告别了一下，一个微笑……一个有意思的女人，也许不算漂亮，但引人注意：很女人。奎因托想要的不是怎么谈房子，而是和她说说话。事实是，现在他离那段人行道还不算很远，就像是等她从中介公司出来一样。果然，他很快就看到她走上前来。他们打了招呼。“对不起，”他说着，把她拦下来，“我想跟您说，假如，如果您对那个街区感兴趣，那些房子，不用承担任何义务，是卖是租，我们还可以再商量……”

“噢，谢谢，我还不是很清楚，我刚才跟那位先生说，还只是一个想法……我还不知道我们将会留在这里还是去拉帕罗[②]。我丈夫……”

他们一同走了一段路。

“米兰人？”

“呃，其实我是曼托瓦[③]人。”

“啊，真不错！您去哪里下海游泳？”

① 意大利人告别时也会用见面时的用语：“白天好。”
② 拉帕罗，意大利西北部沿海大区利古里亚的一个城市。
③ 曼托瓦，意大利北部大区伦巴第的一个城市。

“去‘赛来内拉’。您知道吗？”

“呃，我偶尔也会去。”

“如果您哪次经过，我的沙滩伞就是堤道边的第一个。”

他第二天就去了。海滩很窄，人多极了。奈利太太有一把沙滩伞，还有一群朋友做伴，其中有位上校。奎因托不得不坐下来，加入谈话，无聊极了。他后悔来这里了。穿着泳装的太太也没什么大不了的，不再像昨天那样让他感兴趣了。海浪有点大，没人想下海，最后他们还是决定了，尖叫着迎浪跳进去。一根腐烂过半的绳子，给黏糊糊的海带缠得全绿了，挂在一排铁杆子上。奈利，很害怕，拽紧了绳子。奎因托，每每海浪袭来时，为了扶稳她，就从后面抓住她的胳膊。在一股貌似很大的浪就要打过来时，他两只手都抓住了她的胸。然而浪很小。奈利没有推开他的手。笑了。

他们一起过了夜。为了找到一间房，奎因托整个下午都在转：那是八月，宾馆和小旅社都满满的。他从一个只向男人要证件的房屋出租人那里找到了。房间面朝市中心的一条街；奎因托习惯了他家别墅楼上通风的夜晚，感到很热，睡不着觉。床是一人半大小的，待在上面很挤。他们裸着身，床单被汗湿了，街灯的亮光从打开的窗户里投进来。奈利背对他睡着；他跟她分开一段距离，不得不待在床沿上。他想叫醒她，事实上是，跟她是第一次，爱却这么少，他感到有种要重新开始的必要，他只需要一点点的主动；但是那太太只是睡着，他又懒，更愿意把她想像成她就是这么一种人，不是太在乎，并不像看到她第一眼时他所感觉到的那种欲望很强的人。他看着她不再新鲜的颈项，尖尖的肩胛骨；有好些年了，奎因托只接近那些让他稍感厌烦的女人，出于一个公开的目的：他怕被拴住，他只想要短暂的爱情。

于是他想起了房子，想起了卡伊索迪，想起了汇票……

十四

缺水泥了。那个月，据说，常规的配送没有到，*** 城所有的工地都停了下来。据说……也就是卡伊索迪这么说！事实上，特拉瓦利亚工程师被问到这事时也肯定了这个说法，但随后就笑了起来，让人明白了，是，在某些情况下，是缺水泥，但在另一些情况下，是有水泥的，也就是愿不愿花钱的问题。很多工地都中止了工程；但也就几天时间；接着就几乎又重新开工了。只有卡伊索迪没有水泥，而现在正是浇灌水泥的时候。

"我当然是故意这么做的！我们缺水泥，而不是缺你们跑来折磨我！"他对又来管他要说法的奎因托痛斥着；然后，就像以往一样，又从激烈的言辞转成了啜泣的哭腔："我这么做就是好玩的吗，工人停工，材料占着不用，错过好季节，延迟交付！如果他们不给我水泥，如果他们不给我，黄金基督徒[①]啊！"已经有一阵子了，一谈到这个他就变得很难说话。他确信由于自己还不能支付汇票，安弗西一家人就公开说他坏话，四处散布些针对他的话。

"什么呀，卡伊索迪，您不付我们钱，还指责我们！"

"哎哟，黄金基督徒啊，人人都有困难的时候，你们有什么必要去说，你们把那个讨厌我的律师搅和进来干什么呀，就是那个，我早就知道他讨厌我了！你们有什么必要让公证员知道我的事情啊，他跟半个 *** 城的人都乱说话，对，对，您母亲，您母亲到处跟人

① 意大利语这句话即中文"我的老天爷"的意思。

说我不偿付欠债，结果所有人都穷追不舍的，我这才没水泥……”

“啊，那么是真的啦：水泥的事是因为您不付……”

他把拳头提到奎因托鼻子下，大嚷着：“够了，什么我不付钱啊！够了!”他这是在工地私自动用区，周围是土堆和断木。红头发的泥瓦工从工具间里出来，背对着他们，他跟巨人一般，有点驼背，没什么表情，神态介于天使和猩猩之间。

“放下手，对吧，卡伊索迪？在这里挥拳头可是一点用也没有，”奎因托说。奎因托从来没有像现在这样感到那个企业家是个英雄，他手无寸铁，置身于一个充满敌意的世界，茕茕孑立地跟所有的人战斗。他也很满意自己在卡伊索迪的蛮劲爆发时，体会到一种优越感和冷静，没忘记是自己在掌控局面。事实上是，卡伊索迪很快就把拳头收进口袋里了，好像很难为情，后悔自己的冲动，嘟囔着什么，然后就把他的气愤发泄到那个巨人身上，谁知道训斥着他什么，而那个家伙呢，就依他骂，不吭声低着头。

奎因托虽然主宰着局面，但卡伊索迪还是既不付钱也不动工。

然后就是管子的问题。他们从地里挖出一些灌溉用的管子，就那么撂在那里。所有能被挖出来的材料（被拆下的器皿地上的材料，等等）都是卡伊索迪的，合同上是这么规定的。但是母亲看见那些管子给扔在那里生了锈，像是被丢掉了，于是当她看到卡伊索迪在工地时，就从篱笆上问他道：“那些管子，您还用吗？”

卡伊索迪正处在最黑暗的一段时期；他回过头道：“您想让我拿您的管子做什么？”

“那么，”他母亲说，很高兴地，“如果您不拿管子做什么，在我的花园里正用得上，我会派人取的。”事实上第二天她就派园丁去取了，还让他换了个新管道托架，好用来给一个水仙花花坛洒水。

这事已经发生一个多月了。现在，一听到卡伊索迪在那里，母亲再次从篱笆上探出头来，也不知道先前她跟他说了什么，什么汇票啊，什么工程延期啊。因为她，心平气和地照料她的花朵的同时，从不放过趁机戳他一戳的机会，而他，为了避免回答，也不知道都嘟囔了些什么，一切似乎就该到此为止了，而且两人都转过身去各忙各的了，但是突然响起了卡伊索迪的声音，雷鸣一般："而我要控告您偷窃，偷窃，安弗西太太！这样您就学会去偷别人的管子了！你们先卖掉，然后又抢回来那些你们已经卖给我的东西：真是君子行为啊！"

母亲摇了摇头。"您疯了。"

那天安佩力奥来了。他来是为了参加一个在德国召开的化学会议。他到了。奎因托在楼上，听见他在和母亲说话，随后又出去了。母亲上来了。"奎因托，快，你快去追上安佩力奥，拦住他，我怕他对卡伊索迪做蠢事，他刚回来我就说：'哦，安佩力奥，你知道吗，那个无赖卡伊索迪居然把我叫成贼！'他立马就说：'他在哪里？他在哪里？我要劈开他的脸！'就出去找他了。"

奎因托跑到街上，看见弟弟正大步走着，他赶紧赶上弟弟。"安佩力奥！安佩力奥！你怎么啦？妈妈吓坏了……你去哪里？"

安佩力奥没回头，继续走着，甚至都没看哥哥一眼。"我去劈开他的脸。"

"是啊当然啦，我们如果都听卡伊索迪的话……他是个不负责任的人，一个野蛮人……"

"我这就去劈开他的脸。"

"你看啊，你最好别落到这个层面，几天前我差点为这事打他，他是一头野兽，尽量把事情搞复杂，好来拖延他的工程；如果搞出什么口角啊，争执啊，那正是他想要的。”

“我还是要劈开他的脸。”

到了这个地步，本可以提出一个异议的：那就是卡伊索迪有着墙一般的肩膀和只消一记就能打倒一头牛的拳头，而安佩力奥只是个重五十公斤左右的教师。但是这一点兄弟二人没一个提到，也许都没想过。而奎因托，吃力地跟在安佩力奥后面，只阐述出了这个观点：“你看啊，安佩力奥，和卡伊索迪的关系正处在一个非常微妙的阶段，要机智，要使用外交手段，不要管他的脾气，要使用弹性的战略……”

“我看到你用你的弹性战略都做成了什么……房子连块砖头都没有……”

现在轮到奎因托发火了。“天呀，你现在才来！从来都看不见你人！我都跟在卡伊索迪后面忙了好几个月了！你现在倒是清清爽爽的，还敢厚着脸皮做出一副不妥协的模样！祖国的救星啊！”

“但我一直在法兰克福。”

“那又怎么样？又不是什么好理由！”奎因托说，但在回答前还是先思考了一刻，他错过了主动权。

他们走了一段，什么也没说。安佩力奥究竟认为能在哪里找得到卡伊索迪，没人能搞得明白，奎因托也不问。突然，正当他们穿过广场时，传来一阵摩托车的突突声，是谁出现在他们面前？一辆车身像鱼雷一样向前突出的小摩托运货车的挡风玻璃后，钉在座垫上，扶着颠簸的手柄的，正是卡伊索迪本人，戴着顶挂着帽带的小帽子，穿着风衣，气宇轩昂。他转向安佩力奥，就如同几小时以前刚跟安佩力奥中断了一次谈话一样：“这下我的水泥可到了！你们看看是不是得有点耐心啊，我对你们说什么来着？现在我很快就能重新开工了，我尽可能多地给工地上派人，你们再给我点喘气的时间，我就连同利息一起支付给你们汇票，明白了没有？”

安佩力奥平静、严肃、和蔼地说：“好极了。那浇灌地基是什么时候？”

“星期六。”

“这个星期六？之前不行吗？”

“星期六很好啊。之后放假一天，水泥正好晾干。星期一我们就可以重新开工了。”

“那汇票怎么说，第二张很快就要到期了。”

“这就是说你们这次要有点耐心啊，我会两张一起付的。我已经算过我的账了，肯定没问题。否则我也不会跟你们说了。”

“那我们可就信了，卡伊索迪。”

“这次我们要打破所有的记录。再见。代我向您的妈妈致敬，”又随着一阵突突声，他发动了小货车，开走了。

奎因托有点不知所措。“你看见了？”安佩力奥说。

“看见什么？看见什么？他又玩了我们一次，我就看见了这个！”

安佩力奥稍稍动了一下头，仿佛很干脆地排除了这种可能性。“不对，不对，这次他怎么说就会怎么做的。”

“得了吧！你真是一点都不了解他！什么周六浇水泥啊！你知道工程才到哪一步吗？你过来看看啊！他玩了你！这次推迟汇票，就好像没什么大不了的事情一样……而你还就这么都随他去了，心平气和的……”

“那你呢？你不是一直也没吱声！”

“我一直在等你呀，啊呀！我从没指望……”

安佩力奥摇摇头。“你还没意识到现在的局面，”他说。“他这段时期很艰难，但会好转的。如果我们再抓着他不放，再对他拒绝承兑票据，只会在他的债权人之中制造恐慌，这简直就是叫他破产。我就问自己了：这对我们有利吗？还是比我们支持他更对我们不利？如果他破产了，有关结账的诉讼，有一堆债权人，还要把工程委托给另一家谁知道状况如何的公司……然而，如果他能把事情处理好，我们也就没问题了。”

奎因托扭了扭手。这正是他之前很费劲地领会到的形势，就在不久前还试图以此说服弟弟。现在倒好……“但是，你，不是我说你啊，你刚才不是还想劈开他的脸吗？”

“从心理学角度来看，那还不是有利时机，这个大家很快就明白了。再说了，他也退了一步，他那番话不都是在补救嘛，你没听懂吗？最后他还说了：代我……致敬……彻底变了个样子……”

这下他们之间倒要吵开来了。只要奎因托把已经涌在舌尖上的话说出来：“那这都是你的功劳喽，对吧？”或者只要安佩力奥不能及时打住，并忍不住加上句“再使点劲就行了”，他们真就能动起手来。然而他们都默不作声。过了一会，奎因托就像找不到什么话题好说一样地说道“然后还要跟他说，最紧急的事就是要把我们这边的土撑住，他们把墙拆毁以后，就撂在那里了，这样一下雨下面都要塌的。”

“这事要去趟办公室，得在他的备忘录上注明，”安佩力奥说。“最好不要把主要问题和次要问题混淆起来。”

他们去了办公室。奎因托先进去了，因为安佩力奥停下来买香烟了。女秘书是从没这么闪烁其词过。“对，您尽管给我留话，哦，您尽管写，如果您愿意。如果卡伊索迪来了……我有些日子没看见他了……”她突然微笑起来，用胳膊做了一个很大的动作。“嘿！旅行家回来了！您给我带了什么礼物来？”

安佩力奥出现在门槛上。敲了敲鞋跟，深深地鞠了一躬，说：“Grädiges Fräulein[①]...”

十五

在***城被读得最多的报纸是《先见报》，由商会办的半月刊。这报有四页，版面很小，全是拒绝承兑通知书目录。名字是按字母顺序排列的，跟着地址，款项总额，有些还有拖欠动机。动机都很简洁，有种知而不言或辩解的意思：“在出差”，“由于生病”，“没在家”，经常还“无法支配”，就像是张开双臂做了个无可奈何的动作。一个小公司、企图、业务、野心和破产的世界，浮动在印刷颜色不深的那些专栏里：打包和运送花卉的，做冰淇淋的，盖房子的，出租房屋的……最多的是那些零零散散的个体，一些都不知道有什么企图的人，一些试图抓住财富这股洪流边缘的人，一些负债勉强维持下去的人，他们由于被拒绝承兑汇票的额外款项而被人指责。

奎因托现在也是如此，每隔十五天，一看见他同乡手里拿着新的一期《先见报》，他就赶紧跑向售报亭，他的同乡在路上就已经打开报纸，浏览专栏，焦虑地证实着和他们有生意关系的那些人的经济状况，焦虑地观看着有没有什么危机或是困难的征兆，或只是对别人口袋里的东西好奇，而奎因托也挤在他们中间，拼命地找一个名字，那个名字。一天，有了：卡伊索迪·皮埃特罗，有他的名字：两张被拒绝承兑的汇票，价值有三十万里拉。这是好几个企业联合

① 德语：仁慈的小姐。

在一起都脱不了身的大山。汇票的支付，房子的交付，一切都变得棘手起来，一切都是悬于一线。

一定要蹑手蹑脚地走[1]。卡纳尔也嘱咐大家要镇静，他会做些调查的。而卡伊索迪却表现得很老练，主动来了，直接找到律师，就像是要防备一个猝不及防的举动，他解释道，这个拒绝承兑通知书，现在才公布出来，却是好几个星期以前的事了，现在他已经克服了这些问题，正要完成几笔生意，而他自己也是多方债权人，不久就能付清所有的债务了。通过卡纳尔，终于搞清楚卡伊索迪果真有笔款子能收回来，就连日期都知道，还有金额。不是一笔很大的款子，但要趁机逼得他走投无路，这样这笔款子就能抢在其他任何债务之前，先偿还掉他欠安弗西家的这笔债了。这款他早上能收回来，奎因托便决定午后就去他那里，来个出其不意，把汇票带给他，而企业家就不能说他没钱了。

他按了铃，又按了一下（是个弹簧铃，得上发条的那种），他都已经准备走了，他们开了门。还是那个丽娜，汗津津的（那是八月炎热的一天），没编上辫子，而是把头发束在脑后，一个马尾辫子。“您找卡伊索迪吗？我不知道他在不在。”“您怎么会不知道？”那里有两间房。小过道里的一扇门打开了。里面很暗，而在那片黑暗中，卡伊索迪出现了，他像绿蜥蜴一样谨慎地露了下脸，一副刚刚正在睡觉的模样。他是穿着衣服睡觉的：解开的衬衫，松开的皮带，鬈曲的头发。那么无助，好像还是什么也看不见也听不到一样，正一门心思地舔着嘴唇咂着嘴。然后转过身，走到窗边，打开百叶窗和护窗板；光线溢满了房间，让他比以前更瞎了。那是间普通的

① 即“谨慎行事”的意思。

办公室，他也用来当卧室用：床，也就是放在地上的一个垫子，床单皱巴巴的，在一座屏风后，还有一个铁制脸盆架。卡伊索迪走到架子边，从水罐里倒了点水出来，扑到脸上，擦干了。然后，保持着他那仍在熟睡的脸庞，和湿漉漉的头发与额头，他坐在写字台前。奎因托在他面前坐了下来。丽娜不在了。窗外是城市的正午，传来一阵阵难以察觉的沙滩上灼人沙子的味道。奎因托感到该说的都已经说完了，但还跟什么都没说一样。企业家呈颗粒状的眼睛里甚至连一丁点的光芒也没有。

卡伊索迪说起话来，慢腾腾的，叹着气，就好像这话已经谈到了一半了："您想让我说什么吧，亲爱的您，都到这个程度了，我都随你们做了，我什么都不说了，"他继续这样说道。光线令他不舒服，他又朝百叶窗走去。他解释到工作，盖房子是如何的艰难，要和所有那些往轮子里插棍子[①]的人周旋，和政府所有的禁令周旋，和国家的税费周旋，和受制于这里那里的材料周旋。奎因托觉得卡伊索迪的这些话都是深思熟虑过的，使与话者甚至不能不赞同他的话：是一种特殊的赞同，因为那不怎么是生意伙伴，或是债权人之间的关系了，而是，他们现在是，或曾经是的，有政治观点的人的关系。

"水泥嘛，您知道这水泥吗？那可是一件麻烦事情呢，他们想怎么掐我们的脖子就怎么掐，逃都逃不掉，这是垄断……"他于是对水泥业抱怨起来，引用一些事实，滥用，强制的事例，还有本该很容易拿到水泥的地方，却都被那些万能的水泥企业家买掉和关闭了。在这些谈话中，在发现这些困难的缘由方面，在确定最不相关的事实方面，企业家表现出了某种奎因托没料到的敏锐。搅和在一

① 即"从中作梗"。

起其实就是个令人厌烦的明摆事实：小企业家被大垄断欺压的老一套，一谈到意大利的经济问题就互相推脱责任，这尤其让奎因托反感，他到那里去不是为了用那种观点看事情的，而是要用另一种；倒不是因为他的观点不同，这都是些众所周知的观念，是大家都能接受的，但现在他是一个不动产所有人，也想以一个不动产所有人的身分来考虑事情。

卡伊索迪说出了想开一家自己的采石场的计划，在他老家，那里他有一小块什么都产不出来的田地，全是石头，而这些石头，他认为，正适合造水泥。他说自己已经在这里投了好多钱以后，水泥业又是如何来阻止他继续进行的。奎因托那股作为所有人的关注又给调动起来了；那一小块田地，在律师的方案中，是一种绝对保证，因为它可以作为抵押；现在却发现这里尽是石头了，可能是适合造水泥，然而是不能用的，因为垄断企业不想要它。

"唉，要坚持战斗啊，要坚持啊……"卡伊索迪说。"现在谁还会相信那些日子啊，唉，安弗西，谁还会相信人们还在原处啊？谁还记得啊？"

"唉……"奎因托说，但不大明白卡伊索迪提到这个，是指共同的记忆呢还是指共同的观点。

"就好像我们刚从山上下来，把别人赶跑了，一切就安稳了……然而……"

然后怎么就说到了卡伊索迪曾经当过游击队员，甚至正好是在奎因托待过的队里；他还是"队军需官"，人称"比尔"。奎因托跟队军需部没什么关系，各支队和各部门分散在山谷的各个道弯上，甚至是在不同的山谷里；但是现在他觉着还能记得"比尔"这个名字，而且他感觉也许还见过他一次，"比尔"那时正匆忙地走着，穿着卡其布衬衫，肩上斜挂一支斯登冲锋枪[1]，一边还在痛骂着什么拿走牛肉的人。卡伊索迪却知道有关奎因托的消息，他使奎因托回忆起了已经忘掉的，但又颇为耳熟的扎营地点和名称，因为他正是那一带的山里人。

他站起来，走到房间一角。“您看见了？”半隐在一个衣柜后，高高地挂着一幅画：是一座城或一个编队里所有阵亡者相片中的一幅，一角上配有一条白红绿[2]色的饰带，还有一行这样的字迹：“队中阵亡的自由志愿军战士永垂不朽……”奎因托削尖了眼睛，画是在暗处，玻璃上又都是灰，阵亡者的脸小极了，而且他们的名字也小极了，他觉得自己一个也认不出来。他曾认识许多那些后来死掉的人！他还是很容易感动的，一想到前一天晚上他还和他们在一口大铜锅里吃过栗子，和他们挨着睡在麦草里……但现在他只想找一个人，他刚认识的一个家伙，刚来不久很快就被杀掉了的人，很傻地：他和他都在巡逻，只是很偶然的，一人在这一边，另一人在另一边。现在他觉得有一张那样的小照片很像他，但也可能是另一张，或者是旁边那张：都是些不知道有多少年头的照片了，许多人那时还是小伙子，很多人还戴着他们刚刚参军时戴的军帽，帽上还有星星，每个人都可能是另一个人，都搞不清楚了。他长长地叹了口气，不知道该说些什么了。

反正是毫无收获。卡伊索迪要求延期支付汇票：他得先结束另一项之前已经开始的工程，这样他就能给安弗西家的工地上集中材料和人手，还能在预期内结束工程（不过是从批文下来以后计算的——他提醒道——而不是根据签合同的日期来算的）。再给他找

---

① 斯登冲锋枪是英国在二战时期大量制造及装备的冲锋枪。

② 意大利的国旗为这三种颜色。

麻烦的话对他们也有损失。

奎因托黑着情绪地回到家。使他不安的不仅仅是不能让卡伊索迪付钱，而且还是发现了卡伊索迪是个老战友。意大利社会真是兜了个大圈子啊！他自顾自地感叹起来。两个游击队员，一个是小地方人，一个是学生，两个当初为了意大利应该完全重建的理想而共同斗争的人；而现在他们却在那里，他们变成了什么？接受了世界也就是那么个样子的两个人，两个挣几个破钱糊口的人，连资产阶级以前的美德都没了，建筑业里的两个糊涂蛋，也非偶然，他们又变成了生意上的合伙人，他们自然是要尽量互相整倒对方……但是——奎因托观察到——在那个小地方人身上还留有那种把所有他遇到的困难都当成社会斗争的习惯。而他呢？

十六

房子被裹在脚手架里，像是把木板、绳子、桶、筛子、砖头、沙和石灰等混合物乱七八糟堆在了一起的东西，在秋日里成长起来了。貌似房子侧翼般的影子已经闯进了花园里；安弗西家别墅窗外的天被墙砌起来了。但似乎还是什么暂时的东西，一个建成以后就要被拿掉的障碍物；母亲尽量把它设想成这样，对这些临时的外貌非常不满，比如从脚手架上掉到花坛里的东西，比如路上横七竖八堆在一起的木材，她尽量不把这房子想成房子，一个就要永远钉在她眼皮底下的什么东西。

卡伊索迪提议，用增加归属于安弗西家所有的房间数量来代替一张汇票的支付。这是一场漫长的交涉：在谈到新房间大小时，大家发现卡伊索迪把所有的房间都建得比合同中规定的要窄小，这样就可以再填上一间房了。反正，这就像是他从他们手里抢过来一些房间，然后又想用这些抢过来的房间来支付汇票。卡纳尔粉碎了这个阴谋，他在合同里做了一个增补，老合同中的一些条款被重新审核，“所有权保留”再次被重申，并将之联系到要交付的新房间上，但是总之，钱谁知道什么时候才能看得到，而房间交付谁又知道什么时候才会发生。

因为这些谈判，安佩力奥也回到***城，几天的时间。当那个丽娜光光鲜鲜地到来时，他们两人都在家。她带来一些文件，卡伊索迪派她来检查一些资料数据，为了用于登记政府的公文。他来的这是哪股子热情，没人搞得明白；卡伊索迪从不会花这么大劲一直把她弄到那里去。母亲不在家；然而正好是由母亲来收拾那些文件和账目的，奎因托来来往往的，总是忘这忘那；如果要想了解什么情况，总是得找母亲的。

奎因托和安佩力奥研究起来那个问题，在书房里，还有端坐于前温柔地看着他们的丽娜。“你等一下，我去找一下我们上次算好的那笔账，”奎因托说罢，就去那边找了。他把半个衣橱翻了个遍，把十来本文件夹翻了又翻，但也没找到他想找的东西。当他回到了书房里时，卡伊索迪的文件还摊在写字台上，但那姑娘已经不在了，安佩力奥也不在。“她可能已经走了，”奎因托想，“她明天还会回来拿那些材料的。”然后喊了声：“安佩力奥！”安佩力奥没应声。出去还是没出去，因为挂衣钩上还有他弟弟的巴斯克帽，他弟弟有点秃，出去时总要戴帽子的。也许他在楼上。奎因托上了楼，一边在各个房间里转着，一边喊着他，还去了厕所，又从那里进到弟弟房间里。

丽娜和安佩力奥在床上。她立刻转过身去把脸蒙在枕头里，奎因托看见她的黑辫子甩开来，滚圆的粉红色肩头从床单里露了出来。安佩力奥用胳膊肘撑起来，光着身子，瘦瘦的，能看见所有的肋骨，正用一种机械式的动作在床头柜上找眼镜，并说："圣事啊[1]，你总是这么烦人！"

奎因托关上门，下了楼，气得发黑。他恨死弟弟了。居然干上了通奸那档子事儿，就在家里，和那个企业家的一个职员，在生意关系如此微妙的一段时期，这么一眨眼的工夫上去了，跟那个假正经的虚伪女人，那个不要脸的女人……是啊，他倒舒坦！安佩力奥对生意上的事情从来不管不问，把所有的责任和麻烦事都留给他，还要为他的利益操劳，每次回来还总有话说……现在他正在那上头消遣：而他奎因托呢，找这找那的：甚至可能是，他们在戏弄他，他们让他去找那些可能一点用也没有的账目！那个小婊子真是能耐啊：跟他奎因托总是垂着眼睛，但跟他弟弟，Allez[2]！还很可能是卡伊索迪派她来的，来哄他们的，但是在这种情况下，就能明白为什么他没派她来跟他使眼色，他肯定不会上当的，但这一步把她派给弟弟的棋也是没下好；反正就是个缺德事，一个很恶劣的缺德事。而他能干什么呢，在那里，家里？还得给他们当电灯泡？

他正要出去时门铃响了。是卡伊索迪。他是来找材料的，就是为了政府那些事情……但真是这么紧急的问题吗？卡伊索迪谨慎的方式和平时不大一样，不那么确定，好像还有点焦虑。奎因托让他进了书房，给他指了指他的秘书带过来的文件，跟他说他们会找到的……但卡伊索迪突然问道："啊，那么她来过这里了，那姑娘？她在哪里？""为什么？不是您把她派过来的吗？""是，是，但她还

---

① 意思是：见鬼！
② 法语：干吧。

有其他事要办。现在我得跟她说件事。她在哪里？”“谁知道啊，可能出去了吧。”“不可能，我没碰见她……”卡伊索迪到处张望着，朝房间里，朝楼梯上看着，就像一头迷失的野兽。

“她可能是走了另一条路吧。您想她是在哪里？”

反正，这就是说卡伊索迪跟她一直跟到了安弗西家别墅这里，因为没见到她下来就上去找她了。现在他在找所有的借口留下来，钉在那里不动，怎么都不走。他尽说这些调和的话，甚至是顺从的，对要交付的工程还大胆提出一些无偿的改进，但还是那副不确定的表情，谨慎地、仔细地观察着奎因托，就好像是在等他发现些什么东西。然而时不时的，这种把他留在那里的不适似乎在他心里凝成了仇恨，凝成了费了很大劲才能克制住的粗暴，能看见他脸上柔软的肌肉不停地抽搐，形容苍白，握紧的拳头充满了血，鲨鱼般的嘴给扭得微微发颤，好像就要尖叫起来。奎因托，对自己被钉在那里和卡伊索迪说话，对还要给弟弟和他的小情人做挡箭牌，感到十分气愤，出于对弟弟的仇恨，他和企业家站到了一边，同时也意识到，这是迫使卡伊索迪做出一些宝贵让步的绝妙机会，正是机不可失时不再来的一刻，但他一时却想不出来有什么有用的东西好提，底子里其实是对他不能向卡伊索迪表示出自己完全跟他站在一边而感到不满，除了劝服他跟他一起去工地上看看工程的进度，再也找不到其他出路了。

卡伊索迪走得不大情愿，总是尽量盯着别墅，或者至少是花园的栅栏。他们踩着木板搭成的楼梯上了楼，一楼[①]的钢骨水泥板还没有干。奎因托检查着门和墙角。“这堵墙应该再厚些，卡伊索迪，”

① 相当于中国楼房的二楼。

这声音在墙壁之间响雷般地轰鸣着，“您来看看，卡伊索迪，这堵墙，我说……”

而他，一动不动，透过用砖头砌成门窗框的方格间，正斜着眼向那下头花园中浓密的绿色望去，奎因托从没见过他那个样子，都感觉认不出来他了：“啊是啊，再厚一些，您都想看些什么呀，您等到结束后，石灰……”

十七

卡伊索迪的权威正是在对他最忠诚的人那里受到打击的。就连那个叫安杰林的红发巨人，也造了一次反。

这个安杰林，生活在一个木板搭成的小房子里，就在那工地上，一个工具储藏室，守夜用的；他睡在地上，就像一头野兽，穿着衣服。大清早，他带着那猩猩般的步伐，那坚定而惊愕的目光，出门给自己买条长面包，一段猪血香肠和一个西红柿，回来时满嘴嚼的都是东西。也许他只靠这个过活。很少能看到他在两块砖头上那个长满水垢的平底锅里烧过什么东西。卡伊索迪好像是欠了他几个月的工资了。安杰林挨着饿，像他这么有力又顺从，就落得所有重活都由他来做的下场。其他的泥瓦工和工人都要求按时付工钱，否则他们就去其他公司干，因为建筑业的活总是不缺的。卡伊索迪就靠牺牲安杰林的工资来缓口气，因为他顺从而且向来不主动；卡伊索迪就把他当奴隶待。工程开始时，他还身壮如牛，人人看见他过来都会害怕，现在安杰林瘦了，背佝偻得更厉害了，胳膊总是悬垂着，脸色苍白；营养不良，劳累，睡在地上，这些都在折磨他。

对安杰林，说老实话奎因托都没注意过他，全是从母亲那里知道的。母亲是唯一一个关心这个泥瓦工的人。她让他来家里，给他糖、饼干、旧毛衣。她跟他说话，建议他，责备他，质问他：最后这件事很让安杰林讨厌，因为母亲听不懂他发音不清的方言，总让他每次答复都重复十遍。他也是从内地来；卡伊索迪是他的同乡，把他带到***城里来。“好像是除了卡伊索迪他就没有其他的神可以信仰了，”母亲道。

“可能是他的私生子，”奎因托笑言。

“我问他他们是不是亲戚，他也搞不清，”母亲说。“我也想过那……”

“连他也是：够了!”

“为什么是：连他也？”

“啊，说来话长啊！”

在工地上，其他工人都笑他，他们开他的玩笑。有一次他完全爆发了。那次能听到废铁相撞的声音，木板砸木板的爆响，还有喊叫。奎因托正好在家，跑到楼下工地上。有些工人逃到街上，一个人甚至从一楼跳到了花园里，弄断了植物。“安杰林疯了！救命啊！”正在修建的房子里，在一楼，那个巨人正到处东劈西砍。他把装石灰的桶摔在墙上，拔掉一根根的脚手架，扯掉脚手架杆子上的绳子，推倒梯子，瞎扔砖头，敲碎墙角，把新浇灌的水泥面踩得乱七八糟。在那么空旷的地方，每一声响都是震耳欲聋，愈显洪大，而这声音又更加刺激了那疯子。没人能靠近他：他挥舞着铁锹，铁锹所到之处能立马把人杀死。他对卡伊索迪的怨恨就这样发泄了出来，盲目地，也不看他都击中了谁。

“你们去叫保安！特警队！不，不，要卡伊索迪，只有他才能把他制止住！”助理已经骑上机动自行车去找他了。奎因托看着那费了老大劲才一点点成长起来的房子就这么在他眼皮底下被砸毁了，柱子的骨架在木板的敲击下扭弯了，窗台裂缝了，就计算起来由于修复损失会带来的拖延时间，计算起那些不会被好好整修的，只会被打上几个破补丁的地方，算起为这事还得吵的架……

卡伊索迪开着小摩托货车来了。一听见发动机的突突声迅速到来且停了下来，工地里的噼啪声也静了下来。卡伊索迪下了车，绷紧的脸十分苍白，但神情镇静。他避开人群，连看也不看一眼，就进入工地，一眼扫过就明白了情况，举起一个木梯子，把它架在第一层楼，上去了。

安杰林已经站在他面前，把铁锹挥到了身后，蓄力准备打他。卡伊索迪又上前一步。没提高嗓门，很快地说：“安杰林，你生我气了？[①]”巨人睁大着眼睛，开始发抖。最后说：“是，是生你气了。”卡伊索迪：“你想把我杀了？”巨人沉默了一阵，然后说：“不。”接着卡伊索迪，不像发令：倒几乎像发问似的，或是种确认，或像是对一条受过训练的狗那样发令似的说：“放下铁锹……”安杰林丢下铁锹。一见他两手空了，卡伊索迪就猛地往前一冲，这是一个失误，因为安杰林又愤怒起来，但这愤怒已经只是害怕了：他抄起一把镘刀，使出全身的劲儿朝主人扔去。镘刀擦他而过，在他额头上拉开了一道长长的口子，很快就染上了血色。卡伊索迪本应该被这痛惊住一阵子的，可他旋即作出了反应，否则，那巨人真能把他了结了。他抬起一只胳膊，但更像是不想让安杰林看到血迹，而不是为了护住伤口，他扑到安杰林身上。他们在钢筋水泥板上翻滚着；看不清是不是有过对抗，但反正是卡伊索迪在安杰林上面，安杰林

① 文中的仿宋体字表示这些话在原文里是方言。

也不打了，只是在他底下挣扎，最后连挣扎也不挣扎了。卡伊索迪，用膝盖压住泥瓦工，开始揍他，拳头像锤子一样捶击在他身上，接连不断，几乎是规律的，每一记拳头都是使出全力的，重重落在地上那个男人的背上、胸上、头上、骨头上，轰隆作响。

“他要杀了他，”奎因托身边的一个泥瓦工说。“不，”另一个人说，“但他一分钱也拿不到了。所有本是他的钱都得用来偿还他毁掉的东西。”拳头的轰隆声还在继续。突然听见大喝一声：“够了！他已经不再自卫了！”奎因托听出了母亲的声音：她在篱笆上，脸色苍白，双臂裹在披肩下。

卡伊索迪站起来，背朝外地缓缓地从木梯子上下来。躺在水泥板上的安杰林身子动了动，爬了一会，匍匐着撑了一会，然后站起来，但还弓着身子，没有露出脸来；就这样，都没打理一下自己，一瘸一拐地，拾起散落在他周围的物件，把它们放回原处，拾掇起来……

卡伊索迪走过来，额头上裹着一条被血染红的手帕，然后很用劲地把遮阳帽扣在头上，戴牢了。也许是因为伤口的缘故，他满眼是泪。“什么也没发生，”他对泥瓦工们说，“现在你们可以回去干活了……”“回去和那个疯子一起干活？他差点杀了我们！我们不回去，我们要叫特警队！”“他不会对你们怎么样的。他不是生你们的气。现在他很好。他没疯。你们谁也别叫。你们回去干活吧。”他又爬上小货车，染上血的那条手帕半遮着眼睛，他踩了一下脚踏板，随着发动机的突突声颤了一阵，被流到脸颊上的眼泪遮了视线，离开了。

十八

整个冬天奎因托几乎总不在，他在米兰；在本西和切尔维戴里的杂志编辑部当秘书。他偶尔来趟 *** 城，也就几天的时间。他总是夜里到，上楼时总要经过工地前。黑暗中房子的影子，总是被脚手架的支架裹着，给空空的窗户洞打上了孔，房子还没封顶。工程进展得如此缓慢，以至于奎因托在一次次的往返中发现一切都还是原样未动。他甚至觉得房子的最终形状也就是那样了；真正完工时的模样他简直想像不出来。他一切有关实用，有关具体实际的热情，就都在那里了：一堆成不了任何东西的废料，空想，未果的尝试。只有当他跟本西和切尔维戴里在一起时，才感觉自己是一个实现者，而他正是以此来战胜自感不如他们有文化和敏锐的自卑感；但就连那方面，他也是处在一种持续的自我矛盾中，但那都是些很惬意的矛盾；他是怎么想起来给自己摊上盖房子这种事的？他现在什么想法也没有了，整月整月地待在米兰，想都不想，所有的麻烦事就都落在他母亲肩上。

他的弟弟，怎么能靠他？他要准备考试，苍白得像条毛虫，没有任何法子能使他从他的生活轨道上挪开一毫米；每过三四个月，在短短的假期里，他就来看看母亲。有一次奎因托回家时碰上他了；他已经在 *** 城待了几天；他们是早上见到面的；奎因托前一天夜里到的，当安佩力奥进来时，他正在洗澡。奎因托立刻攻击他道："那么，你都做了些什么，你得出什么结论了？工程没有交付，你准备好没收了吗？抵押呢？"他很高兴，终于找到可以对之发火的人了，对这笔貌似简单却越搞越复杂的生意的那股厌恶和怒气，他终于找到地方发泄出来了。

安佩力奥站着，在厕所门槛上，穿着外套，一只胳膊上挂着把伞。那副眼镜后面，连眼神的影子都看不到。“没什么好做的，”他平静地说。

奎因托穿起睡衣。“什么没什么好做的！”他大嚷着。匆忙擦干了身子。“什么没什么好做的！我们有所有权保留的规定！”他推着弟弟进了卧室。“他还没交出房子吧？好的，我们要把土地和那上面所有的东西都收回来！得行动起来啊！”

“那你去忙啊，”弟弟说。

每当安佩力奥操起那种语调，奎因托都能气得发疯；他知道弟弟天生就是这样，他越来气，弟弟就越会用他精炼而轻蔑的冷静来对抗他，尽管这样，奎因托还是每次都会失控。“那你呢？你在这里已经五天了……你早该和卡纳尔操办起诉讼手续了，早该把申报交到初审法庭了，你都做了些什么呀？”

奎因托坐在床上穿衣服。安佩力奥站在他前面，穿着大衣，双手撑在伞柄上，伞尖戳在床前的小地毯上。奎因托还觉得不很舒服，原因是自己半裸着身子，而弟弟却穿得这么好。

“你在这里五天了什么都没有解决！卡伊索迪房子还没盖完，但已经在出售他的那部分房子了，而我们还在这里无所事事。如果我们有房客要入住的话，他就不得不把房子给我们盖完了！你找房客了吗？你去中介了吗？”

安佩力奥回答问题之前总要等一会，不动声色地，望着空处。然后说：“你的脸就像屁股。”

“你想说什么？”

没有回应。

“你想说什么？”奎因托摇着他的胳膊。“你说啊，你想说什么？

你想说我自己什么都无所谓，还跑来跟你发脾气，你是想说这个？嗯？这个？”他摇着他的胳膊，但安佩力奥什么也不说了。“我在这里的所有时间都是在干火中取栗的事，为你，还要为你，我成月在这里操劳，你却漠不关心，你连谢都不谢我一声。我说的对不对吧，你就告诉我这个好了，我说的对不对吧？”

安佩力奥是个会藏着理由不说的人。尽管他只需说一句“但你在这里三个月只是去海边”，奎因托就会泄气了，就不知道说什么好了。然而，他连吵架这种事都不会让人痛快。他说：“够了，你们给我我的那份，我们把房间分了，我卖我的房，那房间现在是什么样就是什么样，卖给卡伊索迪，卖给任何人都行，他们给我什么价我就收什么价，只要用不着再跟你吵就行，我就是为妈妈感到难过，她还要受你摆布。”

“什么什么，你究竟怎么啦，”奎因托攥着弟弟的手腕，“但你为什么不愿承认，到目前为止那些事情都是我做的，我还为你忙过。”

安佩力奥避开了：“你病了，你精神出毛病了。你去找个医生，让他给你看看。”

“你干什么要侮辱我？为什么要这样对我？”奎因托大嚷道，对弟弟挥起了拳头。安佩力奥跌坐在床上，也不自卫，只是曲着肘部和膝盖，这样奎因托那更多是出于气愤而并不重的拳头就只能落在胳膊和腿上。他手里总拿着那伞，但这时他搁下了它，和身体平行地放着，也不对哥哥挥伞。他的眼镜掉在了床上。他等着，蜷缩着，胡子包裹在外套的翻领里，盯着哥哥的双眼既没表示出愤恨，也没表示出任何东西，只显示出近视眼的不适，和一种绝对的距离感。

奎因托很快就住手了。安佩力奥站起来，戴上眼镜。“你去找个医生，你不正常，让他给你看看，”然后就走出房间了。

十九

冬天快结束时奎因托找到了一份拍电影的差事，在罗马。他和本西和切尔维戴里吵架了，离开了杂志编辑部。罗马城里的世界挥霍无度而又没有偏见；制片人是一个在几天之内就能筹集出上百万的人；他总是和大家混在一起，一万一万的票子就跟几块十几块一样花掉，晚上总下馆子，然后就去这个那个家里喝酒。奎因托喝酒会不舒服，但这最终也成了一种生活。钱还没怎么看着就已经花出去了。

从他母亲那里来的信，连同那些细微的担心，任何小问题的拖延，都会给他带来一种难以忍受的气恼：因为房间还没准备好，他们已经错过了一次租房机会，卡伊索迪已经封了房顶，但又在顶上建了个电梯房，违反了限高，本该来检查这个违规行为的特拉瓦利亚却总是找不着他人。奎因托目前活在另一个世界里，那里一切都很方便，很妥当，干起事来都很轻巧，可他在***城的生意，当然也不能不管，不是因为别的原因，只因他算过账，这份工作赚得越多花得越多，钱是从来不够用的。他还在追“联合摄制”方的一个法国姑娘，他总在那个圈子里，过着没根的生活。

这桩盖房子的心事越压越重，像根刺一样地扎在他心里。

他一闲下来几天就去了趟***城。“现在由我来掌控局面，要速战速决，”他跟自己说，并感到自己操起了在拍电影时的作风。但只要他到了那里，目睹泥泞而堵塞的空地，空地上是还没完工的水泥房，只要他听听母亲列举的那些问题（比如得考虑饮用水和电线的连接问题，那真是没完没了），只要他再听听卡伊索迪那漫不经心的语调，有的只是傲慢无礼和横行霸道了，而他们作为合伙人却是如此的无能和心不在焉，他就觉得自己身上那种制作电影时迅速有效的作风立时消失了踪影，再也不知道该从何处开始了。

卡伊索迪已经租卖起了房子，交易时用的都是非法合同，因为只要他不把房子交给安弗西家，就不会是任何形式的主人。当房客们要入住时，他便草草地给一套房收了工，刷白了墙，装上了门窗框。

“什么？您的房子想什么时候完工就什么时候完工，而我们的房子您却要我们等……”

“你们又没有房客要入住……”

就知道他会这么回答。奎因托也找起了房客，委托了中介。但这个夏天房子还是好不了的，这是明摆着的事实。也有人一直寻到这里来看房子：可只找着了工地，泥坑，于是就向中介抗议为什么乱给地址。已经完工的只有一个底楼[①]的仓库，一种类似车库的地方，奎因托打算把它租给卖花的、打包的或是出口商，因为花市不是很远。大清早人流量最大时，他去花市打听了情况，但其时正是旺季，不是卖花人会考虑搬家的时候。

回罗马前奎因托待在***城的最后一天是个周日。他经过工地时看见一位先生很好奇的样子，还走进去了。他跟着他。那是个小矮子，上了年纪，戴着帽子，穿着外套。踩着一级级的水泥楼梯上去了，楼梯上还没铺大理石，他上到一楼，把头探进还没装上门的门洞里。“对不起，您找什么人吗？”奎因托朝楼梯井里喊着。小老

① 相当于中国楼房的一楼。

头避过地上的瓶瓶罐罐，从一个房间转到另一个房间。“不，不，我只是看看……”

奎因托也上了一楼。转了一整圈来找小老头；最后他看见他从一个露台上进来。“您在找租房吗？”奎因托问。小老头已经上了楼梯。“不，不。我就看看。”奎因托上了二楼。“如果您想要套房，右边的房间是我们的。我们可以商量商量……”他对空中喊着，因为不知道那家伙上哪里去了，“我们有三居套和四居套，”然后他才发现小矮子已经在楼上了。他跑上楼，重复道：“我们有三居套和四居套。”

尽管那先生总说不，但他还是来找房子的。否则的话他为什么处处好奇，就好像想搞清楚房子的每一间屋子和每一处细节一样？现在一切的一切都在于能说服他，好让他跟他奎因托来做生意，而不是跟卡伊索迪。“您现在看吧，一切是还很乱，但如果您想租的话，那也就是个天数问题，一切都会到位的，而您就可以带上您的家具……”

小老头甚至都没听他说话。他在检查排气管、盥洗盆……奎因托突然想到他会不会是聋子。但先前他很快就回答他了呀。“如果我们现在能谈好的话，您下个月就可以把您漂亮的家具带进来了……”他大嚷着，但三楼到四楼间还没装上楼梯，而小老头已经不在三楼了。他怕起来：小老头会不会因为那个到处乱看的毛病从电梯井里掉下去了？

然而没有，他看到小老头站在屋顶的檐口边，正平稳地探出头去，檐口还只是块平台，周围没有护墙。他是踏着泥瓦工们用的木板一直爬到那上面去的，他上去是为了检查水箱，现在他正下来，走在那些木板上晃啊晃的，曲着膝盖，胳膊伸在前面。

奎因托去帮他。“那您能给我解释一下吧：如果您既不想买也不想租，为什么还对这房子这么感兴趣？”

那个小老头，拒绝了他的帮助，已经来到楼梯平台上，接着下起了楼梯。“没什么，”他说，“我就看看这房子怎么样，因为我得抵押。”

二十

在春天时电影因为外景拍摄转移到了戛纳。奎因托便来往于罗马和戛纳之间，有几次还被接待在法国制片人在茹安莱班[①]的别墅里。他会经过***城，或坐火车或乘汽车，但从没停下过，既是因为没有时间，也是因为要从制作电影的节奏中过渡到卡伊索迪的事情里他适应不过来。他习惯了一种在经济和精神上都比较简朴的生活，而那种在各个意义上都很昂贵的生活方式使他长期以来疲惫不堪。法国姑娘很难维持。对奎因托来说，所有对幸福的渴望都破灭了：现在他正过着一种貌似最幸福的生活，而他却悲伤着。

从***城传来的消息越来越复杂。有个人从卡伊索迪手上买了底层的车库，知道了卡伊索迪的所有权可能会被否认，就跑到母亲那里去打听情况。母亲告诫他，在卡伊索迪没履行完义务前，就不要从他那里买房。卡伊索迪知道这事后，大吵了一架：他威胁要起诉母亲，因为她损害了他的利益。他当然不能履行他的义务——他说——，如果安弗西家这样竭尽全力地诽谤他并使他生意破产的话！同时卡纳尔起草了一份控告，控告卡伊索迪没有履行合同，控

① 在戛纳附近。

告因他不能交付房子而造成的损失，控告他违反不动产限高的条款。如果企业家不能在本月之前完成任务，他就把这份控告送上初审法庭。但是卡伊索迪现在也有个律师，他也让律师准备了份控告：他指控安弗西太太连续诽谤，违反合约（没有及时掏空的黑井问题），最后还指控她偷窃，还是为了去年那些灌溉水管的事，这些管子的问题每次一吵架都要冒出来。所有的指责都是没头没尾的，但如果卡纳尔呈递了他的控告的话，卡伊索迪则会以他的控告来回应，那只会把事情弄得越来越乱，把时间拖得越来越长。于是就准备靠谈判来解决问题。

正在这个最好时候[①]，奎因托被从蓝色海岸调回了罗马。法方“联合制片人”从影片中退出了；意方身陷一片债务之海。他们在电影城[②]拍了一点内景，随后危机加剧了，一切都停滞下来。母亲从***城写信来说她终于找到了租仓库的人，是什么奥费尔太太，她要把菖蒲花寄到巴伐利亚的慕尼黑。

九月，意大利制片人破产了，影片被一家同时也在做可建筑用地买卖的新电影公司买去，用自己人给电影收了尾。他们也不叫奎因托了，他的“剧本助理”职务也被认为是多余的。他本以为还有几个小钱可以捞回的，但他们给他看，根据合同他什么也得不到了。和那个法国女人在戛纳时就已断了。他回到***城。既没工作也没钱。

母亲现在主要是生奥费尔太太的气。她没付租金，又找不着她，给她写信也不回，好像是去了德国。她终于露面了，那时奎因托也在。她身高一米八，有力，丰满，有点壮，但体态很匀称；她的胸

---

① 也就是中文所谓的“节骨眼儿上”。

② 电影城位于罗马东部郊区，复合式电影制片厂，意大利电影工业中心。

在西服套装里都要撑爆了，腰很细，臀部很丰腴，腿有点男性化但细细长长的。她的脸僵硬，普通，但是自豪，是那种很有能耐的女人；头发是金黄色的，拳曲的，被一根没什么关系的粉红色饰带系在后面。奎因托，立刻就对这个德国女人的身体好奇和不安起来，一眼一眼地去扫视她，但奥费尔太太，用那张大理石般的脸庞，继续跟母亲说着话。她说意大利语时口音很重，但有种冷淡的流利；她说自己不得不在德国停上比预计要长的时间，这才没能付掉三个月的租金，但现在她会把她的事情安排好的，一个星期之内，她就会回来付钱的。她踏着一双男士的鞋子，步伐稳健地离开了。奎因托都触不到她的目光。

快满一个星期时，母亲开始说："奥费尔太太还没有来……"而奎因托，陷在躺椅里，正在读费利克斯·克鲁尔[①]："奥费尔太太……奥费尔太太……我们会叫她付钱的，奥费尔太太……"而他继续玩味和咀嚼着奥费尔太太的名字和形象，因为在奥费尔太太身上，慢慢汇聚起来所有他不曾拥有的东西，他不能成功的东西：房产投机、电影、法国女人……"奥费尔太太……"他自顾自地冷笑着，"我来处理奥费尔太太……"

奥费尔太太只有大清早时在仓库，那时候鲜花会从花市运过来，还有两个打包工人。她要检查菖蒲花篮子的外包装，然后工人把花儿带给前往米兰机场的送货人；她呢，放下金属门帘，离开。奎因托起得晚，从来见不着她。但她留过家庭地址。

八天以后，奎因托跟母亲说："把三个月的欠条给我，要有签

① 费利克斯·克鲁尔是托马斯·曼未完成的长篇小说《骗子费利克斯·克鲁尔的自白》里的主人公。小说以费利克斯·克鲁尔撰写回忆录的方式叙述他招摇撞骗的一生。

名，印花税票，所有的东西：我去趟奥费尔太太家，我去弄钱。”

她住在海边一幢老房子里。她给他开了门。她穿着件短袖衬衫；胳膊白花花的，比奎因托期望的要软一些。她一脸质疑，就好像不认识他一样。奎因托迅速抽出欠条，说既然她没时间去，那就只好由他自己来结算……她让他进去了；房间里是些刺绣枕头、玩具娃娃，可能是已配好了家具的住房。在一个屉柜上，有印着一些男人的两张照片，照片前面搁着些花儿：一个德国飞行员和一个意大利军官，奎因托——总把事情往坏处想——感觉像社会共和国[①]时期的制服。

“您真是不必这么麻烦，安弗西先生，”奥费尔太太说，“我明天或后……”奎因托的目光像梭子一样，在她总很遥远且心不在焉的眼睛和那紧绷而饱满的肉体之间窜来跑去……

“但我们为什么不能现在就结清呢？我带了欠条……”奎因托把话说得抑扬顿挫，尽量表现得诙谐幽默，或者更好地说是：暗示，反正就是想从那种生硬的关系中脱离出来的语调。但什么呀，那种难以觉察的悸动似乎根本就捕捉不到她。“安弗西先生，如果我跟您说我明天或后天会过来的，那就是说在明天或后天以前这钱我弄不到……”除此之外，她脸皮还蛮厚，给出那样的回答居然还能面不改色，都已经拖欠了那么久了。但这并不是奎因托突然决定想战胜的那种抵抗。

他冷笑了一下，暗示道：“奥费尔太太，要和像您一样美丽的女人吵架可是件伤心事啊……”

---

① 一九四三年，墨索里尼被国王罢免，不久被德国军队救出，于九月二十三日宣布成立意大利社会共和国。该非法政权设在意大利北方的萨罗，故又被称为萨罗共和国，于一九四五年四月二十五日灭亡。

奥费尔太太没料到他这么说，看得出来，在她眼睛里闪过一道光，但也可能很快就变得嘲讽起来。可是奎因托，敏捷得就像一个性欲狂人，已经把手伸向前去解她的衬衫了。奥费尔太太被冒犯似的往后跳着退着，然后好像恢复了镇定，不再后退："安弗西先生，您想从我这里得到什么……？"话刚说罢他们就已经拥抱起来了。

奥费尔太太是头老虎。她压着他，他们从房间的一个角落飞一般地转到另一个角落，而她一直是站着的。奎因托什么都搞不清了；他一直想对这一切报仇，现在他有了。在这疯狂中，他突然几乎失去了知觉，然后就已经筋疲力尽地仰卧在长沙发上的玩具娃娃之中了。奥费尔太太还是那么站着，在他面前，用一种略微轻蔑的神情看着他。她一次也没笑过。

奎因托整好衣服，尽量什么也不想。奥费尔太太准备把他送到门口。奎因托，为了说点什么，就从口袋里掏出欠条："至于这个嘛，那么，您会来……"

奥费尔太太稍稍打了个手势，意思是让他把手伸过去，她收下欠条，走到屉柜前，打开一个小包，把欠条藏进小包里，走到门口，给他开了门。"晚安，安弗西先生。"

奎因托出去了。白天开始变短。天色已经暗下来了。

二十一

卡伊索迪的女律师一副不很了解情况的模样，甚至连主要问题都搞得不很明白；卡伊索迪不得不什么都是自己来定夺，而她则是尽量给他说的东西穿上法律的外衣。

"算了吧，"卡纳尔从写字台后面对她说，"怎么能指控安弗西教授偷窃呢？你们这是去让法官当面笑话你们啊……你也是，应该劝劝你的客户不要开玩笑开过头了……”

卡伊索迪，坐在一把“伏尔泰”式的椅子上，拳头攥紧在扶手上，脸紧绷着，恶狠狠的。女律师翻了一下材料，说道：“那么，一九五四年六月十八日那天……四根灌溉铁管，长度为……”

卡纳尔吹着气地说着一些并不雄辩但相当实用的话，就像厌倦了各种法律假设，厌恶这法律是如何能被用来给不诚实的人做挡箭牌的，但也知道事情只能如此，而他的工作就是尽量把那些能修补的地方修补一下，尽量补救那些被骗子们造成的损失，他们居然认为一切都是他们应得的——一方和另一方都是糊涂蛋，连糊涂的方式都一样——，于是卡纳尔就尽量说服双方，这不是一件靠强词夺理就把争执一直拖下去的事情，汇票是要付款的，工程是要交付的，钱的问题是可以让步的，他的客户即安弗西家要意识到如果把卡伊索迪的公司搞垮对他们不利，所以他们要提出个最终价格，否则，这次就真得上法庭了。

这种调解战略是由他卡纳尔向奎因托提出来的。“我们想做什么？”前一天他对他说过。“你也没心思管这件事了，我算是看清楚了……你从来不在这里，所有的麻烦事都留给你妈妈，而她本该是有权利安安稳稳地待着的，却得操着这份心……卡伊索迪没什么名声好丢：他穿着打补丁的裤子来到这里，过得像个乞丐，尽做一些偷鸡贼的事，人们永远骗不了他，因为他从不做那些逻辑上可以预见的事情……用这种办法，他总能浮出水面[①]，和他总有账要算……”

卡纳尔报了个奎因托同意的价。女律师朝卡伊索迪转过身去。

① 意大利语的这句话，即中文“混得过去”的意思。

卡伊索迪努了努嘴，打了个不行的手势。“我的客户不认为可以在这个基础上进行谈判，”她说。卡伊索迪站起来，她也站了起来，熄了烟，把材料收进文件夹，拎上包，和卡纳尔握了握手，也和奎因托握了一下，就匆匆出去了，她身后客户卡伊索迪的手一直藏在口袋里。

“唉我就知道，我就知道，”只剩下他和奎因托时，卡纳尔这么说道，他张了张双臂，一副无可奈何的样子。“他很愚昧，而且，还是个笨蛋，都弄不清楚他这么既不付钱也不完工究竟是搞什么名堂……但事实就是这样，你看见没有，就是这样……”他把手伸过去和他握了握。

奎因托还想稍留他一会来谈谈自己做电影的经历，但卡纳尔有事，他告了别。现在他终于有大家都感兴趣的事情可说了，电影城，法国女演员，不用再像从前那样总得谈政治或文学了，也不会再不知道该跟老朋友们说些什么了。然而现在他却除了卡伊索迪什么都不想谈。

卡伊索迪，卡伊索迪，卡伊索迪……他再也受不了了。是的，他早知道他是什么样的人，他早知道他总是会赢的，他是第一个明白这一点的人！但所有的人有可能把他当做一个正常的现象来接受吗，有可能只用言语批评他吗？可能并不想否认他，消灭他……是啊，是啊，当然，是他奎因托想要他的，是他反对所有正统派的观点来赞扬卡伊索迪的……但当时他觉得还是另外一种东西，是一种对立，是某种进程中的一部分……现在卡伊索迪不过是一种完全单调的灰色形象，一种需要否认或接受的事实。而他奎因托不想接受这个事实！

就更不用说巴尔迪索奈公证员了，奎因托去找他时，他甚至还吹捧了一番卡伊索迪："你等着看吧，他会付钱的，你听我的没错，他没他看上去那么坏，他白手起家，你要想想，现在他已经有了家相当可观的公司，这段时间谁都困难，层次高的也好，层次低的也罢，大家都这样，但你尽量和他把这事情谈成，我跟你说，他是个好人。"

特拉瓦利亚醉心于政治。一年后有市政选举，据说他想竞选市长，上选民册。有一天他们碰着了，一起走了段路，奎因托对他透露了点电影界的内幕，装出一副很有阅历的样子。在麦利纳咖啡店前他们碰到了卡伊索迪。上次谈过话后，奎因托和他都不打招呼了。特拉瓦利亚却停下来跟他握了手。过了一阵子，他对他说："那么，安弗西家的问题怎么说了？"

卡伊索迪于是又使起那哭腔，但说得非常含糊，奎因托除了耸耸肩，并不插话。特拉瓦利亚则是尽量讲理，尽量说服卡伊索迪，但他在阐述安弗西家的理由时，那表情就像是在解释一个小孩子的理由，一个得尽量理解他，但别指望他会按现行逻辑来行事的理由。总之，末了卡伊索迪发出一个提议：他会支付一部分他欠安弗西家的钱，但是安弗西家——反正他们显然再也不能过问此事了——要让他来支配那些房子。由他来找房客并赚取房租，年终时他会交纳一定的钱款。

这是一个会被卡伊索迪活生生吃掉的办法，奎因托很明白；但他也明白这是一种摆脱掉那些烦心事的法子，至少一年时间，也能让他不再为母亲孤身一人跟租赁作战而感内疚了。就连特拉瓦利亚也很快明白过来，这个解决方案对安弗西家有相当积极的方面，他很支持。奎因托尽可能地撑着。结果是所有人都聚集在卡伊索迪的工作室里。他有个新秘书，一个红头发姑娘，新家具，新吊灯，用灯管的那种。卡伊索迪让工程师和奎因托坐下，请大家抽烟。进来一个女人，小地方的女人，年纪已经不小了，领着一个男孩。“我妻子，”卡伊索迪介绍道。“她也过来了。反正我跟老家没什么关系了。”

于是他们说好了，奎因托会把一切都向母亲和正好要回家的弟弟说的。

他独自回家，正上着坡，看见了老木匠马赛拉骑车下着坡，刹住车停下来向他打招呼。

“你还会在这里待上一阵吗？生意上的问题？房子……我总是经过那里，我看它总在原地踏步，我就想到了你，想到了你妈妈，想到了你们饮了多少坏血[①]……卡伊索迪真的还欠你们汇票吗？对不起，你知道，我从来不是想跟你说什么啊，有时，我见你皱着眉头，就跟自己说：我得跟他说说，然后我又不敢……但我们经常讨论这件事，同伴之间……你们真会被那个卡伊索迪完全控制的……但你之前不知道他是什么样的人吗？他在全国游击队员协会给我们惹了多少麻烦事？”

奎因托神经正高度紧张着呢，尽管他是刚解放出来：他这桩房产生意的尝试，曾是自己心里鼓吹而且赞扬过的，但好像是害怕马赛拉和他的同伴们会指责，并要为这事辩护一样，然而这却是一件可以和他们谈谈的事情，这件事上他们还是站在他这边的，是关注他的……

“对，我知道你们急着卖掉，得付税费，”马赛拉说，“你们摊上盖房子这件事，这很好……与其让别人做这事，不如……但你为什么不来组织里问问呢？一些建议我们还是能提的……有些企业家，虽然不是同伴吧，也是我们的朋友，或者至少不想跟我们翻脸……

① “吞了多少仇恨”的意思。

而且我们也有一个合作社，运作得很好，是我们的……哪天晚上你来和我们谈谈：我们想组织一个全面的行动来反对投机活动，控制土地价格，让人们按规定办事……绝不能让眼前正在发生的那些事继续下去，这些骗……这是可以斗斗的……有很多事可以做……你听啊，现在你要找房客，你来问我们好了，偶尔我们会知道什么人，他们有时给我们写信，写到组织里，从都灵，从米兰，也有些有钱的同伴，如果我们能给他们提供点情况……”

奎因托回到家时就像肩上扛着具尸体：他被马赛拉温厚善良的一席话噎得喘不过气来，自由冒险企业家的个人主义让他浪漫的双眸直瞪着正午的太阳。

安佩力奥也在，他们把自己关在饭厅里，桌子上堆得满是文件，又从头算起所有的账来。

母亲在花园里。香忍冬阵阵送香。金莲花那一团颜色艳得过分。如果不抬起眼睛往上看，看那上头四面露出房子的窗户，花园还是花园。母亲在花坛间转来转去，剪着枯枝，检查着园丁是否已经给所有的地方都浇过水了。一只蜗牛正顺着鸢尾花尖尖的叶片爬：她把它摘下，扔在地上。一阵爆响让她抬起了头：那上头的房顶上，他们正在楼顶平台上浇沥青。母亲想，从前用瓦片做屋顶更漂亮，当屋顶完工时，他们还会在上面插上旗子。“孩子们！孩子们！”她对着饭厅的窗户喊道，“屋顶做完了！”

奎因托和安佩力奥没应声。百叶窗紧合着的房间半明半暗。他们坐着，膝盖上堆着成捆的文件，重新算计着资金能返还回来时的账目。太阳早早就消失在卡伊索迪的房子后面，百叶窗的叶片间，射在碗柜银质餐具上的光线越来越少，现在只有那一缕光线，穿过最高的几条叶片，在托盘和茶壶有光泽的弧线上慢慢地黯淡下去。

烟云

当我来到这座城市定居时，真是什么都不在乎。定居并不是一个准确的词。我对稳定没有任何期望；我希望周围的一切都是流动的，暂时的，只有这样我才会感到拯救了自己内心的安宁，但是我也解释不出这种稳定存在于何物之中。于是，当我在通过了一系列介绍之后，得到了一个在《净化》杂志做编辑的职位时，便来这里寻找住处了。

对于一个刚下了火车的人来说，大家都是知道的，城市整个就是座火车站：转来转去的，他就转到了越来越凄凉的路上，周围是车库和托运仓库，有锌制咖啡桌的咖啡店，往他脸上喷着恶臭气的卡车，他不停地换手拎行李，感到手都肿胀起来了，脏兮兮的，内衣紧贴在身上，紧张，他看到的所有东西都是紧张的，分崩离析的。那间为我准备的带家具的房子，我正是在这样一条路上找到了，在大门的边框[1]上，有两串牌子，用鞋盒做的，被绳子挂着，是一张租房信息，字迹很潦草，牌子一角上贴着印花税票。我不时地停下

① 意大利的门边框很宽。

来换手拎行李，看见这牌子就进去了。那幢公寓的每个楼道、每层楼上都有一两间要出租的房子，我在C楼道的第一层[①]楼按响了门铃。

这是一个普普通通的房间，房间有点暗，因为落地窗朝着内院，正是由那扇落地窗进入房间的，进去前要通过一条栏杆早已锈迹斑斑的走廊，于是这间房就独立于这套房子的其余部分之外了，但是得先通过一连串用钥匙锁上的防盗护栏；房主玛尔格利蒂小姐耳聋，怕的正是贼。没有卫生间；厕所在走廊上一个木头做的小屋里；屋里有个自来水的洗脸池，没有热水设备。但总之，我还能找到什么呢？租金对我太合适了，其实，这是唯一的可能，因为再贵的我也花不起这个钱，再便宜的也找不到；再说，一切都是暂时的，我想这对自己来说应该是个非常清楚的事实。

"是，是，这房子我要了，"我跟玛尔格利蒂小姐说，她却当成我是在问这里冷不冷，于是她指给我看了看炉子。我早已看过了，想把行李丢在那里，出去走走。我先走到洗脸池边，把双手放到水龙头下面；从我刚到的那一刻起，就一直有洗手的欲望，但是我只是冲了一下，因为打开行李找肥皂很麻烦。

"哦，您为什么不跟我说？我这就给您把手巾拿过来！"玛尔格利蒂小姐说道；她跑到那边去，带了一条烫平的毛巾回来，搁在椅背上。为了清爽一下自己，我在脸上也扑上了点水；我非常厌恶自己不干净；然后用毛巾擦了擦。从那个动作中女主人终于明白过来，我是真想租那间房的。"啊，这房间您要了！您要了！好的，您想要换衣服，整理行李，您自己尽管来，这里是挂衣架，您把大衣给我，搁这里！"

① 相当于中国的第二层楼。

我没让她给我脱下外套，我打算马上出去。我还得跟她说我需要一个书架：我有一箱书要到，那是自己在支离破碎的生活中还能攒起的一点点藏书了。我费了好大劲才让那个聋子搞明白我的意思；她总算把我带到她那里去，带到她房间的一个小货架[1]前，里面放着她的针线篮，线圈盒子，要修补的什物，还有各种刺绣样式；她告诉我，她会把这货架腾空，搬到我房间里去的。我出了门。

《净化》杂志是机关办的一种刊物，我得先去那里报到，才好知道自己要做什么。崭新的工作，不同的城市，如果我再年轻一些或者我对生活还有更多期盼的话，这一切也许会给我带来兴奋和满足；可是现在不同，我只能看到灰色，还有围绕着自己的痛苦，我只能深陷其中，倒不怎么是我让步了，而是我更喜欢这样，这样就证实了我的生活不可能还有所不同的看法。甚至连那些自己必须走过的路，我都会选成那样的路，那些最次要、最狭窄和最无名的，尽管从那些有着高雅玻璃窗和漂亮咖啡店的路上走对我更方便一些；但是要错过行人疲惫的面容，错过廉价饭馆里稀薄的空气，错过小店铺的霉味，错过小路上特有的某些噪音，我又觉得非常可惜电车，小货车的刹车声，院子里小作坊的焊铁声：这都是因为那些外界的筋疲力尽和吱嘎刺耳声可以防止我过于沉溺于内心的筋疲力尽和吱嘎刺耳声。

然而，要抵达那个地点，我不得不在某个地点进入一个完全不同的区域，那里绿树成荫，古色古香，高档雅致；小街小巷里的车辆很少，而林荫遮蔽的机动车道和非机动车道都相当宽敞，这样一来，交通既不堵塞又不嘈杂。秋天了；一些树成了金黄色。人行道边不再是房子的墙垣，而是栅栏，栅栏后面便是篱笆，花坛，卵石

① 原文为法语。

小路环绕着的带有装饰建筑的，介于宫殿和别墅风格之间的房子。我现在体会到一种不同的茫然，因为我再也找不到那些我在其中能像以前那样认知自己或是预测将来的东西了（不是我相信征兆，对于处于紧张状态的人来说，新的地方，他见到的每一个东西都会是一种征兆）。

于是，当我进入那个机关办公室时，真是有点晕头转向的，那里的办公室跟我想像的不一样，因为它们都是些贵族宫殿式的大厅，镶边的镜子，靠墙桌和大理石壁炉，以及挂毯和地毯（但实际使用的室内配置却是普通的二十世纪办公家具，照明系统是最现代的品种，用灯管的那种）。反正，我现在是为要了如此丑陋而昏暗的房间而感到窘迫；以至当我被领到协会主席科尔达工程师的书房里时，就更感难堪了，因为他立刻就以一种夸张的热情接待了我，完全把我视为平级的人物来对待，不只是从社会等级威望上来看——就连这我都已经很难消受了——，而且尤其是把我当成对这个机关和《净化》杂志所关心的问题有着和他同等竞争力和兴趣的人。我，老实说，本以为这就是个做做样子的活，可以挤挤眼睛使个眼色混过去的事情，而我也只是把那份工作当做其他什么随便的差事接下来做的，可是现在，我就得扮演那种在自己生活中就没想过其他什么事的角色了。

科尔达工程师是个五十出头的人，孩子气，黑胡子，也就是不管怎样都能保留着一股孩子气和黑胡子的那一代人中的一个，那些我从来没有跟他们有过任何瓜葛的家伙。他的一切举止，谈吐，外貌——一身无可非议的灰制服，衬衫白到完美——，手势 ——一手夹着香烟，挥舞着——，都让人觉得他高效精干，天资聪颖，性格乐观，没有成见。他把《净化》杂志至今所出过的几期都拿给我看，这些杂志是由他(他是杂志主编)和印刷办公室主任阿万德罗博士[①](工程师向我介绍了他；他是那种讲起话来就像在念稿子一样的家伙)共同收集的。期刊很少，还相当薄，能看得出不是行家做的。我以自己那一点做杂志的见解，对他说了一下——当然没有批评的意思——我是如何准备做这份杂志的，还说了会进行哪些技术上的变动。我同样也操起那种实用的、很有把握的语调；我很高兴地发现我们非常谈得来。很高兴：是因为我越表现得干练、乐观，就越会想到那间可怜的租房，想到那些凄凉的街道，想到自己身上带着的那种生了锈的、黏糊糊的感觉，想到我什么都无所谓，我觉得自己是在耍魔术，当着科尔达工程师和阿万德罗博士的面，正在把他们所有的工业技术效率变成一堆碎屑，而他们毫无察觉，科尔达还在满腔热情地点头。

"很好，那么您明天没问题喽，我们说好了，还有，"科尔达跟我说，"为了修订……"他想让我读一读他们最近一次开会的材料。"喏，"他把我带到一个书架前，书架上堆满油印报告副本。"您看见了吗？您拿着这本，还有这本，这本您已经有了？好，您数数是不是都有了，"他一边这么说着，一边把那些纸张拿在手中；就是此刻，我看见从那些纸张中扬起了一小片尘雾，刚刚被碰过的纸张表面已被划出手指的痕迹。工程师举起纸张，试着掸了掸，只不过是轻微一下，似乎是不愿接受纸上落灰的事实，又用嘴轻轻吹了吹。他小心翼翼地，尽量不让手指碰上每份报告的第一页，只是用指甲尖稍稍地掠过，这样一来，一条游蛇般的白色细纹就被标在那铺着一层极细的灰尘、类似于灰底子的东西上了。但他的手指还是给弄脏了，看得出来，他是想通过把手指屈到掌心上搓手指肚的办法，

① 在意大利，只要不是工程专业毕业的大学毕业生都被称为博士。

试着把手指弄干净，结果反倒是把灰擦到整个手掌上。于是他就本能地把双手垂到法兰绒灰色裤子的两侧，适时地停留了一会，再把手抬起，就这样，我们两个人，都在半空中搓着手指肚，稍稍捏着那些报告的边缘，相互传着，就好像这报告是荨麻叶，同时我们还继续笑着，继续兴高采烈地表示同意，继续说："哦，是啊，真是一次有意思的会议！哦，是啊，工作开展得很好！"但我发现工程师却显得越来越紧张和不自信，他承受不住我胜利的目光，我那胜利和绝望的目光，因为一切都证明如我之前想像得一模一样。

我迟迟没有困意。房间，看上去很安静，夜里却传来一些我慢慢才搞清楚的各种声音。会不时传来一个扬声器走了调的声音，好像是要提醒人们注意什么，但字句短促，难以理解；如果我已经睡着再醒过来的话，会觉得自己是在火车里，因为那种音色和语调就是火车站扬声器的那种音色和语调，就跟乘客半睡半醒的夜里耳边浮起的声音一样。竖起耳朵来听，我还能抓住几个词。"两份酱饺子……"他们说。"铁锅肉排……一份……排"。这房间是在"乌尔巴诺·拉达齐"①啤酒店的厨房上面，午夜后那里也做快餐生意：服务员在吧台上用内线话筒把点过的菜单抑扬顿挫地念给厨师听。阵阵混杂的嚷嚷声不断从啤酒店里传上来，不时还会有什么人唱起歌来。但这是个好地方，价有点贵，可来的人群并不庸俗：夜间少有醉汉发酒疯把满是杯子的桌子打翻。我在床上，他人清醒时的噪声传过来时就已经减弱了，既不愉快也没色彩，就像穿过了一层云雾；扬声器里的声音："一份炸薯条的配菜……那些饺子好了没有？"

---

① 乌尔巴诺·拉达齐（1808-1873），生于意大利北方皮埃蒙特大区。意大利左派政党领袖。曾为意大利总理。

这声音带着鼻音和顺从的悲伤。

两点半不到的时候，“乌尔巴诺·拉达齐”啤酒店便把金属帘门放下；服务生们，竖起蒂罗尔式工作服上衣的外套翻领，从厨房里出来，聊着天穿过院子。三点不到，一阵铁家伙的碰撞声会闯入院子：洗碗工把沉沉的空啤酒桶拖到外面来，让它们沿着桶的边缘或是直接就地滚起来，搞得砰砰作响；接着他们开始冲洗酒桶。这些洗碗工，不慌不忙的，肯定是按小时计算工钱的，干活冒冒失失的，吹着口哨，总是把那些锌桶弄得很响，这样要闹它个把小时。将近六点，拉啤酒的卡车会运来灌满啤酒的桶，再把那些空的带走；而“乌尔巴诺·拉达齐”的大厅里已经响起了打蜡机的噪声，机子要为新的一天打扫地板。

在安静的时候，深夜里，从玛尔格利蒂小姐的房间，在那黑暗之中，会爆发出喋喋不休的说话声，搀杂着奸笑，还有提问和回答，全都是只由一个女性的假声发出来的；她耳聋，区别不出来自己是在思考，还是在大声讲话，不管是白天，或是在深夜醒来的时候，每当她因为一个想法、一段记忆、一次内疚而热血沸腾时，就自言自语起来，在不同的几个人对话时，她还要改变台词。幸好这些独白，由于激动，都听不大懂；但身处这种冒失的亲密之中，还是让人感到不大舒服。

白天，当我进厨房问她要点热水来刮胡子时（敲门她是听不见的，所以我不得不进入她的视线，才能使她感到我的存在），往往会把她吓着，因为其时她正照着镜子说话，微笑着做鬼脸，或是坐在椅子上朝虚空之中看着，讲着什么故事；于是她突然恢复镇静，说：“唔！我正和猫说话呢，”或者：“很抱歉，我没看见您，我正在祈祷，”（她非常虔诚）不过更多的时候，她意识不到自己的话已被人听见了。

她的许多话是冲猫说的，这是真的。她可以跟它说上几小时，有的晚上我听见她一直在对着窗户说“啧啧……啧啧……猫猫，猫猫，猫猫”，等着猫从走廊上、屋顶上和阳台上回来。它是一只瘦弱的野性很强的猫，有一身每次归家时就变成了灰色的黑毛，就好像是把这个街区所有的灰尘和煤烟都吸到了自己身上来了。它大老远的一看到我就要逃开，躲在什么家具下，就好像我打过它一样，尽管我连看都不看它。但趁我不在时，它应该是进过我房间的：女主人把给我洗过的白衬衫放在大理石抽屉柜上，而我在衬衫的领子和胸前总是能找到它爪子上的煤黑印迹。我便叫骂开来，但很快就止住了，因为那聋子是听不见的，于是我就去那边把这场灾难展示在她眼前。她很难过，四处找猫要惩罚它；她跟我解释，肯定是她进我房间给我送衬衫的时候，猫也跟了进来，而她却没发现；于是就把它关在里面了，这野兽就跳上了抽屉柜，发泄了一番它不能出去的怒气。

我只有三件衬衫，得不停地给她洗，因为——我不知道是不是那时自己的生活还没有料理好，还有办公室要收拾——半天过后，衬衫就已脏了。所以我不得不时常穿着领子上有猫爪印的衬衫去办公室。

有时候我在枕头上也能找到脚印。应该是前一天晚上，玛尔格利蒂小姐给我被子翻边时，它跟进来后，就一直被关在里面了。

猫脏成这样也没什么好奇怪的：只需把手放在走廊的栏杆上，再收回来时上面就都是一条条的黑纹了。每次我回家时，要把四个门锁或挂锁用钥匙拧开，然后为打开和关上落地窗，还得把手指插到百叶窗的叶片间，这都会把手弄得脏兮兮的，以至于进门后，我必须悬起双手，免得弄脏别的东西，并立刻去洗脸池边洗手。

手洗净擦干后，我立刻感到好受了许多，就仿佛重新获得了手的使用权，这才敢摆弄起房里不多的物件。玛尔格利蒂小姐，我得说，把房间保持得相当干净；除尘，她每天都在除尘；但有时候，如果我把手伸到她够不到的某些地方（她个子非常矮，胳膊又短），抽回来时，手上又全是天鹅绒一般软绵绵的细灰，于是我不得不立刻再去洗手。

最严重的问题是书：我把书整好摆放在那个小货架上，只有那些书才能给我家的感觉；工作总能给我一些自由时间，我很情愿花上个把小时在房里读读书。但是那些书上沾了多少灰尘：我从书架上选出一本，打开之前，先得用块破布把封面封底擦个遍，还有书口，然后还要好好地拍上一拍：准能拍出来一大片的灰尘。于是我又要去洗手，然后才能倒在床上读起来。但是翻书时，没用，我会感到手指肚上的那层灰，变得越来越软，越来越厚，这破坏了我阅读的乐趣。我站起来，回到洗脸池边，又冲了冲手，可是现在我感到衬衫上、衣服上也沾满了灰尘。我本想重新开始读书，但此时我的手都干净了，便懒得再把它弄脏了。于是决定出去走走。

自然，要出门也得经过所有的程序：百叶窗，栏杆，锁，这些都导致我的手比之前更糟糕，但现在我必须要把我的脏手这样一直保持到办公室。我一到办公室，就跑到洗手间去洗手；可办公室的毛巾上全是黑印子；我刚擦完手就已经脏了。

机关工作的前几天，我用来收拾自己的写字台。分给我的桌子上堆满了东西：纸张，信函，文件夹，过期的报纸；反正，直到那时为止它是一张机动用的桌子，上面堆放的尽是那些没有固定位置的东西。我的第一个冲动就是大扫除一番：但很快就发现有一些对于报纸来说是必要的资料，还有其他一些也该有点意思、以及我打算仔细看一下的东西。总之结果是我什么东西也没从桌上拿掉，反而还添了许多东西上去，当然我不是乱放，而是尽量把一切保持整齐。很显然，桌上原来的资料积满灰尘，而且还把自身的灰尘传给了新放上去的资料。我很珍惜自己整理出来的东西，于是就规定打扫卫生的女人不要碰任何东西，这就导致了那灰尘一天天的沉积在资料上，尤其是文具上，信笺上，注明了收件人的信封上，等等等等，于是这些东西几天之内就有了又老又脏的外貌，让人懒得去碰。

抽屉，那里也是，一回事！那里面都是放了好几十年的破烂纸张，分成好几层，全是灰，见证了那张写字台几经公务和私务的悠久职业生涯。我在那张桌上不管干什么事情，没过几分钟就感到有洗手的必要。

我的同事阿万德罗博士，却有一双永远干净的手——纤细的小手显出一种神经质般的僵硬——，保养得非常好，指甲光亮、整洁，而且统统削得尖尖的。

“但是您，抱歉，”我试着问他，“您没觉得，在这里待上一会后，这手，是不是，您看见没有，这手是怎么弄脏的啊？”

“这是很可能的，博士，”阿万德罗回答道，他那表情总是假兮兮的，“您可能是碰了什么不大干净的东西或是纸张了。如果您允许我给您一个建议的话，那就是写字台桌面上最好是完全空旷的。”

确实如此，阿万德罗的桌子上就是空空的，干净的，光亮的，只有他那一刻正在处理的案卷，和手里握着的圆珠笔。“这是一种习惯，”他补充道，“主席非常在乎这一点。”是这样的，科尔达工程师就这样跟我说过：一个能把自己的写字台保持到完全空旷状态的领导人，是那种永远不会堆积公务、能立刻给问题找到解决方法的人。

但是科尔达从来不在办公室，即便在也只稍停一刻，他叫人给他送去大幅的图表和统计纸，对下属发出快速而泛泛的命令，从不管每个任务的难易程度，给大家分配各种工作，向速记员小姐迅速地口述什么信函，签署待发的信件，然后就离开了。

阿万德罗则不是这样，阿万德罗早上和下午都在办公室里，总是一副工作很多的样子，而且总给速记员和打字员很多的事情干，他总能让自己写字台上任何一张纸耽搁的时间不超过十分钟。这事我实在看不过去；便开始监视他，我发现所有的纸张，在他桌上待过一小阵子后，会立刻去其他什么地方待着。有一次，我当场看见他，因为不知道如何处理手中的几封信，他居然走到我的桌边（我之前离开了一会，洗手去了），把那些信搁下，藏在一个文件夹的底下。然后，他迅速地从口袋里抽出一条手帕，擦了擦手指，又安坐在自己的位子上，那里有一支圆珠笔，和一张白纸的边缘平行地放着。

我本可以突然进去，让他丢丢脸的。但我看到这个就有数了，知道是怎么回事就行了。

因为我是从走廊进入我房间的，玛尔格利蒂小姐这套房子的其余部分对我来说还是未经勘探的土地。这个小姐独自居住，出租了面朝院子的两个房间，我的和隔壁的另一间，那个房间的房客，我只能通过深夜里和大清早时分沉重的脚步声来认识他（他是警察局的一个军士，我了解到，白天从来见不着他人）。这套公寓的其余部分，应当是相当宽阔的，全是她的。

有时候，我找她是因为别人打电话找她：她又听不见铃响，结果就成了我去接电话；听筒贴在耳边时，她倒听得蛮清楚；和她教区修会里的女性朋友们长久通话是她的一种娱乐。“电话！玛尔格利蒂小姐！有人打电话找您！”我徒劳地满屋子喊着，更加徒劳地敲着门。在这房子里转来转去地找她时，我看见了一间又一间的起居室，客厅，小饭厅，里面堆的都是老旧而奢华的家具，还有灯罩，小摆设和小画，小雕塑和挂历，房间非常整齐、干净，给蜡打得亮堂堂的，沙发绣有洁白的花边，连一粒灰尘也没有。

在这些房间中一间的尽头，我终于发现了玛尔格利蒂小姐，她正专心地给镶木地板打蜡，或许是在擦家具什么的，身上穿着件褪了色的睡衣，头上系着条手帕。我用激烈的手势指了指电话的方向；那聋子便奔过去又开始了她无穷无尽的聊天，那语调与她对猫说话时没什么不同。

我回到自己房间，看了看洗脸池架子上或是灯罩上一指厚的灰，怒气万分：那女人花上成天的时间把她自己房间弄得像镜子一样光亮，而对我这边她甚至都不用抹布碰一下的。我去她那里，决心大闹一番；我在厨房里找到她了，这厨房整理得比我房间还要糟糕：磨损不堪、满是污渍的饭桌的蜡面，碗橱里脏兮兮的杯子，碎裂发黑的地砖。我哑口无言地待在那里，因为我明白只有厨房才是整个屋子里那个女人真正生活的唯一地方，其余部分，那些被装饰好的，且被不断打扫和上蜡的房间只是一种艺术品，在这之中她倾注了对所有美好的憧憬，为了保持这些房间的完美状态，她就惩罚自己不住在那里面，惩罚自己从不像主人一样进去，而只是像干粗活的女人一样进出，而一天余下的时光她却在油垢和灰尘中度过。

《净化》杂志是份半月刊，副标题是“把空气从烟、化学排放和燃烧制品中净化出来”。这是EPAUCI也就是“工业中心的城市大气净化机构”的机关刊物[①]。EPAUCI和其他国家的姐妹协会联系密切，这些协会会发送他们的机关刊物和宣传小册子。还经常举行国际会议，尤其是有关日益严重的烟雾问题。

我过去从没有关心过类似的问题，但我知道办一份专业刊物并不如想像上的那么困难。跟着国外的杂志走，翻译一些文章过来，再订上一份文摘类的报刊，一份杂志差不多就办成了；然后总有那么两三个技术合作伙伴，从不会错过机会寄来他们的文章，而机关一方，就它还能起到的那么一点作用，一些消息，一些每期都要用黑体字标出来的告示，总归会有的；还有登广告的，他们要求像发表文章一样地刊登出对他们某个新专利的描述。当有会要开时，就可以出一期专刊，整刊的会议，还能剩下一些发言和报告，这样，下几期杂志如果有三四个专栏，当你不知该如何填满时，就可以继续消化这些文章。

社论按规矩是由主席来写的。但科尔达工程师总是很忙（他是好些工厂的常务理事，只能抽一些零散时间给机关），便委托我，照着他跟我一再强调并清晰阐述过的理念起草这篇文章。我应该在他下次回来时递交我的文章。科尔达经常出差，因为他的工厂散布在全国各地；在他众多的活动中，EPAUCI主席的职位，尽管纯粹是名誉上的，但他跟我说过，却给了他最大的满足，“因为，”他解释道，“因为这是为了理想而奋斗。”

然而对于理想，我既没有也不想有；我只是给他做一篇他喜欢的文章，为保住那个位子，一个既不比别的位子好，也不比别的位子差的位子，只想继续那样生活，这样的生活既不比别的可能的生

① EPAUCI即Ente per la Purificazione dell’Atmosfera Urbana dei Centri Industriali（“工业中心的城市大气净化机构”）的首字母缩写。

活更好，但也不比它们更差。科尔达的论据我是了解的（“如果大家都以我们为榜样，大气的洁净就已经……”），他最喜欢的格式（“我们不是乌托邦主义者，这个已经很明确了，我们讲究实际，我们……”）我也了解，我能一字不差地写出他想要的文章来。如果不这样写，我又该怎么写呢？自己脑袋里的那些东西？那会是一篇很漂亮的文章，我敢保证！一个漂亮的观点，对一个高效而多产的世界充满了乐观心态！但我只要彻底改变自己的心态（这对我来说不是件难事，因为这就好像是自己在与自己斗争），就能获得撰写一篇社论所必需的动力，当然这是受到主席启发。

“我们已经站在解决挥发性熔渣问题的门槛上了，”我写道，“解决方案越能尽快达到其目的，”我已经看见工程师满意的脸庞了，“给技术进步带来持久有效动力的私营企业就越能得到，”工程师这时会抬起一只手来的，在我的字句下面划线标注出来，“就越能得到国家机关的开明理解，他们已经非常关注……”

我把这一段大声地朗读给阿万德罗博士听。他把保护得很好的小手搁在写字台中央的白纸上，阿万德罗以那惯常的毫无表情的礼貌看着我。

“那么，您觉得不行？”我问他。

“完全相反，完全相反……”他赶紧说。

“您听一下结尾：‘我们反对关于工业文明最灾难性的预言，我们重申，在经济自由发展和人类机体所必需的卫生条件之间是不会有矛盾的，’”我不时地看看阿万德罗，但他眼睛都没从白纸上抬起来过，“‘在我们忙碌的烟囱吐出的烟尘和我们不可比拟的自然美景的蓝色与绿色间……’那么，您觉得怎么样？”

阿万德罗用他呆滞的双眼看了我一会，双唇紧闭。“这样啊，您的文章确实很好地表达了，我们这样说吧，表达了我们机构的宗旨，这是真的，对这个宗旨，机构是全力以赴……”

“唔……”我嘟囔道。必须承认，从一个像我同事那么会恭维人的家伙那里，我指望得到的是一个不那么模棱两可的赞同。

几天以后，科尔达工程师来了，我把文章交给他。他当着我的面，仔细地阅读了我的文章。读完后，整了整稿纸，像是又要从头重新读起，谁料却说了句：“好的。”他想了一会，再次重复道：“好的。”又停顿了一会，说：“您还年轻。”接下来抢先否定了我并没打算提出来的一个异议：“不，这不是批评，您让我说完。您还年轻，您有信心，看得远。但是，您让我说完，形势很严峻，是的，比您文章中没看到的还要严峻。让我们像男人一样[1]谈谈这个问题吧：大城市空气污染很严重，我们有分析结果，形势很严峻。正因为严峻，才要由我们来解决它。如果我们不解决的话，我们的城市也会被烟雾窒息。”

他站起来，前前后后地踱起步来。“我们不隐瞒这其中的困难。我们跟别人不一样，正是环境问题才是最应该担心的，然而别人却毫不在乎。或者更糟糕，还要给我们从中作梗。”

他定在我面前，压低嗓音说：“因为您还年轻，也许相信所有人都赞成我们，然而并非这样。我们人少，总是被一方或另一方攻击。是的，先生，不是一方就是另一方，但是我们并不认输。我们大声说话，我们行动，我们解决问题。我更想在您文章里听到这些，您明白吗？”

我明白得很。我伪装出的那个和自己相反的意见过了头，但现在我知道该如何把这文章调整得完美无缺了。我必须在此后的三天

① 意思是“严肃地，说明白”。

内把文章重新交给工程师。我把文章从头到尾地重写了一遍。全文三分之二我用来描绘欧洲城市被烟雾吞食的阴暗场景，而另三分之一则把这些城市和一个典范城市的形象做了个比较，也就是我们的城市，这里整洁干净，氧气富足，这里的工业集中生产并不会与……相剥离……等等。

为了更好地集中精力，我在家里躺在床上写文章。一缕阳光斜洒在院井中，并透过玻璃射进房间，我看见这缕光线在房间的空气中穿过了难以触摸到的无数尘粒。床罩上该是早已浸透了灰尘；我感觉过不了多久，床单也会被黑黑地铺上一层，就像是百叶窗的叶片，还有阳台上的栏杆。

当我让阿万德罗博士读这篇文章新的一稿时，感到他并没不喜欢。“这个在我们城市和其他城市状况之间对比的悬殊差别，”他说，“您肯定是照着主席的精神提出来的，确实写得很成功。”

“不，不，工程师没这么向我说过，这是我自己的想法，”我有点窝火地勉强说道，因为我的这个同事居然认为我没有一点主见。

科尔达的反应却是我没料到的。他把打字稿撂在桌上，摇了摇头。“我们没说明白，我们没说明白，”他立刻说。他给出一些有关我们城市工业生产的数据，每天燃烧煤炭、柴油量的数据，汽车运行量的数据。然后他又转向气象数据，并把这两个数据和欧洲北方各大城市的相关数据迅速做了比较。“我们是个工业大城市，雾多，这您明白，所以烟雾我们也是有的，我们的烟雾并不比别的地方少。我们不能像我国其他竞争城市那样，像他们那样自以为，自己城市的烟雾比别的地方少。这一点您可以在文章中写清楚，您必须要把这点写出来！我们是大气状况最糟糕的城市之一，但与此同时也是最能胜任解决这个局面的城市！是与此同时，您明白吗？”

我明白，我还明白了我们之间是永远无法理解的。那些发黑的房子门面，那些昏暗的玻璃，那些不能倚靠的窗台，那些几乎被抹掉的脸，还有那阴霾，如今随着秋天的到来，渐渐失去了它在恶劣天气下的潮湿味，转而变成了这些东西的一种什么特性，就好像每个人、每件东西都日复一日地没了形，失去了意义和价值，那一切于我而言，是一种普遍的不幸，然而对于像他那样的人则是一种财富、霸权和权势的象征，同时也是危险、毁灭和悲剧的象征，一种感到自己如同悬于天地之间的英雄一般伟大的方式。

这文章我又写了第三稿。终于通过了。只是在结尾处（“于是我们面临着一个有关社会命运的可怕问题。我们能解决它吗？”）他又有话要说。

“这样不是太犹豫了吗？”他问。“不会打消信心吗？”

最简单的办法就是去掉疑问：“我们能够解决它的。”这样，不用感叹就有一种沉稳的把握。

“可是不会让人感觉太温和了吗？就好像是件很普通的事情？”

最好把这句话重复两遍。一句用疑问，另一句不用。“我们能解决它吗？我们能解决它的。”

但这是不是又把解决方案推迟到一个不确定的将来了呢？我们试着把它们都用现在时表示。“我们现在就要解决它吗？我们现在就来解决它。”可是读起来不大好听。

大家知道，写文章一向如此；先是改一个逗号，接着就得换一个词，然后是改掉整个句子的结构，再下来就是改掉整篇文章。我们讨论了半小时。我建议把问题和回答换成不同的时态：“我们能解决它吗？我们正在解决它。”主席十分满意，从那天起，他对我的才华就再没有丝毫的怀疑。

一天夜里电话铃把我吵醒了。那是长途电话延长了的响铃声。我打开灯：几乎三点了。在我决定起来，冲到过道里，再在黑暗中抓起听筒之前，这之前的之前，还在从睡梦中惊跳起来之前，我就已经知道那是克劳迪娅了。

现在她的声音从听筒里喷涌出来，像是来自另一个星球，我睡眼惺忪的，有一种眼冒金星的感觉，然而这些火星，闪光，都只是她失控声音的抑扬顿挫，都只是她在说任何事时总会使用的那种戏剧性激动，现在那激动一直传到我这边来，传到玛尔格利蒂小姐那个凄凉过道的尽头里来。我这才意识到，我从来没有怀疑过克劳迪娅会找到我，甚至是，整个这段日子，我一直等的就是这一刻。

她甚至都无心问问我，问我之前都怎么了，怎么会跑到这里来的，她也没跟我解释她是怎么追寻到我的。她有成堆的事要跟我说，都是些详尽之极的事情，尽管向来都很含糊，就像她所有的事情一样，这些事都发生在对我来说陌生而且到达不了的环境里。

“我需要你，立刻，马上。你乘第一班火车来……”

“你知道，我这里有工作……机关……”

“啊，也许你会见到爵士……你跟他说……”

“什么呀，不是的，你知道，我只是……”

“亲爱的，你马上就出发，是吗？”

我怎么跟她说呢，我是在一个积满灰尘的地方接听她的电话，又怎么跟她说百叶窗的叶片上覆盖着黑黑的一层沙质硬皮，又怎么跟她说我的领子上始终有一只猫的爪印，又怎么跟她说这对我而言才是唯一可能的世界，在这世上唯一可能的世界；而她的那个世界，对我来说只能作为一种视觉上的幻觉而存在？她从不会听我说的，她已经太习惯于居高临下地俯视一切，那些编织着我生活的不幸环境她自然是见不到的。要不是她这种优越感所产生的后果，她和我的一切关系又会是其他什么样子呢；她从来都意识不到我只是一个平庸的地方记者，既无前途又没野心，可是她却依旧如此待我，就好像我是贵族、大富豪和艺术家所属的上流社会中的一员，而在这种环境中她总是激动万分，也正是在这种场合下，就像在海边浴场经常发生的那样，一次偶然的机会，一个夏天，我被介绍给她。她不想意识到这事，因为这就等于承认她自己错了：她于是继续赋予我远不可及的才华、声望和品味；但我究竟是什么人，在她当真只是个细枝末节问题，而对于一个细节问题，她是从不想认错的。

现在她的声音渐渐变得柔和而温情起来：那才是我——尽管我没有承认这点——一直等待的时刻，因为只有沉溺于这缱绻爱意中，所有使我们不同的东西才会消失，就只剩下我们两人，而我们是什么人都无所谓了。我们刚开始互诉了几句爱的言语，我身后的一扇玻璃门里就亮起光来，还传来一阵深沉的咳嗽声。那是同屋警察局军士的门，正是在那里，在电话旁。我即刻压低声音，说话断断续续的，因为我知道自己会被人听见，自然的谨慎让我减弱了爱意的表达，我甚至连一些中性的、听不大明白的悄悄话都说不出口。隔壁房间的灯关上了，但是电话线的另一头却抗议起来："你在说什么？你说大声点！你要跟我说的就只有这些？"

"但我不是一个人……"

"什么？你和谁在一起？"

"不，你听我说，这里，你知道吗，我会把同屋吵醒的，很晚了……"

她已经发火了，她要的不是解释，她要的是我的反应，一种热烈的表示，一种可以烧掉把我们分开的距离的东西。但我的回答却变得谨慎、哀怨而平静。“不，你看啊，克劳迪娅，你别这样，我跟你保证，我求你了，克劳迪娅，我……”军士房间的灯又亮起来了。我把嘴唇紧压在话筒上，情话变得支支吾吾起来。

院子里，洗碗工正滚着啤酒桶。玛尔格利蒂小姐在她房间的黑暗中闲谈正欢，间或夹杂着短促的爆笑，就好像她来了访客一样。同屋邻居突然用南方话大骂起来。我在过道的瓷砖上光脚站着，在电话线另一头，克劳迪娅激情洋溢的声音向我伸出了手，我尽量用结结巴巴的话去迎合她，而每当我们即将要在我们之间搭起一座桥梁时，这桥瞬间就会破碎掉，瓦解掉的碎片互相撞击着，碾碎和推翻了一句句情深意切的倾诉。

自那以后，电话铃便在白天和夜间的不同时段响起来，克劳迪娅那黄褐色而有斑点的声音，像突然扑进了圈套的一头豹子，无意识地一跳，闯入了狭窄的过道，正因为它不知道，又跳了一下，就像它来时的那一跳，便找到了逃脱的出口：它自己却什么都没察觉。而我，在痛苦，在爱，在欢愉和残酷之中，看见她和这些丑陋而悲伤的情景混合在一起，和“乌尔巴诺·拉达齐”啤酒店那诵读着“一份卡贝来第面汤[①]”的扬声器声混合在一起，和玛尔格利蒂小姐水槽里脏兮兮的盘子混合在一起，我感到她的形象也被留上了痕迹。然而并非这样，她那完美无损的形象仍在电话线上跑着，什么也未发现，而我每次只好孤零零地，和她身不在此的空影待在一起。

有时克劳迪娅很愉快，无忧无虑，笑，还会说一些前后不一致的东西来寻我开心，结果我也参与到她的愉快之中，不过这时，院落，灰尘就更让我难受了，因为这让我想到生活可以是不同的。然

① 一种极为类似中国馄饨的东西，但皮是用蛋和面做的。

而有时克劳迪娅也会陷入一种狂热的焦虑之中，这种焦虑再加上我住处的模样，再加上我在《净化》杂志的编辑工作，叫我简直难以解脱出来，于是便等起下一个更痛苦的电话，好把我在深夜中吵醒，可是她的声音却又是我始料未及的，那么欢快，还娇滴滴的，就好像早已将前晚的焦虑忘得一干二净，而我，还没解脱出来呢，更是迷惑并不知所措了。

“我没听错吧？你是从塔奥尔米那[①]打的电话？”

“是啊，我和朋友们都在这里，这里真美，你赶紧来，坐飞机！”

克劳迪娅总是从不同城市打电话来，每次不管她焦虑还是愉快，都要我立刻赶到她那里去，与她分担她的这个精神状态。我每次都给她细致的解释，说我为什么绝对不可能出行，但她从不让我把话说完，因为克劳迪娅根本就没在听我说话，她早就转入另一个话题了，这通常是对我的指责，也可能是我没料到的赞扬，因为我不经意地用了什么表达，她觉得讨厌，或是可爱。

当最后一段通话时间就要结束时，白天的接线员或是夜间的值班员会说：“我们必须切断电话了，”克劳迪娅便扔下一句：“那么你几点到？”就好像一切都已经说好了，而我只好含糊地应付着，最终只是把一切都推到下一次我打电话给她或是她打电话给我时再说。我敢肯定克劳迪娅的计划总是变个不停，她叫我立即赶往的地方也总会变来变去的，而在不同情况下，我就又可以为新的延期找理由了；但我还是懊悔不已，我不能出发的实情并不是那么绝对，因为我可以比如申请提前发下个月的工资，以什么借口递交一张假条，请上三四天假；我在这些犹豫中备受煎熬。

玛尔格利蒂小姐什么都听不到。如果她穿过走廊看见我在打电

① 意大利西西里岛东岸的一座旅游小城。

话，也只是点点头向我打个招呼，完全不知道是怎样的风暴令我不安。那个同屋则不然了。他那房间里什么都听得到，他还会不可避免地凭借警察的直觉关注我的情感流露。幸好他几乎从不在家，我打电话时便可以无拘无束，只要克劳迪娅的情绪允许，我们的感情就能十分愉悦地互动回应，每个词都会产生一种激情，一种亲密，一种内心的共鸣。而有时却是她已经彻底放开了，而我却被卡住了，只能用单音节的词，用有所保留、含糊其辞的句子来回答她：因为军士正在门后，离我一米远的地方；有一次，他半掩着门，还露出了络腮胡子的黑脸，仔细地打量我。他是个矮个子，我得说，在其他场合下他一定不会给我留下任何印象：但在那边，深夜里，我们第一次碰了面，在那样一个穷苦人的住处，打着长途电话谈情说爱已有大半个钟头的我，和刚下班回来的他，两人都穿着睡衣就这么面对着面的，我们之间当然会互相憎恶。

在克劳迪娅的谈话里，经常会进入一些名人的名字，都是她交往的人。而我，第一，不认识任何人；第二，不能忍受那些名人吸引了自己的注意力。如果我必须回答她的话，我就尽量不提什么名字，尽量兜着圈子说话，而她不明就里，于是大光其火。再说了，我从来都是远离政治的，这是因为我从不喜欢抛头露面；如今我又在一个半官方机构供职，更给自己立了条规矩，既不过问这一派，也不过问那一派的任何事；一天晚上，谁晓得克劳迪娅打着什么主意，向我询问了一些议员的情况。此时，军士正在门后，得赶紧给她一个随便什么答复。“你说的第一个，当然，第一个……”

“谁？你是说谁？”

“那个呀，对，就是那个比较胖的，不，矮个的……”

我爱她，总之。但我相当不幸。她怎么才能理解我的这个不幸呢？有些人情愿过着平庸的生活是因为他们经历过痛苦、不幸；但也有人甘愿如此，那是因为他们得到的幸运已超出了他们的承受能力。

我在一些供应固定价格饭食的小饭店里吃饭，这座城里的小饭店都是由托斯卡纳来的家庭经营的，他们之间都是亲戚，女服务员都来自一个叫做阿尔多帕西欧的地方，她们在这里度过自己的青春，却一直惦记着阿尔多帕西欧，总与这座城市的其余部分难以相容，晚上，她们和同样来自阿尔多帕西欧的小伙子一起出门，这些小伙子就在这里小饭店的厨房里工作，也有在机械厂里做工的，不过就像靠近他们老家的市郊般[1]地总是跟这些饭店挨得很近，这些姑娘专找这些小伙子结婚，婚后有的回到阿尔多帕西欧去，其余的仍旧留在这里，在亲戚和同乡的饭店里工作，为有朝一日能开上一家自己的饭店而攒钱。

在这些饭店里用餐的顾客，可想而知都是些什么人：除了那些常常换饭店的过客，常客便是单身男职工，也有大龄未婚女职员，还有一些学生和军人。过不多久，这些顾客就互相熟悉了，坐在各自的桌边闲聊，以至于谈着谈着就把桌子拼到了一起，各桌的人开始时互不相识，可到最后却养成了总是坐在一起吃饭的习惯。

顾客们也会和托斯卡纳的女服务员开玩笑，当然都是随口说说的玩笑，问问她们的未婚夫，再搭上几句俏皮话，当没什么话好聊时，就打开电视，聊聊最近常在节目里出现的那些人谁讨喜谁讨厌。

我却从不这样，除了点菜，什么话也不说，就连菜也总是点一样的，黄油面条，清肉配蔬菜，因为我正在节制饮食，我也不叫

① 意思是他们就算离开老家，也不会离得太远。

那些姑娘的名字，尽管那些名字我早记得了，而是坚持叫“小姐”，以免造成一种相熟的印象：我是偶然找到那家饭店的，我是一个偶然的顾客，当然我还可以每天都去地去上谁知道多长时间，但我还想让自己感到是一个过客，一个今天在这里、明天在那里的过客，否则我会心烦气躁。

倒不是他们不友好，相反，不管是服务员还是顾客都是很好很友善的人，我相当喜欢感到自己周围有这种友好的气氛，相反，要是没有这样的气氛，我也许会觉得缺了什么，不过我仍是喜欢在一旁待着，并不参与其间。我避免和其他顾客搭话，也避免打招呼，因为相识这种事，大家都是知道的，相识起来是没什么，但是相识以后，就被拴在一起了。一个人说：“今天晚上干什么？”结果就变成大家伙都去看电视，或去电影院，然后从那晚起，你就会被一些和你毫不相干的人陪伴一起，而你不得不让他们知道你自己的事，也不得不听别人的那些事。

我尽量找空桌坐，打开晨报或是晚报（我一直在去办公室的路上买报纸，只浏览标题，而读是要等到坐在饭店里才开始的），从头到尾地好好读起来。当我找不着空桌，而被迫坐到桌边已经有人的位子上时，报纸也对我非常有用；我埋头读报，这样就谁都不会找我说话了。可是我还是尽量找可以一个人待着的空桌子，为此我学会了尽可能地推迟吃饭时间，这样一来，等我到那里时，大部分客人都已经撤离了。

这样做的缺点是会有面包屑。经常是上一桌的顾客刚刚起身，我就不得不坐过去，桌上就全是面包屑；于是我就尽量不看桌面，直到服务员来收走脏盘子和脏杯子，把残渣从桌布上擦掉，再换上新垫布。有时这个活会做得很仓促，垫布和桌布间仍会留有一点面包屑，让我伤心不已。

最好的是，比如说午餐吧，要学会选时间，因为服务员觉得再也不会有客人来了，就会认真地打扫卫生，而且已经为晚餐准备桌子了；接着整个一大家子人：老板、服务员、厨师、洗碗工，摆上一大桌菜，他们终于可以坐下来吃饭了。那时我再进去，说："哦，也许太晚了吧，你们不能再给我弄吃的了吧？"

"怎么不能？您尽管坐，坐哪里都行！莉萨，你来招待一下博士先生。"

那些桌子干净、漂亮，我选了一张坐下，一个厨师回到厨房，我读着报，悠闲地吃着，听那一大桌的人开玩笑，说阿尔多帕西欧的故事。在前一道菜和下一道菜之间，我得等上一刻钟，因为服务员都坐在那里吃饭和闲聊，最后我还是说了声："小姐，来一个橙子……"他们立刻回答："马上就来!安娜，你去！哦，莉萨！"就这样，我也觉得不错，我很满意。

我吃完饭，读完报，把报纸卷在手里，出门，回家；上到我的房间里，把报纸扔在床上，洗好手。玛尔格利蒂小姐总是窥视我进门和又将出门的那一刻，因为我刚出去，她就会来我的房间拿报纸。她不敢管我要报纸，于是就把报纸偷偷地拿走，在我回来前再偷偷地放回床上；她似乎很不好意思，就好像是为那稍显轻浮的好奇心而不好意思；事实上她只读一个东西：讣告。

一次我进门时，看见她把报纸捧在手里，她很不好意思，感到要为自己解释一下。"我偶尔拿报纸看看死人的消息，您知道，我很抱歉，因为，有时，您知道，我的一些熟人就在那些死者里……"

有了推迟吃饭时间的念头，一些晚上我会去看电影，结果晚了，从电影院里出来，脑袋有点昏昏沉沉的，霓虹灯周围的黑暗变浓了，这黑暗厚厚的全是秋雾，抽空了城市的维度。我看了看时间，跟自己说在小饭店里是再也找不着什么东西好吃了，反正已经过了我习惯的作息表了，再也回不去了，于是我便决定站着吃顿便饭，就在“乌尔巴诺·拉达齐”啤酒店的吧台旁，在我家下面。

从街上走进饭店不仅是从黑暗到光明的一个过渡：世界的质地也改变了，外面是散乱的、不确定的、稀薄的，而这里充满结实的形状，既有厚度又有重量的体积，亮闪闪的颜色表面，在桌上被切出来火腿的红色，服务员蒂罗尔式上衣的绿色，啤酒的金色。人挤得满满当当，而之前我在路上已经习惯把行人想像成没有脸面的阴影，而自己也是那众多的影子中的一个，可在这里我突然发现了森林般密布着男人的、女人的脸庞，像水果般色彩斑斓，每个人的脸都与众不同，都很陌生。有那么一会，置身于他们中间，我还指望自己能像先前那样幽灵似的不被人看见，然后才发现自己早已变成他们中的一个，这个形象是如此清晰，就连早晨刚刚刮掉而现在已经长出来的胡须都被镜子映射出来，简直是无处可藏，还有这里从所有点燃着的烟头上冉冉弥漫到天花板上的那股浓烟，也自成一体，自有轮廓，自有厚度，并不改变其他东西的实体。

我在总是那么拥挤的吧台旁挤出一块地方，背对大厅，那里每张桌上都是笑声四溢，刚空下一张凳子，我赶紧坐上去，设法引起服务员的注意，好让他把方形的纸板托盘、一杯啤酒和菜单送到我面前。但是就在这个我夜复一夜地守护着它的“乌尔巴诺·拉达齐”啤酒店里，这个我熟知它每刻作息时间、每阵悸动的地方，却很难叫人听见我的声音，而这些把我声音淹没了的喊喳声正是每天晚上沿着生锈的铁栏杆爬上来被我听见的声音。

“请来一份黄油土豆圆子，”我说，吧台服务员终于听到了，他到麦克风前字正腔圆地念道："一份黄油土豆圆子！"而我就想像着这抑扬顿挫的叫喊声是如何从厨房的扬声器里传出来的，我感觉自己既是靠在此处的吧台旁，也同时躺在上面自己那个房间里；我企图在脑中打碎和削弱那些人欢快饮酒进餐时发出的混杂在一起的嚷嚷声，还有那些杯子和餐具碰撞时的叮叮咣咣声，直至能辨别出我在每天夜深人静时分听到的嘈杂声。

在这充满线条和色彩的分明中，我继续分辨着自己居住的那个世界反面的模样。也许真正的反面恰好正是这个世界，光亮而且满是睁大的眼睛，然而万事之中唯一重要的恰恰就是处在阴暗中的那一面，"乌尔巴诺·拉达齐"啤酒店之所以存在，就是为了在黑暗中可以听见它那变了形的声音"一份黄油土豆圆子！"，和那啤酒桶碰撞时的铿锵声，就是为了路上的雾气能够被霓虹灯的光晕打断，能够被模糊地勾勒出人类脸庞的玻璃方窗打碎。

一天清早，克劳迪娅的电话吵醒了我，但这可不是长途电话：她就在这个城市，在火车站，那时刚到，她打电话给我是因为在从卧铺车厢下来时，她众多的行李箱中的一个丢失了。

我及时赶到，看见她出了火车站，走在一队搬运工的队首。几分钟前她打电话时表露的焦虑一丁点也没留在她的笑容里。她是一个非常美丽、高雅的女人；我每次重新见到她时，都会惊呆，仿佛已经忘了她从前是个什么模样的了。现在她突然宣称对这个城市极感兴趣，还直夸我来这里住下的想法妙。那天的天气是铅灰色的；克劳迪娅却对这里的光线和街道的色彩大加赞扬。

她在一家很大的宾馆里要了一套房。对我来说，走进hall[①]，向

① 英语：大厅。

服务台询问，让他们用电话通知她我的到来，再跟着groom[①]步入电梯，这一切的一切都成了让我始终不适和浑身不自在的原因。我很感动，克劳迪娅借她某些生意上的机会，但也许实际上只是为了能够来看看我，专程跑到这里来过上几天，我很感动也很尴尬，因为在她和我的生活方式之间，巨大的深渊展现在我面前。

而那个激动人心的早晨我应付得还算不错，还去了趟办公室，领到了下月的预付工资，用来应对我即将面临的特殊几天。领她去什么地方吃饭是个问题：我对豪华饭店和特色餐厅都不是很在行。作为开始，我想最好还是先带她到山上转转。

我叫了辆出租车。我这才发现在那个城市里，凡是工资达到一定水平的人没有谁是没有汽车的(连我的同事阿万德罗都有车)，我却没有，反正我也不会开。我从来就没在乎过什么，可是这时在克劳迪娅面前，我却不好意思起来。克劳迪娅倒觉得一切都很自然，因为——她说——我手上要是有车，那简直就是场灾难；我非常恼火，但是她还在炫耀着这种评价，轻视我所有的实际操作能力，并把她对我的这种评价建立在我的其他天赋之上，而其他天赋究竟又是哪些却又不得而知了。

于是，我们乘了辆出租车；那车晃晃荡荡，开车的是个老头。我试图把这些支离破碎的画面构想成漫画，我的生活不可避免地承载着这种破破烂烂的画面，不过这辆出租车的丑陋并没有让克劳迪娅痛苦，就好像这些东西根本就碰不着她一样，而我真不知道是应该感到宽慰呢，还是该听天由命[②]。

路沿着长满一排排青翠树木的丘陵往上爬，丘陵从东面把城市围住。天色渐渐发亮了，呈出一种秋天特有的金色光芒，就连田野

① 英语：服务员。

② 此处有“破罐子破摔”之意。

的颜色也趋于金色。我揽住克劳迪娅，在那辆车里；如果说我正沉醉于她给我带来的爱意中，那也是因为路两旁模糊地（为了拥抱她，我把眼镜拿掉了）奔跑着的绿色与金色的勃勃生气不断向我涌来。

去小饭店前，我叫老司机带我们在山顶上找一个风景好的地方。我们从车上下来。克劳迪娅，戴着顶大黑帽，原地打着转，裙子上的褶子都飘散起来了。我却是忙前忙后，要么指给她看从远处天边浮现出来的一道白皑皑的阿尔卑斯山脉（那些山峰的名称都是随便说说的，我根本就认不出来），要么给她看近处时而连绵起伏、时而断断续续的山脊，还有山上的村庄、道路与河流，要么就给她看看那山底下鳞次栉比的城市，它们时而昏暗时而闪烁，密密麻麻排列成行。一种广袤的感觉攫住了我，我不清楚是因为克劳迪娅的帽子和裙子，还是因为这里的景致。空气，已经是秋天的了，相当的澄净，可还是有各种各样的凝聚物穿过其间：山底浓浓的雾气，河流上方流淌着的薄雾，还有那被风吹得千变万化的云链。我环抱住她的腰，两人倚在墙垛上，面对纷繁十色的美景，我很快就感到要搞清楚这一切的必要，这才不满地发现自己在地理和自然现象方面缺少足够的专业术语，而她却能随时把自己的情感转换为瞬间的感慨，转换为洋溢的热情，转换为一点关系都没有的东西。正是此时我看见了那个东西。我抓住克劳迪娅的手腕，攥得紧紧的。“你看！你看那下面！”

“什么东西？”

“那下面！你看！在动！”

“到底是什么东西啊？你看见什么了？”

我怎么对她说呢？根据潮气在空气中各级冷气层的不同凝结方式来看，这东西与其他灰色、或是发蓝、或是偏白、或是黑色的云与雾并没有明显的区别，但是它却有种说不清的颜色，我都不知道是更偏向于棕褐色还是偏向沥青色，正是这种颜色，或者更确切地说：是因为这种颜色的阴影，这阴影时而居于那东西的中央，时而偏向边缘，显得越来越浓重，使它和其他云雾区分开来，反正它是一种脏兮兮的影子，把那东西整个都弄脏了，完全改变了——从这点来看，它也和其他的云不大一样——它的质地，因为很沉重，所以无法从土地上，从城市斑驳的广阔上脱离开来，只是在城市上面缓缓地流动，缓缓地覆盖住了城市的这一头，很快又遮住那一头，流经之处都会留下一条如同肮脏线头般的痕迹，且源源不绝。

“烟雾！”我朝克劳迪娅大叫着。“你看见了吗？是一团烟云！”

但是她，并未听到我说话，而是沉浸于观察一种什么飞翔着的东西，那是一群鸟，而我待在那里，第一次从外面，注视着那片时时刻刻包围着我的云，那片我住在它里面、它也住在我里面的云，我明白了在自己周遭的缤纷世界中，我只在乎那片云。

晚上，我带克劳迪娅到“乌尔巴诺·拉达齐”啤酒店吃晚饭，因为除了那些固定价位的饭店外，我再也不认识其他地方了，而我又怕会落到什么特别昂贵的地方去。在“乌尔巴诺·拉达齐”啤酒店里，和一个像克劳迪娅那样的女人进去就完全是另外一回事：穿着蒂罗尔式上衣的服务员全都忙活起来了，他们给了我们一张位置很好的桌子，还推来了装着特色小吃的小推车。我尽量摆出骑士般从容大方的风度，但同时又感到自己已被认出是院子里租房子的房客，一个会在吧台旁仓促就餐的顾客。我的谈吐被这种心态搞得笨拙不堪、索然无味，很快克劳迪娅就生我的气了。我们开始激烈争吵起来；不过，我们的声音立即被啤酒店里的嘈杂声吞没了，但我们身上落满了目光，这目光不只是那些不放过克劳迪娅任何一个动作的服务员的，还有顾客的，他们都对这个美丽极了的，高雅的，颇有权威的，却被一个如此低声下气的男人陪伴着的女人充满好奇。我发现我们的争吵一直被所有的人关注着，这也是因为克劳迪娅，她从不在乎周围的人，也从不会伪装她的举止行为。我感到所有的人无外乎都是在等待大发脾气的克劳迪娅站起来，把我一个人扔在那里，让我像个普通平庸的男人那样回家，其实我本来就是这样的男人，这种男人就像墙上的湿斑一样毫不显眼。

然而，一如往常，紧随争吵后的就是一阵温柔的爱意；晚饭快吃完的时候，克劳迪娅知道了我就住在这附近，说道："我上你那里去。"

这下可好了，我把她带到"乌尔巴诺·拉达齐"啤酒店，因为它是我唯一熟悉的那种类型的地方，而不是因为我就住在附近；相反，一想到她只需往门口看上一眼，便会对我的住处产生出怎样的一个印象，我就如坐针毡，满心指望她会分心，忘掉这个想法。

然而她想上去。我夸张地向她描述那个地方有多凄凉，尽力往离奇里讲。可是她走上楼，穿过走廊，看到的全是优点，房子古老的风格，不可忽视的建筑风格，还有老房子特有的实用性。我们进去后，她说："你说什么呀？这房间漂亮极了！你还想要什么呀？"

为帮她脱掉外套，我赶紧转身去洗手，因为我照常把手弄脏了。她没有洗，她的手在那些落满灰尘的家具上像掸子一样摸来抚去。

房间很快被那些毫不不相关的物件占满了：系着小纱巾的帽子，狐皮领子，天鹅绒衣服，蝉翼纱衬裙，缎面鞋，丝袜；我尽量把每件东西都收进衣柜和抽屉里，因为如果把它们丢在外面，我感到不久就会被沾上煤灰色的印子。

现在克劳迪娅白白的身体躺在那张一拍准会扬起一团灰尘云的

床上，她把手伸到旁边的书架上，取下一本书。“小心，书上有灰！”但她已经把书打开了，正翻看着，随后又把书丢下。我看着她那还似少女般的胸部，玫瑰色的乳头，便被书上的灰尘会落在她身上的想法折磨不已，于是我以一种近似于抚摸，但却是想从她身上掸掉那一点点我觉得已经掉在了她身上的灰尘的动作，伸手擦过她的胸前。

而她的皮肤却是那么光滑、新鲜、无瑕；我看见好似细雨珠般极微小的尘粒在电灯的光锥中翱翔，这些尘粒肯定会慢慢落在克劳迪娅身上的，我于是扑在她身上，这样抱住她其实是想遮盖住她，保护她，好让所有的灰尘都落在我的身上，她便可以幸免了。

她离开后（她对我的陪伴有一点失望和厌烦，尽管她不受干扰的固执把那只属于她一个人的光辉也投射在别人身上），我用双倍的精力投入到我的编辑工作中，这是因为克劳迪娅的到来让我丢了不少工作时间，耽误了杂志的准备工作，同时也是为了不去想她，而且半月刊杂志《净化》所涉及的话题并不像刚开始时让我感到那么陌生了。

还缺一篇社论，但这一次科尔达工程师并未给我留下任何指示。“您自己看着办吧。全看您的了。”开始时我写的都是说教式的老一套，但是写着写着，我就慢慢描述起我所见到的、蹭在城市上空的那片烟云，描述起在这片云里的生活是如何展开的，描写起那些老房子充满建筑装饰的、凹凸不平的门面，那门面上乌黑的沉积物愈积愈厚，也描写起那些现代的、光滑的、单色的、方正的房屋门面，就连那些房子上也缓缓地蔓延出隐约的深色阴影，就好像职员衬衫的白领子，没到半天就脏了。我还写了，当然还有生活在烟云之外的人，也许他们会永远生活在这烟云之外，他们能穿过烟云，正好停留于烟云中央，然后再从中穿出去，一丁点的烟尘和煤炭颗粒都影响不到他们，打乱不了他们迥异的生活节奏，搅浑不了他们那另一个世界的美丽，然而重要的却全在于那烟雾里面的东西，而不是烟雾之外的：只有浸入那云的核心中，呼吸早上雾蒙蒙的空气（冬天已经把街道掩隐在不甚分明的雾气里），才能触及到事实的本质，然后也许才能解脱出来。这完全是一篇针对克劳迪娅的辩论；我很快就发现了这一点，把文章撕了，都没有让阿万德罗读一读。

阿万德罗博士是一个我还搞不太懂的家伙。一个星期一的早晨，我进办公室时，知道我看见他什么模样吗？晒黑了！是的，他一改往常那种清水煮鱼般的色泽，一张蜡似的脸介于红色和褐色之间，额头和颧骨上还有些灼伤的痕迹。

"你怎么啦？"我问他（最近一段时间我们开始以"你"相称）。

"我去滑雪了。滑的是第一场雪。棒极了。雪都是粉末状的，星期天你也来吧。"

从那天以后，阿万德罗就把我视为他这个滑雪爱好的知己。知己，我这么说：因为他和我说起这些事时，表达出一种远超出热爱的东西，所谓的对完全是几何般准确动作的熟练技术的热爱，所谓的对优良器械的热爱，所谓的对一页白纸般洁净景色的热爱；他那样一个完美无缺、中规中矩的职员，却在似乎出于优越感的讥笑和小小恶意攻击中，透露出他对自己这份工作暗藏的异议："哎呀，那种'净化'才是净化啊！烟雾我可就全让给你们大家了！"接着立刻补上一句更正道："我这么说只是开玩笑的呀……"可是我已经明白了，他尽管忠诚，却是一个完全不相信机关和科尔达工程师那一套的人。

一个星期六的下午我碰见他，阿万德罗，完全是滑雪的装束，戴着顶像乌鸫嘴一般的小遮阳帽，正走向一辆班车，车上已经挤满了一群前去滑雪的男男女女。他对我打了个招呼，一副了不起的神气。“你留在城里？”

“我，是啊。离开有什么用啊？明天晚上你还不是又要回到一堆麻烦事里来。”

他在乌鸫帽下皱了皱眉头。“如果周六周日都不离开的话，那要城市还有什么用？”他赶紧向班车走去，因为对如何在货架上放置滑雪板，他要建议一种新方法。

对阿万德罗来说，也如对成千上万的其他人来说，他们在灰色的工作岗位上拼命地干上一个星期的活，目的就是为了能在周日的时候逃离出去，城市真是一个让人迷惑的世界，就像石磨磨粉一样，产生出各种各样的外出几小时后再回来的办法。阿万德罗，玩了几个月的滑雪后，又去乡村远足了几个月，又去捕上几个月的鳟鱼，然后就是去海边，再然后就是去山里避暑，最后玩上了照相机。他的生活史——这么跟他交往着，我也一年年地构筑起他的生活来——那也就是交通工具史：先是机动自行车，然后是助力小摩托，再然后是摩托车，现在又是小轿车，而且已经预示出未来几年内就会有更加舒适和更为快捷的汽车。

新的一期《净化》杂志就该付印了，而科尔达工程师还没有看过清样。付印的那一天我在EPAUCI等他，但他没出现，直到将近晚上他才打电话过来，叫我去他在Wafd的办公室找他，并吩咐我把清样带到那里去，因为他抽不开身。他甚至还派了他的司机和汽车来接我。

Wafd是一家工厂，科尔达是他们的常务理事。一辆巨大的汽车，载着那个蜷缩在座位尽头、双手持着膝盖上装有清样的信封的我，沿着一排死墙，把我带到了陌生的郊区，然后从一扇有着宽阔栅栏的大门里开进去，进门时还有门卫敬礼，汽车一直把我送到领导办公楼的大台阶前。

科尔达工程师正在他办公室的写字台前，被一群领导人围着，正在检查写在巨幅纸张上的账目或是生产计划，那纸洋洋洒洒地漫出了桌面。"抱歉，只要一小会，博士，"他跟我说，"我这就来找您。"

我看了看他身后：他身后的那堵墙是一整面玻璃，一扇非常宽阔的窗户，从那边可以俯瞰整个工厂。雾气腾腾的夜空中浮现出少许影子；在第一层面上突现的是一个链式升降机的轮廓，这个升降机正把一些——我想是——装着铸铁粉的大桶拉到上面去。还能看到一排铁制杯状的容器，带着持续的跳动和轻微的晃动正在上行，而那晃动像是稍稍弄乱了一些那堆矿物的轮廓，我感到一层密密的薄纱从空中升起，也落在了工程师办公室的那扇大玻璃上。

就在那时，他下令打开灯；映衬着外面的黑暗，大玻璃窗好像突然被一层细密的金刚砂覆盖住了，那当然是铸铁粉，亮闪闪的，就像星系里的星尘。窗外影子构成的图案被打乱了，那尽头烟囱的轮廓显得尤为清晰，每座烟囱都顶出一股红色的喷火，这些火焰的上面，那如同墨染一般的黑色斑迹被火焰衬得尤为明显，侵入了整片天空，那里炽热的火星正打着旋地升腾起来。

科尔达终于和我研究起了《净化》的清样，他很快就显示出了他在EPAUCI这个不同领域当主席的兴奋和热情，他和我，还有Wafd的领导们评论了期刊上的文章。而我，在机关办公室里，曾多次在他前面表露过我作为职员的自然抵触情绪，并声称自己在精神上是和烟雾站在一边的，是秘密潜入敌方参谋部里的烟雾代理人，现在我才明白我的态度是多么的没有意义，因为科尔达工程师才是烟雾的主人，是他源源不断地把烟雾吹向城市上空，而EPAUCI则是烟雾的产物，是根据让那些为烟雾工作的人获得希望的需要而诞生的，因为他们希望有着不只是烟雾的生活，然而与此同时，EPAUCI还要颂扬烟雾的力量。

科尔达对这期杂志很满意，用车送我回家。那是一个浓雾弥漫的夜晚。司机把车开得很慢，因为除了微弱的车灯外什么都看不见。主席，被他自己的乐观情绪搞得很亢奋，继续勾勒着未来这座城市的轮廓，这城市里会有花园小区，会有被花坛和湖面环抱的工厂，会有把从烟囱喷出的烟尘从天空中清除干净的火箭设备。他指着车窗外，那里什么也没有，但就好似他想像的东西已经矗立在那边了；我听他说着，不知是该害怕还是该仰慕，因为我发现工业能人和幻想家是如何并存于他身上的，而它们又是如何相互需要对方。

突然，我觉得认出了自己的街区。“您停下，您就在这里停下吧，我到了，”我对司机说。我道了别，谢了人，下了车。汽车开走后，我才发现自己弄错了。我在一个陌生的街区下了车，周围什么都看不见。

我继续去饭店就餐，仍旧独自一人，还是躲在报纸后面。我发现还有一个顾客也采用同样的方式。有几次因为没有空位子，我们就坐到了一张桌上，彼此打开报纸面对面地坐着。我们读的报不一样：我读的是所有人都会读的报，我们城里最重要的报纸；我当然没有任何理由因为读另外一种报纸，而让别人把我视为一个与众不同的人，或者甚至——如果我读同桌的报纸的话——是一个有着极端政治观点的人。我从来都是远离各种政治观点和派别的，但是在那里，在饭店的饭桌上，某个晚上，当我放下报纸时，同桌问道："可以吗？"并示意要拿我的报纸，同时递上他的报纸："如果您愿意读读这份……"

于是我就看了几眼他的报纸，有点像是跟我的报纸对着干说反话，不仅仅是观点相反，而且也是它涉及到一些于我的报纸而言根本就不存在的事情：被解雇的职员，在齿轮传动装置的操作中只剩下一只手的机工（还登出了这些人的照片），家庭补贴一览表，诸如此类。但最不同的是，我的报纸总是在文章的撰写上尽量做到诙谐生动，尽量用一些有趣的小事情来引起读者的关注，诸如什么漂亮姑娘的离婚，然而这份报纸却总是用永远相同的、重复的、灰色的表达方式，而标题也总是把事情的消极面给突显出来。就连报纸的印刷都是灰色的，密密麻麻的，千篇一律的。我冒出一种感觉："嘿，我喜欢。"

我努力把这种印象说给我的同桌听，自然是十分小心地不去评论个别消息和观点（他之前已经问了我对有关某则亚洲新闻的看法），同时也尽力削弱自己观点的消极面，因为我觉得他是个听不得别人批评的家伙，我不愿被卷入什么争论之中。

然而他却好像还是顺着自己的思路走，于是我对这份报纸的赏识看上去只显得多余而不合适。"您知道吗？"他说，"这报办得还不够好。还不是我想要的样子。"

他是个矮个子的年轻人，可身材很匀称，棕色的皮肤，鬈发，头发梳得非常仔细，还是小男孩般的脸庞，脸色苍白，脸颊发红，轮廓精致而端正，睫毛又长又黑，表情庄重几近傲慢。穿着讲究得有些造作。"还有很多一般化的东西，非常缺乏准确性，"他继续说，

"尤其是那个与我们的东西有关的方面。还是与其他报纸太相近。我说的那种报纸大都应该由它的读者自己来做。对于那些工业生产领域中的事情应该尽可能地给出一种科学、准确的信息。"

"您是工厂的技工吗？"我问道。

"是专业工人。"

我们就这样认识了。他叫奥马尔·巴萨卢奇。当他知道我在EPAUCI工作时，表现出极大的兴趣，还向我询问了一些他将在他的一篇报告中会使用到的信息。我给他看了几期刊物（当然，是人人都能看到的；我没泄露工作的秘密，我朝他微微一笑，不管怎样也要叫他明白这一点），而他则掏出一个小小的记事簿，有条有理地做起笔记来，就像是在编辑一张图书目录卡。

"我从事统计研究，"他说，"这是我们组织还非常滞后的一个领域。"我们穿上大衣准备出去。巴萨卢奇穿着一件运动外套，式样高雅，戴着顶防水布做的小帽子。"……还非常的滞后，"他继续道，"然而，我认为，这是一个基础领域……"

"您的工作给您留有空余时间来从事这些研究吗？"我问他。

"您看啊，"他对我说（回答时始终有点高高在上的味道，有种卖弄学问的自负），"这完全是方法问题。我白天在工厂上八个小时的班，然后没有一个晚上是不要开会的，就连星期天也是如此。但是要会安排工作。我组织了一些研究小组，都是我们厂里的年轻人……"

"人很多吗……都是像您一样的人？"

"很少。而且越来越少。他们一个个地把我们赶出去。总有一天您会看到的，在这里，"他指指报纸，"我的照片在这个标题下：'又一个遭到报复的解雇'。"

我们在夜晚的寒冷中走着；我缩在大衣里，大衣领翻着；奥马尔·巴萨卢奇冷静地边走边说，外套领也竖着，一小团云从他那被精致勾出轮廓的双唇间呼出，他不时从口袋里掏出一只手强调他演说中的什么观点，有时还停下步子来，就好像哪个观点没说清楚，他就无法前行一般。

我已经不再听他说些什么了；我在想，像奥马尔·巴萨卢奇这样的人，都不想试图逃出周围烟雾弥漫的灰色，而是尽量把它转变成一种道德的标准，一种内心的准则。

“烟雾……”我说。

“烟雾？是啊，我知道科尔达想要当现代工业家……净化大气层……他向他的工人说去吧！但肯定不会由他来净化的……这是一个社会结构问题……如果我们能改变这个结构，我们也就能解决烟雾问题了。是我们，不是他们。”

他邀请我跟他去参加一次本城各企业的工会代表大会。我坐在一个烟雾缭绕的大厅后排。奥马尔·巴萨卢奇在主席台上坐了下来，和其他都比他年长的人坐在一起。大厅里没暖气；所有的人都穿着大衣戴着帽子。

那些要发言的人一个个站起来，走到主席台旁发言；他们发言的方式都是一个样子，中立，单调，就连如何开头，如何阐述话题，都是一个模式，这模式该是早已约定了的，因为所有的人都在采用。从听众的窃窃私语中，我明白这里有过一场争议，不过那些争议很隐蔽，总要先说上一番赞成原先说过的话。我感到很多发言的人，都在生奥马尔·巴萨卢奇的气；而那个年轻人呢，正歪着身子坐在主席台上，从口袋里掏出一个熟皮烟草包和一只英国短烟斗，并用他那双小手悠悠闲闲地把烟斗装满，眯着眼睛，小心翼翼地一口口抽起来，胳膊肘撑在桌上，单手托着脸颊。

大厅里烟雾弥漫。有人建议打开一会大厅高处的一扇小窗。一股冷风吹进来换了一下空气，但很快也从外面带进了雾气，转眼间大厅的这头就几乎望不见那头了。我坐在自己座位上，仔细打量着身处寒冷中的这群人静止的脊背，有的人脊背上的大衣翻领竖着，我也打量着主席台上裹着大衣的一排轮廓，还有那个站着说话的人，他壮得像头熊，所有的人都被卷裹在那雾气里，被浸透了，同样被卷裹、被浸透的，还有他们的言语，他们的执拗。

克劳迪娅二月份又回来了。我们去公园尽头河边的一家豪华餐厅用餐。我们看着玻璃窗外的河岸和植物，这一切空气的颜色构造出一幅古老的雅致风格的画。

我们怎么都无法相互理解。我们讨论着这个主题：美。“人类已经丢失了对美的感受力，”克劳迪娅说。

“美是应该不断被创造出来的，”我说。

“美就是美，是永恒的。”

“美从来都是从碰撞中诞生出来的。”

“是啊，希腊人!”

“希腊人又怎么啦？”

“是文明！美是文明！”

“所以……”

“那不就得了……”

我们可以这样一直争下去直到明天。

“这个公园，这条河……”

（“这个公园，这条河，”我想，“都是次要的，也能起个安慰安慰我们的作用；古典的美和现代的丑是可以毫不冲突的。”）

“这条鳗鲡[1]……”

餐厅中央有个玻璃水箱，一个鱼缸，里面游弋着几条硕大的鳗鲡。

“你看！”

几个顾客走过去，看上去像是这里的贵客，一个喜好美食的富裕的家庭：母亲，父亲，长女，青春期的儿子。在他们身旁的是maître[2]，穿着燕尾服，挺着白色的衬衫硬前胸，肥胖，高大；他握着一只小网的把手，就如同孩子们捕蝴蝶的那种小网。这家人注视着鳗鲡，严肃、小心；过了一会那位太太举起一只手，指着一条鳗鲡。maître就把小网浸入水缸，迅速逮着那条鱼，捞出来。鳗鲡在网里扭动、挣扎着。maître向厨房走去，身前举着那只小网就像手持着一杆长矛似的，网里的鱼奄奄一息。一家人的目光都跟随着鱼而远去，然后坐回到桌前，等着它被烧好后再送上来。

“残忍……”

“文明……”

“一切都很残忍……”

我们没叫出租车，步行回去了。草地、树干被一层从河面上升起的薄纱般的东西缠绕着，又浓又湿，那纱在这里还是自然现象。克劳迪娅走着，裹在她斜领的裘皮大衣里，戴着皮手筒，顶着皮帽子。我们是一双相爱的影子，也是这画中的一部分。

“美……”

“你的美……”

“有什么用？反正……”

---

① 俗称白鳝。

② 法语：餐厅总管。

我说："美是永恒的。"

"噢，你是在说我之前说的那个？"

"不：正相反……"

"跟你永远没法说话，"她说。

她从林荫道上走开了，仿佛想独自离去。一片薄雾擦地飘过：她穿着皮衣的silhouette[1]走着，就像一点也没挨着地面。

晚上，我陪伴克劳迪娅回宾馆，大厅里全是穿着smoking[2]的先生和袒胸露背的女士。那天是狂欢节，宾馆大厅里有个募捐化装舞会。

"太好啦！你留在这里陪我吧？我去换件晚装。"

我不是那种参加化装舞会的类型，觉得不大自在。"但我们没有邀请函……我还穿着棕色的衣服[3]……"

"对我来说不需要什么邀请函……而你就是我的舞伴……"

她跑上楼换衣服去了。我不知道该待在哪里。那里全是初次穿上晚装的姑娘，进入大厅前正忙着涂脂抹粉什么的，交换着连绵激动的低语。我站在角落里，尽量把自己想成一个去那里送包裹的小伙计。

电梯门开了。克劳迪娅穿着一袭卷边长裙出来了，玫瑰色的胸前戴的是珍珠，小面具上镶的是颗颗钻石。我不能再扮演小伙计的角色了。走到她身边。

我们进去了。所有的目光都落在她身上。我找到一个小礼品戴

---

① 法语：剪影。

② 英语：晚礼服。

③ 意大利语"穿着棕色的衣服"，是指着衣不得体。

在脸上，一种长着滑稽鼻子的面具。我们跳起舞来。当克劳迪娅转起圈时，其他跳舞的人都闪开来看她；而舞跳得极差的我只想混在人群中，于是这就成了一种躲迷藏的游戏。克劳迪娅说我一点都不高兴，根本不会玩。

一曲舞尽，我们从站在那边的一群先生面前走过，来到我们桌前。“啊呀！”我和工程师科尔达照了个面。他身着燕尾服，头上戴着舞厅送的橘黄色的小帽。我不得不停下来向他打招呼。“还真是您啊，博士，我感觉像您，可又感觉不像！”他说，但是眼看着克劳迪娅，我明白他想说他从来没料想到碰上我和这样一个女人在一起，我还是原来的我，还穿着上班时的服装。

我只得介绍双方；科尔达吻了下克劳迪娅的手，向她介绍了那些和他一起的老先生，克劳迪娅仍是那般心不在焉、高高在上的样子，根本无意听那些名字（而我却在对自己说：“天啊！想想这都是谁啊！”他们可都是工业界的大人物）。然后科尔达介绍我：“这位博士是我们杂志的编辑，你们知道的，就是我当主席的《净化》杂志，是的……”我知道他们在克劳迪娅面前都有点不好意思，尽说蠢话。我于是也就不感到那么难为情了。

我明白下面要发生什么事，也就是说，科尔达迫不及待地想邀请克劳迪娅跳舞。我说：“那么，就这样吧，是啊，我们等一会再见……”我以幅度很大的动作告别，又把克劳迪娅带回舞池，她说：“你说说啊，这支舞曲你又不会跳，你没听出来这是什么曲子吗？”

我只是觉得①，我以某种他们也弄不很懂的方式，用我在克劳迪娅身边的出现，搅坏了他们的晚会，这是我可以获得的唯一满足

① “觉得”和上一句中的“听”，在意大利语中为一个词。

感。“恰－恰－恰……”我哼着曲子，假装踩着那个我一点都跳不上的舞步，用手轻轻地扶着克劳迪娅，以便她能自己跳自己的。

那是个狂欢节；我为什么不能痛痛快快大玩一场呢？小喇叭在嗥叫，它们上面斜挂着的流苏晃得乱七八糟，成把的彩色纸屑，像墙皮脱落下来的碎屑，撒满了燕尾服的双肩和女人的赤裸部位，钻入了decollet①和燕尾服的领子里，从吊灯到地板间拉着的彩带，就像是剥了皮的纤维束，或者像一幢楼宇倒塌后墙垣之间还挂着的各种线头，地板上堆着柔软的线团，被舞者的舞步踢来踢去。

“你们能忍受这样丑陋的世界，是因为你们知道将来会摧毁掉它的，”我对奥马尔·巴萨卢奇说。我这么说多少有点挑衅他，否则就没什么意思了。

“等一会，”奥马尔说，把正送向唇边的咖啡杯放了下来，“我们并没这样说：越糟糕越好啊。我们正是要改善……既不是改良主义也不是极端主义：我们……”

我顺着我的思路，他按着他的。自从那次和克劳迪娅在公园见面后，我一直在寻找世界的一个新形象，这个新形象能给我们的这种灰色一个意义，能给一切已经逝去的美丽赋予一种价值，能拯救它……“世界的一张新面孔。”

工人奥马尔拉开黑皮包的拉链，抽出一本插图杂志。“您看见了吗？”上面有很多照片。一群亚洲人，戴着小皮帽，踏着靴子，快乐地去河边钓鱼。在另一张照片中，同样仍是那个民族的人，在上学：老师指着床单上写着的一种不认识的文字。另一张是过节的，人们的头上都戴着龙头，在那些龙头中间，驶来一台拖拉机，拖拉

① 法语:袒胸衣。

机上竖着一张肖像。最后一张照片是两个人，还是戴着小皮帽，正在操作机床。

“您看见了吗？就是这个，”他说，“世界的另一张面孔。”

我看着巴萨卢奇。“你们没有小皮帽，你们不钓鲟鱼，你们也不耍龙。”

“所以？”

“所以啊，你们不会有一点跟他们相像的地方，除了这个，”我指了指机床，“这个你们已经有了。”

“嗳，不对，会像那里一样的，因为认识会改变的，我们是这样，他们也是这样，我们的内在是新的，然后才是外表……”巴萨卢奇说着，继续翻着杂志。在另一页上，有一些高炉的照片，还有一些把眼镜戴在额头上、满脸自豪感的工人照片。“哎呀，到那时也是会有问题的，不要指望一天两天就……”他说。“需要很长一段时间，会很艰难的：生产……但那将是长足的一步……像现在这些问题，比如说吧，是不会再有了……”他又开始讲述那些他一直谈论的东西，讲那些让他成天操心不已的问题。

我意识到，对他来说，不管那一天能不能到来，都没我们想像得那么重要，因为重要的是他的生活方式，这个方式是不应该改变的。

“麻烦事总会有的，当然……那又不是天堂……就像我们也不是圣人……”

如果圣人知道天堂不存在的话，他们也会改变生活吗？

“他们上星期把我解雇了，”奥马尔·巴萨卢奇说。

“那现在呢？”

“我在工会干活。也许今年秋天会有个干部的位子空出来。”

他正在往Wafd走去，那里早晨发生了一场严重的骚乱。“您和我来吗？”

“唉！就是在那里，我最不能叫人看见啊，您知道为什么。”

“我也不能叫人看见啊。会连累其他同伴的。我们只待在那里附近的一家咖啡店里。”

我跟他去了。透过一家小咖啡店的玻璃，我们看到了值班工人从栅栏门里出来，或握着自行车把手，或拥向电车，脸上已经神色困倦。有些人显然已经得到通知，来到咖啡店，立刻联络上奥马尔；于是他们就聚成一小拨人，拢在一旁说起话来。

我对他们的问题一点都不明白，就研究起那些从栅栏门里拥出的当然是除了家庭和星期天外什么都不关心的无数脸庞，和这边这些逗留在奥马尔身边的，也就是说和这些固执的、强硬的人脸庞究竟有什么不同。我没有找出任何区别：同样年迈或是早熟的脸，过着同样的生活；不同之处在内心。

然后我又琢磨起这边这些人的脸庞和话语，看看自己能不能分辨出谁是心底里有“那一天会到来”想法的人，我还琢磨了那边那些人，对他们来说，就像对奥马尔来说一样，不管那一天能不能到来，都不会改变什么。我发现他们之间根本无法区分，也许所有的人其实都是第二种人，甚至包括那少部分人，只是因为他们性急难耐又夸夸其谈，才被当作第一种人罢了。

接下来我就不知道还该看些什么了，于是看起了天。这是早春的一天，在郊区房屋的上方，天空光亮，蔚蓝，清澈，但如果仔细点看的话，还是能看到一片类似阴影的东西，一块斑迹，就好像泛黄的老照片上常见的那种洇痕，也好像透过光谱镜看到的那种标记。就连这美丽的季节也不能把天空洗净。

奥马尔·巴萨卢奇戴上一副宽镜架的黑眼镜，仍然在那伙人中讲着什么，缜密，专业，傲慢，还带有点鼻音。

我在《净化》上转载了一则从国外报纸上摘编下来的有关原子辐射造成空气污染的消息。消息篇幅很小，科尔达工程师对清样并未留意，但是当他在出版后的杂志上读到时，便派人把我叫了过去。

“老天啊，真是什么事都要盯牢呀，要长上一百双眼睛看着才行！”他说。“您是怎么想起来在那里登这则消息的？我们机构管的可不是这些事情。我们的事情还少吗！然后，您什么也别说！这么棘手的问题！现在人家会说我们搞起煽动来了！”

我回了几句辩白的话：“您知道，只是涉及到污染问题，很抱歉，我当时就是这么想的……”

我告辞了，科尔达又把我叫回去。“但是，您听我说，博士，您信这个放射的危险吗？好吧，反正我是说，您真信已经这么严重了吗……”

我了解一个科学研讨会上的一些数据资料，就把这些数据报给他听。科尔达听我说着，不快地赞成着。

“谁知道啊，我们生活在一个怎样糟糕的时代里啊，亲爱的博士！”他突然说道，又变回到那个我十分了解的科尔达了。“这是我们必须冒的险，亲爱的您，别总往后看，因为这个赌注太大了，亲爱的您，这个赌注实在太大了啊！”

他低头待了几分钟。“我们，在我们的领域里，”他又说起来，“不是想高估，我们的角色我们会演好的，我们的贡献我们会做出的，我们完全胜任掌控当下的形势。”

“这点是当然的，工程师。我对此深信不疑，工程师。”我们互相看了看，有点尴尬，也有点虚伪。烟云现在显得小了许多，跟迎面压来的原子云比起来，也就是那么一小片云，一小朵卷云罢了。

又说了一通泛泛肯定的话后，我离开了科尔达工程师，这次还是没能搞清楚，他究竟是想赞成还是想反对烟云呢。

从那以后，我就避免在标题中提及原子爆炸或是放射，但是每期技术消息专栏里，我总是尽量转摘一些相关信息，并且，在有些文章中，在有关城市大气中的煤炭或柴油的百分比，和它们带来危害的资料中，我还插入一些与核爆区有关的类似材料和例子。科尔达和其他人都不再对我有什么意见了，不过这非但没让我高兴，倒更让我肯定了《净化》杂志当真是没有一个人去读的怀疑。

我有一个文件夹，里面我保存着有关核辐射的资料，在浏览报纸时，我的眼睛在挑选要用的消息和文章方面已经是训练有素了，总是能找到有关的东西，我把它们都保存下来了。有一家文摘类的报社，机构是它“大气污染”栏目的订户，它总是给我们寄来越来越多有关原子爆炸的摘要信息，而那些有关烟雾的信息却越来越少。

这样一来，每天我眼皮下总会出现一些可怕疾病的统计，什么在海上捕鱼的人被致命云雾袭击的事，什么在铀辐射实验下出生的豚鼠有两个脑袋。我抬起眼睛望着窗外。六月末了，但夏天还没到来：天气异常沉闷，白昼被一种昏暗的烟雾压着，正午时分，城市竟会沉浸在一种世界末日般的光线中，行人就像是身体已经飞走，影子却被照在了地上。

四季交替似乎改变了，浓厚的气旋穿过欧洲，初夏时节就已是雷电交加，然后就是数周的暴雨，再然后是突如其来的炎热，最后是返回到三月的寒冷。报纸排除了大气出现的这些混乱现象是受原子爆炸的影响；只有个别的几个科学家似乎还坚持认为有关系（此外也很难确定是否应该相信他们)，再就是众说纷纭的群氓之声，大家知道的，他们总是把最靠不到边的事情搅和成一团。

听到玛尔格利蒂小姐愚蠢地谈原子，还警告我那天早上应该带伞，我很生气。不过当然，我打开百叶窗时，看到院子里那青黑色的光景，整个院子被笼罩在一种虚假的光亮中，好似由无数线条和块块斑点构成的网状物，我也情不自禁地往后退，仿佛就在那一刻有一连串看不见的粒子正从空中直砸下来。

那些避而不谈的东西积压久了就成了一种迷信，压迫在天气如何的家常话题上，而这曾被认为是最不必费工夫的话题。如今人们已经避免再去谈论天气了，或者当不得已要说下雨或是天晴时，就会陷入一种羞耻之中，就好像是想回避因为自己的过失而应当承担的责任。阿万德罗博士还是过着一个星期来上几天班就是为了周日郊游的生活，对天气采取了假装漠视的态度，这种漠视让我感到非常虚伪、卑贱。

我又编了一期《净化》杂志，没有一篇文章不谈辐射。这回我却没遇到什么麻烦事。但说没人读它并不是真的；读，他们是在读，但对这些东西已经产生了一种抗药性，尽管有人写到人种的灭绝已然迫近，但根本没人理会。

就连时尚周刊也带来一些令人毛骨悚然的消息，可是人们似乎只相信封面上微笑着漂亮姑娘的彩照。在一期这种周刊的封面上，刊登了克劳迪娅身着泳装的照片，她在滑水板上摆着一个动作。我用四个图钉把这张照片挂在自己租房的墙壁上。

每天清早和下午我还是继续去着那片有宁静林荫道的街区，我的办公室在那里，有时我回忆起秋日的一天，我第一次来到这里，那时每见到一件东西，都想在其中寻找出某种征兆，以我那时的心境而言，都没觉得有什么东西能够那么的灰与凄凉。现在我的目光依然寻找着征兆，其他东西我从来都不会细看。然而是什么东西的征兆呢？是那些互相指向的无穷尽的征兆。

就这样，有时我在那个街区里会遇到一辆骡子拉的车；一种两个轮子的小车，在非机动车道上走着，载满了袋子。有时会见到它停在某个大门口，驾辕的小骡子耷拉着脑袋，而那堆白色的袋子顶上，坐着一个小姑娘。

然后我就发现在那里转悠的这种车不止一辆，是好几辆。我说不上来是从什么时候注意起它们的；一个人见了许多东西都没在意;也许这些他见过的东西在他身上会有一种影响，而他却没发现;然后一旦他把一个东西和另一个东西联系起来时，于是一切突然获得了某种意义。看到这些车子，虽然我当时并未把这事搁在心上，然而这其实已经对我起到了一种安心的作用，因为一次不寻常的遇见，比如一副乡下模样的小车出现在汽车遍地跑的城里，就足以让人意识到世界从来并非只有一种模式。

于是我关注起这车子来：一个扎辫子的小姑娘坐在袋子堆成白山似的顶上，读着一份儿童小报，然后从一扇大门里出来了一个拎着袋子的壮实汉子，把这些袋子放上车，松开缰绳，对骡子喊道："驾……"，他们走着，小姑娘一直待在顶上，继续读着书。不一会他们在另一扇门前停下；那汉子便从车上卸下一些袋子，送了进去。

更远处，在对面的非机动车道上还有另一辆小车，马夫座上有个小老头，一个女人顺着公寓的楼梯，顶着鼓鼓囊囊的包裹，上上下下地跑着。

我开始注意到，凡是能看到小车的日子里，自己就会心情愉快，满怀信心，而且都是在星期一：因此我就知道了星期一那天，洗衣工要赶车进城，把装着干净衣物的包裹带进城，再把脏衣物带走。

现在我知道有这么回事了，洗衣工的车子便再也不会错过了：哪天早晨上班时，只要见到一辆这种小车，我就会对自己说："是啊，星期一了！"接着很快就能发现另一辆车在另一条道上走着，车后一条小狗紧追不舍，汪汪直叫，还有一辆车正下坡远去，我只能从车后看见货物，都是些有着黄白相间条纹的袋子。

下班回来我乘的是电车，途经一些人头攒动、震耳欲聋的街道，就在那边的一个十字路口上，交通不得不停滞下来，因为一辆那种小车有着长长半径的轮胎正在慢悠悠地转着。我往一条小巷望去，看见人行道旁，一头驮满衣物袋子的骡子正歇着，一个戴草帽的男人正在卸着袋子。

那天我回家绕了一大圈，没走平时常走的路，总能不断地碰见洗衣工。我意识到对整个城市来说，那是一种节日，因为大家都是高高兴兴地送走了被烟熏脏的衣物，然后再高高兴兴地穿回洁白的亚麻布[1]，尽管也维持不了多长时间。

下个星期一我想跟着洗衣工去看看，看他们交接完衣服、领到新活后回到哪里去。我随意地走着，因为一会跟着这辆车，一会又跟着另一辆车，直到后来我才明白过来，他们都朝一个方向走，最后都上了那么几条路，当他们汇合起来或是一辆接着一辆排列成队时，相互间会发出温暖的问候，还会开玩笑。我就这样继续跟着他们，继续在长长的路上因为累得走不动而跟丢了他们，但在离开他们前我知道了有个洗衣村：他们都是那个叫做巴尔卡·贝尔图

① 此处的"亚麻布"是指代"衣服"，因为那个时代的衣服大多是用亚麻布做的。

拉[1]地方的人。

一天下午，我来到这个地方。我顺着桥过了一条河，那里已经是亦乡亦城的模样了，路旁虽然还有一溜房子，但房后紧挨着的就是绿色的农田。还看不见任何洗衣店。被道道水闸断开的水道边有一些小酒店，酒店门口搭着阴翳的葡萄架。我继续前行，仔细打量每个院子的栅栏，每条小路。我渐渐从居民村落里走出来，排排杨树直逼路边，树下跑着条条水道。在那尽头，穿过杨树，我看见一块草坪上翱翔着片片白色：展开的衣物。

我抄上一条小路。宽阔的草坪上穿过一排排拉着的足有一人高的绳线，这些绳线一列接一列地晾晒着整座城的衣服，衣服刚洗过，还很湿软，皱巴巴的，被太阳晒了后都皱成一个样，周围许多块草地上都是这么白花花的，挂着衣服的一行行绳线长极了（有些草地没晒东西，光秃秃的，不过一道道平行的绳线穿过，就像是没长葡萄的葡萄园架子）。

我在展着白花花衣物的地里转着，突然听到一阵爆笑，转过头去。在水道边的水闸上，有个洗衣房，在洗衣房前的岸边露出了洗衣女工一张张红的脸庞，她们挽着袖子，身着彩衣，高居我的上方，正笑得开心聊得带劲，年轻姑娘的乳房在衬衫里上下起伏着，肥胖的老妇头上系着手帕，她们圆滚滚的胳膊在肥皂水里上下揉搓，胳膊肘把绞起来的衣服拧干时扭动得有棱有角。她们中间的男人，有的戴着草帽，卸下篮子，把衣物码成了好几堆，有的在用马赛方皂拼命地洗衣，有的则用小木铲子拍捶衣服。

我已经看明白了，再没什么好说或是好盯着看的了。我转身往回走。大路边长出一些青草来，我小心翼翼地在路边上走着，既是

① 贝尔图拉处在意大利北方利古里亚大区。卡尔维诺为利古里亚人。

避免鞋子粘上尘土，也是为了远离路过的卡车。在草地篱笆和杨树间，我仍用目光追寻着洗衣池，追寻着一些低矮房子上写着的字样："蒸汽洗衣店，巴尔卡·贝尔图拉洗衣工合作社"，追寻着那些土地，那些土地上的女人们就像收获葡萄一般地挽着篮子，把晾干的衣物从绳线上摘下来，而太阳下的田野让它的绿色映照着片片白色，水潺潺地流淌，泛着浅蓝色的泡沫。可看的东西不是很多，但对仅仅是找寻景象来填充视线的我来说，也许就足够了。